纺织匠

胡砚飞 —— 著

敦煌文艺出版社

图书在版编目（ＣＩＰ）数据

纺织匠 / 胡砚飞著. -- 兰州 : 敦煌文艺出版社,
2022.9
ISBN 978-7-5468-2234-1

Ⅰ. ①纺… Ⅱ. ①胡… Ⅲ. ①长篇小说－中国－当代
Ⅳ. ①I247.5

中国版本图书馆CIP数据核字(2022)第171972号

纺织匠

胡砚飞　著

责任编辑：张家骊
封面设计：马吉庆

敦煌文艺出版社出版、发行
地址：（730030）兰州市城关区曹家巷 1 号新闻出版大厦
邮箱：dunhuangwenyi1958@163.com
0931-2131397（编辑部）
0931-2131387（发行部）

武汉鑫竑诚印刷有限公司印刷
开本 787 毫米 ×1092 毫米　1/16　印张 41.75　插页 1　字数 560 千
2023 年 6 月第 1 版　2023 年 6 月第 1 次印刷
印数：1 ~ 3 000 册

ISBN 978-7-5468-2234-1
定价：68.00 元

序

我爱想故事，也爱讲故事。

注血、刻骨、粘肉、雕肤，再融入灵魂……

有故事就要讲，还要好好讲。因为历练不够，所以……学习，锻炼，积累，创作，如此反反复复———就是五年！

希望《纺织匠》这部作品能让您满意，

也期待与您见面，不约定时间。

既没有具体时间，

便是遥遥无期。

叶落，花开，水流，光照……一切顺其自然。

——我们先在书里见。

目 录
Contents

第一章　初入世

清末，朝廷乱治，各地混乱不堪，不仅有剪辫与留辫，放足与缠足，洋装与长袍等新旧思想的交替，还有连续旱涝颠倒，万物不生的社会现实。

饥饿、贫穷、混乱——成为这个时代的烙印。

尽管时代悲惨，但仍有个例，山东泰安的梁家远近闻名。

初春，云密风急，偶有寒意。夕阳下落，天色似乎又回到了寒冬。

梁老爷躺在炕上，身上盖着毛料的黑色棉被，怀里头抱着祖传物件玉珠佛，头上枕着自己的钱盒子，盒子里面装有房契、地契还有自己一生的积蓄。

使唤丫头端着水盆进进出出，没有人理会。小少爷还小，蹲在院子里的窗口下面，手里面掂着一个大洋说："反面，爹死；正面，爹不死！"小少爷一扬手，大洋在空中翻滚几圈落在地上，正面冲上，小少爷眉毛一扬："嘿嘿，爹死不了……再来一次！"

屋子里，郎中站在梁老爷跟前。梁夫人、管家站在一旁焦急地等待着结果。

郎中是百里内的名医，人们都称呼他为"刘神仙"，虽然年过花甲，但是精神矍铄，颌下一丛白色胡须成为他与众不同的标志。他右手号脉，左手捋了捋胡须问道："梁老爷，您现在感觉怎么样？"

梁老爷眼睛看着窗户纸，神情落寞，牙缝里挤出四个字："浑身难受！"

郎中用手按了按梁老爷的小腿问："这呢？"

"哎哟，疼！"

郎中抬手顿了一下，随后又摁了摁梁老爷的胳膊："这呢？"

"更疼……"梁老爷鼻子里发出来的哼哼声让人心底发颤。

郎中又捋了一下胡子，然后将左手轻轻地压在梁老爷胸上，右手在自己的手背上用力一拧，问道："那这呢？"

这次梁老爷疼得更加彻底，抬起头来喊着："哎呀，要了命啦……"那嘶哑的喊叫声在屋子里面久久没有散去。

郎中却笑了……

梁夫人看到郎中笑了，心里打鼓，赶紧把郎中拉到了中堂问："刘神仙，我家老爷到底是啥毛病啊？您明明拧的自己的手背，他怎么还能替您疼啊？"

郎中笑了笑说："依我看，梁老爷没病！"

梁夫人很惊讶："没病？"

郎中笑了笑说："这病分两种，实病和虚病。梁老爷脉象沉稳有力，流畅自如，没病！可是这人活着都要有个念想，这穷人的念想就是想吃顿饱饭。而你们梁家，要钱有钱，要地有地，您这什么都有了，这心里也就少了这点念想。您想想，老爷现在最惦记的是什么？想到以后，这病不治自愈。"话毕，郎中提着药匣子走出门去。

梁夫人一时愕然，赶紧追过去问："刘神仙，您不给开几服药？"

郎中又笑了笑："药有很多，可是这去心病的药我却没有。"

郎中走了，梁夫人瞅着郎中的背影，自言自语："难不成，这是闲的？"

梁夫人半信半疑地来到梁老爷的跟前说："老爷，刘神仙说了，您没病，说您就差一个念想。"

梁老爷一听自己没病，立马来了精神："真的没病？"

梁夫人重复说："老爷，刘神仙说你要啥有啥，就差一个活着的念想，只要给你找到这个念想，您这浑身疼的毛病不治自愈！"

长久的静默，只有窗外儿子抛铜钱的声音……

半晌后，梁老爷一骨碌从炕上坐了起来，从嗓子里喊出："我那今年要出栏的一大群牛……"

初春吐新，阳光普照，光线就像春水一样在这片大平原上漫过，梁家草地，绿意盎然。

牛群正在吃草，打远处一看，头头膘肥体壮，着实诱人，在这个年代，不算多见。

这个季节，平原地势多风，整日灰尘四起，好在空气中夹杂着青草芽子的香味儿，给牛群添加了不少的活力。

牛群里有两个人头晃动，风吹土扬，已看不清相貌，从个头上看都在十岁左右。其中一个个头高一些，上身穿着一件破麻衣，胳膊上有几块补丁，腰间系着布扎条，下身穿着单裤，他正手持木棍指着一头离队的黑牛发号施令："呔——贼子——看我龙胆亮银枪——与你大战三百合！"他目光如炬，俨然把自己当成了赵子龙。

黑牛抬起头来看着他，一脸懵懂，似乎正在感受这漫漫牛世间的各种奇怪。

小男孩又微微一笑，他将双手提于胸前："哈哈——你问我是谁？——我刀劈秦琪黄河滩，虎牢关前战吕布，力斩华雄酒未寒，大江大浪过多少，小小沟渠岂船翻——（转成说腔）这里就是你的葬身之地——我让你有来无回——"现在他变成了关云长。

随着小男孩的声音越来越大，人物变化越来越多，黑牛预感到了危险，开始警惕，两条后腿往下微沉，头往上抬，周身呈防备姿势。

男孩手举木棍在地上转了一个圈，用尽全力喊道："尔等还在犹豫，吃俺老孙一棒！"他又变成了孙悟空，举手就要冲过去。

黑牛这回像是听懂了，后腿猛一用力，掉头就往牛群跑去。

男孩停下来，把棍子杵在地上喊道："如若敢再犯我乔峰，定不轻饶……"这回，他终于变回了自己

另一个男孩提着一只粪筐过来。人小筐大，他用小腿部位顶一下筐身，借着力气往前挪一步，这样一步一步地挪过来，显得很吃力。筐里面是黑黑的一层牛粪，上面有三五只苍蝇正在享受它的美食。

这个男孩跟乔峰穿的差不多，只是个头矮点，甜甜一笑："哥……"说

完，习惯地用袖子擦了一下鼻子，些许鼻涕在袖口上安了家，然后干在上面，原本已经很亮的袖口，这回更亮了。

一阵疾风吹过，卷起的沙尘席天而来，乔峰赶紧跑过去把他抱住，沙尘之下，两个瘦弱娇小的身躯裹在一起，像是块烙印，深深地刻在了这块贫瘠、落寞的土地上。

风席地而过，些许尘土蒙在他们身上。乔峰微微地睁开眼，摸着小伍的脸说："来，小伍，哥给你擦擦。"

小伍很享受地笑着："嘿嘿，哥，别擦了，擦了还得吹脏了。"

乔峰继续着："脏了，哥再给你擦。"

小伍眯着眼享受，光从外面射进来，他像是发现了一座宝藏，突然睁大眼睛，指着刚才黑牛站的地方说："哥，黑牛被你吓得拉粪了。"说着提着粪筐就奔了过去。

乔峰也跟了过去。两个人的手很小，可粪叉子很大，他俩很小心地将地上的牛粪一点一点地铲到粪筐里。

这时，一个背粪筐的中年汉子来到他们身后。他站稳脚步，瞪着他俩喊道："你们两个小兔崽子住手！你们在我家地里干什么？"土地空旷无际，汉子的呵斥声在周边回响。

乔峰被吓了一跳，赶紧站起来作揖："叔，这是我们家的牛拉的粪，我们得把它铲回去。"

这汉子面相很凶，眼睛一瞪，一抖肩膀，把自己的粪筐扔了过去："你家的牛，我家的地，见面分一半。"

乔峰赶紧哀求着说："叔，您行行好，都让我们铲了吧。我们管家说了，看到牛粪少了多少，就让我们吃多少。"

汉子差点被逗笑了："小兔崽子，牛拉多少，你们管家都知道？他是吃屎长大的啊？"汉子环视了一下周边的牛群，心里多少有些数，"你们是梁家的？"

乔峰点点头："嗯！"

汉子听完，有些胆寒，长叹一口气，走到近前，把筐提起重新上肩，不禁感叹："他娘的，真倒霉，连半摊牛粪的福气都没有。"说着往外走，走了两步又停下，侧过脸来说："记着，铲粪可以，别动我家的土——庄稼没有土，粮食都不鼓，来年我亏了空，把你俩炖了补。"

乔峰支应着："叔，您放心，我保证只弄牛粪。"

汉子这才愤愤地走了。小伍不放心，俯在地上往外探头，看到路上已经没有人了，这才放心，又挪了回来问："哥，叔说管家是吃屎长大的，真的吗？"没等乔峰支应，小伍自己自言自语："他就是吃屎长大的，要不能对咱这么苛刻？他原来说过，长工一周一次窝头，咱们是半个月一次，这都两个月了，还没有吃上……我都看着长工他们吃了好几次了。"

"长工的伙房是单独的，你咋看见的？"

"我闻出来的。"

看到小伍这样，乔峰心里很难受，顿了顿说："窝头有啥好吃的，等有机会，哥带你吃肉。"

"吃肉？"小伍先是惊讶，转而悲伤，眼里含着泪，"哥，他们说牛倌不配吃肉。"

"谁说的？"

"小少爷。"说到这里，小伍眼泪掉了下来，"哥，都是人，为啥咱就吃不上一顿饱饭，为啥咱们爹娘就不要咱？让咱俩受这罪……"

"去他娘的小少爷！"乔峰被激怒了，站了起来，很坚定地说："牛倌，牛倌怎么了？孙悟空还当过弼马温，养过马呢！后来不也是大闹天宫嘛。小伍，哥从小没爹没娘，没什么可说的。可是你有，当初你爹娘把你放到这里的时候就是图有口饭吃，保不齐他们什么时候就能来接你回去。可眼下到处都是挨饿的，兴许他们也饿着肚子呢，你不要怪他们。"

小伍像是听懂了，抹去眼泪，点点头。

乔峰继续说："小伍，你记住了，咱们跟别人不一样，爹娘给了咱命，可活着得靠咱自己。瞎子爷爷活着的时候说过，张飞是个杀猪的，关公是个卖枣的，就连朱元璋都放过牛，我就不信咱俩要当一辈子牛倌！"

天色渐暗……远处的太阳开始往泥土里扎下去，那些曾被太阳映射得红彤彤的庄稼地，渐渐地一片接一片地暗了下来。

牛棚外站着两人，梁老爷在前面，他向着牛群的方向翘首以盼，管家在后面站着。

梁老爷精神恢复如初，看到牛群迟迟没有回来，有些急："哎呀，这都什么时候了，还不回来，没一点规矩。"

管家正要说话，只见不远处，映着太阳的余晖，几十头牛的身影依稀出现……

管家指着前方喊道："老爷，牛群回来啦！"

梁老爷喜出望外："哎哟，终于回来了。"小跑着迎了上去……

这天，管家从东家院里出来，一个长工追了上来问："管家，前天我从河北带的两个远房亲戚，有相中的吗？"

管家顿了顿，又摇着头说："啧！啧！都不行，不行。你赶紧让他们回去吧。"

长工有三十多岁，面相忠厚，只是性子很直，他问道："咋不行呢？都是穷苦出身的孩子，能吃苦，做事也勤快。"

管家瞪了他一眼："你懂什么？老爷选人是有方法的。实话告诉你，他们来的那天，老爷一人赏了一碗大米稀粥，等他们喝完，老爷问他们这一碗粥里面有多少粒米，他俩没一个答上来的。"

长工一愣，挠着头说："这样也行啊？再说都饿着肚子呢，见了这金贵玩意，谁能去想里面有多少米粒啊？"

管家很不屑地看了他一眼："哼！你这是什么意思？他们没答上来，不代表没人能答上来。咱们牛棚的那个小牛倌——乔峰，去年来的时候，老爷也是熬了大米稀粥，米粒就给你数出来了。他不但答上来了，他还帮旁边那小子的也数出来了，要不能把放牛的差事给他们？"

长工很惊讶："还真有能数出来的？"

管家说道："这叫什么？这叫心里没灯，以后当了长工，怎么能给东家过日子。你来的时间早，那时候东家还没想到这主意，要是早有这主意，你也滚蛋了。知足吧，以后这事你也别烦我了，快去干活吧。"

管家一顿官腔让长工既迷糊又无奈，挠着头离开。

管家来到牛棚，乔峰跟小五恭敬地站在门口位置等候着指令。管家把手伸进牛槽里，搅和一下，上面的草料被扒拉到边上，看着下面稀稀拉拉的豆粒，脸色一沉："两个小王八蛋，这豆粒是你们家的啊，我跟你们说过了，多放豆料，牛才能长膘，牛长了膘就是给你们长了脸，你们长了脸就有口饱饭吃。"

"是是是，管家！"乔峰赶紧在墙角的袋子里捧出一把豆子，均匀地撒在牛槽里。

牛们看着来了豆子，吃得更带劲了。

管家脑袋一拧，斜眼看着他们，用警告的语气说："我可再告诉你们两个小王八蛋，这豆子可是给牛吃的，别打它们的主意。这要是牛瘦了，你们俩胖了，小心老爷打断你俩的狗腿。"

管家正说着，梁老爷也进来了，手里提着烟袋锅子，嘴里正往外喷青烟。

小伍在门口低着头，不敢看，强从嘴里挤出来三个字："老爷好！"

梁老爷轻轻哼了一声。

管家赶紧弯下了腰，赔着笑脸说："老爷来啦！老爷，这里面不是屎就是尿，可不能进来。您放心，我每天都来，保证出不了岔子。"

梁老爷只是简单看了一下，然后掏出手绢捂到鼻子上，轻咳了几下，点了点头，转身走了出去。

管家跟着往外追，追到门口，转头又对着乔峰他们喊道："两个小兔崽子，咱这日子没有这么过的。豆料可是咱老爷一颗一颗挣的，能省就省，牛吃起来没个饥饱，放那么多干什么？吃着咱老爷的饭，就得知道给咱老爷过日子，赶紧把多余的拣出来。"管家说完，一转身又跟到梁老爷的后面，梁老爷满意地点了点头。

乔峰努着嘴，斜看着管家的背影骂道："孬种，人前一套，背后一套，我们是小王八蛋，你是老王八蛋！"

入冬的第一场雪又猛又大。牛棚被由上而下的寒气包围，风从缝隙里吹进来，呼啸着，又冷又烈。

一个人提着一盏煤油灯正向牛棚走来，踩着地上的雪，发出"沙沙"的声音，更衬得天寒地冻。

乔峰跟小伍两个人挤在两头牛的中间，冻得睡不着。小伍说："哥，我冷！"

乔峰使劲的往小伍的后背上靠了靠说："有人来了。"

话音刚落，牛棚的草苫子被掀开，那个人挤了进来。映着灯光，看清楚是管家，管家的脸一半红，一半黑，有点吓人。

管家说："你们两个小王八蛋都精神点，有几头母牛陆陆续续地就要下崽了，这天太冷，你们可要照顾好了。"

管家把油灯举过头顶，把牛棚环视了一圈。

乔峰跪在地上给管家磕了一个头说："管家，您能把煤油灯留下吗？这黑灯瞎火的我看着也方便，您放心，只要天一亮，我准灭了它，我知道这煤油金贵，嘿嘿！"

管家侧过脸来看着乔峰，犹豫了一下说："你可把这玩意看好了，点着了牛棚，把你们家祖坟扒了都不够你赔的。"管家说完，把油灯放到了地上，自言自语："他娘的，你们也没有祖坟啊。"

乔峰赶紧又磕了一个头说："管家，您再行行好，给弄条褥子行吗？今天太冷了，冻得睡不着。"

管家眼睛一瞪："嘿！你个小王八蛋，刚给你擦了屁股，还让我给你去痔疮？还给你弄褥子？我他妈还冷着呢。"说着，一撩苫子钻了出去。

乔峰一纵身，把油灯提到小伍的身边说："抱着它，暖和。"

小伍笑着把油灯抱到怀里，脸上露出笑容，说："哥，老王八蛋又骂咱。"

乔峰有些发狠地说："骂咱？他是骂爹呢！"

小伍翻过身去，一语不发，眼泪从眼角流下来。

乔峰看他不高兴，问他："小伍，你想啥呢？"

"想我爹娘了，要是他们都在，就没人敢骂咱们了。哥，你有想的人吗？"

"哥没爹没娘，不想他们，只想瞎子爷爷……"

二人聊着天，沉沉睡去。乔峰梦里回到了与罗瞎子相遇的那个冬天。

街上围了一堆人，人群中间是一个说书人，这人下身穿着黑棉裤，上身是羊皮袄，很瘦，而且还是个瞎子。此人正在说《洪武大帝朱元璋》："朱标在前面跑，朱元璋抡着椅子在后面追，心里暗骂，你个逆子——突然，朱标在身上掉出来一条带着刺绣的手帕，朱元璋放下了手中的椅子，捡起了地上的手帕，打开一看，手一哆嗦，牙缝里生挤出三个字'哎呀呀！'朱元璋想起了相濡以沫的结发妻子马皇后了，也顾不上生儿子气了，然后坐在地上哇哇大哭。"

说书人的话音刚落，"哇……哇……"婴儿般的哭声竟在人群中传来。众人互相观望，也没有找到声音来源。

一个大哥昂着头喊道："谁啊？捣什么乱？知道的知道是你们家孩子，不知道的还以为洪武大帝显灵了呢。"

"哈哈哈……"众人笑了。

罗瞎子也顿了顿后继续说："朱标不知道是怎么回事，还以为朱元璋追赶自己的时候崴到了脚，赶紧跑过去搀扶他。不料，朱元璋竟抱着朱标继续大哭……"

"哇哇哇……"那婴儿的哭声再次响起，而且更加响亮。

那大哥脸色突变："还真显灵了？"

有不怕事的循声跑到对面的墙角，惊道："在这里，哎呀，是个没人要的野崽。"人群也都围了过去。

对面早餐铺的伙计惊讶地说道："五更天的时候，我就发现这里多了个东西，没想到是个婴儿，估计在这儿一夜了。"

"这么冷的天，这孩子竟然没冻死？"

这时，一个胖大姐想上前，旁边一位大哥忙把她拽住："你干什么去？咱家里都四个了，现在都是圈着养，你还想整第五个？回来！"大哥猛地一拽，大姐又把身子抽了回去。

"这年头，僧多粥少，多一口人，就得死一口人，这孩子估计就是多出来的。"

人群在议论，各种声音都有，可却没人上前。罗瞎子循着哭声来到跟前，双手在孩子周身摸了摸，突然听到"嗬嗬"两声。

那位大姐惊了一下："哎呀！笑了，这孩子笑了，他竟然笑了！"

一个挑担子的农夫也惊讶道："寒冬腊月的，冻了一晚上，他还笑得出来，这是个什么玩意？"

罗瞎子闻声，脸僵下来，他用拐棍在农夫的脚下敲了一下，农夫也识趣地闭了嘴。

罗瞎子转过脸来也笑了。他又继续摸，在孩子身上摸到一张纸，他让旁边的人念念，那人说："乔峰，这可能是他的名字。"

罗瞎子点点头："好名字。"他轻抚了一下孩子的脸颊，那孩子不哭不闹，"嗬嗬！"又笑了一下。罗瞎子嘴角微微一笑，要把孩子抱起来。

又一个大姐说道："罗瞎子，这你就别管了，现如今冻死的人多了。再说你也是个瞎子，管不了，我是为你好，快放下！"

"就是，这孩子转眼就长大，亲爹亲娘都不管，你还要管？"

罗瞎子笑笑说："管得起，管得起！这孩子冻了一晚上，没冻死，命硬。我常年在这里说书，他能在这里等我一晚上，就是我们爷俩的缘分。"

"罗瞎子，这可不是说书，乐和乐和就完了，这可是条人命。"

罗瞎子没理他，颤抖着双手把孩子揽入怀中。人群也多了些莫名的慌乱，在众人的质疑中，罗瞎子的背影渐行渐远。

白驹过隙，一晃四年过去了。这四年的光景里，乔峰长高了很多，五官也渐渐清晰，稚嫩中透着刚毅。可罗瞎子却老了很多，腰也更弯了。他牵着乔峰从外面回来，显得很疲惫。他在门槛上坐下来，然后把乔峰按到面前问道："孩儿，今天我们说的那一部书啊？"

乔峰用极其稚嫩的声音回答：《岳飞传》。

"哪一段呢？"

"高宠勇挑铁滑车。"

罗瞎子满意地笑着："好好好！孩儿都记住了。"他攥起乔峰的小手说："孩儿，今天爷爷有两件事要和你商量一下。"

"嗯！"

"爷爷年龄太大了，手上的劲也小了，走得时间长了容易累，以后就不能总是牵着你走了，以后的路需要你自己走了，中吗？"

乔峰的眼泪如晶莹玉珠似的滑落下来，他从怀里掏出半张饼递过去："爷爷，这是你给我留的饼，你累，你吃，我以后再也不让爷爷牵着走了，我自己能走。"

罗瞎子颤抖着双手接过饼，幸福的眼泪也从他的眼角流出来。乔峰赶紧用小手帮他拭去："爷爷，不哭，我以后再也不让爷爷累了。"

罗瞎子颤抖着身子把乔峰揽入怀中，干瘪的双手在乔峰的肩膀上轻轻地拍打着，每一下都是罗瞎子厚重的爱。一会，罗瞎子继续说："孩儿，这第二件事是爷爷以后也不准备用拐棍摸路了，以后你得用这拐棍在前面拽着爷爷走，当爷爷的眼睛，中吗？"

"中！爷爷，我能看见，也能识路，我以后就当你的眼睛。"说着，乔峰乖巧地把棍子拿了起来，把那一头递给罗瞎子："爷爷，你拿着，我们走一下，我以后就当爷爷的眼睛了……"

风越来越大，如同怪兽一般嘶吼着席卷而来，天地之间似乎在合唱一台大戏，梁老爷屋子里的灯亮了起来。

梁老爷半坐在炕上，喘着粗气，梁太太挑了挑灯芯，屋子里更亮了。她走过来问："老爷，怎么了？被这风声闹醒了？"

梁老爷摇了摇头说："我做了个梦，我梦到上次刘二从河北带过来的两个伙计了。"他瞅着窗外，"他们说天太冷，都冻死在回河北的路上了。还说，我们给的米粥太稀，根本吃不饱，还说要回来找我。"

梁太太也被吓了一跳，赶紧坐下来，帮着梁老爷顺气："老爷，可不敢这么想，这是前半夜，梦里都是反的。"

梁老爷说："看来'喝粥验米'这招不行。"

"老爷，'喝粥验米'这招是你好不容易想出来的。依我看，不是招不行，是人不行。那个叫乔峰的小伙计怎么就能数出来？"

梁老爷说："他可是罗瞎子带大的，罗瞎子是什么人？年轻的时候给知府当过师爷，什么样的招没用过？他从小就跟着罗瞎子走街串巷，受了足够的历练，这些都是跟他学的。"

梁太太想想："这倒也是。"

梁老爷又回到刚才的话题："现在是冬天，人少点倒也不碍事，等开了春，误了耕种，那可是要耽误大事的。记住了，下次找人再也不要'喝粥验米'了。"

"好，知道了。老爷，快睡吧。"梁太太帮着他躺下。半程，梁老爷又坐了起来："还有，今天风太大了，也太冷。明天一早告诉伙房熬地瓜粥，蒸窝窝头，我可不想真冻死俩，晦气！"

早上，伙房里热闹非凡。

两个长工从里面出来，右手端着粥，左手攥着两个窝窝头，其中一个发着牢骚："窝头，窝头——窝在这里就没头，也不知道东家什么时候能让咱吃一顿白面馒头。"二人渐说渐远。

小伍一挑门帘，也从里面跑出来，他双手捧着一个窝头，把它翻来覆去地看，然后把它举向空中，迎着朝阳去看，像是得到了稀世珍宝。一不留神，没拿稳，窝头滚到地上。地面被冻得很硬，那窝头快速地向前滚去。

小伍往前追赶，刚跑几步就停了下来，脸色显得很害怕。原来窝头的正前方趴着一只黑狗。

小伍颤抖着声音说道:"黑子,你是少爷的狗,平时吃得比我都好。我放牛,你看家,咱俩都是为了吃口饭,这次你可不敢抢我的窝头。"

那黑狗没有表情,直愣愣地瞅着他,也没有挪地方。小伍走到窝头跟前,蹲下,但并没有伸手。他又对着黑狗说:"黑子,你已经咬了我两次了,这次要是再咬我,就是第三次了。我哥说了,只要你再咬我,他就收拾你。"

那黑狗依然不挪地方,只是瞪着他,好像是小伍的警告起到了作用。

小伍鼓足勇气,开始伸手去捡,刚碰到窝头,那黑狗就扑了上来,在他手上狠狠咬了一口,转头又把窝头叼走了。

"哎呀!"小伍大喊一声。他捂着流着鲜血的手,看着消失不见的窝头,眼泪夺眶而出。

乔峰闻声跑出来,捂着小伍流着鲜血的手问:"小伍,疼吗?"

小伍顾不得疼,哭着说:"哥,窝头,窝头没了……哥,窝头被黑狗抢走了,这黑狗咋老是欺负我?"

乔峰很心疼,将自己的窝头塞进小伍的口袋里:"来,吃哥这个。"然后捂着小伍的伤口说:"小伍,没记错的话,这狗已经是第三次咬你了。有再一再二,没有再三再四,你等着,哥想个招,一定办了这孬狗。"

晚上,管家一个人在房间里,房间里陈设简单,正对门的位置是张炕,炕上有个小饭桌,桌上有盏煤油灯,屋里光线有些暗,他挑了挑灯芯,火苗欢快跳跃,屋子里也亮了起来。管家很知足地坐在炕上,给自己倒上一杯酒,"啧!"一口全喝了下去,美滋滋地半躺下来,很享受的样子,嘴里开始哼唱《空城计》:"我正在城楼观山——景,耳听得人马——乱纷纷,旌旗招展——空翻影,却原来是司马——发来的兵……"他有节奏地摇着头,手指也跟着拍子敲击着桌面……

"咚咚咚……"敲门声传来。

管家立刻警醒地坐了起来问:"谁的兵?"话刚出口,突然意识到自己还在戏里,赶紧改口:"是谁?"

门外传来："哦，管家，是我，乔峰。"

管家瞥了门口一眼，不耐烦地又躺下，喊了句："进来。"

乔峰轻轻地推门进来，又轻轻地把门关上，站在一旁，等着管家问话。

管家脸露不悦："你个小王八蛋又闯什么祸了？"

乔峰说："管家，没闯祸，孝敬您点东西。"说着，从兜里掏出一包东西放到管家的桌子上："管家，这是孝敬您的。"

管家好奇，慢慢打开纸包，发现是一包上等的烟叶，很惊讶："嘶……"他挪挪屁股，坐正了身子，直视着乔峰，小声地问："说，这是从哪里弄的？"

乔峰说："老爷每次在外面晒烟叶，总会被风吹掉一些，我就攒起来了。"

管家乐了："行，你小子也有这心眼，也算我平时没有白疼你。"说着又躺下，"得，有酒也有烟，赛过活神仙，装上吧！"说完把烟斗撂在桌子上。

乔峰过来，帮着装烟叶，随装随说："管家，您别嫌少，要不是长工跟我抢，我还能攒得更多。"

管家猛地坐起来："长工？他娘的，你下次就告诉他们，这是给我捡的，看他们还敢不敢抢？"

乔峰说："管家，这次我就是这么说的，可他们说不怕，还说您在梁家待不长。"

管家气得直瞪眼："放他娘那个响屁，你说他们是怎么说的？"

乔峰假装害怕，立于一旁："他们说是老爷亲口说的。"

管家眼睛瞪大："老爷说啥了？"

乔峰说："前几天，小少爷养的黑狗把鸡窝给嚯嚯了，一窝子鸡没有一个下蛋的。老爷想吃鸡蛋，却又吃不上，急了，说您看家不利。"

管家下了炕，急得直打转："还有吗？"

乔峰眨了眨眼说："前天，小少爷的黑狗又追得大鹅满院子跑，这大鹅们也起哄不下蛋了，长工们说老爷早晚把气全撒到您身上。"

管家一屁股又坐到炕上，目光凝滞，思考着自己的处境："还真有这么回事，这也不赖我啊，小少爷的狗我敢动吗？"

乔峰假装很关心地说："管家，您别急，依我看，这不算是什么大事。咱把鸡窝垒高，鹅圈关起来不就得了，少爷养的黑狗进不来，慢慢的就好了，这些畜生还能不下蛋了？"

管家觉得是个办法，点点头。一看乔峰，又意识到自己有些失态，掏出手绢擦去额头上的汗，装模作样地抬起头："对！它们就是下蛋的玩意，不下蛋还不憋坏了。行啦，没事！"管家稍微平息了一下情绪说："乔峰，看来我平时没白疼你，以后谁再嚼舌头你就直接告诉我。"

"知道了！"

"行啦，你出去吧。"

"哎，管家我先回去了。"

乔峰从外面关上门，偷着直乐……

五天后，第二场雪如期而至，只是更加温和，没有风，雪花静静地飘落下来，大地又穿上了新装。

一大早，乔峰趴在村南头井边的草丛里，雪落在他的身上，头上……

天越来越冷，他缩着身子目视前方井口的位置，自言自语地说："孬狗，你吃得好，喝得好，还抢小伍的窝头吃……孬狗！千不该，万不该，不该咬我兄弟小伍……你这条孬狗，今天就是你的死期。"说完，他动了动手，一根细绳从雪下面蹦出来，直接连着井口旁边的一个牛胎衣（母牛下崽时随脱的胎盘，多掩埋丢弃）。他又把绳子放下，证明自己的手还听使唤。

少爷的黑狗沿着小路一路闻嗅而来，来到井边，嗅出了牛胎衣的味道。它朝井口走去，乔峰瞅准时机，一拽绳子，黑狗感觉美食要溜，往前一扑，正好扑进了井里，紧接着是"扑通"一声，夹杂着几声狗的惨叫……

乔峰笑着来到井边，往下看了看，没有动静，转身找了个地，把牛胎盘埋起来，边埋边说："哼，孬狗，不是我乔峰欺负你，这狗也分好狗和孬狗，战斗英雄邓世昌的狗为救主人英勇就义，那是好狗；你这个畜生，狗仗人势，瞎咬乱叫，不看家，光欺负人……你就是条孬狗，活该！"等埋完了，他使劲闭了闭眼，感觉眼圈红了，使足了劲往回跑，边哭边喊："老爷，出事了……老爷，出大事了……"

梁老爷的院子很大，正儿八经的青砖环绕。院子里的冬枣树结满了果子，几只麻雀在树下觅食。院子左边有一口枯井，井旁边有一张石桌，桌子上刻着棋盘，楚河汉界分明，最上方和最下方分别用红漆漆成的对子，上联是：天为棋盘星为子；下联是：地为琵琶路为弦。石桌下面对立着两张石凳，虽然有些旧迹，倒也敦实。

管家正踩在石凳上提鞋，听到乔峰在外面大喊，嘴里嘟囔着："这大清早的，你是想投胎，还是想下崽？没个样子。"

"吱扭"一声梁老爷的屋门开了，管家赶紧把脚收了回来，跑着去开门。

梁老爷正穿着袍子往外走："是谁在喊？能出什么大事。"

梁老爷年轻的时候是个私塾先生，时过境迁，眼下还是应了小富即安，大富即狂的景。他来到门口，看着乔峰跪于门前，眼皮子都懒得抬起来看他一眼。

乔峰喘着大气说："老爷，今一大早我去给种牛割草，看到少爷的黑狗一头扎进南头的井里了，也不知道它犯了什么病。"

话音刚落，只听屋里"咣当"一声，随后是个女人的声音："哎哟，小祖宗啊，看着点啊，这多骚气啊……"

小少爷慌张地从屋里跑出来，上身穿了个袍子，还没有系扣子，下身穿了一条棉裤，上面已湿了一大片，看样子是把夜壶打翻了，喊道："我的黑狗怎么了？"

乔峰佯装伤心地哭着说："少爷，黑狗，黑狗寻短见，自己跳井了。"

"啊？"少爷大吃一惊，纵身向外跑去，

看到儿子这么着急，梁老爷也没有了刚才的神气，提着袍子往村南头跑去。

梁太太，老妈子，还有几个长工后面也都跟了过去。

管家的辫子剪掉了，奔跑中，剩下的半截头发随风飘摆。梁老爷的辫子还在，搭在屁股上，颠来颠去，这两种形式更反映出了当时守旧与变革的混乱社会背景。

经过一番努力，长工们把黑狗的尸体打捞上来，小少爷当时就瘫坐在地上哭了起来……

看着儿子哭，梁老爷很痛心，他痛斥乔峰："你说到底是怎么回事？我活了一辈子，只听说有人活够的，没听说过这狗也有活够的？"

乔峰跪在地上，假装心疼，声音也有些抖："老爷，千真万确，少爷的黑狗就像是着了魔一样跳了下去。"

梁太太走了过来说："老爷，您就别骂这孩子了，这孩子护家，打老远就听到他又哭又喊的，不像是假的，是真哭。"

梁老爷瞅了太太一眼，感觉此话诚挚可信，顿时没了主意，背着手走了几圈，自言自语："这明明是个井，这狗还能自己寻短见？"

说到这里，小少爷哭着说："爹，就是它自己寻的短见！这几天，管家把鸡窝垒高了，鹅圈也挡起来了，没人跟它玩，它还不得寻死啊，呜呜……"

少爷这一哭，梁老爷更加心痛，他走到管家跟前，瞪着他。

管家很害怕，汗从额头上流下来，他哆嗦着掏出手绢将汗擦掉，说："老爷，这狗就是个畜生，他还懂得想不开？再说它跟这鸡鸭鹅也不是一路啊……能玩到一块？"

小少爷指着管家骂道："它是看家的，你也是看家的，他是畜生，你也是畜生，呜呜呜……"哭得更厉害了。

管家再也不敢说话，紧紧地低着头，汗再次流了下来。他斜眼看看跪在地上的乔峰，嘴一咧，生出一股悔意。

梁老爷气得原地转了一圈，回来瞪着管家，咬着牙骂出四个字："废物点心。"

乔峰趴在地上，憋住不乐，说道："老爷，瞎子爷爷在世的时候说过，这水养龙，龙管雨，这几年天也旱，少爷的黑狗肯定是想替您孝敬龙王爷才往下跳的。"

"胡说！罗瞎子那张嘴，塞进豆子出玉米，不放好屁。要是这井里真有龙，咱这狗还能全须全尾地上来？"

雪下大了……

管家托起双手，雪花簇拥着落在他的手上。他走到老爷跟前："老爷，也不能不全信，这雪花可从来没这么大过。"

梁老爷心思一沉，凝眉屏息，思考着这极少的可能性……

这时，梁太太也凑了过来："老爷，说来也是，前几年一直旱着，一年到头也见不着个雨丝。今年倒好，都下了两场了，兴许是真的。"

乔峰低着头，小声地说道："老爷养的黑狗都能为老百姓求雪，看来老爷是真正的大善人。"

乔峰声音压得很低，管家正好能听见，心里不由一惊，感觉给自己平反的机会来了，小声地嘀咕道："对对对，大善人，大善人！"然后"扑通"一声跪在地上："老爷，黑狗替您孝敬了龙王爷，死得其所！黑狗为我们老百姓求了雪，这都是您的功劳，您是真正的大善人。"

其他人见势也纷纷地跪下，齐喊道："梁老爷是真正的大善人。"

人活一世，也不得安静，穷了想要钱，富了想要名，死了都争个好风水。梁老爷一下子被管家架到了大善人的位置，欣慰的同时也冲着东南方向磕起了头，喊道："谢谢龙王爷降雪……"那声音漫长而悠远。

管家长出一口气，拂袖擦去额头上的汗珠，庆幸自己逃过一劫。

少爷不懂这些，坐在地上直哭……

小伍趴在最后面，捂着嘴直乐……

梁老爷大善人的称呼也不胫而走，附近乡绅都前来祝贺，为了巩固自己大善人的名声，梁老爷还杀了两头牛来宴请大家。

乔峰和小伍也分到了一块肉。小伍举着肉，眼里含着泪，然后把肉塞到嘴里，嘟嘟囔囔地说："哥，你说让我吃肉，还真吃上了，这肉真香……"

肉在小伍的嘴里不停地咀嚼着，迟迟未能咽下，幸福的眼泪掉落在地上……

第二章　兄弟分离

早上，雾气昭昭。东方，一轮圆日被雾气缓缓托起，光线有些惨淡地照着大地，冰雪开始慢慢融化，天冷得更加透彻。

梁老爷趴在炕上，梁太太正在给他按摩腰。

梁老爷表情痛苦地发号指令："哎哟，不是这。"

梁太太换了个地方。

"哎呀，也不是这。"

梁太太累得满头大汗："老爷，您说您这腰疼的毛病一犯，实在是没办法，按哪，哪不疼；不按哪，哪都疼！"

梁老爷吐出一口怨气："你还看不出来？我这腰根本就不疼，我他娘的是心疼，我这辛辛苦苦养肥的两头牛啊，放个屁的工夫，就被吃没了，可疼死我了。"

梁太太找到病根，停下来劝说："老爷，这都过去好几天了，怎么还记着呢。牛也吃没了，您这大善人的名号不也换来了嘛。"

"哼！大善人！你以为我愿意要啊，要不是管家把我给架起来，我他娘的也不能白白没了两头牛，这笔账我早晚跟他算！"

梁太太说："依我看，有这个名也不算是什么坏事，算是积德。"

"积个屁！自从这大善人的名号传出去以后，前天门口来了三个要饭的，昨天来了六个，还他娘的是从远地方来的。今天这是还没到点，搞不好就能

19

来九个、十个！这他娘的就是个无底洞！给吧，给一点咱们就少一点；不给吧，屁大的工夫就能给你传出去，大善人的名号说没就没，咱们家的两头牛算是白他妈吃了。"梁老爷说得很痛心。

二人正说着，管家从外面进来了："老爷。"

梁太太的手没地方放，继续在腰上胡乱按摩。梁老爷多少有些气，没好气地问："什么事？"

"镇上来了几个德国人，想从咱这里弄些牛奶。"

"德国人？他们从哪里来的？"

"从青岛过来的。据说他们那个国家正在跟大不——列颠，美——利坚，还有叫……嗯……哎呀，外国的名字太拗口，反正是很多国家正打仗呢，据说死了很多人，估计来的都是些怕死的德国商人。"

"他们要喝牛奶？"

"嗯！他们说没有牛奶吃不下饭，给的价格很高，一个月就能挣回一头牛来！"

梁老爷生气道："怪不得他们都人高马大的呢。哼，卖给谁都行，德国人不行。跟他们还有账没算清呢。十几年前，八国联军进北京的时候，德国人还是统帅。"

小少爷听到他们的谈话，从外屋跑进来："爹，娘，我要喝牛奶，我也要当统帅。"

梁老爷顾不了他，附和道："行行，一会儿给你弄，你先出去。"

少爷心意得逞，高兴地跑了出去。

管家继续说："老爷，我觉得这买卖挺合适，八国联军进北京的时候，他们拿了咱们那么多东西，这回咱也挣他一回，咱可以把价格再抬高一些。"

"你懂个屁？让他们喝饱了，继续打咱们中国人？"梁老爷生气地训斥道，"这事没得商量！"

管家还在坚持："老爷……"

梁老爷本来就有气，看管家还在坚持，一着急，猛地翻身坐起来，只听"嘎嘣"一声："哎哟，我的腰啊！"

梁太太吓出一身冷汗："怎么了？老爷，快趴下，趴下！"

梁老爷痛不欲生地喊道："这回是真他娘的扭着腰了……"

院里面，乔峰和小伍正安抚着母牛，一个摸头，一个梳毛。

少爷坐在台阶上，行使着统帅的权威，其他人正在给他挤奶。

王妈挽着袖子，两只手从奶葫芦最上面往下捋，捋到最下面，一股奶呲出来，她再回到最上面，重新捋……

管家端着碗接奶，他往外撇着身子，生怕牛腿踢着自己，小声嘀咕："还是老爷英明，这奶不能卖给德国人，要是卖给他们，这奶就得咱俩挤，这可是个玩命的差事。"

王妈说："八国联军进北京的时候，老爷正好在北京住店，被他们放火烧过，鞋烧坏了，裤腿烧着了，腿毛都给撩没了。老爷最恨的就是德国人和日本人。"

王妈只顾说话，动作上显得笨拙了很多，管家提醒道："王妈，这牛下的是头崽，奶葫芦太硬，你大点劲，但也不能太大劲，这刚下崽的牛记仇。"

母牛像是听懂了管家的指令，看着自己的个人家产被捋走，很不情愿，后面的两个蹄子上下抬动，似要反抗。

王妈吓得直冒汗，停下来说："劲头小了出不来，劲头大了它肯定疼。"

管家不挪地方："所以你要掌握好手劲，这是畜生，又不会说话，万一挤疼了，这两只大蹄子在这里杵着呢，一只送给你，另一只就得送给我，我们俩算是活到头了。"

王妈暗自祈祷……

21

少爷被他们俩逗得直乐。小伍也跟着笑了。小少爷看到小伍也在笑，骤然停下，指着他说道："管家，他笑话本统帅，你让他挤。"

小伍的表情僵在那里，露出一丝畏惧。

管家站起来说："少爷，这孩子没笑统帅，就是瞎笑。再说，这奶葫芦太硬，他还太小，掌握不好力度，还是让王妈挤吧。"

看到管家不同意，少爷冲着屋门大喊："爹，你出来，娘——"

管家不敢不依："得，统帅，都听您的。"他指了指小伍，"听统帅的，你过来挤吧。"

小伍没干过这活，听说母牛的后腿会踢出来，心里直打鼓。他皱着眉头，双手拽着衣角，挪着小步往前走。

乔峰看到小伍很害怕，上前拽住他的胳膊说："小伍，哥有力气，哥替你挤奶。"

小伍下意识地看看少爷，少爷得意地点了点头："他也行。"

乔峰捋起袖子，开始挤奶，奶牛也很配合，一会接了半碗。管家赶紧端起来给少爷送去，他把提前准备好的白糖放进去一勺说："统帅，趁热，赶紧喝。"

少爷端着碗，闻了闻，然后往嘴里送，悠然自得。

管家又拿起另一只碗跑过去："再给老爷接半碗，补补腰！"

看着奶水不断地从奶葫芦里出来，乔峰打心里高兴，脸上洋溢着灿烂的笑容。少爷一抬眼，看到乔峰也在笑，刚刚平息的怒火再次烧起来："他也在笑本统帅，哼！"抬手将碗摔在地上，牛奶喷溅一地。

母牛看到自己刚刚奉献出的果实被撒一地，顿时急了，抬起后蹄子就弹了出去，正踢在乔峰的胸口上，乔峰腾空飞出去两米远，然后重重地摔在地上。

管家往后一撒，重心不稳，碗直接扣在了胸口上，奶流到地上。他赶紧坐直了，把衣服上残存的奶汁往嘴里送，边舔边说："哎呀，这好东西糟践了，可惜，可惜啊……．"

乔峰胸口剧痛，倒地不起，小伍赶紧上前搂住他问："哥，你怎么了？哥……"

少爷也来到近前问道："疼吗？"

乔峰捂着胸口不说话。

少爷命令道："说！你疼吗？"

乔峰依然不语，小伍都快吓傻了，战战兢兢地观瞧着。

少爷又说："快说你疼吗？然后再给我磕三个响头，喊一声统帅万岁，我就让我爹你给瞧病。"

乔峰咬着牙坚持，愣是一声不吭。

少爷怒火中烧："那本统帅就让你活活疼死。"说完转身离开，嘴里哼出少许的讥笑声。

管家也来到乔峰跟前："哎呀，骨头就这么硬，磕个头还能掉块肉？下人就是下人，给你个金箍棒你也学不了孙悟空。"说完，一撩袖子也走了。

乔峰紧闭双眼，眼泪从眼角迸出来，似要带走这撕裂般的疼痛。片刻，说道："给我金箍棒，我学不了孙悟空？我要是有金箍棒，先把你们这些妖精一个一个都灭了……"

小伍把乔峰扶到了牛棚里，乔峰嘱咐小伍："小伍，把二狗叔找来，罗爷爷说他那里有专治跌打损伤的秘方。"

小伍擦掉眼泪，点了点头说："嗯。"他轻轻地放下乔峰，急忙往外跑去。

乔峰疼得昏昏欲睡，他强打起精神，嘴里自言自语："我不能睡，二狗叔有治跌打的药，没有治昏睡的药，我得等着他来给我瞧病呢……母牛啊，母牛，我也不怪你，我知道你也疼，等我好了继续给你割草吃……小少爷啊，我杀了你的狗，是因为它欺负老实人，你设计陷害我，是因为你心眼太毒……"说着，说着，逐渐被疼晕过去……梦里来到了说书场。台上一张八仙桌，上

23

面放着一块醒木，罗爷爷正戴着一副用墨汁涂抹的眼镜，嘴里说着《齐天大圣》。

台下雅座坐着一个富家少爷，旁边跟着一个随从。这位少爷听到有趣处，"唰"的一声，把扇子甩开，也不是扇凉风，就是向人们展示他的雅兴，透出一种与众不同的情趣。

台上，罗瞎子说："今天咱们说一位亘古未有的英雄人物，你们猜猜是谁？这位说了，洪武大帝朱元璋，"罗瞎子摇摇头，"那是一代帝王，不算英雄。这位也说了，天下第一好汉李元霸，"罗瞎子又摇摇头，"这算得上是个英雄，但是跟我今天说的这位比起来还差得很远，得！我现在就告诉在座各位，今天咱要说一下——"他一拍醒木，"齐天大圣——孙悟空！为什么说他是亘古未有的大人物？他天生地养，神石所生；他腾云驾雾，长生不老；七十二变，火眼金睛。呵呵，您肯定要问了，他为什么这么厉害？这水有源，树有根，得说说孙悟空的师傅是谁？是谁？——菩提老祖，您还得问这菩提老祖又是谁？如来佛祖知道吧，二人是拜把子兄弟。"罗瞎子一甩头，拿起扇子，呼啦一下展开，对着台下说："这台下可有人笑了，说我说得不对，哼哼——"开始解释……

富家少爷看着罗瞎子不停地甩扇子，他也"呼啦"一下把自己的扇子甩开，脸露不悦，跟随从说："瞧他那得意的劲，你让这说书的往我这把扇子看一眼，这可是唐伯虎的真迹，让他知道，爷是今天这场上最大的主。"

随从笑着说："少爷，您没看出来，这位是个瞎子？"

"瞎子？"少爷很惊讶，他眼珠一转，对着随从小声说了几句话。这随从悄悄地走到八仙桌前，把醒木拿了下来。

台上，罗瞎子继续说书："今天咱就说一说——"罗瞎子去摸醒木，摸不到，有点慌，"今天咱就说一说——"再摸还是没摸到，汗流了下来。

富家少爷在下面偷着乐，看他出丑。这时，旁边的乔峰从怀里又掏出一块醒木放到桌子上，罗瞎子拾起来……

富家少爷有些生气，站起来就冲乔峰过来："你个熊货！"

这时，只见罗瞎子手指前方，厉声呵斥："呆！你个猴崽子！"

罗瞎子这一叫板，富家少爷突然停住，配合着罗瞎子的指令，一动不动地僵在原地，像个猴！

台下哄然大笑……

罗瞎子一拍醒木："啪！今天我罗瞎子就开讲你这猴崽子的前世今生……"

台下一片叫好声……

富家少爷当场出了丑，叹了口气，一甩袖子出了场子。

乔峰也捂着嘴笑了起来，这一笑，把自己笑醒了，接着又是无休止的疼痛。一会儿，他隐约地听到门外有声音。

李二狗在门口停下，指挥小伍："我用的是秘方，你在门口守着，别让别人进来。"

小伍点点头，立于门口一侧。

看到李二狗走进来，乔峰强忍着疼痛笑了笑："谢谢二狗叔。"

李二狗虽然穿着穷人的破衣烂衫，但是脸上打理得很干净："嘘……"他示意乔峰不要说话，撩开上衣，双手在他的胸口不断检查。

乔峰又咬着牙忍过了不知多少时刻。

"好了，可以说话了。"李二狗把乔峰的破褂子往下拽了拽。

"谢谢二狗叔。"

李二狗冷笑了一下："别谢我，要谢就谢罗瞎子那张嘴，凡是故事都能让他说活了，要不是爱听他吹牛，他也不知道我有这个方子。"

李二狗转身从兜里掏出一些看不出样子的黑疙瘩，糅在一起，再碾碎，然后直接就糊到了乔峰的胸口上。

乔峰牙咬得吱吱直响，豆粒大的汗珠连成线往下流，竟然一声未吭。

李二狗点了点头，感慨地说："也不知道这罗瞎子积了什么德，活着的时候，有人给他当眼睛；死了以后，他骨子里的硬气劲还留了下来，一根肋骨裂了，愣是一声不吭。"

乔峰小声地说："关老爷刮骨疗伤，王佐战场断臂，跟他们比起来，我这些已经够运气的了。"

"运气？是够运气的，要不是自己养的牛，只下了一分力气，估计这会你就跟罗瞎子团聚了。"

守在门口的小伍虽然不能离开半步，但是里面的对话还是能听清楚，此时已经被吓出了眼泪。

"二狗叔，死了我也不怕，反正这次赚了。"

"赚了？"

"嗯，小伍是我兄弟，也是我现在唯一的亲人，可是他身子弱，如果母牛踢到他，肯定会伤得更厉害，如果真是那样的话，我会比现在疼上一千倍，一万倍，你说我是不是赚了，嘿嘿！"他嘴角强挤出一丝笑容，笑得很沉。

李二狗叹了一口气，然后用布条子把乔峰的胸口包裹了起来问："你今年多大？"

"十一岁。"

李二狗难以置信地摇了摇头，接着又点了点头，心情很复杂，他开始收拾东西。

乔峰说："二狗叔，我现在还没有钱，可您的钱我一定还。我现在起不来，等年后，我一定给您磕头去。"

李二狗笑了笑，没说话，他摸了摸乔峰的头后奔出门去。

小伍低着头，泪流满面，李二狗笑了一声："行啦，进屋吧，这小王八蛋没事！"

听到李二狗骂人，小伍猛地抬头，瞪着他说："你骂我哥？"

"怎么了？我救他一命，还不兴骂两句？"李二狗又瞪了小伍一眼，往前走去，但是总感觉有什么地方不对劲。回头看看，小伍正怒气冲冲地瞪着自己，感觉蹊跷，刚要张嘴说话，只听小伍还了一句："你才是王八蛋！"说完，一转身钻进了牛棚。

李二狗眉头一皱，刚要生气，突然又笑了出来："嘿！他娘的，这小子也是个有骨气的种！"说完，扬长而去。

小伍已经哭花了脸，跪在乔峰跟前："哥，自从来到梁家，你一直护着我，今天你救了我的命，从此以后，你就是我亲哥！"

这一年，乔峰十二岁。

秋天了，"叶落花谢人消瘦，风起尘飞尽苍凉"，天地间似乎又变了一个颜色。

乔峰提着一麻袋败落的树叶子，赶着两头要产崽的母牛，突然听见南面的麦谷场院里一阵骚乱，是小伍的声音。他丢下麻袋往前飞奔。

七八个人站在场院的外围观瞧。场院中间，小伍被一男一女控制着胳膊。男的有三十岁左右的样子，半月亮脑门，一刀剪的短头发，样子中规中矩，整身穿着丝绸料的便褂便裤，脚上穿着前宽后窄，上黑下白的胶式鞋，虽然看上去很不协调，但也算是上得了台面。

女的个子很高，头上梳着一个石榴头，穿着旗袍，旗袍上的花纹比较细，应该是从南方弄过来的丝织布。

"儿子，你爹买了三个人的火车票，晚了，咱谁也走不了了。"这女人的声音尖细中带柔。

"放开我，放开我！"尽管小伍极力挣扎都不能挣脱分毫。

那男的很严厉地说："当年把你放到这里，也是出于无奈，总有口饭吃，现如今咱能吃上饭了，爹娘你都不认了？休想让我放开你。"

"我认，我认！"小伍一转身就磕头："爹，娘，你们放过我吧，你们就当没有生过我，我只想跟哥一块放牛。"小伍大声地哀求着。

"见过为了喝酒吃肉打破脑袋的，没见过哭爹喊娘要去牛棚里闻牛屁味的。"说这话的是一个看热闹的中年妇女。

小伍的一声爹娘惊着了正在奔跑着的乔峰，自幼父母双亡的他对这两个词非常敏感，乔峰停下脚步，躲在墙头后面偷眼观看。

小伍的脸早已哭花，跪在地上大声地喊着："哥，你在哪啊，快来把我弄回去，我想睡牛棚，不想坐火车……"

乔峰的眼泪就像是断了线的珠子一样往下流，不停地抽搐着……

两头要下崽的母牛则是越过乔峰，来到场院边上。

小伍看到了母牛，便知道乔峰就在附近，又是新一轮地挣扎呐喊："哥，你出来，我知道你在这里，快把我弄回去，我以后再也不会给你添乱了！哥……我不走，我要是走了，以后你咋办？哥，你出来……"

小伍爹见自己的劝说没有效果，也起了脾气，将小伍扛到肩上就走，嘴里还直念叨："给你个大枣，你还要梨，走不走由不得你！"

小伍已经没有了力气，看大势已去，赶紧说："爹，我求求你，放我下来，娘，让我给我哥磕完头再走，好吗？求求你们了！"

小伍的娘拽了一下他爹的袖子说："难得儿子仁义，磕吧！"

小伍爹停住脚步，喘着粗气："行，就凭你这驴脾气还随你爹的份上，爹答应你！"

两个人就像是押犯人一样，拽着小伍的胳膊，小伍跪在地上，冲着母牛的方向哭着说："哥，我走了，我真的走了，你永远是我亲哥，我一定会回来找你的。"说完，小伍用力往地下磕头，就像是牛蹄子踢到木桶上，嘣嘣直响。

昔日，二人躺在草地上仰望天空，在牛群中穿梭玩闹，寒夜里抱团取暖的场景一一浮现。想到这些，乔峰已经哭瘫在墙边上，自言自语地说："小伍，哥从小没爹没娘，你爹娘来了，哥不能挡着你。"说到这里，也不知道哪来的力气，站起来就往后场跑去。他一口气跑到了后面的林子里，在一棵大树前跌倒，他抱着大树抽搐着，然后沉沉睡去，睡梦中梦到了罗瞎子跟乔峰在城里前门头画圈说《隋唐英雄传》的场景："莫说敌有千百万，不足胯下一轮锤，就算阵法无穷尽，一锤便可定乾坤。此人正是这部书的第一好汉——李元霸……"正到精彩时刻，四五个黑衣打扮的人进到圈子里，带头的先说："一上午两个大子。"

乔峰赶紧跪地磕头："大爷，我们一上午都挣不了一个大子……说了半天书，还得赔一个。"

没等乔峰说完，带头的就用食指指着他："小兔崽子，没你说话的份，有钱就交，没钱就他妈的滚蛋！"

罗瞎子没言语，开始收拾东西，乔峰按住罗爷爷的手说："爷爷，这一场咱马上就说完了，兴许能凑够一个大子。"

罗瞎子扶着乔峰的肩膀，苦笑了一下说："孩儿，你记住，宁可缝住一张嘴，不向恶势献谄媚。树挪死，人挪活，只要有这股心气在，到哪里都有一口饱饭吃。"

乔峰猛地睁开眼睛，梦境也消失了："对，树挪死，人挪活，只要有骨气，到哪我都饿不死。小伍兄弟走了，我也走！"

乔峰冲着后面磕了三个头，哭着说："小伍兄弟，你走了，哥也没有念想了，我也得走！哥发誓，等哥长大了，有了钱，一定要找到你。"他站起来，拍拍身上的泥土，使劲往地下顿了顿已经坐麻的双腿，朝大道走去。

天色渐晚，乔峰停下沉重的脚步。他脸色苍白，嘴唇发干，往前方看去，一片荒凉，他紧了紧衣服，盘算着活路。

"嘭——当一"一个二踢脚在空中炸开，声音高远嘹亮，紧接着是微弱的唢呐声和锣鼓声从身后传来。放眼望去，身后两公里处有一支丧葬队伍，队伍的规模很大，向前直行着。他四周看了看，路边有一个高坡，高坡下面还有一团干枯的稻草，没有多想，他拖着身子趴到了坡下面，抬眼观察着。

渐渐的，队伍离自己越来越近，看得也就越来越清楚。最前面的是持引魂竹的引路人，扔出的纸钱满天飞，左右各一大头鬼，灵柩右前方铭旌写着："义民王中峰享年五十有九之柩"。其后是穿粗麻衣、草鞋、系草绳，持孝杖棍的孝子孝孙，最后是一对大锣，一班吹鼓手，从铭旌上看死者并非吃俸禄的达官贵人，但也是十足的富户。

等人群走到末尾的位置，乔峰瞅准机会，往前一跃就混进了队伍。为了不被发现，他进了队伍就开始哭，开始的时候还相安无事，可是过了半个时辰，便有人觉察出了问题。

前面的一个吹鼓手对旁边的人说："二哥，这小孩是谁家的？咋这么能哭？他不停，我也不能停。刚才险些一口气没上来，差点没把我憋死。"

被称呼二哥的人也很疑惑，他回头盯着乔峰："不知道啊，兴许是王掌柜家的孩子吧。"

吹鼓手皱着眉头，摇着头说："不能啊，我听说这王掌柜的太太不生养啊。"吹鼓手越来越觉得不对劲，"这可不行，王掌柜雇咱的时候说了，吹哭弹拉就咱一家，再来个抢饭碗的咱可不干，我得去问问。"说着往前跑去。

乔峰赶紧低下了头，哭的声音更大了，脸色也更显得苍白，步伐也越显得沉重。

一会儿，一个穿着孝袍的男人走了过来，这人四十多岁，面相和善，温文尔雅。

吹鼓手指着乔峰说："王掌柜的，您看，这孩子是不是您新雇的，要不是，您可不能算钱。"

　　王掌柜上下打量了一下乔峰，然后摇摇头。他蹲下来，双手扶着乔峰的肩膀问："孩子，你是哪家的？"

　　乔峰停下来，微微抬起头，双眼很沉重地眨着："我，我……"刚张开嘴，气没接上来，眼前一黑，一头栽了下去，不省人事。

第三章　贵人改命

　　芙蓉镇的四孝街是一条商业街，王掌柜的纺织作坊就坐落在最中间的位置。门上的牌匾从右向左横书金字"利民纺织"，门两旁的对子字字入心："棉絮弦床轻弹寒凉，华布被服制线巧匠"。正宗的隶书，柔中带刚，勾画之中带着温暖。对联是王掌柜自己写的，看得出其心思细腻，文采斐然。牌匾上挂着白绫，铺门关着。

　　铺子后面是一个大院子，院子里面纺纱、织布工具错落有序的摆放着，没人看管，上面也挂着白绫。

　　王掌柜正穿着孝服跪于中堂之上，正对他的是一张八仙桌，桌子上是老太爷的灵位，上面挂着白绫。桌的两边各放着一个青花龙纹瓶，瓶身绘制龙纹两条，龙身卷曲，首尾相交缠绕，威武凶猛，足内有青花楷书"大清康熙年制"六字款。两瓶中间的墙上挂了一幅莲花，内附刘禹锡《陋室铭》上的两句："出淤泥而不染，濯清涟而不妖"。字体飘逸、俊隽，出自清朝画家的手笔。画两侧则是一副对子，"知人善面交人心，珍才惜德论诚信"。最顶端则是"仁孝忠义"红底黑边的四个大字，足以证明王掌柜对自己的要求很高。

　　刘妈端着茶碗过来："老爷，您都跪了一个晚上了，起来喝口茶吧。"

　　王掌柜点点头问："那孩子喂了几次了？"

　　刘妈说："老爷，已经喂了五次了。"

王掌柜站起来，把茶杯接过去说："嗯，差不多了。"

屋里，乔峰正躺在炕上，王太太坐在炕沿上。刘妈来到太太身边，递了半碗糖水过去说："太太，老爷说这孩子快醒了。"

王太太点点头，把碗接了过来，轻轻地盛了半勺，送到乔峰的嘴边，看着糖水一点一点地渗进去。

刘妈说："太太，我听送丧的人说，这孩子冲进送丧的队伍里就哭，还是真哭，哎呀，非亲非故的，可您说这孩子凭啥哭啊？"

"图啥，还不是图口饭吃！"太太拿起手巾给乔峰擦脸，"这么冷的天，这么小的孩子，但凡有点活路也不遭这罪。"说着，眼眶有些湿润，她抽了一下鼻子控制着。

糖水顺着乔峰的嘴角往下流，他感觉有点甜，以为是在做梦，慢慢地睁开眼，看到一个妇女正在看着自己，双手用力就要坐起来，人弱力亏，半程又摔回去，有些虚弱地说："婶子，这是哪？"

王太太又往上提了提被子，笑着说："醒啦，孩子，来，再喝点糖水，一会就好了，郎中说你是饿的。"

刘妈把脸凑过来，看着乔峰，也笑着说："这孩子嘴还挺甜。"

乔峰抿了抿嘴唇问："婶子，我喝的是糖吗？"

"没喝过？"

"嗯！我还以为这是做梦呢。"说着幸福的眼泪就流了下来。

王太太问："孩子，你叫什么名字？"

"我姓乔，叫乔峰。"

王太太点点头："嗯，好名字。"接着，又递过一勺糖水："孩子，再喝点。"

乔峰又喝了一口，眼泪不停地流着："婶子，你们是送丧的吧？我能跟着你们送丧吗？"

王太太心里难受，眼泪在眼眶里打转："孩子，你还小，这活不吉利，也苦，不能干。"

"婶子，没事，我从小没爹没娘，是瞎子爷爷把我带大的。三岁的时候，我就跟着瞎子爷爷上街说书了，大家伙儿要是送丧累了，我还能给他们说书解闷。婶子，我什么都做过，什么苦都能吃，我也会哭，东家都说我哭得好，您行行好，就让我跟着你们的队伍送丧吧？"

王太太看着乔峰如此期望的眼神，不知道该怎么回答，眼睛一酸，把碗递给了刘妈说："你再给他喂喂。"捂着眼睛来到中堂抹泪，嘴里直念叨："想生的生不出来，能生出来的要让孩子遭这罪。"

王掌柜赶紧劝道："你看看你，咱救了人是好事，哭什么？孩子醒啦？"

"嗯，醒了。"

王掌柜点了点头："醒了好！"

王太太擦去眼泪说："老爷，这孩子挺喜人的，张口就是婶子长婶子短的，人也机灵，他想留下。"

王知山看着她，没表态。

王太太继续说："老爷，还是留下吧。还有两个月就立冬了，这孩子没爹没娘，放出去就是个死。咱就把他放在柜上，咱家不差这一口吃的。"

王知山来回走了两步说："这年头，到处都是挨饿的，咱都收也收不起啊！"

王太太不放弃，把茶杯送了上来："谁让你都收，就收这一个。别的不说，这老太爷刚走，又进来一个，说明咱家的人丁旺，这不是什么坏事。再说老太爷走得仓促，这一路上能真哭的没有几个，这孩子能哭，还把自己哭晕了，这就是跟咱们家有缘。刚才我问了，这孩子叫乔峰，老太爷的名字最后也是个峰字，这也是缘。"

王知山转身看着太太，心里被深深触动了一下。

这时，管家走了进来。管家三十多岁，个子不高，但是身材很匀称，眼睛炯炯有神，显得很干练。他递给王掌柜一个账本说："老爷，这是昨天的账。"

王知山点了点头，管家站到一边不敢打扰。

王太太看他们有事要谈，也主动地退回到里屋。

管家说："掌柜的，昨天老太爷下葬，有些事就没有跟您说。咱们柜上的三个伙计都来了三个月了，按规矩要决定是留还是走了？"

王知山抬起头来，看着门外，若有所思。

管家继续说："王二牛在他们三个里面年龄最大，为人忠厚、老实、有担当。"

王知山摇了摇头说："做买卖讲究的是内方外圆。忠厚这个品质固然重要，可是闷葫芦嘴，只会干活，不说话，实在不是做生意的材料。"

"那就李三娃，百善孝为先，这孩子是真孝顺，在家里排行老三，却比老大都懂事，每次回家都给他爹、他娘买好多东西，十里八乡出了名的孝顺，而且还不是闷葫芦。"

王知山又摇了摇头说："孝顺是孝顺，可是把钱全买成东西，未免太过愚钝，不如把钱给家里人，让他们买自己需要的东西，好钢要用在刀刃上。"

管家也随着点头，继续说："王小二怎么样？这孩子做事精明，没有他算不清楚的账，上次一个客户差了一文钱，愣是跑出去十里地，把钱又要了回来，找他做买卖肯定赔不了。"

王知山还是摇了摇头说："这个也不行。一文钱也要跑十里地，眼光也长不到哪里去，做买卖保证不赔还不行，一定要往大里做。"

管家这下也犯了愁，皱着眉头说："老爷，咱一共就这三个伙计，总不能都辞了吧？眼看冬天就来了，临时换新人怕是忙不过来啊。"

王知山点点头："那就把三娃这孩子留下来看看吧，这'孝顺'二字好写，可是很难做到，兴许能有盼头。二牛和小二就安排在作坊里吧，都是好孩子。"

管家点点头："掌柜的，咱的柜台大，总不能柜上就留一个伙计吧？"

看掌柜的不言语，管家眼珠一转，"老爷，听说您刚捡了一个，莫非您是想把他留下？"

王知山若有所思地看着门外，片刻，微微地点了点头说："或许这还真是天意。"

王知山来到屋内，乔峰知道是掌柜的，猛地起来就要跪下。王知山赶紧把他按住："孩子，快躺下，咱家不兴这个！"

正峰还是太虚弱，喘着粗气说："掌柜的，您救了我的命，我就得给你磕头。"说着还是跪下磕了头。

王知山拧不过，也就没再阻拦，但感觉这孩子确实懂事，满意地点点头："孩子，你当真想留下？"

"嗯，掌柜的，我想留下，我什么都能干。"

王知山问："那你叫什么名字？"

"我叫乔峰，我没爹没娘，瞎子爷爷说捡到我的时候，我衣服里带的。"

王知山点点头，然后看着窗外，若有所思地说："这名字虽然工整，但并不含大志。咱们是经商的，做人要堂堂正正，做事需要公公正正，中间就加个'正'字，以后就叫乔正峰吧！"

严冬，寒气开始肆虐，然而人们来买东西的热情不减，满街的商铺生意都有人光顾。有扎长辫子的儒雅绅士，有留短发的进步青年，还有穿着西装革履的洋派人士，多数都是俊男靓女。

利民纺织的东边是一家跟自己差不多大的昌盛纺织，中间隔着五家卖杂货的铺子。昌盛纺织门口立着一个石狮子，风吹日晒掉了一只耳朵，但威武仍在；门两边的对子很惹眼，上联是"棉麻纱纺样样齐全"，下联是"布匹绸缎绰绰有余"。两扇门是新上的黑漆，黑得发亮，上面贴着财神爷，进门出门，笑脸相迎。

铺子里面打扫得很干净，铺门打开着，等待着商客光临。

铺门口有片空场，一个外地汉子来卖火柴。这汉子有三十多岁，留着胡子，褂子有些破烂。他手上提着一个箱子，箱子里面铺着块红布，上面的洋火成排地摆放着，画有火车头的图案的一面冲上。他正在招揽顾客："大姐，来盒洋火，咱这洋火可不一样；大哥您也过来看看……"这声音粗犷而悠长，仿佛带着火气，迅速地在周边的大街小巷散播开来，不大会工夫，身边已经围了七八个人。

一个满脸胡子的大哥问："你这洋火哪里不一样？"

"嘿嘿……"买卖人拿出一盒显摆一下，"这可不是一般的洋火，八国联军进北京，一把火烧了圆明园，用的就是这种火，别说是烧火炖肉，就算是暖热炕头都不用烧柴火……"

"吹牛！"胡子大哥没忍住。

洋火贩子梗着脖子："这位大哥，要不你找个地，我给你点点……您要是觉得不过瘾，您套辆牛车，拉我去洋骚子那里转转，咱也烧他一回狗娘养的！"

周围的几个人哄堂大笑……

这时，昌盛纺织的胡掌柜从铺子里冲了出来，他穿着对襟大褂，头戴瓜皮帽，眼里透着精明。他冲着小贩一挥手："哎，插两句，这位老板，我看还是散了吧，您到别的地方去发财吧。"

人群应声散去，火柴贩子赶紧拦人："哎，别走啊……别走……"末了，一个人都没拦住，火柴贩子脖子又是一梗："咋了，火神爷您都不待见。"

胡掌柜冷笑一下，指了一下自己的铺子："对不住了，老板，您看看我是干嘛的？"

火柴贩子看着昌盛纺织的牌子："卖布的。"

"对喽，这火神爷我是不敢惹，正好跟我这棉麻犯冲，哪怕是一丁点儿的火星子都能让我倾家荡产，您说，您是不是该挪挪地？"

洋火贩子脸色变得好了一些："嘿嘿，还真是。好说，好说。不是咱火神爷的官不够大，是您家太怕火。"他盖上箱子往前走。

胡掌柜一伸手又把火柴贩子拉住："兄弟，我看您这买卖也不容易，我给你介绍一个发财的地方。"胡老板指着前面说："往前过五家，他家买卖多，来往人也多，就怕你不敢？"

火柴贩子脸上有了笑模样："我走千家，串万户，还没有不敢去的地，火神爷就是咱的护身符，他家是干什么的啊？"

胡掌柜说道："也是做纺织的！"

火柴贩子眼睛一瞪："都是干棉麻的，您怕火神爷，他就不怕？"说完，眼中掠过一丝蔑视，"您这心眼也忒黑了点吧。"说完提着箱子离开。

胡掌柜听完不舒服，"嘶……嘿！"想要反击，但是想了想，又不知道该说些什么。看着火柴贩子走远，又冷笑了一下，点点头，正准备转身回去。这时，一顶四人抬的轿子在身后停下，轿子两边是两名带刀护卫。

胡掌柜知道惹不起，恭恭敬敬地站到了一边，低下头。

门帘一挑，从轿子里出来一个公公打扮的人。他手持拂尘，眉眼很高，声音也很细："眼下贵宝号是谁做主啊？"

胡掌柜这才敢微微抬头，一看是宫里的公公，有点纳闷，明明知道清朝已经名存实亡了，但是骨子里仍然不敢怠慢，恭恭敬敬地说："公公，小的做主。"

公公没有正眼看他，从怀里掏出一个小册子递过来："噢，看你还懂点规矩。这格格要嫁人，也赶着你发财，给你送生意来了。"

胡掌柜高兴地接过册子："不瞒您说，小号最近火上房，这裤腰带都空出一半来了，您这生意还来啦。"

胡掌柜打开册子一看，嘴里头念叨："吉祥如意被十条，鸳鸯戏水被十条……"一开始是笑，念着念着没了表情。他抬起头偷偷瞅了一下公公和他身边的这些配饰，转喜为忧，轻轻地把册子合上。

公公问："这活你能干？"

"这……这……"胡老板吞吞吐吐。

公公问："怎么着？我们还来错地方了？"

"公公，不瞒您说，小号做的是小本买卖，一直是小来小去。可您要的都是大件，就算是把我们家底都做完了，恐怕也凑不齐啊。"

清朝已去，国运难复，公公也没有了曾经的霸气，嘴一撇，一伸手夺过册子："得，您这是病秧子卖大力丸，光会吆喝，没真本事！"转身又上了轿子："走，去下一家看看！"语气里多少带着些嘲讽。

胡掌柜在后面躬身赔着笑。等公公的轿子离开，胡太太挑门帘进来说："他爹，我可都听见了，你今天这是咋了？到嘴的肉都能吐出去？"

胡掌柜瞪了胡太太一眼，边往屋里走，边说："这都民国了，大清朝已经名存实亡了，你还拿它当回事呢？"

胡太太还是有些担心："这可是格格要的。"

胡掌柜有些不耐烦地说："我再跟你说一遍，大清朝亡了，家也分了，人也跑了，现在的格格遍地都是。"

胡夫人小声嘀咕道："你现在倒是口气大了，刚才还见你给他们作揖行礼呢。"

胡掌柜眼睛一瞪："你懂个屁，你没看见后面有两个带刀的啊？哼！一人坐轿子，四个人抬，这叫角倒了——架子不倒，这是强撑着呢。"胡掌柜怕自己应付不过来胡太太的追问，赶紧举事实为例："城西卖家具的刘大发就是以为攀上了京城宫里的高枝，货是卖了不少，可就是不给钱，都快给整黄了。咱要是把货给了他，就算是提着猪头也找不到庙门。"

胡太太一时应付不过来，也不知道再说些什么。

胡掌柜突然停住脚步，转身说："他们一准去了利民纺织，你快去门口看着，天上掉下块石头饼——拣命短的砸，谁沾边，谁死！这回，我要看看利民纺织是怎么死的。"

公公的轿子在利民纺织的门口停下，正峰笑着迎了出来。这些天正峰精干了不少，浓眉之下，炯炯有神的眼睛更显得帅气。头上戴着黑色瓜皮帽，上身穿着灰色马褂，下身是未过膝盖的黑色短袍，为了干活顺手，经常把前面的一扇塞进腰里，像极了一个小买卖人。因为伙食、环境都有所改善，脸上也白净了许多。

他看到是个公公，笑着双膝跪地，磕头："给大人请安！"

公公很高兴，抬起头，笑着说："嘿，这小蹦豆子还挺懂规矩。"

正峰笑着回答："大人，人分九等，可礼无贵贱。小的进来的第一天，掌柜的就告诉我，客户为天！您进我们的门，不仅买的是东西，还有这心里的高兴。"

公公点头认可："行，有点意思。"公公得意地走进铺子，一抬眼看到了三娃，三娃没见过大官，愣在那里。公公说道："怎么尽是小蹦豆子，有管事的吗？"

正峰赶紧跟过来上茶："大人，柜上就我俩支应，您要什么，一准给您办好。"

公公有些失望，他坐下，冲着手下人挥了挥手，那人把册子递了过去："看看这些货你们有吗？"

正峰看了一遍："大人，您的这些货我们都有。"

"都有？"

正峰点点头："嗯，都有。"

公公原地发号施令："那还愣着干什么啊，赶紧按单装货啊。"

三娃赶紧凑到正峰耳边，小声地说："哥，我觉得有点悬。再说，管家交代过，不允许跟大清朝的官打交道，他们没钱。"

正峰点点头，眼珠一转，跑到公公跟前，又倒了一杯茶说："大人，没猜错的话，您是东头的李公公吧？"

公公很惊讶："哎哟，你认得我？"

正峰笑着说："大人，我经常出去送货，常听人说，咱们芙蓉镇一共有两个大人物，第一个城西的李员外，那是咱们芙蓉镇的首富，这第二个就是您了。"

公公更加得意："他们真这样说的？"

正峰说："他们都说您是京城王爷身边的红人，说一句话比这里最大的官都管用。满大街看看，咱们芙蓉镇有几个出门坐轿子的？您是头一个。"

"那是！呵呵，你这个小蹦豆子说话还挺好听。"说着把茶喝完。

正峰又给续上一杯，继续恭维："大人，他们不仅这样说，还说您特别大方，不仅是对手下的人，对待外人也是。"

公公被夸得魂不附体，点着头："那是当然！"

正峰继续恭维："尤其是您出门买东西，从来不赊账，不但不赊账，看见不富裕的，您还能多给。要我说，这芙蓉镇第一的位置就应该给您。"

公公刚进嘴的茶，差点没喷出来，咳了好几下，赶紧掏出手绢来擦拭，有些不知所措："这……这……"

正峰赶紧吩咐三娃："三娃，还愣着干什么，赶紧算算多少钱，咱不但不能要大人的赏，还要往便宜里算。大人给的是现钱，咱不能把事做差了"。正峰把脸凑到公公跟前，"大人，您看这样行吗？"

公公的脸一阵铁青，被正峰激得嘴唇直哆嗦："这？这？好，好。"

货装了整整一马车，正峰跟三娃跪在地上送客："大人，您慢走！"

公公手持拂尘，有点落寞，轻轻地叹了一口气，小声地骂道："这他娘的算栽了。"

胡太太在门口瞧到这些，赶紧掉头往屋里跑，边跑边喊："当家的，当家的，利民纺织不仅卖了一整车货，还收了钱，你快看看去吧。"

"什么？"胡掌柜把到嘴边的茶杯扔到桌子上，撩起袖子就往外跑，看到一辆装得满满的马车从门口经过，他使劲拍了拍自己的额头，悔不当初："这也能要出钱来？"他再看看正在后面作揖的正峰，感叹道："这他娘的小放牛的是怎么哭到他家的？"

过年了，街道上的玲珑灯一夜未眠。

天刚亮，大街小巷放着为数不多的鞭炮。昌盛纺织的胡掌柜站在店门口，等着上门拜年的人。

正峰领着三娃过来拜年，双手抱拳："胡掌柜，新年好，给您拜年了。"

胡掌柜一愣，瞥了他们一眼，然后往旁边一侧身，弹了弹袖子，眼睛看着天，装作没有看见。

三娃推了一下正峰，挤了一下眼睛，暗示绕过去。正峰摇摇头，他还带着三娃给胡掌柜磕了一个头："胡掌柜，给您拜年了，祝您生意兴隆，财源广开！"

看着胡掌柜仍没有回应，正峰才带着三娃离开。胡掌柜看着他们离开的背影，无奈地叹了口气，再看看利民纺织陆陆续续来人，又添了一些灰心。利民纺织的热闹非凡更显得自己铺子的寥落，他咬了一下嘴唇，愤愤地走向屋里。

昌盛纺织跟利民纺织一样，都是前面门脸，后面作坊，只是生意差些，所以，院子里面除了一些纺织工具，还有一块空地。一个十岁的小男孩正在空地上点炮仗。胡掌柜怒火冲冲地来到男孩身边，抬起腿就是一脚，未点的炮仗飞了出去，骂道："你他娘的也有点出息，人家放炮仗是过年，你他娘的是咒老子死！"他指着门外喊道："去，出去替老子拜年去！"

男孩被吓坏了，呆在那里不敢说话。

胡掌柜又气冲冲地回到屋里，一屁股坐在了椅子上。

胡太太看到儿子受了委屈，想过来质问，走到跟前，看到掌柜的脸色不好，又把话咽了回去，伸过脸来问："当家的，又咋了？"

胡掌柜指着桌子上的茶壶，大声地嚷嚷着："倒茶！"

胡太太不敢怠慢，麻利地倒了一杯茶，然后放到胡掌柜的手边。胡掌柜一抬手灌了下去，开始骂："你说，他一个姓乔的，十足的外来户，咱这芙蓉镇哪一个跟他有关系？从东头磕到西头，挨着家地认祖宗，小嘴巴巴的还挺能说，就没他拜不着的年！"

胡太太知道他为什么生气了，劝道："要我说，这你生什么气啊？他磕头拜年那是他膝盖软。再说，磕几个头算什么！"

胡掌柜眼睛一瞪："你懂个屁！那是拜年啊？那是拜财神爷呢！你要知道那不仅是他的财神爷，也是咱的财神爷！他多抢了一口吃的，咱就少了一口吃的！"说完又急得站了起来，"不行，无论如何都得把这小放牛的弄出芙蓉镇。"

下午，胡掌柜摆了一桌酒席。胡掌柜家虽说不上豪华，但在镇子上也算数得着的富足户。八仙桌子擦得很亮，旁边放一尊关二爷像，更显得威严大气。

院子里，胡太太正在清扫地上的炮仗碎屑，一下一下显得很沉重。

李管家进门，走到胡太太跟前问："嫂子，胡掌柜今天怎么了？非得请我吃饭！"

胡太太叹了一口气说："李管家，您终于来了，他让人给气着了，得找人给顺顺！"

胡掌柜听到了声音，从屋里走出来，李管家赶紧迎上去说："胡老板，这大年初一就摆酒设宴地招待我，这是唱的哪一出啊？"

胡掌柜苦笑一下："这哪还有心思唱戏啊！即使是唱，我也是那《千忠戮》里面的程济，《翡翠园》里面的书生舒德溥，没他娘的一个有好下场。"说着掀起门帘，李管家走了进去。

一大桌子的酒菜，香味铺满了整个房间，李管家坐到了下首的位置。胡掌柜的儿子从里间探出个脑袋往中堂里偷看，正好被胡掌柜看见，他从盘子里抓起一把花生米说："你过来！"

小男孩乖乖地走了过来，脸上带着胆怯，胡掌柜把花生放进小男孩的口袋里说："来，儿子，给你李叔磕个头，沾个过年的喜气。"

男孩刚刚舒展的眉头陡然又皱了起来。胡掌柜脸色一变，骂道："你他娘的就是不磕头是吧？行，那你也别吃了。"说着就要收回那把花生米。

小男孩用手捂着自己的兜兜，一扭头，跑出屋子，顷刻没了踪影。胡掌柜骂道："你说，都他娘的是孩子，咱这孩子咋就脸皮这么薄，膝盖骨比他娘的石头还硬？"

李管家明白了什么意思："原来胡掌柜是被一个孩子气着了。"

胡掌柜自己喝了一口酒，叹了一口气说："李管家，咱们两家做邻居也有十多年了，生意上也互相帮衬，所以这些年来咱们两家一直是平分秋色。可是直到你们利民纺织找来这个放牛的小伙计，我这边利润一直下滑，这两个月都少了三分之一了，你说这小放牛的咋就哭进了你们利民纺织的门了？不见人不说话，只要是见了人，男的不是叫叔就是喊大爷，女的就往死里夸，五十岁的老娘们能说成二十岁的大姑娘。知道的是你们利民纺织请了个伙计，不知道的以为你们给我请了个祖宗呢！"说到这里，胡掌柜又独自喝了一杯，满是惆怅。"今天是初一，这一大早就在这芙蓉镇挨家挨户地磕头，要是一直这样下去，我看我是迟早要从这芙蓉镇滚蛋了。"

李管家也自己喝了一口，笑了笑说："胡掌柜的，我看这有些小题大做了。

这个伙计不仅是给周边的乡亲拜年，连作坊里的工人，他都去磕头了，不是什么大事。"

胡掌柜被惊了一下，眼睛瞪大："什么？工人他都拜年了？"

"对啊，只要在作坊里干过活的，年龄比他大的，挨家挨户地跑了一遍。"

胡掌柜更加惆怅起来："哎呀，他虽然是伙计，可代表的是掌柜啊，给工人磕头拜年，这事我可从来没有听说过啊，他到底是哪路神仙变的？"

李管家不以为然，摇着手说："没有那么夸张，就是个聪明伶俐的伙计。您从商这么多年，什么阵仗没见过，拜个年就能把您给气着？"

胡掌柜的使劲摇着头，又给李管家满上一杯说："伙计我见多了，这种伙计没见过。要说他没来之前，咱们芙蓉镇最好的伙计在张家染坊，那伙计不但账算得明白，干活还出奇的利落，你们家，我们家，咱们芙蓉镇这十几家织布的有七八家都给他染。这就够厉害了吧，可这个小放牛的更让我瘆得慌。他不一样，他不是明精，他是傻里透着精，玉米地里窜高粱，看着不显眼，但是高出一大截来。我可是打听了，从我这走的那些老主顾都说这小子嘴叫一个甜，甜得你回家还得想，想了以后就放不下，放不下就还得进你们家门买东西。要不然我的生意能这么差？"

李管家脸色沉了一下："胡掌柜，你铺子上也有好几个伙计，这伙计聪明就应该奖，总不能让人家不说话吧？再说，您要是还有意见，恐怕得找我们掌柜的，我虽然是管家，说到底就是个打杂的，这种事管不了。"

胡掌柜眼睛一瞪："找他？王知山无儿无女，长眼的都看得出来，他是奔着收徒弟去的，再有个几年，这小放牛的弄好了就是少当家，最差也得是个管家！"

"顶我的差？这话我可不爱听。"胡掌柜说话太直接，李管家往后一撤凳子准备走，胡掌柜赶紧拽住他说："李管家，不是我希望你被挤走，也不是我胡某人说话难听，事都在这摆着呢。你看看咱们芙蓉镇，刘家粮店的管家是被他小舅子顶了，城西当铺的管家被他亲侄子给踢了。别说他们，就说我的管家，我都想找个自己人给替了。来，别生气，快坐下。"

李管家多少动了心思，稳了稳情绪，又坐了回去，但胡掌柜的这通教唆让他瞬间觉得自己前途未卜，说道："这几年我可一笔账没有差过，这前脸后坊的事我也料理得很工整，我就能这么容易就被换了？"

胡掌柜独自喝了一杯，笑了笑，道："李管家，你做得再好，对于王知山来说也是个外人。就这一个'外'字，就没有地方说理去。李管家，今天跟你一聊，我算是看透了，这伙计的行为做派不同于常人，就拿给作坊的工人们磕头这个事来说，咱就差着呢，我看早晚是你的劲敌。"

李管家将信将疑："有这么严重？"

"我问你，你什么时候当的伙计？"

"十四岁，在陶瓷店。"

"那你过年的时候给工人磕过头吗？"

管家摇摇头："没有！"

"别说是你，我是十五岁开始到柜上，别说让我给他们磕头，他们不给我磕头，我还生气呢。这伙计从现在就开始磕，再多磕几年，翅膀可就真磕硬了，这就叫收买人心！我再问你，你能让所有进门的顾客都能买东西，而且还乐乐和和的吗？"

李管家想了想，摇摇头："也不能。"

"他就能！不仅这次要买，下次还得来买，不买就跟缺点什么似的，就跟着了魔一样。还有，柜上的事这么繁琐，尤其是在账务上，你能保证一年当中不出任何差错吗？"

李管家有些犹豫："这个……"

"行啦，兄弟，这方面我深有体会，不出差错太难了！但是小放牛的就能不出错！唉！"胡掌柜叹了口气，"他来的这一年，我真是大开眼界了，这个小兔崽子做了太多不可思议的事了。"

李管家也感觉后背发凉，他双手抱在怀里，眉头紧锁在一起，思考着自己的前程。

胡掌柜感觉火候差不多了，拍了拍李管家的手背说："李管家，我长你几岁，就明白一个道理，这人啊，要居安思危。"他又给李管家倒了一杯酒："我看你也是个明白人，我也不兜圈子了，趁这小放牛的羽翼未满，必须把他弄走，这事对你好，对我也好，而且我必有重谢！咱可千万别等到被踢走的那一天，到时候连后悔药都没地方买去。"

李管家像是被说动了，手指轻轻敲击着桌面，未置可否。

胡掌柜继续说："兄弟，其实就是赶走个伙计而已，不是什么大事。王掌柜的规矩多，这小放牛的犯了哪一条都够让他滚蛋的，招咱有的是。"胡掌柜再次举起一杯酒说："来，兄弟，喝酒！一会儿我就出一计。"

第二天早上，正峰跟三娃在柜上理货。

门外进来一个中年汉子，个子不高，肤色黝黑，头大脸圆，显得很憨厚。他来到店中间，四周看了看，没说话。

正峰赶紧过来招呼："叔，您是要买货？"

汉子没理他，挑起门帘往后院瞅了瞅问："管事的在吗？"

正峰笑着回答："叔，我们掌柜的出去了，管家也刚走，您要什么跟我说就行。"

汉子使劲摇着头，很惋惜地说："得，合着你们掌柜的没这财命。"说完，转身就往外走。

正峰赶紧拿话拦着："叔，您留步。"说着，倒了一杯茶端过去："叔，这大冷天的，您喝口茶，暖暖身子。"

汉子感觉伙计的服务还行，接过茶杯，吹了两下，往嘴里送。

正峰继续说："叔，我虽然是个伙计，但是柜上的货都做得了主。您要什么，尽管说，一准给您办好。"

汉子一口把茶喝完，然后拽着正峰的胳膊走到门口的位置，指着外面的一辆马车说："瞧，刚打包好的十包棉花，特意给你们家送过来的。不瞒你说，我老娘病了，急用钱，别家两块大洋一包，我一块一包给你，这十包就能省十块，你说是不是个小财？"汉子用眼瞥了一下正峰，"但有一点，得要现钱。"

三娃也跟了出来，看着满车的棉花，也觉得价格合适，问："叔，当真一块一包？"

汉子很失望地将杯子塞到正峰的手里："算了，你们两个伙计也别拿我打岔了。你们家没说了算的，这点财还是让别人发了吧。"汉子走出门外，一屁股坐到车上，挥鞭就要走。

正峰赶紧拦在车前面说："叔，这货我们要了。"

汉子惊讶地问："这你也能做得了主？"

三娃拽了拽正峰的胳膊，小声地说："哥，掌柜定下的规矩，伙计不能做东家的主，坏了规矩是要被辞的。"

正峰笑了笑说："没事！哥心里有数。"说完，冲着汉子说："叔，从后院拉进去吧，我找人卸货。"

汉子一脸高兴地往后院驾车。

两个小时后，王知山从外面回来，刚进屋，李管家便追了进来："掌柜的。"

看到李管家有些焦急，王知山问："怎么了？"

"掌柜的，出点事，但是……"李管家欲言又止，显得很为难。

"说吧，没有什么不能讲的。"

李管家很认真地说："掌柜的，您出去的这会出了点事，柜上的伙计正峰私自收了十担棉花……呃，掌柜的，咱们利民纺织有规矩，伙计不能做东家的主，否则一律劝退，可是收的价格确实不高，要不念在正峰是初犯，人也很机灵能干，您就饶他一回吧。"

王知山惊得干咳了几下："还有这事？"

"千真万确！"

王知山一挥手："你把他叫过来。"

"好！"管家快步走了出去。

王太太从里屋出来，面色担忧："老爷，正峰这孩子平日里乖顺得很，能犯这种错误？哎呀，他要是真犯了，您可真要按规矩把他赶走吗？这孩子，我真是稀罕，虽说是柜上的伙计，可没事就往作坊里跑，又是纺线，又是织布，都能顶一个小伙子出的力。"

王知山长出一口气，像是在做一个艰难的决定："就看这孩子的造化了。"

不一会儿，管家领着正峰进来了。

正峰打招呼："掌柜的，太太！"然后，立于一旁。

王知山问："正峰，你今天收了棉花？"

正峰点点头："是的，掌柜的。"

王知山的脸色开始变得很难看："一块一包？"

"嗯，一块一包。"

王知山越问越急，语速也加快了很多："钱可是从柜上出的？"

正峰回答："掌柜的，棉花是我要留下的，也进了库，可钱还没有出。"

管家一听，愣了一下，话风突变，厉声问道："还没付钱？"他指着正峰："老爷平日对你不薄，你可要说实话，你没付钱，人家能把棉花给你？是不是私自做了掌柜的主，不敢说实话？"

正峰说："李管家，掌柜的有规定，柜上的伙计不能做东家的主，所以我就没付钱。"

管家难圆其说，有些慌，额头冒出汗珠，赶紧拿出手绢擦汗。

王知山悬着的心终于放下，柔声问道："那卖棉花的人呢？"

"那人进来的时候身上有酒味，我觉得是个酒鬼，所以让三娃带他去了隔壁的酒楼，这会正吃着呢。掌柜的，三娃也没有带银子，怕是想回来也回不来了。"

王知山恍然大悟，满意地点点头，王太太也捂着嘴笑了。李管家站在旁边无所适从。

王知山说："好，那你赶紧把钱送过去，花多少就在柜上取吧。"王知山内心的石头也算是落了地。

"好，掌柜的。"正峰跑了出去。

管家脸色很尴尬，低着头傻笑："嘿嘿，这就好，这就好，这样我就放心了，我就说咱家的伙计最懂规矩，尤其是正峰。"

王知山看看他，没说话。管家自知没趣，也主动退了出来。

王太太沉着脸，倒了一杯茶端过来，说："老爷，我怎么有些看不懂啊，李管家刚才的做派跟开始的时候可是完全不一样啊，这中间出了什么事了吗？"

王知山看着窗外，不说话，若有所思……

晚上，昌盛纺织的中堂上烛光闪耀，但是气氛很压抑。胡掌柜喝着茶，眼睛却不看任何地方，沉寂中带着愤怒。那卖棉花的汉子耷拉着脑袋站在对面。

看到胡掌柜一言不发，汉子心里打鼓，试探着说："胡掌柜。"

话刚出口，胡掌柜就把茶杯按在桌子上，茶水也溅了出来，厉声道："好你个李大发，我大老远把你从乡下整过来，就是图个脸生，可就这么点事你都办不好，一下午的工夫，人没有弄走，还让我亏了十块大洋，你是来帮我的，还是来祸害我的？"

汉子皱着眉头解释："胡掌柜，天大的冤枉，谁知道这小兔崽子知道我好酒……"

胡掌柜打断他："能吃不能干的东西，就这一口酒坏了我的大事！"

汉子的表情由可怜转为委屈："我说我胆子小，干不了这活，你让我喝酒壮胆，这第一口酒还是您让我喝的。"

"行啦！别说了，都快让你给气死了！"

汉子多少想缓和一下气氛，又说道："胡掌柜，这小兔崽子心眼太多，都快成精了。知道我好酒，他就把我往饭馆里带，去了饭馆还不带钱，即便是我想走，店老板也不让我走啊。等他们掌柜的回来了，再来拿钱赎人，这锅生米就彻底地被熬熟了。"

胡掌柜瞥了他一眼："哼，还用你说？这小兔崽子从刚会走道就跟着人上街说书，宋元明清的那点故事，倒着都能给你说出来，这点招都是从上面学的。"

汉子如同顿悟一样，似乎找到了症结所在："噢，原来是这样，我说斗不过他呢，我就是书听少了，从明天开始，我就……"

胡掌柜越听越来气，指着他喊道："你听也没用！你就是个饭桶！"

汉子又被打击到原来的模样，一脸委屈地站在那里，一言不发。

胡太太性格柔弱，虽不懂经营从商之道，但见自己男人对一个孩子暗下心机，多少有些不忍，过来劝道："当家的，既然弄不走，咱就不弄了，这孩子跟咱家的孩子一般大，又是穷苦人出身，别跟一个孩子置气。"

胡掌柜瞪了她一眼："妇人之见！咱要是留着他，保不齐以后咱就得变成穷苦人，那种吃了上顿没下顿的日子，想想都害怕！"他把剩下的茶喝完，吩咐道："你一会儿去找一下李管家，告诉他，这次没成功，我再想办法。这么说吧，在这条街上，有他没我，有我没他！"

这天，雪下了整整一晚，树上残枝多被压断，强壮的树枝也弯得像一个年迈的老人。偶尔见到几只鸟飞来，也懒得落下，北风吹过，寒风刺骨。

一大早，正峰周身捂得严严实实的，驾着马车出去送货。

雪景映人人成景，人羡雪白白如人——雪越下越大，很快就跟天地成了一个颜色。

屋里，王知山正在练字，提起笔来，但是不知道写什么，正在苦想。

王太太过来说："一大早我就看到管家把正峰支出去送货了。这大冷的天，还下着雪，别冻坏了这孩子，你也不拦着点。"

王知山哼了一声："这做生意，苦头还是要吃的。"

"可这也太苦了，都赶上熬鹰了。"

王知山得到启发，开始下笔，在纸上写了一个"熬"字，随写随说："对，就是熬鹰，这熬鹰就得下狠心，吃得苦中苦，方为人上人。咱这买卖积累到现在不易啊。"

王太太心很软，眼眶有些湿润："我知道你也是有意不拦着的。可别人会不会说咱这主家的心太狠了？"

王知山写完，退后一步审视着自己的字说："无论到什么时候，这老一辈选接班人的规矩不能丢，就得熬。翅膀熬硬了，心思熬细了，眼睛熬尖了，这才能成一半……你就放心吧，这孩子能行。"他放下笔，弯下腰，开始平视着观瞧。

王太太也有了信心，点了点头："对，先苦后甜，假的真不了，真的假不了，只要是那块材料，熬得住！"

正峰驾车来到镇东头的一家门店，门头上面匾额楷书"宋家大染坊"，字体刚劲，墨迹如新。

柜上也是一个小孩，看着正峰进来，有些慌，撩开门帘就向后院跑，边跑边喊："掌柜的，太太，来人啊——"

随后，听到后院有个男人的骂声："阿斗卖秤砣——货硬人窝囊。能看不能用的东西，来个人你也怕。"说完，门帘被挑开，男人从里面出来，有四十多岁，很瘦，头上戴着瓜皮帽，下身还系着染布的围裙，看起来精明利落，正是染坊的掌柜。掌柜的一看是正峰，笑了："嘿，利民纺织的小财神爷，哈哈，您给我们送生意来了？"

正峰笑笑："叔，我们管家说了，你家染的布也不错，价格也公道，让我把粗布送到您这里染。"

掌柜的眼睛一转，开始自夸："您们管家算是说对了，别看我们染坊在城边上，可论染布的手艺得往这最尖上算。张家染坊染得好，那是因为我们不争，要论真本事，我们比他的色正，还不掉色。要论到这挂浆，那更是我祖传的手艺。"

正峰点点头："行，叔，咱就试试，那咱卸货吧。"

"好！"二人一前一后走出门去。

货卸完了，正峰从兜里掏出十个银圆递给掌柜："掌柜的，辛苦！您过过账！"

掌柜数了数，看看正峰，笑了笑，然后又从里面拿出一块放到正峰的手心里："这块您拿着。"

"这使不得！"正峰下意识地手往回抽。

正峰的手刚到半程就又被掌柜的拽了回来，他按着正峰的手不动，又把大洋放回去道："务必拿稳了，就当是回敬您的。您听我说，你们家织的布多，我们家染的布好，这叫互帮互助，求之不得，呵呵！"掌柜的推着正峰的手，又帮着他把大洋放进兜里："您记住了，日后送过来的货都有您的一份。还有，这钱您务必自己收好了，别交到柜上，即使不算这一块，给你们家的价格也是最便宜的，可不能让别家知道。"掌柜的轻轻地拍了一下正峰的手背，"马无夜草不肥，人无外财不富，时间长了，您就能自己置间铺子了。"掌柜的俯视着正峰。

正峰说:"叔,我们柜上有规矩,伙计……"

掌柜的打断道:"规矩是死的,人是活的!大清朝怎么亡的?就是亡在那么多规矩上!听叔的,把这个收了,以后叔也能踏踏实实地跟你合作。"

正峰顿了一下,然后拍了拍自己的兜,笑了笑说:"行,叔,这钱我收下了。难怪您把生意做得这么好。芙蓉镇这么多染坊,您给的价格最低,您放心,以后我们家的布我多往您这里送。"

"成,成,有多少我帮你染多少。"

掌柜的表现得很热情,正峰刚走,脸就迅速地冷了下来。他将那九块银元在手里掂了掂,表情很不屑:"哼,有多少送多少?小兔崽子,赔本的买卖我就干这一回。"他发泄完,一回身,又想起了刚才的事,一伸手把藏在门帘后面的伙计拉出来训话:"秤杆,他也是伙计,你也是伙计,他们家的生意也比咱大不了多少,平时都没见你怕过我,怕他干什么?"

秤杆唯唯诺诺地说:"就是怕,一见就怕。"

"嘿!你个熊货!"掌柜的抡起巴掌就要打。

昌盛纺织的胡掌柜从外面回来,走路大摇大摆,心情很愉悦。胡太太正在擦桌子,胡掌柜很得意地坐下来说:"这次,我要是弄不走这小兔崽子,我就跟他姓!"

胡太太停下手里的活,表情有些郁结:"外面都传这孩子做事很稳妥,也很懂规矩,难道他真的敢吃钱?"

胡掌柜轻蔑地笑了一下:"哼,这小放牛的胆是真肥啊,什么钱他都敢收。可他不知道,这不是钱,这是他娘的火钉子,粘上了就拔不下来。就在今天下午,你等着看好戏吧!"

下午，王知山正在中堂看书。

管家跑进王知山的房间："掌柜的，出事了，您出来看看吧！"

王知山轻轻地把书合上，跟着来到门口，一大车坯布正在那里放着。

管家说："掌柜的，这是让宋家大染坊染的货，人家说这几天阴天，染了也晒不干，先让咱把布运回来了。"

王知山说："这有什么大惊小怪的，等天晴了再送回去。"

"掌柜的，这都好办，可是送货的时候，我明明给正峰十块大洋，而宋掌柜偏说只收了九块，也退了九块，这中间的确少了一块大洋啊。"

王知山没说话，眼睛直视着李管家，李管家心里多少有些发毛："掌柜的，有些话我确实不好说。"

王知山淡淡地说："那你想说什么就说什么。"

李管家说："那好吧，其实这个事很明显，这少的一块是被正峰捂起来了。掌柜的，我承认正峰这孩子招人喜欢，可是人还这么小，就能干这种事情，这可是咱们这行的大忌啊！掌柜的，我看正峰留不得啊……"

管家眼神殷切地看着王知山。

王知山看着管家，眉头皱着，然后仰望天空，拉长了声音说："看来，当真是留不得了。"说着往屋里走去。

管家告捷，一脸高兴，在后面跟着。

王知山过了中堂，便进了里屋，中堂只留下管家一个人，窃喜地幻想着未来。

一会儿，王太太从里面走了出来，笑着坐到椅子上，然后从袖子里掏出一块大洋放到桌子上："李管家，这是宋家染坊返回的那块大洋，正峰没找到你，所以就先交给了我们。他说要了不仅能让人家心安，还能降低咱的成本，一举两得！这不能算是中饱私囊吧？"

管家心里"咯噔"地一下，心虚的走到近前，看着大洋，再看看太太："这，这——还真是又错怪正峰了。"

王夫人换了个姿势看着李管家，表情有些失望："李管家，你来我们家六年了吧。掌柜的仁义，有些话掌柜的不好说，我替他说。正峰这孩子我们真喜欢，也准备收他为徒，以后您也别三番五次地合计他了。"说完，又从袖子里掏出五块大洋放到桌子上："这些是给您的，一会您收拾收拾东西，咱们就散了吧。"说完，起身也进了里屋。

李管家哆嗦着拿起大洋，苦笑着，自言自语道："这天下还真有这不贪财的伙计？……"

傍晚，李管家卷着铺盖卷儿坐在昌盛纺织的门口，耷拉着脑袋，旁边五六个人指指点点。

胡太太探出头来，看到李管家后转身就往屋里跑。

胡掌柜正在喝酒，嘴里哼着小曲，表情怡然自得。

胡太太跑进来说："当家的，你还喝，瘟神都堵上家门口了！"

胡掌柜问："谁？"

"李管家被王掌柜赶出来了，现在卷着铺盖卷儿堵在家门口呢。"

胡掌柜一拍桌子："坏了！看来是事情败露了！"

胡太太一时没主意，坐在椅子上哭了起来："我早就说不让你跟个孩子置气，你看，这可怎么活啊……你这一计又一计的，末了，人没弄走，咱还惹了一身骚……"

胡掌柜喊道："别哭了！"

胡太太停下来，说："那你倒是出去看看啊！这李管家还等着要说法呢。"

胡掌柜气得站了起来："我他娘的屁股还没擦干净呢，他还要说法，快把这瘟神赶走！"

胡太太擦着眼泪说："你招的虱子，你自己赶，再这么闹下去，咱这买卖也没法干了！"

　　看着自己说话不管用，胡掌柜又坐回到椅子上，看着门外，苦苦笑着："还他妈赶他走？连一个十几岁的小孩咱都斗不过，撑不了两年，咱家也得从这芙蓉镇滚蛋了……"

第四章　风云初起

八年后，正峰 21 岁。

自从第一次世界大战以后，欧洲各国无力东顾，中国的工商业获得很大的发展，参与工商业的人口也持续增加，民族工业，尤其是轻工业得到巨大发展，民众从封建思想的统治下走出来，开始接受民主意识。

四孝街上的鞭炮声持续不断，一台长五米，宽两米的德国新式针织机正被一群人往利民纺织的院子里搬。

正峰站着门旁指挥着。他一整身江南青细布的长褂与长裤，脚上穿着白底黑帮的"走江湖"布鞋。短发，眉毛很浓，眼睛很大，个子也长高了一头。几年的光景，正峰已经变成了一个眉清目秀，英俊壮实的小伙子。

王知山则在门口，见人就作揖，那之乎者也的劲头跟原先相比有过之而无不及。虽然鬓角渐白，但是气色很好，一刀剪的齐耳发在脑后面散着，随身形上下翻飞，上身穿着带内衬的黑色马褂，下身穿着套马裙，黑色老头鞋包着双脚，整体看来老当益壮，精神不减当年。

这时，一个小叫花子迎面跑过来，他头发很长，身上披着一个破布兜子，脚上穿着破旧的鞋，脚步却很轻盈："乔大哥，乔大哥……"

小叫花来到正峰跟前停住，嘿嘿地笑着："乔大哥，发财，发大财！"小叫花脸上虽然很脏，可笑起来却是发自内心的喜庆。

正峰也笑着，摸着小叫花的头："小兔崽子！"说着，掏出几文钱放到他的小黑手上说："去吧！"

小叫花跳着跑了，边跑边喊："乔大哥赏了，乔大哥又赏了……"喊声刚落，又从胡同口跑来了三个要饭的，都喊着："乔大哥，乔大哥，发财啊……"

正峰笑着冲着铺子喊："三娃，来，给这小哥几个一人一份礼。"

这些年，三娃也成了精致的小伙子，他戴着瓜皮帽，拿着算盘，手里掂着一些零钱，从屋里跑出来……

一些街坊们在利民纺织的门口指点江山。

一个嗑瓜子的大姐说："你看，正峰混好了，这小要饭的都跟着沾光。这人跟人真的没法比，别人见了要饭的都放狗咬，他这倒好，还发钱。"

旁边一个汉子，满脸胡子，打趣道："咋了？你也想要饭去？"

"我呸！"大姐把瓜子皮吐到他身上，"滚一边儿去！"

一个大叔也跟着感叹："还是王知山高明啊，女人不生养，早早地收了正峰当徒弟。一个徒弟半个儿，不但生意有人管，连根都续上了。"

大姐跟着点头："王老掌柜的眼光也是好，自从正峰当了家以后，利民纺织是一步一个台阶，一晃眼，大洋骡子造的铁家伙都用上了。"

汉子说："对啊，前几天我还看到几个大洋骡子都来过呢，见了正峰都点头哈腰的，真解气！光见八国联军进北京时那该死的劲，啥时候见过他们这样待见过咱中国人。"

这时，人群后面传来一个年轻的外地声音："人家弯腰是表示尊重，不代表人家怕你。洋骡子认的是钱，不是他这人。世界大战中，洋骡子是战败国，缺钱着呢。"这人的声音很清脆，略带着嘲讽。

众人回头一看，是个外地来的年轻人，分头，额头不大，鼻梁高高耸起，下巴偏尖，身上穿着灰色西服，坎肩在里面，包裹着衬衫，胸口还挂着怀表，用鼻子尖看着众人，斜着眼看正峰。年轻人看到自己已经吸引了众人的注意力，继续发着牢骚："这哪里有个老板的样子，马褂马裤，像个跑堂的。"

嗑瓜子的大姐没忍住，反击道："你是谁啊？说三道四的。跑堂的怎么了？马裤马褂怎么了？就是这身打扮，我们镇上没有一个不佩服的。"

年轻人冷笑了一下，没有理睬。他转过身，提了提西服双襟，很不屑地自言自语："买了大设备也改不了一身的穷酸样，一群土包子，我就不信这犄角旮旯儿的地方也能生出好狗尿苔。"说完，愤愤地离开。他向东走了五十米停下，看着一间铺子的牌子欣然点头。这是一间待开张的新铺子，红色的瓦，青色的砖，四门连排，五米长的匾额，整整比利民纺织大出一倍。匾额上有"宏达纺织厂"五个金色大字，宋体，工整有力，一看就是出自老工匠之手。匾额是檀木做的，不用装饰黑如碳，亮如漆，阳光下熠熠闪光。匾额的右下角落款"高满山"。匾额两边是一副对子，上联为"走南闯北落此处安家得全"，下联是"深耕细作续纺织和气生财"，横批"家业兴旺"。从对联里可以看出高满山寻求安稳的生活态度。

年轻人来回踱步，看着牌子怡然自得。作为高满山的儿子，一举一动，一颦一笑都显示出了公子范。因为穿戴西式，过路人都会瞅他几眼；因为不认识，他也不会主动上前打招呼，只顾一味地欣赏。

"高年，你这看什么呢？"说话的是一个女孩，名叫高凤，是他的姐姐。齐脖短发，眼睛很大，双眼皮，圆圆的脸上无妆，朴素中透着淡雅，淡雅中透着纯熟，不是倾国倾城，但有着另一种秀外慧中的古典美。穿着一身学生装，更显得大方利落。

"姐，我总觉得牌子太小了。"高年摇着头。

高凤说："小？咱爹还嫌大呢，说大了太张扬。"

高年这才把目光移到高凤身上："大？张扬？咱爹那是老思想，隐忍、低调都到了骨子里。我最烦这个忍字，凡事都要忍，什么大事业也做不成。在上海的时候，大人物多，咱连虫子都算不上，低调一点还可以。在这种小地方，最差最差也是条蛇吧，搞不好还是条龙呢，就得张扬点。树大了招风，店大了招财，要不谁知道咱这一号。"

高凤挽着双手说："我觉得咱爹说得对，做得越大，成本越高，风险也就越大。"

"呵呵……"高年蔑视地笑了一下说："要不说咱爹疼你呢，什么都是他说得对。我更正一下，那不叫成本越大，风险越大；而是风险越大，利润也就越大，做生意追的就是个利润。"他指着利民纺织的方向："姐，你看看那边，一台德国针织机就闹成这样了，哼！一群连纳粹都没见过的土老帽！咱要是开了业，我要弄一个更大的动静，我让他们看看什么叫实力！"说着就要离开。

高凤追着问："你干什么去？"

高年回过头来，表情有些落寞："陈昊贤把咱们挤出了上海，素雅为了这件事和他断绝了关系，也和她爹妈闹翻了，估计明天就到济南了，我得去接她。"

高凤很惊讶，跟着一块着急："啊？她都跟爹妈闹翻了？真是！"

高年说："姐，情感这东西你不懂，来的时候气势如虹，什么亲情啊，友情啊都挡不住，素雅根本离不开我。姐，陈昊贤把咱挤出上海，他赢了。可素雅追到济南来，他又输了。陈昊贤这个人我了解，早晚还要再来对付咱，所以咱们宏达纺织一定要在这芙蓉镇站稳脚跟。"

高年走了，只剩下高凤一个人。她往利民纺织的方向看了看，人还很多，也走了过去，在人群外观瞧。

街口，一匹白马向着人群飞奔而来，那马头上系着一朵大红花，像只瑞兽。马上面坐着一个汉子，三十多岁，穿着绸缎衣服，面相老成。等马到了人群处，那汉子"迂！"地大吼一声，马停下，那汉子甩蹬下马。

三娃赶紧过来帮着拽缰绳。

正峰也跟着出来问："李大哥，谁家有喜？"

李大哥苦笑了一下："乔老弟，我都不好意思说！"他从怀里掏出一张请帖递给正峰，"城西的李大财主最近纳妾，可这个老王八蛋也太王八蛋了，跟他两儿子一块娶，而且这刚过门的三个新媳妇还是表姐妹。"他伸出三个手指头，撇着嘴道："姐仨！你说他娘的叫什么事啊？"

正峰打开请帖，扫了一眼，笑着说："新鲜，这事稀奇啊，都赶上戏文了，三姐妹同时进门子，这以后姐姐妹妹的还不能叫了，得叫小妈了，哈哈，这老王八蛋整个一家子混不吝啊！"

李大哥一笑，拍了拍正峰的肩膀："我去他娘的混不吝，要不是我们家租着他家的二十亩地，我才不干这份送请帖的差事呢，跟着这老王八蛋一块挨骂。乔老弟，请帖我也送到了，您爱去不去。另外你给我准备些白布，这老王八蛋今年都六十了，小媳妇如狼似虎，坐地都能吸上土，万一哪一招没接住，喜事变成丧事，我别再跑一趟了。"

正峰笑着说："李大哥，你放心，但凡出了事，你都不用来，我第一个给你送到家。"

三娃说："李大哥，下次来的时候别光顾着送请帖，这铺铺盖盖的买卖也给我们揽着点。"

李大哥双手抱拳："二位兄弟，您放心，只要这老东西的家把什好使，肯定还得接着续，到时候，我第一个推荐咱家。"

正峰笑着，双手抱拳："多谢，多谢！"

李大哥踩镫上马，一回头，用手指着身后宏达纺织的位置说："哪位横空出世的家伙这么不长眼，敢把买卖开在你对面，哼！你乔老弟的本事我了解，你就是那孙悟空，别管是什么妖魔鬼怪，迟早玩完！"说罢，一拍马屁股，奔了出去。

高凤听到有人骂自己家妖魔鬼怪，想上前理论，可马跑得太快，顿时就蹿了出去。等她再转向人群，正峰也进了铺子，没了踪影，只留下自己黯然神伤。

早上，济南火车站，站台上一个女人格外显眼，长发披肩，发尖处稍有卷曲，头上戴着白色丝质礼帽，衬得脸更加白净。最外面穿的是一件过膝盖的米黄色呢子外套，里面是一件银白色的东洋绸缎衬衫，束在腰里，腰周还束着红色皮带。下身是米灰色马裤，半截小腿套在棕红色马靴里。素雅从上海出生，胯骨不大，但是个子很高，用现在的词形容就是高挑。周围也陆陆续续地过去几个穿着时尚的女人，相比之下更衬得精致不俗。

已是深秋，略有丝丝寒意，素雅跺着脚，原地等候。

时间不长，两辆黄包车停在素雅的身旁，其中一个车夫戴着帽子，他从兜里掏出一张照片，对照着真人比较。照片被挤压得有些褶皱，素雅一把就抢了过去，看了一下，然后用手压平照片，质问："你怎么有我的照片？"

黄包车夫很规矩，低着头："高先生让我来的。"

素雅反问："他怎么没来？"

车夫摇摇头，没有说话，然后帮素雅把箱子放到车子上。

素雅突然感觉到这声音很熟，背影也很熟，那一瞬间，他认出了这个人就是高年。素雅忍不住内心的高兴，从后面一把就抱住了高年的脖子，脸色潮红。

高年也很从容地倒着挽住素雅的腰，迎着初升的太阳，脸上洋溢着幸福的笑。

看两人搂在一起，另一个车夫把眼睛眺向另一个方向，喉结凸起，又凹下，像是馋瘾发作。又一个年轻的路人路过，走得很急，他侧目过来，两眼放光，心中骤然升起各种滋味，一番羡慕和不解后再转过头去，正好迎面撞在电线杆上，"哎呀！"蹲下来呻吟。

高年赶紧挣脱开："素雅，这里不是上海，男女之间拥抱是会被误解和挨骂的。"

素雅撅起嘴，但依旧妩媚，她把手也收了回来："好吧，反正有的是机会。"

二人达成共识，相视一笑，那唇齿间透漏出的浓情蜜意让人生羡。撞了头的路人也缓过劲来，再次看向他们，已无戏看，后悔之余，狠狠地踹了电线杆一脚，提起箱子，继续赶路。

一阵风吹过，卷起少许尘土。高年下意识地把手伸过去挡住素雅的眼睛，素雅的目光定在高年的手腕上，慌忙问道："我送给你的定情信物伯爵表呢？"

高年忙着把手抽回去，内心出现一种莫名的慌乱："噢，我，我放在家里柜子上了。"

素雅盯着高年不动，眼中涌出一股怨气。

高年赶紧解释："哎呀，大小姐，不是我忘了戴，也不是我不愿意戴，是……"高年一时失语，他又重新组织了一下语言说："这么说吧，在这种地方戴伯爵表犹如在酒馆里面喝咖啡，这些乡巴佬根本不懂，这就好比那首打油诗：'众人酒一杯，画蛇定给谁，画好又添足，失酒啼笑非'。这伯爵表虽然非常贵重，可在这里没有人懂，戴了反而更觉得土，简直是画蛇添足。真正显示身份和情趣的是这个。"他从怀里掏出了一块怀表，在素雅眼前晃了晃。

素雅看到高年极力地解释，知道他说的是真话，然后嫣然一笑，怨气随风而散。她上前挽住高年的胳膊说："走吧，咱回家。"

高年顿了一下："咱先吃个安静饭再回吧，自从离开上海后，我爹还在气头上呢，现在家里一团糟。"

"叔叔还在生我的气？"

"城门失火，殃及池鱼。虽然是陈昊贤把我们挤出上海，可你是他的表妹。"

"我是我，陈昊贤是陈昊贤，他再也不是我表哥，我也不是他表妹了，我已经明确跟他断绝关系了。"素雅说得很委屈。

高年摊了摊手："那又怎么样，我们还能回得去上海吗？"高年眉头耸着，透漏出另外一种愤怒，他顿了顿继续说："还有，一会儿回去见到二老的时候，千万别拽你留洋学到的那一套，什么漫画诗歌，恋爱自由，婚姻自主什么的，这些西式理论都统统地扔到一边去。老爷子虽然把辫子剪了，可还活在大清朝呢，你的这些东西跟他犯冲。"

素雅嘴角上翘，笑了。她凑到高年的脸前，小声地说："没事，我有尚方宝剑！"

高年不解："尚方宝剑？什么意思？"

素雅眼神中透着宠溺，继续说："我怀孕了！"

"什么？"高年瞪大了眼睛，以为听错了，不可思议地看着素雅："这可不能开玩笑，素雅。"

素雅很认真地点点头："是真的，我也是刚知道的。"

高年先看着素雅的肚子，震惊片刻。然后转身把视野投向远处，脸上又映出少许的惊恐。这突然出现的生命让他顿时手足无措。初升的太阳像个被烧透的盘子，他盯着它看，红色开始铺满大地。渐渐地他也理出些思路，转身跑到另一个车夫跟前，叮嘱了一些话，车夫扔下车子就向站外飞奔。

高年掉头回来说："素雅，我让人先回去说一声，咱们明天再回去。"

素雅不解："现在回去不可以吗？"

高年摇摇头，眼神中迸射出畏惧："不行，这事太大了，我爹要是知道了，当时就能炸了，我得让老爷子先把火发出来。"

高满山住在一处比较小的宅院，跟上海住的二层小楼不能相提并论，换了倒也清净。院子不大，角落里有一棵梧桐树，枝繁叶茂，上面有两只空着的鸟笼子。院子西侧则是一口井，还算精致，鹅卵石砌成的井口，上面又压了一层黑漆，黑漆反射出来的亮光点缀着整个院子。井旁边是一张石凳，远看整体通亮，近看则能看到上面有些坑坑洼洼，足见其年代久远。

中堂面积不大，桌椅错落有致地摆放着，桌子两边各摆放着一个黑釉双耳瓷瓶，通体全黑，从胎体和运釉上看绝对是宋朝定窑的上乘之作。这是高满山特意从上海带过来的。瓷瓶的上方是一副对子，上联是："不卑微未知卑微之苦"，下联是："要忍让才得忍让之福"，可见高满山的为人处世之道。中间则是一个大大的"知"字，字体随意，刚劲有力，从笔体上看有些宋朝蔡襄的影子。

高满山个子不高，头上间有白发，脸上皱纹颇多，但是双目有神，颔下的一丛胡须成锥子形状。此时他在屋子里来回走动，言语中尽是不满："非找什么留洋的，这回好了，人家都找到家门上来了，可她也不看看这里是哪？这里是乡下，不是上海，这里没有碧海蓝天，绿树红墙，这里只有破街旧巷，柳絮飞扬。哼！依我看啊，早晚还得回去，尽瞎折腾人。"

高太太站在一旁，她盘着头，面容祥和，看上去非常端庄。尽管高满山在不停地发牢骚，她脸上仍有一抹微笑，端过一杯茶来，劝道："你说这孩子咋就不招你喜欢？哪次见你不是大包小包的一堆礼物。"

高满山头一歪："哼！你不说还好，一说我就一肚子气。甲子年，送我一本书，'罗什么欧与朱什么叶'，说什么上面讲述了一段既凄美又悲壮的爱情故事，我一看，酸得我牙都倒了。要论故事，咱们中华民族有的是，梁山伯与祝英台凄美吧？孟姜女哭长城，悲壮吧？中国的故事都没学好，还弄什么洋书给我。打开国门这是好事，打开国门的时候，进来的应该是好的文化和事物，怎么还能把苍蝇和蟑螂都放进来了。"

高太太没听懂，探过头来问："我看素雅穿得挺干净的，哪有什么苍蝇和蟑螂？"

高满山瞥了她一眼，一副嫌弃的样子："我说的苍蝇和蟑螂是西方那些祸祸人的新思想，对牛弹琴！"

高太太把头收回去，回了一个白眼："净拐着弯地糟践人。你说这方圆百里，正儿八经地留过洋的人也没有吧，而且还是个女的，咱就知足吧。你看张口就是谢谢，闭口就是对不起的，也怪懂礼数的。"

高满山有些急，眼睛瞪大："懂礼数？要说礼数还得看咱们中华民族，上下五千年传承的就是这礼数。我太爷爷是朝廷重臣，官居四品，卧房里面当头就挂着"忍、让、谦、恭"四个字；你要是嫌官小，咱往大里说，这老佛爷每次上朝之前，文武百官都要双膝跪地请安，她不说话，就没人敢起来。这是什么？这就是礼数最好的见证。说什么洋人懂礼数，当年鸦片战争的时候，英国佬为什么不提前给咱打个招呼？说这玩意不但能上瘾，还能要人命，这样老百姓就不能吸。还有八国联军进北京的时候，他们就不能提前一两年支应一声，咱们也好有个准备？还他们懂礼数，国门就是被他们这些懂'礼数'的人打开的。"

高太太说不过他，发着牢骚："你这是胡搅蛮缠。这是在打仗，打了招呼人家还能赢？"

高满山没有理会太太的情绪，继续说："当然这仗打得太窝囊，这辛丑条约签得也太气人，有辱国格的事咱就不说了。就说眼前的事。在上海，陈昊贤跟洋鬼子合起伙来把棉花的价格搞上去，然后把成布的价格搞下来。按理说商行是洋人开的，他这么懂礼数，这价格调了应该给咱说一下吧，可是后来呢？我们都被蒙在鼓里了，差点被他们生吞了，说到底，一点礼数都不讲。"

高太太自知高满山说的是事实，不知道怎么往下接，瞪了他一眼，一扬手："我讲不过你，反正你看素雅是哪哪都不顺眼。"

高满山喝了一口茶说："在上海的时候，要不是因为这姑娘，高年能天天不知上进？现如今，我们来到这芙蓉镇了，她又跟来了，唉！"眼睛向院内看去，显得很惆怅。

这时，王妈跑了进来，显得很惊慌："老爷，夫人，刚才少爷差人送信来，说……"王妈看气氛不好，话说了一半，又停下。

看到王妈吞吞吐吐，高满山意料到有不好的事发生，急着问："说什么？再有什么幺蛾子，我打断他的腿！"

王妈显得更害怕，又不敢隐瞒，双手互相握着给自己鼓劲，小声地说："少爷说素雅小姐怀孕了。"

"啥？怀孕？"他愣了一下，半晌，猛地从椅子上蹿了起来，大声喊道："简直是胡闹！不成体统！简直不成体统！"等发泄完，他长叹一声："我早就说过红颜祸水，还没过门就有了身孕，这回把老祖宗的脸都丢光了，我还不得让人家给羞臊死！"高满山急得直跺脚，看看太太，一动不动，又气又急地说："别愣着啊，你说现在咋办啊？"

"这？"高太太方寸全无，愣在原地。

"你倒是说啊，到底该咋办？"

高太太稳了稳，心理上算是初步接受，轻声说道："咋办？还能咋办，都这个时候了，天塌了也得顶起来。你不是说我们最懂礼数吗？那就拿出咱老祖宗的礼数来，赶紧把上房收拾干净，无论怎样，都是高家的骨肉。"

王妈不敢多待，听指示跑了出去，高太太不放心，也跟着往外跑，嘴里还直念叨："让你发牢骚，这回好了，一来还来俩。"

第二天下午，高年与素雅乘车归来，高太太已经在门口守候，高凤搀着素雅下车，高年在后面拿着行李。

素雅打招呼："阿姨。"嘴里笑着，但是没有挽手。

"哎，进屋说，快进屋说！"高太太知道这是洋式问候，也没有怪罪，表情中规中矩，并无不悦。

素雅又跟高凤说："姐，最近怎么样？"

高凤开玩笑说："你来了就好了，好好治治高年，最近尽欺负我了。"两个人亲密地聊着天。

高年把高太太拉住，凑到耳边小声地问："娘，娘，我爹怎么样了？"

高太太没好气地瞪了高年一眼："炮筒子还着着火呢。"说完，又怕失了礼，跟着队伍往房间走。高年又撵上去，显得很焦急："娘，着可以，啥时候炸啊？"

"炸？已经炸了好几次了。这一晚上就没闲着，从古至今的礼数都让他说了一遍，刚才还念叨呢。"

"哎呀，我一晚上没回来，就是等我爹炸完泄劲呢，咋炸了一晚上还没炸完？"

"自己闯的祸，自己兜着。"高太太说完往前走。

高年又把她拽住："娘，你想想办法，我怕我兜不住。"

高太太长叹了一口气说："真是冤家！"紧接着说，"赶紧往城西香翠酒楼买上一斤上好的女儿红，有用！"

高年愣了一下，不知道高太太打的什么主意。高太太反而急了："还愣着干什么，还不快去！"

"唉！"不容高年多想，放下行李就跑了出去。

素雅忐忑地往院子里面走，左顾右盼，始终没有发现高满山的身影，准备了一路的问好词没有了用场，心中更加忐忑，她问高太太："阿姨，高叔叔呢？我给他带了礼物。"

高太太尴尬地笑了笑："他那脾气你还不知道，甭管他，屋子都给你收拾好了，咱先进屋看看满意不，呵呵！"高太太赔着笑，淡化这尴尬的气氛。

素雅点点头，只好应允，眼中流露出一丝失望。

高满山把窗花纸捅破往外看，看到他们一行几人走进院子，素雅在前面，走得很快。他眉头一皱，转身对身边的王妈说："怀了孩子就是双身子，这么走路可不行。去，你也过去帮忙搀着点，别摔着。"

王妈问："老爷，您不生气了？"

高满山怔了一下，王妈的话让他如鲠在喉，不知道怎么回答，一着急："哎呀，你赶紧去！"

"哎！"王妈吓得迎了出去。

晚上，桌子上的八菜一汤冒着热气，众人互看，唯独高满山铁青着脸，一动不动。

高太太推了高满山肩膀一下说："都等你发话呢。"

高满山冷不丁地把小碗往前一推，正好撞到了盘子上，"兹凌"一声，众人吓了一跳，尤其是素雅，没有心理准备，吓得一激灵，脸色蜡黄。高年托着素雅的后背以示安慰。

高满山突然发怒道："耻辱啊，大清国刚走，你们就未婚先孕，传出去能让人家笑掉大牙，辱没了咱们祖上的规矩。"

高年站了起来，低着头："爹，为了我，素雅都跟家人断绝关系了，您还是说我吧。"

素雅也站了起来，低着头准备受训。

高满山瞥了素雅一眼说："《周礼·天官》曾记九嫔掌妇学之法，以九教御，妇德、妇言、妇容、妇功，你这未婚先孕，德在哪？言又在哪？这像什么样子？这要是落在以前，都是要抓到官府问罪的。"说完，气得直摇头。

高太太赶紧打圆场："老爷，这都民国了，那一套别吓着孩子。"

"你懂什么？朝廷倒了，可规矩还在。"高满山骂完，站起来，转身面朝东方抱拳："咱们祖上蒙受皇恩，嘉庆四年，你太爷爷朝廷为官正四品；道光三十年，你爷爷直接听命于林则徐帐下；我官最小，可也是前清的进士，所以，往小了说高年你是一代簪缨，往大了说也是名门之后吧，你做出这种事情来，成何体统？"

素雅的眼泪掉到碗里，她的头更低了。

趁这个空当，高太太用手指了指素雅的肚子，然后冲着高年使了个眼色，高年心领神会，伸手捂在了素雅的肚子上。

高满山回过头来，指着高年和素雅："你说说你俩，你……"他一看高年正捂着素雅的肚子，素雅眼中还带着泪，脸涨得通红，这时他想到了孩子，火气骤降了三分，皱着眉头，手一甩，大叹一声："唉！"他原地转了一圈，绕到高太太跟前，问："我，我刚才说到哪了？"

高太太面不改色地说："你说到哪里我不知道，但是孩子小的时候你总是教育他们'食不言，寝不语'，现在你倒是说起来没完了。"高太太不看他，等着高满山接话。

"我？"高满山明显有点招架不住，他怕自己下不来台，说道："好，好，好，等吃完饭我再说。"

高年赶紧凑过来倒酒："爹，我给您倒一杯！"

高满山抬眼瞪了他一下，长出一口气，把酒往嘴边送，"喷"！一杯送了下去。

高凤也过来倒了一杯酒："爹，我也给你倒一杯……"

饭毕，高满山有些醉意，摇摇晃晃地趴在桌子上，高太太一打手势，高年扶着素雅趁机退了出去。高凤想留下来帮忙，高太太也摇了摇头说："你也走吧。"

高凤也退了出去。

听着没了动静，高满山又摇晃着直起身子。他抬起眼皮，看着人都走了，又恢复了精神，睁大眼睛瞅着高太太，一句话不说。

"扑哧"一声，高太太没忍住笑了，她又给高满山倒上一杯酒说："死老头子，你还玩起障眼法了，我还不知道你的酒量？别说是喝这些，再来这些也没事。"

高满山叹了口气说："我有什么办法？都有咱高家的骨肉了，骂轻了，记不住！骂重了，不忍心！人家姑娘跟爹娘都撕破脸来了，我还能把人家撵出去？"高满山把目光转向门外，表情惆怅，"真是一对冤家。"

天刚蒙蒙亮，祠堂的灯已经亮了起来，案台上依次排列着先人的牌位，香案上香火旺盛。

高满山老泪纵横地跪在垫子上，躬背抱拳："列祖列宗在上，不肖子孙高满山请罪来了，我们高家世代清善，不承想后人高年未婚先有子，做出乱了纲常的事情。念在犬儿年幼无知，并非大恶之人，还请列祖列宗原谅。"说完，高满山开始磕头。

偏房里，高年跟素雅也已经起床，素雅在梳妆台前梳头发，高年整理西装。高年说："素雅，这里不比上海，各方面都很粗糙，生活上也不怎么便利，你以后要慢慢适应。"

素雅点点头："嗯！这没什么，当年我去法国留学的时候不但生活上不便利，语言上也无法交流，不也是挺过来了。"

"嗯，这就好！"高年说完开始洗脸。

"亲爱的……"

高年停下洗脸的动作，制止道："素雅，我得提前跟你说一下，以后'亲爱的，我爱你'之类的西式词语只局限于我们两个之间，在外面，尤其是我爹面前千万不要喊出来，他受不了这个，这就像是炸弹的引信，你一点，咱家就能炸个窟窿。"

"那好吧！"素雅放下梳子，心神不宁地说："这些都好改，我也能适应。我就怕叔叔不好适应。从半夜的时候，我就听到院里面有动静，我怕叔叔一时间拧不过劲来。"

高年点点头："嗯，你说得对，昨天晚上我爹喝的是闷酒，早早就醉了，估计早醒酒了。不行，咱得去看看。"

天渐渐地明亮起来，他们二人来到中堂，空无一人。高年以为自己想多了，一侧身坐在了椅子上，盯着正房的动静，素雅在旁边陪着。

王妈从外面进来："少爷，我看您还是别在这里等了，老爷在祠堂呢！"

"不年不节，在祠堂做什么？"

王妈不说，脖子往回抽："您还是自己看看去吧。"

二人来到了祠堂，高年偷眼看到高满山正一个劲地磕头，他站在门外不敢进去。高太太看到高年，眼睛一挤，手一挥，示意让高年赶紧离开，高年领会意思，跳下台阶，领着素雅往回走。

高满山一连磕了八十一个头，累得腰酸背痛。他扶着腰慢慢地直起身子，感觉自己的气力大不如前，汗珠也顺着额头流了下来。

高太太上前递了一杯茶说："老爷，这回心里舒服多了吧？"

高满山没说话，擦去眼角的泪，从旁边的柜子里掏出一张虎皮，他用手摸了摸，然后递给了高太太："这里不比上海，要冷一些，一会儿把这虎皮给他们送过去。"

高太太接过虎皮后，笑了："当真舍得？这可是你中进士那年，左宗棠大人亲自赏的。我腰疼这么多年，你都没舍得让我用过。"

高满山没说话，走出门去，他步子很轻快，心里的矛盾似乎已被亲情淡化。

王妈现已在门口守着，看着老爷走了，也冲进屋子问："太太，老爷没事了？"

高太太又笑了："咱家老爷啊，角倒了，架子不能倒，这八十一个头磕到地上，反正是不气了。"她又把虎皮给了王妈："行啦，你赶紧把老爷这压箱底的东西给素雅送过去吧。"

"好！"王妈拿着虎皮往外走。

没走多远，高太太又把她叫住："王妈，记住了，从今往后，饭桌上要多盛一碗饭。"

这天清晨，天阴沉着，利民纺织铺面的墙根底下坐着以老王大叔为首的五个老工人。流水般的岁月无情地在他们那绛紫色的脸上刻下了一道道深深的皱纹，风吹在他们满头的银发上，他们互相往中间挤了挤。

正峰卸下门板，打开铺门，看到他们，走了过去："大叔，婶子，今天天不好，就回去吧。以后有时间就来，没时间就在家里休息。"

老王大叔率先站起来，一把拽住正峰的手："掌柜的，您就别赶我们走了，我们这些老胳膊老腿的，别的活干不了，这看门守院的事情能干。"

正峰笑着点头，一下一下的显得很沉重。

刘婶子也站了起来："掌柜的，婶子没白疼你。现如今，你每年白给我们两块大洋，比常年挣得都多，我们说出去都没人信。我们都想好了，只要不死，就守在这里。"

正峰又看看天，合计着下不了雨，说："行，大叔，婶子，要是一会出了太阳你们就守着，要是还是这么阴沉着天，赶紧回家去，别冻着。"

正峰回到办公室，泡了一缸子茶，三娃跟了过来："掌柜的，我看还是别让王大叔他们回去了，这几人往门口一坐，就跟那活招牌一样，逢人就是笑脸，见着买卖就往前凑，这买卖也显得热闹。都说人老了就没用了，我看那是没用对地方，用对地方没准能撬起一座金山。"

正峰点点头："大叔、婶子们真仁义啊，活都干不动了，还能天天想着咱。这样，给大叔、婶子们一人做一套棉袄，就这么干坐着也不轻巧。"

"好！"

这时，办公室进来一个年轻人，穿着工作服，弯着腰，低着头，好像是做错了什么事："当家的，外面有个人问咱家有没有棉花要卖，他要收。"

正峰看到他的站姿，摇摇头，走到他跟前说："秤杆，你抬起头来，看看我脸上有没有东西？"

秤杆抬头看了一眼，马上又低下，摇摇头说："掌柜的，没有。"

正峰笑了起来："我说秤杆，打小你在染坊做伙计的时候，见了我就跑，为啥？染坊干黄了，又不是我顶的，我有那么吓人吗？秤杆，咱俩虽然是掌柜跟伙计，但是年龄都差不多，别整得跟耗子见了猫似的。你记住，以后无论见谁都要把头抬起来，即便是求人办事也要把腰杆挺直了，这样才能让别人瞧得起你，反而事情更好办。你把头抬起来，说有什么事？"

秤杆这才把腰杆挺起来，他看着正峰，还是略有些胆怯，鬓角莫名地跳动。他用手捂着做掩饰："有一个人来咱跟前收棉花，在院里等着呢。"

正峰愣了一下，然后把嘴里的茶叶吐到茶缸里，眼神望向窗外，凝在那里，自言自语道："咱是靠棉花吃饭的，他到咱这里来收棉花？呵呵，有点意思。"他猛地转过身来："走，去看看。"

收棉花的这个人个子不高，是个小黑脸，一身黑色便衣，戴着黑色礼帽，嘴上有一圈半寸长的胡子。他站得很直，看到正峰穿得普普通通，姿态摆得很高傲。

正峰乍一看他，感觉很别扭。他把秤杆拽到身边，打趣道："秤杆，学着点，以后就得站这么直！哈哈！"

那小黑脸看到正峰他们谈笑风生，先开口说："您好，初来贵地，请多关照。"

这是一种很新鲜的问候方式，正峰竟不知道如何往下接，一时语塞，僵在那里。

小黑脸看正峰没有反应，继续说道："听别人说利民纺织的棉纺生意做得最好，棉花的储存量也最大，请问贵坊还有多余的棉花要卖吗？"

小黑脸的口音也很怪，正峰的眉头跳了一下，有一种说不出来的感觉。他继续问："你想要多少棉花？"

小黑脸也笑了一下，那目光很锐利，散发着寒气："只要出价合适，有多少，要多少！"

正峰心思沉了一下，对方不但腔调不对，口气还出奇的大。他预感到事不寻常，道："我们是做纺织的，棉花确实有得是，如果你嫌家里的不够，我还可以帮你去收，只是怕您吃不下啊。"

小黑脸又笑了笑，笑声中带着少许猖狂："请您放心，无论您收到多少，我们全盘吃下，我们的目标是整个济南府的棉花。"

正峰的心突然悬了起来："你是要弄走整个济南府的棉花？"

小黑脸从怀里掏出一沓银票晾在大家眼前："请您相信我们有这样的实力，这些都是你们中国钱庄的银票，棉花有多少，我们就要多少。如果您有诚意合作，就尽快行动吧。"

"中国？"正峰被这用词惊了一下，猛地问："你不是中国人？"

小黑脸郑重地说："我是日本人。不过，请您放心，我们是不会亏待合作伙伴的！"

正峰恍然大悟，他盯着小黑脸冷傲的眼神，已经明白了他高傲的气势从何而来，只觉得血往上涌。他回头拍了拍秤杆的肩膀说："秤杆兄弟，刚才我错了，人站直了是好办事，可也得分人。"此时的正峰已判若两人，他睁着双眼，透出一股狠劲，指着小黑脸说："比如说这个人，他祸祸咱生意，还站得这么直，咱就不能让他太顺当地把这事给办了！"

秤杆听明白了正峰的意思，表态道："掌柜的您吩咐！"

正峰大声喊道："秤杆，把他给我轰出去，你给我看住了，从现在开始算，进一家，送一棍子；送少了，我打你！"

日本人有些害怕，做好防御姿势喊道："我们都是生意人，有钱你不赚，你要干什么？"

正峰更急了："干什么？你不是说我出价合适，你都能给钱吗？允许你漫天给价，就得允许咱就地还钱！你别忘了，这里不是他妈的日本，这里是中国。"

三娃过来拦着："掌柜的，买卖谈不成，可以不谈，但是这样轰他走……传出去不好吧？"

正峰发着狠："三娃，你不懂，咱干的是买卖，不是倒腾货，他把棉花都收走了，咱用什么？棉花没有了，价格自然就上去，成本一高，老百姓还买得起？他们穿什么？不仅如此，咱们无棉可用，也得跟着完蛋。你记住了，做生意的什么都可以忍，就这搅屎棍不能忍。你没听他说嘛，整个济南府都有他们的人，咱们当地的棉花要是都出了济南，怕是整个济南府的纺织界都要出大乱子啊！"他又转向秤杆，吩咐道："秤杆，从现在开始，你寸步不离地跟着他，他只要是在芙蓉镇收棉花，你就打！"正峰又把头转向日本人："你从哪来？"

日本人被镇住了，老实地说："上海。"

正峰大声呵斥："好，让他滚回上海！"

日本人害怕了，撒腿往外跑，秤杆带人抄起棍子就追了出去。

经过正峰这么一分析，三娃也吸了口凉气，他凑过来说："掌柜的，要是像您说的一样，这事还真的挺大的。"

正峰表情有些沉重，他点了点头，抬头看向阴沉的天空，片刻，他把思绪收了回来说："三娃，咱这才过了几年的好日子，日本人又杀回来了。你赶紧取点钱，咱得去济南府转转，咱们要尽快拆穿日本人的阴谋。"正峰又看着天："日本贩子到咱家吃了闭门羹，可别家就不一定了。现在的商人多数太奸，为了点蝇头小利，可是什么事都能干得出来。咱们必须马上动身，要不然可真就晚了。"

"济南地方很大，咱要去哪？"

"济南府的纺织厂是很多，但是干大的不多，多数咱也不熟悉，咱就去一下大通染厂吧，有过合作，而且印染业在行业的上游，掌握的资源也要多一些。"

"好，我去拿钱。"三娃奔向铺子。

正峰跟三娃来到了济南大通染厂。刘管家很瘦，还戴着老花镜，抬头看了一眼正峰，看着他肩上还搭着褡裢，像个伙计，有些轻视，低头继续算账，嘴里说着："乔掌柜，您不用说话，我都知道您来干什么。是不是生意不景气了，想提高一下供货量？"

正峰刚要说话，刘管家又说："我看这事不好办，我们家的吃货量是很大，可不能光顾着你。再说提了你们家的量，就得少了别人家的量，这事怕是不好办啊。"说着推开算盘，坐到了藤椅上，直瞅着正峰，有送客的意思。

正峰说道："刘管家，您误会了，我这次来不是为了供货的事情。"

管家微微一笑，唇齿间透出一股狡黠："不是来提货量，就是来提货价的，这更不可能。你们知道钱金贵，我们更知道。再说给您提了价，就得给别人提，您这不是给我们挖坑吗？"

正峰赔着笑，拱手说："刘管家，您得让我说话，我这次来，既不是来提货，也不是为提价，我只是想见一下掌柜的。"

刘管家眼睛转着，竖起了脖子问："见掌柜的？"他又顿了一下，"那也得跟我说为什么。"说完，他把脖子又抽了回去。

正峰这才说："是这样的，刘管家，最近从上海来了一些日本棉商，大范围地高价收棉，而且吞货量很大。他们这样做不仅会让我们的成本增高，更有可能让我们纺织行当无棉织布，你们印染界无布进槽，你们家生意做得大，在咱们济南府也很有影响力，我想问问掌柜的有没有什么办法。"

刘管家摘下花镜，用拇指在镜片上擦了擦，又戴上问："还有这事？"

正峰说："确有此事。"

刘管家站起来，来回转了两圈，扭着脑袋说："我看这不是什么大事。乔掌柜，这济南府不止您一个纺匠，也不止我们一家染厂，您这心操得也够大的。"

"刘管家，不是我乔正峰多事，只是这次来的是日本人……"刘管家抬手制止说："得，您也别说了，日本人也好，中国人也罢，这些东西跟我说了也没用，我只管进出账。看在我们一直有合作的份上，我现在就跟我们掌柜的去说一下。"说着往外走，走了三步又停下说："您的话我保证带到，可掌柜的最近事情很多，他有没有时间见您我就不知道了。"说完，径直地走了出去。

见刘管家没了人影，三娃说道："当家的，自从一进门，刘管家就瞅着您这褡裢。哪有掌柜的出门还带这东西的，我说帮您搭，你还不让。"

"哼！"正峰顺势把褡裢拿在手上看了看，然后又搭在肩上，"咱来不是求他，也不是借他钱，他要是因为这个褡裢看不起咱，算咱来错了地方。"

三娃看着门外骂道："算什么东西？狗眼看人低。"

正峰眼睛瞪着门口的方向，深深地咽下一口气。

张掌柜有四十多岁，分头，圆脸，眉毛很浓，显得很凶，穿着长袍，对襟处挂着一块怀表，有股土财主的气势，因为脑袋特别大，生意人都管他叫张大头。办公室里，他正拿着一块蓝布来回端详，眉宇间生出一股感慨："你说人家荣家的布怎么就染得这么好，颜色新鲜，布又软。"说着，他抬头看着站在对面的一个染匠："布强，你跟了我两年了，我每个月给你一块大洋，这价格是咱们厂最高的吧，你怎么就没有长进呢？"他把荣家的布轻放在桌子上，随手捡起另一块蓝布："你要是说这坏布有问题，咱也认了。我打听了，他们荣家的坯布也有很多是乡下的小纺匠送的，这坏布都一样啊。"说着，嘴咧得更大了："你看看你染的，颜色不仅不新鲜，又硬得硌人，什么玩意。"

骂完，把布扔在布强的身上，

布强低着头，很害怕，身子哆嗦着说："掌柜的，咱家不是一直都是这样嘛。"

张大头瞪大了眼珠子："那是以前，现在人家超过咱了，咱就得追上去。"

布强说："掌柜的，我打听了，年初的时候，荣家请了一个洋染匠过来，待了有半个月。等洋染匠走了，荣家布的质量也上去了。"

张大头听了很重视，提高了嗓门："他请咱也请，不就是花钱嘛，他们花了多少？"

看着掌柜的同意，布强眼睛放光，低声说："据说一百块大洋。"

"多少？"张大头大吃一惊，"请个洋骡子要花一百块大洋？"张大头犹豫了，他原地转了三圈后，坐了下来，显得很心痛："当时我请你的时候，你可说了，这染布是你家祖传的手艺，方圆百里没有人能赶上你这手艺，我也是信了。布强啊，布强，你爹给你起的这名字倒是怪好的，就是想让你把布染得强于别人，可你也得争气啊！现在看来，你这染布的手艺确实不怎么强。你又让我花一百块大洋请洋人，我他娘的又不是冤大头！这样，我再给你半个月时间，无论如何你也要把质量给我搞上去，要不然给我卷铺盖滚蛋！"

布强哭丧着脸说："掌柜的，我……"

看到刘管家从外面走进来，张大头说道："行啦，别他娘的给我使苦肉计，快干活去吧！"

布强垂头丧气地退了出去。

刘管家进了屋，看到气氛很差，站在一旁没说话。

张大头又把目光转到荣家的布上，一个劲地惋惜："老刘，你来得正好，你说，咱家染槽子不比荣家的差，工人胳膊腿的也全乎，机器也不比他家差零件，怎么就比不过人家？"

刘管家嘬了嘬牙缝，一副愁容："张掌柜，当时咱请布强的时候也是费了力气的，他染布的手艺也确实闻名百里。难道这荣家有高人？"

张大头喝了口茶："唉，刚才布强说荣家请了德国染匠，还想让我花一百块大洋也请个洋染匠，哼，我的钱又不是大风刮来的！"

刘管家也附和着说："是啊，一百块太贵了！"

张大头继续说："可咱们厂也有德国的染料，他布强怎么就染不出来？拉不出屎来怨茅坑，我看还得从布强入手。你现在就去一趟槽子，形影不离地跟着布强，把他下料的配方全记下来，我把它发给我在上海染厂的朋友，看看是不是配方的事儿。"

事情来得仓促，刘管家一愣。

张大头着了急："还愣着干什么，现在就去！"

看到掌柜的着急，刘管家也慌张了起来，赶紧说："张掌柜，来了两个乡下的生意人，说有日本人在济南府高价收棉，日后会对咱们有影响，想跟您商量办法。"

张大头一愣，这念头在脑子里走了一圈，表情旋即松懈下来，很不屑地说："哎呀，甭管他是哪里人，他高价收棉，咱高价卖布，跟咱有什么关系，小题大做，你随便打发他们走就得了。"

刘管家有些为难地说："掌柜的，我也是这样想的，可这乡下的生意人是咱的供货商，虽然供货很少，但是咱们难免有应急的时候。我想，既然能应急，是不是给个面子，现在去一趟。"

张大头冷笑了一下，眼珠一晃，射出一股不屑："哼，保不齐是找由头跟咱拉关系的，他来我就去？咱不能惯他们这毛病，惯习惯了，以后有事就来找我，那还得了！先晾着再说！"张大头手一挥，把头转向另一边。

刘管家面色铁青，倒着退了出去。

　　一个小时过去了，不但张大头没来，管家也没了踪影。正峰在沙发上坐着，右手轻拍着自己的膝盖，安抚着自己的情绪。三娃站着，有些不耐烦地说："掌柜的，见与不见总应该有个话吧，这明摆着是拿咱这土行孙不当神仙啊！"

　　三娃这一念叨，正峰也坐不住了："三娃，我问你，每年咱给他的供货有多少？"

　　三娃说："不多，也就五六百件吧。"

　　正峰很惊讶："这么少？"

　　三娃解释说："掌柜的，可能您忘了，五年前，咱们镇东头刘奶奶家的儿子在这里干活，那年回家说正在帮着染厂找货源，如果找到合适的就能当个小官。因为价格给得很低，您当时没有同意。后来刘奶奶亲自来的，您看着可怜就应下了，这一供货就是五年。这期间，刘奶奶也病了，她儿子也因为受伤被染厂辞退了，逢年过节的我们还会给他们家些补给，再加上这几年的物价渐长，细算一下，我们并不挣钱。当家的，我估计咱就是边角料，赶上旺季，别家供货不及时的时候拿咱对付一下。"

　　正峰咬着牙点了点头："嗯，我想起来了。"他来到窗边，看着外面进出的工人都垂头丧气的，眼中射出一道冷光，"我先下去转转，一会他们掌柜的来了，你叫我。"

　　"当家的，这不好吧，毕竟咱是来找人家办事的。"

　　正峰头一甩，狠狠地说了一句："找他办事？我是在帮他！哼，一年五六百件的供货还不及一个村贩子的销货量大，还真把自己当回事了。"说完，夺门而出。

　　又过了将近半个小时，三娃一个人守在空荡荡的屋子里，四周毫无动静，独自唉声叹气。

　　正峰从外面进来问："人还没来？"

　　三娃无奈地摇摇头："没。"

"这做买卖首先就要学会居安思危，真他娘的不知道他张大头是怎么干大的！"正峰越说越气，一着急，骂道："去他娘的，没见过这么摆谱的，走！"

三娃赶紧在后面劝道："掌柜的，您别生气，都等这么久了，别前功尽弃，兴许快来了。"

正峰冷笑了一下，然后盯着三娃，像是很庆幸："他能有这么忙？刚才我去他们食堂转了一下，一碗稀饭，一个窝头，一盘小咸菜，这他娘的也叫饭？工人们没日没夜地给他挣钱，他就这么个对待法，更别说咱这村里的小纺匠了，我看幸亏他没来，咱也别在这里瞎耽误工夫了。这做生意，有些人越做越大，有些人越做越小，这张大头，哼！"他甩了一下头，"早晚干没了！"

三娃点了点头，眉头收得很紧，隐约有一些担忧："可在济南府别家咱就更不熟悉了。"

正峰想了想说："那咱就找最大的！"

三娃说："荣家染厂最大，不过咱从来没跟人有过合作，恐怕不好见面吧。"

正峰一甩袖子，提腿就走："走，去一趟，人家干这么大，就有这么大的水平，咱是给他送良策来的，他能不见？如果也是这样，就算咱白来！"

荣家染厂在城西，厂子很大，门口有两座石狮子，门口的垛子上雕刻着两条龙，预示着生意龙腾虎跃，正当中是一个红色大牌子，上面只写着一个"荣"字，但是所有人都知道这是荣家染厂。

正峰看着门口的大牌子，不禁地点了点头说："三娃，咱生意要是做到这么大就好了，就这一个字就是千金的分量！"说完，又往门里瞅。

门房是个老头，看起来有六十多岁，有些咳嗽，但是精神很饱满。看到门口有两个人，过来盘问："是来要钱的吗？"说着老头又自己摇了摇头，"不是，这些年要钱的不少，都在我这里排了号了，你们穿戴也不像，你们是来做什么的？"

正峰也被逗笑了，笑着问："怎么，老师傅，要钱您也给？"

老头咳嗽了两下，用手比画着说："账上每个月给我五十块，每天只限十个人，我还得都照顾到，轮不上就没有办法喽！"老头的声音不大，语气像个教书的先生。

听老头这么一说，正峰顿生敬佩："荣掌柜竟然有如此心胸，怪不得能把生意做得这么大。在下是芙蓉镇的一个小纺匠——乔正峰，这次冒昧来拜访荣掌柜，有事相商，还请老师傅通报一声。"正峰抱拳施礼，显得很有礼貌。

正峰的回答有板有眼，声音洪亮，毫无拖泥带水的意思，老头眸中闪出一道亮光，他上下打量正峰一番，笑了一下说："不用通报了，这会他不忙，跟我走吧。"

正峰迟疑了一下，他凝目看着眼前的这个老头，猜测着他说这话的真实性，不禁问道："老师傅，你当真能做得了掌柜的主？"

老头又娓娓地笑了一下："怎么？信不过我这把老骨头能把你直接带进去？呵呵，您放心，他爹开厂子的时候我就在，这点主我做得了。如果因为繁琐的礼节耽误了他的一桩生意，岂不是得不偿失。"

正峰点了点头说："老师傅，我现在明白荣掌柜为何能把生意做这么大了。您都能替掌柜的着想，他想做不大都难。"

老头笑笑带着他们往前走，走得很慢，语有深意地道："当然，这也分对谁。掌柜的对我们仁义，我们才能对他好，人心换人心，这掌柜的和打工的不应该是有界限的，应该是朋友，呵呵，你们这些做生意的都应该明白这个道理。"

老头的这番言语颇有长辈教导晚辈的意思，正峰把目光投向三娃，暗生敬佩，神色肃然。

老头看二人不说话，又问："怎么？我说得不对？"

正峰赶紧说："老师傅，您得很对，晚辈受教了。"

老头也满意地笑了，笑完又轻咳了几下。

荣升今年三十岁，在济南商界影响很大，虽然年龄不大，可面相上显得很干练。短发剑眉，额头凸起，双目有神，泛红的脸庞透露出成功男人的果断和刚毅。他上身穿着绸缎褂子，下身是黑色马裤，脚上穿的是跨江河布鞋。听着门外有动静，抬头察看，正好看到正峰他们三个人进来。他立马站起身，恭敬地走到办公桌前面，低头喊了声："父亲。"

正峰一愣，看看三娃，二人都是错愕万分！

这时，老头微微地点了点头说："这两个从乡下来的生意人找你有事，你们先谈着。"

正峰这才恍然大悟，神情也发生了翻天变化，赶紧弓着身子赔礼："哎呀，原来是老太爷，晚辈冒犯，请您海涵！"

三娃也弓着身子请罪。

老头把正峰抬着的手压了下去，笑着说："这回信了吧？我可是把你带进来了。"说完，笑着离开。

荣升指了指旁边的椅子说："请坐！"

"谢荣掌柜。"正峰目送老太爷离开，缓缓坐下，心情也从惊讶恢复到平静，三娃站在旁边。

管家也是个老头，但面相非常谦和，笑着上了茶，说："我们老太爷经常这样，没事就在门房待着，您别介意，请喝茶！"然后站到了荣升的后面。

正峰率先说："荣掌柜，在下乔正峰，是芙蓉镇的一个小纺匠，这次来主要是为日本人高价收棉的事来的。"

荣升很惊讶，有些摸不着头绪，他缓了缓，问道："日本人？高价收棉？您详细说说。"

正峰盯着荣升，双眼有神，他开始讲述："昨天有个日本贩子在我们芙蓉镇收棉，不仅力度大，而且还舍得出钱。我试探了一下，他们不仅是在芙蓉镇这样做，而是在整个济南府的范围内展开，如果我们置之不理的话，他们会借助交通的便利，把咱们济南的棉花悉数拉到外埠。我们济南棉花短缺，最后坯布和成布的价格都会大涨，老百姓买不起布，咱们也无棉可用，届时，咱们济南的纺织界、印染界必会遭受灭顶之灾。"

荣升胸中一阵战栗，在他从商的这些年，济南并没有发生过这样的事情。他还是有些疑惑地问："能有这么厉害？"

正峰看到荣升已经跟自己站到了一个立场上，用更加肯定的语气说："日本人一旦把消息全面扩散出去，周边的棉花贩子肯定一窝蜂地往前涌。我们济南府是棉产大区，不能没有本埠棉花。"

管家说："如果我们本埠的棉花被日本人收走了，我们还可以从外埠进吗？"

正峰摇了摇头："如果没有猜错的话，外埠的棉花也会被日本贩子用同样的方式收走，日后我们要想再买棉花，只能从日本人手里买了，那我们就再也没有安宁之日了。"

听完正峰的分析，荣升惊得站了起来："你是说日本人在囤货居奇？"

"对！"

荣升再次打量了一下正峰，眼中流露出赞赏的神色。两人年龄相差不多，眼光却如此敏锐，这足以让他刮目相看。他又把目光转向管家，面色突然沉重起来："老张，你最近有听到任何的风吹草动吗？"

管家想了想，然后摇了摇头说："没听说。"

荣升点了点头，神色也好了很多："好，既然没听说，说明还没有全面展开，看来还不晚。"他问正峰："以乔掌柜的意思应该怎么处理？"

正峰掷地有声地说："打！"

"打？"

"对，打！按理说政治上的事不应该跟商业搅在一起，可这些年咱们国家光挨日本人打了，太窝囊，咱得趁这个机会打回来。"

荣升看向窗外，屏住呼吸合计着，半晌，他把头扭过来："好主意，日本人狼子野心，不打，此局不能解。别的地方咱也管不了，眼前咱先把他们打出济南府，把咱们本埠的棉花保住。乔掌柜，就按您的主意办，他们人在哪？"

三娃说："我们的人一直跟着，目前都在城西的悦来客栈，足足有二十多人。"三娃看看外面的天，"我们来的时候，他们还没有行动，不过这会……"他突然停住，很难猜测以后的事情。

荣升点点头说："不能再迟疑了，成败就在毫厘之间，你们先稍等一下。"荣升匆匆抬腿来到办公桌前，拨通电话："王所长，您好，我是荣升，城西的悦来客栈有二十几个日本人在闹事，麻烦您出人控制一下……对，对，只要是日本人就给我抓起来，嗯……先抓起来，至于怎么办，我再告诉您。谢谢，谢谢，我荣某人一定重谢！"荣升放下电话，没动地方，又拨出一通电话："王局长，我是荣升，您下午在办公室吗？我有事相商，好，好，好！"荣升挂断电话，如释重负，来到正峰面前："乔掌柜的，我们不仅要把日本棉商赶出济南，我还和政府商量一下对策，无论国内的棉市如何波动，至少保证我们济南府的棉市是安宁的。"

正峰深深地点了点头，他凝神看着荣升，颇有惺惺相惜的感觉，暗自庆幸自己找对了人。

荣升指示管家："老张，中午在会客楼安排酒席，我要跟乔掌柜畅谈一番，我要代表济南纺织、印染界、感谢乔掌柜让我们逃过一劫。"

"好！"老张说着就往外走，他偷眼看着正峰，眼中也尽是敬佩和肯定。

正峰赶紧把他拦住说："管家，您稍等！"他又跟荣升说："荣老板，我们家的生意虽然小，但是事挺多，我这都出来一天多了。不瞒您说，我师父今年都快六十了，他一个人撑着，我还真不放心，所以我得尽快回家，日本的这些搅屎棍就全倚仗您了。"正峰抱拳，郑重托付。

荣升看着正峰双眼，感觉情真意切，也就点头应允："既然如此，我就不多留乔兄了，您放心，我确保济南的棉花市场出不了乱子。"

"好，正峰告辞！"

管家把身子抽回来转为送客。等正峰跟三娃离开以后，荣升问管家："乔掌柜给咱们供过货吗？"

管家说："目前我们家的供货商主要是城区的第一纺织厂，周边的一些作坊我们还没有合作过。"

荣升说："你记住，从今天开始，只要乔掌柜有货要供，咱们就照单全收。"

管家眉头一缩，有些担心："少爷，是不是要看一下他们坯布的质量。"

荣生摇了摇头说："不用，他有心系济南纺织界的心思，货色就差不了。"

正峰跟三娃已经走到院子中央，只听后面有人喊他们，回头一看，管家向他们跑过来。

正峰拱手说道："李管家，请问您还有什么吩咐吗？"

管家歇了口气，笑了："别紧张，好事！"

正峰一愣，怔在那里。

管家继续说："赶着您跟我们掌柜的投缘，我们掌柜的发话了，以后您的货我们照单全收！"

"真的？"正峰惊讶万分。

管家又笑了："这些年想做我们供货商的纺织厂、作坊，不计其数，可像您这样，生意只字不谈，却把生意谈成的，您是头一个。"管家竖起大拇指，投来敬佩之色。

正峰高兴不已，须臾之间他也想知道是为什么，问道："管家，荣掌柜有没有说为什么用我们家的货？"

管家嘴唇微微翘起，也包含着自己的夸赞说："眼光，为了您这超越常人的眼光和心胸。"

正峰点着头，颇有相见恨晚的意思。他看着三娃："三娃，看来咱们这次来对了。"说完跟管家拱手示意："谢谢管家，请转告荣老板，谢谢荣老板抬爱！"他的声音洪亮而有力度。

二人再次路过门房，想跟老太爷打个招呼，走近一看，门房已经换成了另一个老头，这个老头，年龄更大，雪白的头发扎在一顶黑色帽子里，显得很精神，颌下花白的胡须也打理得很好。

正峰四下看过去，没有别人的踪影，难掩有些失望，小声地问道："老师傅，请问老太爷呢？"

老头抬起头，眼睛似睁非睁，用着沙哑且弱小的声音说："噢，你没吃饭？"老头说着就往桌子下面找吃的东西，他也把正峰当成了要饭的。

正峰笑了："嘿，这真有意思，一个把咱当成要钱的，一个把咱当成要饭的。老师傅，我吃饭了，我想问一下，老太爷呢？"

老头抬起头来说："别急，到这就饿不着你……"老头继续翻找。

老头只顾己言，正峰感到有些莫名，正在犹豫是否该继续问下去的时候，旁边走过来一个人，看样子五十多岁："你们就别费劲了，这是老老太爷，都聋了十年了。"

正峰当时就被惊住了，忙问："您说什么？他是老老太爷？"

这人继续说："对啊，是不是问你饿不饿？"

正峰点点头，神色木然，他彻底被荣家这几代人震惊到了，脸部肌肉不受控制地跳动着。半晌，他回过神来，跪到地下就磕头："老老太爷，恕正峰无理，还请见谅！"

三娃也跟着跪下。那人赶紧把他们搀起来说："行啦，行啦，别磕了，别磕了，你越磕，他越以为你们饿得慌，老啦！"

正峰慢慢起身，转向三娃，伸出三个手指头："三娃，三代人只干一件事，还干得这么好！实在是让人佩服啊！"正峰心中莫名的一阵感动，说得很动情，眼眶被眼泪湿润了："三娃，我看老太爷咳嗽得挺重，回去以后让半仙儿开点咳嗽的药给老太爷送过来，人家这么尊贵的身份，却一点架子没有，真是太难得了。老老太爷这边，看着还好，我们常来看看就好。"

三娃跟着点头。

他们走出厂子，来到厂门口，想到刚才发生的一切，正峰内心有太多感慨要抒发。他驻下脚步往回看："三娃，很多人明明是普通人，却油头粉面地装掌柜，可人家明明是掌柜，却偏要装工人，不仅如此，还一直从工人的角度去考虑掌柜的应该怎么去干。"正峰抬头看着门口的"荣"字，频频地点着头，如清水般的眸子里散发着无限的敬重，他说道："这就叫大商！"

上海，陈家纺织厂是上海最大的纺织厂，位于市中心，青砖砌成的围墙，四四方方。墙上还写着"坚持不懈，奋斗到底"的标语。正门很高，很大，周边的货商正排成一列，按次序等着接货。进入大门，映入眼帘的是一座二层小楼，那是陈昊贤的办公室，此时，办公室里声音嘈杂，时而传出哀叹唏嘘的声音。

陈昊贤个子很高，人也很帅，穿着灰色西装，抽着烟倚在办公桌上。素雅的爸爸和妈妈坐在沙发上，心痛地谈着自己的女儿。

素雅的爸爸有五十多岁，穿着带手工刺绣的马裤马褂，很体面，头发很稀疏，显得很精明。他看着陈昊贤，眼神里透着些许无奈："昊贤，我们一开始只是想关素雅几天，等那股子飞蛾扑火的劲过了，再把她放出来。没想到她竟然自己跑了，还声称跟我们断绝关系，发生得太突然了，这是我们始料未及的。素雅的决定只是她自己的决定，我们是不可能同意的，她不仅伤了我们的心，而且还坏了女人应该有的矜持，哎，真是太丢脸了！"

素雅的妈妈头发向后梳，带着发卡，因为伤心，并未仔细地打理自己，她擦去眼泪，带着哀求的语气说："昊贤，您在商界吃得开，帮着舅妈找一找，你表妹肯定是一时糊涂。"

素雅的爸爸叹了一口气："是够糊涂的，她平时喜欢的东西是一点没带。你说她一个大小姐，能到济南受那种罪？"

陈昊贤听完他们二人的诉苦后，并没有急于表态，而是开始审视自己的问题。他稍微顿了顿，也有些后悔地说："其实这件事情也怪我，虽然我看不上高年的做派，但也不至于让他们高家在上海没有立足之地。我也没想到素雅的个性这么硬，还能追去济南。"

素雅的妈妈压低身体，往前坐了坐，她以试探的语气问道："昊贤，我听素雅说是你跟英国人合作才把高家击垮的？"

素雅的爸爸使劲推了她一下，说："你懂什么，商场上的事情历来就是如此，既然是竞争对手，就免不了伤和气，不是输就是赢。昊贤把他击垮，那是昊贤有本事，高年没有顶住，那是他自己无能，我跟昊贤的观点一致，素雅跟着他是不会有幸福的。要知道有今天，当初就不该送她去留学，嫁娶就是嫁娶，还说成是什么爱情，难道为了爱情就不要爹妈了吗？这是什么爱情？连亲情都不要的人，还配谈爱情，荒谬！"他低下头，像是对着地板生气。

正在这个时候，管家老吴急匆匆地推门进来，很仓促地叫道："董事长……"

陈昊贤很生气，眼睛瞪大："老吴，没看到我正在谈事情吗？"

老吴停在门口，赶紧赔罪："对不起，董事长，有点急事。"

陈昊贤看老吴紧张的表情，知道确有急事："噢，那你说吧。"

老吴下意识地看了一下素雅的爸爸妈妈，有些迟疑，陈昊贤连忙摆了摆手说："不存在，都是一家人，你尽管说。"

老吴这才说："董事长，我们要进一大批棉花，就在刚刚，供货商的价格突然上调了一成。我跟对方讲理，他说如果我们再犹豫，兴许还会往上调价，我换了供货商才知道，上海已经有人囤了数以万计的棉花等着囤货居奇，目前市场上流通的棉花都是高价棉。"

陈昊贤一愣，脑中顿时浮现出各种可能。他急着问道："有没有查到是谁干的？"

老吴并没有十足的把握，声音陡降三分："很有可能是日本商人松田。"

陈昊贤对这个答案并没有感到意外，他双眼盯在桌面上，开始思考松田的可能性。片刻，他抬起头说："这倒像是他的作风，别人也没有这样的实力。如果我没有猜错的话，他们会把一半的棉花运到日本，剩下的那一半棉花用来提高我们中国的纺织成本，而运到日本的棉花会被加工成成品，然后再运回中国，借此机会冲击我们的纺织市场，真是一箭双雕啊。那你马上联系印度的公司，我们用印度棉，价格高一点我们也认。"

老吴眉宇间透出一股焦急，他上前一步说："董事长，我也打过电话了，印度棉现在也很紧缺，欧战以后，市场恢复得过快，日本的商人也提前做好了准备，那边的行情也是一团乱麻。总之现在我们能联系到的渠道都是价格飞涨，而且还不知道要涨到什么时候。"

陈昊贤的额头沁出了一层厚厚的汗珠，骂道："真是狼心贼子，我们的备用棉还有多少？"

"勉强能够撑一个月。"

陈昊贤低下头，"啪"的一声，他双手在桌面上愤怒地拍了一下，舅妈吓得一哆嗦。

昊贤这才想起被自己晾在一边的舅舅和舅妈，转过头来说："舅舅，舅妈，您放心，虽然高家破了产，可家底还是有的；表妹去了济南，是不会受苦的，我会想尽一切办法把她找回来。"

看陈昊贤表了态，他们也算是放了心，舅舅搀着舅妈站起来说："昊贤啊，你表妹的事情就拜托你了，我们先走，别耽误你正事。"昊贤送他们往外走，走了五六步，舅舅又停下来，提醒说："我刚才听你谈到了日本人，你可得小心点，他们坏透了！"

陈昊贤点头附和："舅舅，我知道了。"

等他们走后，老吴跟了过来问道："董事长，我们该怎么办？"

陈昊贤目前没有很好的办法，但是他必须有所行动，说道："这样，你去查一下日本人到底囤了多少棉花，这种囤货居奇的行为是不齿的，我要到政府去告他……不行，我现在就去告他。"陈昊贤转身拨通了市长电话："您好，王局长，我是陈昊贤，您好，是这样的，在我们上海，日本人大肆地收购棉花，囤货居奇，把我们这个市场搞得很乱，我希望政府能够出面管理一下……什么？你们已经接到举报了，经济条例不健全，不好管？这有什么不好管的，上海是我们中国人的上海，不是他日本人的，王局长，说实在话，棉花价格再高对我们这些做实业的影响很大……王局长，事情没有您想得那么简单，我们是可以提高成品的价格，可是我们上海人的钱就进了日本人的腰包，他们会拿我们的钱返回来再压制我们，这对我们纺织界是个沉重的打击，传出去也很丢人的，这事情怎么能不管……好，好，你们一定考虑考虑。"

陈昊贤放下电话，很失望地看着窗外，一种无可名状的感觉冲击着他，他隐约地感觉到在这平静温和的天气背后是一场暴风雨的来临。

英租界，这里面有着众多国家的生意人，共荣商社就是其中之一：它在一个临海商铺的二楼，牌子不大，但很显眼，窗户上插着一小面日本国旗，没有风，它低垂着头。

办公桌前，松田正在喝茶，他表情平静，皮肤偏黑，戴着眼镜，显得很沉稳。他将茶杯在手中转了一下，小抿一口，又放下，似乎在想事情。

山口是他的助理，二十多岁，人很瘦，他穿着西装，很合体，也显得很干练，他从外面进来说："社长，一切都在按您的设想发展，目前棉花是二十五一担，明天应该就能涨到三十。"

松田抬起头，面露喜色，很满意地点了点头说："很好，你一定要记住，物以稀为贵，每天的进库量不能低于三千担，出货量不能超过两百担，我们要一点一点地把口子撑大，直到涨到五十的时候，我们一把甩出去。"

山口也跟着高兴，接着说："社长，我一个内阁的朋友来信说咱们这次囤货的作法得到了内阁的高度赞赏，而且对您提出的税负再减的提议也很认可。我想很快就会有结果了。"

松田站了起来，眼神中透露出一股前所未有的骄傲。他随祖父来到中国已经很多年了，得到内阁的赞赏却是第一次。他很自豪地说："这点我很欣慰，我们的国家虽然很小，但是在对待外敌的时候，我们很团结；中国虽然很大，但是一盘散沙，他们一心想着自己做强做大，却从未想过自己的国家，这也是我们能够成功的原因。你跟你的朋友再打听一下，如果调税的文件能在我们这批货到达日本之前下达的话，那就对我们更有利了。"

山口信心满满地说："好的，社长，如果这次成功了，下次我们就会更有经验了。"

松田赶紧摆摆手说："你不要再有任何幻想了，中国人虽然不团结，但是很聪明，他们的个人能力都很强，这件事过后他们会像防贼一样防着我们；另外，昨天我们日本领事馆已经接到了本地商家的投诉，鉴于他们处理这种市场行为的经验并不丰富，也只能束手无策，但是这种囤积居奇的方式以后不能再用了。"松田低下头喝茶，突然又想起什么事，放下茶杯问："对了，陈家纺厂向我们要货了吗？"

山口摇摇头："社长，还没有。"

松田两眼凝视前方，面无表情，好像很失望。

山口关心地问道："社长，您好像对陈家很重视。"

往事浮上心头，松田僵在那里，但是他很快调整了状态，长吸一口气，语重心长地说："你来上海比较晚，有些事情你不知道，我也没必要全告诉你，但我们家族跟陈家曾经是很好的朋友，我希望以后也是。陈家在社会上很有地位，在纺织界也有着别人没有的优势，就拿销售渠道来说，别人就望尘莫及，跟他成为朋友对我们有百利而无一害。上海从十八世纪中期就开放了租借，我们不能跟英法美一样目光短浅，只局限于上海目前的繁花似锦，其实在这后面，中国其他地方的纺织工业正在迅速崛起，这对于我们来说是个机会。"

山口领会了松田的意思，继续问道："既然您对陈家这么重视，那我是否要主动联系一下？"

松田再次摇摇头拒绝说："不用了，中国人很讲究面子，我们主动跟他联系，就相当于我们自降三分，会让我们陷于被动之中。"松田怔了一下，目光凝滞在那里，很快把头又转过来："放心，我会想办法让他主动求我们的。"

山口看着松田正在发愁，他觉得这是一个表现自己的好机会，提议道："社长，我听说陈昊贤有一个女朋友，还算通情达理。中国人做事讲究由外至内，逐个击破，她也许能帮得上我们。"

松田心思一动，觉得是个好主意，既可以省去跟陈昊贤的正面冲突，又可以旁敲侧击地了解一下陈家纺厂。他抬头看着山口，眉宇间一股赞赏之色，很满意地点了点头，赞赏道："年轻人，你脑子很快，我很满意，就按你说的办吧。"

山口受到赞赏，很高兴，猛地低下头，大声说："谢谢社长栽培！"

松田突然又想起了一件事，问："我听说咱们派去济南收棉的人被赶了回来？"

山口微微地把头抬起来回答："是的，社长，我们在其他地方的进展都很顺利，唯独济南……不但没收到一包棉花，而且人还被打了。"山口没有往下说，低下头，等着领罪。

"还有这样的事？"松田并没有怪罪他的意思，而是很好奇，他寻思了一下问："这件事表面上看只是一种简单的商业行为，难道我们有什么漏洞被看出来了？是什么人赶走我们的人的？"

山口回答："开始是一个人而已，后来警察局就出面了。"

"竟敢打我们日本人？这个人是什么来头？"

"社长，我听说就是个不讲理的刁民而已。"话刚出口，他又感觉"刁民"二字描述得不太具体，又改口道："噢，应该说就是个穿得破破烂烂的小纺匠而已。"

"小纺匠？"松田摇摇头，"我还以为是什么大人物，这种小角色是断然看不出我们的商业意图的。"

"是的，听说是他们发生了言语冲突，也许是碰巧了。"

松田好像有些失望，他把杯子里的茶喝完说："要知道我对陈昊贤先生的信心不是很足，我们也不能把所有希望完全寄托在陈昊贤身上，在中国的其他地方也有很多出色的实业家可以合作，你要多留意一下。"

"好的！"

起风了，窗台上的日本国旗迎风飘摆……

第五章　父子（女）情

早上，四孝街的铺面陆续开放，人也多了起来。

利民纺织向东三十米是一家小饭店，这饭店的匾额上写着"粥铺"两个字。两边挂着对子，上联是"羹汤度日茶"，下联是"黍菽宴客粥"，两边的墙壁上挂着些风干的茄子条、豇豆以及其他面目全非的干菜，很有特色。

经营店铺的老两口看到正峰跟三娃走来，面露喜色，老太太说："乔掌柜过来了，走，端粥去。"老两口往灶台方向走去。

三娃走在前面，率先坐在凳子上，可正峰却定在那里，他指了指前面说："听说前面的纺织厂也快开业了，过去看看。"

"好！"三娃起身前行，正峰从兜里掏出两个铜板放在桌子上，随即离开。老婆婆端粥过来，却不见人，她拿起桌子上的铜钱，掂在手心，颤抖着上半身说："这孩子真仁义啊！"

正峰他们在一个包子铺前停了下来，包子铺的斜对面就是宏达纺织厂，二人几乎同时向那个方向望去。

店老板圆脸，穿着长袍，油光满面，透着财气。他把一屉包子放在桌子上，笑呵呵地说："乔掌柜，您慢用。"

"好，好……"二人只顾看对面，随便地应付着。

看到二人爱搭不理的，老板心里有些犯嘀咕，以为自己做得不好吃，他抽身来到老婆跟前，小声地说："老婆子，今天包子是不是没做好，乔掌柜都不愿吃！"

老板娘扭头过来，顺着正峰看的方向看去，心里有了数，把头扭回来说："还不是让对面的宏达纺织厂给闹的，平白无故地多了一个抢钱的，就算是把你自己给剁了，也吃不出啥味来。"

老板跟着点了点头，很同情地说："也是！"

三娃把目光从对面的铺面收回来说："掌柜的，这宏达纺织厂离咱们也就五六十米，可牌子比我们大一倍，铺面也长一倍，听说他们是从上海回来的。老话讲'瘦死的骆驼比马大'，咱这芙蓉镇可容不下这大鹏鸟，还是早做准备的好。"

正峰笑了一下，拾起一个包子说："总不能人家刚来，腿还没有抬，咱就给人使绊子吧？这雷还没打，咱也别忙着收衣服，摁下葫芦是个瓢。"他转身指着那副对子说："我还是比较赞成这副对子上的横批'和气生财'。"

三娃眉毛一皱，顾虑重重，继续说："掌柜的，咱这条街是芙蓉镇最繁华的商业街，他们只要一开业，这芙蓉镇东半拉的客商肯定被截胡了。"三娃也喝了一口粥，继续说："我可听说了，这家少爷已经放话了，早晚要挤死咱，我看咱们两家迟早有一战！"

"还有这事？"正峰眉气得毛立了起来。他立直了身子，瞪着三娃，看的三娃直发毛，低声说道："掌柜的，我也是听说的。"

正峰的眉毛落了下来，气愤也缓和了很多，低下头继续吃饭。

三娃看正峰不说话，怕他生闷气，又关心地问道："掌柜的，气着了？"

"哼！他气我？"正峰眼睛瞪得很大，须臾，又回到原来大小，"我不是在生他的气，我只在想这斗来斗去的什么时候是个头？整个芙蓉镇一共有五家纺织作坊，辐射周边的三个镇，而咱们家控制这百分之六十的市场，可是咱的工人跟咱也遭了大罪，冬天手开裂，夏天长痱疮，时不时地还有受伤的，最后挣的钱都用在了吃药看病上。现如今有了机器，不仅产量能上来，人工也跟着省了，那些身体不好的，可以让他们回家养着，每年发的喜钱比他们平时剩下的都多，而剩下的这些工人也比往常挣得多了，这多好啊……"说到这里，正峰稍微顿了一下："可这些都有一个前提，你知道是什么吗？"

三娃看着正峰，眸中带着不解："不知道。"

正峰说："是太平。咱家买了这德国机器，绝不是为了跟什么人较劲，只有太平了，这一切才能实现，而争斗却恰恰是这拦路虎，它会让所有的人都过不舒服。我想了，就算宏达也上了一台德国设备，顶多分走咱一半的市场，又能如何？芙蓉镇的市场有限啊，如果你真想要咱利民纺织有发展，眼光就绝不能局限于芙蓉镇。"说着他把目光投向街道的更远处，眼神里充满了对未来的渴望，很有深意地说道："咱们如果做到荣家染厂那么大的规模就好了。"

三娃理解了正峰的意思，可眼神里划过一丝不安，提醒道："掌柜的，您这边高风亮节了，怕是高家少爷不会罢手啊。"

正峰摆了摆手制止："行啦，都还没影的事，瞎猜也没用。目前咱新设备刚上来，都还不熟悉，这废品率也太高，需要找个技工。"正峰屈指在桌子上轻敲两下，"把咱自己的内功练好，这是头等大事。所以我想好了，宏达不开战，咱也绝不先战！"说完，他把目光又转向宏达纺织厂。

宏达纺织，从里到外新上的漆，味道很重，路过的人都避着走。高满山从远处走过来，他也捂着口鼻，到了跟前，他定下脚步，抬头看着上面的牌子，慢慢地眉宇间聚集了一股怨气，他把手放了下来，竟然忘了那刺鼻的油漆味儿。这时又过来几个妇女，捂着鼻子跑了过去，高满山一甩袖子，哼了一声，快步向家走去。

家里面，高凤正在跟高太太聊天。突然，门被猛地推开，高满山从外面进来，一屁股坐在太师椅上长吁短叹。高太太想过去，高凤一把把她拽住，拍了拍自己的胸口，示意她去，高太太点头同意。高凤赶紧端了一杯茶过来，轻声地问："爹，谁气着您了？"

高满山看了她一眼，眉间的怨气少了一些，但也没说话，把高凤晾在一边。

高凤想弄清原因，又转到高满山的后面，给他揉肩，没话找话："爹，这屋子着实有点小，要不您跟娘住我那屋，那里宽敞。"

高满山这才说话："大房子住着才难受呢，就这收拾卫生，都得一上午。"言语中还带着怨气，他一扭头，又想到了刚才的场面，发泄道："说到房子我就生气！五米的门头，十间房大的院子，咱们哪用得过来！非要什么场面、气派！哼！虎落平阳，龙落深潭，都是狂妄惹的祸，还不思悔改！"说着，望着门外，一股悔意，"我这一辈子做的最错的事情就是生了这么一个儿子！"

高凤知道是高年惹的祸，继而劝道："爹，您看您说的，高年也是想把生意做好、做强。"

高满山双手摊开，气力又加大些，自然声音也大了很多："做大做强我同意啊！可他在根上就不对啊！《周易》云'天行健，君子以自强不息'，要做强先要自己强吧，为何还要跟利民纺织做对门生意？这不明显着是好胜争强的强吗？我们从上海到这里就是争强惹的祸，门口的横批是我写的，'和气生财'四个字他不懂？"说到这里，高满山长长地叹了一口气说，"也怪我监管不力，早知道给他一半的钱，看他能买多大的？给自己找气生。"

他们正说着，高年从外面走了进来，本来面带喜色，看到高满山正在生气，脸立马僵硬下来："爹！"

高太太听到高年的声音，马上从炕上跳下来，她凑近门框听着。

高满山心里本来就有火，看到他，更是来气，斜着眼问："有什么事？"

高年看了高凤一眼，轻声地说："没事！"然后，低下头，看着自己擦得锃亮的皮鞋。

高凤笑了笑，转换位置来到高满山面前说："爹，素雅刚来，我去跟她聊会。"

高满山点了点头。

高凤来到高年跟前,警告道:"别气着咱爹!"

高年没说话,不耐烦地点了点头,他看着高凤离开的背影,有些不舒服:"爹,我是亲生的,她是捡来的,你对她可比对我亲多了。"

高满山眼睛一瞪:"闭嘴!早就跟你说过,以后这件事不准再提。高凤是捡来的不假,可是我闺女也是真的,以后有什么话不必避着她。"

高年还有些不服气,小声地发着牢骚:"从根上算还是外姓人……"

"你说什么?什么外姓人,她现在也姓高!你可别忘了,在上海的时候,要不是你姐把嫁妆钱拿出来,还能让你置这么大的宅子耀武扬威?荒唐……"

"爹,我知道,我姐对我是很好,我不是对她也挺好的嘛。"

"行啦,行啦,知道就行,说说有什么事?"高满山恢复了往日的语气。

高年立刻笑了起来说:"爹,我想买两台德国的针织机,用人少不说,活还干得多。"

"几台?"高满山的脸色立马严肃下来,他瞪着高年,高年多少有点发怵,他又低下头看着自己的皮鞋。高满山看着高年吊儿郎当的样子,喊道:"简直是胡闹!在上海的时候咱用的也是机器,是快,质量也好,可你仔细想想,你下过几次车间?还不都是你姐在那里盯着。在这个小地方,你要两台,你能行吗?"

"爹,你见过哪个老板自己干活的,咱多花点钱从上海雇技工过来,好吃好喝地招待着,一准好使。"

高满山指责道:"你一个开纺织厂的连车间都下不了,说出去都让人笑话。"

"爹,术业有专攻,我是经营者,得把精力放在管理上。我要是什么都懂,那要这么多的技工干什么?"

"谬理！"高满山瞪着他，"技工咱当然请得起，可是凡事都得循序渐进吧，一下子就上两台，你连那个叽里咕噜的鸟语都听不懂，你当咱家是冤大头啊？且不说你干不了，就算是干得了，芙蓉镇能有这么大的市场？哼！"高满山一脸不屑，转头看着桌子上的黑釉双耳瓷瓶，不再看他。

高年头一歪："爹，利民纺织的土包子都上了一台德国机器，咱最少上两台。"

高满山把头扭了回来说："我给你说了多少遍了，做买卖要和气生财，没必要分个谁高谁低。唐朝李林甫，一品宰相，为迎合玄宗，处处与人为敌，最终导致了安史之乱，末了，末了，闹了个遗臭万年；秦朝的赵高，不但视同僚为敌，也与苍生为敌，最终成了千古罪人。这些都是多大的家业啊，最后都败完了。老话说：'新姑爷斗不过老光棍'，咱刚来芙蓉镇，这第一条就是应该以和为贵。"

"爹，您说的这些我都明白。"

"明白就好，最多一台。"

"可是我已经交了两台的定金。"

"什么？"高满山气急败坏地蹿了起来，"退了，退了，就要一台！"

"退了就要赔违约金，半台机器的钱。"说完，高年"扑通"一声跪在地上，等候发落。高年虽然纨绔，但是极为孝顺，对高满山的脾气也很了解，虽然高满山思想保守、顽固，家教也是极为严格，但都是表面功夫，多数情况还是手硬心软。高年知道，只要自己先主动认错，做出一个弱者的姿态，高满山便会父爱爆满，于是大事化小，小事化了。多年来，他办过的错事有很多，可这一招屡试不爽，这也成为了父子俩独有的沟通方式，这一次他又故技重施。

高满山气得原地转了一圈，快步来到高年跟前，巴掌抡过头顶，要拍下来的时候停在半空中。看着一动不动的高年，又心生不忍，心一痛，重心不稳，人往后退了几步，无力地坐在椅子上，喟然长叹。

半晌，嘴里发出长音："你这个——孽——障！"

高年见高满山把火发了出来，觉得自己战略成功，赶紧给高满山找了个台阶下，劝道："爹，不是我爱生是非，可是门对门地挨着，哪有勺子不碰锅沿的。再说这个乔正峰就是个放牛出身的小纺匠，没有什么难对付的。"

"你，咳咳咳……"高满山被气得咳了起来，他赶紧喝了口茶，清清嗓子继续骂："你这话我就不爱听！英雄不问出处，谁说放牛的就不能有本事？朱元璋也是放牛的，四十一岁就当了皇帝！当今这世道，在芙蓉镇这种小地方，能守住这么大的一份家业，还买来了洋人的设备，就是头功一件！你倒不是放牛的，却从上海回到这小地方！不要处处看不上别人，说到底，你也就是个纺织匠！"

"爹，你怎么总是长他人志气，灭咱自己的威风。"

高满山气得指着高年的鼻子说："我就看不上你那瞧不起人的样子！"他又用手指着高年整身的行头："你瞧瞧！你瞧瞧！西装革履，大头皮鞋，这像什么样子？这里是芙蓉镇，不是大上海，咱来到这里，不但要以和为贵，还要接地气。你到大街上看看去，看看人们都穿的什么衣服！"

高年并没觉得不妥，没动地方。

高满山怒喊道："还愣着干什么？快去啊！等你看明白了再回来。"

高年不情愿地走出去了。

门外，来往的行人并不多。一个壮汉路过，高年拦住壮汉，从兜里掏出一块大洋道："你这身衣服卖吗？"

大汉见钱，喜出望外……

中堂里气氛凝滞，高太太求着情："老爷，穿西装不是什么要命的事，再说，精神点没什么不好。"

"哼！"高满山鼻子里泛出愤怒的气浪，"峣峣者易折，皎皎者易污，盛名之下其实难副！"

"老爷，高年从小就没有受过什么苦，你让他马上接地气也太难为他了，咱把他叫回来，慢慢地说教。"

高满山不说话，高太太冲着吴妈使了个眼色，吴妈跑了出去。

门口，吴妈四下寻找，并未见到少爷，只见一个破衣烂衫打扮的人倚在门边，刚想打听，仔细一看，竟是少爷，大吃一惊："哎呀！少爷，你怎么穿成这个样子了！哎呀，看着真受不了，真心疼，咱还是穿回去吧。"

"怎么？不好看？我爹不是想让我接地气吗？"

"老爷只是气糊涂了，还是原来的精神！走吧，咱进屋，老爷看你穿成这样肯定心疼。"

高年不理他，看到前面来一个要饭的，当即就冲了过去："兄弟，你这身衣服我买了。"接着，又掏出一块大洋，刚要递过去，吴妈一把抢了过来："少爷，你还要干什么？"

"这身衣服更接地气！"

"不行，少爷，你穿成这样已经让人受不了了，再穿成那样是要折寿的！"

要饭的觉得到手的肥肉要飞，说："少给点我也卖！"

"卖什么卖，这是我家少爷，跟你闹着玩呢。"吴妈往外推要饭的，"你快走吧，别跟着添乱！"

等要饭的走了，吴妈把高年拉到门口处，说："少爷，你就在这里等着，我这就给你去求情。"

吴妈风一样地跑了回去……

吴妈冲进屋："老爷，你快看看去吧，少爷，少爷他……"

高满山一惊："怎么了？出什么事了？"

"老爷，您说少爷穿的衣服不应景，让他接地气，少爷他换了一身破烂衣服，看着可让人心疼，他刚才还要换一身要饭的衣服，他说这样更接地气。"

高满山听完，气得原地转圈："这个逆子……是想把我给气死！"

"老爷，您就不能看看他的好？说到底，他还年轻。老爷，老话说得好，'福，莫福于少事；祸，莫福于多心'，您就相信他一次，少了这一事吧，气大伤身。"高太太言辞恳切，满眼期盼地看着高满山。

半响，高满山缓过劲来，说道："哼，思来想去，他这份上进心还是值得一提。你赶紧把他叫进来，不要给我丢人现眼。你告诉他，下次再这样，我打断他狗腿。"说完，站起来，缓缓地向里屋走去。

晚上，高凤前来探视，被高夫人拦在门外。

高凤问："我爸没事吧？"

"脸都被高年气黑了，都快成那黑张飞了，这会儿睡着了。"

"出了这么荒唐的事，我爸还能睡得着？"

高太太竟然笑了："怎么睡不着？你以为这种荒唐的事只有高年做过？你爸也做过。当年考进士的时候，你爷爷说考不上就要他去要饭，你爸第一年果真没考上，结果要着饭回来的，差点没把你爷爷气死。没成想三十年后，高年也来了这么一出，刚才你爸吃饭的时候还憋不住笑了，估计也是想到了这一出，这就叫'父子'。放心吧，这档子事过去了。"

高满山的院子里有一个月亮门，穿过月亮门就是高凤的小院，青砖房舍，雅致安逸。正房下还有两丛丁香。高凤爱花，托人买了些菊花种在墙根下，土已经让人松过了，高凤栽一棵，高年就递过来一棵，很有默契。

高凤率先说："咱爸看了一辈子书，结果还是中了你的苦肉计！"

高年笑笑："我要是不用点儿计策，咱爹能没完没了地骂我。"

"咱爹骂得对，一下子上两台设备，这是大事，应该事先和他商量一下。"

高年从鼻子里哼了一声说："咱爹就是失败怕了，树叶掉了怕砸着头，步子大了都怕扭着腰。上海的陈昊贤若不是仗着家底厚，根本斗不过我！"

高年又递了一棵过来，"再说门头大一点，设备多一点有什么不好？老百姓只要见了咱家的东西就得认为咱家的便宜，这叫规模效应，咱爹不懂！"

高凤瞅了高年一眼，也认为有些道理，劝道："咱爹虽然骂你了，可定金你也交了，算平局。"

高年蹲在地上，显得很颓废："小的时候，咱爹送给我的第一本书就是《词语大典》，有很多词我已经忘记了，当然我也没看完，可是有八个字我记得很清楚，叫'手足情深，患难与共'。我只是觉得我自己很孤立，咱妈是疼我，可也就是帮我灭灭火，少挨顿揍。咱爹就更别说了，我只要是一犯错，小错的时候就拿《四书五经》，《论语》压我，大错就是八股文，即便我是孙猴子，也受不了他这紧箍咒啊，至于你吧……"高年把话说了一半，突然停下，等着高凤问自己。

高凤笑笑，知道高年葫芦里卖着药，没有立即回答。她抿了抿花周边的土说道："你就别兜圈子了，说吧，你想让我干什么吧？"

高年嘿嘿一笑："姐，我打听清楚了，利民纺织正在招技工，你能帮我去打探打探情况吗？"

"当探子？"

"这不叫探子，顶多算是——"他一下子想不出合适的词来形容。

高凤站起来，边审视自己栽花的位置，边说："不是探子，这事也不明不白，要去你自己去。"

高年也站了起来，紧着摇头："姐，我不行，我怎么说也是高家的少爷，以后也是宏达纺织厂的老板，像什么样子？再说咱爹还是前清的进士，这刺探情报的事情太坏规矩。"

"我是你姐，人家知道了就不丢人？"

高年一本正经地说："姐，咱们来芙蓉镇的时间不长，你也不出门，他们不能把你认出来，丢人的说法也不存在。再说，一将功成万骨枯，等咱赢了，那就是胜者，历史都是由胜利者书写的，你得到的只会有赞美和褒奖！"

"那也不行。咱爹说了，女孩子应该待字闺中，这出门露脸的事不能干。"

高年再次被拒绝，显得有些烦："哎呀，咱爹那些都是老思想，你也是从大上海过来的，怎么见识还这么短？上海和平饭店的聚光灯下都是女人，多少高官商贾都围着她们转呢！如果你嫌这些都是小人物，还有大的！"他掰着手指头数，"唐朝的武则天，还有大清朝的慈禧……"

"慈禧？她算什么东西？"

高年意识到自己说错了话，赶紧改正："当然她不是个好东西，留下这么一个烂摊子，你当我没说。我只是想说那些认为女人就应该留在闺房的这种想法很荒谬！姐，我知道你不去是因为你不想去，你也别拿咱爹的思想压我。当初在上海的时候，工厂基本都是你管着，手下少的时候也有几十人，多少七尺男儿都在你面前甘拜下风，你不去只能证明你不想帮我。"

高年动之以情，晓之以理地劝说，高凤多少有些发怵："我要是还不同意呢？"

高年脸上浮过一丝无助，有些迷惘地说道："那我又想起《词语大典》上的另外八个字，叫'手足相残，见死不救'。"说着把眼神转向一旁。

高凤被高年这副滚刀肉式的做派逗笑了，她站起来说："行吧，就算我答应你！"她指了指剩下的花说："不过这剩下的花你得给我栽了！"高凤拍拍手上的土，径直往屋里走。

"姐，你……"

高凤转过头来："怎么？你不愿意？"

高年很牵强地应道："愿——当然愿意。"

"愿意就行，赶紧干活！"高凤眼角上翘，微微一笑，透露出与她年龄不相符的调皮。

高年看着眼前一大堆待栽的菊花，自言自语道："得，这叫先苦后甜！"

说着，拿起一束花，在眼前晃了晃，他把花当成了正峰，狠狠地说道："乔正峰啊，不管你以前在芙蓉镇有多横，现在你遇到了我，就得认栽！"说完，用力地将花栽到花坛里。

早晨，四孝街，熙熙攘攘，人头攒动。利民纺织门口放着一张高一米，宽半米的牌子，上面用方方正正的字体写着："凡能开织布机器者，待遇从优，欢迎垂询！"不远处，高凤正站在那里，眼神透过人群向招工的牌子投射过来，有些自嘲地苦笑着。

这时，一个妇女边跑边喊："抓贼啊——抓住他……"这个妇女四十多岁，但是打扮得很新潮，脸上的胭脂也装扮得恰如其分，只是跑起来显得很臃肿。她前面一个穿着邋遢的男人正在奔跑。

随着妇女指的方向，人流开始往前涌动，高凤也跟着往前紧走了几步，突然一个人喊道："刘二！"这个声音很洪亮，在四周持久回响。

话音刚落，小偷像是被施了魔法一样定在那里，从后面看身形很颓废。

正峰从铺子里大步迈出，来到跟前骂道："刘二，你他娘的还改不了？"

刘二一下子没了人形，嘴上的胡子打成了卷向上翘着，眼神也显得很惧怕，喃喃道："乔大哥，我下次再也不偷了。"

那个妇女正往这边跑，她一抬眼，看到了正峰，立马收住速度，由快跑转为慢走，然后款款走来，莺声燕语地打招呼："乔掌柜好！"

这声音很轻佻，正峰一愣，他稳了稳神，仔细一看竟是翠红楼的老妈子。出于本能的排斥，他没有说话，只是拱手还礼应付一下。

老妈子来到刘二跟前，把他手里的钱袋子夺过去，数了数，一看没少，笑着抬起头，继续着那个声调说："乔掌柜的，钱不多，可这事儿挺气人的，大庭广众之下就偷东西，他也不打听打听我是谁……"说着用眼角剜了刘二一下，"乔掌柜的，还是要谢谢您，等您来我们翠红楼的时候，我给您包场，呵呵……"她的笑声很尖，随着空间四面展开，格外刺耳。

正峰不愿看她，瞥了她一眼，显得很不屑，厉声道："老妈子，您别误会，我叫住刘二是因为他偷了东西，跟您这做皮肉生意的没有关系。"正峰伸出两个手指头，"这是两码事，你也不用包场谢我，那地方我也不会去！"正峰语气很硬，说完看向另一方。

听正峰骂自己做皮肉生意，老妈子火往上冲，脸色铁青，用手指着正峰："你……"

话还没说出口，正峰又转过头来："怎么？要不然当着大家伙的面，把这些年你逼良为娼的那些事念叨念叨？"

正峰要翻老底，老妈子害了怕，狠狠地甩了一下手绢，"哼"了一声，向来的方向走去，嘴里嘟嘟囔囔："不识抬举！"

刘二看到正峰刚发完火，更是害怕，头又往下低了三分。

正峰瞪着他，眉宇间一股霸气流露，大声问道："说，是不是还抽大烟呢？"

刘二唯唯诺诺地说："没有，我早忌了。"

"忌了？"正峰转到他身后，一脚踹在他的腿窝上，刘二"扑通"跪倒在地上，正峰又来到他跟前问："我只用了一分力，你腿就软了，这叫忌了？"正峰瞪大眼睛，指着刘二的鼻子又骂，"刘二，你不是不知道你家还有两个孩子，一个三岁，一个五岁，而且你更应该知道你还有一个老母亲，要是没有记错的话，明年七月份就是七十岁大寿了。你要是再这样下去，明年七月份不是给她老人家过寿，就是该送你了，媳妇谁养，孩子谁带？"正峰越说越气，在地上转圈。"往前倒十年，你们家可是远近有名的大财主，家有良田百亩，还有一大群牲口，可现在呢？全让你抽没了，你个大傻子，你可气死我了！"

人群里也是议论纷纷，窃窃私语。刘二低着头，沉默不语。

看刘二没有反抗，正峰的气又消了些，从怀里掏出一块大洋，递到刘二脸前。刘二既惊又怕："乔大哥，这？"

正峰还是有些急："这什么这？拿着！要不是当初老太太跪着求我看着你，我都懒得管你。这次就这么算了，下次再让我知道你抽大烟、偷东西，我打断你的腿！"

"哎！"刘二一把接过大洋，一溜烟地就跑没影了。正峰叹了口气，人群也跟着散去。这时，他抬起头来，看到高凤正在对面站着。他借机观察了一下这个女人，她脸上的皮肤映射出陶瓷般的光泽，如同凝脂雪膏一般润滑，微风吹过来，额头上的头发如丝绸般跳动一下，又平添了一股少有的婷婷水秀的特质。尤其是她的眼睛，充满灵气，顾盼流转之间，又似有几分女人应有的娇弱。芙蓉镇的人多数是熟面孔，眼前这个精致的女人他确定从来没见过，于是多看了几眼，忽然意识到自己有些失礼，把目光撤回来，准备转身回去，却听高凤说："掌柜的，你们招人？"

正峰回过头来，笑笑说："这位小姐，确实招人。"

"我可以试试吗？"

"机器您会开？"

高凤笑着点点头，温柔地回答："会开！"

正峰很高兴，一伸手："请进！里面谈！"

利民纺织的斜对面是个茶铺，匾额上写着"静休茶铺"，两边挂着对联，上联是"静心者喝茶"，下联是"休闲人品香"，铺子里面装置工整，桌椅板凳有序地排列着。高年正坐在靠门的桌子上观察着对面的动静。他还是穿着那套西装，但是头上多了顶礼帽，用来掩盖着自己的身份。随后，一壶热茶如期而至，他打开茶壶盖闻了闻，又盖上。茶馆老板有四十多岁，人很随和，见高年只看不喝，以为自己的茶不好，也打开盖子闻了闻，觉得没问题，又多瞅了高年好几眼，觉得他很怪。

高年听门外没了动静，他把帽子摘下来，看着高凤跟正峰进了作坊，表情很得意，倒上一杯茶，送到嘴边，悠然自得。

作坊里面很热闹，秤杆正对机器发表着自己的看法："这洋骡子造的机器咱可得待好了，你看掌柜的看它的眼神，就像是光棍汉见了媳妇一样！"秤杆边擦机器边唠叨。

张二叔狠狠地在秤杆的肩膀上拍了一下："放什么闲屁呢，掌柜的来了！"

张二叔是利民纺织的老人，也很有辈分，他大声地咳嗽了一下，下面的人也都停止了议论，他们往门口看去，发现正峰带着一个漂亮女人走过来，都闪到了一边。

正峰来到机器跟前说："这洋人来了好几次了，可毕竟是个新东西，要全部学会得着实费些力气，您要是真会开，那实在是太好了。"

旁边的工人们也都瞅着高凤，瞪大了眼睛，满是质疑。他们不相信这个女人会开这机器。

张二叔以为正峰因为招人遭了难处，率先走上前来劝说："掌柜的，我们年龄是有些大，可是不笨，再给点时间琢磨琢磨兴许能学会，别难为这小姑娘了，细皮嫩肉的不是干活的家把事！"

二叔本来是劝正峰，可没想到却激到了高凤，她似乎一瞬间忘记了自己的顾虑，指着机器说道："这台机器是德国生产的珍妮纺织机，而且这是第二代，目前德国国内已经到第三代了。"

正峰目不转睛地盯着高凤，其他人也都让高凤惊着了。

高凤绕着机器继续说："我们这一整套设备呢，先是清棉机除杂，然后是梳棉机梳条，之后通过纺纱机纺成纱线，然后再织成布，全程自动化解决，效率高，成品好，用人少。可是使用这个机器最关键的就是两点，技术维修与设备调试。"

说到这里的时候，高凤正好看到了纺织机的调试台："你看，现在这个数据就是不对的，拉力太小，出来的产品就不好看，没有张力。"

正峰点了点头走上前去："洋骡子开始调得很好，这是我后期调的。"

"你会开？"

正峰笑了笑："我虽然看不懂洋文，但是这洋骡子不能白来，手工纺织，从棉花到出成品需要将近四十个环节，环环相扣。机器就不同了，把几个环节合并成一个环节，省力省人。可是我们乡下有一个特点，就是喜欢穿肥点的衣服，夏天能穿，大了就往裤腰带里一塞，冬天来时，里面套上棉袄还能用。您也知道，这棉布好缩水，老百姓按尺寸买回去，洗了几水，不能穿了，这不是给人家添堵吗？所以我把这里调得松一些。"

高凤有些惊讶，她以为自己万事精通，没想到正峰说得头头是道，她问道："既然您会开，为什么还招人？"

正峰笑笑："机器讲究的是个眼疾手快，眼前的这些师傅都跟了我很多年了，年龄都偏大，我也不放心；更何况这么多流程，一眼看不到，就能坏了大事，我会的这些皮毛怕是应付不来啊。"

高凤听明白了，深深地点了点头，她再看正峰，瞬间有一种气场逼过来，她很难说明白，但她确实感受到了。

正峰转到正题："姑娘，您说说你的要求吧！"

高凤似乎一下子被正峰拉回到现实，刚刚过了嘴瘾，却让自己陷入更加被动的处境，打探虚实变成赶鸭子上架，毫无退路可言。她秀眉紧锁，额前阴云沉沉，面色忧郁地说："好吧，一个月三个大洋。"声音不大，显得很多顾虑。

"多少？"秤杆惊得张大嘴巴，"我们一年也就挣五块大洋，你一个月就要三块？"

正峰狠狠地瞪了秤杆一眼，秤杆吓得闭上了嘴，把头扭向一边。

高凤长出了一口气，心中一阵窃喜，她认为自己提出了一个正峰无法接受的条件，笑着说："如果觉得高，那我就先走了。"说完就往外走，却听正峰掷地有声的说："没问题，我答应你，一个月给你三块大洋！"

高凤一下子被惊住了，这个价格已经是上海的三倍了，他竟然同意了。她回头看着正峰，表情僵在那里。

正峰笑了笑，继续说："怎么了？不相信？我告诉你，不仅这些，逢年过节还有后肘子。"

高凤木讷地看着正峰，随意地应付着："好，好，我回去跟家里人说一下。"此时她大脑里面一片空白，只想尽快逃离这个尴尬的境地。高凤挪着小步离开，心里七上八下。

等高凤的背影消失，正峰来到秤杆跟前问道："秤杆，我问你，你是会开机器，还是会调机器？"

秤杆摇着头："都不会！"

"我告诉你，三块大洋就是用来干这个的！"正峰往后退了一步，对着大家说："大家伙都是跟了我多年的兄弟和长辈，哪年挣了钱也没亏待过大家伙，就是因为我们每年都有盼头，咱才不能冒这个险。这机器织布速度太快了，一个环节错了，这一批布就全废了，何止这三块大洋的事。咱们没了废品，利润高了，大家伙不都跟着挣钱嘛！"正峰又看着秤杆说："秤杆，这回你明白了吧？"

听正峰一解释，秤杆转怒为笑，摸着头皮傻笑。

三娃过来问："掌柜的，刚才那姑娘会来吗？"

正峰摇了摇头，表情很复杂地说："不知道啊，三块大洋已经是天价了。再涨的话，实在是没办法跟咱这帮乡亲们交代了。"

街景如云烟一般顺着高凤的脚步往后移去，不知不觉她已经来到了家门口，她并没有因为试探成功而高兴，反而是心事重重。她抬起头，看着院门，一股忧愁由心而发，微微的叹了一口气，再回头看看刚刚走过的这段路，她已经记不起自己是怎么回来的了。

高年早就在院子里等着她，看她进来，拉着她就往屋里走。屋子里面素雅正在沏茶，看着高凤进来，叫道："姐，来啦！"

高凤还没有来得及回答就被高年拉着坐下。素雅过来倒茶，冲着高凤无奈地笑了一下。

高年问她："你笑什么？"

素雅说："我笑什么？笑咱姐摊上这么一个弟弟，竟让你折腾！"

高年不以为然，没有接话。他回过头来问高凤："姐，打探得怎么样？"

高凤看着他，眼中掠过一抹忧伤："差点让你把我给卖了？"

高年显得很惊讶："怎么？他当真要用你？"

"当然，你猜他给我开多少钱？"

"多少？"

高凤伸出三个手指头，在空中来回拧，眼神中带着自豪说："三块大洋。"

"三块？哈哈……"高年一听，一阵嘲笑，"哼！我就说这小放牛的做不出大气的事情来，野鸡上了树还想当凤凰，休想！干一年才给三块大洋，你看着，等咱开业以后，我把他的人全挖过来，让他好看！"

高凤更正道："是一个月三块！"

"多少？"高年被震得目瞪口呆，"一个月三块？"嘲笑变为冷笑，满脸疑惑地问，"不可能吧，上海高级技工也就是一个月一块，他能给你三块？"

高凤将茶送到嘴边，细细品味，很有深意地说："没见到他之前，我都不知道自己这么值钱。"

高年紧锁着眉头，寻思着这里面的蹊跷，猛地从凳子上站了起来，手指敲着桌子："哎哟，我晓得了，这小放牛的根本玩不转这德国机器，别说是三块，就是三十块他也得给。机器买来不会开，耗也能把他们给耗死，哈哈……"他高兴得点头，开始为自己的猜想叫绝："姐，您可一定要坚持原则，给多少咱也不能去，这地方根本招不到会开机器的，咱就得让他自己耗死！"

"你又错了，乔正峰不但会开机器，而且还对机器做了适应乡下市场的改动。在上海的时候，做衣服讲究的是好看、得体、有模有样，可是在这芙蓉镇，讲究的是一件衣服穿两季甚至是多季，所以区别很大。"高凤的这套说法暂时压住了高年的嚣张气焰，僵在那里。高凤看他不说话，继续说："不仅如此，我还看到了他们织出来的样品，不比我们的差，而且从规模、机器工具以及产品的归置来说他们已经不再是一个小作坊了。"

高年听完，心头一沉，身子往后撤了撤，半晌，小声地自言自语："难道我还真小瞧了这个乡巴佬？"

素雅过来倒茶，借机劝道："要我看，就别跟人家斗了，人家的水有多深咱也不知道。再说，人家不还没把咱怎么着吗？"

高年头一歪，显得有些轻佻，说道："这些你不懂，即便是咱不跟他斗，他也得跟咱斗！他要是善茬，能从一个小作坊发展到这么大？我早打听过了，原来这周边干纺织的都让他给挤走了。"他把眼看向窗外，眼神中透出一股雄心，"这么说吧，从今以后，这条街上只能留下一家纺织厂，与其被动挨打，不如主动出击，生意上的事情你不用管。"说着端起一杯茶来沉思。

高凤站起来把素雅扶到了床边坐下，说："素雅，这些事你就别管了，孩子重要。我爹跟我说了，趁着还不显怀，找个时间把婚事给办了。"

素雅听着很高兴，脸上洋溢着幸福的笑，他把目光投向高年，高年完全沉浸在自己的世界当中，似乎又想到些什么，他站了起来说："姐，他会开机器，还能给你开三块大洋，这事很蹊跷！他真有这么能？"他双手压在桌面上，像是要做一个重要的决定："要不咱来个将计就计，您就去上工，我倒要看看他葫芦里卖的什么药！但有一点，咱家的机器一到，您就得回来！"

高凤急着站起来说："你就别打我的主意了，这生意场上的事情我真的不想参与！"

　　高年继续加强攻势："姐，不是咱非要去，是他主动请咱去的，他花钱雇咱，您按价出力。三块大洋！开纺厂的啥时候出过这么高的价格？我只是要搞清楚这利民纺织哪来的这么大的底气。"高年看高凤不说话，"姐——"他把声音拉得很长，由劝说变为哀求，"咱们家的生意做到现在这个样子都是我造成的，这些天，咱爹也一直不待见我，我想证明一次，您就帮帮我吧！"

　　高凤眉睫一颤，心头突然闪过一抹隐痛，面色白了白，语气也缓和了下来说："即便是我答应你，咱爹那关也过不去，他要是知道我去上工，肯定又是'女子无才便是德'那一套说个没完，如果再知道要去利民纺织，估计能把咱俩都绑起来念一个月的《论语》。"

　　高凤说得有理，高年也跟着发起愁来，急得在屋子里直转圈。

　　这时，素雅嘴唇微微一翘，喃喃道："我倒是有个办法。"

　　高年瞬间转过头来，用另外一种眼神看着素雅："真的？你快说说！"

　　第二天早上，高满山正在院子里喂鸟。这是一只新买回来的梅花雀，它额基呈朱红色，头顶、颈、上体橄榄褐而微染朱红，羽端具有白色斑点，很是喜人。高满山一边喂食，一边对着梅花雀调侃："不知道怎么搞的，满大街的都是画眉鸟，说什么叫的声音赛百灵儿，艳丽超鹦鹉，好斗如蟋蟀，我看百好千好不如我们梅花雀好，耐得住寂寞，受得住牢笼，不卑不亢。画眉叫得好听那是想挣脱牢笼，没有咱的安稳劲儿，是不？呵呵……"说完，从嘴里发出鸟叫声逗着梅花雀。

　　高太太在屋里听着，禁不住发笑。阳光的斑点从树叶缝隙间落下，在高满山脸上晃晃悠悠地跳动着，平生出一股童趣。

　　高凤穿过月亮门走到高满山身后："爸，我找你有事！"

　　高满山回过头来问："什么事？"

　　高凤说："爸，我总是在家里待着也不行，我想出去上份工。"

话音刚落，高满山便气得从石凳上站了起来，扬着手说："不行！我高家就是再没落，姑娘我还是养得起。自古女人就是待字闺中，贤淑持家，在上海的时候，你帮着高年打理生意就已经有悖世俗了，在这芙蓉镇还想出去上工，岂不是要闹笑话！"

高满山态度坚决，高凤唇边一抹微笑也悉数散去，她沉吟了一下，方道："爹，这都什么时代了，女人的小脚都不裹了，你打心眼里还看不起女人。"

高太太一听高满山又喊了起来，快速地跑了过来。

高满山继续大声地说着："我看裹小脚没有什么不好，三寸金莲走出来的步就是好看！"他指着高太太的脚，"你看看你娘！"

高太太下意识地也往自己脚上看，一看更觉得荒唐，一甩手呵斥道："老不正经的，看我的脚干什么？"

高满山也把目光收了回来，鼻子里轻声地哼了一声作为还击。高凤没看高太太，她垂下眼帘，等待着高满山的再次出击。

高满山看高凤不说话，也觉得自己有些较真，于是改口说："好，好，就算是裹脚观念迂腐，伤筋害骨，那也不能脚一放开，你就一步迈到大街上去吧！"

"爹，你看看素雅，人家都迈到国外去了，留洋回来就跟变了一个人似的……"

"那是伤风败俗，出了几年国，回来连中国话都快不会说了，整日里穿什么洋装，说什么洋文，还什么见人就拥抱，说话就带笑，女人本该有的矜持劲全给弄没了。说来说去，还是老祖宗的那句话对，女子无才便是德！"言语间，高满山已经气得有些结巴。

高太太闻言大惊，用手指着素雅的房间，狠狠地挤了挤眼睛，暗示他过分唐突。高满山也怕殃及池鱼，乱上加乱，表情又恢复原状。高满山看着高凤低头不说话，感觉她的气焰已被自己压制住，想继续说教来巩固自己的胜利果实，刚要开口，高太太便抢着说道："他爹，高凤十岁就进了咱家的门，基本上就没有当过什么大小姐，受累操心的活她都干，就连在上海的时候，厂子都是她盯着，从来没有让咱多操过心。"说着，她双手握住高凤的手，眼泪在眼眶里打转："这孩子命苦，十岁的时候就没了爹妈，跟咱也没享到多少福，难得孩子有个要求，你就从了孩子的意吧。"

高太太这一动情，高满山还真有点手足无措，他小声地抱怨着："我看你就是穆桂英，阵阵落不下你。"

高凤抬手替高太太擦泪，说道："娘，别这样说，我不觉得苦。"这期间，她正考虑转变战术，转头问高满山："爹，我今年多大了？"

高满年不假思索地说："过了十月十八，满二十岁。"

只是被说出了岁数，高凤的眼波中竟起了一缕女性柔美的涟漪，小声地嘀咕："难得你还记得……"

高满山察觉高凤话里有话，但是想不明白，很茫然地问高太太："这话什么意思？"

高太太白了他一眼："四书五经天天念，它也活不了，可活生生的人就在眼前站着，却什么都看不明白。"高太太瞥了他一眼说，"老这么待在家中，总不能成老姑娘吧？"

"这……唉！"高满山的嘴唇莫名地抖动了一下，顿时惊得哑口无言，阻挡高凤迈出去的难道就是自己？高满山开始反思自己，这场争论的结果呼之欲出。

高太太看火候到了，对高凤说："凤儿，别看你爹这辫子都剪了好几年了，可就说放不下那半截，脑子里全是老理，你别怪他！"高太太明着是劝高凤，实际矛头指向高满山，说完，她偷眼看着高满山的反应，目测已经胜利。她笑着说："凤儿，难得你有了成家的这份心，就该出去转转。这次娘替他做主了，你去吧！老子、孔子那些走了的人，娘不认识，娘只认自己的闺女！"

说着，又继续擦泪。

高满山想去拦，又怕耽误了高凤的终身大事，话到嘴边又不知道说些什么，怔在那里。

高凤赶紧借坡下驴，毕恭毕敬地鞠了一躬："谢谢爹，谢谢娘！"拜完，迅速转身离开。

高凤走后，高满山一个劲地发叹："这当老姑娘的事可不能怨我。在上海的时候，什么家庭背景来提亲的没有，不是嫌人家学问低，就是嫌人家不疼人，是哪哪不如意，个个看不上。就拿刘局长的侄子来说，那小伙子不但家境好，还有学问，可她说人家的性格太软，这也算毛病？哼！现在好了，自己都急了！"

高太太没有理他，转身向屋子走去，留下他自己发牢骚。

高满山在背后追着说："你也别闲着，问问去哪上工？干什么？……哎呀，一天一场，这俩没一个省油的，我看是要翻了天了！"

第六章　情愫暗生

上海连下了三天的雨，陈昊贤的心情也随着天气情况变得糟透了。

松田囤货居奇的事情并没有得到有效的控制，陈昊贤当着老吴的面，大骂政府："无能，我们一年要交多少税？税交上去又干了什么？难道我们一点点的权益都搞不到吗？国民政府这帮王八蛋，身在其位，不谋其政，什么叫没有经验？什么叫市场经济？市场经济就是要帮着日本人搞垮我们自己的企业吗？根本就是狗屁不懂！你知道现在租界里都说我们什么吗？都说我们上海做实业的都是猪脑子！"他指着自己，"我，陈昊贤，就是最大的猪脑子，奇耻大辱！"

老吴在后面站着，很谨慎地劝道："董事长，您别生气，也许事情没有这么严重。"

陈昊贤以教训的语气说道："你懂什么？如果政府管不了，国人就看到了实体经济管理的实质，说严重点，随时可能被其他行业效仿。到那时候，政府这道松软的堤坝，再也束缚不住经济崩溃的泄洪。"陈昊贤回头看到老吴脸上的表情也有些难看，感觉自己刚才的语气有些硬，主动降低了姿态说："老吴，你别当真，刚才我不是冲你，我只是很气愤。"

老吴并没有当回事，继续劝道："董事长，您就别生气了，前几天我去了一趟政府大楼，看他们的样子确实没有办法，还有的官员说要引咎辞职。"

陈昊贤把眼睛瞪大："他们倒是辞职啊，我陈昊贤举双手赞成，遇到事情就往后退，好像跟他们受了多大的委屈似的，等风波一过，他们肯定第一个站出来，称赞自己所做出的努力和付出，无耻！"发泄完了，语气也渐渐地平静了下来，"所以我们是不能指望国民政府的。"

这时，一个时尚的女人走进办公室，二十五六岁，身材高挑，烫着卷发，卷发一颤一颤地绕过耳际，上身穿着蓝色马甲，下身穿着格子紧身裤，裤子下半截塞到靴子里，更显得身材有型。老吴笑了笑说："高小姐来了。"说着主动往外走。

高小姐站住脚步，脸上浮起冷冷的笑容说："老吴，您是咱们纺厂的老管家，也不是外人，我跟昊贤虽然还没有办婚宴，但是已经是名义上的夫妻了，称呼也该改一改了。"高小姐的语速虽然很慢，却显得很强硬。

老吴马上意识到了问题，半躬着身子说："是的，陈太太。"

高小姐这才满意地点了点头，嘴角也浮起一抹笑容。老吴赶紧抽身退了出去，从外面把门关上。

外表刚硬的高小姐见到陈昊贤后瞬间就温和了许多，冲着陈昊贤笑了笑："什么事，发这么大的火？楼下都听得很清楚。"

陈昊贤走到酒柜旁边，倒了一杯红酒递给了高珊珊，笑了笑说："你的笑容总是有一种化干戈为玉帛的力量，你来了，我的气也消了一半。"

高珊珊把酒杯放到桌子上，显得有些为难："你的气消了，可我现在遇到难题了，我得咨询一下你的意见。"

陈昊贤做倾听状："好，说吧。"

珊珊顺势坐到了沙发上，跷起了二郎腿，很随意地说："松田要请我喝咖啡。"

陈昊贤将酒杯悬在半空中，很诧异地问："他请你喝咖啡？"

高珊珊抿了一口："我也很纳闷，咱们陈家跟日本人已经好多年没有来往了，他突然要请我吃饭，我不知道他的用意。我不想去，但是我又不知道是否该拒绝他，所以才来问你。"

陈昊贤思考着，在屋子里转了两圈说："我的意见是去。松田知道你是我的未婚妻，可他也就知道这些，他并不知道你是我妈妈的外甥女这层关系，所以他的用意我们要搞明白。你不知道，最近上海的市场被松田搞得很乱，刚才我还骂了政府一通，现在看来解决这些问题只有靠我们自己了。"

珊珊点了点头，身体也坐直了些："我也听说了，日本人囤货居奇，把咱们上海纺织界都给坑了。要我说，他干咱也干，他屯咱也屯，咱们陈家不比他日本人差多少。"

陈昊贤一摆手："现在价格都涨到三十五一担了，时机已经过去了。"

珊珊还是不服气，从沙发上站起来："时机过了也没什么，他囤货居奇，咱也不能闲着。日本的纺织技术不是厉害吗？逼急了，我去一趟日本的纺织厂，看看他们那里到底有多大的名堂？"

陈昊贤被珊珊的想法逗笑了，又摇了摇头，双手按着姗姗的肩膀，二人明眸善睐，顾盼生辉："你啊，想多了，别说你一个中国人进不了日本的工厂，即便是进去了也只能在外围看看而已。三年前已经有过这样的例子，玉宁纱厂老板的儿子为了使自己更有竞争力，决定去日本的纺织厂卧薪尝胆，费了很大力气进去了，结果只得到一个在厂区打扫卫生的工作。即便是这样他仍然没有放弃，一干就是两年，到了调岗的时间他很高兴，结果，又被调到另一个区域打扫卫生，肠子都悔青了。日本人向来很严谨，一只苍蝇飞进去他们都要看一下是哪个国家的，关键的技术是不可能让我们知道的。"

珊珊有些失望，把陈昊贤的双手推开说："那这么说，这次我必须得去了？"

陈昊贤点了点头说："对，一定要去！"

高珊珊又重新坐到沙发上，跷起了二郎腿，有些得意地说："那你别指望我给他好脸色！"

上海国际饭店新开张，门外面的六国国旗迎风招展，对外示意着它的与众不同。灯光璀璨，夜色阑珊，它似乎在引领这个城市的骚动，也给上海的夜景添上了浓墨重彩的一笔。

姗姗如约出现在门前，她还是穿了上午的衣服，只是添了一顶白色礼帽，看得出来她并不重视与松田的见面。门童把门拉开，姗姗快步地走了进来，一个打着领结的服务生上前鞠躬问道："请问小姐，订了位置了吗？"

高姗姗环顾大厅，看到坐在咖啡区域的松田，伸手示意，服务生退去。

松田看到高姗姗向自己款款走来，礼貌地站了起来，笑着伸手示好："高小姐，幸会！"

姗姗也优雅地伸出右手与松田轻轻地碰了一下说："谢谢！"

松田伸手示意："请坐！"

姗姗用手轻抚长裙，优雅坐下。

服务生过来："请问，二位喝点什么？"

姗姗淡淡地说："山多斯。"

松田也很礼貌地说："我也一样。"

姗姗把礼帽摘下，一个服务生快速地接了过来，向大堂走去。

松田恭维道："高小姐，谈吐优雅，风姿绰约，可谓是上海滩的一味沉香。都说大上海最有味道的女人是陆小曼，依我看来，与高小姐是无法媲美的。"

听到松田这样夸自己，高小姐直犯恶心，但还是礼貌地笑了笑说："松田先生，谢谢您的夸奖，但是我很清楚，您之所以这样夸我只是因为我和陈家的关系。"

松田一愣，没想到高小姐这样直接，尴尬地笑了笑："噢？何以见得？"

姗姗冷冷地笑了一下说："松田先生，第一，您是大上海有名的大商人，我高姗姗向来没有跟商人打过交道；第二，陆小曼的风姿我是无论如何也媲美不了的，所以，我都想不到除了这个身份之外还有什么让您感兴趣的地方。"

　　既然被点破，松田就没有再客气下去，点头说："高小姐果然快人快语，我确实想通过您修复一下与陈家纺厂的关系。我们与陈家纺厂的隔阂想必高小姐是知道的，我们毕竟都是商人，留给我们的不应该是隔阂，而应该是合作！"

　　咖啡上得很快，珊珊用勺子搅动几下，停了下来说："松田先生，我是陈先生的媳妇不假，可是我不能参与到他的事务中来。女人不能参政这是自古就有的规矩，所以，这件事您应该直接去找陈先生。"

　　松田并没有喝咖啡的意思，身子往前一探，轻轻地叹了一口气："不瞒高小姐，为了修复与陈先生的关系，我们还是做过很多努力的。听说他与德国洋行的德拉先生关系不错，我们特意委托了德拉先生，可是德拉被调回德国后到现在都没有回来；上次政府开表彰大会，我听说陈先生也有获奖，主动过去等候，可陈先生看到我以后，奖都没领就离开了。"松田喝了一口咖啡，"我们也是实属无奈才找到的您。"

　　珊珊用另一种眼光审视着松田："松田先生，您说的是不假，可中国有一句话很受用，'强扭的瓜不甜'。既然这样您为何偏要与陈家修复关系呢？在上海，玉宁纱厂和大昌纱厂也做得很不错。"

　　松田略带鄙夷地笑了笑说："以中国目前的状态最适合做的是小企业，噢，请您不要误会，我说的小不是规模上的小，而是时间上的小。多数企业的生存寿命都很短，挣完钱以后只图享乐就失去了守业的耐心，很难实现对家族企业长时间的经营，而我们日本是以经营长久企业为荣的。玉宁纱厂和大昌纱厂目前看似不错，可是他们并没有长期发展的眼光和实力，他们的后代我也观察过，让我很失望。而陈家纱厂不同，从祖辈到现在已经有将近五十年的历史，更何况现在的陈昊贤先生身上也没看到堕落的影子，这一点很难得，所以我们更加重视。"

　　高小姐点了点头，有一些认同，但又不能表现出来，继而向松田发难："松田先生，我也觉得您分析得有道理。既然您想修复与陈家的关系，您就应该有这种态度。"

"还请高小姐明示。"

珊珊开始直言罪状："您目前囤积了大量的棉花，完全扰乱了我们陈家的正常生产，这对我们的关系可没有一点好处。如果您现在收手的话，我觉得是个好机会。"

松田的脸板了下来，但还是很有礼貌地说："对不起，高小姐！现在我们已经没有回头路了。不过目前市场的价格是四十一担，我们的目标价是五十，如果陈家想参与进来的话，我们非常欢迎。"

珊珊很失望地笑了一下，她的眼神扑到松田的脸上，像是失去了最后的一点耐心，她毫无避讳地说："松田先生不愧是聪明人，末了还要把陈家拉进来，钱挣不到多少，然后替你背上这个骂名，高明！"珊珊凝住笑容，站起来，"对不起，松田先生，我想我们可以到此为止了。"珊珊转身就往外走。

松田被珊珊的表现惊住了，怔了一下，赶紧上前去拦："请留步，高小姐！"山口从旁边走过来，递过一只礼品盒。松田说："高小姐，初次相见，这是我送您的礼物，还请您收下！"

珊珊打开盒子，看到一块高档美国手表，佯装惊喜地问："很漂亮，很贵重吧？"

看到高小姐来了兴趣，笑容又重新绽放在松田的脸上："这块手表，是高级匠人纯手工打造的，只要高小姐感兴趣，多么贵重都可以。"

珊珊回礼道："松田先生，礼物我收了，谢谢了。"说着转身离开。

松田似乎又看到了希望，眼神里满是美好憧憬。

门童很帅，帮着珊珊把帽子取过来，又熟练地拉开门，可高小姐并没有准备出去，立在他跟前问道："有女朋友吗？"

珊珊的气场很压人，门童有些紧张，害怕自己做错了事，往后退了一步，有些唯唯诺诺地说："有了。"

高小姐将表塞到他手里说："你替我送给她。"说完，扬长而去。

门童拿着表，手有些抖，惊在那里。

山口看到此景，瞪大了眼睛，气愤地找松田控诉："社长，这太过分了！"

松田也看到了刚才的一幕，脸色铁青，从嘴角挤出三个字："陈昊贤！"

利民纺织的作坊里，高凤上身穿了一件白色的丝织外套，下身穿着一条米黄色的马裤，红色扎口布鞋穿在脚上更显得身俏影丽，刚一进作坊就把里面的大姐、大嫂们衬得光彩全无，黯然失色。在张二叔的指引下，高凤换上了工作服，即便是这样，仍是清新脱俗。

机器声渐起，她也开始穿梭于机器之间，与大家迅速地打成了一片。

"凤姑娘，这洋骡子咋这么倔，死活就是不动了。"看到高凤朝自己跑过来，秤杆继续发着牢骚，"要不是掌柜的稀罕它，我非得踹它两脚不可。"

"你肯定是碰到开关了。"高凤一摁开关按钮，机器又运转了起来。

王老四从后面走了过来，略带嘲笑之意："凤姑娘，修好了机器，您再好好修修秤杆，这小子心最大，啥都不当回事，瓢都能当夜壶使。"

话音刚落，秤杆一脚踢了过去，王老四往前一跳，没有踢到。秤杆骂道："去你奶奶的，我就在你家干了一回这事，你提起来还没完了。"

高凤被他俩逗得咯咯直笑。

热闹的不仅是机器间，棉棚的三位大姐也在不停地议论："听说了没有，新来的这个小姑娘，一个月能挣三块大洋。"

"为啥差距这么大？都是老中医，谁不会抓个药引子。"

"那不一样，人家一个小姑娘愣是指挥一群大老爷们儿转圈干，往前再倒五百年，咱女人啥时候有过这种地位。"说完还往门口看了一下，生怕别人听见，"千人千种命，咱就是没有受不了的苦，只有享不了的福的命。"

随后是一声叹息。

正峰拿着账本进入作坊，看到新纺出来的线，又摸摸刚织好的布，嘴里笑开了花。他快步来到厨房，吩咐道："张老三，今天中午烧鱼炖肉！我要是一筷子夹不起三片子肉，把你炖了！"

一听说要吃肉，张老三也乐了："掌柜的，您就瞧好吧，没肉把饭做香了咱不行，可这有鱼有肉的，满汉全席我都能给您对付出来！"张老三撂下围裙就跑了出去，可眨眼工夫，又快步跑了回来："掌柜的，出事了，您快去门口看看吧！"

"怎么了？"正峰放下账本，跟着往门口跑去。工人们见状，以为出了什么事情，也都跟着跑了出来。

门外已聚集了一大堆人，透过人群，刘二正被捆着跪在地上，头往下耷拉着，已经没了人形，嘴里小声地喃喃自语："给我抽两口吧……一口也行啊……求求你们了……"

他娘站在一旁，满目疮痍，手里持着一根手腕粗的木棍。看到正峰过来，赶紧来到跟前，老泪纵横地说："乔掌柜的，人我给您带来了，您看着处置吧！"

正峰看着刘二的娘，再看看跪在地上的刘二，便明白了其中的意思，问道："婶子，这是又犯了？"

"乔掌柜，上次您说过，他只要是再抽大烟，您就打断他的腿。这回又抽上了！我本想亲自打断他的腿，可是虎毒不食子啊，我实在下不去手，就交给您了！"说完，把手里的一根手腕粗的木棍递了过去。

正峰赶紧用手挡住："婶子，这可使不得！"

他娘蓬着发，眼神哀伤地握住正峰的手腕，"扑通"一声跪到地上，眼泪顺着她那干涸的皮肤滚了下来："乔掌柜，在这芙蓉镇，这混小子谁都不怕，就是怕您，您就救救他吧！万一要是能救好了，就让她跟着您，不求别的，能有口吃的就行……我也不要他给我养老送终了，能活成个人就行啊！"说完，就给正峰磕头，泪水落在地上。

正峰使劲地把她挽起来，但是却没有主意："婶子，这……"

这时候，刘妈从人群里挤了过来，她扎着头发，人也比较胖，显得很有力气，一把把正峰拉到一边说："掌柜的，这人咱不能留，这抽大烟的犯起病来，六亲不认。咱家是做生意的，求的是财，犯不着替别人咳嗽，咱可不能心头一软，往这火坑里跳。"说着，把眼神看向刘二他娘，眼神里带着埋怨。

正峰显得很为难，他看着地上已经没有人形的刘二，再看看这年迈的老人，想到了自己的过去，也渐渐地拿定了主意说："刘妈，这人都到咱家门口了，咱能不收吗？想想当年师傅不也是这样收下的我吗？如果不是师傅，兴许我也抽上大烟了。"正峰挣脱开刘妈的手，对着秤杆说："秤杆，找间房子，把人关起来，我倒是要看看，不抽这玩意还真能死不成？"

"好！"秤杆一挥手，从后面来了几个工人，一块把刘二往院里抬。

他娘见状，"扑通"又跪在地上，一声接一声地磕头："谢谢，乔掌柜……您的大恩大德，我来世做牛做马一定报答……"刘二他娘情真意切，感动在场众人。

正峰也赶紧跪在地上，拉着刘二他娘："婶子，婶子，咱不磕，快起来，小侄受不起这个……"

高凤一直站在门口观看，也跟着擦泪……

王宅，王知山正在中堂看书，王太太过来沏茶。

刘妈从外面跑进来，边跑边喊："老爷，出事了，您快到作坊看看吧！"

听刘妈这一喊，王知山赶紧放下书站了起来。王太太知道刘妈的性子，面不改色地问："刘妈，跟你说了多少遍了，遇事别一惊一乍的，我们年岁大了，经不起这个。你先说发生了什么要命的事？"

刘妈才说："老爷，乔掌柜把刘二收下了！"

王太太好奇地问："刘二是谁？"

"就是咱们镇上出了名的烟膏子，乔掌柜不仅收了他，还答应让他留下来干活！"

听到这里，王知山摇了摇头，好像很扫兴，一股嫌弃的表情说："还以为多大的事呢，不就是收下个人吗。"

刘妈显得很着急："老爷，刘二是个烟膏子，犯起病来，连亲爹都不认识，他万一再把掌柜的教坏了……"刘妈低下头摆弄手指头，没有继续往下说。

王太太眉头紧锁："这倒是个问题。"

"呵呵……"王知山竟然笑了起来，"我看是你们俩想多了。《太子少傅箴》中说'近朱者赤，近墨者黑'，这刘二跟正峰在一块，只能变得更好。你们看看秤杆，从小就胆子小，见只恶狗都能吓哭了，自从跟了正峰后，彻底变样了吧，上次被刘老头家的狗盯上了，一口没咬到，愣是要把人家的狗宰了吃肉，说咬人的狗是孬狗，这是跟谁学的？你再看看三娃，从小就老实，你问一，他准答一。现在呢？你问一，他能答三，你要是嫌不够，他能说到十！哼，一个抽大烟的刘二还能收拾不了？"王知山偷眼看了一下刘妈的表情，觉得并未完全说服，继续举例说："你们如果觉得三娃跟秤杆本性老实，那咱换一个，牛五曾是当地一霸，厉害吧？"

刘妈说："厉害！"

"那现在呢？还不是老老实实地给正峰当把头。"

经王知山一分析，王太太也放了心："也是，这么厉害的人，正峰都给治了，还弄不了一个烟膏子！"说完，彻底又松懈下来，用指责的眼神看着刘妈："不该你操心的瞎操心，正峰收下刘二说明他心眼好，回头我要是告了你的状，你看正峰过年过节的还给你送礼不？"

刘妈心思一颤，搓着手心，就像个做错事的孩子一样哀求道："夫人，您可别说，掌柜的每年都待见我，您要是说了，整不好还真没了。您就当我什么也没说。"

"呵呵……"看着刘妈服软，王太太抿嘴笑了，其中透着浓浓的善意，"行啦，放心吧，他不给，我给！刘妈，今天这事就这么过去了，日后不能再一惊一乍的了。一会儿你去作坊里弄些棉花来，正峰说过些天要下乡收棉花了，我估摸着天也该冷了，我给他们做些棉手套。"

"好！"听夫人这么说，刘妈也踏实了很多，高高兴兴地往外走去。

看着刘妈走了出去，王知山发着牢骚："这刘妈哪里都好，就是心里没灯！"

晚上，起风了，高凤虽然躺在床上，但她的思绪就像这风一样，久久未能平息。她回想这几天的事情就像梦一样，一时间脑子里全是正峰的影子，不停地翻滚跳动着……

自己在上海待了十年，大人物见过很多，有文雅的，有强势的，有博学的，还有带痞气的，可是像正峰这样一面成熟稳重，一面强势痞气，亦正亦邪的人，她从来没有见过。她闭上眼睛，脑中却浮现出他训刘二的场景，"你更应该知道你还有一个年迈的老母亲，要是没有记错的话，明年七月份就是七十岁大寿了，你要是再这样下去，明年七月份不是给她老人家过寿，就是该送你了。媳妇谁养，孩子谁带？"他竟然连人家爹妈的大寿都记得。感叹之余，她睁开眼，翻了个身，想让自己尽快睡去，脑子中却又浮现出正峰救刘二的场景，"我倒是要看看，不抽这玩意，还真能死不成？"

她闭上双眼，嘴角流过一抹微笑……

五天后的早上，正峰来到关押刘二的房间门口，三娃跟着。房间的门口打了木桩，像个囚牢。里面的哀号声让人心颤。

正峰问道："这都叫了几天了？"

三娃说："哎呀，一直叫，白天晚上的没停过，咱院子里逮老鼠的猫都给吓跑了，这毒疙瘩真是要人命啊。"

正峰越听越不忍心，想推开门，三娃赶紧拦住他："掌柜的，您还是别看了，刘二折腾得都没人样了，这会儿是谁也不认得。再说这几天是关键期，我怕您看了，心一软，咱就前功尽弃了。"

正峰狠了狠心，点点头问："还有几天？"

"还有十天。"

"好，再有十天。"正峰扶着门框，深情地说："兄弟，再有十天，你再忍十天……"

陈家纺厂，老吴在办公室里打扫卫生，他将桌子上的烟灰收拢在一起，然后用抹布轻轻拭去，干得很仔细。珊珊从外面进来，看到没有陈昊贤，问道："老吴，昊贤呢？"

老吴赶紧停下手里的活说："太太，董事长去江苏考察了，过几天才能回来。"

珊珊坐到沙发上，脸色有点难看。

老吴赶紧过来上茶："太太，谁气着您了？"

珊珊有些着急地说："都什么时候了，还有心情去考察市场。"

老吴弓着身子说："正是因为上海的市场不好做，所以董事长才去江苏的。陈太太，董事长之所以没有告诉您，是怕您担心。"

珊珊把包放到一边，直了直身子，有些发狠地说："他既然已经去了，就不说他了，我们还是想想办法对付松田吧！我去松田的仓库转了，他还在大肆收货！表面上是要跟我们谈和，实际上根本就没有这个意思，说什么我也咽不下这口气！"

老吴笑笑："太太，他们不是刚请你喝了咖啡吗？"

珊珊有些气："请是请了，可咖啡我没喝，面子我也没给。我只是要告诉他，要想跟我们和好就得拿出行动来，可是这个松田根本就没把我们当回事。他一面要跟我们讲和，一面要把我们当枪使，没有这么欺负人的！"

老吴很重视地说："噢，要不我给董事长去个电话，看看他是什么意思？"

珊珊显得有些焦急："不必了，现在棉价还在往上涨，等他回来黄花菜都凉了。我看，还是我自己想办法吧！"

老吴神经紧张了一下，央求着说："太太，这种事您出面不太好吧，还是跟董事长说一下吧。"

珊珊像是没有听见老吴的提议："老吴，你能联系到一些下岗的工人吗？"

老吴想了一下说："嗯，能，咱厂每年因为事故离开的工人有几十号，董事长逢年过节还要去慰问，所以就没断了联系。"

"好，你把他们都叫过来，我有事儿！"说完，珊珊站了起来，显得很兴奋。

老吴越发慌张："太太，您要这些下岗工人干什么？"

"罢工。"

老吴非常惊讶："罢工？"

珊珊更加义正词严地说："我就是要闹罢工，要让全市的人都知道他们日本人的所作所为！"

老吴被吓得声音有些发软："太太，这可万万使不得。前些年我们上海有过几次大罢工，结果也倒是胜利的，但是出头的往往都没有什么好下场。"老吴说完观察着珊珊没有退缩的意思，又劝道："太太，您再仔细想想，就算是我们把松田的阴谋搞掉了，您再出点事儿，就更麻烦了。"

珊珊有些急："以往搞罢工都是大规模的，我们弄个小范围的，没事的！我就是要给松田提个醒，他要是再这样下去，我们是不会善罢甘休的。"

老吴彻底慌了："太太，这可是大事儿，您真的有把握吗？"

珊珊有些不耐烦，把包提了起来："你就别问了，只管按我说的做，你去召集人吧！"

老吴眉头不展，又不敢违背，"唉"了一声往外走。到门口位置又被珊珊叫住："老吴，这件事你先别告诉昊贤，等我干成了，我会亲自告诉他的。"

风很大，海边的浪花拍打着岸边，被占领地盘的海鸥展翅高飞，接着海浪又慢慢退去，海鸥又重新落下……

街上，罢工的工人们举着横幅穿过共荣商社门口，嘴里大声地喊着："反垄断！反囤货居奇……"的口号。

松田透过窗户往外看，脸色很难看："这是第几趟了？"

山口说："社长，第四十五趟。我有些不明白，我们是在英租界，他们怎么会允许中国人在这里闹事！"

松田无奈地笑了笑："吉姆先生对咱们这次囤棉行为很有意见，但碍于面子又不能出面阻止，这些闹事的中国人正好帮了他的忙，我们不去找他，是不会有人出来阻止的。"

山口明白了，又问："那罢工要到什么时候？"

松田没有回答他的问题，转而问："现在新棉是多少钱一担？"

"已经涨到四十五一担了。"

松田微微地点了点头说："好，你通知下去，停止全部的收棉业务。"

"社长，不是要涨到五十吗？"

松田走到榻榻米上，然后跪坐下来说："如果他们这么持续地闹下去，肯定会惊动上海政府，在这种关键时刻还是要跟他们保持距离。经济和政治混在一起远比我们想象的要复杂，还是停了吧。"

山口显得很惊讶，一时间没有言语回应。

松田问："怎么？不该停？"

山口说："社长，我都打听了，这些喊口号的都是从陈家纺织厂出来的，他们就是故意制造事端。可是现在上海的经济平稳，即便他们闹下去也是不会制造出什么事端的。更何况我们现在在英租界，棉花也放在租界里，即使是上海政府要找我们麻烦，也得通过租界，到那个时候我们再停也不迟。"

侍女帮松田满了茶，松田品了一口说："山口君，我们虽然是在租界，可并非万事太平。英国、美国、法国，还有德国人恨不得把我们的货物全部拿走。就像现在闹事的这帮人一样，如果出了事，他们是不会帮我们撑门面的。上海虽说有租界，但是租界的繁荣昌盛，却是靠了华人，归根结底这里是中国人的地盘，棉花是易燃物品，一根火柴就可以让它消失殆尽，这种风险是不能冒的。再说，我们现在要试着跟陈家修好关系，这样闹下去是不明智的，还是停了吧。"

山口说："社长，您这次算是给足了陈昊贤面子，已经仁至义尽了。"

松田在鼻子里哼了一声，继而说道："行啦，就按我的意思去办吧！"

山口鞠躬走了出去。

松田看着窗外，自言自语地说："陈昊贤，这次再不来见我，就别怪我了。"

刘二门外站了很多人，他们眼神中带着畏惧。对面的房顶上有只猫，他窝着身子往这边看着，显得十分安逸。

正峰从外面进来，人群也自动地让出一条道路。秤杆走过来打招呼："掌柜的，来了！"

正峰点点头："嗯，人怎么样了？"

秤杆说："掌柜的，今天到日子了，一早也把东西都吃了。"

正峰点了点头，吩咐道："开门放人！"

随着几个工人走上前去，用工具把木桩卸了下来，然后退到一边，静静地看着。

半晌，门开始晃动，"吱扭"一声，门开了，外面的光成束地打在刘二的脸上，他头发蓬松，驼着背，脸色灰暗。他闭着眼冲着对面，对面的花猫被吓得一激灵，一纵身，随着一声惨叫消失不见。等刘二适应了一会儿，微微地睁开眼，看到正前方站着一群人。

正峰不停地点着头，眼泪在眼眶中回转，很用情地说："好兄弟，戒了！"

刘二晃悠几步来到正峰跟前跪倒，抱着他的大腿喊道："乔大哥，我活了……乔大哥，我是个人了……"这声嘶喊很凄厉，随着光束向远处散去。

早上，陈昊贤从外面回来，看到厂门口聚集了一些老工人。工人们热情地打着招呼，陈昊贤笑着点点头回应。觉得事情不对，他把目光投向横幅，看到上面"反对垄断，反囤货居奇"几个字，顿时明白了，这些是冲着松田去的。想到这里，他快步冲向办公楼，嘴里还喊着："老吴，老吴……"

老吴急急忙忙地从上面下来，在楼梯口停下脚步打招呼："董事长，您回来了。"

陈昊贤问："这外面打横幅的是怎么一回事？"

老吴一激灵："这？"他假装着往门外看，"怎么这么多人，董事长，我跟您一样，也是刚看见，您先上楼，我过去看看。"说着就向外走。

陈昊贤有些急，把他喊住："老吴，这些原来都是咱们厂的老员工，咱们厂除了你谁还能把他们聚在一起？赶紧说实话！"

老吴为难起来："这是……"

陈昊贤说："老吴，这事你也别瞒我，条幅我都看到了，这工人罢工可不是小事！上次工人大罢工就导致各行各业停顿数日，损失巨大！这种事情政府是不允许的，搞不好就祸从天降！"

老吴有些害怕："真的有这么严重？"

陈昊贤更急了："赶紧说，是不是珊珊？行啦，除了她没有别人，你赶紧找她，让他们停下来，要不然是要出大事的！"

听到这里，老吴飞奔而出……

珊珊从外面进来，昊贤正在写文件，听到声音也没有抬头。珊珊停在桌前，主动地说："怎么？生气了？"看着昊贤不理自己，珊珊有点委屈地摆弄着手指，"我可受不了日本人这么欺负咱们！"

昊贤这才放下笔，看着珊珊："你知道这样做有多危险吗？珊珊，咱把目光放远一些，无论松田怎么囤棉，也囤不掉天下所有的棉花。我这次去江苏的收获就很大，相信这次风波很快会过去的。"

昊贤开了口，气氛也好了很多，珊珊又恢复了原来的精神："昊贤，我虽然组织了罢工，但我并没有去做大，我只是让他们到共荣商社的门口去罢。我就是要让松田明白，我们陈家不会坐以待毙的。"

陈昊贤一惊："你们还去了英租界？"

珊珊自己倒了一杯红酒，举在胸前问："吉姆这个人你还记得吧？"

陈昊贤稍微回想了一下说："就是那个高高在上，经常到处宣扬上海正是因为有了租界才阻止了太平军的扫荡，也才有了这一块和平绿洲的吉姆？"

"对，就是他，听说有罢工，他主动找到了我，他们也早就看不惯松田了。"

"哼！他开的是贸易行，也做着棉花的生意，当然不希望松田抢了他的风头。上次我们从德国进设备的时候，他从中也捣了鬼。德拉早就提醒过我，他不是一个好东西！"

珊珊将红酒在杯子里轻轻摇晃，显得很淡定："他是什么东西咱不管，只要能帮着对付松田就行。"

看着自己的劝说无效，陈昊贤站了起来，扶着珊珊坐到沙发上说："珊珊，松田在咱眼皮子底下做了这件事，我也觉得很窝囊，我也想出这口气，我甚至想拿炸弹把他的仓库给炸了！"

珊珊被吓了一跳，双手紧握昊贤的手，紧张地问："你真的这样想？"

昊贤把手抽出，站了起来说："珊珊，无论我怎么想，可我都没有去做。做生意没有一帆风顺的，竞争也是正常的，胜利也都只是暂时的。这几年，松田的共荣商社发展得很快，可他的市场主要是在东北，在上海想要与咱们陈家分庭抗礼还有一段距离。他之所以想跟咱们建立关系就说明了这一切。如今他们大张旗鼓地囤货居奇，就是想赶超我们，如果这个时候我们轻举妄动，万一搞不好就会让他抓住把柄，到那时，我们真的就被动了！"

"他能闹出什么名堂？"

"以租界的名义告你聚众闹事就够你受的！"

珊珊眉毛一扬，开始摆弄手指："真不知道政府怕他们什么？他们的枪炮只在东北有作用，要到我们上海还远着呢。"

昊贤说："哪怕是十万八千里，政府也不会主动地激化矛盾，他们是不会动日本人的！"

"动不了日本人就动我们中国人？"

"你这是玩火自焚！"

珊珊听不进去："这么说我做的全错了，那你去苏州就有办法了？"

昊贤说："你以为我去苏州做什么？我去苏州见了很多染厂的老板，我们的意思是一致的，就是联合起来不用松田的货，在上海的外围建起一层堡垒。"

珊珊持怀疑态度："这样能管用？"

昊贤继续解释："至少限制住了松田的纵深发展。"

昊贤这么一说，珊珊也觉得有些道理，正想细细品味一下，老吴从外面进来，显得很兴奋："董事长，太太，告诉你们一个好消息，松田已经停止收棉了。"

"真的？"珊珊差点喊出来。

陈昊贤也是一惊，从座位上站起来："现在价格是多少？"

"四十五一担。"

珊珊笑着走到昊贤身边邀功："怎么样，我这一招管用了吧？"

陈昊贤走到珊珊跟前，一把抱住了她，极其动情地说："珊珊，我陈昊贤此生有两样东西不能丢，第一是陈家的产业，第二就是你，以后再也不要这样孤身犯险了，这次的事就这么算了。"

老吴看二人矛盾化解，正要浓情蜜意，赶紧低着头倒退着出去，在外面关上了门。

珊珊也被昊贤突如其来的拥抱搞得有点失措，缓了一下神依偎在昊贤的怀里，很享受地说："你这样一说，还真觉得挺险的。"

昊贤搂得更紧了……

荣升办公室里，管家走进来，面色很沉重。

他来到荣升的办公桌前："掌柜的，江苏刘老爷那边刚下了一千件印花布的订单。"

荣升点点头："嗯，看来刘伯伯还是想着我们的，你尽快给安排吧。"

管家说："只是他要求我们的原料必须是日本坯布。"

"日本坯布？你有没有问他是为什么？"

"他说这批货是供给上面的，日本的坯布面料柔软、细腻，染出来更上档次。"

"可价格也会随之高一些，这些他知道吗？"

"掌柜的，目前全国棉价暴涨，很多外埠的坯布价格都快涨到嗓子眼了。而日本人却把坯布的价格定得比较低，相比之下，价格上很有优势。"

荣升气愤地站起来："这就是个阴谋，日本人囤货居奇，先把棉价搞上去，然后高价卖给这些纺织厂，最后再把成品的价格降下来，这是逼咱们中国的纺织工业高价进原料，然后低价卖货，这是要把咱们中国商人往死里挤啊。"他转过身去，看着窗外，很感叹地说："这回幸亏正峰提醒得早，咱们济南府的棉花才保了下来，要不然咱们现在也生活在水深火热之中了！"

"谁说不是呢，这日本人太阴险了！"

荣升转过身子："我们不能让日本人牵着鼻子走。我一会儿就给刘伯伯打电话，我要说服他用我们中国最好的坯布代替日本坯布。"

"掌柜的，我知道您一向不跟日本人合作，可我们的坯布质量确实跟日本人的有差距。刘老爷也知道您对日本人有看法，他说爱国是爱国，产品是产品，两者不能混为一谈，他让您分清主次。"

荣升点点头，随之又叹了口气："是啊，我们中国的纺织工业发展得还是太晚了，这是我们的硬伤。"

管家提议道："掌柜的，要不等我询完日本坯布的价格以后再定用谁的吧，刘老爷不但是咱的老主顾，还是荣家的世交，这次刘老爷要的货很急，八成是有大用处。"

荣升只好点点头，算是默认。

共荣商社里，山口放下电话，表情很愉悦地走到松田跟前："社长，刚才山东济南的荣氏染厂也来询坯布的价格了。"

"好，看来我们的影响力已经到达山东了。"松田走到镜子前，看着镜子里面的自己问："这是第多少家了？"

"第四十五家。"

松田不停地点头："四十五？"他掏出一支烟点上，看着那已经燃烧起来的烟头，又摇摇头，"四十五还不够！"他举起那支烟，"就像这支烟一样，这只是刚刚开始，我们要让它越烧越旺！"

山口问："社长，那我们要到什么时候再放货？"

松田斩钉截铁地说："一百！等到一百家的时候，你统一给这些中国商人们打电话，告诉他们，如果他们还犹豫，我们的成品价格将会往上浮动，我想他们是撑不了多久的。我要借这个机会让全中国的纺织界、印染界都知道我们共荣商社的存在！"

山口立正，恭维道："社长高瞻远瞩！"

松田表情更加得意："山口君，你知道将来会发生什么事情吗？"

"还望社长指点！"

松田说："目前看来我们共荣商社的纺织品是市面上利润最大，但价格却是最便宜的。哈哈，山口君，未来我们将创造出一个帝国商人在中国经商的奇迹！"

第七章　生死缘

宏达纺织的办公室里，高年正对着招工启事频频点头。新聘的管家从外面进来，他戴着瓜皮帽，显得头很小，嘴上留着八字胡，很有特点。他来到高年跟前说："掌柜的，招工启事都发出去了。"

高年定睛看着他，然后摇摇头说道："称呼得改，这以后不能叫掌柜的，得叫老板。叫掌柜的太土，像个作坊！"

管家反应很快："好的，高老板！"

高年满意地点了点头问："人们反应怎么样？"

管家很恭敬地说："高老板，我都跟他们介绍了，咱的工钱比利民纺织的高，他们都很感兴趣。"

"好！一会你再找人出去发一些，这回就别去东边路口发了，就在咱的门口发！"

管家面露难色："高老板，我们跟利民纺织挨得太近了，这样不好吧？"

"什么不好？哪里不好？在咱们自己的门口发，又没有到别人家的门口发。怕影响不好可以，你让利民纺织现在就搬走！"

"这？"管家无话可说，顿在那里。

"行啦，这件事就这么定了。我问你个事儿，一大早就听到外面乱哄哄的，出了什么事情了？"

"噢，今天利民纺织派车队下乡收棉去了。"

"下乡收棉？"

"是的，男的女的、老的少的去了得有十几口，噢，对了，高小姐也跟着去了。"

"什么？我姐也去了？"话刚出口，高年赶紧捂住了嘴巴，快步走到办公室门口，看到没人听见才放心，小声地警告管家："我姐去利民纺织这件事千万别让我爹知道，要不然非得炸了不可。就一个原则，能多待一天，就守一天，我就是要看一下利民纺织这水有多深。"

"我知道了。"

高年继续问："这些年，利民纺织一直是自己下乡收棉吗？"

"据我所知，偶尔也会有乡下的棉农上门，但多数情况都是自己下去收棉。"

高年冷冷地笑了一下："这年头还用下乡收棉？咱们济南府就没有棉花贩子？"

"有倒是有，可是他们又扒去一层皮，成本肯定高了一些。"

高年显得很不屑："收棉成本就低？人吃马喂的就不花钱？简直是目光短浅，咱不能跟他一样。咱的机器后天也要到了，你马上去联系一下济南府的棉花贩子，咱要从他们手里拿货，要以最快的速度把咱们的产品做出来！"

"好的，高老板。既然机器也快到了，我们是不是先把价格定出来？"

"定，当然要定！这样，你去打听一下利民纺织的货价，每种货比他们的价格低一分就可以了。"高年嘴角露出一股狡黠，"我倒是要看看他乔正峰怎么接我这第一招！"

正峰正在车间里干活，三娃从外面跑进来，把宏达纺织的招工启事递过来说："掌柜的，您看看，宏达纺织开始招人了。"

正峰停下手里的活，把纸接了过去，他来到院子里，看着招工启事："招四十人？这么多，难道他们是两台机器？"

"他们的面积比咱的大，人也比咱多，至少是两台。"

正峰接着问："待遇也比咱们的好一些。"

三娃表情很沉重："掌柜的，他们是在宏达纺织的门口发的招工启事，这来来往往的有很多是咱的工人，上去打听的也不少，这不明摆着让咱后院起火吗？这人太坏了！"

正峰点了点头，很沉重地说："八成是冲着咱来的啊！"

三娃说："掌柜的，咱是不是防着点？"

正峰摇了摇头说："算了，还是那句话，摁下葫芦起个瓢。人家是从上海过来的，兴许套路跟咱不一样，再等等看吧！"

说到这里，正峰想回去，一匹白马飞奔而来，马上的人正是今天派出去收棉的六子。六子从马上跳下来，踉跄着来到正峰跟前，哭着说："掌柜的，人，人被劫了……"

正峰一惊，便知发生了大事，他稳了稳说："六子，你慢点儿说，谁被劫了？"

六子说："张家旅店，凤姑娘，凤姑娘被山贼给劫了！"

"啊？"正峰大吃一惊，"这怎么可能？咱们去了这么多人。再说你们走的时候我不是交代过了嘛，现在世道太乱，能走官道走官道，即便是遇到不测，也要舍财不舍命，这些难道你们都忘了？"

六子哭丧着脸，显得很委屈："掌柜的，您的话我们都记在心里了，谁成想张家旅店老板跟山贼通吃着，晚上在饭菜里下了蒙汗药，等我们醒了，凤姑娘就不见了。"

正峰怒火中烧，抬手重重拍在墙上，狠狠地骂道："民国政府的兵都在干些什么？土匪都治不了！"

正峰一股火压在心头，他瞪着大眼喊道："三娃，马上去柜上取钱，要多带！六子，你也别哭了，马上去给我换匹最快的马！"

"好！好！"两个人应声都跑了出去。

　　张家旅店里聚集了张二叔等一干人，烟叶燃烧升起的烟尘弥漫着整个房间，熏得人睁不开眼睛。

　　屋外寒风阴冷，里面气氛凝滞，静的有些沉郁。旅店老板是贼匪黑三的同党，把凤姑娘掳走后，人自然也不见了，没有人沏茶送水，中午饭也都没吃，工人们都把裤腰带紧了紧，在炕上靠墙坐着。

　　刘二坐不住，他跳下炕，双手握拳说："二叔，咱人也不少，不能干靠着，要不咱去救人吧？"

　　"救人？那些可都是杀人不眨眼的土匪！"张二叔年龄最大，穿得也最多，他被棉大衣包裹得像个球。他从腰里掏出烟袋锅子，然后往墙上敲了敲，言下之意是拿鸡蛋碰石头。他往窗外看了看说："听说黑三手下的人都有盒子炮，那玩意儿一响，你身上就得出个窟窿眼，去了就是送死，掌柜的刚刚救了你一条命，你先好好留着。"他叹了一口气，感叹时运不济，然后开始装烟叶。

　　刘二无奈，又坐回到炕上，头歪向一边。

　　这时，外面一声马叫，刘二一激灵："掌柜的来了。"话刚落地，门帘被挑了起来，正峰便冲了进来，迎头就问："二叔，怎么样了？"

　　正峰来得太急，外面风又大，脸色红青相间，头发也有些乱，看着让人心疼。张二叔过来，拽着他往炕上坐："掌柜的，您先歇歇。"说着，递过去一张纸条，"这是土匪留下的。"

　　正峰打开纸条，上面写着："三日之内，瓦罐子山，两百块大洋，钱到人走！"字迹有些潦草，但是还能看清楚。

　　"瓦罐子山！"正峰喃喃自语。

张二叔说："掌柜的，我跟乡亲们打听了，瓦罐子山就在这往北十里，领头的叫黑三，清末的时候还当过武官，没听说他欺负过老百姓，可是都怕他。据说他连袁世凯、徐世昌的兵都不怕。"

"哼！"正峰显得很不屑，"这么厉害，连大姑娘也绑？"说话间，他紧了紧腰带，"二叔，这次棉花咱不收了，你找几个人把咱这些家当带回去吧，这世道太乱，别再出什么岔子。还有，咱带的半袋子小米也别往回带了，都给周边的老百姓分了吧，这世道不太平，想来他们也受了不少苦。"

"好！我一会儿就去分，可你怎么办？"

"我来的时候寻思一道了，咱干的是纺织这个行当，收棉的事自然少不了，能碰上第一次，就能有第二次，这一开始要是上了他们的道，那以后就是个血窟窿。我得断了土匪的念想，我要自己去一趟！"

二叔大吃一惊："掌柜的，自古商匪不两立，这回咱还是忍了吧，找个说事儿的把钱先送过去。"

"二叔，你也别劝我了，我已经拿定主意了，你回去以后，告诉家里人不要慌，在家里等我回来。你一定要记住，明天十二点之前，千万不要报官，现在国民政府的人都是废物，兴许能坏了咱的事儿！"

"那过了十二点呢？"

张二叔看着正峰，想得到下一步的指令。正峰一愣，因为他也没有十足的把握可以回来。张二叔看出了究竟，说道："那我就报官！"

正峰只好点点头说："好！"

张二叔从怀里掏出一张银票说："掌柜的，银子铺路钱作马，无论如何您把这些钱带上，用得着。"

正峰把银票推了回去："二叔，钱我带了，这些钱你留在路上用。"

张二叔又往前送了送说："掌柜的，穷家富路，多带点好。"

正峰又把银票推了回去说："二叔，不是我乔正峰舍命不舍财，也不是说咱凤姑娘不值这些钱，只是这些土匪都不按道上的规矩走，兴许你多给他这二百块，他能要一千块，这可是个无底洞啊。钱这东西用好了能救人，可是用坏了就会坏大事。"正峰顿了一下，似乎在酝酿一个大胆的想法，"钱我不是不给，但得分怎么个给法。二叔，我心里有数，您只要把咱的这些家当安安全全地带回家就是大功一件！"

二叔的心悬在心口，一时竟说不出话来，勉强把银票收了回去。

正峰雄视着其他人："兄弟们，要想过这一关，我正峰得拜托大家一件事！

刘二率先站出来，他双拳紧握，咬着牙说："掌柜的，有事尽管吩咐，兄弟们都商量好了，就算豁出命来，咱也得把凤姑娘救出来！"

"好，刘二，就等你这句话呢，我寻思一路了，没有你还真办不成这事！"他把刘二拽到一边，把带的钱揣在了刘二的怀里，一阵耳语，刘二连连点头，然后转过身子对大家说："各位兄弟！一会儿刘二会给你们分配任务，这次能否把凤姑娘救出来就仰仗各位了！"事态紧急，说罢，又冲出屋子。

张二叔从屋里跟出来，喊道："掌柜的，你万万要小心啊……"话还没说完，正峰的马已经冲出门口，在大路上飞奔……正峰迎着寒风，马蹄扬起的尘土像一道气浪在路上翻滚。

时近黄昏，正峰来到瓦罐子山外围，他甩蹬下马，静静地看着瓦罐子山，全是苍黑色的岩石，虽在外围，仍能感觉冰凉的空气在周围弥漫，顿时有些眩晕，他感觉自己马上要经历一场生死劫难。他看着看着，竟想起了罗瞎子死时的场景。

那时罗瞎子躺在床上，闭着眼，脸色灰暗无光，正峰跪在他的床前，眼里全是热泪，哭道："爷爷，您睁开眼吧，今天是大集，咱俩还得说书去呢……"

罗瞎子缓缓地动了动双眼，鼻子里面泛出微弱的气浪说："孩儿啊，爷爷没用，今后爷爷不能陪你往下走了……"

正峰紧紧握住罗瞎子的手,希望能把他从病危的边缘拽回来,哭着说:"爷爷,您不能死,爷爷,我不让您死,我这就去找二狗叔,给您用最好的药!"

一行热泪从罗瞎子干涸的面颊流过:"孩儿,缘分这东西一日不可增,一日不可减,这人要是到时候了,便是你我缘尽之时,谁都拦不住。来,让爷爷再好好看看你。"

正峰趴到罗瞎子跟前,看到罗瞎子的白眼球在眼眶里上下滚动:"下辈子,爷爷要在人堆里一眼就找到孩儿,孩儿还给爷爷当眼睛……孩儿啊,别哭,要坚强,以后你得自己活了,啊?"

正峰泪如雨下,眼泪垂直落在罗瞎子的脸上。

罗瞎子的手颤抖着,他想要摸正峰的耳朵,可手就是抬不起来。又一行热泪流下来,可流着流着,罗瞎子的嘴角又露出了一丝满足的微笑:"那么冷的天都冻不死孩儿,爷爷就知道孩儿长大了肯定是个人物,可是孩的心眼太正,有些事情得收着点。爷爷临走之前,再教给你最后一句话,'逢强出头莫要命,别让恩怨伴一生'。"

正峰已经顾不得这么多,只是哭:"爷爷,爷爷,您别死……孩儿不明白,您再给我讲讲,孩儿不能没有爷爷……"

罗瞎子用尽最后的一丝力气问道:"你记住了吗?"

"逢强出头莫要命,别让恩怨伴一生!爷爷我都记住了,爷爷……"

听正峰背完,罗瞎子脸上的笑容逐渐散开,气息也更微弱了:"孩儿,你要活着,要好好地活着……"话罢,眼睛一闭,驾鹤西去。

"爷爷……您睁开眼,再看我一眼啊……爷爷……"无论正峰怎么哭喊,罗瞎子再也没有睁开眼,正峰趴在他身上大哭了起来,这一哭,昏天暗地——

正峰收回思绪,两行热泪顺着眼眶喷涌而出,那场景也在冷硬寂静的空气中渐淡渐沉。他擦去眼泪,拂袖撩衣,冲着正北罗瞎子埋葬的方向连磕三个响头……

瓦罐子山，山高一百四十米，直径有一公里，树种繁多，林深茂密，从远处看像一个瓦罐子倒扣，也因此形状而得名。山腰处一杆大旗摇然矗立，"瓦罐子山"的字号飘在空中。一个高三米，直径也三米的洞口坐落在中间位置，洞两边还有一副对子，红漆渐渐褪去，字迹也略有斑驳。横批是"占山为王"，上联为"人多人蛮自给自足过春夏"，下联为"山高山宽通南通北度秋冬"。

洞门口的柳树上有两只黄鹂正在互相追逐，枝头嬉戏，像是在商量着如何制造后代。树下面一个喽啰半倚在树干上，眯着眼，一副没睡醒的样子。

正峰来到洞口，二人大惊。

其中一人说："嗨，真来人了。"说完，从怀里掏出头套冲了上去。

正峰束手就擒，二人给他戴上头套，押进洞里。洞里面灯火通明，为首的土匪叫黑三，圆头，大脸，络腮胡子，他坐在紧靠石壁的一把石椅上，石壁上还反着潮，上面的水渍铺满一层，细听还有滴滴答答的水滴声，石壁上反射的光照在黑三脸上，更显得冷峻。

正峰站在下面，不卑不亢。

"把他头套摘了！"说话的这个人叫马五，是瓦罐子山的二当家，人高马大，门牙还少了一块，"大哥，来咱这里的人，有哭爹的，也有喊娘的，还有尿裤子的，这个挺硬，一声不吭，还站得挺直……还以为是来享福的呢。"

正峰的头套被摘掉，他慢慢地睁开眼，里面的光线还算温和，可视野中竟然没有高凤的影子。他刚要问，只见黑三一挥手，几个喽啰把高凤从旁边推出来。

"凤姑娘您没事吧？"正峰紧张地问道。

高凤头发有些凌乱，但看起来还算精神，看到正峰前来救自己，一时间也惊讶万分。她能猜到正峰会来救她，但没有想到会这么快，她更没有想到是正峰一个人……一切都超出了她的预想。她嘴被堵着，说不了话，摇着头示意平安。

马五眼中闪出锋利的亮光，定定地落在正峰的脸上，手一伸："人你也见了，赎金呢？"

正峰装傻充愣："这位大哥，什么赎金？"

"哎哟，新鲜！你到这来赎人，还不带赎金，条子我白给你写了？"

正峰问道："合着是这位大哥绑的我们的人？"

马五急了："少他妈的跟我说废话！来人！也给我绑了！"话音一落，又过来两个喽啰把正峰绑了起来，正峰与高凤立于黑三两侧，像是左右护法。正峰瞅瞅高凤，看到她双腕已经发紫，说道："大哥，能不能跟您商量点事？"

马五一看事情有缓，应道："说！"

"能否把这位姑娘的捆绳松一松？"

一个喽啰喊道："你他娘的还敢跟我们二当家谈条件？"

正峰佯装镇定地笑着："兄弟，您也别吓唬我，我知道干您这行也不容易，说到底也是做买卖，讲究有来有往。您放心，我不让你白松，你给她松多少，你就给我紧多少！"

高凤挣扎着表示不同意。黑三听着稀奇，也觉得这个人很有意思，也就没再阻拦，静观事态发展。

马五冷笑了一下说："大哥，邪了门了，咱绑了这么多年的票，没见过这样的啊。男的女的都不正常，这娘们知道自己被绑了，非但不害怕，还给咱手下的讲故事，守着她的那俩货差点没被她说哭了。这个更邪乎，自己主动送上门来，非但不带钱，还他妈的跟咱谈条件，大哥，这俩货到底都是什么东西？"

黑三怒目圆睁，指着正峰："行，听他的，先紧他！给我往死里紧！"

过来两个喽啰，一边一个，拽着捆绳使劲拉，正峰的腕子上瞬间勒出来两道血痕，他手掌伸开，扭在一起。喽啰很吃力地问："够吗？"

正峰咬紧牙说："再紧点！"

两个喽啰又一用力，正峰骨节处咯咯直响……

高凤看着土匪越绑越紧，她试图挣脱束缚，奈何无济于事，挣着挣着，心里竟起了一种异样的感觉，眼窝一热，眼泪掉了下来。

黑三看得都有些疼了："行啦，是个爷们！给那娘们松一松！"

又一个喽啰冲了过去。

正峰说："黑爷，来的时候我可打听了，黑爷从来不绑小老百姓。"

马五说道："这算你说对了，你去打听打听，我们黑爷什么时候欺负过小老百姓，见着吃不上饭的我们黑爷兴许还能赏点。"马五走过来，在正峰的脸上拍了两下，"可老百姓不绑，再不绑你们这些生意人，我们早他妈的饿死了。"

"我也听说黑爷原来是前清的武官，可现在已经是民国了，这民国的兵……"

马五怒火横起："民国的兵怎么了？你就算是袁世凯他爹，我们也照样给你绑了，要不是慈禧那娘们太怂，清朝就亡不了，黑爷还是教头，我们还能当土匪？民国的那些兵只配吃屎。大哥，我看别跟他聊了，来赎人，还不带钱，我看做了算了。"

黑爷缓缓地走下来，他瞪着正峰，眼里带着杀气，他从腰里掏出盒子炮对着正峰的头问："小子，当真没带钱？"

高凤吓得大惊失色，出了一脑门子汗。

正峰面色稳定，毫无怯意地说："黑爷，您别急，我是没有，但是我没有说过不给您。"

"行，小子，我倒是要听你说说这钱是怎么个给法。"黑三把枪收了起来。

正峰说道："黑爷，您有所不知，我来这里表面上是收棉花，实际上是要做一个大买卖，今天被你绑了，性命攸关，索性把这个买卖让给您了，换我们这两条命，您看怎么样？"

"啥买卖？"

"这里往南走五里，有一个破庙，这里面住着一个大烟鬼，他手里面可有一批上乘的烟膏子，我这次来就是用棉花作掩护，把这烟膏子带到镇上出手，挣大钱！"

马五起了疑心："你来买烟膏子能不带钱？"

"二当家的，您问得好。钱我当然得带了，可是都给了大烟鬼了，我们正准备酒足饭饱后去收货呢，就被你们绑到这里来了。"

黑三半信半疑："这是真的？"

正峰笑着说："黑爷，要不是因为这事，这年头我往这鸟不拉屎的地方跑什么？济南府那么多的棉花贩子都求着我要他们的棉花呢！"

黑三有些迟疑，他看看马五，马五挠着头，没给出意见。

正峰继续说："黑爷，您混的是江湖，我是做小生意的，犯不上因为钱赔上小命，这次权当是孝敬您了，再说这买卖我还得接着干，以后有个山高水低的还望您照顾！"

正峰这套说辞有理有据，黑三心中的疑虑也被打消了一半，他站到正峰的正对面，雄视着他说："好，小子，我信你一回，先把你的命留到明天，明天一早咱就见真假。"

正峰说："黑爷，要去就是现在，我是付了钱了，可老烟鬼这人我不是太放心，我怕钱货两飞啊。"

"现在？"黑三有些顾虑，他走到洞口看天，只一霎，似乎天色暗了下来，马五跑过来说："大哥，到了那里，怕是天已经黑了。"

黑三顿了顿，但是想想即将要发大财，眼睛一横："富贵险中求，现在就去。"

马五问："大哥，这小子的话您真信？"

黑三动动手里的枪："谅他也翻不出什么大浪头来。走，出发！"

洞口柳树上的那对黄鹂原本已经好事将近,看到众人都从洞里冲出来,快速飞向两个方向。

家里,王知山夫妇急得原地转圈。

张二叔众人回来,一进门便跪到地上请罪。

张二叔鼻孔里泛出间歇性的气浪说:"老掌柜的,掌柜的让我们把家当带回来了,他去救人了,我是真没用啊……"此时,眼泪鼻涕口水全流了下来,在颔下胡子上自然形成一条细水柱。

王知山颤抖着声音问:"走的时候不是都带钱了吗?"

张二叔说:"掌柜的说钱用对了能救人,可用错了就能坏事,他说要断了土匪的念想。"

"什么?"王知山眼睛一瞪,惊得往后退了几步,跌坐在椅子上。

他想到事情有点糟,却没想到这么糟,此时王知山已经猛怔在那里。

王太太看到王知山怔罢,自己也刚要发作,只见张二叔头一歪,向地上倒去!其他人过来把他托起,刘妈大喊:"快,抬到屋里,小顺子快去叫郎中,叫最好的郎中!"

小顺子夺门而出……

等张二叔一干人都进了屋,王太太才缓过神来,她很无助地摇着头,眼泪顺着脸颊往下流:"这是天要塌了呀!"说罢,一屁股也坐到了椅子上。

这一下,又怔住一个。

路上,黑三一行人疾步前行,男人的步子快,高凤的步子慢,后面的喽啰推推搡搡,高凤一路跟跟跄跄。

正峰找黑三理论:"黑爷,女人的身子弱,经不起这个,走得再快,也赶不上马快,别没到地方,人再出了事。"

"你什么意思？"

"黑爷，我是做生意的不假，您绑我也说得过去。可这姑娘就是个老百姓，在山洞里您可是说善待老百姓的。"

黑三瞪了他一眼，从马上下来，让高凤坐了马。他又瞪了正峰一眼，示意自己不是一个表里不一的人。

高凤坐上了马，再看看马下正与黑三周旋的正峰，鼻子一酸，眼睫下滑出两行泪珠。

正峰又把手腕子往黑爷眼前一送："黑爷，要不您也给我松了吧，反正姑娘被您押着，我也跑不了。"黑爷瞪着他，正峰并不害怕，"黑爷，您不能让我这样去跟老烟鬼谈买卖吧？一会到了地，您还得给我松。"

黑三被说动了，一点头，喽啰也给正峰松了绑。

夕阳落下，黑夜降临，他们也到了庙址。这是一间破庙，外面断壁残垣，里面漆黑一片，马五环顾四周，感觉这就是一间破庙而已，既没人，也无货，他朝着正峰喊道："小子，别跟我们耍心眼，要不宰了你。"

话音刚落，庙里面竟亮起一束火把，透过火光，竟然看到里面有个人影在窗纸上影影绰绰地晃动。马五眼睛放光，掏出枪来指挥道："兄弟们，冲进去！"说话间，一行人就冲到了门口。

正峰赶紧把他们拦住说："黑爷，我跟老烟鬼约好了，他只认我，而且这里面有地道，这么多人愣冲进去怕是再也见不到人了。"他说完，轻轻地把门推开，火光映出来，里面也看得更真切。正冲门的是一尊如来佛祖像，年久失修，表皮已经破败，他的左手边正躺着一个人，这人穿着破烂，蓬着头，一缕散发挡住了半边脸，他正端着烟嘴往嘴里送，猛一吸，一股浓烟从鼻子里喷出来，他把头转过来，却闭着眼，表情很陶醉，接着又是一口……

正峰看着假冒老烟鬼的刘二竟演得如此真切，内心窃喜。他稳了稳，轻轻地说道："刘二，刘爷，我来接货了。"

刘二只顾自己享受，并不理他。

正峰跟黑三说："黑爷，我看这是烟瘾又犯了，要不咱俩先进去，抽大烟的烟瘾大，却胆子小，人多怕吓着他。"

马五拦着说："大哥，不能进，以免有诈。"

黑爷又多看了烟鬼几眼，眉毛沉了沉说："老二，老三就是抽大烟抽死的，我看这小子的做派跟他很像，是真抽！"

马五也仔细观察了一下："嗯，大哥，这正常人还真学不来。"

黑爷说道："那就没什么好担心的，废人一个！"

"二当家的，黑爷说得对，这就是个废人，您要是还不放心，咱仨一起进！"正峰又在二当家的手背上拍了拍说，"不过您手里的这家伙得放起来，火气太重！"

马五把枪插到腰间，三个人朝着烟鬼走去，等他们走近一些，刘二一抬烟枪，三人也瞬间停住脚步。刘二早就听着马五在外面叫嚣，存了一肚子火，便想戏弄一下马五："这里是佛祖庙，见货之前先要磕仨头。"

马五怒火骤起："你说什么？"

刘二刚想重申自己的说法，便接到正峰飞快闪过来的一瞥，立即顿住，话到舌尖打了一转，改口说道："得，不磕也罢，我去拿货。"刘二双腿用力，猛地站了起来。

黑三是练武之人，被刘二的气力惊到，突然觉得这人有问题，可是为时已晚，直觉脚下一痛，地下暗藏的吊绳把二人吊了起来。

刘二跳过来，卸掉他们的枪，然后指着马五的脑袋喊道："都老实点！"刘二又冲外面喊："外面的人听着，你们当家的已经被我逮住了，敢进一步，我就弄死他们！"

门外面的喽啰们大惊："黑爷，二当家的……"虽然在叫喊，可都不敢上前。

马五骂道："妈了个巴子的，你们俩是一伙的？"

刘二把脸前的头发挽到后面，露出了整张脸，压着后槽牙回答道："在下刘二，你可记住了，到了阴间，就说是你刘爷爷为老百姓除的害。"

黑三也很不服气地骂道："老子横行江湖这么多年，从来没有栽过这么大的跟头，就算他娘的袁世凯的兵，老子也照样打得他找不着北。"

刘二笑了："哼！你没栽是因为没有遇到我们掌柜的，提前遇到了，你早他妈的栽了。快点，把人放了。"

马五又骂道："兔崽子，把我们放下来！要不然我宰了你！"

正峰哈哈大笑，走到马五身边，用枪指着他的头说："马五，死到临头你还要二当家威风，你说现在是谁宰谁？啊？你记住，明年的今天就是你的忌日！"他把枪口用力往马五脑门上一顶，马五立刻软了下来，颤抖着嗓子喊道："兄弟们，快把手里的家伙都扔了……"

二当家的发了话，喽啰们不敢违抗，都把枪扔在地上。这时，从后面过来几个人，把喽喽们都绑了起来，凤姑娘也被救了下来。

马五见大势已去，横劲也没了，央求道："英雄，你饶了我们几个弟兄吧，但凡有出路，谁去当这爷爷不疼，奶奶不爱的土匪啊，你只要饶了我们，从今以后我们金盆洗手还不行吗？"

黑三骂道："老二，你个熊货，软蛋，废物点心！"他把眼珠子瞪得溜大，一股舍生忘死的气势，"既然栽在你们手上了，要杀要剐随便！"

正峰走到黑三的跟前，蹲了下来说："黑爷，虽说您绑了我们的人，可我也不是瞎子，这一路我也看明白了，能不欺负百姓这一点就让人佩服，路上还能把马让给我们姑娘坐，冲这个，您也不是坏人。可是黑爷，这做生意的也有好坏，这点您比我明白。"说着，从刘二那里把银票要过来，并塞到黑三的怀里，"黑爷，这是我们的赎金，您绑了我们的人，我们也绑了你们，这算咱们扯平了，今天我不杀你，不是我正峰怕你，是因为一个人。"

黑三问："谁？"

正峰说："我爷爷，他已经死了，但他临死之前告诉我一句话，'逢强出头莫要命，别让恩怨伴一生'，今天我杀了你，回头就能到警察局领赏，可咱俩的疙瘩也算是系下了，这不是我想看到的。更何况我也敬重您是条汉子，以后你还是多做善事，仁义为重，你记住，以后咱俩井水不犯河水。"说着带着高凤一干人冲出门去。

黑三是性情中人，正峰以德报怨惊住了他，他在后面大声地喊道："兄弟，仁义！从今以后，我黑三欠你一个人情！"

深夜，明月高挂，星空很美，却有一片乌云铺在芙蓉镇正上方，显得格外小气。

家里面已经乱作一团，王知山跟太太也皆恢复了气力。按王知山的指示，刘妈把家里的人全送走了，只留下郎中给张二叔看病，刘妈伺候着。

中堂里，王知山跟太太二人四目相对。王太太苦苦地说道："这该天杀的土匪，他们怎么这么坏！"

王知山叹了口气，发泄道："光绪二十六年，八国联军进北京，烧杀抢夺，裤裆里都塞满了咱老祖宗的东西，慈禧老佛爷也糊里糊涂地大笔一挥，签了各种条约，让咱们老百姓连续多年都没有好日子过！辛亥革命以后开始民国了，衣服变样了，辫子也剪了，总该有个好日子了吧？可土匪又起来了，这外患刚清，内乱又起，推翻了清政府也没有换来个太平，这……唉！还赶不上那时候呢……"他还想继续往下说，自觉言论有些过激，及时收敛住。

王太太开始掉眼泪，眼泪掉在桌子上，她没顾上擦，像是想到什么事问："老爷，咱就真的不报官了？这当官的还能不管？"

王知山看着太太，顿了一下说："要都是左宗棠那样的官咱就报，可现在的国民政府都成什么样子了。更何况黑三手眼通天，这民国的兵不也去剿了好几次了吗，哪一次成功过？一群废物，我看还是听正峰的吧，这孩子有主意，报了官别误了他的事！"

王太太看报官无望，双眸望眼欲穿，眼泪再次掉了下来，感叹道："被人坑了，还不能说，咋摊上这么个事！"

王知山赶紧劝导："行啦，你也别太担心了，这土匪图的是钱，兴许明天中午之前就回来了。"

这时，刘妈从里屋出来，看王太太眼睛红肿，像是刚哭过，她倒了两杯茶端过来："老爷，太太，都急了一天了，喝口茶吧。"

王知山顾不了这些，忙问道："他张二叔那边怎么样了？"

刘妈答道："噢，还发着高烧，郎中说是急火攻心，已经喝了药！"说着，又把茶杯往前送了送。

三个人在屋内窃窃私语，屋外沉静如水……

清晨，阴冷的露水倾覆而下，湿润且带着寒气，那寒气直冲云霄，抹开天上的浓云，东方已微微泛亮，刚刚过去的这一夜，很多人无眠。

一阵敲门声惊醒了椅子上昏昏沉沉的王太太，她直觉地往外跑，刚跑出房门，刘妈也从旁边房间冲出来，跑在了王太太的前面："太太，我来开！"

刘妈打开门，一看是正峰，大喜喊道："太太，老爷，掌柜的回来了！"

王太太也跑了过来，由于过于激动，扶着墙，眼泪劈里啪啦地往下掉，却说不出话来。

正峰看到刘太太面色憔悴，当时也掉了泪，"扑通"一声跪在地上："师娘，让您担心了！"

正峰看到王知山也跟了过来，喊道："师傅！"

王知山很欣慰地点了点头，他稳了稳神，上前把正峰拽了起来说："行啦，别在这跪着了，咱进屋说。"

"对，咱进屋说。"刘妈说完，挽着王太太往屋里走。

看到场面控制住了，王知山的眼泪也掉了下来。

屋里，正峰把事情的前后都说了一遍。

王知山问："那姑娘呢？"

正峰说："噢，她已经回家了。"

王知山点点头："行！找个时间，买点东西去看看人家，发生这么大的事，估计也吓坏了。如果人家提出一些其他的要求，能应承的就应承下来，毕竟是个姑娘，能全须全尾地回来，咱已经烧高香了。"

"知道了，师傅。"

王太太像是没有听够，问道："说完了？"

"你还嫌事少？真是的！"王知山一脸嫌弃的表情，"能从土匪窝里出来，咱以后就得晨昏三炷香地供着。"

王太太赶紧给自己申辩："我只是……"

王知山有些不耐烦地说："哎呀，我知道，你是担心得过了头，有很多地方还想不明白，这两天发生的事太多了，一会咱俩单独捋。"

刘妈也说道："太太，我也听得差不多了，掌柜的一个人收拾了一窝土匪，这可比戏文都要精彩，一会我跟您捋。"

王太太这才停住话语，开始擦泪。

王知山说："总之，人回来就好。你不在的这一天都乱了套了，你张二叔也病倒了，你得记着去广济药铺给他取药，跟咱受了罪，咱不能让人家寒了心！还有，宏达纺织厂今天开业，听说进了两台新设备，估计动静不小，怕是以后又不得安宁了。"

上午，办公室里只有正峰和三娃两个人，三娃给他倒了茶，眼泪噼里啪啦地掉了下来。

正峰一惊："你怎么了？"

三娃哭着说："掌柜的，可把我吓坏了，下次一定要带着我去，出了事我还能给你挡两下！"

正峰也倒了杯茶递过去，以示安慰："好了好了，我这不是回来了嘛！"

"那也是九死一生！"

正峰不屑地哼了一声："他？就黑三那两下子根本弄不死我！"

三娃擦干眼泪，把茶杯接过去问道："掌柜的，我搞不明白，既然您把黑三给绑了，咱就应该绝了这后患，怎么还把钱给他了？"

正峰端起茶缸子，并没有喝，只用来取暖。他回顾了昨天的经历说道："我不灭他是因为黑三并不是十恶不赦之人，可毕竟是土匪，今天绑了他，他明天就能绑咱，这冤冤相报，没个头！咱绑了他，扫了他的面子，可我又给了赎金，又等于给他找回了面子，这些他能不明白？三娃，你就放心吧，以后咱们再去收棉，咱们家的棉车准保太平！"

三娃点了点头，紧接着又有些惋惜地说道："掌柜的，您可能还不知道，就在几天前，咱这周边的棉花已经让济南府的一个棉花贩子高价收干净了，就算是没遇到土匪，咱也收不着好棉花了。"

正峰定睛看着三娃："还有这事？"

"我一个老乡说的，千真万确！而且速度很快，一夜之间，见棉花就收，那架势还挺吓人的！""

"日本人？不能，让咱赶走了啊。"正峰自言自语，他又想了想说，"这事有点邪，三娃，你抽时间去一趟济南，见见这个棉贩子，兴许以后用得上，顺便再去一趟荣老板那里，看看是不是日本人又杀回来了？"

"好！"

这时，外面响起一阵鞭炮声，声音持久响亮。

正峰眉头一锁："这动静不小，估计是高家开业了……"

四孝街，一支舞狮队伍从东头往西头舞动，狮头上贴着四个大字"开业大吉",狮尾则挂着"宏达纺织"四个大字。随着狮队的辗转腾挪,人群也跟着涌动,热闹非凡,鞭炮声、叫好声连成一片!

高满山气色光润,上身外穿着羊绒坎肩,里面是丝绸带内衬的黑色马褂,下身是长开衩的绸料跨马裙,短毛呢皮底圆口布鞋,神采奕奕地站在门口拱手还礼,高年站在下位,见人就作揖,眉宇间透着一股扬眉吐气的势头,身上穿的还是那套西装,但比往日更显得立整。

高凤站在旁边,只是简单地应付,愧疚地看着利民纺织的方向。人群中有几个利民纺织的工人在那里指指点点,高凤鼻子一酸,哭着钻进屋里。

秤杆从外面跑进来,眼角还带着泪,喊道:"掌柜的,凤姑娘变了!"

正峰一愣:"变了?哪里变了?"

"叛变了!高家纺织厂开业,凤姑娘给人家捧场去了。"说完,用袖子擦眼上的泪。

正峰没怒反而笑了:"你个大老爷们怎么还哭上了?"

"您昨天刚刚豁了命地去救她,她今天就成了别人的了。我打听清楚了,他是高满山的女儿,高年的姐姐,我搞不懂她这心咋就这么狠!"秤杆越说越气:"我现在就带人去找她问个明白!"说着就往外走。

"你站住!"正峰把他喊住,问道,"我问你,凤姑娘在的这段时间,每天谁上工最早?"

秤杆小声地说:"凤姑娘。"

正峰继续问:"那现场机器出了问题,凤姑娘有没有倾囊相授?"

"都教给我们了。"

"好,我再问你,凤姑娘这次被土匪绑了,有没有说过一句抱怨的话?"

"没有!"

正峰瞪了他一眼:"就凭这些,人家就没有对不住咱的地方。人家进了咱家的门,就得给咱干一辈子?天下没有这样的道理!"

秤杆还是接受不了："掌柜的，您说的这些我都懂。可高家跟咱做对门生意就是他不对在先，当时兄弟们就憋了一口气，现在又出了这样的事，兄弟们都快炸了！"

正峰亲自给秤杆倒了杯茶："秤杆，这商业竞争比的是头脑，哪有绑着人家要说法的。本来咱就占着理，可你这一闹事，不但理没了，乡亲们还得说咱霸道！"

秤杆很不情愿地把茶杯接过去，可心思并不在这上面，正峰看他的气焰暂时被压制住，继续说："你小子给我记住了，赔本的买卖咱不干！"

三娃皱着眉头说："掌柜的，我觉得凤姑娘不能干出这样的事情，或许是大家伙看错了，要不咱也去看看吧！"

正峰却显得相当平静，摇了摇头："不用去了，凤姑娘确实是高家的人。"

三娃一惊："您早就知道？"

正峰点了点头说："这芙蓉镇根本找不到会开机器的人，就算是搜遍整个济南府也是凤毛麟角。高家从上海搬到芙蓉镇，而且还做纺织生意，所以不可能自废武功。当初你说高年发过咱的牢骚，我就料定他会派人来摸咱家的情况，也正赶上咱家新上了机器，所以我才在门口挂了招人的牌子，周瑜打黄盖，我有心招人，他有心送人！"

三娃恍然大悟："我说当初人家都欺负到家门口了，您一点儿动静都没有呢，原来在这个地方等着呢！"

秤杆一惊，竟不知道说什么好："掌柜的，你……"

三娃走过来："你什么你？有点事就担不住，你要是能想明白掌柜的用意，你就是掌柜的了。"

"嘿嘿！"秤杆的笑容渐现在脸上。

正峰问他："还生气吗？"

"嘿嘿，这还差不多，要不然我非让那高家的少爷膏子喊了爷不可！"

"瞧你那点出息，还学会哭鼻子了！"正峰把他的茶杯夺过来，"你现在马上告诉大家伙，务必给我稳住了，要不然，这场仗还没开始咱就输了一半了。"

"好！"秤杆跑了出去。

三娃有些担心地说："掌柜的，这几天发生的事太多，我有点捋不过来。只是凤姑娘在咱这里待了这么多天，咱们家的情况她可是一清二楚啊。"

正峰连忙摆手说道："这些我倒是不担心，都是纺织行当的老手，咱家的情况一眼就能看出来，算不上什么秘密。只是……"正峰眉间一沉，掠过一丝隐忧，轻声道："只是这个高年竟然把自己的姐姐派出来，要么是太精，有全身而退的办法，要么就是太傻，他就不怕我抓着他的小辫子反咬他一口？哼，这人有点意思！"

正峰一个人坐在椅子上，眼睛望着房梁，可却一片空白……他脑子里涌出很多高凤曾经的身影……

下午，王汉裁缝铺，门口挂着几件做好的衣服样子，像模像样。有个老汉在门口捏了捏衣服料子，先是点头，然后从兜里掏出两个大子，掂了掂，又放进了兜里，摇着头离开。

正峰来到门口，王师傅正在裁衣服，一看到正峰，赶紧放下手中的剪刀说："乔掌柜来啦，这边坐。"

掌柜的四十多岁，面相温和，很友善，脸上也比普通的老百姓白净，看得出来是个细心人。

正峰笑笑说："掌柜的，我就不进去了。我师傅、师娘的棉衣做好了吗？"

王师傅说："明天就能做好，灰色一套，黑色一套，每件都多加了一层棉，我都按您的意思办的。"王裁缝欠着身子，像是有顾虑，"可我还是担心张太太跟去年一样，只留下一件，剩下的一件又得拿回来。乔掌柜的，您人孝顺，咱们整个芙蓉镇都知道，可是这每个人穿衣服的尺码不一样，退回来的这一件我是实在没有办法处理，去年退回来的那一件在我这里整整放了一年，要不是西屯子王财主续了二房，都得砸到手里！"他继续欠着身子，等着正峰的反应。

一个伙计在旁边发着牢骚："人都六十多了，娶了个十八的，小媳妇的屁股都能扭到济南府，我就不信他那扫阳腿还能踢起来？"

伙计的话有些唐突，王师傅眉毛一横，骂道："别放屁，你的腿倒是扫得开，你有的踢吗？"他瞪着伙计，"快给乔掌柜上茶！"

"哎！"伙计很听话，放下手里的活就进了后屋。

王裁缝继续说："乔掌柜的，要说是一般的棉衣也好处理，可是按您的要求都是上等的棉絮，而且还多加了一层，所以再往外卖比较费劲。"

正峰说："没事，掌柜的，您只要是做出来了，我就照单全收，明天你到铺子上，我把账给您结了！"

"哎！谢谢乔掌柜！"王裁缝放了心，声音也变得响亮许多。

正峰站了起来说："掌柜的，就按我刚才说的办，我还得去办别的事，告辞！"说着，正峰从铺子里走了出来，王裁缝冲着刚才的伙计喊道，"虎子，快出来送客！"他边喊边从操作台往外跑，"乔掌柜，您慢走！"

这时虎子也跑了出来，王裁缝一脚踢到他屁股上……

长生药房，老字号，就在王汉裁缝铺的斜对面，门脸不大，但黄瓦金边，看上去很有特点。门两边的对子是"采百药进壶医治百病，集千方入嘴广济千家"。

正峰刚到门口，药童已经在门口守候："乔掌柜好！"

正峰点了点头，笑着说："药铺有很多，可是往外散香味的就你一家，掌柜的又练什么仙丹呢？"

伙计恭敬地回道:"乔掌柜,您真会说笑,大明朝就练仙丹,结果皇帝吃了就死了,我师傅可不敢。"

正说着,王掌柜从后门掀开帘子进来,先是瞪了一眼伙计,嫌他多嘴,然后拱手说:"乔掌柜,估摸着您也该来了。"掌柜的头戴瓜皮帽,一身绸缎长袍,肤色有光,神清气爽,指了指墙边的一个小圆桌说:"请坐!快上茶!"

正峰顺势坐下,掌柜的便说:"张二叔没事,连冻带饿,养几天就好了。"说着从柜子上取下两包药递了过去,"乔掌柜,怪不得您能发大财,敢豁出命去救下面的人,还能亲自给下面的人取药。"郎中很敬佩地点着头,"就凭您这份心,这钱就得自己长腿往您那里跑!"

正峰正要回话,只听后门有个女人说道:"那可是,这十里八乡的人,谁要是说不认识乔掌柜,他都不好意思抬头说话。"王太太从后门进来,笑容堆满了脸,后面还带着一个大姑娘,花布棉袍,身材比较魁梧,羞答答地不敢抬头,站在一边不动弹。

正峰也客气地说:"王太太,咱们芙蓉镇总共五家药铺,怪不得就您家生意做得好,甭管有多大的病,经您这么一夸,病就好了一半了!"

王太太被逗乐了,瞅了瞅正峰,顿了一下说:"乔掌柜,问一句不该问的,今年多大啊?"

正峰笑了笑说:"二十一。"

"哎哟!我们家的闺女今年整十八,应该叫你哥,快,叫哥!"

胖丫害羞地看着正峰,眼神里一片春色,双手一挽,轻声喊道:"正峰哥。"

正峰点点头,应付道:"嗯,王家妹妹!"

胖丫捂着嘴笑了。

王太太接着问:"乔掌柜,您可有心仪的人啊?"

正峰一愣,再看看旁边羞答答,已经称呼自己哥的胖丫,便明白了几分意思说:"王太太,看您这意思,您是要给我介绍媳妇?"

"成吗？"

"成！不过我丑话说在前头，我这人太拧，需要人管着，比我小的可不行。"

"你喜欢大的？"王太太看看胖丫，尴尬地笑笑，"都喜欢小的，还有往大了要的？那是有些苛刻了。"

"那就看您的本事了！"说完，正峰笑着站了起来，把药提在手上说："掌柜的，我替张二叔谢谢您了，明天我打发伙计过来送钱，告辞！"

正峰出门，王太太也跟着送，胖丫也抬起头来，似有不舍之意。

王太太回到屋里问胖丫："闺女，这人你喜欢吗？"

胖丫低下头，有些腼腆地说："喜欢！"

王掌柜制止说："快得了吧，赶紧把你那点心思扔到药勺里熬没了，乔掌柜可是人中翘楚，咱姑娘除了分量排得上号，哪哪对不上！"

"胖怎么了？还可以减啊！"

"那是猴年马月的事了。"

王太太看看闺女的身材，也知道希望渺茫，瞥了王掌柜一眼说："麦冬黄连各有所爱，兴许人家就喜欢咱这样的呢，不问怎么知道？没事闺女，城西李员外家的公子也到了年龄，他不比乔掌柜差多少！"

晚上，王太太坐在椅子上，正峰坐在对面的小马扎上，他把王太太的脚轻轻地放在热水盆里问："师娘，热吗？"

王太太摇了摇头："正好！"她看着正峰娴熟的动作，看着，看着，鼻子一酸，眼泪掉了下来。

正峰看到师娘哭了，忙问道："师娘，您怎么还哭上了？"

王太太哽咽道："这咋跟戏文一样啊，昨天还叫土匪给绑了，今天就回家洗脚了。"说到这里又笑了，却是苦楚地笑"打你进了咱家门，一眨眼就是十一年了，你也给我们洗了十一年的脚，你要是有个三长两短，叫我跟你师傅怎么活？"此时感情喷涌而出，眼泪更大滴地往下流。

正峰心里发慌，赶紧劝道："师娘，您就别哭了，我这不安全地回来了吗？"

听到屋里有哭声，王知山走了进来，感觉不应景，劝道："人没回来哭，回来了也哭，当着孩子的面就别哭了。"

王太太瞥了王知山一眼说："我哭怎么了，我是高兴的。我心里打了一天的鼓，还不能哭会儿？"说着，掏出手绢擦泪，"你是没哭，你不也是一晚上没闭眼吗？"

被人说到自己的痛处，王知山无可辩驳，但嘴上并不服软："我不睡觉是怕你想不开，我得看着你！我早就知道正峰没事。"

王太太瞥了他一眼说："看着人回来了，你能了。"

王知山继续巩固胜利果实："我问你，这好人和坏人遇到一块，比的是啥？"

"是啥？"

"比的不是谁狠，谁人多，比的是命！正峰是冻不死，饿不死，老牛踢不死的命，可土匪是过了今天没明天的命，一个天上，一个地下，两个命根本就没得斗！"

王知山这样一说竟把王太太逗乐了，有些得意地说道："这还差不多。"

深夜，王太太翻来覆去睡不着："正峰也这么大了，是该考虑终身大事了。他豁了命去救的那个姑娘你见过吧？我见了，人长得俊，也有学问，我挺中意的！"

王知山不耐烦地说："哎呀，你要想知道他喜不喜欢，直接问他不就行了。"

"这男男女女的事最不好开口了，别看他平时没有摆不平的事，这方面不见得行。再说，那是对门高家的女儿，一个冤家一座山，我看是没戏了！"

王知山翻身过去："正峰打十三岁起，大事上就没有让咱拿过主意，别瞎操心了！困了，不说了！"

　　王太太在他后背上拍了一下，埋怨道："油盐不进！"

　　王知山不敢再睡，又把身子正过来说："好，说说说！"

　　漫漫长夜，二人不知道说了多少悄悄话……

第八章　硕鼠大计

早上，高年在洗漱，素雅在旁边拿着毛巾伺候着，高年侧着脸说："素雅，你这么伺候我，我是周身的不自在。"

素雅被表扬，脸有些微微泛红："女人要贤惠淑德，咱爸立的规矩，怎么？你要给破了？"

高年开始用毛巾擦手："嗨！能够贤惠淑德就不是素雅，咱不能小姐的身子，丫鬟的命，咱爸规矩多，你要是觉得拘着，我自己来就行！"

素雅被高年逗笑了："我想明白了，其实规矩多不是什么坏事，比如你不嫖不赌，这规矩咱爹立得好，我还要谢谢咱爹。"

高年默许地点点头，开始擦脸："你说得对，咱爹骂了我一辈子，这几样从不让我沾。"他擦完脸，把毛巾又递给素雅，"可你知道他骂我最多的是什么吗？"

"什么？"

"就是我头到脚的这身打扮，可他哪知道我弄成这样需要这么多步骤，先洗后擦，然后是抹，就这抹也要分好几步。"高年开始对着镜子往头上抹头油，从镜子里面看到素雅微微隆起的腹部，说："素雅，你常说只要两个人在一起，爱情无所谓什么样的形式，可在当今社会，西式的爱情并不会得到别人的祝福。等厂子彻底安顿了，咱俩就把喜事办了，要不然这孩子生出来，不是正出。"

听高年挂念着她们娘俩，素雅心里感到一阵温暖，从后面抱住高年说："有你这句话我就知足了。"高年轻轻地拍了拍她的手作为回应。

素雅突然想起一件事情说："姐被土匪绑了的事情你知道吗？"

"我知道，是乔正峰亲自把她救出来的。"高年停下手里的动作问，"你是怎么知道的？"

"咱姐告诉我的，可把我吓坏了！"

高年拉开素雅的手问："自从她回来，也不理我，她还说了些什么？"

"她说了很多关于乔掌柜的事，说他三岁说书，十岁的时候就把地主给斗了，还有很多我忘了，反正不是一般人，让你不要跟他斗，她说你也斗不过他。"

"她真的这样说？"

素雅点了点头表示确认。

高年摇摇头，透露出一股不屑："她跟咱爹一样，都喜欢用一成不变的眼光看人，我斗不过陈昊贤，还斗不过一个小纺匠？笑话！"

高年开始拿西服，素雅问他："你要出去？"

"我正要找她，厂子前期的事已经做完了，生产的事我不在行，还得她盯着！"

素雅提醒道："人这一辈子能遇到土匪的也不多，我乍一听后背都发凉，咱姐也是女人，心窝浅，你说话稳着点。"

高年把西装穿上，有些发牢骚地说："在利民纺织待这些天都魔怔了，我得把她这毛病给去了！"

高凤的房门关着，透着一股幽静。门前的菊花陆续开放，一朵朵，一簇簇，千娇百媚，点缀着整个院子。

高年敲门，只听里面应道："进来！"

高年推门而入，高凤正在梳妆打扮。

高年给自己倒了杯茶，说："姐，素雅跟我说了，说你不让我跟乔正峰斗了，可咱家的设备、规模都比他大，没有理由斗不过他！"高年偷眼观察高凤的表情，发现她只顾自己照镜子，并没有理自己的意思，继续说："我知道，你让土匪绑了，乔正峰拼命救你，你觉得内疚，可生意场上最忌讳的就是用情。在上海的时候，陈昊贤是素雅的表哥，就是因为这个关系，我才中了他的计，要不然咱也到不了这，这可是血的教训！"

高凤并不看他，对着镜子整理自己额前的刘海："高年，你听姐的，别跟乔正峰斗了，就凭他敢一个人去土匪窝救我，又一个人把整个土匪窝给收拾了，这一点儿就没人比得了！"

高年一脸不屑："那是他命好！土匪要的是钱，他却去拼命！把土匪给绑了吧，还把赎金给交了，愚蠢！我看你是被他那英雄救美的气势给迷倒了，人家都说英雄难过美人关，你可倒好，美人难过英雄关，整整反过来了！"

高凤冲过来，扯着他的耳朵质问："你说什么？"

"哎呀，哎呀……"高年低下头摆脱了控制说，"姐，我是劝你不要被他的假象所蒙蔽，当年乾隆爷微服私访，这种英雄救美的事情多了，末了，都成了后宫充数的！姐，你回来都三天了，也该把神收回来了！"

高凤坐到他对面说："高年，这些天发生了太多事，姐也想不明白，可绝对不是你想的这样，咱慢慢来，你也先了解一下乔正峰，兴许你也觉得他人不错，也就没有必要再斗下去了。"

高年不听劝："姐，咱家的人也招齐了，机器也开了，你应该把精力用在咱自己的生产上。生意上的事我管，你放心，等咱把利民纺织挤死了，我就把利民纺织收了，那一摊还是你管！"

高凤气地站了起来："你那一摊我管不了，你也别把利民纺织挤死，再说你也挤不死！"

"姐，您怎么能这样说我，两军交战最忌讳的就是自己人泄气，当年大清国签马关条约的时候，左宗棠是不同意的，要不是李鸿章那个王八蛋天天唉声叹气地说大清国不行，慈禧那娘们兴许还能犹豫一下，这马关条约也许就签不了！"

高凤感觉高年意有所指，瞪了他一眼，气冲冲地走出门去。

高年也察觉到自己用词不当，立马追了出去，边追边说："姐，我是骂李鸿章，不是说你，哎呀，越描越黑……"

三娃从济南回来了。

正峰正在办公室看账，他一进屋便骂道："掌柜的，这高年就是一摊臭狗屎，他们家开张了吧，我打听了一下，每样都比咱低一分钱，这是什么意思？臭着自己还得熏着别人！"

正峰把账本合起来："这事我已经知道了，几个染厂的朋友已经过来话了！零售低一分，染厂那边低两分。"

"他刚开张就跟染厂联系了？那染厂那边有没有说以后用谁的货？"

正峰从座位上站起来说："目前他只比我们低两分钱，凭着这些年的关系还能用我们的，可以后就难说了。"

"唉！"三娃叹了一口气，"被窝里长臭虫——怎么出了这么个祸害！"

正峰眉毛一横："这没什么，我早晚收拾他，你先说一下济南的情况吧！"

三娃开始汇报："济南这一趟没白去，收获很大。"他给自己倒了一杯茶后接着说，"棉贩子我也见了，棉花有的是，可就是价格太高。我问他为什么，他说收的价就高，这不屁话吗？他娘的，比日本人还横！索性我就跟荣老板说了这事，你猜怎么着？全弄明白了，您记得上次赶走日本人的事吗？真让你猜着了，日本人不仅在山东收棉，全国各地收，据说上海仓库里的棉花堆得都跟小山一样高，弄得现在全国的棉花都疯涨，棉花贩子感觉要发财了，所以就大肆地收棉！"说完，把那杯茶灌了下去。

正峰问："棉贩子是前年跟我们合作过的李大个吗？"

三娃摇着头说："不是，李大个不干了，让这位给顶黄了！这位姓那，据说是前清一个王爷的儿子，仗着有老底，财大气粗，收棉价总是压着李大头，一来二去，就顶黄了！"

"这么说，咱日后也得找这位？"

"目前看是这样的。"

"咱家的库存还有多少？"

三娃心算了一下："还勉强能撑二十天。"

正峰听着就起急："哼，这他娘的也算一路神仙？要我说这李大个也够笨的，都干了一辈子买卖了，还能让这位给顶黄了？这可是前清余孽啊，告到民国政府还能让他干？"

三娃说："这位贝勒爷也很有意思，虽然很有钱，可从来都不舍得花，据说对自己亲儿子都扣得很，我估摸着民国政府是想把他养肥了再抓！"三娃又倒了一杯茶，说："另一点也有可能，人家把大清朝都让出来了，政府还能不给点其他的活路，怎么说也是皇亲国戚！"

正峰骂道："国戚个屁，此一时彼一时，康熙爷留下了那么大一份家业，都让他们祸祸成什么样了！"正峰长叹一口气说："不说他们，一提就来气，那荣老板有什么办法吗？"

三娃摇摇头："荣老板也正犯愁呢，日本人囤货居奇，外埠的棉价一路看涨，坯布的价格也是水涨船高。虽然济南政府控制了本埠的棉市，可也出现了很大的波动。日本人把棉价抬上去，可成品的价格却控制得比中国的低，荣老板也受到了很大的影响。他说了，这都是日本人闹的，他想整整日本人，可就是想不出办法来，还托我问问你有没有招？"

"他想整日本人？"正峰走到办公桌前面来。

三娃说："其实我想给您推了的，日本人远在上海，就算咱有招也使不上劲啊！"

"未必！"正峰眼珠一转，突然停下脚步说："甭管日本人在哪，招倒是有一个，就是有点阴，不知道荣老板愿不愿意用！"

三娃眼睛一亮："那您快说说，既然荣老板提出来了，咱就告诉他，用不用就是他的事情了。"

"好！"正峰走到书案前，铺开宣纸，开始悬腕运笔，在纸上写了两个字"硕鼠！"

三娃走过来问道："硕鼠？这是什么意思？"

正峰笑了笑说："荣老板能看明白，你赶紧去发电报吧，等回来我再告诉你！"

宏达纺厂的办公室里，高年点着一根烟，深深一吸，显得怡然自得。

管家过来，他用手指了一下高年手中的烟说："高老板，这……厂子里不能抽烟，您刚定的规矩……"他不敢再往下说了。

高年瞥了他一眼，解释道："这是西洋烟，几口就灭，我定的规矩是不能抽旱烟！"说完，又觉得自己像是在狡辩，无奈地看了一下烟头，随手把它捻灭。

他问管家："今天卖了多少？"

"现钱有二十块大洋，还有几个赊账的，加起来有二十三块。"

高年摇摇头："不行，卖得太少，我们是两台机器，没黑没白地干着，仓库很快就能放满了，要加大我们的出货量！还有，附近的染厂都联系了吗？"

"附近的都是些小染坊，不成规模，算不上染厂，一共联系了五家。"

"他们什么反应？"

"他们对我们的产品质量还是比较满意的，价格上也动了心，只是他们都是利民纺厂的老客户，碍于面子都没有订货！"

"幼稚！这就是他们干不成染厂的原因。这样，明天的价格要再降两分钱，把降价公告贴出去，字越大越好，然后拟成报价表送到染坊那边。染坊的数量也要增加，越多越好，情谊千金不敌三分薄利，这道理他们能不懂？我相信他们会来找我们的！"

管家应承下来，然后很谦恭地说道："高老板，这次多亏了高小姐，咱们的工人们都是乡下人，动手能力太差，她都是手把手地教，要不然咱们的产品也不能这么顺利地生产出来。"

高年点点头："嗯，生产的事情就交给我姐！你就盯住了利民纺织，只要我们掌握着价格的优势，我们就控制了芙蓉镇的市场，等把利民纺织顶黄了，咱再涨钱！"此时，他点了点头，像是已经胜券在握，"还有，这价格的事情不要告诉我姐，她不主张咱们跟利民纺织对着干，对她一定要守口如瓶！"

荣升办公室里，他看到正峰发过来的电报后哈哈大笑，不禁感叹："乔正峰啊乔正峰！我可是真服了你了！这主意你也想得出来？真是个奇才！"说完，眼睛里迸射出一道亮光，感觉有大事发生。

管家看到荣升这么夸赞正峰，也很好奇，凑过来看着电报上"硕鼠"两个字问："掌柜的，这是什么意思？"

"你猜猜！"

"嗯……是骂松田是老鼠？"

"不对，再猜！"

管家绞尽脑汁："硕是大的意思，噢，那就是骂他是大老鼠！"

荣升再摇摇头："都不对！老李，我问你，棉花怕什么？"

"棉花易燃，最怕火！"

"你再想想，还怕什么？"

"那就是水了，潮了以后就容易发黑，自然也就没有价值了。"

荣升点点头说："你说得很对，棉花怕火也怕水。我想松田也肯定防得住，可是这老鼠他却未必能防得住！"荣老板说这些话的同时，用手指敲击着桌面，"你说这招绝不绝？"

管家恍然大悟："难道乔老板说要拿老鼠对付松田？哎呀，高明啊，高明！松田就是有三头六臂，老鼠一多他也只能抓瞎，这老鼠能打洞啊，哈哈哈……"管家伸出大拇指赞叹，"这乔老板真不是一般人，咱们这里别的没有，老鼠有的是！"

荣升胸中郁结散开，兴奋地点着头："行，这个事就交给你去办！咱们跟上海华人工会一直有联系，这点忙他们应该能帮得了！"荣升目视前方，明眸中射出一道冷光："哼，松田啊，让你来搅和，别说你在上海，就是在日本，这回我也扒下你一层皮来！"

车间里，正峰指挥着生产："刘二，这拉力不够，棉纱出来就能散，别说是织成布，就算是做尿布也是个废品！"

刘二应承着："好了，掌柜的，拉力增加一磅！"

正峰又挑出一根白线，用手一拽，白线从中间断开，他把断掉的线头放到嘴里抿了抿，喊道："秤杆，把机器的速度再调慢三秒，机器太快，密度不够。记住了，王老板的这批货跟别人的不一样，既要结实耐用，线条还要看起来细腻流畅。调准了，就三秒！"

"好了！"秤杆冲向仪表盘。

三娃从外面跑过来："掌柜的，有事！"

二人来到门外，三娃说："掌柜的，宏达纺厂又降了两分钱，还把报价表给附近的染坊送去了。这会儿，西头旺和染坊都打发两个伙计来问咱降不降价。"

正峰气得直吸冷气："他娘的，这高家少爷还真挺狠，买卖一开始就给咱下蛆了，这是逼着咱拔刀亮剑啊！"

"掌柜的，你常说生产是爹，外销是娘。宏达纺厂第一天开业就算有了爹，今天娘都找上门来了，就差走道了。他要是再降价的话，都能飞了！掌柜的，您得想想办法，尽早除了这祸害！"

正峰点点头说："办法倒是有，可是不彻底，我得好好琢磨琢磨。"

三娃劝道："掌柜的，原来那么多竞争对手，咱不都挺过来了嘛。有办法咱就用，他要是再继续降价的话，咱那些积累了几十年的老客户可都要改换门庭了！"

正峰摇摇头："三娃，咱原来的那些对手都是些小作坊，经不起折腾，一招半式的就顶不住了。可高年不一样，家大业大，一招下来，不卸条胳膊根本不管用！"他用手拍了拍三娃的肩膀，"三娃，我比你急！"说着，他把腰间的围裙扔到一边，"我得给他来个连环计，你先在这里盯一会儿，我出去转转！"

"连环计？"三娃还想再问，可正峰已经走到院中间，他嘴半张着……

四孝街最东头有一块空地，原来是清朝留下的刑场，都嫌晦气，一直没人敢用。到了民国，这个地方就成了人们夏天乘凉，冬天晒太阳的地方。此时人正多，里三层外三层地围着。

正峰路过，也停下脚步观看。两个老者正在下棋，一位须长鬓白，另一位也是年过半百，二人对弈，虽不见落子，但嘴上功夫都很厉害。

看棋的人多，这位说："上一步下错了！"

旁边那位说："我看未必！"

长者指着那人说："观棋不语真君子，我要是输，也是你们说输的！"

对战的也不含糊："我呸，我看就你话最多！"

长者反击："话多怎么了？大清朝的时候，老佛爷下个命令，就数左宗棠的话最多，文武百官里面就数他棋下得最好！当然，我也不是说他下得有多好，兴许他还赶不上我！"说着，说着，就把炮拿了起来，刚要落子，不知人群中谁说了一句："哎，哎，这步危险！"

老者一抬手又把棋收了回来。

对战的不愿意了："哎，哎，不带这样的啊！举棋无悔大丈夫！"

老者捋捋胡须："举什么举？老胳膊老腿的了，举是举不起来喽……"

众人一通大笑。

对战的也跟着逗："说实话，当真举不起来了？"

人群中又是一阵大笑。

老者看看四周，撇了撇嘴："小心你老嫂子拿鞋底子抽你！"

二人你来我往，引来人群中阵阵大笑，正峰也没有忍住。

后面的一个年轻人认出了正峰，拱手说："乔掌柜也来了！"

众人一听，都赶紧打着招呼，正峰也拱手还礼，顺势让出来一条路，他来到最前面，笑着说："四叔！王大爷！"

二人一见正峰，点了点头。王大爷先说："乔掌柜也来杀一盘？"

正峰摆手："那不行，咱差着辈分呢！"

四叔冲着对面的茶铺挥手："老王，给乔掌柜上一杯茶，算到我账上！"

王大爷说："要说这下棋，你师傅才是真正的高人，只可惜收山了！"

四叔说："那倒是，巡河炮，连环马那可是一绝，别说咱芙蓉镇，就是在济南府也难找到对手！哎呀，这人跟人就是没法比，人家不但棋下得好，还有头脑，就拿纺织生意来说，不管年头咋样，人们可以不吃不喝，不玩不乐，还能光着腚眼出来？"

四爷也遗憾地摇头说："哎呀，当年王知山还想跟我搭伙来着，可是寻思他一落第的秀才还能做生意？也没往心里去，谁承想纺织这个行当是个铁饭碗，只要有人在，还能拢得住，买卖就能一直在！"

说者无心，听者有意，正峰像是被四爷的话惊着了，自说自话道："人？对，要有人，还要拢住人！"正峰眼睛一亮，猛地站起来，四叔有些惊讶："咋了，你真想下一盘？"

正峰笑了："四叔，您刚才那句话说得太对了！"

四叔自己都忘了："什么话？"

正峰又笑了："王大爷，四叔，这是我这辈子看到的最精彩的棋局！"说着冲着茶摊大喊，"王大叔，今天在场的老少爷们所有的茶钱全算我账上！"正峰说完转身匆匆离去。

"好嘞！"茶摊老板高兴地应和着。

在场的人们都不知道发生了什么事情，只看着正峰火急火燎地往回赶。

铺子里，三娃正在柜台上算账。正峰从外面一步迈进来说："三娃，跟我来办公室！"

正峰走得很快，三娃赶紧跟过去："掌柜的，想到办法了？"

正峰头也没回地说："记住，明天给四爷送两只肘子过去。"

"好嘞！"

正峰又来到车间门口喊道："秤杆……"

秤杆听到正峰叫他，脱了手套就往外跑。

等正峰他们到了办公室，秤杆也跑到了。

正峰问道："秤杆，听说你跟老吴家的儿子挺熟？"

秤杆说："嗯，熟！"

"行，他家的老宅子一直空着，你想办法让咱先租上一年！"

秤杆犹豫了一下说："掌柜的，租是行，可那房子太旧了！"

正峰说："吴家原本是个大户，那房子虽然年久失修，可稍微整一下还是青砖大瓦房。你记住了，等租下来以后，屋内摆上几桌麻将、牌九，屋外摆上三桌象棋、围棋，让大通染坊在桌布上印着利民纺织的名字，再让张大嫂过去煮茶供应着。记着，免费供茶但是不管饭！"

秤杆有些蒙："掌柜的，供玩乐、喝茶，还不收钱，还有这样的好事？"

正峰笑了笑，拍着秤杆的肩头说："就有这样的好事！老话讲，吃人家的嘴短，拿人家的手短，从今往后，只要在这院里玩的人就得记着咱利民纺织的好，拢住了这些人，咱这买卖还能干不好？"

秤杆说："这些可不少钱啊。"

正峰有些急："茶水能有几个钱？这么多人围在一起，赶上一个好买卖就够喝一年的。你记住了，没钱生钱难于上青天，可有钱却生不来钱，那是傻子。快去吧！"

秤杆恍然大悟，跑了出去。

正峰问三娃："三娃，染坊那边怎么样了？"

"东边刘家染坊的伙计也来了，问咱什么时候降价，怕是快扛不住了。掌柜的，要不咱也降一降！"

正峰摇着头："你趁早把这个念头打消了，现在降价只有死路一条！如果没有宏达纺厂，咱自己把价格降下来，乡亲们得说咱的好，可被宏达纺厂挤得降了价，那降的就不是价格，降的是咱利民纺织在老百姓心中的位置，只要一降价，别人都会认为咱利民纺织就是个眼中只有利益的人，这尿盆子不能往自己身上扣！"

"那还有别的办法吗？"

"我想好了，染坊这边我们用货抵，最后跟高年一个价。"

"这样行，我一会去挨家地通知，我想他们也应该能接受。那散户这边怎么办？"

正峰继续排兵布阵："咱还得继续拢人，你现在分别去一趟东头的刘家茶馆和西头的张家茶馆，包他一个月的场，然后一个店安排一个伙计，只要是买家，喝茶一律免费，然后直接往咱铺子里带！你记住，刘家茶馆的伙计一定要找个大个肩宽的，路过宏达纺织的时候就往那一杵，那就是一扇大门！"正峰随说随着表演，"哼，这回我让高年连买家的毛都看不见。"

三娃眼睛一亮："嗨，这招还真行，客户一进四孝街，稀里糊涂地就进了咱家的店铺！"

正峰也笑了笑，继续说："光有这些还不够，你再看看沿街商铺有没有空余的房子，趁着行情不好，租金也便宜，也租他半个月的。"正峰稍微顿了一下，"一个月也行，免得这高年照葫芦画瓢，也来这么一出，咱让他没地可去。"

"那柜上的价格降吗？"

"先不要降，押一押，要不咱就白忙活了。还有一件事，从明天开始，咱们要生产一批残次品！"

"生产残次品？"

"对，纱支减少百分之十，我有用。"

三娃惊得冒了汗："掌柜的，您这是要干什么？"

正峰冷笑了一声："哼！我要给高家少爷织一张大网！"

老吴家的宅子很大，收拾完后，又恢复了原先的气派。进门是高大的影壁，中嵌"福寿"二字，正房四间，旁房两间，院子也很敞亮，门楼很高，青瓦包边。两边贴着对联，上联是：象棋围棋胶着似茶；下联是：麻将牌九平淡如水。横批：茶水免费！对子是秤杆找人代写的，还算工整。

按正峰的要求，屋内是麻将和牌九，屋外是围棋和象棋，张大妈则在院子的一角搭火煮茶，一趟趟地跑着供应。

乡亲们听说喝茶免费，还能白玩，人越上越多，几天工夫就跟个庙会一样热闹。

这天早晨，高满山提笼遛鸟，路过棋院，看到人很多，就凑了个热闹，在东北角的棋盘处坐下。

片刻，一个三十岁左右的年轻人坐到了对面，虽然面相憨厚，但是稍显落魄，他看高满山是个生面孔，有些得意模样："老师傅，会下？"

高满山谦虚地点了点头说："马马虎虎。"

小伙子感觉自己胜券在握："我看也没人跟你下，我陪你比画比画！"

开局，红先黑后，小伙子开棋："当头炮！"

高满山不动声色地拱了边卒，小伙子笑着说："起大早买菜——真新鲜！"眉宇间一股悦色，似乎已经赢了。随后小伙子步步紧逼，高满山则气定神闲地还击着，下着下着，小伙子开始慌张起来，仔细打量了一下高满山，也改了称呼："大叔，以前咋没见过您？"

高满山说："我原来不知道这有个棋院，早知道有，咱早认识了！"

小伙子长叹了一口气说："行，大叔，我叫二蛋，今咱就算认识了，我输了！"一拍脑袋，回手把老将翻了过来，站起身子拱手说："大叔，告辞！"

高满山拱手还礼："承让！"

张大婶送来了一杯茶，高满山细口地品着，等待着下一位对战者。

二蛋扫兴离开，手挠后脑勺，想着自己是如何败的，还没出门就遇到了城东的马六爷。这人有四十多岁，可是辈分很高，他操着一口沙哑的声音说："二蛋，又输了？你这水平跟我家烧火丫头有一拼，买棵葱送头蒜——白搭！"

二蛋举起手比画着说："十五步，只用了十五步！"

马六爷不相信："什么？十五步？不可能，棋局都打不开就能把你将死？"

二蛋伸手指着高满山："就那个老头，要不您试试！"

六爷从远处看了看高满山，再看看二蛋，双眸中满是怀疑，扭扭脖子，拽拽衣襟，径直地走了过去："老师傅，咱俩比画比画？"

高满山伸手说："请！"

二蛋也前来观战，站在一旁。

开局，红先黑后，六爷也是当头一炮，边下边拿二蛋开玩笑："二蛋，二蛋，干什么都是个零蛋！"说完，他看高满山没什么反应，继续说："老师傅，当真就用了十五步就把二蛋给将死了？"

"侥幸，侥幸！"

"我看也是，别看二蛋这名字不好听，可论下棋，在我们这里也算是排了号的，哎？哎？您这是什么路数？"说话间，高满山落下一子，马六爷已处于下风，他舌头舔着嘴唇，手捏一下鼻子，刚才说话的气势已全然不见，又过了三分钟，彻底败下阵来："老爷子，您是真能装啊！今天我马六算是栽了！"回手也把老将翻了起来，棋子碰着桌面发出清脆的响声。

二蛋在旁边说："十八步，比我强点！"

一个壮汉冲上来："我来，我来……"

就这样，整个院子里能下棋的好手们轮番上阵，有的下快棋，有的下慢棋，还有走邪棋的，结果全都铩羽而归。

芙蓉镇的棋院被一个陌生人踢了场，马六爷的额头冒了汗，吩咐伙计："快去，把刘瞎子给我请来！"

伙计犯了难："四爷，要不您去吧，刘瞎子那人脾气倔，我怕他踢我！"

六爷瞪着眼骂道："都他娘的火燎屁股了，快去！"

伙计捂着屁股跑了出去。

过了一会，已无人迎战，高满山喝完最后一口茶，提起鸟笼，起身想走，马六爷一纵身子挡在了前面说："老爷子，虽然我棋下得没你好，可是我这水平在我们芙蓉镇还真不算什么。"

"还有人？"

"人马上就到！"马六爷大喊，"张妈，快上茶！"

张妈索性把茶壶都提了过来，供高满山饮用。

一会儿，伙计扶着刘瞎子进了棋院，还没有打招呼就被马六爷按到棋桌上："快，刘瞎子，就看你的了！"

刘瞎子虽然看不见，但是心里有数，只要说出对方的棋路，他就能将子放到该放的位置。尽管刘瞎子的棋法刁钻古怪，可是高满山的套路更是匪夷所思，棋子所指，处处是大题难题。到了第三十五步的时候，刘瞎子额头上也渗出了汗，开始招架不住，高满山也感觉到了吃力，但胜算更大。下到第四十步，刘瞎子慢慢地站起来说："老先生，年龄大了，有些尿急，容我方便片刻！"

"好，请便！"

马六爷扶着他往外走，等到了外围，刘瞎子问道："六爷，这人是从哪里来的？"

"哪里来的？我他娘的哪里知道，没准是从天上掉下来的！"

刘瞎子说："六爷，我是不行了，看来这芙蓉镇只有一个人是他的对手了！"

马六爷问："谁？"

"王知山！"

马六爷知道王知山已经好多年不下棋了，为难起来："他可不好请！"

刘瞎子长出了一口气说："为了咱芙蓉镇的名声，我去！"

"得嘞，我也跟你一块去！"

王宅，王知山久未出山，但听到刘瞎子说有这么一号人物，也动了心问："老哥，你走了多少步？"

刘瞎子伸出四个手指头说："四十步！上次跟你下的也是这个路子！"

"那还剩几步可走？"

刘瞎子伸出手掌说："还差五步。"

王知山问："那咱俩最后一次下棋，我用了多少步？"

"我记得真真的，四十四步。可我这些年也没有闲着，应该是有所长进的。"

王知山眉间掠过一丝担忧："我已很多年没有碰过棋盘了，难免手生……"

马六爷有些急了："王掌柜的，您就别犹豫了，这些年您收山就是因为没有对手，现如今对手来了，您还能看着他在咱芙蓉镇耀武扬威的，这关系到咱们芙蓉镇的脸面，您就出山吧！"

刘瞎子也说："马六爷说得对，您不去，没人能行啊！"

王知山终于下定决心："好，我去会会！"

棋院的人们见王知山来了，都拱手打着招呼："老掌柜的，老掌柜的……"

马六爷在旁边喊着："让开，都让开……"似要一雪前耻的样子，人群自然分开，让出中间的道路。

刘瞎子来到棋桌前，把老将一翻说："老先生，我认输了！"

高满山也吃了一惊："还没下完……"

刘瞎子长吁一口气："嗨！老朽技不如人，自当认输，您可以与我身后的老先生对上一局。"

王知山与高满山二人相互打量着，无论从穿戴打扮上，还是从气场上都有颇多相似之处。高满山站起来冲王知山笑笑，伸手示意："请！"

王知山回复："请！"

棋院的气氛突然间静了下来，没人再说话，都知道这是一场高手对决。高满山又率先拱了边卒，王知山也拱了边足，两个人棋风相似，这一对就是一个小时，难分上下。

高满山自言自语："连环马真是用绝了，八条小蹄子甩开，辗转腾挪，简直就是一条龙！"

王知山也赞叹道："您这车也够妙的，两个大车并驾齐驱，守在楚河之下，简直就是铜墙铁壁。"

二人颇有惺惺相惜的感觉。不仅棋艺较量，言语上更有珠联璧合之意。

刘瞎子在一旁只听声，却看不见，一副焦急神态问："下得怎样？"

"哎呀，要和？"话刚出口，马六爷就自扇了一个耳光："乌鸦嘴，必须赢！"

两个小时过去了，局势也渐渐明朗起来，棋子所剩无几，双方也都明白，棋势已和。高满山拱手说："阁下，好棋啊，别看这芙蓉镇的地方小，可却是藏龙卧虎，我高满山下棋数十年，未曾遇到真正的敌手，今日算是开了眼界！"

王知山觉得这个名字挺熟："您是……"

旁边一个汉子说道："对面宏达纺织的老当家。"

王知山心里一惊，拱手道："幸会，幸会，贵店开业未曾上门祝贺，海涵，海涵！"

高满山客气着还礼："无妨，无妨，阁下是？"

那汉子又说："这位是利民纺织的老掌柜的，你们是棋盘上的对头，生意上的冤家！"

汉子言语过于直接，高满山有些接不住，表情很尴尬。王知山本能地瞅了一眼中年男子，暗示他过分唐突，然后爽朗地笑了："街坊就说街坊，何来冤家对头，胡说八道！"

高满山附和着："对，对，虽然生意挨得近，但首先要和气生财。犬儿如有做得不到的地方还望王老掌柜多多包涵！"

"一定一定！"

高满山把鸟笼提了起来说："王老掌柜的，这局我们和了，我得先回，有机会我们再好好下几局！"

"好，好，好！"

高满山走后，王知山看着棋盘，叹了一口气，伸手把老将翻了过来。

马六爷不愿意了："王掌柜，您这是干嘛？"

王知山说："人家跟你们车轮大战，早有倦意，平局即是输了！"说完转身离开。

马六爷一伸手又把高满山的老将翻了过去说："这不行，您没输，您还十年没摸棋了呢。"

高满山提着鸟笼往家赶，一个汉子却挡住了他的去路："你别走！"

高满山打量打量他，见这汉子有二十多岁，看面相还很敦实厚道，只是故意装出来凶恶的模样。高满山没搭理他，身子一转，绕了过去，没成想，汉子又追了过来，继续挡住高满山的去路。

高满山开始警惕起来："你要干什么？"

那汉子凶着脸说："不干啥！我就是告诉你，以后不能来棋院下棋了！"这汉子的声音很憨，更显得人敦实。

高满山一愣，问道："噢？这棋院是你家开的？"

"不是！"

"既然不是你开的，为什么我就不能来下棋？"

"你别问这么多！不让来，你就不能来！"

高满山不解地说："你这汉子看起来很敦厚，却这么不讲理，不让我来，还不告诉我为什么！"

汉子招架不住，说道："我娘说了，下棋好的人计谋深，心机重，爱耍心眼，不是好人！"

"哈哈哈……"高满山被这汉子的话逗笑了，笑完继续说："那王知山也会下棋，你怎么不拦他？"

汉子解释道："我认识他，他是我们这里的大善人！"

听了汉子的解释，高满山笑了起来："噢，你认识的都是大善人，你不认识的都是大恶人，你这叫不讲理。再说心机重的人也不见得就是坏人，你比如咱们济南府就有很多心机重的大好人。"高满山低头思考历史人物，"要说心机重的话就非济南名相房玄龄莫属了，他随李世民南征北战，帮其治国安邦，平定天下！此人一生极其善于谋略，心机不可谓不重吧！可他却是贞观之治的第一功臣，那可是老百姓都期待的盛世王朝啊！他是坏人吗？"

汉子听完，挠着头说："心机重也是好事？"

高满山笑了笑说："这看人啊，不能光一根筋，关键要看这心机重用在什么地方！"

说完高满山提着鸟笼离开，汉子留在原地琢磨。高满山走出十米后，觉得这汉子挺有意思，又返了回来问："你这汉子虽然一根筋，但是并不让人讨厌。你刚才问了我这么多问题，现在该我问你了，你叫什么？今年多大？"

汉子已经对高满山没有了敌意，说："我叫铁蛋，今年二十二。"

高满山又问："有事做吗？"

"嘿嘿！没有。"铁蛋傻笑了一下说："他们也说我一根筋，都不要我。"

"噢，这就对了。那你日后准备做什么？"

铁蛋看看天，像是在数天上的云彩，片刻说道："我娘说，认准的事就要去干！我以后还在这守着，碰见下棋好的，我还拦着他，他要是说不出个四五六来，他就是坏人，我就不让他来！"

高满山连忙摇头："这不行，这不行！见个下棋好的你就劫，跟劫道似的，这不是正经营生！"

铁蛋辩解道："我只是劫人，绝不劫财。"

高满山摆摆手："那也不行！"他开始引用古人的故事，"想当年，混世魔王程咬金落魄的时候，为了要口吃的，他也劫过人，也说不劫财，可劫着劫着就劫了靠山王杨林的生辰纲，还蹲了大牢。铁蛋，很多事情要以史为鉴，对和错只有一步之遥！铁蛋，你是个孝子，这些故事老人都知道，回去问问你娘！"

铁蛋把头低了下来，眼中含着委屈的泪花："实话跟您说吧，我没娘！"

高满山一愣："你刚才不是说你娘……"

铁蛋的眼泪滴答滴答掉下来："别人都说我傻，我只要提我娘，就没有人敢欺负我了。"

高满山感动地点点头，拍了拍铁蛋的肩膀："行啦，铁蛋，我都知道了。"说完，他把腰间秀有"高"字的一个小荷包揣了下来，递给铁蛋说："铁蛋，明天你带着它去宏达纺织厂的柜台，那里有人给你安排差事，以后不提你娘也不会有人欺负你了！"

铁蛋一惊，接过荷包："他们真能给我差事？"

高满山笑笑说："准保万无一失。"

"嘿嘿……"铁蛋乐了，他手里拿着荷包喊道，"老爷，您也是大善人！"

晚上，明月如钩，悬于天际。

济南火车站里，十几人来回穿梭于路灯之下，上百只箱子排列在站台上，里面发出微弱的吱吱的声音。

风起，管家裹了裹衣服说："大家伙都快点！"他问旁边的一个工人："老五，药都下足了吗？"

老五说："管家放心，一只老鼠下了一只猫的量，即便是扒了它们的皮也醒不了！"

办公室里，荣升正站在窗口遥望星空，脑中想着各种事情。

管家跑过来汇报："掌柜的，都安排好了。"

荣升转过身来问道："都怎么安排的？说说我听听！"

管家说："我先是给老鼠灌了迷魂药，又饿上两天，等到了上海，一睁眼就能玩命地吃。上海工会我也联系了，他们也全力支持我们的想法。松田的仓库都有排水口，等老鼠醒了，往排水口一放，这老鼠就浩浩荡荡地进了松田的仓库。这可是成千上万只耗子啊！这就相当于是一支军队，剩下的就看松田的造化了！"

"好！"荣升如同大仇得报一般拍手叫绝。

三天后的早晨，共荣商社的仓库里算是乱了套了，墙角、棉堆、过道里都是老鼠。三十多个工人在仓库里捉开了老鼠，领头的姓张，中等个头，但是很结实，他从仓库里往外跑，边跑边喊："小吴……"

一个穿着立整的青年匆匆跑过来。

领头慌张地说："快去给松田社长打电话！就说仓库突然之间来了成千上万只耗子，在咱的棉花上又吃、又拉、又尿，让他赶紧想办法！"

青年满头是汗，还没站住脚就又跑了出去。

松田已经起床，正对着镜子整理仪容。山口慌张地从外面跑进来说："社长！出事了！"

松田对着镜子里面的山口问："出什么事了？"

"仓库里面闹了鼠灾，损失惨重！"山口说完，惭愧地低下了头。

松田故作镇定地问道："捕鼠器和老鼠药不是都准备了吗？"

"社长，一夜之间来了成千上万只老鼠，那些……杯水车薪！"

松田大惊失色："多少？"

此时山口已经没有了底气，声音降了一些："成千上万。"

松田的眉毛瞬间立了起来，转身往外跑："快，快去看看！"

车已经在门口备好，二人上了车，疾驰而去……

松田来到仓库，看到工人们将一筐一筐的老鼠抬出来，顿时，汗流了下来。

他捂着鼻子跑上去，拦住一个工人问道："还有多少老鼠？"

那个工人并不认识他，随口说道："太多了，数不过来！"

这时又有两个工人运了两笼子猫过来，松田赶过去问："你们这是干什么？"

工人没看他，把笼子在仓库门口打开，猫都蹿了出来，接着，仓库瞬间就成了猫、鼠、人的战场。

松田只觉得眼前一黑，身子不自主地往后倾，山口把他搀住，他缓缓地睁开眼，发现天是转的，地也是转的。他稍微稳了稳，眼中迸射出杀气，牙缝里挤出一句话："这都是谁干的？"

陈昊贤的办公室里，电话响了……

陈昊贤接起电话："珊珊，啊？舅舅病了，唉，都怪我，肯定是因为素雅的事情，一会儿你带些东西去一趟，顺便告诉舅舅，我最近会去一趟济南，处理一下素雅的事情，让他放宽心，好，好，就这样！噢，还有，一会你再给我准备一些特产，这次我还要拜访一下伯父，好，就这样！"他放下电话，点着一根烟，正在想事情，老吴从外面进来了，面露喜色地说道："董事长，给您报喜！"

陈昊贤抬起头，有点蒙，问道："何喜之有？"

老吴掩不住兴奋，说："松田的仓库闹了鼠灾，老鼠屎都堆成了山，据说损失惨重！"

陈昊贤喜得站了起来："真的？"

老吴也高兴地回答："真的，一夜之间，他的仓库就像是掉进了老鼠窝，抓都抓不清！这都一天一夜了，老鼠还没有抓干净。"

陈昊贤欣慰地点着头："好啊，真好啊！这就叫善恶到头终有报，大快人心！"他走到桌子前面问："你知道这是谁弄的吗？"

老吴摇摇头："还不知道，但肯定不是上海的，据说不是本地的老鼠。"

陈昊贤很遗憾地点点头说："行，不管是谁干的，也算是替咱出了气！"他把那支烟掐灭，在这期间，他想到了一个主意，一挑眉毛，说："既然这样，咱也不能闲着，咱也给他烧上一把火！"

老吴上前一步问："董事长，您打算怎么烧？"

陈昊贤想了想，说道："老吴，咱这么烧，一会儿你把这件事告诉上海所有的报社，大街小巷都要知道这件事，我要让松田在所有的上海人面前颜面尽失！"

下午，共荣商社的仓库门口聚集了很多记者，山口在门口堵着，但不回答记者的任何问题。

这期间又进去了很多带着捉鼠工具的人，继续战斗。过了一会，松田向这边走过来，他看起来很累，用手绢擦了擦额头上的汗。等他到了门口的位置，闪光灯连续闪了起来，他本能地瞪过去，透露着凶光，可他立刻意识到这是公共场合，又把目光收了回来。

旁边一位女记者问道："松田先生，听说这次老鼠很多，请问还有多久才可以抓完？"

松田简单地应付道："这，我们已经动用了所有的力量，相信很快了。"

女记者又问："松田先生，听说这些老鼠并非本地老鼠，而是山东的老鼠，请问松田先生，正在开的华盛顿会议，日本对于山东青岛的态度始终反复无常，这是否可以看作是从青岛漂洋过海来的老鼠对你们日本人的一次反抗呢？"

松田被这位记者荒谬的提问给震了一下，他也不想牵扯到政治当中去，折中地回答道："对不起，这只是一次鼠患，跟政治没有关系！"

另一位记者又问道："您觉得跟您这次囤货居奇事件有关系吗？"

松田眉毛立了起来，他组织了一下语言说："无论什么情况，我们共荣商社是在上海应有秩序的前提下从事的经济活动，我们不接受任何恶意的指控！"车门已经打开，他的右脚已经上了车，却总觉得有句话想说，他又抽回身子说："作为一名日本商人，我特别尊重这个国家，尤其是中国商人，我们不会主动地破坏市场，我相信中国的商人也不会针对我们，谢谢！"说完松田转身上车。

又一个男记者追着问道："请问，松田先生，日本人是席地而睡，正是因为如此你们才不怕老鼠的，对吗？"记者提问完，自己笑了，其他人也笑了，可随之就是失望……

松田的车子已扬长而去……

共荣商社，松田进了门，他慢慢地把扣子解开，突然声色剧变，大声骂道："八嘎！"

山口吓得屏住呼吸："嗨！"他低下头等待即将到来的暴风雨。

松田很严厉地问道："山口君，针对这次的鼠灾有什么线索吗？"

山口规矩地答道："社长，青岛分社传来消息，老鼠是从青岛坐船过来的……"

山口还没说完，松田就彻底被激怒了，他愤怒地瞪着山口，双手扬起来："行啦，山口君，你难道真的相信那些老鼠可以漂洋过海的鬼话吗？"

山口吓得再次收紧了胳膊，加快了语气："社长，我们的人查了青岛的货运单，老鼠是从济南发到青岛，然后从青岛发到上海的。"

松田的怒火被填平，他长出一口气，语气缓和了很多："查出是谁干的吗？"

"社长，济南已经查不出任何发货人的记录。"

松田来到办公桌前，侍女倒了一杯茶，松田手握着茶杯却久久未能喝下，他百思不得其解："这能是谁干的？"

山口推测："我想很有可能是陈昊贤。"

松田当即摇了摇头："不，陈家是名门望族，即便是他想到了这样的办法，也是不会这样干的，查出来不仅会损害他的声誉，还会遭到我们的反扑，他是不会这么傻的！"

山口又说道："那就只有是济南的人了。"

松田突然想到一个人："上次我们在各大省都收了棉花，唯独济南没有收到，是不是出自同一个人？"

"那只是一个小纺匠而已，他是没有这样的实力的。"

"无论是谁，一定要查出来。"

山口建议道："社长，这件事情已经严重影响到了我们的声誉，是否要告诉青岛巡捕房，这样也会帮助我们更快地查出真凶！"

"不！"松田摆了摆手，"现在是中日外交关键时期，这件事情需要尽快地平息下来，先不要对外声张了！再说，青岛巡捕房的势力只限于青岛，出了青岛，已经没有任何话语权了，还是我们自己去查吧！"

"是！"

松田将杯子里的茶喝完，似乎刚才的狂风骤雨已经泄去，他稳了稳说道："好了，山口君，这件事情我会妥善处理的，但是这次鼠患给我们提了醒，济南有我们的对手，即便是现在没有，以后也会有。济南的纺织工业高速发展，我们是迟早要介入的，务必盯紧了！你先下去吧！"

"嗨！"山口退下。

松田回到办公座位上，积压在内心的愤怒又涌动上来，他拨出了一通电话："木村将军，我是松田一郎，是，谢谢！请问这次谈判顺利吗？是，是，希望阁下弘扬大和精神，保住我们家族在青岛分社的权益。我们虽然植根于上海，但是青岛、天津，甚至是济南都在我们的计划之中，我国的经济版图将随着战争的脚步踏遍中国的每一个角落！"松田冲着电话深鞠一躬:"辛苦！"他慢慢地放下电话，凝滞地看着前方，眼神里透漏出一股莫名的宏伟雄心。

第九章　初战告捷

上午，太阳高照，还算暖和，四孝街上人来人往。

李管家在铺子里守着，就是不见人进来，他焦急地来到门外，看到铁蛋正站在门旁，像个门神。

管家好奇地问："铁蛋，你站在这里做什么？"

铁蛋憨憨地说："站岗，看家！"

管家说："你现在是老爷的随从，应该一直待在他身边，这里不是你该待的地方！去！快回去！"

铁蛋不动地方："不行，老爷管我吃，管我喝，就是不让我干活，我憋得难受！"

管家一瞪眼："嘿！你还憋得难受？都不知道你祖坟上冒了哪股子青烟让你捡到这么个白捡钱的差事，我巴不得有人管我吃饭，还不干活呢！"

"我娘说不能白吃白喝。"

管家眉毛竖起来道："你这是要气死我啊！没差事的时候在棋院看门，有差事了扒在这里看门，真不明白老爷是怎么就相中你这一根筋的！再说这青天白日的，你能看出什么来？"

铁蛋用手指了指前面路中间的一个大个子说："那个人有问题，他都来回走了七八趟了，总拿后脑勺看我。"

管家顺着他指的方向看去："这人是李大个！"管家再仔细一看，李大个正拽着一个妇女往东走,那妇女怀里还抱着一兜纺织品。管家觉得蹊跷,问:"他来回走了多少趟了?"

"至少七八趟了!"

"都拽着人?"

"嗯!"

管家惊道:"哎呀,不好!这是利民纺织的人,我得去看看!"说着跑了出去。

管家来到东头刘家茶馆,看到门口贴着"利民纺织包场,茶水全部免费"的字样。那个李大个正在门口招揽来往的客人,管家额头上沁出一层冷汗,他猛得一惊,开始往西头跑,等到了西头,他又看到李家茶馆也被利民纺织包了场子,他彻底明白过来是怎么回事,撒开腿往铺子里跑……

高年正在办公室煞有介事地溜达,李管家跑进来:"高老板,咱中计了!"

"你慢点说,什么计?"

李管家掏出手绢,包住鼻子弄了两下说:"当家的,乔正峰这小子太阴了,咱这几天精力全放在他那个棋院上了,可这个棋院就是个幌子,茶馆才是主角。他在城东城西各赁了个茶馆,见人就拽,还免费喝茶,碰见买家就往自己铺子里带,根本不给咱见到买家的机会。"

高年很是不解:"咱这大门大脸地在这放着呢,价格也在墙上贴着,城西头的客户也就罢了,可这城东头来的客户应该能看见啊?"

管家一跺脚:"嗨!城东头茶馆的是李大个,整个芙蓉镇就属他最高,低着头看人,斜着眼看天,但凡有人往咱这看,他用大胸脯子一挡,啥也瞅不见!"

"哎呀!"高年恍然大悟,一只手狠狠地拍在了桌子上,骂道:"这个小赤佬!真小看他了!"他原地转了两圈说,"你去,你快去看看还有没有合适的铺面,咱也租两个,咱也往铺子里拉人!咱的价格有优势,没理由弄不过他！"

李管家哭丧着脸说："高老板，来的时候我都看了，闲置的铺子都让乔正峰给租了。"

高年气得一屁股坐到椅子上，咬牙切齿。

李管家下意识地往后退了几步，生怕高年的怒火烧到自己。这时，高年又站了起来，眼里冒光，像是想到了妙计："哼！这没事，老李，他有张良计，咱有过墙梯，从明天开始，咱们把价格再下调三分钱！"

李管家大惊："高老板，万万不能再降价了，现在已经到成本了，降三分就是赔三分啊！"

高年有些急："你是老板我是老板？"

李管家回答："自然您是老板！"

高年说："那就听我的，反正早晚都是要降的，大不了提前降了！"

"可没人进来，降价也没用啊！"

高年看了他一眼："老李，做生意不能只会算账，要多动脑子。我们不只要降价，还要把产品放到门口去卖，你再雇几个嗓门大的伙计，每天不断地喊，就算他个子杵破天，也拦不住！"

早上，伙计卸下门板，正峰大步迈到街上，三娃在后面跟着。正峰习惯性地往东边看去，又看向西边，正看见王小二蹲在墙根底下吸烟，正峰脸色一变，喊道："干吗呢？"

小二抬起头，看到是正峰，脸色吓得蜡黄："掌柜的。"

正峰快步走到他跟前："小二，咱俩有仇？"

小二很瘦，经正峰一喊，更是害怕，抽着身子说："掌柜的，这话怎么说的？"

正峰瞪着他："那我问你，你家跟火神爷是亲戚？"

小二摇头："不是！"

"既然这样，你还敢在这里抽烟？我前几天刚说过，冬天空气湿度低，好抽烟的也要忍一忍，实在忍不住了也要讲究个窍门，第一个要看的就是风向。现在是正南风，一个火星子飘到咱作坊里，咱的家业兴许就能毁于一旦，你这不是毁我吗？"

小二赶紧把烟丝倒出来，用脚踩灭，紧着解释道："掌柜的，我没有这个意思。"

正峰命令道："三娃，扣他两天的工钱，这种事不能惯着。"

小二一急，眼泪都掉了下来，哭着说："掌柜的，别扣我工钱，前几天我老娘瘫在床上了，老婆也生病了。这口烟我本来是忌了的，这几天事太多，又拾起来了，您就原谅我这次吧！"

经小二这一哭，正峰的气也消了下去，他用手拍了拍小二的肩膀说："小二，没记错的话，你已经来了两年了吧，咱们同吃同住这么长时间，家里发生这么大的事，怎么也不跟我说一声？"

"我……我……"小二支支吾吾。

"我什么我？以后你要是再这样外道的话，小心我揍你！"正峰掏出五块大洋递过去："这个你收着！"

小二往回推："掌柜的，我不要，别扣我工钱就行。"

正峰又有些起急："王小二，我告诉你，你的工钱我必须得扣！因为你做错了事，我得罚你！可这个钱你也必须得收，因为这不是给你的，这是给你老娘看病的钱！"

小二还是低着头，一动不动，像是在赎罪。

三娃推了他一下说："小二，快收着，你都跟了掌柜的两年了，应该了解他，你要是用钱买烟，掌柜的一个子都不会给你，没准还得踹你，可这是给老人治病的钱，快点收着！"

小二这才哆嗦着把钱接过去，嗫嚅地说："谢谢掌柜的。"

正峰说："我再放你一周的假，带老娘好好看看病。"

此时，王小二已经热泪盈眶，一时无语……

这时，秤杆从街东边跑了过来说："掌柜的，果然让您猜中了，高家又降价了。"

"走，去看看！"

宏达纺织上上下下地忙活着，门两边挑着两挂鞭炮，门口也聚集了一些百姓，人声鼎沸。门口多了两个大牌子，左边的牌子写着："针线棉布各种棉麻一应俱有"，右边的写着："仓库店铺仅限三天全部售出"，墙面上还贴着产品的报价表，黑墨隶体，很显眼。高年站在铺子里，西装革履，头油抹得又多又亮，手里还不停地擦拭着怀表。

一个嗓门大的伙计大声喊着："开业特价了啊，史上最低价，过了这村可没这店了……"

另一个伙计也喊道："掌柜的，时间到了，点炮吗？"

高年看了看手里的怀表："八点整，点！"

两挂炮仗一同点燃，噼里啪啦地响动了整个四孝街，现场也跟着热闹起来。

高满山正在院子里逗鸟，鞭炮声传来，高太太也跟了过来："这不过年不过节的放什么鞭炮啊？"

铁蛋在旁边憨憨地说："太太，放鞭炮热闹！"

太太看着铁蛋憨憨厚厚地傻笑，不想破了他的心境，笑着附和："对，放鞭炮热闹，我们家铁蛋就是喜欢热闹！"

高满山并没有顾忌这么多，一脸严肃地说："整这么大动静，还不是冲着利民纺织去的，这冤家！"然后装作事不关己的样子继续逗鸟。

人群里，正峰看着墙上的报价，不停地点头，问道："三娃，残次品准备好了吗？"

"都准备好了！"

"好，你马上全弄到柜上，一件别剩！"他指着墙上的报价："每样比他便宜一毛，记着，咱也放炮！"

"好！"三娃向铺子跑去。

不一会儿，利民纺织门口的鞭炮声也响起来了，随着鞭炮声响起，宏达纺织刚刚积累起来的人气渐往下走，慢慢的，已经鲜有人过来了。李管家站在门外面揽客，天很冷，脸冻得通红，腰也佝偻着，手揣到袖子里，像个落魄的秀才。

街上人来人往，就是没有人进铺子，他睁眼瞧着，看看自己的货摊，再看看自己墙上的报价，眉头紧皱着。这时，一个中年妇女拿着一件坯布路过，他赶紧过去拦住她问："大姐，您怎么不来我们这里买货，我们这里的便宜！"

大姐往墙上一瞅，摇摇头说："不便宜，我买的比你的还便宜。"

李管家大惊："这不能，我这都已经是赔钱的价格了。"

大姐也不落下风，把坯布递了过去说："我还能骗你，比你都便宜一毛钱。"

李管家一看货，鄙夷地笑了笑说："哎呀，大姐，您被骗了，这坯布纱支不够，是残次品！"

他期待着大姐有很大的反应，可大姐把货夺了过去："我知道是残次品，人家乔掌柜都告诉我了，要不人家能比你的便宜？我们穿衣服又不讲究好看，能穿就行！"说着走了。

李管家脸色被气得蜡黄，转身向后院跑去。

高满山气冲冲地走来了，看到门口摆满了货："哼，把货都摆到门口卖了，这像什么样子。你看人家利民纺织在柜台卖货，不还是人来人往！"他一抬脚进了铺子，又看到铺子里面堆满了货，更是生气，他又进了后院，后院也全是货，高满山一口气窝在胸口……

办公室里，管家说："高老板，我终于明白了，利民纺织用残次品顶咱的好货！"

"残次品？那老百姓还买？"

"这年头，便宜就行！老板，这个乔正峰太贼了，要不咱也做残次品把他顶下来。"

高年当即拒绝："不行，咱刚开业就做次品，那是断咱自己的活路。"转了几圈，似乎想明白了，"老李，你知道乔正峰为啥用次品顶咱的好货吗？"

"为什么？"

"因为他赔不起了！即便是他抽了纱支，现在也应该快到成本价了。老李，咱再比他的价格降三分，咱好货比孬货还便宜，他还能再抽纱支？那样就真的倒牌子了。你放心，用不了多久，他现在卖的这批货就能出问题，他还得把布再做回来？我倒是要看看，他自己掉的脸怎么给拾起来？"

李管家经不住事，疑惑地问："高老板，您再好好考虑考虑，这样咱就赔大发了，这样行吗？"

"就按我说的办！我吃定他了！"

正说到这里，高满山推门进来，他正在气头上，见到管家一脸奸相，也不愿搭理他，说道："高年，我给你说点事！"他并不看高年。

李管家自己识趣地退了下去。

高年规矩的喊道："爸！"

高满山用手指着外面说："这前院后院怎么这么多货？啊？这仓库我也看了，也都堆满了，你这是干什么？光产不卖，你这是找死！"高满山表情很痛心。

高年解释："爸，您别担心，我这是厚积薄发！"

高满山很不屑："哼！货是积得够厚的，我看你什么时候能发出去！"高满山气得坐在一旁，苦口婆心地说道："人家利民纺织的生意就做得很好啊！高年，为父的劝你一句，这做生意别老这么较劲，别人比咱卖得好就有卖得好的长处，不能嫉贤妒能！依我看啊，你过去给乔掌柜道个歉，握手言和，我看他是个通情达理的人！"

"爸，这才哪到哪，商场竞技历来是真真假假，虚虚实实。这才刚开始，我就跟他道歉，这以后还能抬起头来？爹，您就放心吧，这利民纺织就是那旱地里的荞麦，榨不出多少油水来，我早晚让乔正峰给咱认罪求饶！"

下午，办公室里，三娃从外面跑进来："掌柜的，荣老板发来了电报。"

正峰从座位上站起来："是吗？快念念！"

三娃把电报展开，说道："掌柜的，就八个字，'人鼠大战，实在好看'！"

"哈哈哈……"正峰大笑，他走到桌子前面："看来是真弄成了，我看这日本人也就这样，仗着有几个钱到处撒野，结果连老鼠都防不住！"

"掌柜的，还是您的主意好！没成想这日本人竟然在老鼠面前栽了跟头！"

正峰并没有持续高兴，而是惋惜地摇摇头："办法有的是，可就是没人敢动手啊！说到底还是咱们国家太弱了，要不这点事还能轮得着咱出手！"

"是啊，掌柜的。国家的事咱管不了，反正这口气出来了！"

正峰在空地上走动，突然说："三娃，这事还不算完，一会儿你再给荣老板发份电报，让他想办法把这次事件扩散到整个华东地区，我们不仅要让日本人的实业蒙受损失，还要让他们成为整个华东的笑话！"

三娃眼睛一亮："行，我这就去！"

三娃正想往外走，秤杆跑进来说道："掌柜的，高家又降价了，比咱的又低了三分！"

"又降了？好！咱收网的时候到了。"他快速的走到办公桌前，从抽屉里掏出一封信递给了三娃，"三娃，再加一份电报！你马上按这个内容给济南永久布铺的李老板发过去，让他连人带车一块过来！"

三娃问道："就是上次给咱介绍纺织机器的李老板？"

"对，就是他，上次给咱介绍机器，价格优惠了不少。你让他火速赶过来！"他手向上划，"咱欠他的人情清了！"

三娃走了，秤杆却没动地方，小心地问道："掌柜的，买家全跑到高家去了……"

正峰看着他，爽朗地笑了。他拍拍秤杆的肩膀道："秤杆，还是嫩啊！你给我瞧好了，锅我已经架起来了，油我都倒上了，不出两天，我要生炸了这高家少爷膏子！"

第二天下午，宏达纺织柜上，高年看着账本，不停地点头赞许："嗯，今天卖得不错，就照这样卖，过不了多久，咱就能有回头客了！"

李管家倒了一杯茶过来："高老板，咱总是赔钱卖，真心疼！"

高年把茶杯端起来，笑了笑："这你就不懂了，富贵险中求，中规中矩干不成事的。做生意，先赔后挣是正理！"高年很高兴地把茶喝完。

"高老板，这利民纺织要是再降价怎么办？"

高年提高音量："降了更好！只要他再降价，咱就到处宣传利民纺织这些年来一直高价卖货，从中挣取暴利，老百姓还能容他？到时候我要让他在这芙蓉镇臭名远扬！"

李管家眼睛一亮，奉承道："这个办法好，他降了价反而砸了自己的牌子，他提价吧，更没咱有优势。哎呀，咱们是两头堵着，这个主意是真好！"

高年摇了摇头说："不过这种可能性很小，通过这几次的较量，他还是有些头脑的，应该不会自找死路。老李，你就等着他上门来求咱吧，芙蓉镇的市场早晚咱说了算！"

李管家又问："高老板，乔正峰这么横，他能来求咱吗？"

"哼，不是我高看他，他能扛得住店里没生意吗？说到底利民纺织是王知山的，他就是个打工的！"

"人们都传王知山早就甩手了，根本不问铺子的事，对钱也没什么要求。"

高年站了起来，一脸不屑："那是因为铺子干得好，干差了他能不管？"

两人正说着，从外面进来一个中年男人，中等个头，戴着眼镜，显得很有学问，后面还跟着两个随从，显得很有派头。

李管家客气地问道："这位老板，您要些什么？"

这人往四周看了看问道："价格就跟墙上的报价一样吗？"

李管家回答："都一样！"

这个人来到柜台用手捻了捻细线，又拿起一块坯布瞧了瞧，举止做派像个行家，点点头说："质量都是一样的吧？"

"您放心，假一赔十。"

"好！"说着，从怀里掏出一张一万块的银票递过去："就来这么多钱的！"

李管家接过银票一看，倒吸了一口凉气，他把银票举起来，再仔细看看，然后慢慢落下，额头已惊出汗渍，他哆嗦着手递给高年。

高年一看银票，也大吃一惊，脸色惨白，看着眼前这人，怔在那里。

那人又说道："怎么？嫌少，我这里还有。"说着就往外掏钱。

"不，不，不！"高年赶紧给拦住，"够够够！"

那人又从怀里掏出一张货单说："就按这个拿货。"

李管家接过货单，看到上面明细早已列好，渐知这是个圈套，带着哭腔说："高老板，咱又中了那乔正峰的计了，这都是提前准备好的，他故意用残次品让咱降价，然后一把吞了咱的货，他是要咱干赔啊。"

高年顿时也明白过来，悔之晚矣，一屁股坐在椅子上。

李管家追着那人问："你说，你们是不是乔正峰派来的？"

那人笑笑："你什么意思？我跟乔老板认识不假，可这钱不是他出的，货也不是给他的，我直接就运到济南了！"那人指着李管家，"你问这么多也没用，你是不是想赖账？"

"这，这……"管家支支吾吾也不知道该怎么说了。

跟进来的一个随从急了："怎么了？还嫌生意做得大啊，赶紧装货啊！"

另一个随从也跟着喊道："就是，不会真的说了不算吧？你们的价格还在外面贴着呢，要不咱找国民政府评评理去，说你骗卖，惊动了政府，你这买卖也别干了！"

管家眼中带着泪，他盯着高年拿主意："高老板，这？"

高年此时欲哭无泪，不想吃亏，又怕惊动政府，慢慢地抬起手来，无力地说道："买卖还得继续做，放货吧！"

济南的商人弄了整整三辆马车的货往回走，路过利民纺织，那人一闪身子迈了进去，看到正峰在柜上站着，他一拱手："乔兄，多谢！"

正峰也拱起手来："李兄，恭喜发财，哈哈哈……"

李老板也笑了："乔兄，这趟买卖真值！"

正峰吩咐道："三娃，上茶！"

李老板一摆手："乔兄，茶不能喝了，此地不宜久留，这高家可盯着呢，咱们济南再会！"

正峰点点头："也好，李兄，路上小心，济南再会！"

李老板又冲出门去。

正峰这才长长地出了一口气，像是卸下重负。

三娃问道："掌柜的，咱把高年收拾了，您怎么看起来不太高兴？"

正峰说道："这次真的太悬了，幸亏这高年沉不住气，早早地降了价格，咱要是一直做这残次品，兴许咱这几十年积累的牌子就得倒了，你说悬不悬？"他看着眼前的这些残次品，用手摸了摸，感慨地说道："三娃，把这些残次品全烧了，从此以后咱们利民纺织不能再有一件残次品流出去！"

办公室里，高年趴在桌子上，瞅着眼前的茶杯愣神，管家站在旁边，小心地侍奉着。素雅走进来，看到此景吩咐管家："李管家，掌柜的茶都凉了，换一杯吧！"

李管家叹了一口气说："少奶奶，凉了换，换了凉，这会儿两暖瓶水都下去了，可就是不见掌柜的喝上一口，也没动过地方，八成是让这事儿给别扭的，您劝劝他。"

正说着，铁蛋冲了进来："少爷，老爷，老爷……"

高年直起身子，显得很颓废："说吧，我爸说什么？"

"老爷，老爷让你滚过去！"铁蛋实诚，说话不会拐弯，话刚出口就被管家推了出去。

高年长吸一口气，站了起来。素雅挽住他的胳膊说："我跟你一起去！"

高年摇了摇头说："算了，我爹的脾气你又不是不知道，别吓着你。"

中堂，高年站在中间，垂着头，高满山脸色铁青，多皱的脸抽搐不已，颌下的胡子剧烈地抖动着，高太太一脸无奈地在高满山后面帮他顺气，高凤则在旁边沏茶，空气中充满火药的味道。

高满山骂道："混账东西！跪下！"

高年竟忘了自己的常用伎俩，经高满山提醒，他赶紧提提西裤，跪倒在地上。

高满山继续发泄："早就告诉你，不要小瞧一个人的出身，尤其是经商的。

还说什么，人家是小放牛的，小放牛的怎么了，牛放好了，那也是好汉一条！现在你服气了吧？咱刚来芙蓉镇一个多月，炕头还没有坐热，只过了一招，轻轻松松就败了，原来我以为你就是个小马谡，虽然缺乏实战，但是会纸上谈兵，假以时日，兴许能练出来！现在看来你充其量就是个许褚，莽夫竖子，纸上谈兵的本事都没有！"

高年解释："爹，我是大意了。"

高满山气得发抖，用手指着他："你看看，你看看，到现在还嘴硬！你再看看人家乔正峰，人家能不知道这转手的买卖就跟捡钱一样？宁愿让济南的商家拉走，也不愿意落人口实，这里面能够看出很多事情啊！做生意讲究的是舍与得，这就是一种境界，你有吗？你要是有，就不能吃这亏！你啊，还差得太远！"高满山说得相当痛心。

高太太不敢插话，她倒了杯茶缓解气氛，高满山润了润嗓子继续说："依我看，乔正峰这都是给你留着面子的，要是我，就直接拿出十万块来，估计咱家现在就得倾家荡产了！我跟利民纺织的老当家的在棋盘上较量过，棋风明朗，谈吐优雅，那连环马，巡河炮，堪称一绝，棋艺绝不在为父之下，怎么可能是挑事之人？很明显是你的咄咄逼人惹怒了人家，才招来此番劫难！"

高年还是不服气："爸，乔正峰就是用那棋院收买人心，用茶楼截咱的客户，降价我也是无奈之举啊！"高年一脸委屈，感觉他才是无辜的。

"你还无奈？我问你，一开始是不是你先降的价？"

高年被说到痛处，无言可辩。

高满山继续说："你姐早就跟我说了，这乔掌柜十岁的时候就把地主给斗了，这是什么人？这人你斗得了？不知道天高地厚的东西。我再问你，当初为什么让你姐去当探子？你说你让谁去不好，偏让你姐去，还让土匪给绑了，这万一要出个什么事，谁兜着？你可气死我了！"

高年一惊："爹，您都知道了？"

高满山喊道："整个芙蓉镇的人都知道，我能不知道？我不说，不代表我不知道，我是怕街坊四邻看笑话！"高太太在后面拽了一下他的衣服，暗示他控制住事态发展，高满山收了一下情绪说："好，你姐安全回来了，我先不跟你计较，咱就从乔正峰救了你姐的命开始，按理说咱应该好好谢谢人家吧，可一转脸你姐又成了叛徒！"情到真处，高满山使劲地敲击着桌子，"谢也不是，不谢也不是，猪八戒照镜子——里外不是人啊，你姐都背着你哭了好几回了，人心都是肉长的，你怎么就这么混账！"

高太太看着场面逐渐失控，赶紧劝道："行啦，老爷，是破财，又没有破产，虽然是道坎，可也没动了根基，教训教训就行了，气坏了身子就不值得了。"高太太又倒了杯新茶往高满山手边送。

高满山瞪了高太太一眼说："当初生他的时候，大晴天打了个响雷，当时我就想这小子没准是个干打雷不下雨的主，你看看现在，哪次雷声都很大，下雨了吗？不但没下雨，还差点把自己给卷进去！"高满山喟然长叹。

高太太叹了一口气说："陈芝麻烂谷子的事儿咱就不提了，别管他是小马谡，还是小许褚，上海这么大的灾咱都过了，这些又算什么？"

高满山瞪着眼，把矛头对向高太太："你以为这是小事吗？马谡最后可把街亭给弄丢了，诸葛亮挥泪就把那马谡咔嚓给斩了！"高满山把手架在脖子上，随说随比画。

高太太吓得一哆嗦，不知道怎么接招。

高满山接着说："再看看乔正峰，生在乱世，却为豪杰，从放牛娃转到纺织匠，又做到少掌柜，不抽不喝，不嫖不赌，这芙蓉镇哪一个人不称赞。听说这人为人处世也很有章法，那可是个将才！要是再这样斗下去，咱们高家非得倾家荡产不可！"

这期间，高太太思考着转换方案，由劝说改为进谏："既然不是对手，不斗就是了，都说那乔正峰仁义，你不斗，想必他也不会跟你计较。高年你

207

表个态，以后你还斗不斗？"高太太冲着高年挤眉弄眼，暗示高年说个软话，尽快免了这场家庭纷争。

高凤也跟着着急："快说，以后不斗了！"

高山还是不服气，可看眼下这情况，不说软话肯定是不行了，瘪着脑袋说："不斗了。"声音很小。

高满山假装没听见，高太太又说："大点声！"

高年加大音量："爸，我以后不跟乔正峰斗了！"

听高年这么一说，高满山瞥了他一眼，也算是消了脾气，接过茶杯，抿了一口："再斗！我打断你的腿！"

高太太见好就收，冲着高年、高凤摆摆手，二人一前一后离开中堂。

高满山看着他们离开的背影，突然感慨了起来，想起了他们两个小时候，饭桌上，高凤帮着高年把熟透的红薯皮剥开，放到他的嘴边，自己却把皮吃了；水塘里，高凤把绳子拴在她的腰上，拽着高年在河里摸鱼；挨打的时候，高凤给高年准备了牛皮放到屁股上，不疼却装作很痛，高凤在旁边落泪……

一幅幅他们儿时的画面映入高满山脑海，想着想着，不免感慨前尘往事如烟如尘，转瞬间云散水涸，他自言自语道："要是都没有长大，该有多好啊！"

早上，共荣商社青岛分社，松田正在修剪窗台上的两棵红豆杉，一个侍女端着托盘站在一旁。红豆杉树虽算不上名贵，样子也不好看，可它能全天释放氧气的特点足以掩盖这些不足。因为它的枝叶有一定的毒性，所以松田处理得很小心，他用镊子轻轻地把坏掉的叶子摘下来，然后放到托盘上。

山口来到松田的身后，惭愧地低下头："社长，对不起，我错了！"

松田放下手中的活，转过头来问道："山口君，发生什么事情了？"

山口说："社长，上次的老鼠事件我已经查清楚了，出这个主意的就是那个小纺匠，我大意了！"

"果然是他！"松田把镊子扔到托盘上，"山口君，你先别自责，把整个事件说一遍！"

山口点头回答："我们军方在济南电报局安插的线人查到此次老鼠事件的执行者是济南的荣氏染厂，因为棉价上升刺激到了他的市场，所以他借机报复，而出主意的人正是小纺匠乔正峰。"

松田来到办公桌前，想着整个事件，仍有很多疑点，他转过头来："他当真是个小纺匠？"

"确实是。"

松田从内心里否定这个事实，他摇着头："不，不，不，他不是单纯的小纺匠，一个纺匠是断然参不透这件事的，他一定是个商业世家，这种商业天赋是积累下来的。他的父亲是谁？"

山口有些尴尬，但又不得不回答："社长，此人出身卑微，放牛出身，无父无母。"

松田又是一惊："那他一定有名师指点。你有没有查到他师从何人？"

山口说："社长，他确实有个老师，就是这家作坊的老掌柜，不过此人并没有什么过人之处，也谈不上名师。"

松田匪夷所思地摇着头，不禁感叹："既无商界背景，也无名师指点，"松田冷笑一下，"还是个放牛的出身，他竟然能看透我们背后的事情，这——这真是个笑话！"

山口看到松田的表情有些忧郁，提议道："社长，这次我们吃了他们的亏，我们是不是……"

松田摇摇手，及时制止住山口的言论："这次囤积事件规模太大，就连印度的棉花市场都被我们影响了，英国人的贸易行因此赔了钱，所以他们也向上海政府施压来制裁我们，现在我们很被动！再者，我们刚来青岛不久，青岛的市场还需要时间熟悉，暂时还是不要惹事了！"

看到报仇无望，山口低下头，有些灰心。

松田轻轻地拍了拍他的肩膀，安抚道："山口君，你还年轻，急是解决不了问题的。商业的推进需要一个很长得周期，一时的得失说明不了任何问题。据我所知，英国人已经开始布局青岛的市场，虽然他们的力度不大，但足以让我们感到紧迫，所以等青岛市场稳定以后，我们再进入济南的市场也不迟。"

山口立正："是，社长说得对，以大局为重！那英国人对我们的投诉好处理吗？"

松田并没有当回事，笑笑说："虽然英国人很气愤，理由也很充分，可中国太封闭了，这方面的法律根本不健全，我们只要沿着贸易自身这条主线深谈下去，是不会有什么问题的。"

山口放了心，刚想走，松田又说："乔正峰这个人，我们一定要重视起来。在上海，陈昊贤没有选择与我们合作，我已经相当痛心。我们不能再失去任何一个对我们有用的人，虽然乔正峰现在还是个小纺匠，可假以时日定不一般，他或许就是我们日后进入济南可以好好利用的人。"

第十章　再战方醒

　　济南府主城区的最西端有一座二层小楼格外引人注目，单门独户，青砖青瓦，院墙高两米，墙面上有各种花草的浮雕，屋顶宽大舒展，有棱有角，地地道道的中式建筑。门口站着两名护院，衣着利落。这里正是济南府商会会长任万里的宅邸，在山东省这个地界上，任万里的生意遍布各行各业，是名副其实的胶东首富。

　　从大门到屋门有两条路，一条路是由不同颜色的鹅卵石铺垫，呈S形；另一条是由亭阁构成，亭子旁边立一石碑，上面刻着一首诗："断云一叶洞庭帆，玉破鲈鱼金破柑；好作新诗寄桑苎，垂虹秋色满东南。"诗句来自米芾的《垂虹亭》，意境深远。亭子四周的立柱上爬满青藤，丝丝绿意点缀着冬日，里面有石桌，石凳，供休息使用。

　　房子内饰却很西式，一进门是衣架，衣架上刻有菊花浮雕，做工精细，房顶有七彩托底式转角灯，白天依然光彩四射。屋内的色彩以白色为主，棕色为辅，有些法国浪漫主义风格，客厅的中间是一个L形的法式圆腿羊毛沙发。

　　任万里有五十岁左右，人微胖，面色红润，目光锐利，头发向后梳去，一副成功人士的派头。再加上中式对襟绸制袄，更显得器宇不凡。

　　此时，他正坐在沙发上，陈昊贤恭敬地坐在对面，管家林伯在旁边候着。

　　任万里说道："昊贤，你知道你爸爸最吸引我的是什么地方吗？"

　　陈昊贤毕恭毕敬地说："任伯伯，愿闻其详。"

任万里说："'权衡'！无论是多么复杂的事情，经你爸爸的手就一定能摆得平。光绪十年，我与你爸爸同在京城益仁堂的学徒，按当时的规矩，只有考试合格后才能被正式收为徒弟，一个徒弟半个掌柜，你爸爸自然非常看重，经过重重考核，剩下的只有你爸爸和掌柜的侄子。师傅的侄子天资聪慧，人也精神，可较你爸爸还是差些火候。师傅以"伤寒杂论"为题，你爸爸背诵全文，一字未错，可故意把速度放慢，虽然赢了比赛，却以自己速度慢为由主动要求加试一局；这第二局你爸爸把速度提了上来，可却故意说错了几字，结果又输了一局。就这么一场考试，既得赢，又想输，还得给足了别人面子，这可不是一般的权衡之术啊！"

陈昊贤问："那后来呢？"

"后来二人共同当了师傅的徒弟，我比你爸入行早，所以，我是师哥，他是师弟。可惜光绪十五年，师傅看破世俗，分了钱财后退隐山林。你爸爸当时对钱财并不在意，知道我要经商，把从师傅那里分得的二百两银子又分给我一半，也才有了我的今天。"

陈昊贤点点头："原来我只知道您跟家父是世交，没成想我们两家的渊源是如此之深，我怎么从来没有听我爸爸提起过。"

任万里说："这就是你爸爸的高明之处，我身为济南商会会长，如果传出是因为有你爸爸的帮助才有的今天，势必会落别人口实，所以他一直守口如瓶。"

"噢。"陈昊贤不停地点头。

"只可惜……"旧事重提，任万里潸然泪下，"只可惜你爸爸英年早逝，走得太早了。"说着用手绢擦泪。

陈昊贤低下头，伤痛不已。

任万里继续说："你爸爸生病的那几年，正是你们发展最快的时候，可是难为你母亲了。他的成功也离不开你的母亲，甚至在某些方面你妈妈做得比他还要好。就拿这心思细腻来讲，当今世上就没有几个女人能比得上！"他用手指着茶几上的两瓶酒说，"就比如说你妈妈给我带过来的这两瓶酒，不可能就是两瓶酒这么简单。以我对她的了解，这里面定有乾坤！"

陈昊贤笑了："是的，任伯伯，果然让您猜中了，我妈妈知道我要来，特意给我准备的。我妈妈说酒在常人眼中就是一个消愁的物件，可在您的嘴里却能说出千秋的故事，所以她特意叮嘱我，让您收下之前猜一猜这个酒的产地。"

"噢？"任万里来了兴趣，他打开瓶盖，倒一些在酒杯里，品了一口，琢磨着说："南方的酒柔和而绵甜，北方的酒甘冽而辛辣，而这杯酒柔而不甜，辛而不辣！"任万里又品了一口说："我读袁曦修的《龙岩州志》，其中提到的黄酒的制作流程以及独特味道，细细想来倒是有些相似，但是颜色又不对；几年前我也读过一本日本的文献《播磨国风土记》，上面提到过这种味道和颜色。昊贤，难不成这是根据中国黄酒的酿造方式而酿造出来的日本清酒？"

陈昊贤笑了笑，没有揭开谜底。

任万里急着问："差得太多？昊贤，快说说！"

陈昊贤才说道："任伯伯果然对酒有研究，确实为清酒，只不过产地不是日本，而是在上海。来的时候我妈妈转遍了上海的大街小巷，就是想找到一款很独特的酒，可惜一直都没有找到满意的。后来，索性买了酿酒的工具，这是我妈妈亲手给您酿制的。"

任万里更是惊讶："呵呵呵，那可是珍贵至极，你妈妈强就强在这，在外人眼中的一件小事，她会认为这是天大的事，然后极尽心力去做，就这样的一件小事会让你记住一辈子，昊贤啊，这太难了！商场上的佼佼者，却能不忘初心，这更是不易。昊贤，你妈妈这一点是我们所有人学习的榜样！"

陈昊贤很认真地点了点头。

任万里接着说："来，林伯，把这酒好好地保存起来！"

林伯接过酒，封上盖子，上了二楼。

任万里又问："近来在上海的生意如何？"

陈昊贤回答："还好，公司的几个厂子每年利润都有增加，只是最近日本人的活动愈加频繁，算是个不大不小的顾虑。"

任万里点了一下头说："这个我也有所耳闻，虽然都是黄皮肤，但是八国联军进北京的时候他们出兵最多，后期的经济侵略也是最有章法的。虽然只是个岛国，但是狼子野心不得不防啊！"

陈昊贤继续说："任伯伯，据我了解，济南也是日本人未来的经济重心之一，而且日本内阁会举鼎国之力把渗透到国外的经济业务放在首要位置。但凡有了对抗，就相当于与岛国之间的对抗，在上海，被日本吞并的企业已经很多了。"

任万里沉重地点了一下头说："整整一个多世纪，上海成了外国侵略者、冒险家的乐园，资本市场也相当活跃，如果他们把现成的经验带到济南，必定是一场血雨腥风啊！不过，也不用担心什么，中国灾难时有发生，可都被逐一平息，历史告诉我们，只要我们泱泱中华团结在一起，就没有什么战胜不了的！只可惜……"

陈昊贤问："可惜什么？"

任万里表情更沉重了："可惜'团结'二字对于我们这个已经千疮百孔的民族来说太难了！行了，现在的国事太糟心，咱们说点高兴的吧，跟我上楼一趟！"任万里缓缓起身，从忧国忧民的情境中剥离出来。

二楼是一个大开间，货架按井字排列，上面分门别类地摆着各种奇珍异宝。任万里在一个最靠里的柜子边停下，上面放着一只白色瓷碗，个头不大，但是通体全白，没有任何杂质。

任万里拿起碗说："昊贤，来而不往非礼也，这个碗跟了我二十年了，无名无姓，无年代，无落款，但却是上乘之作，你把它带回去，五大名窑随便你妈妈猜，如果猜中，以碗相送！但是机会只有一次！"

陈昊贤问："如果猜不中呢？"

任万里笑了笑说："你这孩子倒是耿直，猜不中，也找个借口让她留下，呵呵！"

林伯帮着把小碗装起来。

谈笑间，柜子中间位置的一个极为精致的瓷质圆碟吸引了陈昊贤，对古董并无研究的他瞬间也来了兴趣，不禁感叹："林伯伯，这是个什么物件？胎体如此之薄，花纹如此细腻，真是精妙绝伦！"

任万里笑了笑说："这个叫天青釉葵花洗，乃是绝世精品，国之重宝，据说这本是一对，只可惜，我只有一个，如果能够找到第二个，足慰平生！"任万里的眼神中有一丝遗憾。

二人在茶间坐了下来，林伯上了茶。

任万里说："行啦，不说这些了，说说你这次来的原因吧！小问题给我打个电话就行了，何必大费周折。"

陈昊贤有些惭愧地说："果然什么都逃不过任伯伯的眼睛。任伯伯，我有一个曾在英国留学的表妹，回国后，因为爱情与家人断绝关系，跟人私奔，据说来到了济南府。"

"噢？这种事情可是少有，肯定是外国的文章看多了！"

陈昊贤叹了一口气："惭愧，其实家人也并非顽固不化，只是不太喜欢她选的对象而已。"

任万里点头："林伯，这个事情交给你了，派人去打听一下！"

林伯说："好的，老爷！陈少爷，还有其他信息吗？"

"有，私奔的对象叫高年，其父叫高满山，在上海原本做着纺织生意，两个月之前来到济南。林伯，就这些了，查出来大概需要多久？"陈昊贤希望此事早点了结，所以比较着急。

林伯说："如果确定就在济南的话，十天左右。"

陈昊贤点了点头。

任万里接着说："昊贤啊，十天时间不长，明天天澈就从京城回来了，让他带你在济南府转转，虽比不上上海的繁花似锦，但也有其独特的味道！"

第二天，长古街上热闹非凡。天澈带着昊贤边介绍，边观光。两家本是世交，又因年龄相仿，所以一见如故。天澈穿着南方刺绣的长袍、马褂；昊贤则是洋式的西装革履，这一古一今，一东一西的穿戴风格形成明显的对比；天澈身高比昊贤略低，但是五官甚好，两位青年才俊并列走在大街上，引来无数目光。

典当行的老板正在开门，看到天澈，深鞠一躬："少爷早！"

天澈点头笑了笑。再往前走几步又是一家钱庄，钱庄老板也深鞠一躬说："少爷早，今天要查账吗？"

天澈笑笑说："不查，不查。"

陈昊贤笑着说："这转来转去，都是你们家的买卖。"

天澈笑了笑，略显无奈地说道："这叫表面风光，人后受罪。光绪二十年甲午中日战争，国家军饷不足，三万两黄金充了军饷；庚子年，八国联军进北京，黄金三万一路高歌载进京城，再加上这连年天灾人祸无数，费用就更算不清了，但凡是出库的便是有去无回，即使有回头的也是可丁可卯的残羹剩饭；如今民国了，又是年头不好，不是欠着货款，就是借着银票，盘子太大，倒也是倒腾得开，只是这背后的辛苦又有谁能知道啊？"

昊贤点了点头说："高处不胜寒，山高一尺，水冷三分啊！这点我理解你。"

天澈感觉话题比较正统，及时制止，转变为活跃姿态："昊贤哥，今天咱不谈正事，只谈玩，我爹可是吩咐了，说您是上海工业界的青年楷模，要让你好好地了解一下济南！"

"行，既来之，则安之！一切都听你安排！"

天澈继续说："昊贤哥，济南有三个地方必须去，我们第一站是大明湖，唐宋时期，大明湖就以其撼人心弦的美景而闻名四海！蛇不见，蛙不鸣，久雨不涨，久旱不涸并称为四大怪；第二站就是趵突泉，康熙皇帝南游时，曾观赏了趵突泉，兴奋之余题了'激湍'两个大字，并封为天下第一泉；第三站是千佛山……"

陈昊贤接过话来说："这个地方我听过，上千座大佛，千佛千面，据说很壮观。"陈昊贤见识渊博，沉稳老练，济南府的三大名胜并没有引起他情绪上的波动。

天澈看着平静的陈昊贤，也感觉并未勾起他的兴致，于是他露出顽皮的一面道："昊贤哥，你的兴致不高啊，看来我还真得拿出我的撒手锏啊。咱得改变方向，我们换个地方，我们去'凤凰楼'。"

"凤凰楼？这又有什么说法？"

天澈解释说："昊贤哥，这可不是什么名胜古迹，但却是所有男人都想去的地方。"

陈昊贤明白过来，大惊："啊？胭脂水粉的地方？"

天澈撅起顽皮的嘴，微低头默认。

陈昊贤连忙摆手："不行，不行，我可从没有去过这种地方！"

天澈解释说："昊贤哥别误会，这些地方我平时也是不去，可是你来了，就必须得去。即便是去，也绝非普通意义上的抛金洒玉，销魂驱疾。那里面有一位是大清朝的格格，六宫粉黛，乱世佳人，琴棋书画样样精通，手下功夫真是超凡脱俗啊，这样的人您不见见？"

"格格干这个？"

"昊贤哥，这就是现在的济南，世俗与高雅同台，民俗与民风冲突的济南。"

陈昊贤叹了口气:"怪不得大清朝就这么完了,堕落!"

天澈笑了起来:"昊贤哥,你理解的那是窑子,我说的是青楼,这里的女人也不叫窑姐,叫清倌人!这些人大多卖艺不卖身,她们的才艺、歌喉和舞姿才是赚取金钱的资本。这个格格也是这样……不行,把我都说馋了,这事你得听我的,否则济南这趟就算是白来!"

客厅里,任万里喝着茶,林伯伺候着。

任万里问:"打探消息的人都派出去了?"

林伯回答:"都派出去了,我想有个三五天就能找到线索。"

任万里点点头:"嗯!"他喝了口茶继续问道,"你知道天澈带着昊贤去哪儿了吗?"

林伯思索了一下说道:"早上的时候,我看少爷的车子去了千佛山的方向。"

任万里点头:"嗯,这我就放心了。等他回来后你告诉他,千万不要领着昊贤去凤凰楼,我听说他被那里的一个格格弄得五迷三道的,不成体统!另外,昊贤母亲的家教也极其严格,这种地方是万万不能去的,万一被她知道了,我们是要受埋怨的!"

"知道了!"林伯退下,他来到门外,赶紧叫了一个伙计,吩咐道:"赶紧去凤凰楼,看看少爷在没在,如果在,你告诉他按去千佛山的路回来,要是让老爷知道他去了凤凰楼,怕是又要挨罚了!"

伙计快速跑了出去。

林伯拿出手绢擦汗。

天澈和昊贤在一座小洋楼前停下,青砖青瓦,楼门口立着"凤凰楼"的牌子，牌子两边挂着大红灯笼，衬托着喜气，门口有两个站岗的，个个身形彪悍，虎虎生风，楼里面熙熙攘攘，比较乱，期间有不少风度翩翩的公子进出。

站岗的伙计见到任少爷，收回懒散的双腿，站得直直的 。

天澈说："到了！"

陈昊贤环顾四周："天澈，我想了想还是不去了，这样，你进去看，我在外面看，看看济南府的风土人情！"

天澈拽着昊贤往里走："不行，这事必须听我的！"

不由陈昊贤分说，天澈拽着他就进了凤凰楼。

老鸨子眼尖嘴甜，第一个跑了上来："哎哟，任公子来了啊，盼星星盼月亮，终于把您盼来了。任公子，这几天没见您，我可想您，不但我想，格格也想。"她说着，随手拉住一个跑堂的："快去告诉格格，任公子来捧场了，今天的戏一定要演足了。"

天澈满足地点了点头，老鸨又扯着嗓子喊："贵客，三楼看台请！"声音尖而亮，伴随婀娜摇摆的身姿，骚劲十足。

"好嘞！"好几个女人应和着往前凑。

昊贤有点犯怵，指着这帮女人小声地质问："这是清倌人？这分明就是窑姐！"

天澈把他拉到一边说："昊贤哥，按理说您是从大上海过来的，什么样的场面没见过。我可知道，上海高级饭店的聚光灯一亮，下面的那些女人不是光着屁股，就是露着肉的，好赖我们这里的都穿着衣服！"

"那也不行！"陈昊贤拔腿往外走。

天澈又把他拽住："昊贤哥，我保证这个格格是绝对的清倌人还不行？"

楼梯口已被窑姐堵死，陈昊贤下去无望，也只好应允。

天澈给每个女人发了一块大洋道："大家伙都散了吧，今天就我们俩！"

一女人把大洋攥在手里，眉开眼笑："这感情好，不玩还给钱，伙计，给任公子上最好的茶！"

"好嘞！"一个伙计从大堂跑出，围裙围腰，手持白毛巾拖着茶盘在前面带路，昊贤跟着天澈往三楼走。

一个伙计走到老鸨的身边，小声地说："当家的，三楼被韩府生给包了，现在任公子又上去了，万一？"

老鸨子瞪了伙计一眼："万一个屁！这任家的公子咱惹得起吗？再说我给韩爷找了一个买单的，他没准还谢我呢。"说完扭着屁股离开，伙计觉得也是，便又继续干活。

三楼，东南西北各一个看台，天澈他们在北看台，最中间的是一张八仙桌，四把椅子，桌子上放着紫砂壶，还有四只茶杯。天澈发现对面的南看台围着一伙人，个个膀大腰圆，凶神恶煞，天澈定眼一看，还认识，稍顿一下，一抬手，旁边的伙计走上前来。

天澈吩咐道："韩爷的单我买了！"

伙计说："好的。"伙计噔噔噔往楼下跑去。

陈昊贤问："这些人是谁？还需要你请客？"

天澈微微笑了一笑说："青帮韩府生，人称韩爷，宣统三年，这韩府生看上了知府的二房，一来二去愣是勾搭上了，好景不长，二房怕事情败露，提出分手，可韩府生不肯，一赌气把人家全家都给杀了，末了，要上刑场了，大清朝却亡了，大难不死，又心狠手辣，所以手下有一百多个兄弟铁了心地跟着他。左边的那个是青帮二当家的，跟天津漕帮关系不错，负责着福寿膏的营生，缺德事没少干。右边的是老三，白白净净的像个书生，性格也比较稳重，但是坏主意也最多。咱们是从商的，主张和气生财，面子还是要给一些的。"

陈昊贤点了点头，很有同感地说："是啊，上海又何尝不是这样，甚至更乱……"

南看台，韩府生带着几个把兄弟坐在中间，过堂上七八名护卫分立两旁。韩府生看起来有四十多岁，身形健壮，脸上呈现着高深莫测的表情，眼睛眯成一条缝，那缝隙后面的眸子却是精光暴露，霸气十足，余光微微一扫，便将旁人看得胆战心惊。

刚才的伙计跑到二爷的旁边说："韩爷，您今天的账，任家的少爷已经付了，让您放心地玩！"

韩府生冲天澈点了点头，算是回礼。

老三说："大哥，任家这少爷倒有点眼力劲！"

老二骂道："去他奶奶的，任家这么大的生意，每年只交一千两租子就给咱打发了，今年的租子又拖了两个月了。我听说，明天他们家在城西的陶瓷厂要开工了，咱是不是派人过去收点租子？"

韩府生说："派个屁！一个陶瓷厂能收多少钱？"

老二抱怨道："大哥，咱就是靠租子吃饭的，这任家要是一直不交租子，咱这日子就没法过了，说出去也丢咱们青帮的脸。"

韩府生点点头表示默认，自知这样不是办法，他目不转睛地盯着天澈这边呢，突然眼珠一转，笑了："老二，我说今天左眼皮咋老是跳呢，原来任公子给咱送钱来了。"

"大哥，您有主意了？"

"我不好跟任家撕破脸，可是不见得咱就得吃这哑巴亏。他旁边这位看做派不是本地人，我听说最近任府要谈几笔大买卖，来往的可都不是一般人。"他指了一下旁边的手下，"你去打听一下这个人什么来路，赶上合口的，一口就能吃回来！"

这位手下并没走，小声地问："大哥，任万里可是济南商会会长，我还听说他们跟北洋军的关系很好，咬他的朋友？"

"你懂个屁！我不能咬任家，还不能咬别人了？为了一个外人，他还能让北洋军来打咱？哼，打点军务处的钱是咱的十倍，这点账他能算不明白？滚！"

手下赶紧退下。

大厅，台子上的幕布缓缓拉开，一个穿着苏州顶级凤凰旗袍，头戴金陵凤冠，宛如仙女般的女人出现在人们视野，她肤白俊美，清丽脱俗，举手投足之间，既高贵，又含蓄，如含苞待放的花朵娇艳欲滴，又如刚出清水的芙蓉沁人心脾。

格格今年已经二十八岁了，对于一个美人而言，似乎已步向迟暮，但每年凤凰楼都有人员变迁，即便是有再多的琼闺秀玉进来，唯独他依然是头牌。

天澈自言自语感叹："都说美人如花隔云端，果然不假，虽近在咫尺，却如云端！"

凤凰楼的伙计在台子中间放一个凳子，格格缓缓坐下，口中轻念出三个字："琵琶行！"

就这酥酥柔柔的一声就让人遐想万千。

然后，格格舞动十指在琴弦上如行云般一抹，缕缕琴音袅袅飘出，萦绕梁间，试声之后的曲调婉转自然，犹如文文雅雅的娓娓叙谈，又如潺潺坦坦的不羁小溪，蓄势中平生一股落花流水的茫然，勾起无限相思情肠。动情之处，琴声一转，又奏出杨柳春风之调，犹如一剂温补的良药，声韵间刚蓄积起的惆怅一扫而光，豁然开朗！心境、心情、心声不分你我地汇聚在一起，让人荡气回肠。

伴着这醉人的弦声，凤凰楼有了短暂的祥和。

晚上，一间破旧的仓库里，任府的伙计被绑在一把椅子上，眼睛微张，脸上还有伤。

旁边，韩府生和老二、老三围桌而坐，他们抽着烟，神态悠然。两个手下正对伙计发狠。带头的是个黑脸，眼睛不大，但瞪起来很吓人。他手里拿着匕首，在伙计旁边比划："小子，知道为啥这么多人当土匪吗？"

伙计看着他，眼神中充满恐惧，吓得说不出话来。

土匪冷笑了一下，将刀在自己袖子上蹭了几下说："是因为土匪杀人不用偿命！"土匪把匕首架到伙计的脖子上，厉声教训："快说，今天陪着你们家少爷看戏的人是谁？说了，从哪来回哪去，不说，这里就是你的坟地！"

伙计被吓得魂不附体，再看看土匪手里的刀子，更是招架不住了："我说，我说，这人是上海陈氏纱厂的董事长，跟我们任府是世交，他们让我们帮着找他的表妹，叫……叫……"连惊带吓竟然哭了起来，"大爷，我记不住名字了……"

土匪把刀抽了回来，呵斥道："熊货，那就说你记得住的！"

伙计缓了缓："他表妹是从上海过来的，说是投奔做纺织生意的高家，那人叫高年，他爹叫高满山。"

"就这些？"

伙计连连点头。

老三摇了摇头，好像很失望地说："大哥，这人跟任府是世交，这一口怕是咬不下去了！"

老二眼睛一瞪，透着一股狠劲："世交怎么了？该绑还得绑，不绑，我们吃什么！大哥，最近国民政府管得严，漕帮那边都让炮给轰透了，这货说停就停！"

老二这一施压，韩府生把眼一瞪，下定决心，猛地站起来："绑就绑了！"

老三赶紧拉住他："大哥，虽说这几年任府的买卖没有给咱交租子，可面子上还过得去，逢年过节的多少也会打理一些。这位跟任府是世交，要是真把他给绑了，怕是这最后的一层窗户纸也能捅破了，即使这次咱要回了钱，以后怕是没有办法再处了，这可是赔本的买卖！"他看到韩府生又有些犹豫，继续说，"再说，我们只知道他们是世交，并不知道他的真实背景。咱们都知道任万里跟军方的关系不错，要是真有军方的人，咱们真算是捅了马蜂窝了！"

老二不信："能有这么巧？"

"大哥，二哥，这事不得不防。上海可是龙虎之地，大人物很多，我们还是碰不得的！"

老二有些急："老三，依你的意思我们就这么着了？"他手一扬，"饿死算了！"

老三想了一下说："也不是没有别的办法，大哥，二哥，我们不妨把他们要找的这个姑娘给绑了，听描述找她不难，而且这中间还差着一层关系，即便是追究起来，我们就说是请到我们这里来的！"

韩府生眼睛一亮，觉得有道理："好，这样好，我们帮他找了人，让他花钱来赎人，这样既伤不了和气，还能收回租子，老二，你觉得怎么样？"

老二点点头："好，大哥，就绑这个女的！"

老三嘱咐道："大哥，二哥，千万记住，不是绑，是请！"

韩府生大声说道："对，是请！请！就算是挖地三尺也要把她请到这里来！"

济南的大丰棉厂位于城西，是大型棉花集散中心，面积很大，看起来也很气派。厂子右侧是四间平房，这是他们的住宅，用来查收账务以及饮食起居。掌柜的叫那福，是大清朝王爷的侄子，带有皇族血脉，头圆脸大，经常戴着瓜皮帽，像是个土财主。

伙房老周从外面回来，手里提着一片猪后腿，刚到门口就被那福叫住："老周！"

老周有五十多岁，背有些驼，听到老板叫自己，停住问好："那爷早！"

那福来到跟前，他瞅着老周手里的猪肉说："老周，这棉厂是我们那家的，还是你们周家的？"

老周一愣，既紧张又害怕："老板，您怎么了？当然姓那了！"

那福提高了音量："既然你知道姓那，你还这么害我！"

老周一头雾水，有些结巴："我，我……"

"我个屁啊，这猪后腿是谁让你买的？"

"老板，不是您说我们这里的工人每天走路多，每半个月要给大家伙吃一次猪腿吗？"

那福眼睛一瞪："难道前腿不是腿？这一前一后五斤肉差出去了，真他娘的不过日子？再有一次，卷铺盖卷滚蛋！"

老周挨了骂，又不敢还口，小心翼翼地往厨房走去。

那福回到屋里还继续骂："他娘的，这都是些什么人，前后腿不分，一点也不知道替主家省钱！"

那太太正对着镜子梳妆，劝道："行啦，别生气了，不就是一块肉吗，放心，亏不了！一会我割一块给刘太太送去，听说税务局的局长是他表哥。"

那福这才算消了气，脸色也好看了很多。正在这时，"当，嗵！当嗵……"外面的鞭炮声响成了一片。那太太立即放下首饰跑到窗口观看，脸上绽放出笑容："老爷，发财的机会又来了！"

那福心领神会，猛地站起来，在衣架上拽下围巾就往外跑。看门的是个老头，很柔弱，看着那老板跑过来，迎着问："老爷出什么事了？"

那福指挥道："快，去看看哪家放炮，跟他们说，咱这里存的都是今年的新棉，万一哪个炮仗崩到咱这里了，棉花着了得管赔！"

老头并没动地方，说道："老爷，是任府的陶瓷厂开工。"

"任万里？"

"对，这事我知道，我儿子在里面干活。"

那老板显得很失望，像是丢了钱财："算了，真倒霉，别去了！"他又回到房间，太太手里拿着洋火说："老爷，我早就把最次的棉花挑出来了，现在我就去点？"

那福摇摇头，把围巾捣下来挂到衣钩上说："合着咱没这财命，是任家的陶瓷厂，你点了也没用！"

太太眼睛一瞪："任家怎么了？你听听，这都响了多长时间了，这么大阵仗，还差这俩钱！"

外面的鞭炮声一波接一波……

"哎呀，要是真被他崩着的，怎么都好说，咱不是自己点的吗？"

"自己点的怎么了？咱不说谁知道？"

那福赶紧捂住她的嘴，惊慌地看看门外："还怕别人听不见？"他看到太太的情绪已经被控制住，把手松开，小声地说："任家手眼通天，要是漏了线，咱们就算是完了，咱还是找个软柿子捏吧！"

太太表面被说服，但还是有情绪，她坐到一旁的沙发上生闷气。

账房从外面进来，看到太太在生气，他在门口停住说："老爷，芙蓉镇的利民纺织厂来人了，他们要二百担棉花。"

那福点点头，随口说道："好，你放货吧！"

太太站起来说："不行，现在棉情上涨，上海的价格都已经四十五了，咱这边要不是商会控制着，也早涨上去了。谁知道以后涨到多少？必须减少咱的出库量，年前只有一千担的量。他要二百担，我不压他的量，但是不能按原价放，你告诉他，每担三十八，比昨天涨两块钱！"

账房看着那福，等着他的意见，但他并不说话。

那福拿不了主意，问太太："这能行吗？"

太太笑着说："老爷，今年不同往年，外面的棉花都被日本人收走了，济南就咱一家，还不咱说什么价就是什么价！"

那爷下定决心说道："行，听太太的！"

管家往外走，太太好像又想起什么事来，把他叫住："等等，我记得昨天咱刚收到宏达纺厂的电报，也是二百担，没记错的话也是芙蓉镇的吧？"

账房回答："是的，太太。"

太太一合计，笑了，他款款的走向那老板说："老爷，这回可真是天上掉馅饼！"

"你什么意思？"

"老爷，这利民纺织跟宏达纺织都在芙蓉镇，而且都是要二百担，咱就告诉他们，现在只有二百担的出货量，价高者得，您说这不是天上掉馅饼？"

那老板明白过来："你是要他们两家争？"

"对，争得越高越好，谁价高，咱卖给谁。"说到这里，太太兴奋起来，吩咐管家："你就这么跟他说，明天我们会把货运到芙蓉镇，但是宏达纺织也订了货，到时候谁的价格高给谁！你再按原话给宏达纺织发份电报！"

账房有些为难："太太，我们昨天已经答应宏达纺织放货了，现在变卦是不是……"

太太有些急，眉毛立了起来："是什么？做生意的事还用我教你？我们是昨天答应他的，又不是今天，我们没有收钱就可以变卦，你快去吧，就按我说的办！"

账房老实的走了。

太太倚在桌子旁边，眼睛勾着那爷："老爷，您说这是不是一笔小财？"那福很高兴，用赞赏的眼光看着她，一把把她搂到怀里："我的小诸葛，你可真喜死我了！"说完，他一头扎进太太的怀里。

账房里，三娃坐在凳子上等信。

账房从外面走进来，脸上没有表情。三娃赶紧站起来，故意地上前走了几步，笑着问："管家，可以放货了？"

管家叹了一口气说："唉，本来答应得挺好的，又变了！"

"变了？"三娃收住笑容，问道，"管家，您说说，到底怎么回事？"

管家回到自己的位置上说："那老板说了，虽然他现在能有二百担棉花，可芙蓉镇的宏达纺织也订了二百担，他说他谁也不想得罪，明天把这能卖的二百担全运到芙蓉镇，让你们两家去谈！"

三娃点点头："我明白了，那老板明摆着是要卖高价啊！"

管家摇着头："哎，我也是挣人家的钱，听人家的差，你就别为难我了，您回去告诉你们掌柜的就行了，其他的我也无能为力了！"说完，拿出算盘来比画，有间接送客的意思。

三娃见追问无效，便从兜里掏出一块大洋塞到账房的手里，小声地说："管家，您破破例，多说点，说说这是为什么？"

账房把大洋攥在手里，然后向两边看看，感觉安全后说道："行，那我就说点，又不是什么犯了王法的事！"三娃用心地听着，账房说："我们老板的老婆太尖，见缝就能插上针，该挣的钱她挣，不该挣的钱她也挣！比如，今年一见外面放炮，她就自己点棉花，净捡次的点，愣说是人家炮仗给崩的，光这招今年就挣了好几百了！"

三娃被逗笑了："这么说，这招是老板娘出的！"

账房脖子往后一抽："我可没说！"

三娃笑着问："老刘，你说这些就不怕我告诉别人？"

账房并没有在意："这有什么？这周边的人多多少少都知道一点，不算什么秘密！"

三娃又把一块大洋放到柜上："那就说点别人不知道的！"

账房假装没看见，目光盯着门口处。

三娃又掏出一块大洋在原来那块上敲了两下，发出清脆的撞击声，他暗示道："老周？"

老周把目光收回来，把大洋握在手里，感觉很沉重："成，你是管家，我也是管家，说到底，咱们都是一家人，我豁出去了！"说着从抽屉里掏出一张纸送到三娃面前，"这是济南国民政府出的公文，只允许棉花进来，不允许棉花出去，而且不允许私自抬高棉价。我们家老板也就是敢欺负你们这些乡下的作坊，要是城里的，他且不敢呢！"说完，他把大洋放到兜里，"兄弟，这些算不算是干货？"

办公室里，正峰正在算账，三娃进来了，他见三娃脸色不好，问道："怎么了？"

三娃将肩上的褡裢拽下来，搭到柜台上说："掌柜的，那胖子出尔反尔。"

"他不卖了？"

"也卖，可跟高家一起卖。而且咱两家，他只卖二百担！这不明摆着让咱两家争吗？"

正峰气得直瞪眼："什么？还有这事？"

"明天上午，大成茶馆，他带着货来，要跟咱们两家一块谈。"

"谈个屁！这个王八蛋，怎么越听越不像是皇亲国戚，是他娘的什么东西！"

"掌柜的，我打听了，账房说是他媳妇的主意，还是慈禧那娘们说得对，女人不能干政！"

正峰一挥手："哼！没一个好东西！他既然不想卖，咱得想别的办法，方圆百里就收不到棉花了？"

"要是硬收，应该也有，可是这数量肯定供不上。这次日本商人的动作很大，全国的棉市早乱套了，有存棉的农民毕竟是少数了！"

正峰额头青筋暴起："这么说，这那胖子发的是国难财，他娘的，我要是民国的兵，第一个就把他突突了！"

三娃叹了口气："和外埠相比，咱们济南的行情还算稳定，可也被那胖子搞得乌烟瘴气的！我听他们账房说，济南政府已经发文了，外埠的棉花可以进来，本埠的棉花决不能出去，而且不能私抬物价，可这那胖子仗着自己独一份，愣逼着咱涨价，连民国政府都不放在眼里，还真该给突突了！"

想想目前的处境，正峰渐知那胖子是自己的唯一出路，他转过身子看着窗外，自言自语："明天一早，大成茶馆——这茶人家都给咱准备好了，看来人家算是吃定咱了。"

三娃提议道："掌柜的，要不咱跟高年商量一下，一人一百担。"

正峰转过身来说："我看高年未必能同意，他刚刚吃了咱的亏，这会儿气还没有顺过来呢。再说，他的货全被扫清了，这会正缺棉花，搞不好他能跟咱一直杠着！"

三娃心头一紧："这可不好，杠上了对谁都没有好处。"

正峰深深地点了点头："是啊！"说着又从抽屉里掏出一张纸递给三娃，"你看看这是什么？"

三娃接过来一看："政府发的救灾帖？"

"今年冬天太冷，光这一个地方一晚上就冻死了二十人，想想都心疼。咱们要是再跟高家继续斗下去，棉价就会更高，成品价也会上去，老百姓买不起，最后不知道有多少人会被冻死，兴许这里面就有拐着弯的亲戚。"他走到桌前，很郑重地说："三娃，明天你给政府五十块大洋，咱得先顾着咱身边的乡亲们，其他地方的百姓咱就只能管这么多了。一会你就给荣老板去封电报，打听一下上海的棉花行情，我觉得明天有一场硬仗要打，咱得好好合计一下！"

宏达纺厂办公室里，管家拿着电报冲进来，惊慌地说道："高老板，那爷反悔了！"

高年一惊："我看看！"他把电报接过去，看了一眼，怒火横生："我早就说过，这些小商小贩是没有诚信的！"

管家有些慌："掌柜的，别生气，这种人不值得生气！"

高年把电报摔到桌子上喊道："这叫什么？这就叫坐地起价，无赖！"说着气得原地转圈。

管家身子往后撤，正想躲避怒火，只听"哈哈……"高年竟莫名其妙地笑了两声。

管家一惊，接着高年又转变为连续冷笑："呵呵……"

管家也转变为更深层次的惊慌失措，凑到跟前："高老板，您别这样，大不了咱不进货了，也别想不开。"

高年看着管家，眼中掠过一缕喜色："老李，你别怕，我没疯。你知道我在笑什么吗？"

管家也放了心，问道："笑什么？"

"我在笑你刚才说得对，这次真的不能跟那胖子生气了，咱还得谢他。"

"谢他？您想到办法啦？"

"对，他给咱们提供了一次绝佳的机会。"

管家赶紧倒了杯茶，递过来："高老板，您的脑子快，我有些跟不上，您说说是什么机会？"

高年说："上次咱技不如人吃了乔正峰的亏，也是时运不济，可这次不一样，济南就一家棉商，我要加价把棉花都要了，我要让乔正峰一担棉花也买不到。巧妇难为无米之炊，他乔正峰再能，无米下锅，他有招？这眼下就是春节，一年当中最好的旺季，只要掐死棉花这头，明年准保完蛋。您说咱是不是得谢谢那胖子？"

"高老板，您是要再跟乔正峰继续斗下去？"

"怎么？斗怕了？"

管家面露难色："可是您已经答应老爷了，不再跟乔正峰斗了。"

高年已经完全进入亢奋状态，手一扬："先甭管我爸了，成者王侯，败者贼！我高年不能一辈子当贼，我迟早都是要翻身的！"

"可乔正峰也不傻，他要是跟着涨钱怎么办？"

"现在的价格是三十六一担，上海的棉花已经涨到四十五了，过了四十，他还敢买？这么说吧，只要是不超过四十五，我就敢买。我在上海有朋友，那边已经四十六一担了，大不了再卖到上海去。这事就这么办，你去准备钱吧，明天我要唱一出好戏！"

韩府，红砖黑瓦，高门楼，黑色的门箱悬在门梁上，上面挂着"韩府"二字，米芾的字体，飘逸隽永。门两边有两头石狮子，虎虎生风，门口还站着两个保镖，个个穿着利落，目光如炬，时而有人进出，二人拱手行礼。

一个喽啰头目从外面急匆匆地回来，刚走到门口位置，一个穿着破烂的叫花子冲到跟前，双手合在一起，捧出个半碗，满嘴黄牙道："大爷，赏个！"

头目先是一愣，然后黑着脸问："赏个？"

要饭的说："哎，赏个！"

头目伸出右手，抢到半空中："赏个？我赏你个大嘴巴子！"

要饭的一听，拔腿就跑得没影了。

头目又冲着一个靠在墙边的老者走去，老者身患偏瘫，右手不停地抖动。他整张脸仰望着天空，不知道在看什么。

头目走到跟前说："弹弦子的，你他娘的就是弹不完了是吧？土老巴子，滚！"

头目怒气十足，老者吓得惊慌失措，强支着身体站起来，一颠一颠地往远处走……

头目转身冲着保镖训道："记住了，这里不是救世堂，这里是韩府！"保镖吓得赶紧低下头，头目一甩袖子进了院子。

　　院子很大，可是举目望去没有花草虫鱼，有的尽是兵刃工具，刀枪剑戟，一排排立在院子里，木人桩在院子中间，有十几个喽啰正在练习，看得出来，很有章法。正门口站着武师，人们都称呼他胡师傅，是清朝退下来的侍卫，肩头上还有大清朝的标识。

　　中堂，韩府生坐在太师椅上，左右两边分别是老二和老三，喽啰头目站在中间汇报情况。

　　头目说："大哥，那人已经找到，就在芙蓉镇，只要您一声令下，立马就把人给绑了！"

　　老二眼睛一瞪："绑，赶紧绑，他娘的，老杆子，陶瓷厂开工都没给咱下帖子，这他娘的是心里没咱！"

　　韩府生看着老二说："老二，任家陶瓷厂开工这事我知道，你就没有派人过去打听打听？"

　　"派了。他连一个不知名的什么小工会的人都请了，就是没请咱！大哥，这任万里是越来越不待见咱了，再不给他下点眼药，他还真以为咱们青帮是吃素的！"

　　韩府生怒火中烧："妈了个巴子的！"

　　看到韩府生生了气，老三劝道："大哥，工会虽小，可任家的买卖还是靠着人家干活，咱们青帮是收租子的，跟人家是两条路，请了他自然不能请咱。大哥，您就别生气了，眼下收租子要紧，咱商量一下这下一步该怎么办，任府要找的人我们是请定了，可是放在哪？"

　　老二说："当然是弄到咱府上啊，一手交钱，一手放人！"

　　韩府生赶紧摆摆手："不行，不行，自古红颜多祸水！她不是跟人私奔的嘛，这种重情的女人可以沾，但是不能在家里沾。不吉利！头些年我就毁在了女人身上。"他想起了曾经害他坐牢的人——知府的二太太,他抬手把烟捻灭,看看老三:"老三,你觉得放在哪比较好?"

老三想了一下说:"凤凰楼,就放在凤凰楼!那里咱的眼线比较多,出了事好有照应!再说,放到咱府上就不能叫请了。"

韩府生认可地点点头:"行,就放在那里。老二,这事你去办,告诉老鸨,好吃好喝地招待着,少了一根汗毛,我烧了他的凤凰楼!"

"行!"老二应下。

旁边的一个手下说:"大哥,咱这回要是把这姓任的钱收回来,看看以后这济南府谁还不把咱青帮放在眼里。"

老二瞪了他一眼:"放屁!别说是以后,就是现在,整个济南府谁也不敢对咱青帮说二话!"

上午,大成茶馆里,伙计正春风满面地招待顾客。正峰跟三娃从外面进来,伙计跑过来,指着旁边的空位道:"二位爷,请坐!"

三娃说道:"济南府那爷的房间!"

"好嘞!济南府那爷,二楼雅间,客人两位——"伙计喊完,把毛巾往肩上一搭,噔噔噔……端着茶盘往楼上跑。

房间里面那福正在跟高年聊天,听到伙计的喊声,他收住话茬,对刚跑上来的伙计吩咐道:"伙计,再上一壶好茶!"

那伙计还没站稳,又噔噔噔地往楼下跑去。

正峰进来,迎面就是那福,他拱手道:"那爷,幸会!"

"幸会!"

高年看到正峰进来,有意地把头侧向一边,轻轻晃动茶杯,并没有打招呼的意思。正峰把目光投向那福,结果却只看到那福一脸不厚道的笑容,摆明是闲事莫管的姿态。他从容地笑了笑,现在的处境已心知肚明,他在高年的对面坐下，又拱手道："高老板幸会！"

这下，高年无处闪躲，但姿态很高傲，生硬地回道："幸会！"

三娃气不过，当即就要上前理论，正峰一把拽住他，眼神中迸射出一股凌厉的寒光。三娃心领神会，退了回去。正峰对着那福说："那爷，我听说全济南就您一家棉行了，别说是二百担棉花，就算是两千担您也拿得出来，可您只卖二百担不合适吧？"

那福违和地笑笑："按说我那里还有存棉，可是最近市面上行情大好，还不知道要涨到什么时候，我也只好收缩出货量，咱们都是生意人，不嫌挣得多，呵呵呵，还请两位老板理解。咱们言归正传，棉花只有二百担，两位老板都出什么价啊？"

正峰看着高年："高老板，您看这样行不行，我们俩谁也不争，就按三十八，一人一百担。"

高年抬起头，冷冷地说："乔老板，在商言商，我们的货刚刚被济南的一个贩子全清场了，现在很缺货，所以我们要的是二百担。"

"噢？高老板，没商量？"

高年摇摇头："没商量！一担都不能少。"

果然如正峰所料，他冷下脸来继续劝说："高少爷，我打小是个放牛的，我师父收留了我才有今天，您也是从上海过来的，咱们打天下打到现在这样，谁也不容易，要我说咱们就是平分，谁也别跟谁过不去！"

高年感觉自己已经占据了主动，半仰着身子："乔老板，您说得对，就是因为打天下不容易，我才不让！"

正峰眉毛一横："高家少爷，您这是故意要把我往死路上赶啊！那咱就过过招！那爷，我出三十九！"

那福见行情上涨，内心窃喜："好！痛快，高老板，没意见的话，这货就是乔老板的了！"

高年喊道："且慢，我出四十。"

价格又涨了一块，那福喜得站了起来："当真？"

"现在就可以交定金！"

正峰说："我出四十一！"

高年寸步不让，继续加价："我四十二！"

那爷由大喜变为狂喜，他大口喝着茶，等着二人烽烟再起。

这时伙计从外面进来，感觉气氛紧张，放下茶就抽着身子退了出去。趁着这个空当，正峰也冷静了一下，他不想把事情做绝，再次追问高年："高少爷，我们两家是对门生意，老是这么争抢必定是两败俱伤，你果真一点不让？"

高年感觉正峰越来越紧张了，更是志在必得："我要定了！"

"好！"正峰狠狠地咬了咬牙，"好，我就一竿子撸到底，那爷，我可以出到四十三块五，但有一点，我要一千担！"

"一千担？"那爷刚到嘴的茶还没品就咽了下去，他惊得站了起来。

正峰笑笑："那爷，从三十八涨到四十三块五已经是天价了，您剩下的那一千担撑到最后也卖不到这个价格吧，到哪都是个好买卖！"

高年有些慌，管家凑到他耳边说："高老板，这太多了，咱吃不下。"

正峰冲着高年笑笑："高老板，承让，我又再下一城！"

高年像是被针扎了一下，他猛地站起来："且慢，我出四十四块，也是一千担！"他两只眼睛瞪得巨大，迎接着他从来没有想过的数据。

管家吓得汗往下淌，凑过来小声劝道："高老板，账上没有这么多货款，这也太冒险了！"

高年故作镇静，小声说："没事，实在不行咱卖到上海，也不赔钱。"

那爷半张着嘴，已经惊得说不出话来。

正峰瞪着高年，僵持了几秒钟，眼神很冷峻，然后把头转向那爷，突然哈哈大笑起来："那胖子，你记住了，高家少爷要一千担，四十四块，这货我不要了！"正峰随说随挥手。

高年嗤笑一声，像是在炫耀胜利。

正峰走到他跟前，笑笑："高年，高家少爷，难得你还笑得出来，等我下句话说完，你就得趴下！你是不是以为四十四的价格不算高？上海是四十五，你倒过去还可以赚一块。现在我可以告诉你，上海一等棉是四十五，二等棉是四十三块五，三等棉是四十二，来的时候我看了，那老板的货顶多算是二等棉，一转手你就得赔！"

高年心头一震，倒吸了一口凉气，此时看正峰的眼神中已经有了一丝畏惧，他看看管家，管家挢掌着。

正峰继续说："哼！而且我还告诉你，现在棉花被日本人垄断，为了控制济南的市场，国民政府已经发了公文，外面的棉花进得来，但济南的棉花一担也别想运出去，要不那老板能从三十八开始要？你要是敢把棉花卖到上海，监狱的门就是给你开的。"

高年此时的脸色蜡黄，嘴半张着，这是他从未预料到的："这是真的？"

"真的？知己知彼，百战不殆，你连市场都没有摸清楚，还跟我较劲，我现在就实话告诉你，我之所以要到四十四块，一千担，我早就料到你们高家拿不出这么多钱来，你个大傻子！"

高年一言不发，呆呆地看着前方，脸色铁青，面部肌肉由于过分震惊而痉挛着。

正峰又向那福走去，此时那福也有了几分敬佩之意，他主动赔着笑脸，还没张口，就听正峰说："那爷，您在济南做多大的生意我不管，可是在芙蓉镇做生意就得做到明面上，今天这事不光彩！"

那福本以为正峰要说客气话，正要点烟，听见正峰这么说，把洋火扔到桌子上，佯装着生气："乔正峰，话不能这么说，咱们都是做生意的，有钱不赚那是王八蛋！"

"做生意的当然需要挣钱，但你也得分怎么挣。你在济南怎么挣我不管，可今天你挣到了我乔正峰头上，你让我们两家竞争，您坐收渔翁之利！哼，两个字，太损！"

那福感觉丢了面子，脸色一变："那你可以不要啊！"

"那胖子，别的咱不说了，多说一句都是废话。不过我告诉你，我下一步收拾的就说你！三娃，走！"二人往外走。

那福有些慌乱，他看着正峰的背影："你，你，你好大的口气！"看到正峰没了影子，他转向高年，开始巩固自己的胜利果实："高老板，明天一早我就把棉花送到府上！"

"这，这……"高年和管家都怔在那里。

正峰跟着三娃往回走，听见后面有人喊："乔掌柜，乔掌柜留步……"他们回头看，发现是一个当兵的，这个当兵的有二十多岁，眉清目秀，穿着军装，大盖帽在手里边拿着，他气喘吁吁的跑到跟前说："乔掌柜，终于找到您了！"

正峰有些不解："军爷，找我有事儿？"

这个当兵的非常客气地说："乔掌柜，是瓦罐子山黑爷让我找您的！"

"黑三？"正峰感到意外，脱口而出。

当兵的一激灵："对，对，您叫黑三，我叫黑爷！黑爷说，你们两个之前有过节，但是当时您也没有留下名号，找了您很久才找到，刚才去了您的铺子，伙计说您来这里喝茶了，我就在这等您了。黑爷让我替他给您道个歉，顺便给你捎了一样东西。"当兵的从兜里掏出一只袖剑，剑柄上歪歪扭扭地刻着一个"黑"字。当兵的继续说："这个袖剑是黑爷亲手锻的，他说了，以后在济南这个地面儿上，但凡遇到什么事儿，凭这支袖剑都可以找他！"

正峰把袖剑在手中翻看了几下，再看这个当兵的，他依然是一个很谦恭的姿势，客客气气地说："乔掌柜，我原来是个孤儿，是黑爷救了我，虽然他当了土匪，但他劫富济贫，是一个好人！您是黑爷敬着的人，我也敬着！以后有事的话也可以直接找我，我随时待命！"

正峰客气地回道："好的，军爷，前面就是小店，到店里坐一下吧！"

当兵的赶紧抱拳说："不了，我也是听差的，还有任务，告辞！"说着离开了。

三娃非常惊讶，他看着当兵的背影说："掌柜的，那人您还真放对了！"

正峰也点了点头："看来黑三这人我没有看错。"他把袖剑递给了三娃："三娃，这个你放好了，兴许以后有用！"

"嗯！"三娃把袖剑放进了怀里，二人继续往回走。

铺子里，秤杆正在焦急地来回转圈，看见正峰他们进来，激动地冲了上去说："掌柜的，您可回来了，王老板和张老板一大早就派人来催货了，可是咱们仓库里的棉花已经见了底了，即便是做下去也维持不了几天了，您说这可怎么办？"

正峰笑了笑："秤杆，一会找人写个牌子，'收棉！三十八一担'，明天一早就挂出去，咱们开仓收棉！两位老板催的货也不要压着了，一会儿都给他们发出去，仓库里剩下的棉花，也不要省着，全部织成布！"

秤杆一惊："掌柜的，咱们有棉花了？"

正峰拍了拍秤杆的肩膀："行了，你也别问这么多了，回去把仓库打扫一下，顺便把下房也收拾出来，马上就有棉花了，快去吧。"

"哎！"秤杆来了精神，跑了出去。

三娃给正峰倒了一杯茶："掌柜的，您这是下的什么棋呀？明明棉花都让高年要了，怎么一转眼咱也有棉花了？"

正峰喝了一口茶说："在茶馆的时候，我把二百担升到一千担，高年都快被吓过去了，我料定高家吃不下这么多货。他吃不了就得有别人替他吃。民国政府已经发文，棉花发到外埠这条路行不通，就得内部消化。咱们芙蓉镇一共有四家纺织厂，城东的李老板胆子最小，在这节骨眼，即便是感兴趣也不敢吃；城西的张老板，前几年的冬天，仓库闹过一次火灾，从那以后，一到冬天，关门的心都有，看到这么多棉花估计都能吓死，剩下的就只有咱了！"

三娃还是有些顾虑："他要是偷着卖到济南的纱厂呢？"

"哼，济南政府不允许私抬棉价，这么高的价格要是被政府知道了，那胖子就得坐监狱，他是不会给高年这个机会的，但凡高年动了这个心，那胖子就能把他给逼死！三娃，一会儿你去钱庄，把现钱都兑成银票，这批货咱吃定了！"

经正峰这么一分析，三娃高兴起来："行，我一会儿就去，这口恶气总算是出来了！"

正峰摇了摇头："要说出气，也只是出了半口气，只有把那胖子办了我才能舒服！"

"你当真要办了他？"

"这么说吧，我不办高年也得把那胖子办了，我生平最恨这种发国难财的人，比日本人还坏。昨天晚上我合计了一宿，也没想出什么好办法，刚才他一激我，我还真开窍了！三娃，拿纸笔来！"

"好！"三娃把纸和笔拿过来。

正峰很潇洒地在上面写了两行字，然后折好交到三娃手里说："等把高年办了，你就把这份电报发给荣老板，告诉他务必帮咱这个忙，那胖子不是横吗，就再让他横几天，我非让他叫了爹不可！"

第二天清晨，四孝街被送棉车堵得水泄不通，一辆辆棉车呈一字摆开，从东往西看不到尽头。车轱辘声，牲口的叫声，人们的交谈声不绝于耳。正峰早就严阵以待，收棉的牌子也摆在门口，这牌子有一米半高，白底黑字，非常醒目。正对牌子的两个赶车的正在交谈："快，你看，这家收棉才三十八一担！"

"啥？三十八？"这位车夫也向牌子看去，有点不太相信，喃喃道，"写错了吧？前面那家可是四十四一担，他收三十八，怎么着？人家的钱就不是钱！"

正峰在铺子上喝着茶，听到这些，笑了笑，权当消遣。

宏达纺织的对面放着一顶轿子，那太太坐在里面像是一个官太太。以那胖子为首的几个人堵在门口，那胖子边敲边喊："高老板，我是那福，棉花已经给您送来了，高老板，您开开门……高少爷，赶紧把门开开吧……"尽管那福喊得很卖力，门却一直没有动静。

那太太从轿子里出来，她瞪着宏达纺织，目露凶光，"呸！"她把嘴里的瓜子皮吐到地上，然后挤到最前面喊道："高家少爷，大家伙都知道我们那家是实在人，可不能因为我们老实，您就欺负我们吧，货都运来了，您倒是把门开开啊！"

门里面，高年跟管家正急得转圈，听那太太这么一说，额头上青筋暴起，小声地骂道："臭娘们！你还老实人，都快被你们坑死了！"

门外，那太太继续说："高家少爷，您放心，我们答应卖给您一千担，就是一千担，一担也不多卖给您，说好的四十四块钱一担，我们一分也不多要，您可以到济南打听一下，我们那家是最规矩的生意人，大家伙儿谁不知道？"

那太太这样一说，如同火上浇油，管家擦了擦汗，指着门外说道："高老板，您听见了吗？这可不是个善茬，明明他把咱逼成这样，他还成了规矩的生意人了，这人能把黑的说成白的，弯的说成直的，咱要是一直不出去，怕是整个芙蓉镇都容不下咱了！"

高年额头上也冒了汗，顿时没了主意："那怎么办？"

管家不停地擦汗，突然想到一个折中的办法："高老板，要不然咱开开门，跟那爷商量商量，就说先收下一部分！"

高年吃不准："这样行吗？"

"高老板，您刚来芙蓉镇，也没有个帮衬，眼前这形势，只有这一条路了！"

高年想了一下，无奈地摇摇头："好吧，他要是不同意，我就死活不要！"说着就要去开门，突然间又想到一件事，他打开怀表一看，顿时一惊："哎呀，坏了，到我爹出来遛鸟的时间了！你快去拦住他！千万别让我爹来，只要他不来，就算是头拱地，我也把那胖子送回去！"

李管家顿感任务艰巨，一脸茫然，哭丧着脸说："高老板，老爷的脾气倔得很，我怎么能拦得住他啊？"

高年想了想说："这样，我爹最爱讲学问，你随便问他个什么问题，越难越好，一定要把人拦住，你快去！"高年使劲一推，李管家跑向后院，高年也清了清嗓子，用力打开了铺门。

高满山双手提着鸟笼，正准备出门，看到李管家规规矩矩地站在门口，面带微笑说："老爷，早！"

高满山一愣："李管家，您这是？"

李管家吞吞吐吐地说："老爷，我来给您请安。"

高满山有些纳闷："你都来两个月了，也没见你请安，今天是想起什么来了？再说咱家也没这规矩啊！"高满山说着就往外走，嘴里直念叨："这外边是怎么了，又是牛叫，又是驴叫的！"

李管家赶紧上前拽住高满山的胳膊，一时间竟然不知道说些什么，随口蒙了一句："老爷，这外面乱，可别吓着咱这鸟！"

高满山爱鸟如命，听到有人说他的鸟，有些不高兴地说："啧啧啧！这是鸟啊？这是什么鸟？我告诉你，这不是鸟。"高满山一指这鸟笼上的牌子，一个写着"耳清"，另一个写着"目明"，"看好了，这个大个红脖的叫耳清，这个小点绿脖的叫目明。"

李管家正愁没主意呢，看到这鸟笼上的"清明"两字，灵机一动，又拽住高满山的胳膊，高满山有些不乐意的说："李管家，你到底有什么事？"

李管家说："老爷，听少爷说您有大学问，我就是想向您请教一下学问！"

高满山来了精神，谦虚地说："噢？有大学问谈不上，书还是看过一些的，你想请教什么啊？"高满山捋了一下胡子，一副学者姿态。

见高满山进了套，李管家探着身子说："我想问一下这清明节扫墓的渊源？"李管家想来想去，觉得这个问题比较难猜，既不是典故，又不常说起，没准能难住高满山，能让他一头扎进书房才好。

高满山上下打量了一下李管家说："这离清明节还八竿子远呢，问啥清明节啊？怎么？哪里不舒服？"

李管家赶紧解释说："没有，没有，柜上有个买家，是一孝子，想多给死去的爹烧几次阴钱，非逼着我问这清明节扫墓的渊源，怕是有什么忌讳！"

高满山点了点头说："那行，我给你念叨念叨！"

高满山把李管家往院子里带，坐在了梧桐树下的石凳上，他又把鸟笼子轻轻地放在石桌上说："这清明节扫墓源起大明朝，按日子算也得有五百多年了。这太祖朱重八，也就是朱元璋，幼时家贫，爹娘在一次瘟疫中死了，他和哥哥二人草草埋葬了父母后便到皇觉寺当了和尚。后来朱元璋参加了元末农民起义军，东征西讨打下了明朝江山，虽然贵为天子，可是父母的遗骨却成了他的一块心病。为什么呢？因为当年埋葬他父母的那座山坡又多出了许多坟头，朱元璋没办法辨认出哪座坟墓是自己父母的，于是经常闷闷不乐。身边的太监猜到了他的心思，于是献了一条妙计，下令清明节这天，老百姓都要去祭祀祖先、以表忠孝，然后朱元璋暗地里派人去窥探，发现埋葬他父母的那座山坡上只有一座坟荒草茂盛，无人扫墓，于是朱元璋便了却了一桩心愿，移骨厚葬了他的父母。其实这清明节扫墓没啥讲究，老人已去，想烧就烧，这魑魅魍魉见了忠孝二字就得绕着圈走。"

听高满山说完，李管家的额头又出了一层汗，咂摸咂摸嘴唇，心想："这老太爷懂得还真多！"用手擦了一下额头，赶紧恭维说："老爷果然是才通古今。"

高满山谦虚地笑着，然后站起来就想走，嘴里默念："这不算什么。"

看高满山想走，李管家一纵身又拽住他说："老爷，这清明节扫墓解释清楚了，您还能说一说这端午节吃粽子的缘故吗？"李管家确实没招了，一开口说了另一个节日。

高满山眼睛一瞪，感到不可思议，甚至都有些怀疑李管家的才能了，他用质问的语气问道："李管家，这端午节吃粽子的事小孩都知道，你这都不知道？"

"哎，我才疏学浅，就会扒拉几下算盘，您就给我讲一讲！"李管家额头冒着虚汗，心想："祖宗，只要您能不出去，把我当傻子都成！"

高满山瞥了李管家一眼，想想这么大年龄了能向自己请教也着实不易，又坐了下来，开始讲端午节吃粽子的事情……

秤杆跑进铺子里汇报情况："掌柜的，高年说拿不出这么多钱，想退一部分货。"

正峰问："那胖子同意了？"

"没有，那胖子死活要把货全放下，可高年就说自己付不了这么多钱，还僵着呢，我看，这碗饭是要凉了。"

正峰站起来，在屋里转了两圈，脑子里闪现出高满山的身影，他眼睛一瞪，问道："秤杆，你见到高老爷没有？"

"没有！"

正峰点点头说："肯定是被高年拖住了，高老爷是他的软肋。"正峰又想了一下说："秤杆，你马上买上几挂鞭，就在高老爷家门口放了，他不出来，咱把他炸出来！只要他出来，咱这盘棋就算是活了！"

"哎！"秤杆往外跑去。

"屈原可是个人才，大才啊……"高满山讲得正来劲的时候，突然门口响起一阵鞭炮声。他吓了一跳，赶紧往门口跑，打开门，除了地下的鞭炮纸外，什么也没有发现。他想想今天早上的这些事，眉头一皱，愈发感觉不对劲，"不行，我得去看看。"说着甩开步子就往铺子奔，李管家再也拦不住了，在后面边追边喊："老爷，您慢点……"

宏达纺织的门口已经乱作一团，那太太嗓子都快喊哑了，她指着高年骂："高家少爷，货是你要的，价格也是你给的，等我们把货送来了，你又说没钱，你这叫赖账。做生意最讲究诚信，你竟然出尔反尔！"

围观的老百姓对着高家的招牌也是指指点点。

高年额前的头发有些散乱，已经没有了当初的精气神，身上的西装也有些歪斜，像是众人面前的一块遮羞布。他用近乎哀求的语气说道："那爷，我们的钱确实不够，现在就只有三条路，第一，我只要一部分，剩下的退回去；第二，您都留下，账我先赊着；这第三条路就是……"他看看众人，多少有些心虚，小声地说："我一担也不留！"

"什么？你想赖账？"那太太急了，对着乡亲们大声喊道："父老乡亲们！快看看啊！宏达纺织的少爷想赖账啦……这可是从上海来的啊，我可是大开眼界了……"

那太太的声音还没散去，高满山已来到高年跟前，从牙缝里挤出四个字："你个逆子！"然后他用尽全身的力气，一巴掌打在高年的脸上，然后身子一斜靠在了门框上，差点背过气去。

高年顾不得自己脸疼，赶紧上前拖住高满山喊道："爸，爸……"

高满山缓了一会儿，用力把高年推开："我不是你爸！"他歪歪斜斜地走到那福跟前问："这位老板，我是这宏达纺织的老掌柜，事情的来龙去脉刚才我都听明白了，请问一共多少货款？"

"总共是四万四千块大洋！"

高满山有气无力地说："我知道了，钱不够我给你凑，可能否给老夫点时间，我去筹钱！"

那太太当即回绝："不行，要是人再不出来怎么办？"

高满山很痛心地摇着头："我高满山做了几十年的生意，就算是砸锅卖铁也不能赖您的账，可总得给老夫点时间吧？"

那福不想把事做绝，说道："好吧，老掌柜的，我们就给您个面子，就等到晌午！"

高满山长出了一口气说："老朽谢谢，谢谢！"说完，蹒跚地往家走。

高满山回到家，直接把自己关进祠堂，高年跪在了祠堂的门口。李管家在旁边挓挲着。

高太太赶紧跑过来问高年："哎呀，这是又闯了什么祸？"

高年不语。

高太太问管家："管家，你说，出了什么事情？"

管家说："少爷又跟乔正峰斗起来了。"

"不是说不斗了吗？是不是又斗输了？"

管家点点头。

高太太杵了一下高年的太阳穴："你就气死我们吧！"她试推祠堂的门，"老爷，你开开门，哎呀，咱这是造了什么孽啊！"她贴着耳朵听，"这怎么还哭起来了！这可不行！"说着往外跑。

高凤正在房间里收拾卫生，高太太慌张地跑进来说："凤儿，手里的活先别干了，你爹又被高年气着了，这次气得不轻，自己一个人在祠堂里哭呢！"

"我爸哭了？我去看看！"高凤正准备跑。

高太太拉住她："你先别去看他，去了你也见不上，你快去开服疏肝理气的药，咱预备着，别让你爹背过气去！"

高凤跑了出去。

祠堂的门开了，高满山头发散乱，额头发青。高年喊着："爸，爸，我错了，爸爸……"

高满山像是没有看见他，踽踽地向中堂走。高太太跟过去："老爷，您没事吧？您说句话，有气别憋着，咱发出来！"

高满山压抑的情绪彻底爆发，他捡起拖把，喊道："我打死这个逆子！"

高太太吓了一跳，赶紧拦着："老爷，别打了，不能打，出不了什么要命的事！"

高满山已经心力交瘁："唉！"他苦笑着把扫把扔到地上，悔恨的泪水喷涌而出："不打！不打！你上次不是说咱们是破财不是破产吗，呵呵！"他冷笑道，"这回真如愿了，咱们高家真是破产了！"

高太太大惊："当真破了？"

高满山苦笑着摇头："把房契，还有你当年的嫁妆都拿出来吧。"

"老爷，你这是要干什么？"

高满山大喊道："快去啊，我要去当了它抵债！"

"啊？房子都留不住了？"高太太猛地一怔，片刻，她缓过劲来，哭着说，"打——该打！我打死——他！"高太太拾起那扫把就冲了过去。

这会轮到高太太急了。她在高年后背上乱打一阵："让你不听话，让你狂妄……让你不听话，让你狂妄……这么大的家业，全让你给败了……"铁蛋冲过来挡在高年的后背上，哭着说："太太，别打了，别打了……"高年看铁蛋替自己挨打，把他推到一边："铁蛋，别管我，就让我妈打死我吧，哎呀……妈，轻点……疼！哎呀！"求饶声、叫喊声、哭声混在一起，此时的高家已经乱作一团……

正峰坐在铺子里，焦急地等着秤杆报信。

秤杆从外面冲进来："掌柜的，高家乱套了，他们凑不出钱来，高满山要把房子给当了！"

"你听准了？"

"听准了。"

"好！秤杆，咱们放炮开仓！"

"当，嗵……当，嗵……"利民纺织鞭炮声震天。

高满山跑到院里，看着天上炸开的炮仗，自言自语道："又闹起来了？说好的晌午啊！"

高太太从屋里出来，把一个木盒子递过来说："老爷，这是咱的房契，还有我所有的嫁妆，你，你都当了吧！"说完痛心地抹泪，"你说我怎么生了这么个玩意啊？"

高凤从外面回来，手里还提着药："爸，您没事吧？可吓死我了！"

高满山顾不得这些，忙问："凤儿，这外面为什么放炮？"

高凤说："噢，乔掌柜开仓收棉，三十八一担！"

高年遍体鳞伤地跪在原地，像个囚犯，一听说三十八一担，猛地站起来："什么？他疯了吧？咱们是四十四一担买的，他三十八能收得着？"

高满山瞪着高年，那眼神就像刚锻造出来的刀尖一样锋利。高年感到害怕，又老老实实地跪了下来："爹，这里面肯定有问题！"

高凤帮着高太太擦泪："娘，这到底发生了什么事啊？"

高太太握着高凤的手："这会儿娘心里很乱，等会儿再给你细说。"

高满山指着高年骂道："你个蠢货！你以为这鞭炮是白放的？那是放给咱家听的，乔正峰知道咱吃不下这么多货，估计仓库都收拾干净了，正等着咱往里送货呢！"

高年更急了："爸爸，这一出一进就差六块，这赔的都是咱们家的钱啊，他想得美，给谁都不能给他，你让我去济南找别的商家！"

高满山气愤地指着门外："你看看，你看看，卖家都堵在咱家门口了，你还想去济南？"他把手里的东西又递给高太太，"行啦，这些都不用当了。"他又指着管家说："去告诉乔正峰，我们要匀给他三百担棉花。记住，不许还价，就按他的价！"

"爸？"

"你给我闭嘴！就按我说的办，快去！"

管家匆匆地跑了出去。

利民纺织门口，秤杆又把一挂鞭炮挂在墙上，刚要点，抬头看见李管家正小跑着过来。

正峰坐着喝茶，管家跑进来，气喘吁吁地说："乔掌柜，你们收棉的事可是真的？"

正峰放下茶杯说："收棉自然是真的，可也分对谁，如果是收你们高家的棉……"正峰眼睛一蹬，佯装生气，"秤杆，把牌子收回来，高家的棉我们一担也不收！"

管家赶紧拉住秤杆，"扑通"跪在地上："乔掌柜，以往是我们有眼不识泰山，您大人不计小人过，务必帮我们渡过难关。不瞒您说，为了凑够货款，我们家老爷都要把宅子给抵押了！"

正峰轻蔑地哼了一声："老辈都说家贫望邻富，你们可倒好，自己的生意做不好，还不让别人做好！"此时管家的额头上沁了一层汗渍，他低头擦拭着，正峰继续说："在茶馆的时候，我就说一家一半，可高少爷死活就不同意，他竟想让我们利民纺织无米下锅，哼，他也不想想，我在芙蓉镇待了十几年，这点事还难得住我？只不过是从上海过来的破落子弟，还真把自己当万能人了！"

正峰越说这些，管家越觉得惭愧："是是是！乔老板您说得太对了，千不该万不该，我们不该跟您作对，我们家掌柜的还是太年轻，做事情容易冲动，望乔掌柜放过一马！"

正峰手一挥，制止住了管家的说辞："行啦，先别说你主家，也看看你自己，都说当管家的要帮着主家把生意做好，可你都干了些什么？竟然帮着主家挤兑人！"管家不知道如何为自己辩驳，头更低了。正峰继续揭露他的罪行："原先你是东边面粉厂的管家，一开始买卖干得很大，后来，我听说在面粉里掺玉米面，一下子把买卖干黄了，你能说这里面没有你的事？哼，现在做了高家的管家，你还不走正道，要是再把买卖干黄了，我看以后还有谁请你当管家，饭你都吃不上！"

听到后果严重，管家额头又沁出一层汗珠："乔掌柜千万别跟我计较，千错万错都是我的错，以后再也不敢了！"

"我乔正峰这么多年挤走的同行不少，可我挤走的那些都是先挤兑我的。高年也是这个路数，你回去告诉高年，再有下次，我乔正峰定不轻饶！"

"下次？"管家忽地抬起头，"这么说，您能救我们？"

正峰站起来，未置可否。

管家也跟着站起来，用期盼的眼神看着他。

正峰又有些惋惜地说："说实话，我是真不想救他，把他度成佛，他回头就想让我下地狱！"

管家连忙摆着手否认："不会，不会！我们家少爷跟您的两次交战都是大败而归，家底也快折腾干净了，即使有这想法，也是不敢了，乔掌柜！"

正峰点了点头："你也记住了，做生意不能光图输赢，得学会给别人留活路，挤死的人越多，仇人也就越多，最后坑的还是自己！"说完，冲着三娃点了点头，三娃从怀里掏出一张银票递给了管家，"这是三百担的货款，您查查！"

看着银票上的数字，管家颇为震惊："乔老板，这——这可是分文不差啊，难不成您早就把这钱准备好了？"正峰笑而不语，管家顿悟，表情继而转换为悲痛："乔掌柜，您走出第一步，就已经看到了最后一步！唉！看来这都是我们自找的啊……"

三百担棉花浩浩荡荡地进了利民纺织的仓库。

那福很纳闷，他举着烟，却不抽，琢磨着这里面的蹊跷。那太太走过来说："老爷，都打听清楚了，这高年吃不了一千担，把其中的三百担低价转给了利民纺织！"

"还有这事？"那福很惊奇，回想到昨天的谈判，他明白过来，"看来这乔正峰真有两下子，他明知道高年吃不了这么多货，所以他昨天叫到一千担！"那福皱着眉头，感觉到正峰的手段确实高明，他把烟扔在地上，用脚捻灭。

那太太眼睛一蹬，像是自己的东西被别人抢了一样："老爷，早知道这样，咱低价收了啊，还有他姓乔的什么事！"

那福轻轻地了拍她肩膀说："不行，咱是来卖棉花的，无论卖多高的价，都是买卖。可如果咱再低价收回去，就不是单纯的买卖了。在外人看来就是个圈套，做买卖名声很重要，屎盆子不能往自己身上扣！"

那太太觉得有道理，附和着点了点头。

这时，管家跑了过来，手里面拿着银票说："老爷，太太，银票都齐了，咱们是不是先回去？"

那福接过银票数数，陶醉其中。

"行啦，别数了！"那太太一把把银票夺了过去，"咱攒的局，让乔正峰捡了瓜落，这事不能就这么算了，咱得让他知道逢年过节的该拜哪个山头，走！"

利民纺织门口，正峰正在那里指挥工人卸货。

那福调整步伐走过来，拱手说道："乔掌柜，恭喜，恭喜！"

听到是那福的声音，正峰心生不悦，本不想理他，可三娃拽了拽他的胳膊，暗示应该回复一下，正峰这才冷冷地说道："那老板，何喜之有？"

看到正峰回应不冷不热，那福多少有些受辱的感觉："四十四块一担的棉花，您三十八就收了，还不恭喜？"

正峰冷笑了一声说道："那胖子，我原本就想三十八一担买棉，一分钱我也没少出！可三十八一担的棉花你卖到了四十四一担，应该恭喜的是你吧！"

听到正峰直呼那福的外号，那太太不乐意了，从轿子上冲下来说："哎哟，我以为谁呢，不就是个小掌柜嘛，要是没有我们那家，你能有棉花？不鞠躬感谢也就罢了，那胖子也是你叫的？"

那福感觉颜面被太太挣回了一些，自己也来了气势："乔正峰，我太太说得对，那胖子也是你叫的？我跟你做生意是瞧得起你，你别给脸不要脸！"

正峰猛地瞪向他们，眼睛里迸射出道道寒光："那胖子，有些钱该挣，有些钱不该挣，从出茶馆的那一刻，咱俩就不是一路人，做生意的事以后就免了！"

听到正峰这么横，那太太也急了："我呸！我们那家在济南也混了十几年了，还用你一个小纺匠教训！我们家的棉花，卖多少我们说了算，嫌高你可以不买，买了就得认！济南府这个地界，别人不把我们那家放到眼里倒也无所谓，可纺织行当的人不把我们放在眼里，那就是找死！"那太太越说声音越大，"还不跟我们做生意，你记住了，从今以后，你别想在我们那家弄到一担棉花！"那太太断了正峰的粮，以为自己占了上风，傲视着正峰，等着他发招。

正峰的火被激了出来，他把手套扔到一边："好啊，本来我想文火炖你个三天四夜，可你偏想要急火，我乔正峰就陪你好好玩一把！"

正峰喊道："三娃！"

三娃冲过来："掌柜的，在！"

"你现在就把电报发出去，记住，要加急的！"

"好！"三娃跑了出去。

正峰说："那胖子，明天我就在这里等你，刚才这些话原封不动地给我咽回去！"

那福不解，质问道："你什么意思？"

正峰眼里发着狠："我本来不想这么干，可都是你们自找的！"他伸出两个手指头，"两天！两天之内我就办了你们那家！"

那福觉得正峰是在痴人说梦，用手指着正峰想还击，可看到秤杆等人怒目圆睁，摩拳擦掌，多少有些畏惧，话到嘴边："你，你……"

那太太看形势不利，僵持下去又怕吃亏，拽着那福离开，嘴里嘟嘟囔囔："老爷，咱挣的是钱，不是气，别理他们！他是吓唬咱，还想办了咱？除非太阳打西边升起来，一群土包子……"二人的身影渐行渐远。

晚上，繁星密匝匝地布满天空，一轮镰刀弯月悬挂正中，但月光微暗，显得凄凉。

此时已过初冬，缕缕寒风如期而至，高满山站在仓库门口，影子歪歪斜斜地躺在地上，更显得他疲惫不堪。

高年自责地走过来，低头不语。高满山看看他，再看看这满院子的棉花，潸然泪下："自从跟乔正峰做了邻居，短短两个多月，我们高家一落千丈，现在看来，别说是你一个高年，就是十个绑一块也不是他的对手！"

高年也落了眼泪，悔不当初："爸，我错了，以后我再也不跟乔正峰斗了！爸，您要是心里还难受的话，就骂我几句吧！"

高满山叹了口气说："咱们高家的老祖先原本是一个混混，经常受人愚弄，有一天终于醒悟，觉得只有懂学问才能让人看得起，于是从混混就读到了进士，从进士到正五品，到了你太爷爷那已经是正四品了，那是咱们高家最大的官。可传来传去，到了我这儿又退成了进士，传到你又回到了一个混混！"说着说着，高满山笑了起来，笑着笑着又哭了，他伸出两个手指头，"咱们高家出了两个不肖子孙啊，我哪有资格骂你呀！"

高凤从屋里出来，给高满山披上一件皮袄，三个人相对无语，凝视着高家唯一的财产。

第二天下午，利民纺织仓库里的棉花已经堆成了半人高，正峰爬上棉堆整理，屁股和腿留在外面。

三娃来到仓库门口说道："掌柜的，那老板来了！"

正峰一愣，然后继续干活儿，就像没有听见一样。三娃低着头往后面退了一步，把尴尬留给了那福夫妇，嘴里憋着笑。

那福身子往前凑了凑，声音有些颤抖地说："乔老板，我是那福，特意跟您请罪来了！"这时，又传来了那太太的声音："乔老板，昨天我们有眼不识泰山，得罪了您，这不，我们登门道歉来了！"

正峰这才停下手里的活儿，从棉堆上跳下来，他把沾满棉花的帽子和套袖扔到一边，没拿正眼看他们："知道马王爷有三只眼了？"

"知道了，知道了！"那福哭丧着脸，"乔老板，我们要知道您跟荣老板的关系这么好，说什么我也不敢跟您作对啊！荣老板递过话来了，说以后无论谁家用了我们家的棉花织布，他们是一律不收，您看这事弄的，我们剩下的三千担棉花要是一直在仓库里放着，恐怕就得倾家荡产了！"那福往日的气势已经烟消云散。

"倾家荡产？你那胖子能倾家荡产？这样，我给你支个招，你看着谁家放炮，就一把火把棉花点了，你就说是人家炮仗给崩的，这样你都省得卖了！"

那太太尴尬地笑着，吞吞吐吐地说："乔老板，您——您真会开玩笑，这事我们可做不出来，我们那家是出了名的老实人。"

正峰眼睛一瞪："你们是老实人？哼，老实人能把同行全部给挤死？老实人能把自己棉花点了，让别人赔？哼，你还别不承认，我告诉你，这人世间就没有不透风的墙！"

那太太自知无法坚守阵地，只好缴械投降："乔老板，我的意思是说我们以后一定要做个老实人，同行我们也不挤了，棉花我们也不点了！这次也不知道抽了哪股子邪风，跟您做了对，您就别跟我们计较了！希望您高抬贵手，再给荣老板过个话儿，放了我们那家吧！"说着，冲着那福使了个眼色，那福心领神会，从怀里掏出来一张银票递过去："乔老板，昨天的一千担都按三十八块算，这是我多要的钱，您留着！"此时那福极其恭敬。

正峰瞪着他，但是不接，那太太使劲拽了一把那福的胳膊，那福又说："实在不行，按每担三十七算，我往里面搭一块。"说着就要掏银票。

正峰伸手制止，顺势把银票接了过去说："你别寒碜我，我要是要了你这一块，跟你有什么区别？说到底，咱俩不是一路人！"

看到正峰接受银票，那福也算松了口气，表情也松弛下来："对，对，对，我以后一定痛改前非！"

看那福态度诚恳，正峰点点头说："好吧，这次我就先放过你们，不过有个道理你们得明白，做生意得挣钱，这是天理！但是得分怎么挣，发国难财这事天理不容，听说你还是大清朝的皇亲国戚，你这样都对不起祖宗！"

"是是是！"那福直觉得汗颜，拿着手绢不停地擦汗。

正峰把银票递给三娃，随口说道："银票我收了，但你也别觉得吃亏，当初我要是一狠心，告到济南政府，你现在已经吃上牢饭了。"

正峰这随口的一句话把那福两口子吓得魂不附体，额头上汗又冒出来了，扑通一声，双双跪在地上："乔老板，乔老板，您可别告我们！那帮兔崽子，哦，不，那帮官老爷早就看我们那家不顺眼了！"

"我要是想告你，就没有今天这一出，起来吧，别拿大清朝留下来的那一套下跪的规矩哄我！"说完，头也不回地往外走。

看着正峰走出去，两人才算是放了心，那福的整个身子也垮了下来，一屁股坐到地上，像是经历了一场劫难。

晚上，正峰坐在桌子旁边，凝视着桌上那福送过来的银票，表情复杂。灯光下，这张银票显得格外显眼。

王知山从外面进来，正峰站起来恭敬地说："师傅，您来了！"

王知山点点头，在旁边坐下来，正峰赶紧倒上一杯茶："师傅，今天的事您都知道了？"

王知山点点头说："你让三娃把事情给我说了一遍，我多少明白了。"他转眼看到了桌子上的银票，"怎么？这钱挺烫手？"

正峰点了点头："要说这钱是那福给咱的，咱要起来也是光明正大，可我听说高老爷子为了凑钱都要把宅子卖了，这……"说着，叹了口气，"虽说高家的买卖一直是高年经营，可这背后却是高老爷子在撑着，越琢磨心里越别扭！"

王知山喝了口茶，认可地点了点头："这宏达纺织的老掌柜我也见过，虽说不是豪杰，却是个好人，就凭他能把铁蛋给收了就足以让人佩服。最近的遭遇只能说是他教儿无方，并非是他本意。这做生意有的时候得狠，因为你不狠，别人就会把你吃掉。你被吃掉了，你周围的一圈人都会跟着遭殃；有的时候呢，做生意该仁，你不但救了一个人，还救了一群人；这是仁是狠全在一念之间，不要做让自己后悔的事！"

正峰看着王知山："师傅，您的意思是……"

王知山笑了笑，并没有直接表明态度："正峰，生意场上，冤家宜解不宜结，现在的敌人或许就是你以后的朋友，谋略制胜结果当然好看，可要看对谁。现在国家有难，民生尚在疾苦之中，内斗就是大劫。再说让高家倾家荡产又能怎样，你从此以后就会背上阴险之辈的骂名，我们的生意做得再大也是个奸商！"王知山的表情略显沉重，轻叹一声，"说到底，都是一家人，这输赢之间不仅仅是两个字啊！"说完，把剩下的茶喝完，"你觉得这钱烫手，我也是这样觉的，就按你的意思做吧！"

第十一章　喜结连理

早上，高满山看着镜子中的自己，觉得还有几分精气神，暗自地点了点头以示鼓励。桌子上放着两包聚丰斋的点心，包得很整齐，他走过去，掂了掂，感觉分量够，点了点头又放到桌子上。

高太太过来说："放心吧，足斤足两，我亲自去的聚丰斋，今天早上新出锅的！"

高满山看着门外，顾虑重重地说："只是从来没有跟乔正峰正面打过交道，多少有点心里没底！"

高太太有些不解，半开玩笑地说："这是怎么啦？当年考进士的时候也没见你这么心虚过，年龄大了，心气没啦？"

高满山眼睛一瞪："这皇榜都没有了，辫子也剪了，还提那些做什么！"高满山坐到椅子上轻叹一口气，"咱们在上海的时候，这陈昊贤厉害吧，无论他使什么办法，我们硬生生地挺了一年；可来到这芙蓉镇，我们两个月都差点挺不下去了，我担心这乔正峰深不可测啊！我们中间差了这么多年岁，谁知道还能不能说到一块去？"

高太太说："要我说，不去道谢也没啥，咱这该赔的钱都赔了，利民纺织该挣的钱也挣了，咱都认！你还去道歉，这什么时候是个头啊？"

高满山喝了一口茶，在嘴里晃荡几下，然后又吐在茶杯里说："你懂什么？高年犯错在先，这钱人家该挣！就昨天的情况，乔正峰要是不收下那三百担棉花，那老板兴许能把咱的机器抬走，家伙事儿没了，咱们高家也就真的回天无力了！再说，你以为我是专门为道歉去的啊？我是要亲自把咱们两家的疙瘩解开！"说着望向门外，惆怅起来，"谁知道我这张老脸能卖几个钱？"

高年、高凤一前一后地进来。

高凤说："爸，您还是别去了，怎么算您都是长辈！"

高满山说："长辈怎么了？做生意讲究的是互相尊重，倚老卖老那是大忌。做错了事就得认，我去服个软有什么！"

高年说："爸，篓子是我捅的，即便是去，也是我去！"

高满山看了他一眼，把点心提起来："子不教，父之过！哪吒闹海，往根上算也都是托塔李天王的错！"说着一只脚已经迈出门去。

高满山刚来到院中，李管家就迎面跑了过来，上气不接下气地说："老爷，利民纺织的乔掌柜来了！"

高满山一惊，有些慌乱地说："这——我，你看——你们看看，人家还先来了，还愣着干什么，请啊？"

李管家面露难色，还带着点哭腔："我是请来着，可是这乔掌柜跪在咱铺子门口就是不起来，说是以下犯上，冒犯了老爷，来请罪来了！"

高满山一跺脚："哎呀，这是唱的哪一出啊？我可怎能承受啊……"赶紧往外跑，他跑起来有些飘，高凤在旁边挽着。

高年想跟着，却被高太太一把拉住说："你在这等着吧，发生这么多事，都是你捅的乱，乔掌柜这一跪，你可受不起！"说完，也跟着跑了出去。

高年只好站在旁边，恭候以待。

宏达纺织门口，正峰垂首而跪，三娃在左，秤杆在右。宏达纺织的几个伙计尴尬地站在旁边，两手束在腹部，都有些手足无措。周边围着人群，没有人起哄，只是小声私语。

高满山小跑而来，隔着很远就喊道："正峰贤侄，你这是干吗啊？快起来！

这可让老夫如何消受啊？"

高满山跑到跟前，正峰当即磕头："小侄不该以下犯上，冒犯了高老当家的，还请高老当家的原谅小侄！"

高满山神情激动，眼含泪花，用力拽着正峰的胳膊往上抬："我正峰贤侄，这么大的礼数我怎么消受得起啊！再说这事确实与你不相干，是犬儿数次冒犯在先，要跪也是犬儿当跪啊！"

正峰抬起头来说："高老爷，您从上海搬迁至此，我没有上门拜访这是第一错；如果凡事都能提前跟您商量，就可避免了这番争斗，这是第二错……"

高满山连忙摆手："不，不，不！贤侄，您别说了，千错万错都是我们高家的错！"

高凤看高满山拉人无效，也说道："乔掌柜，您的真情实意让我们惭愧，我爹说得对，要有错也是我弟的错，您快起来吧，我爹年龄也大了，我怕他太过激动，有事咱们进屋去说！"

高满山擦拭着眼泪："对，进屋说，进屋说！"

正峰这才慢慢起身，三娃跟秤杆也跟着站了起来。

中堂上，高满山让正峰坐在椅子上，高太太忙着沏茶。高年原本站在一旁，看到正峰坐下，身子往后一斜，也要坐下。高满山咳嗽一声，他吓得又站起来了。

高满山欣赏地看着正峰："贤侄，您可真是让我大开眼界啊，没有错，偏要主动认错，即便是认了错，还要跪着认，我高满山活了大半辈子，唉，将心比心，我这张老脸真没有地方搁啊……"

高年感觉老爷子有点掉价，找补说："爹，您这说的什么话？"

高满山眼睛一瞪："什么话？实话！林则徐说，'海纳百川，有容乃大'！咱们从上海搬迁至此，跟乔掌柜做对门生意，不仅没有理亏内疚，反而是处处与人为敌。可乔掌柜不仅没有刁难我们，反而容下了咱们，不只是容下，而且还恰到好处，既没有让咱们破产，又让咱们长了教训，就凭这一点儿，足让老夫刮目相看！"

正峰起身接过高凤的茶，郎朗地说："高老爷，您这是夸我，我乔正峰放牛出身，现在也就是个纺织匠，什么川啊，海啊，跟我不挨边！"

高满山一抬手："不，不，不！绝不是夸，那么多放牛的，为什么就你做了纺织匠？那么多纺织匠，为什么就你干得好？我们高家也算是不小的家业吧，来到芙蓉镇，这才几个月？要不是您让着，棺材本都赔没了，您说您是一般人？"高满山指了一下高年，"他，他是一般人，可就是鸭子嘴，浑身都煮烂了，嘴还硬着！"

高老爷一句话，大家都笑了起来。借着这个气氛，正峰从怀里掏出银票递到高满山眼前："高老爷，这是您损失的钱！"

高满山看到银票，大吃一惊："贤侄，这……"然后赶紧弓着身子往回推，"贤侄，你快收着，这可使不得，使不得！做生意难免起起落落，有得有失，这都是已经出去的东西，不行，不行……您务必拿回去！"

正峰又用力推过去说："高老爷，咱们都是正经生意人，最注重的是个名声，这钱很多，也很诱人，可不是正当手段来的，我乔正峰要是真拿了，上对不起我师父的教导，下对不起芙蓉镇的父老乡亲，您可别让我为难！"

高满山觉得正峰说得在理，可他又不想礼下于人，拿起银票说："贤侄，您说得在理，可生意做败了，就要有惩罚，要不我留一半，你拿一半？"

正峰继续推辞："高老爷，我即使是收下您一块钱，这事也不算干净，您就别推辞了，这些都是您的！"他转身跟高凤说："凤姑娘，有件事我得给您道个歉，打一开始我就知道您是高家的人，机器我也确实能开，但并不精通，您来确实帮了我们大忙，所以您以后不用再内疚了！"

高凤点点头，眼里泛出幸福的泪花。

高年大惊："你早就知道？"

正峰笑着点点头，未置可否。

高满山说："你看看，你看看，这叫什么？这就叫能人！打一开始，你的每一步人家都给你算到了，只是自找苦吃！"

高年低下头，只觉得汗颜。

高满山拿着银票，他突然想到一件事问道："贤侄，老夫没记错的话，这钱不是让那老板挣去了吗？"

正峰笑了笑说："那胖子这人欺软怕硬，小侄略施小计，分文不差地又送了回来！"

秤杆很自豪地补充道："高老爷，您是没见，那胖子两口子都给我们掌柜的跪下了！"

高满山震惊地点了点头，感叹道："哎呀，枉我经商这么多年啊，自认为什么样的人物都见过，可今天才算是见到真正的人物啊！生意做得好，手段也多，还能不贪……"高满山不住地点头，"贤侄日后定能飞黄腾达，这样，今天留在这里吃饭，咱们两家杯酒释前嫌！"

正峰的做法让高年彻底醒悟，心里的疙瘩也烟消云散，想想曾经的事，直觉得惭愧。他凑到跟前："乔大哥，今天我彻底服了。以前是我不懂事，您大人不计小人过，我今天好好地给您赔罪，爹，什么时候叫饭馆送菜？"

高满山一扬手："这就送，捡最好的送，我要跟乔当家的畅谈一番！"

高年跑了出去。

高满山又说道："哎呀，酒也得是好酒，馆子里的女儿红虽说好喝，但并不正宗，凤儿，你去一趟竹林，那里的酒正宗，让铁蛋套车拉你去，早去早回！"

"嗯！"二人也走了出去。

正峰看到高老爷大动干戈，忙站起来阻拦，高老爷往下一压他的肩膀："贤侄，别客气，坐着，坐着，这些日子发生了太多的事，你得好好跟我说说……"

竹林位于镇西，规模不大，但是很有特色。竹子之间间距相当，透过阳光形成特定的图案。竹林中间被主人开辟了一条路，绵延通往深处。因为自产的酒，所以在当地很有盛名。

高凤和铁蛋二人在林中驾车前行。突然，马一惊，只见两个黑衣人挡住了他们的去路。铁蛋一拽缰绳，车停了下来。

铁蛋没见过这阵势，一下子没有反应过来，等他镇定下来，高凤已经从马车上下来，问道："你们要干什么？"

两个黑衣人蒙着面，手里都拿着刀，悬在空中，喝道："你们是芙蓉镇高家的人？"

铁蛋憨憨地喊道："高家的，怎么了？"

黑衣人用刀指着铁蛋："没问你！"他指了指高凤："你说，你们可是三个月前从上海过来的？"

"不错！"

"那你家是做纺织生意的？"

高凤反问道："你们要干什么？"

黑衣人喊道："跟了你们一路了，别糊弄我们，答对了就给你放行！"

高凤说："对，我们高家是做纺织生意的。"

黑衣人点点头，走到另一个身边，小声地说："大哥，都对上了，上海来的高家人，做纺织生意，这娘们穿戴洋气，年龄也差不多，应该就是韩爷要请的那个女人！"

带头的黑衣人点点头："嗯，看来没跟错人，就是她，绑了！"二人抢刀就冲了上去。

高满山跟正峰正聊得高兴，铁蛋从外面跑了进来，衣衫褴褛，脸上青红相间，哭着说："老爷，老爷，出大事了！小姐让坏人给掳走了！"

高太太一惊："什么？"手里的茶杯掉在了地上。

高年"蹭"地一下从椅子上跳起来："还有这样的事，你说在哪儿？"

高家一下子乱了套，大家七嘴八舌地问着，高满山一口气差点没上来，他扶着桌子大喝一声："行啦！别乱！铁蛋，你快说说经过！"

铁蛋说："老爷，他们打了我就掳走了小姐，他们跑得快，我追不上！"

高满山连忙摆手："别说你，就是追得上你也不是他们的对手，快说说人在哪里被掳走的？"

"在竹林被掳走的，往济南府的方向跑了！"

话刚落地，全家人都往外跑。

高满山跑得慢，在后面紧跟，铁蛋拽住高满山的胳膊："老爷，人已经没影了！"

门口处，高满山停下来："啊？报官啊，报官，快去啊！"

"爹，我去！"高年率先跑了出去，管家在后面跟着，"哎呀，邪了门了，也不知道哪炷香没有烧到！"

门口，正峰急着吩咐道："三娃，机器停工，你把所有的工人都派出去，工资照发，务必找到高小姐的线索！"

"好！"三娃跑了出去。

高满山很愧疚地说道："你看看，贤侄，本来想跟你好好说说话，还发生这样的事情，还要让您帮着找人，简直惭愧啊！"

正峰问道："高老爷，您先别急，您想想，在济南府您有没有仇人？"

高满山皱着眉头想了想："要说有仇人，也是在上海！可仇再大，也不至于把人给绑了啊！"

高太太的心就跟掏空了一样，她看向远处，眼神却很空洞，眼泪吧嗒吧嗒地掉了下来，她捂着嘴说："我的凤儿啊，今年到底造了什么孽啊！一连被绑了两次了！"她这么一说，高满山像是被针刺了一下，他看着正峰道："对对对，贤侄，瓦罐子山的黑三绑过高凤一次，他是不是记仇，这次他又把人给绑了回去？”

正峰点点头："虽然我跟黑三已经没有了隔阂，但是我对他并不完全了解！高老爷，我现在就去一趟瓦罐子山，如果人在他那，我一定把人带回来！"

"贤侄，我们高家人头生，这官贼都不挨，还望贤侄不辞辛苦跑上一趟。但是，那些人都是土匪，你一定要小心啊！"

"好！"正峰跑着离开。

一会儿，高年跑了回来，喘着粗气说："爹，娘，已经报官了，政府的人说要去指认现场！"

高满山点着头："行行，带着铁蛋去，多带钱！"他突然又想到一件事，"对了，你赶紧去找乔掌柜，也给他送些钱过去，要多送，这求人办事，没有它不行！我就是倾家荡产也要把我闺女带回来！"

话音刚落，路口窜出一匹快马，正峰再次向瓦罐子山飞驰而去……

黄昏，瓦罐子山洞口的火把亮了起来。两个喽啰在洞外徘徊。

正峰甩蹬下马。

一个喽啰喊道："干嘛的？"

正峰道："怎么？不认识了？"正峰把黑三送的袖剑递过去，"麻烦禀报黑爷，我有急事。"

那喽啰看看袖剑，再看看正峰，说道："我瞅这人面熟。"

"是谁？"

这人仔细一看，大吃一惊："哎呀，不好，是他，快跑！"二人撒腿就往洞里面跑。

黑三正在案前喝酒，喽啰跑到跟前："黑爷，那小子又来了！"

"哪个小子？"

喽啰把袖剑递上："就是——就是把咱们绑了的那个！"

黑三接过袖剑，忽地站起来，喊道："那还不快请！算了，还是我亲自迎接吧！"说着冲了出去。

洞口，黑三迎上正峰，拱手道："乔兄，有失远迎，有失远迎啊！"

正峰还礼："黑爷，好久不见！"

黑三笑着："哈哈，乔兄，你这次又是一人一马，可把我这俩兄弟吓坏了！"

正峰直奔主题："黑爷，我这次不是来捣乱的！长话短说，你还记得上次被你绑的那姑娘吗？"

"记得！"

"她又被人给绑了！"

"被谁绑了？"

"现在还不知道是谁。她父亲知道你曾绑过她，特意让我来看一下，是不是又被你绑了回来？"

"不能，不能！"黑三连忙摆手，"上次我绑了她，你就把我给收拾了，这次我还敢绑？再说，自从你放了我以后，我可没有再做一件坏良心的事儿，老二都让我赶出山寨了！"他雄视着身边的兄弟问："是你们干的吗？"

所有人都摇头。

黑三说："乔兄，这些兄弟跟了我多年，都信得过，不是我们干的！"

正峰点点头："黑爷，我相信你！事不宜迟，我得回去继续找人，以后咱们再聚，我就先告辞了！"说着就要上马。

黑三赶紧把他拉住："乔兄，你如果相信我黑三，这人我帮你找！"

"这？"

"乔兄，客气话就不用说了！自从你上次放了我，还把赎金给了我，我就打心眼里佩服你的为人，你得给我机会把这个人情还了！乔兄，这绑人有绑人的规矩，可曾有票？"

“没票！”

“没票？”黑三原地转了一圈，“那就是这里面打着结呢。在济南府，敢绑票的有很多，可是光天化日之下敢绑票的没多少！乔兄，你把事情的前后给我说一下，我就是把济南府翻个底朝天，也要把人给你找到！”

凤凰楼，二楼的一个单间，灯光摇曳，鼎香氲氲。高凤坐在床头，嘴被堵着。她看看四周，一切都很陌生。想想上一次被黑三绑的经历，这次镇定了很多。

土匪上前拽掉高凤嘴里的手帕说：“知道为什么绑你吗？”

高凤冷笑了一下：“实话告诉你们，自从来到这芙蓉镇，这已经不是第一次被绑了，有话你就说，能商量的就商量，商量不下去的，你杀了我也没有用！”

土匪眼睛一瞪：“嘀，脾气挺硬！”他从腰里抽出匕首，“既然绑了你，就是不怕你！怕，我也不绑！没了你，大天地的筛子照摇，聚福祥的小酒照喝。”刀子在高凤的脸前晃动，高凤身子往后倾，额头惊出一层冷汗，“这位大哥，咱们往日有冤？”

土匪说：“没冤。”

“有仇？”

“也没仇。”

“既无仇，也没怨，你们这样做算什么英雄好汉？”

土匪说：“去他娘的英雄好汉，当英雄好汉早他妈的饿死了！”

他把匕首在高凤的脸上拍了拍，又开始盯着高凤的身材看，春心骚动，他抬起头来看向高凤，却被她那锐利而又显得深仇大恨的目光蜇了一下，不由心里一颤，趣味全无，“得！我们也有我们的规矩，绑人不闹人！哼，今儿我就说到这，不过你得记住了，别瞎折腾，等事情办成了就放你回去！”说罢，又把匕首揣进腰里，一撩衣服，夺门而去。

任府，天澈正在跟陈昊贤聊事情，林伯匆匆忙忙进来："少爷，刚才青帮传过信来，他们说把素雅姑娘请到了府上！"

"什么？"天澈惊得站了起来，陈昊贤也跟着起来，"青帮？就是上次凤凰楼的那帮人？"

天澈点点头："就是他们。"他问林伯："青帮的人是怎么知道这件事的？"

林伯说："我们失踪了一个伙计，估计是被他们绑了！"

天澈想到了原因："我知道了，昊贤哥刚来济南，穿戴很扎眼，肯定是在凤凰楼的时候被他们盯上的。他们还说了什么？"

林伯说："他们说他们请素雅姑娘到府上是花了钱的，只需要五千块大洋就把素雅带到咱们府上。"

天澈眼一瞪，骂道："他放屁！一群王八蛋，还说是请，这分明就是绑！真不知道自己姓什么了，我让老爷子给何局长去电话，统统地都给抓起来，以我们任家的财力，消灭一个青帮简直是小事一桩！"

林伯劝道："少爷，万万使不得，咱打发他顶多是几千块大洋，可是要想麻烦何局长，那就不好说了；再说事情还远远没到这一步，就算咱把青帮给灭了，很快就会有第二个青帮，兴许比这个还混，多一事不如少一事！"

"那你的意思是给，可要是给了，咱们任家就算是栽了，以后在这济南府就别想再直起腰来！"说着就向外走，"我这就让我爹去打电话！"

陈昊贤跑过去拉他坐下："天澈，先不要急着办他！青帮绑的是素雅，针对的是我，这么看他们对任府还是有顾忌的。再说，这事因我而起，即便是办，也应该由我来办！家父跟山东严参谋长是世交，虽然家父早早过世，但这些年一直没断了来往，一句话兴许就解决了！可是林伯说得对，这事犯不上较真，办了这一个，还有下一个，我们不能把精力放在这上面！"他亲自给天澈倒了茶，"我们做生意的常会遇到这样的事情，在上海比这还要严重，依我看，这钱我出，对外也这么说。这样既保住了任府的名声，也找到了人，你看怎么样？"

林伯也赶紧说："对，陈董事长的主意好！"

天澈看着陈昊贤，有些犹豫："这……"

陈昊贤在天澈的肩膀上拍了一下说："就听我的吧，任伯父很忙，就别给他添乱了，人找回来，一切都值了！林伯，麻烦您给青帮送个信吧，明天我带着钱去赎人。"

"好的。"

天澈只好点点头："行吧，那就放这帮土匪一回，要是再有下次，我一定把他们的皮给扒下来！"

第二天清晨，高太太在家门口瞭望，身影憔悴，一缕头发散乱地搭在脸上，似乎一夜间老了好几岁。

路上空无一人，高太太踽踽地走回屋里，瘫坐在椅子上。高满山急得在屋里转圈："昨晚高年请官府的人吃了酒，还都喝醉了，官府的人是指望不上了！"他气愤地摇摇头，"看来只有等乔掌柜的信了！"紧接着是长久的沉默，只有窗外的鸟叫声。

半晌后，高满山一声长叹："哎呀，这帮害人精……凡事都应该有规矩吧？要是被土匪绑了，也应该有票啊，什么信都没有，唉！就算是磕头，都找不到坟头！"他瞅了瞅高太太，"快别坐着了，把咱那些值钱的家当都准备准备，兴许就能用上！"

高太太刚要起身，高年从外面又冲了进来："爹，娘，乔掌柜送信来了，让咱们别急，他说黑三给他送来信了，我姐在济南府，明天就能把人给带回来！"

"真的？"高满山说着就往外走。

高太太赶紧拉住他："老爷，人都找到了，你这是干什么去？"

高满山说："我去买点东西，这乔掌柜把高凤救了，一见面，这礼就得到了，这叫知恩图报！"

"对，对，这种大恩一定要报，可是，你随便买点东西也拿不出手啊！"

"这倒也是！"高满山又坐了下来，接着叹气。片刻，高满山眼睛一亮，忽地站起来。

高太太问："想到主意了？"

高满山摇摇头，又坐下："哎呀，我倒是真想到个主意，可是说不出来！"

高年有些等不及了："你们先商量着，我去把消息告诉素雅，她正在屋里着急呢！"说完，一溜烟就没影了。高太太给高满山满上茶："这里就咱两个人，你想到什么就说什么。"

高满山说："这春天草要生，秋天叶该落，凤儿确实该嫁人了，要是有个人守着，也没有现在这一出。你觉得乔掌柜怎么样？"

高太太一惊，茶壶悬在半空中："你是要把凤儿许配给乔掌柜？"

"不行？"高满山盯着高太太。

高太太说："你不是一直想让凤儿找一个像李白一样的书生吗？"

高满山申辩道："此一时，彼一时，我说这些的时候凤儿还小，我也不大。现在明白过来了，虽然他们的诗都很好，可现实中却是倚红偎翠，妻妾成群，可以喜欢他们的诗，却不能相信他们的忠贞，苏轼如此，陆游如此，元稹亦如此。咱们家高凤从小虽然不是与松鹤琵琶为伴，但也是我们的掌上明珠，找文人万万不能！"

高太太笑了，认可地点点头说："我们两家都是做纺织生意的，乔当家的也是青年才俊，倒也是门当户对，可是自从咱来到这芙蓉镇，没少给人家添堵，人家能同意吗？"

高满山说："我看有戏，乔掌柜已经救过凤儿一次了，这次听说凤儿被绑了，立马就冲了上去，这叫什么？'冲冠一怒为红颜'！历史上经常发生这种事，成了就是壮举！再说这情啊爱啊很微妙，您看看古代多少贤人雅士用诗句来表达爱情，温庭筠《南歌子词二首》：'玲珑骰子安红豆，入骨相思知不知'；还有李白的《怨情》：'美人卷珠帘，深坐颦蛾眉'，这诗好不好？可为什么写诗？那是因为说不明白，看不透！可依我看，其实也没什么难的，这男女之间的这些事，往雅了说，这叫发乎情，止乎礼；可往俗了说，就是一层窗户纸，关键是得有人捅破！"

高太太笑了笑，感觉满意，可是又不愿意主动揽下重任："我不懂那些诗，反正听起来就犯恶心，要捅你捅！"

高满山喝了一口茶，寻思片刻，转头一看，高太太已经没了踪影，他又把茶吐了出来，大声喊道："只要人能安全回来，我捅就我捅！"

凤凰楼的门口换了两个护卫，油头铮亮，束腰绑腿，看起来更加的精壮。

正峰、三娃还有秤杆三人在胡同口商量着。

三娃担心地说："掌柜的，这就是黑爷说的地方？可黑爷说这韩府生可是这济南府一霸，打掉你的牙，还得让你说不疼的主，这些年缺德事没少干，梁山的局子都是他炸的，咱这么硬冲怕是吃不到好果子！"

正峰骂道："去他妈的一霸！凤姑娘生死未卜，就算是虎穴，咱也得闯！爷爷今天就是他的克星！"正峰瞅了瞅天，"看时辰，黑爷的人也快到了，你们俩在外面守着，听到我喊人就冲进来！"

"好！"二人也做好了拼命的架势。

正峰阔步进入大堂，此时一楼人来人往，欢声笑语。他来到二楼，最东边的房间外站着一个护卫。他走过去，大声地跟护卫打招呼："兄弟，站累了吧，我乔正峰请你喝茶！"

屋内的高凤听到正峰的声音，立马反应过来，大喊："乔掌柜，我在这里！"

话音一落，没等护卫反应过来，正峰一抬腿揣在护卫的腰上，护卫重心不稳，顺着楼梯往下翻滚。

正峰冲进房间，赶紧解开高凤的绑绳。

高凤急着问："乔掌柜，您怎么来了？我爹怎样？"

"好，好，家里都好……走，快跑！"说着拽着她往外跑。

这个时候，韩府生带着人也冲进凤凰楼，天澈和陈昊贤也在后面站着。

"陈昊贤？"旧人再现，高凤内心一阵激荡。

"高凤？"陈昊贤也不禁吃了一惊，他赶紧凑到天澈耳边说："抓错了！"

天澈走到韩府生身边："韩爷，别怪我们没规矩，这人您还是放了吧，抓错了！"

韩府生眉毛一竖："错了？"

陈昊贤说："对，这是高年的姐姐，不是我们要的素雅姑娘。"

"这？"韩府生想到自己损失巨大，眼睛一瞪，"他娘的！"他抬起头看看正峰，突然抬高嗓门，"错了也就错了，妈了个巴子的，这么多年，敢在老子嘴里拔牙的你算头一个！实话告诉你，人是我绑的，也得由我放，既然是你放了，你也得留下！"

老二从腰里掏出盒子枪，对着高凤："大哥，先宰哪一个？"

正峰一侧身挡在了高凤的前面："你就是韩府生吧？韩爷，今天我乔正峰既然敢来救人，我就没怕过，我要是眨一下眼睛，就算白活！"

老二喊道："嗬！大哥，咱打鱼还捞上来一对野鸳鸯，还真有不怕死的！"

韩府生说："小子，看你也算条汉子，实话告诉你，这趟买卖值五千块大洋，虽然绑错了，但是一分也不能少！钱到了，你们俩走，钱不到，你们俩死！"

正峰笑笑："韩爷，钱我有，可是我不能给你！我十二岁跟着师傅做生意，土匪我也遇到不少，要是每次都给钱，兴许买卖早就给干黄了！韩爷，这些年，生生死死的事我也经历了不少，算卦的说了，我命硬，今天也学一下牛皋挑滑车，您开枪就往这里打，"他摸着自己的心口，"您这一枪打准了，我三天后下葬！可要是打偏了，就放我们走！"

韩府生急了："他娘的，跟我谈条件，你也算盘菜？"说着也掏出枪，瞄准就要打。

"吆！韩爷，这是谁把您给气着了？"格格身着紫罗凤裙，款款而来，如秋水般的双眸先是从正峰身上驻足片刻，便又落到韩府生的身上，看似盈弱的体质，眼神中丝毫没有胆怯，"韩爷，这天干物燥的，万一您走了火，想烧了我们凤凰楼？其实烧了也无所谓，只是明天刘长官要来这里宴请，枪一响，扫了他的雅兴，怕是说不过去啊！"

"刘长官？"

格格说："对，就是省大员刘长官。"

"省大员？"韩府生脑袋一梗，顺势把枪别在腰里，又举起大刀："今天我就给格格这个面子，兄弟们，剐了他！"

正峰大叫一声："秤杆！三娃！"

秤杆、三娃两个人从外面冲了进来，堵在门口。二人都红了眼，手里都拿着匕首，做好了拼命的准备。

韩府生瞅着他俩："他娘的，又来了两个不怕死的，四个给我一块烩了！"

韩府生刚要往前冲，"嗖"的一声，一枚飞镖插到韩府生旁边的柱子上，再往门外看，没人。老三拔下飞镖，打开上面的纸条说："大哥，黑三的信，他说这小子是他朋友！"

老二说道："大哥，这小子到底是什么来头，黑三能保他？真他娘的邪乎！"

韩府生怒目圆睁："都骑到脖子上拉屎了，去他娘的黑三！"

老三举着那枚镖说："大哥，道上的人都知道这镖叫'恩断义绝'镖，黑三只有一枚，咱要是给这小子开了荤可就真的跟黑三撕破脸了。我听说黑三最近又弄了二十多杆枪，他手下的人都是双枪二十响，这梁山的乌龙寨、济宁的天和门都惧他三分！"

韩府生有点急："那就打，我还怕他不成？"

老三继续说："大哥，咱的家伙不比他少，打起来咱倒是不怕，甚至咱赢的可能性很大，可天津漕帮的分舵主是他的表哥，咱的货万万不能断啊！"

韩府生思考了一下当前的形势，生咽下一口气，把刀又收了回来，瞪着正峰说："小子，实话告诉你，在济南府敢这么跟我说话的还他娘的没出生呢。今天我就买了黑三的面子，放你们一条生路。不过你记住了，这济南府永远是你韩爷说了算！"说完带着手下冲出门去。

高凤提着的心终于落下来，额头上的汗也掉了下来。她扶着正峰的肩膀说："乔掌柜，您又救了我一命！"

"别说这些了，咱回家！"正峰扶着高凤来到陈昊贤跟前，高凤说："陈昊贤，你已经把我们高家挤出了上海，难道济南也不让我们待了吗？"

昊贤说："高姑娘，对不起，我只是想把素雅带回去！"

"所以你就用了这种下三滥的手段？陈昊贤，没想到你是这样的人！"说完，踏出门去。

陈昊贤想上前解释，天澈拉住他说："昊贤哥，这人正在气头上，你也解释不清楚。我一会儿找韩府生打听一下高家的地址，过几天您亲自去一趟吧！"

陈昊贤跟天澈黯然离开，凤凰楼恢复如常。

老鸨凑到格格身边："秀英，明天刘长官真的要来啊？"

格格坐在椅子上，单手支颐，黑水晶般的眼珠略略转动一下，淡淡道："不来！"

老鸨很好奇："那你认识刚才跟韩府生对命的那个汉子？"

格格摇摇头："不认识。"

老鸹更是好奇："既然不认识，你为什么要从韩爷的枪下救他？"

格格若有所思地说："我看他性如烈火，刚直不阿，像一个人！"

老鸹问："像谁？像你那个吃牢饭的男人，伍哥？"

格格站起来，没看他，也没说话，缓缓走开了。

高家，高凤半躺在床上，素雅坐在旁边，攥着高凤的手，眼中充满内疚："姐，我没想到表哥会做出这样的事情，我现在都不敢见爸了，他一瞪眼，我一肚子话都给吓得咽回去了。"

高凤笑了笑说："你别太在意，我爹生气是不假，可心疼你也是真的！小时候我爹常说'种树就要成栋梁，造酒就要做佳酿'，现如今，我弟没有成为栋梁，我也没做成佳酿，我爹还不是那个样子，其实他就是做做样子罢了！"

素雅点了点头，把高凤的手放下，叹了一口气："我只是搞不懂，我跟自己喜欢的人在一起有什么不对？为了找我，我表哥还跟恶霸混到了一起，天下间有千条道，他们就给咱留一条韭菜叶这么宽的道！"说完，素雅把头伏在高凤的腿上，秋水般的双眸泪流两行。

中堂，高满山气愤未消："杀人不过头点地，这还追到济南来了！这陈家在上海也算是名门望族，门前往来的都商贾政要，以他的父亲陈孝廉的德行是万万做不出这样的事情，怎么有这么一个儿子？老话说，道德传家，十代以上；耕读传家，多于五代；这富贵传家，过不了三代，即便是过了三代，也都是道貌岸然的主。这陈昊贤才第二代，就成了个小混混……"

"高老爷，是名门也好，混混也罢，高凤已经安安全全地回来了，我就不打扰了！"说着，正峰站起来拱手告辞。

正在倒茶的高太太慌了手脚，茶盖落在桌子上，叮铃作响："乔掌柜，别走，你再坐会啊？"

正峰问："还有事？"

"这，这……"高太太吞吞吐吐，然后把目光转向高满山，恳请之情溢于言表。

正峰也看出了几分意思，笑了笑："高太太，您肯定是有事吧？我是个直性子，有需要我的地方您就说，能办到的一定办！"

"唉！也罢。"高满山走到正峰跟前，双手握住正峰的手，"贤侄，今天我就撇下这张老脸给您说个事，可无论您同不同意，还望贤侄多多包涵！"

正峰又坐了下来："高老爷，您尽管说！"

高满山说："贤侄，我想亲自为高凤和贤侄保个媒，你觉得她咋样？"正峰有些猝不及防："凤姑娘和我？这……"

高满山紧张地问："怎么？您不喜欢我们家高凤？"

"凤姑娘？"正峰一时语塞，竟不知道说些什么。

高满山笑了："呵呵，没说不喜欢，那就是喜欢！"

"高老爷，我不是那个意思，我就是个粗人！"

高满山接话很快："我看你不粗，即便是粗，也是张飞穿针，粗中有细！"

"高老爷，凤姑娘是您的掌上明珠，见过大世面，我就是个纺织匠，命小福薄，即使我喜欢，凤姑娘也未必看得上我！"

高满山摇摇手："不不！看得上，完全看得上！虽说高凤不是我亲生的，可是比亲的还亲；当初我收她的时候才十岁，三九天就穿着一件破棉袄，见了高年穿得少，牵着他的小手就往自己的怀里搂，真疼人啊！后来我托人打听了凤儿的身世，才知道她家祖上经营着面粉生意，如果不是义和团，还是咱们山东地界的翘楚。时局动荡，虽然没有世袭祖上的福荫，那也算是名门之后啊！'鸿商大器，仁德富贾'这八个字可是曾国藩亲手给她家题的！"说着摇摇头，"哎！也就是这八个字才惹来的灭门之祸，还好，祖荫未丢，

276

跟您认识三个月，您救了她两次，这生生死死的缘分哪是说牵就牵的？要我说，她能跟了您乔掌柜，那是她的福气！"

正峰的目光投向高凤的住处，心中竟有股异样，但事情太过唐突，并没有准备好："高老爷，您说得在理，可这婚姻大事……"

没等正峰说完，高太太就接过话去："乔掌柜的，您说的我们都懂，都懂！我们高家最懂礼数，我们亲自提亲去。"说完就冲门外喊："高年，高年……"

高年从外面跑回来："妈，您叫我？"

高太太顾不得解释，直接下命令："你赶紧到吉祥斋，订一桌子好酒好菜，捡最好的订！"

高年问："这是干吗？"

高太太高兴地说："给你姐提亲去！"

高年异常惊讶地问道："跟谁啊？"

高满山想赶紧抓住劳动果实，急着说："你先别问这么多，叫你去，你就去！"

高年看到正峰满脸通红，便明白了其中意思："哈哈，姐夫，我以后是不是要改口叫你姐夫了？啊？哈哈……"

正峰赶紧站起来，有些尴尬地阻止道："高年，这……"

高年打断他："姐夫，你别推了。现在就是大总统的儿子我都不认，可你这个姐夫，我认了！哈哈……"说着跑出门去。

高凤还在床上躺着，高年进来兴奋地说："姐，咱爸刚刚亲自把你许配给乔正峰了！"

高凤惊得怔在那里，然后手指扣着床缝，又透露出并不常见的羞怯，渐渐地脸上又洋溢起幸福的笑容。

高年问道："姐，你也表个态啊！"

高凤佯装不经意地说："咱爹这就把我给卖了？"

高年有些轻佻地说："姐，这可是大事，最近乔正峰把我收拾得够呛，我是看他哪哪都不顺眼，你要是不同意，我现在就告诉爸，让他断了这心思！"

高凤忽地坐起来："你敢！"

高年继续说："姐，那你同意了？"

高凤一时间不知道说些什么，吞吞吐吐地搪塞道："这事不重要，我只是觉得咱爸把我这么快地给别人，心里不舒服。"

高年继续追问："那你倒是同意，还是不同意啊？"

素雅说道："行啦，你就别添乱了，我看乔掌柜没有什么不好，人又好，又有本事，还救了姐两次，这就是天定的缘分。"

高凤抬腿要下床："不行，我得去看看。"

高年的表情由规劝转为坏笑："行啦，姐，你就放心吧，乔正峰他跑不了。我又不傻，我知道你的心思，我还在馆子里订了最好的酒菜，而且我还叫了他姐夫。"

素雅瞪了他一眼："这还不错！"

高凤这才停下来，她红着脸，娇羞地扭过头去。

王宅，中堂，刘妈忙着倒茶，王知山和太太坐在下首，高满山神采奕奕地等着王知山回话。王知山似乎有些顾虑，他把茶杯拿起又放下说："高老爷，真是没想到您能亲自来保媒，只是正峰这孩子主意正，我们也不好替他做决定啊！"

"莫非王老掌柜对我们家闺女……"

"不，不，不！"王知山赶紧摆手表示否定，"贵千金，论见识、才学，别说是在芙蓉镇，就算是在济南府也是无出其右，只是……"

此时，高满山哈哈大笑起来："有您的这番话我就放心了，实不相瞒，来时我已经跟正峰贤侄打过招呼了，他没说不同意，那就是同意！"

王知山很吃惊："他已经松口了？"

高满山没有直接回答，而是从另一个角度切入话题："王掌柜，这人和人是缘分！我听正峰说他是哭丧碰到您家的，这就是缘！我们高家，从上海迁回济南，却跟您做了邻居，这也是缘！正峰和高凤二人恰巧年龄相仿，又都是青年才俊，关键我们家凤儿被正峰救了两次，救了两次啊——这是什么缘？老话讲，命大于天！这账还怎么算？这缘字的学问再大也不过如此啊！"

王太太高兴了起来："要是这样，可是天大的好事，不瞒您说，正峰这孩子的终身大事确实愁煞了我们，这孩子心眼太正，也认干，一天到晚都扎到作坊里，这周边大户的姑娘倒是有很多，上门说亲的倒是也不少，可赶他心情好还能对付句话，心情不好就能把人家给撅出去，现在四里八乡的媒人都不敢上门了。他的大事要是解决了，我们的心事也算是落了地了！"

高满山默契地点点头，似乎深有同感："老话讲'父母之命，媒妁之言'，可现在的孩子对包办婚姻并不待见！就拿高凤来说，在上海的时候，什么书香门第，商贾后生……各种各样的都有，不是这里不行，就是那里不行，她一个也看不上，自从认识了正峰以后，什么毛病都没有了！您不知道，当初正峰收拾高年的时候，高年是一嘴的牢骚，背地里凤儿不知道说了多少正峰的好话，我从来没有见她这样维护过一个人！"

对这桩婚事，王知山已经认可，开始畅想未来："正峰这孩子脾气又急又硬，贵千金温柔贤惠，这一硬一软，怕是以后难免磕磕碰碰的！"

高满山连忙摆手表示并不在意："王掌柜，要是脾气小了，兴许他们还走不到一起！想当年在上海的时候，渣打银行买办的儿子，英国剑桥大学的留学生，相当的斯文，就好比吃饭，他能一句话不说，斯文吧？可高凤就是没看上，说什么人家不紧不慢像个女人。再说，脾气大不是坏事，就拿瓦罐子山这件事来说，没点脾气谁敢一个人去！再就这一次，韩府生是什么人，就他那把盒子枪一亮，一般人就能晕过去，要不是正峰有点脾气，咱这人能全须全尾地回来？我看正峰虽然脾气急，但是很正派，也很有胸怀，不会有问题的！"

两家人越说越高兴，王太太当即表态："这以后，凤儿要是真受了气，告诉我，我能治他！"说罢，几人哈哈大笑了起来。

高满山走了。王太太幸福的眼泪才掉下来，王知山并没有劝她，想想过往，自己的眼睛也湿润了，他拿起手绢擦了擦，假装镇定："你看，两家斗来斗去，还成就了一段佳话！"

刘妈过来劝道："老爷，太太，可不能这么哭，日子都定完了，到时候掌柜的还要拜你们的高堂呢，再哭不吉利！"

王太太一惊："拜我们？"

"当然了，掌柜的没爹没娘，你们就把他当亲生儿子一样。再说，前几年掌柜的也是想认你们做爹娘的，要不是老爷拦着，早就改口了。在掌柜的心里面，你们早就是他的爹娘了！"

听刘妈这么说，王太太破涕为笑，撩起衣襟擦泪。

洞房花烛夜……

窗边的两个大囍字衬托着喜庆的气氛，烛光摇曳，正峰半躺在床上，高凤躺在他的腿上，二人聊了很多。

正峰说："我是个粗人，谈情说爱的那一套我不懂，但是我会铁了心地对你好！"

高凤笑了笑："粗人？你哪里粗？抽烟？喝酒？你一样都不沾！我爹都说你是粗中有细。"

正峰听了舒服："合着我在你眼里全是优点？"

"要说有不好的地方，那就是太愣，太横！为了救我连命都可以不要，可是细想想，哪个做买卖的没点脾气？这个世道，不横一点，下边那么多人听谁的？"

正峰满意地笑了，手放在高凤的头上，轻轻抚摸，浓情蜜意，然后把目光投向窗外，透漏出一种无法解读的想法。

高凤看着他问："想什么呢？是不是在想陈昊贤？我听说我们拜堂的时候他也来了。看到素雅和我们一起拜的堂，估计已经知道素雅怀孕的事了，我想他暂时不会为难我们了。"

正峰点点头："老话讲，攘外先安内，现在咱两家算是平静了，得想点外面的大事了！"

高凤坐起来："你想什么大事？"

正峰开始陈述自己的想法："你看，咱俩结了婚，这宏达纺织和利民纺织也就合为一家，你们家两台机器，我们一台，这三台机器要是一块干的话，这芙蓉镇可都是咱的了。可做来做去也就是这么大，这芙蓉镇电力不足，交通也不方便，根本伸展不开！"

"那你想怎么做？"

"这些年我经常往济南府走，也跟那些大人物打过交道，他们并不比咱强多少。目前咱们的实力还不够，等咱们再积累几年，我想把利民纺织开到济南府。"

黄浦江上，一艘白色中等客轮缓慢前行，鸣声低沉。江边有四只渡人木船依次排列，船长站在船头指挥，小心避让。

陈昊贤坐在客舱，向周围看了看，身边有几个英国人和若干个日本人。听了听，又听不懂他们在说些什么，有些无奈，他裹紧外套，隔江望去，老吴和司机已经在江边等候……

办公室里，陈昊贤看着近日的账本。

账房老吴从外面走进来，把一杯茶放在他手边："董事长，有四件事，第一件是济南府任老爷打电话来询问，我说您已经安全到达了。"

陈昊贤点了点头："我知道了，这次去济南府跟任伯伯聊天受益匪浅啊，他虽然人在济南，可是对各个方面的认识都是高屋建瓴，让人折服。回来的时候，任伯伯给我妈妈带了些东西，我办了托运，估计明天就到站了，你别忘了去取。另外，以后逢年过节都要给任伯伯准备一份厚礼。噢，对了，给林伯也备一份，这次他也是费了心的！"

老吴继续说："好的，董事长。第二件事是在您离开的这段时间，托马斯先生来过好几次，问他什么事，他也不说，倒是很好说话，给了点车马费把他打发了。"

陈昊贤把笔拍在桌子上，骂道："无赖！他肯定是想拿我们联手挤走高年的事做文章，他总是以为握住了我的小辫子，我怕他什么？在商言商，我只不过是用了一些商业手段而已！"陈昊贤稍微平息了一下，"你告诉阿宽，让他跟托马斯再走得近一些，顺便也找找他的把柄，事情还是不传出去的好！第三件事呢？"

老吴说："最近上海来了一位英国商人，风头正劲，昌达、玉红两家纺织厂基本都吃了他的亏，还好咱们在外埠也有市场，才没有被设计当中。"

"噢？还有这种事情？昌达的徐茂生可是出了名的老狐狸！"

"谁说不是呢，自从事情发生以后，很少在公共场合看到他了。其实也不怪他，不知道英国人这次从哪里弄来了一大批货，趁着市场好，全部倾销在上海。昌达和玉红销售无门，只好把货低价卖给了松田，可刚买完，英国人又联合松田把价格涨了上去，哎，简直是坏透了！"

陈昊贤更加生气："低于市场价的棉花竟然也能过海关？这还算是我们的上海吗？五四运动刚刚结束，竟然还能发生这样的事情，果然让任伯父说中了，这英国人和这日本人都没有一个好东西，跟西方列强去对抗，我们需要的是团结。你帮我约一下昌达的徐茂生，还有玉红的王铁林，我们得团结起来。"

"好的，这最后一件事是您舅舅那边也知道了您这次去的结果，对素雅有些失望，也知道您受了委屈，让您先以事业为重！"

陈昊贤叹了一口气："也不知道素雅到底中了什么邪？偏偏看上了高年。你告诉舅舅和舅妈，让他也不要悲观，虽然他们已经结婚，但事情并没有结束，他们依然做着纺织的生意，等我这边抽出手来，我会把市场直接做到济南府，一样能击垮他们！"

第十二章　康寿堂入局

1928 年，6 月初，济南刚下了一场大雨，趵突泉的水又涨了一米。

早晨，泉边要凉一些。一个青年靠在岸椅上，手中拈着一卷浅黄绢笺，正漫不经心地翻看着。

旁边，一个富人打扮的大姐正牵着孩子奔向对面的一个院子，大门开着，隐约地看到里面有人正在抚琴烹茶，显然那是富贵人出没的地方。

路边，两个车夫，他们懒散地坐在车子上等活，一人叼着一个烟袋锅子，青烟随风散去，更显得二人百无聊赖。

一阵微风吹来，将水面上的几朵花瓣吹向它们来的地方——公园。公园里有几男几女说着笑着，眉宇间尽显芳华，只是在他们回眸的那一瞬似乎与常人有些不同，跑起来步子很小，腰有些下弯。脸上的装扮也比常人多了些。

泉水涌出，白花花让人透彻，凝神之际，仿佛又听到女人爽朗的笑声，再把目光投向公园，那几个年轻貌美的女人竟然变了模样——她们穿上了日本和服。

不知不觉，济南府的日本人多了起来。

济南利民纱厂是乔正峰的新厂，位于济南城东，正前方就是发电厂，离着铁路也很近。新厂占地二十亩，车间、食堂、办公室、宿舍一应俱全。外墙是纯白色乳胶漆，显得新颖明亮。厂里面种着一些茉莉花、紫薇花之类，令人耳目一新。

车间里，正峰正在指挥生产，机器运转的声音盖住了一切。

半成品区，正峰抻出一绺黑纱，看到纱上鼓起了一个疙瘩，大声喊："秤杆，秤杆！告诉选料的，用点心，手稍微一哆嗦，咱这一尺布就得便宜两分钱。"

秤杆在对面应着："好嘞，掌柜的！"他又冲另一个方向喊道，"老李，选料细着点……"

正峰在梳棉机前蹲下，看着下面的螺丝，摸一摸，一层铁锈，又喊道："刘长顺，长顺……"

刘长顺从另一个方向跑过来，手里拿着扳手，满脸油污："掌柜的，您找我？"

"刘长顺，以前在芙蓉镇那是没有办法，零件坏了，修一下再凑合用。这里是济南府，有五金店，零件坏了全换新的，下次再这么凑合，小心我阉了你！"

刘长顺使劲点头："用新的，用新的！"

三娃过来："掌柜的！"正峰跟他来到门外，三娃说："掌柜的，有个叫松田的人来找你，说是什么共荣商社的，跟咱是同行，还说可以借钱给咱们，真新鲜！"

正峰一愣："嘿！咱刚到济南府没几个月，土地爷还没有拜完呢，就有人找上门送钱来了？有点意思！你刚才说他叫什么来着？"

"松田！"

"松田？日本人？他娘的，咱什么时候跟他们有过交情？"正峰转念一想，"这么着，你把他迎到楼上，晾他两个小时我再去，我得琢磨琢磨这是怎么回事！"

三娃提议说："掌柜的，您要是看不上日本人，我直接打发他走不就得了，干等着不好吧？坐下了就是客人了！"

正峰摇摇头说："被日本人惦记上并不是什么好事！罗爷爷当年说戚继光这段书的时候，没少提他们，坏心眼多着呢！前几年日本人囤棉的事你还记得吧？那就是例子。上次听素雅也提起过日本人，在上海做得很有章法，不少中国人都吃了他们的亏，咱不得不防啊！"

三娃有些顾虑："可人家要是不高兴呢？"

正峰教他御敌之法："那你就说软话，往死里说，如果高兴了，那你就再敲打敲打他，咱不但要折腾着他，还要让他舒服！"正峰拍拍三娃的肩膀，"这些就要看你的本事了。不过，你记住了，咱做生意是为了挣钱，人来了，不能赶，可也得分怎么挣，挣谁的？日本人的钱我不想挣，可我也得看一下这是哪路神仙，一招没接好，钱没挣着，还让日本人算计了，我乔正峰丢不起那人！"

办公室里，松田坐在椅子上等着。几年的光景并没有在他脸上留下痕迹，还是很精神。今天他穿着一身深蓝色西装，打着领结，甚是立整。

时间流逝得很快，窗外树枝上衔食的鸟已换了好几拨，松田也慢慢失去了耐心。

三娃从外面端着茶进来："松田先生，我们掌柜的吩咐了，给您泡最好的茶！"三娃把茶杯送到松田手边，"这是我们掌柜的托人从云南带过来的上等毛尖，据说一年只有五斤的产量，相当稀有，您尝尝！"

松田抻了抻衣襟，面色沉重，操着不太流利的中国话说："乔老板好像不怎么欢迎我！"

三娃赶紧地赔笑脸："松田先生别误会，我们老板有一个特点，跟工人一块吃，一块睡，只要他扎进车间，活干不完，就不出来，不光是对您，刚开始的时候，税务局的人来查账，十几号人愣是等了他一个小时，开始的时候还很生气，可看到我们掌柜的满脸花地从车间里出来，又都笑了，还说我们掌柜的压根就不像是一个老板！"

松田轻蔑一笑："跟工人同吃同睡的掌柜在我们国内有很多，只是在中国很少见！"他炫耀完以后开始追问正峰的事情，"我听说乔老板是个传奇人物，十二岁就当了小掌柜，呵呵，我还听说乔老板原来是个放牛的？"松田有些挑衅地看着三娃。

松田的问题很尖锐，三娃顿了一下，又想到正峰的嘱咐，笑笑说："可不是，我们当家的八岁开始放牛，连放了四年，都说这放牛是跑跑跳跳的笨活，可他放的不一样。"

松田把茶喝完："噢？愿闻其详。"

三娃又给满上一杯，开始陈述："性子倔的，当头牛；心眼多的，劝东家早早卖了；老实点的就留在身边，看着长膘；不同的牛，不同地对待。我们掌柜的十二岁就当了家，各路商家都应付得得心应手，他说应付商家跟放牛没什么区别，谁承想这放牛还放出了这等学问！"

松田听着有些刺耳，感觉是在影射自己是牛，表情又变了回去。

三娃感觉自己的话起了作用，继续震慑："虽说放牛放出了学问，可也有不好的地方，就是有了牛脾气，听着不舒服的事，说急就急。前几年我们的人被土匪劫了，他一着急，一个人闯了土匪山头，上上下下几十杆枪，愣是把人毫发无损地救了出来。后来，我们跟济南的青帮也有了过节，一着急，又是他一个人，愣是跟青帮打了个平手，事后问他怕不怕，你猜我们掌柜的说什么？"

松田很感兴趣："说什么？"

"他说必须要解决的事情，又解决不了的，就得比命！"三娃观察松田的脸色又暗了些，渐知松田的锐气又降三分，暗自高兴，语气一转，"松田先生，您是我们的贵客，也是成功的商人，想必不会介意我们掌柜的出身吧？"

此时松田已被三娃的陈述惊到，但又感觉三娃的话句句都有所指，一时茫然，尴尬地否认道："当然不会！"

三娃退去，把门关上，有一丝庆幸。

松田走又不能走，留下来又很不舒服，他看看自己的公文包，又想想刚才三娃的话，摇头晃脑，如坐针毡。

过了一会儿，正峰推门进来，身上的线头还没有收拾干净，松田有些惊讶。可能是三娃刚才的描述起到了应有的效果，松田恭敬地站了起来，弯腰握手："乔老板，幸会！"

正峰回握："松田先生，您是日本人？"

松田一点头："是的，我出生在大阪，长大后随祖父来到福建，后来转战上海、青岛，现来到济南，已然是很久没有回家了。"说完，抬头看着窗外，眼中流露出浓浓的思乡之情。

正峰笑了笑，坐下："请坐，松田先生，说来也巧，虽然我只是个纺织匠，可我不是第一次跟你们日本人打交道了。"

"噢？"

"我八岁那年，在村里放牛，大路上走来了一个日本人，也会说中国话，可能是不适应乡下的路况，脚上的趿拉板都快磨没了，我看他挺可怜的，就提议十块大洋卖给他一头牛，结果他扔下十块大洋，骑着牛就走了。"正峰摇摇头，"现在想想是卖贵了一些，您不会是他的后人来找我后账的吧？"

松田尴尬地笑笑："乔老板真会开玩笑！"

正峰话锋一转："我只是不明白，你们日本人为什么总喜欢到我们中国来？"

松田惭愧地低下头："请乔老板也不要介意，我为两国曾经发生的事情感到抱歉！"

正峰一挥手："行啦，过去的事就让它过去吧，您要是不来，我还真忘了这档子事了，咱说说眼前的事吧，听说松田先生要借给我们钱？"

"是的，乔老板，现在中国虽然很贫穷，但是棉纺织品的需求量却是稳中有增。来的时候我已经对乔老板做了一些了解，我认为，您可以成为我们在济南地区最好的合作伙伴。"

三娃用一个茶缸子沏茶，茶叶在缸子里翻滚，像是煮熟的菜叶。正峰接过茶缸子吹了吹。松田看了两眼，有些不解，日本最讲究茶道，相比之下，差别很大。他张张嘴，想说什么，看到正峰咽了一大口，松田也把话咽了回去。

正峰有很多不解，他放下茶缸子，目不转睛地看着松田："松田先生，济南有不少的纱厂，比我乔正峰做得好的也不在少数，您却找我合作，还主动借钱给我，您认识我？"

松田很认真地说道："乔老板，久仰很久！不知您是否还记得五年前的老鼠事件，因为您的一个主意，我们损失惨重！"

正峰一惊，想起曾经大笑道："哈哈哈，囤货居奇那件事是你干的？"

松田轻描淡写地说道："是我做的。但准确地说，棉花是大众商品，并不是标准意义的囤货居奇，只是一次简单的商业手段而已。"

"松田先生，看来我们的缘分很深啊！您不会是真的来找我算账的吧？"

松田连忙否定："不，不！这件事已经过去很久了，现在已经没有任何意义了！"

正峰笑着点点头："其实算账也无妨，因为你们一次简单的商业手段，搞得我们半个中国的棉价疯长，您知道那个冬天有多少中国人因为买不起被子冻死吗？松田先生，这个账并不好算！"

松田感受到了正峰的狡猾，明明自己占着主动，却又成了被动，只好说道："乔老板，过去的事情就让它过去吧！不过通过这件事，我见识了乔老板的商业才能，所以才执意要跟您合作！"

正峰看着松田，仿佛有什么即将翻涌而出的东西在眼皮下滚动，他必须搞清楚松田的底牌："好，我们就谈谈合作的事，松田先生，那您能借给我多少？"

"要看乔老板想借多少！"

"我如果借您二十万块，您要占多少股份？"

松田笑笑："乔老板果然是聪明人，我要四成！"

"四成？松田先生，对于您今天的出现是比较意外的，您刚才的提议更让我感到意外。纺织行业前途不错是不假，我乔正峰想做大也是真的，可是您二十万大洋就想拿走我四成的股份，这未免……"

松田说："钱我还可以多借给你，但是股份绝不能低于四成。乔老板，二十万乃至更多的大洋可以把厂子扩大到数倍，以您乔老板的能力和人脉，再加上我这边后续的资金，整个胶州湾市场都会被我们控制。生意做大了，您所想的一切就都有了。中国有个典故，叫"三顾茅庐"，我虽然不是刘备，但您堪称是诸葛亮！乔老板，请您一定要相信我们的诚意。"

正峰站起来，在松田的一侧走动，不禁感叹："哎呀，松田先生，您就别夸我啦，诸葛亮我是当不来，但我也不能当吕布，他本姓吕，后认并州刺史丁原为义父，最后又拜董卓为干爹，三姓家奴，没什么好下场！"

松田说："请乔老板不要误会，我们只是合作关系。"

正峰点点头说："松田先生要帮助我把工厂做大，这是好事。要是真有这么一天，我一定好好谢谢松田先生。不过，松田先生，这不是一件小事，我们中国人做事情讲究长幼有序，我后面还有我师傅，您得容我跟他老人家商量一下。"

松田站了起来："好的，乔老板，我等您的回复。乔老板是个聪明人，相信您不会拒绝我的请求。也希望您有时间到我们共荣商社，到时候我会用我们最好的茶来招待您！"

"一定！"

松田告辞，正峰没让三娃送，看着松田的背影，面色越发沉重起来。

三娃问："当家的，您卖给日本人牛这件事怎么没有听您提起过？"

正峰把茶缸子放到桌子上说："这你也信？松田他自己都不信。我是想告诉他，想从咱身上捞便宜，没门！"

"看来松田是要进军济南市场了。"

正峰点点头："是啊，这可不是什么好事。"

三娃感慨道："真没想到，您五年前的一个主意竟然把人给招上门了。这一出手就是二十万，甚至更多。掌柜的，他是不是知道咱要继续买地的事情？上次跟政府谈合作的时候，您说过咱钱不凑手，是不是这个话传到他那里去了？"

正峰点点头："这个松田不简单啊，放老鼠的事他都能查出来，这点事就更容易办了。三娃，现在济南的纺织市场还很乱，咱无论如何不能让日本人进来搅和，俗话说，请佛容易，送佛难！更何况他们信的不是佛，是天皇！罗爷爷常说这世上武功高的人不可怕，最可怕的人就是这只会笑的人，别看他们又是鞠躬，又是握手的，心里发着狠呢，还想要咱四成份子，哼！屁都不给他！"正峰喝了一口茶，"你记住了，如果他打电话来问，你就说我考虑好就给他回信，如果他亲自来，你就说我不在。我估摸着也就能拖他半个月。如果我没猜错的话，他找咱合作不成，就一定会有其他动作，要么拿他的便宜货冲咱，要么就会找下一家合作，给咱的时间也就半个月，所以我们的动作一定要快。第一，你告诉秤杆，所有的商品，九五折就往外出，剩下个库底子周转就行，咱得防止松田插一脚进来挤咱；第二，你告诉高年，去一趟上海，务必查清楚松田的所有来路。"

三娃有些茫然："掌柜的，这松田是日本人，跟咱接触的又很少，从哪里开始查呢？"

正峰发着狠说："从他的祖宗开始查！"

晚上，正峰回家的路上，五六个年轻人正沿街贴大字报。想到前几天的"五卅血案"，便知道这些都是爱国青年。他想上前帮忙，还是犹豫了，毕竟经商不能参与到政治中去。

刘妈蒸了猪肉包子，高凤抱着一双儿女在桌子前争抢。

有开门声……

刘妈说："肯定老爷回来了。"

两个孩子几乎异口同声地说："咱爹回来了！"然后二人从高凤的怀里挣脱，往卧室跑。

高凤又气又笑："你们俩怕他干什么？他又不是阎王。"

两个孩子像是没有听见，轻轻地把门关上。

刘妈也退回到厨房。

正峰看到没有孩子，问道："孩子都睡了？"

高凤却笑了："睡了？睡了就好了，一听说你来了，都吓跑了。"

"吓跑了？"正峰脱下外套挂在衣架上，也笑了。

高凤摆上筷子："你还笑？现在的济南府不是杀人，就是放火，时不时地还能听到枪响。自从上海的日本纱厂打死中国人以后，咱这里也跟着乱了套了。这些学生也真是的，不好好学习，偏要学上海搞什么游行示威，你说胳膊什么时候能拧得过大腿？前几天我带孩子去工厂看你，一路上全是游行的学生，他们被那些当兵的打得不是吼就是叫的，俩孩子都被吓得直接往家跑。看这俩孩子胆子这么小，还真让人担心！"

正峰没有理会，拾起筷子："担心什么？我看没什么不好。知道怕，还能跑，说明他们心眼多；要是那种明明害怕，还不知道躲，甚至不会躲的孩子才让人担心呢。"

"呵呵……"高凤被正峰的理论逗笑了。

"你还别笑，这些都是经验。我小的时候放牛，胆大的牛见着东西就吃，结果一到出栏的时候，第一个就被宰了；就是那些胆子小，还会看事的牛，见着人往后撤，一听有鞭炮响，就知道要过节了，一口东西都不吃，饿瘦了，牛老板不愿意要，结果活的时间最长。"

高凤捂着嘴，乐得更开心了："行，我说不过你，你说好就好。反正你在家的时间也少，家里的事情我管。但是厂子里的事我可听素雅说了，今天来了日本人，还想跟你合作！"

正峰点点头："是，他们出钱，想要咱四成的份子。"

"你同意了？"

正峰放下筷子："哼！还四成份子，我就是把厂子干没了，我也不会跟日本人合作！"

高凤放心地点点头："这就好，跟日本人合作就是养虎为患。当初在上海的时候，我就见识过日本人的厉害，他们都是借着合作的名义参与进来，然后会先把工厂干差了，再以注资的名义增加他们的份额，最后厂子都是他们的了。你拒绝的时候也悠着点，日本人不但野心大，而且心狠，真担心你的安全。"说完眉间一股愁容。

看着高凤担心自己，正峰很内疚："真是难为你了，嫁给我以后只顾着生孩子了。咱来到济南后又发生了这么多的事，细细算来没过过一天好日子！"

高凤看着正峰，情真意切："你这是说的什么话，嫁给你就是你的人，过什么样的日子我认。"她给正峰夹了菜，"能看到你每天平安地回来，我就心满意足了。"

正峰用情地抚摸着高凤的手，深深地点点头，很欣慰。

"咯吱"一声，卧室的门开了，门缝里露出两个孩子的半张脸，随后是两个孩子偷着乐的声音。

高凤一脸尴尬地看看卧室，脸发红。

正峰把手抽回来，压了压声音，命令道："你俩出来！"

两个孩子这才小心翼翼地排着队出来，他俩有些委屈地站在正峰面前，异口同声道："爹！"

正峰点了点头，问老大："知道为什么给你取名叫念忠吗？"

老大五岁，是个男孩，摇摇头："不知道！"

正峰又问老二："知道为什么叫你念仁吗？"

老二四岁，是个丫头，摇摇头，不敢说话，眼里还有眼泪。

正峰说："念忠是要你记住忠孝二字，不但要忠君，还要孝顺你的长辈。"正峰转向丫头，把声音放轻，"念仁是要你记住仁义两个字，对朋友要仁，对兄弟要义，你俩加起来就是'忠孝仁义'四个字，你们一定要记住，明白了吗？"

两个孩子都点了点头，稚嫩地答道："记住了！"

正峰拍了一下老大的屁股说："行啦，睡觉去吧。"

两个孩子又排着队离开。

高凤笑了："忠孝仁义这四个字太厚重了，你说了也是白说，他们又不懂。"

"不懂也得说，说得多了就懂了。当初跟师傅学做生意的时候，我也是什么都不懂，师傅跟师娘就天天在我耳边念叨。"说到这里，他突然停下，轻叹一口气，"算算日子，咱们来济南快半年了吧，还真想师傅师娘了。要不是厂子离不开人，我恨不得现在就长翅膀飞回去。"说着竟然惆怅起来。

高凤把正峰的手捧在手心，以示安慰："你不要难受了，要不过几天我就带着孩子回家看看，也了了你这份牵挂。"

正峰点了点头，很欣慰地把高凤搂在怀里，想起远方的亲人，表情神往……

芙蓉镇，王宅。王知山在院子里打了张石桌，石桌的中间刻有棋盘，楚河汉界分明。在棋盘的两头各有四个字，上面是"悲、喜、人生"，下面是"输、赢、棋局"。侧面也刻了两行字："人生莫论输赢，棋局可谈悲喜"，足见王知山把输赢看得很淡的心理境界，落款"民国五年城西黄家制"。

王妈在旁边煮茶、换茶。

此时的王知山头发已经半白，可精神矍铄，颔下蓄起两寸胡须，与高满山相向而坐，落子间互相交流。

高满山先发言："咱们俩就如同这两个老将，甭管怎么蹦跶就离不开这田字格喽；这儿子啊如同这大车（ju），甭管东西南北，往前一冲就没影了；这闺女啊就是这门炮，只要是结了婚，就算是点着了，一开响，也不知道打到哪里去了！"说着匆匆落下一子，"总之，一个也落不下！"

王知山笑了一下道："又想孩子们了？"

高满山感叹："想啊，是真想！"

王知山说："要是真想，咱就去济南府看看，我这心里面也闷得慌。"

高满山摆摆手道："还是不去了，孩子们刚稳定下来，咱去了不是添乱嘛。我只是有些担心高年，我听老家回来的人说工厂里是正峰盯着，高年就是陪那些来往的客商吃吃喝喝，这像什么话？两家搭伙做生意，合着一个人累，天下间没有这样的道理！"

王知山摇摇头："这没什么，高年也是入了股的，再说也是正峰的小舅子，吃吃喝喝也不为过，虽然遇事缺少一点点稳重，但是并不轻浮，也见过大世面，这礼尚往来的事正适合他！"

高满山还是有些不满："我们高家四代门楣，就属他少爷脾气最重，可也就属他的命好，吃吃喝喝就把钱给挣了。等孩子们稳定了，咱就去济南，我第一件事就是把他这副做派给收拾了！"

二人正说着，一匹快马停在门口，电报员冲了进来："王掌柜，电报。"

王知山打开电报，顿时高兴起来："哈哈，亲家，看来济南咱是去不了了，月底凤儿就带着孩子们回来了！"

王妈一惊，放下茶壶冲进屋里，喊道："太太，太太，月底少奶奶要回来了，太太……"

高满山接过电报看了一遍，激动不已："哎呀，这人还真不禁念叨，说着说着就来了！"说着站起来，"我得赶紧回家告诉她娘，这些天可把她给想煞了！"

早晨，蒙蒙细雨……高年去上海打探松田消息迟迟没有回来，厂子处于半停顿状态。

门口，伙房老张支起一口锅，下面火苗跳跃，上面蒸汽笼罩，里面的小米开始绽开，米香也弥散出来，零散的工人前来领粥。

正峰走过来，老张恭敬地说："掌柜的。"

正峰点点头，看看锅里的粥，觉得不对劲，他拿起一只筷子插在锅中心，接着筷子歪歪斜斜地倒了下去。正峰眼一瞪："老张，我说什么来着？别心疼米，这锅里要能立筷，立不住把你炖了！"

老张显得很委屈："掌柜的，咱这不是都停工了嘛，工人不干活了，我就减量了。"

"老张，你以后少替我挠痒痒，工人不干活也得吃饭！"正峰叹了一口气，"你没看出来，咱这些工人都是饿着肚子来的，上次二蛋就是因为没吃饱才把脚给砸了。"他越说越气，"你熬的这些汤汤水水的是什么玩意！"

老张赶紧认错："掌柜的我错了，以后再也不这样了。"他冲着门房喊道，"小驴子，快加米！"

不远处，有三个年轻人蹲在墙根下，他们望向这里，眼神里透着股羞涩。正峰问："老张，这几个人是干什么的？"

老张无奈地摇了摇头说："哎！都是些学生，这几天还游行呢，都游了半个月了，你说国家有难，什么时候轮着这帮孩子出头了。"

正峰点点头，再看向他们，心中暗自敬佩，说道："老张，听说你有个侄子还闲着？"

"对，对，上次想到咱们厂子上工，您说太小，就没来。"

"老张，我看这些学生面黄肌瘦的，估计饿得不行了。你让你侄子在东头摆上一口锅熬粥，就给这些学生喝，工钱我出，一会你到账房领钱！"

老张很高兴："行，这活我侄子干得了，谢谢掌柜的，我一会就去！"

正峰小声地提醒他："你记住了，甭管谁问，都不要说是咱利民纱厂熬的粥，这种敏感的事咱们少沾。"

办公室里，三娃汇报着情况："掌柜的，按您的吩咐，仓库的库存已经销售得差不多了，车间的机器也停了一半了，只是撤下来的工人怎么办？又是吃，又是喝的，工钱还一点不少给，这可都是钱啊。咱们厂子一停工，顺诚纱厂和第一纺厂的发货量明显见涨，一些新开发的客商也都改换门庭了，掌柜的，咱这样做是不是有些太谨慎了？"

正峰摇了摇头说："三娃，小不忍则乱大谋！成一件事，需要无数次地小心谨慎，可要是败一件事，兴许只需要一次疏忽。咱能有现在这个家当不容易，在济南府立住脚更是不易，所以不能太大意了。顺诚纺织和第一纺厂都是济南的老牌厂子，关系多，底子厚，松田闹哄一下倒是无妨，可是咱初来乍到，根基还没有稳，松田一有动作，第一个受害的就是咱，更何况他现在已经盯上咱了。"正峰缓了一下，"如果松田真的想扎根济南，就得迅速地收买人心，这第一招就得拼价格。如果真是这样，咱可是生产多少就赔多少，这笔账你算过没有？这相比之下，工人的工资根本就不算钱了！"

三娃明白过来，点点头："掌柜的，您说得对！"

正峰问："松田最近有什么动静？"

三娃说："前些天的时候，每隔两天打来一个电话，也亲自上门了三次，我都按您的意思打发了。可剩下的这几天，一点音信都没有了。"

正峰点了点头："那就是他琢磨过来怎么回事了，他娘的，是疖子就得鼓头，这样，你赶紧给高年发报，让他赶紧回来，不知道松田的底细，我都不知道下什么药！"

"好！"三娃转身往外走，正遇到高年风风火火地回来，他穿着黑色风衣，显得更有派头了。他手里头还拿着一张报纸，进门就说道："姐夫，还真让你说着了，这松田真的找到下家了。"高年念着上边的头版标题，"《康寿堂与日本共荣商社携手共挑济南纺织业大梁》，这是什么狗屁标题，还大梁？这不明摆着要跟咱结梁子啊！噢，对了，他们还说无论是粗纱、细纱，还是坯布，第一批客商将会以现在市场价的七成出售，这不是把人往死里逼吗？这个王八蛋！"说完把报纸拍在桌子上。

三娃一惊："掌柜的，还真让你说准了，第一招就是价格！"

正峰没有回答，也没有看报纸，边来回走动，边琢磨："康寿堂？康寿堂？它是个什么东西？"

高年说："卖药的啊！"

正峰把茶缸子放在桌子上，一瞪眼："我还不知道是卖药的？我是说他跟日本人合作算是个什么东西？难道在纱布上撒些药面子还能包治百病？荒唐！"

看着正峰有点急，高年继续说："姐夫，您先别着急，因为着急的不止您一个，这大上海昌达纺厂的徐茂生，还有玉红纺厂的王铁林比您还急。这几年他们跟松田交手数次，从来就没有赢过，做了十多年的厂子，最后拱手让给了陈昊贤，可这陈昊贤也没有沾到日本人什么便宜。"高年举起报纸，"还有，这报纸我是在车站买的，咱这趟街根本见不到，我跟着小报童打听了，原来这松田早就下了套，这趟街禁报一周！这是故意不让咱知道啊，松田真是个老狐狸！"

正峰问："青岛那边怎么样？"

高年说："松田虽然在青岛有分社，但并没有把主要精力放在青岛。再说前进纱厂的李有林也很有手段，青岛还算稳定！"

三娃给高年倒了一杯茶问："既然松田在上海做得这么好，为什么不留在上海，来祸祸咱们山东干什么？"

高年说："说来也是，可细想想，这上海的陈家不可小觑啊，陈昊贤运筹帷幄这么多年，影响力可见一斑，这江浙一带都有陈家留下的根基，一直在跟松田抗衡，怕是这松田拿他没有太多办法！"

三娃说："从这件事上看，陈昊贤并没有想象中的那么坏，除了素雅的事情，你们之间的过节是从什么时候开始的？"

高年长叹一口气："唉……往事不堪回首啊，要说我跟陈昊贤的过节，那还是第一次世界大战开始的时候……"想说他又停了下来，摇摇手，略显无奈，"算了，世界史你们也不知道，就当是我遇到了纳粹，把我们高家给截了。我是当事人，说起来会夹杂着个人情绪，细节您得问我姐夫，他比较公正！"

三娃没听明白："纳粹是？"

高年加大了发泄力度："就是强盗！"

正峰有些急："什么纳粹，稀碎的，气死我了！陈昊贤不重要，重点是说说这个松田是个什么东西？"

高年赶紧转入正题："行，那就得从这个日本国开始说！"

正峰又制止住："日本国也不行，越听越来气，就是倭寇，以后就叫倭瓜！"

高年点头认可："行，行，叫倭瓜。在倭瓜国，纺织业是他们的主干产业，马关条约签订以后，算是给了他们进入我国的机会，也促进了倭瓜国纺织业的快速发展；到了第一次世界大战的时候，各国列强从中国撤出，趁着这个机会我国的纺织业才发展起来。大战结束后，日本作为战胜国，有了足够的资本积累，从棉织品的出口转为资本输出，一方面，他们的政府对这种跨国贸易绝对支持，来到我国以后低价压制，然后收购建厂；另一方面他们的纺织业发达，成本不高，税率又低，所以我们几乎是占不到什么便宜。上海的昌达和玉红纺厂就是血淋淋的例子。"

正峰说:"这么说,这笔账还得算到慈禧的头上?"

"姐夫,算到她头上也行,可即便是慈禧老佛爷当时没有签条约,日后他们也会进来,出口、进口这是国家发展的必然。最根本的原因还是我国人口多,需求量大,另外国内的纺织水平还有待提高。松田就是钻了这个空子,从19世纪中期,松田的祖父就定居在上海的英租界,然后伺机而动。他的祖父擅长隐忍,做事阴柔,贸易往来都是背后操作,所以很少在公共场合看到他,我在上海的时候跟松田家族也就没有过交往。自从松田继承家业后,完全是两种行事风格,靠着家族的财势,开始迅速拓展市场,大肆执行兼并之道,再加上他对中国的环境很了解,更是如虎添翼,所以现在上海的纺织市场更加地风起云涌。总之,松田这个人很难对付,虽然是日本人,但却是吃着中国饭的白眼狼!"

正峰点了点头,眼中透出雄心:"日本人也好,白眼狼也罢,在上海怎么折腾咱不管,也管不了,但是来到了济南,就得有点规矩!"

正峰重新回到桌子前,开始排兵布阵:"三娃,你让剩下的一半工人也全部停工,多则一个月,少则十天,工资照发!"

三娃点头答应:"好!"

正峰继续说:"你再安排一下,我要见一下松田,我倒是要看看他盅里还有几个骰子?"

"好!"

高年有些轻蔑地说:"姐夫,我看没必要这么大动干戈吧!虽然松田在上海做得很大,可济南并不是他的地盘。康寿堂就是个卖药的,转到纺织业还需要时间。即便是松田跟它合作建厂,一开场就是七折也没关系,有多少咱就要多少,您当年不就这么对付过我吗?"

正峰眼睛一瞪:"有多少要多少?哼!咱七成收了,他再卖六成,里外里咱又赔了一成，你以为松田是你啊？"

高年有些傻眼……

济南顺诚纺厂的外墙是新盖的，比周边的高出一米，最顶端镶着铁钉，尖头朝上，锈迹斑斑；门口的管理也很严密，两厘米厚的铁栅栏门，外加两个中年门卫，门房上还挂着一个常年招工的牌子。上夜班的工人陆续出来，两个门卫逐一搜身。

掌柜的叫蔡茂盛，四十多岁，身材偏胖，中式打扮，头油抹得很亮，也显得很精神，他站在一旁，对搜完身的工人点头放行。

第一纺厂的刘阔海从黄包车上下来，也是中式打扮，身材略显臃肿。他来到跟前，小声地问："蔡老板，又抓贼呢？"

蔡茂盛勉强地笑了笑："日防夜防，家贼难防，还是防着点好。我建议你也加上一个岗，重点不是抓人，是震慑！"

刘阔海点了点头，然后从兜里掏出一张报纸："蔡老板，震慑的事以后再商量，看报纸了吗？"

蔡茂盛说："没有啊！"

刘阔海感叹道："我的亲哥哎，出大事了！"

蔡茂盛接过报纸，看了一眼，异常惊讶："这康寿堂要开纺织厂？"

刘阔海也是一脸不悦："谁说不是呢？你说一个做药行的瞎凑什么热闹？他能明白这甘草和黄连的区别，还能弄清楚这粗纱和细纱的门道？即便是弄明白了，可还是隔着行呢。哼，据说都是他孙子康泰的主意，出了几年国，真本事不见长，添乱的本事倒是学会了不少！"

蔡茂盛继续往下看，又问："这里面怎么还有日本人的事？"

"是啊，刚来了一头狼，又进了一只虎，这济南府以后怕是没有安心日子了……"刘阔海使劲摇着头。

蔡茂盛抬头看着刘阔海问："我怎么越听越糊涂，谁是狼？谁又是虎？"

刘阔海说："这利民纱厂的乔正峰就是头狼，这日本的松田就是只虎啊，他娘的还是只外国虎！"

蔡茂盛冷笑一下："这松田是不是虎，我不清楚，可这利民纺织的乔正峰绝不是狼，是头牛我信——不就是个小放牛的嘛！"蔡茂盛显得很轻视。

刘阔海摇摇头说："蔡老板，这利民纱厂的乔正峰是万万不能轻视啊，在芙蓉镇的时候我们就打过交道，想挣他的钱，真难！可想让他赔钱，更难！原来这芙蓉镇有十几家做纺织的作坊，可干来干去，都让他并了，能并还不错，多数直接就干没了，而且离着他近的先没，要不然他一个小作坊能在咱们济南府落地生根？放下这生意上的事不说，就说这外场，青帮的韩府生知道吧，谁不怕？那可是韩爷，在济南府工商界，除了任府的任万里敢跟他瞪眼拍桌子，谁还敢？可这乔正峰就算一个。五年前，在凤凰楼，他愣是一个人让这韩府生吃了哑巴亏！"

蔡茂盛不信："他有这么横？"

"利民纱厂来济南府都半年了，据说韩府生那边的份子钱是一分都没给，老话常说这秉性越横，生意越大，我看他就有这么个意思！"

蔡茂盛继续摇头："这横只能管一时，咱毕竟做的是生意，挤兑兼并也是常有的事，算不上是真本事！"

刘阔海继续劝说："蔡老板，我还是那句话，这乔正峰绝不是一般的生意人，就好比您这大早晨的门口捉贼，可这乔正峰大早晨在厂门口熬小米粥，赶上心情好还能亲手送上！哼，老板亲自送粥，这工人们还不拼了命地干活！"他指了一下蔡茂盛的搜身现场，"你捉贼，他收心，这一反一正，差得可不是一星半点啊……"

蔡茂盛还是不信："他真能干出这事来？"

刘阔海感慨道："蔡老板啊，我这都说轻了，这粥里要是立不住筷子，他当场就能把厨子给辞了。哎，真是旧伤未愈，又添新伤啊！蔡老板，咱俩是该合计合计未来的事了！"

蔡茂盛也惆怅起来，他眼神望向天边，突然灵机一动："刘兄，我问你，乔正峰来济南多久了？"

"顶多半年。"

"好，你说实话，他的买卖干不过咱吧？"

刘阔海合计一下："他底子太薄，又是外来户，以现在的实力肯定干不过！"

蔡茂盛点点头："那就好！如果日本人有大动作，先挤的是谁？就是他乔正峰，等日本人把乔正峰挤死了，咱俩再联手挤死日本人，你看怎么样？"

刘阔海眼睛一亮，伸出大拇指来赞扬："蔡老板，这步棋真高！"

王宅门口，王知山夫妇站在那里迎接高凤。车来了，高凤带着孩子下了车。

孩子们边跑边喊："太师傅，太师娘！"

王太太眼泪瞬间就淌了下来，迎面搂住两个孩子说："孩啊……我的孩啊……可把你俩盼回来了……"

"师傅，师娘！"高凤打了招呼。

"回来好，回来好！"王知山点头回应，走过去带孩子进屋，可孩子不动地方，他们看了看高凤，像是受了什么指令，高凤吩咐道："念忠，念仁，给太师傅、太师娘磕头！"

两个孩子闻令跪下："太师傅，太师娘，给你们磕头了！"他们连磕了三个。

王太太赶紧揽孩子："刚走半年就给立规矩了？起来，起来，你们还太小，不兴这个！"

两个孩子又看了看高凤，还是不动弹。

高凤说："师傅，师娘，正峰来的时候有交代，让这俩孩子也替他磕仁头，正峰太想你们了，可是现在脱不开身，您就让他们磕吧，我回去也好交差！"

听到是正峰的意思，王太太眼睛湿润了，他松开手，点了点头。

两个孩子再次磕头："太师傅，太师娘，我们替我爹给您磕头了！"又是三个。

充满稚气的声音缭绕王太太耳旁，她似乎又看到了正峰小时候，想着想着，眼泪忍不住流了下来。王太太慢慢拭去，起身把孩子搀起来："好，来了就好，来了就好！"说着，眼泪又掉了下来。

中堂，高凤把一个小盒子递给王太太："师娘，这是正峰给您买的止痛膏，您腰疼的时候就用用。正峰说他最放不下的就是您的腰，让您累了就歇歇，想他的时候就给他写信。"

王太太拿起止痛膏捂在手心，如获至宝，像是正峰就在眼前，紧接着又是两行热泪。

高凤把一个信封送到王知山面前："师傅，这是这半年挣的钱，正峰让我带过来了！"

王知山身子往后一躲，脸有不悦："带这个干什么？早就跟他说过，我们够吃够喝就行，你全部拿回去！"

高凤解释道："师傅，正峰知道您的心意，可他说这做生意难免有山高水低的时候，万一哪天犯了混，生意没做好，这就是咱们东山再起的本钱。您收他为徒的时候才十二岁，教他做人做事，一个徒弟半个儿，这保命的钱只有放在您这里他才踏实！"

王知山理解了正峰的意图，接过信封："好，我收着！"王知山端详着信封，显得很沉重，"我希望这个咱们永远用不上！"

高凤点点头继续说："师傅，这次回来我可能要多待些日子，正峰说让这两个孩子跟您学学规矩，他说有您教，他才放心！"

王知山点头答应："好，好！"

两个孩子凑到王知山跟前，搂住了他的胳膊，嘴还不闲着，念仁问："太师傅，我爹说您可厉害了！"

"噢？你爹说我哪里厉害？"

"就是……就是……"念仁挠了挠额头，"我给忘了，太师傅，让我哥说。"

念忠更是一头雾水，挠着头，不知道说些什么。

王知山爽朗地笑了起来："你这个小滑头……"

王太太把高凤拉到堂屋说话，她把高凤的手捂在手心里："凤儿啊，这男人和女人不一样。女人的心思像针鼻，有了家以后，心里就只有家；可男人的心思野，爱得也深，但不细致，就像是大簸箕，总想把家人都守住，但还是要颠来颠去的。正峰从小就不让人操心，事业心强，整天待在厂子里，你别怪他，你跟孩子是他的命，厂子是他的魂。"

高凤也拉住王太太的手说："师娘，您说的这些我理解，正峰对我很好，我也很知足！"

王太太放了心："那就好，那就好！家里太平才有心思干大事！我听说济南最近有些不安生，有点事还放枪，前些天还死了人。"王太太眉间掠过一丝隐忧，"正峰心眼太正，脾气又急，济南不比家里，凡事要收一收脾气，真遇到什么事，不要往枪口上撞！"

"师娘，您就放心吧，正峰现在一心只扑在生意上，跟政治有关的事情他从来不掺合。他脾气是硬，可是不傻，那种赔本的事从来不干。您不是也说过，他是一个小人扳不倒，君子学不了，坏人镇不住，遇到贵人就发财的命吗？"

"对，对！我说过，他就是！"说完，两人都呵呵地笑了起来。

四孝街，利民纺织的旧铺已经改成了餐馆，宏达纺厂的铺子改成了利民纱厂分店，掌柜的是曾经昌盛纺织的胡掌柜，十几年的光景已将其鬓角染白，但精神还好。管家还是老李，二人正趴在柜台上算账。

铁蛋跑进来说："掌柜的，管家，老爷说今天中午大家伙一块吃饭！"

　　胡掌柜吃了一惊："一块吃饭？铁蛋，你说明白点，是高老爷说的还是乔太太说的？"

　　铁蛋挠了挠头，有些困难地回忆："是乔太太学着乔老板的意思说的，噢，对了，乔老板还给你们带了信！"铁蛋把信递过去。

　　胡掌柜赶忙把信拆开，跟李管家共同坐在椅子上，轻声念道："胡兄，李兄，一向可好？想必我这句话问得也是多余，由你们操持着铺子，肯定会越来越好！济南这边市场大，可也更累，平时也抽不出时间给你们联系，勿怪！来济南的这半年，经历了不少事情，可睡觉的时候就是想你们，虽说前些年咱们总是斗来斗去的，谁承想最后还斗成了一家人，心里就是放不下。细细想来，家里就剩下你们二位主事了，我师傅师娘，还有岳父岳母都得依靠二位照顾了，但凡有个头疼脑热的就抓药，抓好药，别心疼钱！还有就是家里的嫂子和孩子们如果想出来见见世面，就都来，别不好意思，都是自家兄弟。这次，你们弟妹都给你们带了东西，切记全部收下，不要退回！行了，就说到这里吧，税务局的那帮小子们正等着我给打牙祭呢。二位长兄，务必珍重，弟正峰泣托……"

　　念完信，胡掌柜的眼泪掉了下来："你看看人家乔老板，去了济南府就把铺子交给了我，我都已经收手十几年了，可人家还记得我，不仅如此，还让咱占大头，这真是以德报怨啊，要是知道有现在，咱何必当初隔三差五地挤兑人家啊！"他擦了眼泪，回忆当初，"那时他才十二岁啊，我真不是人！"

　　老李也用袖子擦眼泪："是啊，这乔老板是真仁义啊，真拿咱当一家人啊，想想当初，真是惭愧啊……"

　　胡掌柜感慨完："铁蛋，你先回去，东家爱吃福寿斋的绿豆糕，我去弄些最新鲜的。"

　　"好，我再弄些好酒去，咱们一块高兴高兴。铁蛋，你盯一会儿！"说着二人一同向外跑去。

第十三章　藿香正气

早上，办公室里，三娃从外面进来，看着正峰正在琢磨事，没说话，主动倒了杯茶，正峰的注意力被拽了回来。

三娃说："掌柜的，昨天我给松田打电话约时间，没人接。今天他主动来了电话，说下午想见你！"

正峰点点头："好！这样更好！他主动见咱，说明他比咱急！"

三娃问："掌柜的，咱去拜访人家，是不是要准备一些礼物？"

正峰摆了摆手，把桌子上的报纸拾了起来："他给我出了这么一大难题，我还给他送礼？想得美，王八蛋！"

三娃看正峰要生气，赶紧转换话题："掌柜的，昨天晚上松寿堂的人过来送信，也说要见你。"

正峰把茶杯举在半空中："松寿堂？这又是哪路神仙？"

三娃回答："也是卖药的。"

正峰眉头一皱："又是卖药的，我正琢磨这档子事呢，说说，他也想干纺织？"

三娃笑了："这难说，我估摸着是看到康寿堂跟日本人合了作，所以来找咱。不过他要是真想干，还不如让康寿堂干！"说着，又倒了一杯茶，"咱们济南共有两大药铺，这康寿堂算一个，这松寿堂就是他的死对头。两家在同一条街上，一东一西，店铺差不多大，生意上也是平分秋色，可是这人性

307

上，松寿堂要比康寿堂差一大截。这药行讲究的是对症下药，可同样的病症，下同样的药，药效就是不一样，就好比这拉稀，康寿堂三天就能治好，这松寿堂就得七天，药可是一样的药。"

正峰好奇："还有这事？同样的药还能吃不好？"

三娃接着说："对，同样的药，就是药效慢。还有一点，吃了他家的药，不能中途换地方，换了也不管用，还得多花钱，这事真邪性！"

正峰冷冷一笑："这他娘的药有水分啊，这药铺还能活？"

三娃说："掌柜的，让您说对了，老百姓也知道是药有问题，可是价格便宜啊，多受几天的罪也就这么认了！"

正峰眼睛一瞪："那咱们厂子有些头疼脑热的工人都吃谁的药？"

三娃说："掌柜的，您放心，全部都是康寿堂的药！"

正峰放心地点点头："这还差不多，哼！这样的钱松寿堂都敢挣，你回头告诉他，就让他干纺织，他乔爷爷也给他弄点药，也让他扒层皮！"

三娃问："那您是同意见他了？"

正峰手一挥："去他娘的！以后这种王八蛋你少跟我提！"正峰把茶喝完，"这么说，康寿堂还算是不错？"

三娃点了点头："正儿八经的药行买卖。"

正峰摇摇头："嘶，放着药行不干，干纺织，这我就搞不懂了。"

康寿堂——济南老字号。这个药铺虽然门脸很大，但是显得有些旧。牌子横在门梁上，新漆的黑漆，横书金字"康寿堂"三个大字，刚劲有力；两边的对子也很实在，"丸散膏丹一应俱齐，男女老少药到病除"。

铺子里很忙，柜台边上站着一排人，柜上两个伙计忙着抓药。负责看病的师傅正在旁边的座位上诊脉。

一位男患者哭丧着脸说："王神仙，我这病能治好吗？"

王神仙眼睛一瞪，捋了捋胡须："跑肚拉稀还能没治？三副药，药到病除！"

患者还是有些担心："王神仙，药我吃多了，就是没治好，我可是慕名而来啊！"

王神仙笑了笑："如果不是你吃错了药，一服药就够！放心吧，跑肚拉稀砸不了我们康寿堂的招牌！"

这时，过来一个中年妇女，一个年轻的汉子搀着她坐下。这妇女无精打采的，半趴在桌子上，汉子说："王神仙，您快看看，我娘说浑身没劲，都十多天了。"

王神仙号了脉，看着汉子问："你娘身上有疼的地方吗？"

汉子直摇头："没有，哪都不疼，就是没劲。"

王神仙问："你们在别的地方看过了？"

汉子倒也爽快，直接说道："看过了，在松寿堂看的。"

"坐堂先生怎么说的？"

"他说气血不通，七服药保好，可都吃了七天了，越来越差劲。"

王神仙点了点头，他吩咐旁边的伙计，"刘顺，去给盛一碗粥过来，记着，放些糖，再多放些盐。"

汉子很紧张地问："王神仙，我娘得的什么病啊？"

王神仙似乎有些生气地说："以后你记住了，药不能乱吃，也代替不了饭，这分明就是饿的！"

"饿的？"这汉子大惊，接着哭丧着脸说："可不是，钱都用来买药了，哪还有钱吃饭啊！他娘的，这松寿堂，都快坑死我了……"

铺面的后面是一个大院子，院子的西侧搭起了棚子，棚子两边是晒制的各种草药，边上有两个断手的伙计用脚踩药捻（一种制药工具）制粉，还有两个年轻的姑娘按着计量逐一配比装包。棚子里面有四口大锅，四个工人正在配合着炒制熟药，青烟四起。

　　最北面是四间正房，东数第二间是正堂，正堂的墙上挂着"济世"二字，并在下面有四个竖着的小牌子，分别是"良心药，善众生，默无闻，勿进商"，这是康寿堂的祖训。

　　堂里聚集了很多人。康老当家年过八十，须长发白，身体也有些绵软，但是目光锐利，威严仍在，双手握着拐杖，支撑着地面，坐在上位。左手边是孙子康泰，西装革履，头油抹得锃亮，胸口挺直，傲视着厅内坐着的十六位分房负责人。

　　使唤丫头给康老当家上了一杯茶，慢慢退下。

　　康老爷先说："这康寿堂虽说是我们康家的产业，可究竟是咱们康家各房的买卖，一荣俱荣，一损俱损，你们对从事纺织生意这件事也都有意见，大家都发表一下看法吧。"

　　下面一片混乱……

　　城西药铺的负责人说："康老当家的，咱们是做药行的，虽说也是为挣钱，可做的是济世救人的买卖。您说这药，咱闭着眼，光靠鼻子都懂搞明白，可是这纺织里面的道道咱们谁知道？"

　　城南分房的说："咱们康寿堂风雨中坚持一百多年了，这祖训的牌子也挂了一百多年，这最后一条就是勿进商，难道要悖了祖训？"

　　康泰面有不悦，当即站起来反驳："你们这叫保守，这事是我办的，有什么想法直接问我！"

　　"放肆！"康老当家的把拐杖磕在地上，眉毛一横，虽然动静不大，但足以震慑得康泰不敢抬头，骂道："康泰，这堂下都是你叔叔伯伯辈的，什么时候轮得上你说话？"

　　城北分房赶紧解围说："老当家的，小少爷快言快语，坦坦荡荡，做事情干脆利落，这是好事！"

康老当家的借坡下驴，点了点头："康泰，你是康家的后人，我这个位置迟早是你的，但是办纺织厂这件事你得给大家一个交代！"

"是，爷爷。"康泰发言，"各位叔叔伯伯，我爸爸走得早，这些年也仰仗了各位叔叔伯伯的照顾，"康泰给众人鞠了一躬，"我十七岁去法国留学，那一年各位叔叔伯伯都是送了的，你们都说要让我有出息，在外国多学本事，我记下了。如今学成回来，想带着大家一块发展，可见我也是这么做的，咱康寿堂在这济南府有一百多年的历史了，这第一药铺的地位也从来没有变过，可也不是不能变，这城西的松寿堂就跟咱较着劲呢，虽说他们是党参代替人参，虎骨头换成猫骨头，药效差了些，可是药比咱的便宜，老百姓也吃这一套，不是没有翻身的可能性；刚才王伯伯说祖训里面有勿进商这一条，我是认可的，而我要说的是，纺织厂做好了并没有违背祖训。中国虽然很大，可一到冬天穿不上棉衣的人依然很多，药能让人驱病散疾，纺织业却能让人驱寒进暖，说到底都是为了救人！我们做强了，就是让更多的中国人穿上棉衣，换个说法我们也是在济世！"

城西的分房说："康泰小少爷，这是济世也说得过去，可是跟您合作的是日本人呀，他们干了太多坏事啊！"

"对啊，对啊……"大家伙跟着应和。

康泰继续解释："跟我们合作的是日本人不假，用他们的钱也是真的，可是最后说了算的还是我们康寿堂。别看日本人占了咱们东三省，到了济南还得听咱的，国民政府再蠢，能让他们打到济南？我看这事相当遥远。再说，日本人并不是非找咱不可，如果咱们不同意，他就去找松寿堂，这可不是什么好事！"

"哎哟，这怎么能行……这松寿堂可是咱的死对头，他要是干大了，还不得往死了挤兑咱。"又是一阵乱哄。有人问道："康泰，这钱怎么付？成又怎么分？"

311

康泰回答："松田出十万大洋，咱出五万，可他只占四成的份子。"

听到这个数据，人群里有人点头，可是城南分房负责人还有些迟疑："康泰，按说这钱已经不少了，四成的份子也不过分，可咱是东家，他借的是咱康寿堂多年积累的信誉和资源，这中间只差两成……哦，我的意思是这做生意难免有山高水低的时候，怕是这两成的差距说不过去啊，三成差不多……"

康泰点了点头说："伯父，你的提议很好，这也正是我与松田商量的第二套方案。松田说了，他可以要三成股份，但是剩下的一成要入到咱们康寿堂里去。"

城南分房负责人大吃一惊："什么？他要进药行？"

康泰说："如果大家伙同意这个方案，松田先生也说了，他可以再加五万块大洋。"

"五万块？"众人被震了一下。

康泰笑了一下："大家伙都知道，咱们康寿堂十六个分堂，把库里的货都盘干净了也就二十几万块大洋。松田用五万块买咱一成的份子，这个买卖不赔。另外，共荣商社总部在上海，在青岛和济南的都是分号，我们正好借助这个机会把我们康寿堂做到上海和青岛，到时候别说是一个松寿堂，就算是十个，骑着马也追不上咱！"

下面又是一片混乱，却换成了认同的声音。

济南共荣商社分社位于城西的一处大宅子，地道的中式建筑。红砖黑瓦，新浸的漆，阳光下熠熠发光。门楼旁的墙上挂着牌子，上面刻有"共荣商社"四个大字。院子很大，种了一些樱花树和花草，红土外露，看得出来是新种植的，一位手艺人正在旁边打理。

院子东南角有块空地，上面砌着红砖，有两个三四岁的孩子在上面拿着竹竿打架，随着动作还带着"嗨，呀……"等有节奏的发声，旁边还站着一个二十岁左右的年轻人，眉目清秀，像是在指导动作。

门敞开着，正峰径直的走进院子，看到两个打架的小孩，顿了一下，有些吃惊。

这时，旁边的年轻人快步走了过来，然后恭敬地鞠躬："您就是乔老板吧？"

正峰问："您是？"

年轻人回答："您叫我山口就行。"

正峰笑了笑："山口？姓山名口？有点别扭！"

山口也礼貌地笑了一下："噢，不是，我们日本跟中国不一样，我就姓山口。"

正峰接着问："姓是两个字？"

山口说："是的，在我们日本也有一个字的姓，但是很少，多数都是两个字的，当然也有七八个字的。"

正峰点了点头："有点意思，是不是你们家房子后面有座山，所以就姓了山口？然后你们社长是因为家里面的田地旁边有棵松树，所以就姓了松田？"

山口回答："是的，您说得很对！"

正峰笑了："倒是挺好记。"正峰瞅了一眼山口，继续说："山口，你们家社长为什么要请我到这里来？他不知道我正生他的气吗？本来是找我谈合作，转脸就找到了康寿堂，还上了报纸！"

山口深鞠一躬："对不起，乔老板，我们社长就是为了这件事才找您来的。"

话音刚落，松田便从屋里快步迎出来，深鞠一躬："乔老板，谢谢赏脸！"

正峰拉住松田："松田先生，别这么客气，我可受不起！"

"快到里面坐。"松田拉着正峰进入到茶室，茶室里面都是日式风格，对门位置是一张榻榻米，榻榻米上有一个红褐色的长桌，桌子下面是一个坑，正峰的脚放在里面。松田则跪在榻榻米上，他背后的墙壁上挂着一幅日本天皇的照片，旁边挂着一把日本军刀。正峰背后挂的是一幅日本字，虽然七扭八歪，但是看得出来，是中国的"和敬清寂"演变过去的，这四个字主要是讲日本的茶道精神。侍女把茶放到正峰手边，用勺匙轻轻地把上面的一层白沫拂去，茶香四溢。

侍女退下，松田才开始说："乔老板，真是对不起，这次就是专门给您道歉的，找你找不到，只好请您到这里来了！"

正峰晃了一下头："松田先生，我来了又能怎么办？还能回头吗？您说您办的这叫什么事啊？从我那一走，转头就跟康寿堂搅在一起了，怎么？他家给的份子多？"

松田弯下头："一样，都是四成。"

正峰佯装不高兴："那我就不明白了，我们利民纺织比他们康寿堂差在哪？"

松田赶紧解释："差肯定是不差，而且要强很多。"松田长出一口气，"甚至可以说是天壤之别，只是我给您打过很多电话，也去了很多次，都没有见到您，所以……"

正峰摇了摇头："我说松田啊，这就是你的问题了，咱都是做生意的，这里里外外有太多事需要操持了，见不到人是常有的事情。再说您见不到我，可以多等几天啊，咱做生意的第一条就是要沉得住气。前几天，我手头的事刚忙完，本来是要联系您的，可是一看报纸，天变了，哎……"正峰显得极其遗憾。

本来是松田的主场，正峰的一席话下来，松田竟无言以对，只好低下头："乔老板，对不起，是我的错！"松田顺手从身后的盒子里拿出一份合同放在正峰眼前，"您看，我跟康寿堂的合同还没有正式签约，如果您同意跟我们合作，这份合同我可以马上扔进垃圾桶。"

正峰并没有看合同，提醒道："松田先生，报纸可都登出去了！"

松田诡异地笑笑："乔老板，您不要在意这些，这些都是些小事情。我们之间的合作才是第一位的。"

正峰笑笑："松田先生，您先抛弃了我们，然后与康寿堂合作。可是您现在又要甩开康寿堂再与我们合作，您无意间就加深了我们与康寿堂之间的矛盾，这不好吧？"

松田也觉得自己出尔反尔有些理亏，于是决定改变一种进攻策略："乔老板，这件事您不用急着回答，今天我的主要任务就是赔罪，上次我说过，我会让您尝尝我们大日本最好的茶。"松田指了指杯中茶，"这就是，我们一边喝茶，一边欣赏我为您准备的精彩节目！"

"啪啪！"松田击掌两次，门被轻轻拉开，四个年轻貌美的艺伎，一脸粉黛，浓妆艳抹地站在门口位置。

正峰先是一惊，转脸一笑："松田，来的时候我可是打听了，你们讲究茶道，得有三百多年的历史了吧。这些祖胸露乳的女人应该就是艺伎吧，这也应该有三百多年了吧！"

松田说："是的，乔老板，这是我们最高水平的礼遇。"

正峰开玩笑地说："哎呀，松田啊，您拿这些好几百年的东西对付我，我有点接不住招啊！"

松田笑笑："乔老板，你不用多虑，此次只是赔罪。"他伸出手势，指示艺伎开始表演。

正峰赶紧伸手制止："别，别！松田，这吹拉弹唱就罢了，茶确实是好茶，可是这一股子胭脂水粉的味儿我确实受不了，即便是我受得了，我家里那口子也是受不了，这要是回去审我个没完，本来咱们要谈好的事情愣给搅和黄了，得不偿失！再说，我看她们长得都一样，就算能证明清白，等她们卸了妆，我都找不到人给我作证，啊？哈哈哈……"

松田微微一笑："乔老板，您真幽默，在我们日本，女人是可以忍受一切的。"

正峰回击："松田，这里可是中国！"

松田略微沉思了一下："好，就听您的！"松田一摆手，艺伎并列退下。松田又掏出一份合同："乔老板，这是一份合同，单独为您准备的，如果可以的话，现在就可以签！"

正峰接过合同，并没有看："现在签？"正峰摇摇头，"现在还不能签，松田，这么大的事我需要回去再商量一下。"

松田急迫地问道："乔老板，上次您不是跟您师傅商量了吗？"

正峰说："松田，咱认识的时间短，有些事您还不了解，虽然利民纱厂我师傅说了算，可当初开买卖的时候，我小舅子也是参了股的。"

"噢？还需要您的小舅子同意，这并不是问题。"说完他冲着门外喊："山口君。"

山口急忙走过来："社长！"

"你马上去利民纱厂，把乔老板的小舅子……乔老板，请问他怎么称呼？"

"哈哈……"正峰爽朗地笑了，"松田，我看还是别劳烦您了，即便是您把他请来，我们也不能现在就做决定，有些事情还是我们私下聊比较好！"

松田面露难色，感觉希望渺茫，很无奈地说："好吧！乔老板，您把合同带回去，只要你们想通了，随时可以签字，希望我们可以尽快合作！"

正峰接过合同，然后把茶杯里的茶一饮而尽，起身告辞："松田，今天您的心意我领了，我也明白您的意思。不过，丑话说在前面，即便是我没同意，您也不能记恨我，如果没有康寿堂这档子事，咱们早就应该搭伙了！"

松田点头："明白。"

门口，松田目送着正峰离开。

山口走到松田的身旁问："社长，他会回来签合同吗？"

松田摇摇头，很沉重地说："我看没有希望了！"

"社长，这到底是个什么人？里外都不能吃亏！咱给他打了十几遍电话，还去了四五次，明明是他不肯见咱，现在竟然反咬我们一口，说都是我们的错。"

松田长出一口气："中国人常讲的一句话："兵者，诡道也"，这也正是他的厉害之处。你现在赶紧联系一下银行，现金一到，马上跟康寿堂签合同，刚才把底都透给他了，我都后悔死了！"

办公室里，三娃正在打扫卫生，高年双腿搭在桌子上看报纸，显得很悠闲。

正峰从外面进来，高年赶紧把报纸收起来问："姐夫，这松田的葫芦里到底卖的什么药？"

正峰作冥想状："这日本人有点意思，我一进门就看见两个跟念仁这么大的小孩拿着竹竿打架，大人看着还不管！"

高年很不屑地笑了一下："姐夫，这不算什么，在上海还我见过这么大的日本孩子练枪的呢！"

正峰很惊讶："练枪干什么？打仗？"

高年摇摇头："打不打仗我不知道，听说日本国几乎所有的小孩都这样！"

正峰坐下，靠在椅背上："哼，有点意思，我看这日本人跟咱长得也差不多，怎么这么怪？这日本跟咱们中国到底有什么区别？"

"区别？"高年喝了一口茶，开始组织语言，"从文化上来说，我们中国讲究的是儒家思想，他们是道家思想，虽然儒和道都是源于中国，但是各有长短。儒家文化主要是教做人，从古代的科举、尊卑等各种管人的制度上就可以看得出来；而道家的文化主要是教做事，从始至终，一以贯之，凡事都要做到极致，比如武士道，挥刀剖腹这可不是一般的极致。极致也不仅体现在这方面，还有茶道、建筑、食物等方方面面。在日本还流传这样一个笑话，就是有一个客商来到日本最古老的一条街，街上有两家寿司店，客商问路人买谁的好，路人说买第一家的好，因为第二家寿司店五十年前换过一次主人。你看看，一家寿司店都可以开到几十年甚至上百年，这可不是一般的极致啊。当然也有其他不同的看法，比如上次有个朋友说日本不是因为他们追求极致的精神有多么的可贵，而是因为日本是个弹丸之国，物资极其匮乏所致，必须免除一切的资源浪费，剖腹的最终目的就是省子弹，这才是追求极致的最终理解，我觉得这也有道理。"

正峰指着高年的头："说了半天，就最后这一句像人话！"

高年没受影响："姐夫，有的时候我也有些糊涂，凡事喜欢做到极致的人，怎么会去侵略别的国家？难道这一切都是伪装的？"正峰点点头："嗯，应该就是伪装的，小不能成为侵略别人的理由，血腥的民族根本不懂得什么是极致。"

三娃说："怪不得八国联军进北京的时候咱吃了大亏，原来人家从小就练啊，可他为什么打咱呢？"

高年说："这个也不难解释，第一，从地界上看，日本被中美俄三个大国夹着，只有中国最弱，而且是极其弱，所以不打白不打。第二，日本是一个不产资源国，只有少量的铁矿，完全没有石油。所以日本在工业化的发展上有绝对的劣势。第三，日本是一个岛国，周围都是海，海军的强大就代表着国家的安全，而海军战舰又需要巨量的铁矿，他没有怎么办？只能去抢！在美国开启日本的门户后，殖民地的概念开始传入日本，日本为了满足自身发展的资源需求，也计划着寻找殖民地，所以就得打仗，找了一圈，就打咱了！"

三娃摸着头，皱着眉毛："高少爷，你说得太深奥，听不太明白，反正他就是自己太穷，所以要抢别人的。"

"对！无论是面积还是人口，日本都与我国悬殊巨大，所以小孩都得练习打架，为以后的侵略做准备！"

正峰感叹道："我们国家太弱啊，凡事只能顾眼前，而日本人很强，看的却是未来！"正峰有些无奈地站起来："行啦，打仗的事情咱就先不管了，即便是想管也没那个能力，那是政府的事情，但是日本人要在咱家门口抢生意，就不能不管！"他从袖子里把合同掏出来："这是松田要跟咱签的合同，康寿堂也有一份，据说马上就签了！"

三娃拿过合同看了一下问："这也太突然了，那现在怎么办？"

高年也看了下合同说："我看咱们是不是有点太高估这个松田了，我看他就有点像银样镴枪头——中看不中用；就拿这档子事来说，即便是跟咱们合作不成，他也应该找顺诚纺厂或者第一纺厂合作吧，他俩再不济也是在济南纺织这个行当的，没成想他找了康寿堂，除了有十六个分号的优势以外，其他的都是一塌糊涂，表面上看是找合作伙伴，这不是找了个绊脚石吗？一个卖药的能搞纺织？精明的人能这样干？"

正峰摇了摇头："以我对松田的了解，他是个极其精明的人，跟康寿堂合作指定是另有所图，只是我还没有想到罢了。"正峰手指敲击着桌面，"康寿堂，康寿堂，咱得去会会！"

康寿堂门前病人不断，一个伙计叫喊着维护秩序。账房老张往后院康老爷的房间跑，正好遇到康泰，康泰问："老张，大白天的，您跑什么？"

老张停下，喘着粗气说："小少爷，利民纱厂来人了，要拜访老爷，我去说一声！"

老张往前走，康泰一把给拽住："等等……利民纱厂？乔正峰？"

老张点点头："对，就是他！"

康泰眼珠一转，渐知这事有文章，脖子一梗："我说老张，你怎么这么糊涂，眼下咱就要跟松田签合同了，这乔正峰明摆着就是来捣乱来的，我爷爷耳根子软，兴许哪句话说到他心里，着了他的道，合作这事就能给咱搅和黄了，出了事你兜着？"

老张面露惧色："小少爷，我就是传个话，再说我也兜不起啊！"

康泰瞥了老张一眼："哼！知道就行，是他要来见咱，不是咱要见他，见与不见取决于咱。松田先生也早嘱咐过我，说这个利民纱厂的乔正峰虽然是放牛的出身，可绝不是什么省油的灯，等工厂建好了，我第一个对付的就是他，这人咱不能见，万一混熟了，以后我还真下不了手了！"

老张继续劝说："小少爷，这乔掌柜毕竟是咱们济南有头有脸的人，再说他厂子里的药都是从咱们康寿堂拿的，也从来没有赊过账，有的时候还能多给。上次张瘸子家闹火灾，那一家人都快烧煳了，用的药都是上等的好药，咱们康寿堂全出也出不起，为了救人，只有请求政府出面筹款，这么多捐钱的厂子，就是人家乔老板捐得最多。人家今天来了，咱们关门不见这不好吧？"

康泰犯了嘀咕，显得很为难："那行吧，我去告诉我爷爷就行了，你让他们先等一会儿！"

"好。"老张转身又跑了出去。可转眼间，老张又跑了回来，康泰问他："又怎么了？"

老张说："少爷，有句话不该讲，可不说出来，心里别扭。都说日本人不可交，您真的就对他们这么信任吗？"

康泰很不耐烦地说："老张，很多东西不能跟你说，因为说了你也不懂，但有一条，日本人如果真的跟松寿堂合作了，咱家估计就完了。老张，要想发展，我们没有别的路可走，先把松田稳定下来再说，以后的事情以后再说，你快去吧！"

老张看出了康泰的为难，没有追问，低头走了出去。

正峰和高年规规矩矩地坐在大堂的凳子上，等着老张的回信。

老张从里屋端了茶出来，客气地说："乔老板，真是对不起，我们家老爷年龄大了，行动慢点，您稍等一会儿，喝茶，喝茶！"

正峰赶紧起身抱拳："不碍事，等一会儿就是了！"

共荣商社茶室，松田独自一人喝茶，看着窗外，屏鼻长吸，一副心事重重的样子。

山口从外面进来："社长，我们与康寿堂的合同已经完全确认了，银行的汇票明早上午八点就能兑出钱来！"

松田点了点头："好，明天上午就把合同签了，不能再拖了！"

山口继续说："社长，上海那边说陈家纺厂从德国上了一批新设备，坯布跟咱的质量差不多，价格也降了一些，一些染厂的大客户已经开始从他们那里订货了！"

松田很镇静地说："这事情我知道，但是不用担心。第一，德国的设备价格高，无形之中增加了生产成本；第二，以上海的政策，他需要上交大量的税金，一味地降价，无异于作茧自缚，坚持不了多长时间的。等我们把胶东的市场做好，咱就迅速地把上海、江苏等地的市场全部统一起来。到那个时候，说了算的就是咱们了，我们现在最缺的就是人和时间！"松田又喝了一杯茶，"陈昊贤一向高傲自负，虽然很有头脑，但是缺乏独特的眼光，相比之下，我倒是更担心这个乔正峰，这个人做事情不拘泥于规则，越是琢磨，就越琢磨不透！"

山口有些不明白地问："社长，您是指他的出身，管理才能，还是指的其他方面？"

松田把眼镜拿下来，擦了擦："自古出身贫寒之人的意志也会更加坚韧，在中国有很多这样的例子，乔正峰就是这样，我甚至猜不透他到底在想什么。最让我有顾虑的是他的弱点在哪儿？我们大日本帝国的艺伎是世界上最出色的女人，可在他面前没起到任何作用，就从不近女色这块，我就很佩服他！"

山口明白了什么意思，点点头，安慰说："社长，您还是别太担心了，无论他的人性怎么样，以利民纺织目前的生产量，和他现在在纺织行业的影响力都是很难跟我们抗衡的。"

松田点了点头："你安排一下，晚上我要和康泰一起吃饭。"

"好！"山口鞠躬后往外走去。

康泰坐在老太爷门口的椅子上，看着胳膊上的手表，悠然自得。阳光直射到他脸上，他微微地睁开眼，感觉自己前途光明。

老张又跑了过来，显得很焦急："小少爷，老太爷起来了吗？乔老板他们都等了两个小时了。"老张伸着脖子，往康老爷屋里瞧。

"按往常这个点，老爷早该起来了，您是不是没有告诉老太爷啊？"

康泰有些不耐烦："老张，我看你是做药行做傻了，根本就不明白这里面的利害。刚才我又好好想了想，乔正峰是绝对不能见的。你刚才说正峰给捐了钱，他那是收买人心！哼，要不然他能从一个放牛的干到这么大？老张，商业上的事情我就不给你细说了，我只是告诉你，这纺织行业咱肯定是要做了，他只要是见了老太爷，就能出大事！"

老张有些左右为难，干着急："少爷，说句不该说的，您这不是跟自己较劲吗？咱如果不想见，刚才把他打发走就行了，可是让人家等了这么长时间，再把人家给打发走，这说不过去啊！"

康泰有些不耐烦地训斥："没什么说不过去的！来与不来取决于他，见与不见取决于咱。实话给你说吧，爷爷已经被我从后门打发出去遛弯去了，估计还得等会儿才能回来，他们要等就等吧！"康泰看了看手表，"马上就到中午了，我们是不管饭的。"说完，转身就走了。

老张处境尴尬，一拍大腿，急叹一声。

正峰在大堂仔细观察着药铺里的动静，高年有些坐不住了，他凑到正峰的跟前说："姐夫，这都中午头了，这不像是要见我们啊，要是再这么晾下去，我是不等了！"

正峰忍住一口气，压低了声音说："咱再等等看看！"

老张出来，摇着头，一脸愧疚："乔老板，真是对不起，你们还得再等等。"

正峰佯装不介意："没事，那就再等等！"

老张应付起来已有些力不从心，回到柜台，额头就冒了汗。正峰主动搭话："老张，听说你们家小少爷前些日子回来了？"

老张点头应付："是的，回来一个多月了。"

正峰笑了笑："我还听说小少爷是在法国留的学，真是有本事！"

老张赔着笑："是，我们家小少爷去了法国三年，变化是挺大的，有的时候还能带回来几个洋人来，叽里呱啦的都不知道说的啥！"

正峰继续问："这小少爷都回来了，看年龄也该当家了吧？"

老张回复道："是啊，现在铺子上的大事小事都得通过他，我们家老太爷年龄大了，好多事也干不动了。"

正峰转入正题："那我们来拜见康老爷的事情是不是也通过他了？"

老张愣了一下："啊，呃……通过了，通过了，不过您放心，无论通过谁都能把话带到！"

正峰"噌"地一下站了起来，瞪大了双眼，使足了劲："老张，我们利民纱厂之所以一直用你们康寿堂的药，就是因为你们能堂堂正正地办事，可今天你们让我太失望了，老太爷我见不上，你们家小少爷也不出来一趟，好你个康寿堂啊！今天，我乔正峰当着明人不说暗话，我十岁的时候就办了我东家的小少爷，你一会儿告诉你们家的小少爷一声，他是第二个！"说完转身扬长而去。

正峰回到办公室，坐在椅子上一言不发。他没张口骂人，三娃也不知道他被气到什么程度，倒了一杯茶放到正峰手边，宽慰道："掌柜的，咱不生气，为这事气坏了身子，不值！"

高年也说道："就是，不见就不见，鞋底子改帽檐——还想一步登天，我看他迟早得让松田给算计了，死都不知道怎么死的！"

正峰来到墙边，看着上面的地图，然后沿着办公室忘我地走了两圈。他又来到地图跟前，把目光聚在上面一点，自言自语道："离我们这里最近的药材市场就是祁州，来回就需要两天的时间……"他眼珠一转，"呵呵……"先是冷笑一声，紧接着把茶水一口灌下去，又大笑了起来："哈哈哈……"

三娃和高年面面相觑，被正峰突如其来的举止惊得有些不知所措。

正峰问："高年，刚才回来的路上你是不是问我该怎么办？"

"是啊，姐夫，这康家小少爷实在是太狂了！"

正峰仍然看着那地图，狠狠地说："怎么办？咱这回就狠狠地办。康寿堂是做药行的，多少也是行善积德，我本来想给他留点面子，他还飞起来了，能跟日本人合作就不是什么好东西。我也是犯贱，还傻不拉几地拿着礼物去跟他们求和，哼，包饺子喂猪——还是那个馊味。你们看着，不出十天，我让这小少爷哭着来求咱！"

高年有些懵："姐夫，我怎么越来越糊涂啊，咱俩让人家晾了一上午，还晾出主意来了！"

正峰笑了一下："他奚落咱，我还要谢谢他呢，要不然我还想不到怎么办他。高年，咱们在康寿堂呆了一上午，你有没有注意到什么药卖得最好？"

高年逐一回想："胃药？头疼药？治拉肚子的药？"

正峰指了一下高年："没见过你这么笨的，是解暑的药！"

高年一拍大腿："噢，对对对！我也是一紧张没想起来，过半个月就是最热的时候，好多人都来买那个藿香正气散，以备后用！"

正峰点点头："对，就是它，真正到了暑期再买藿香正气散可就不是现在这个价了。你一会儿就出发去祁州药材市场，一定要在明天一早赶到，然后在报行等着，只要我这边的电报一到，你立马就行动，见到藿香你就收，别讨价还价，市场价就行，而且是有多少要多少，多带钱，要快！"

"好！"

正峰继续说："三娃，你人头生，明天一早就带个伙计到康寿堂，扮成从南边来的客商，就说为了防止南边闹暑病，就买藿香正气散。"

三娃问："那要多少？"

正峰眼睛一瞪："要多少？朝他脚后跟要！他们总共有十六个分堂，如果是现做的话，一天也超不过一万包，就要十万包，但是一定要记住了，最多不能超过八天到货，定金要多少给多少，但是违约金必须要高，多少钱的货就得给多少钱的违约金。我看他身边的账房老张做事情挺稳重的，如果他从中阻拦，你就拿松寿堂敲山震虎，万万不能让康老爷子知道这件事！"

高年问："姐夫，十万包，八天，这么大的量，又这么短的时间，这小少爷能同意？"

正峰喝了一口茶："哼！这人啊，就怕两个字，一个是'棒'，一个是'捧'，他得意的时候就用棒子敲打两下，失意了就用好话再捧他几句，一捧到台面上，人就下不来。慈禧那娘们就喜欢被捧，大清朝都给捧没了，还差一个康家小少爷？他刚从国外回来，尾巴正在天上翘着呢，用这一招，一准上钩！"

三娃一直考虑钱的事："掌柜的，这一来一去可是一大笔钱啊！"

正峰有些急："我说你怎么还想不明白呢？这做买卖不能光考虑怎么省钱，你得琢磨怎么挣钱，这钱放在家里能下个小的？"

三娃点了点头，但还是有些顾虑："可是掌柜的，你看我能行吗？平时我都是盘算着怎么省钱，这次去了要这么大的量，还不还价，我啥时候这么花过钱，别再装漏了！"

"行不行也得你来办，我和高年刚跟他们打过交道。"正峰上下打量了一下三娃，"但是你得把这身行头换了，换成江南的花绣袄和绸缎裤子，这双鞋也不能穿了，穿上我那双老北京布鞋。"正峰又从抽屉里拿出一副墨镜，"去的时候把这个也戴上。还有，王老四他老婆是南方人，你一会去找她学一些南方话！"

三娃有些懵："掌柜的，这时间太短了，我怕是学不会啊！"

"学一些简单的就行，这里的人很少见过南方人，只要一张嘴把他们搞迷糊了就行！"

高年越听越糊涂："姐夫，您这是要干什么？"

"干什么？办他娘的小少爷！"

晚上，松田设宴款待康泰，二人相对而坐。和松田比起来，康泰像个小孩。侍女给他满上茶，身子轻轻地往他身边靠，康泰颔首一笑，伸手制止，侍女领会精神，跪着退到一边。松田装做没看见。

松田率先端起酒杯："康少爷，您今天做得很对，利民纱厂的乔正峰是个极其狡猾的人，听说我来到济南，屡次三番地要找我合作，我都没有同意，在我心目中他怎么可能跟康少爷相提并论，来，我敬康少爷一杯！"

康泰也举起酒杯："松田先生，您一直说乔正峰很狡猾，可我并没有看出来，无非就是耍一些小聪明的商贩罢了！噢，我不是说他们的工厂规模小，我是说他的意识很像小商贩，商场合作讲究的是实力互补和利益均衡，我们两家合作正好说明了这一点，他竟然还想靠上门拜访就能解决此事，简直是笑话！还有，我让他等，他就等，而且等了一个上午，这种事情我是做不出来，我也不会去做，哼！商业的视野太狭小，中国商业的进步靠这些小商贩是不行的！"

松田满意地点了点头，但是隐隐的有些担忧："康少爷，可能是我以前对乔正峰的认识不够，可他毕竟是我们立足济南的第一个敌人，他是实业家也好，小商贩也罢，这次被你耍了，或许会忍，或许也会猛烈地反扑，您也不要太轻敌！"说着停顿了一下，"我们之间的合作太重要，不容有半点闪失！"

康泰说："松田先生，您放心！我们的合作是没有任何问题的，而且我们康寿堂各堂主也都同意了这件事情，无论如何他是找不到任何把柄的！"

松田这才放下心来，又问："康少爷，我们共荣商社在中国已经有四十年的时间了，据我所知，中国人很传统，想要改变他们的思想观念很难，我们日本商人在贵国的名声并不好，我想问一下，这次跟我们合作，您是怎么说服其他人的？"

康泰笑了笑，显得很自豪地说："我在法国留学的时候，很喜欢罗伯特·弗洛斯特的诗，有一句是'当你砌起一堵墙的时候，该问问清楚，围在墙里边和留在墙外边的都是些什么'。日本的工业比我们发达，很显然，我们合作可以更好地提高产品的品质，所以不在乎你是哪国人，盲目地排外是不可取的。英国的重商经济学家托马斯·孟也曾经在他的《英国得自对外贸易的财富》一书中多次提及'增长财富和宝藏最通常的方法是国际贸易'，从国家层面上这也是件好事情。当然，这只是我的个人观点，我说这些，康寿堂是没有人能明白的，我只要告诉他们我们不跟日本人贸易，松寿堂就会跟日本人贸易，到那时，我们康寿堂的地位会被削弱，财富也会越来越少，听到这些他们就已经很害怕了，我只是换了个表达的方式而已。"

松田很满意地点点头："康少爷的一番言辞非常巧妙，令我十分敬佩，您对经济学的看法也十分独特。来，再敬您一杯！"二人一饮而尽。

康泰放下酒杯说："松田先生，您给我的预算单我已经看过了，建厂、买设备就能花去五万块，这剩下的原材料、人工、销售费用还有很多需要钱的地方。"

松田笑了笑："康少爷不用担心，只要是合同签了，我们的钱会按时到账上，另外，我会从日本先运过来一千件大货来维持日常的销售。人员的培训，设备的初期运行和调试也就需要一个月的时间，我相信过不了几个月，济南纺织界就是康寿堂的天下！"

听到松田的畅想，康泰很有信心，可还是有一个疑问没解开，问道："松田先生，您的计划很周密，我很佩服，也很有信心，可是我一直有一件事不是很明白。"

松田摆出一副很认真的姿态："请说。"

康泰说："这些天我对比了一些数据，据我所知，日本的纺织品不但比中国的质量好，价格还要低。可为什么不从日本直接运到济南，这样建厂的钱都要省了！"

松田说："看来康少爷对我们还是有所顾虑。"

康泰说："哦，不是，贵国在经济上的作为确实长于我们国家很多，手段上也要高明一些，所以……"

松田有些无奈地笑了笑，开始解释："康少爷，我们目前的主要市场是东北市场和上海周边市场，至于华北市场……"说着，表情有些惆怅起来，"只是我们国家太小了，以我们目前的生产能力不足以供应这么大的市场，所以只能采取联合建厂的模式，这次在济南建厂是我们的战略部署，华北市场是我们以后的重点，所以，请您放心，我们会不惜一切代价调集资源以确保我们在济南的地位！"松田的眼神很坚定，像是看到了美好的未来……

康泰喝醉了，他想站起来离开，山口压着他的肩膀，又把他按了下去，说："康少爷，今天我们聊了很多，也很开心，可是有一件重要的事情还没有谈。"

康泰问："什么事情？"

松田说："就是关于我们入股康寿堂的事情，我们想投入更多的钱，扩大我们所持股份。"

康泰赶紧摆手说：“不，不，十个是最多了，再多一点，各堂主都要造反了！”

松田笑笑：“康少爷，做事情，困难是要有的，克服了困难才能站得更高，难道您不想借助我们的力量把康寿堂做到全国，乃至全世界吗？你们现在的十六个分堂远远不够，我们要做到一百六，一千六百个，甚至更多。这样才能够救更多的人。康少爷，这些您想过吗？”

康泰被松田的野心惊了一下：“呵呵，松田先生，能做到这么大？”

松田说：“这就需要您有足够的胸怀和眼光。”

康泰半昏半醉地笑了：“哈哈，胸怀？松田先生，您说的胸怀是不是抛弃民族偏见的胸怀？”

松田笑笑：“康少爷很聪明，中国人对我们大和民族的偏见是这件事的主要障碍，作为领导者首先要有抛弃偏见的胸怀。其次就是眼光，要有独特的眼光。”

康泰摇晃着说：“独特？”

松田说：“对，跟我们坚定不移地合作就需要独特的眼光。就拿眼前的这些艺伎来讲，她们做的事和你们中国妓院的女人没有什么差别，可为什么我们的艺伎在国内乃至全世界会成为一种文化，而你们中国的妓院只能成为风花雪月的地方？是因为我们会用最高的要求来要求她们，可以说我们的艺伎天文地理，琴棋书画，无所不能，慢慢的就成为了我们大日本帝国宣传自己文化的一种符号，这就是独特。康先生，一种事情只要做精，就会有无限的可能；一种格局的打破，需要足够的胸怀和眼光，你现在有了吗？”

康泰醉醺醺地站起来说：“这个可以有。”他往前迈了一步，突然回过头来，“我有了，我怎么突然就有了？啊，呵呵呵……”

松田看着已经酩酊大醉的康泰，笑了笑：“希望康少爷清醒以后还能记得！”然后目送山口把他送走。

山口把康泰送到康寿堂门口，老张从里面冲出来，搀着他："少爷，怎么喝了这么多，走，快进屋！"

康泰挣脱开，看着门上的牌匾，然后问："老张，你看看，你看看，这是几个牌匾？"

老张说："少爷，这是一个啊！"

康泰晃着身子说："不，不，老张你怎么不识数了，这不是一个，这是一百六十个，一千六百个，哈哈……"

老张不明白康泰说的什么，把他往屋里搀，康泰继续说："嗯，松田说得对，我们的格局太小，我们做了这么多年，才有十六个分堂，我们能救的人还太少，我们要打破现在的格局。"

管家把他搀到屋里，康泰说："上学，上学，我上了这么多年学，还去国外留学，今天才有学有所成的感觉！"

老张把他放在椅子上："少爷，您坐好，我给您倒杯茶。"

康泰拽住他："你不要走，你听我说，我们以后……"话还没说完，便趴倒在桌子上，鼾声渐起。

早晨，康寿堂的门开了，两个伙计并排着出来，一个扫台阶，一个擦招牌，账房老张在后面指挥着。

三娃穿着上好的行头，戴着墨镜，头油抹得锃亮，大摇大摆地走了进去。

伙计不敢怠慢："客官，您买药？"

三娃点了点头："对，去暑的药。"有些南方口音。

伙计很会说话："那您算是来对地方了，藿香正气散，保证药到病除，而且假一罚十！"说完，从药箱里递给三娃一包事先配好的藿香正气散。

三娃用手掂了掂药包，又扫了一眼药箱说："这些可不够啊！"

伙计说："客官，一看您就是外地来的，我们康寿堂是济南府第一药铺，在济南府我们有十六家分堂，只要是跟药有关的，您尽管开口，至于这个藿香正气散是暑季必备药，您需要多少，开个数！"

三娃问："你们现在总共有多少。"

小伙计开始很重视地看着三娃："客官，只要您有时间等，到太阳落山的时候我能给您凑够一千包。"

三娃听完，还是摇了摇头。

"怎么，还不够？"

三娃点了点头，问："伙计，你们这里谁做主？"

话音刚落，账房老张从一旁走了过来，客气地说："这位老板，我是这里的坐堂先生，冒昧地问一下，您需要这么多的藿香正气散做什么？"

三娃把墨镜摘了下来，笑了一下："坐堂先生，我从南边过来的。"

老张上下打量三娃，看他油头粉面，像个成功的商人，也没有起疑心："噢，我知道了，南边温度高，好闹暑灾，你们得提前备货。您等一等，我去叫掌柜的。"

康泰刚起床，头有些疼，正在揉太阳穴。

老张进来问："少爷，好点了吗？"

康泰说："哎呀，昨晚上松田都跟我说什么了？就是想不起来了。"

老张说："您回来指着我们的牌匾说这不是一个，是一百六十个，一千六百个！少爷，都说日本人坏着呢，他们是不是给您灌迷魂汤了！"

康泰叹了口气："哎呀，喝多了，什么都想不起来了，你找我有什么事？"

老张把刚才的事情一五一十地告诉了康泰，康泰乐了："这事不用问我，直接开单子就是了。"

老张还有些犹豫："这南边来的客商往往要货比较大，而且价格也压得很低，我做不了主。再说……"老张面带难色，话说了一半就停了下来。

"再说什么？老张，您跟别人不一样，您是我们康寿堂三代的总管，从十几岁就跟着我爷爷，有什么话您就说，不必藏着掖着的！"

老张才说："小少爷，我总觉得这事不地道，人家闹灾，他卖药，这不明摆着发国难财嘛。虽说咱做的是买卖，可不能坑人啊！"

康泰有不同意见，问道："老张，这药是用来干吗的？我们卖给他，他还能扔了不成？最后还不是治了病。至于是不是国难财，我们按我们原价格往外卖，咱不发国难财就是了！走，我去谈！"

康泰挑帘子进入药铺，拱手客气道："这位老板，谢谢光顾我们康寿堂，这里我说了算！"

三娃看着康泰，佯装吃惊："吆，掌柜的真是年轻有为啊，相貌堂堂，幸会幸会！"

经三娃这一夸，康泰顿时有些飘，脸上洋溢着满足的笑："过奖，过奖，听说老板需要藿香正气散，您要多少？"

三娃也转入正题，伸出右手，一反一正。

康泰明白了意思："一万包？"

三娃摇摇头更正："十万包！"

康泰很吃惊："十万？"

三娃点点头："货多了我还能要。"

看三娃是金主，康泰马上重视起来，赶紧吩咐下边人："还愣着干什么，赶紧上茶啊！请坐，请坐！"

三娃坐下来："掌柜的您别客气，只不过这些东西我要得有些急！"

康泰问："有多急？"

三娃抬起右手，三个手指头捏在一起："七天，只有七天的时间！"

康泰起身把老张拉到一边："七天能成吗？"

老张脑袋一撇："小少爷，这藿香正气散是由十几味药材配制成的，这里面的工序更是复杂，选、洗、蒸、晒、磨，少一样都做不成。如果只有七天时间的话，除去去祁州进药材的这两天，就只有五天时间了，就算咱们的人浑身是铁，也打不出那么多钉来啊！"

康泰小声地说："那就从城西胡同口多请些人来。"

老张又摇了摇头说："不行，小少爷。第一，这方子虽说不是咱康寿堂独有的，可制作过程是康家祖上改良过的，绝不外传，这是祖上的规矩；第二，咱这药行都是入口的东西，请来的是外人，手里没准，弄错一样搞不好是要出人命的！"

康泰也有些着急，眉头紧锁："这主动送钱的买卖还能不干？"

三娃看二人窃窃私语，故作为难状，缓了缓语气说："如果贵号确有难处，我再松一次口，最多八天。"

康泰问老张："八天怎么样？"

老张哭丧着脸说："八天也不行，十六个分堂一起干，一天撑死一万包出头，最快也得九天。"

康泰提议道："如果做不出来，咱去别的药房收可行吗？"

老张也犹豫了："这？"

三娃看他们迟迟未下决定，开始激将："你们康寿堂还号称济南第一药房，十六个分堂，八天时间，竟然做不出十万包药来？"

老张拦了一句："这位老板，话可不能这么说，您这是个急活，我们确实要量力而为！"

按着正峰的策略，三娃开始奉承："我看掌柜的仪表堂堂，能撑起这么大的一个药铺，肯定有过人的本领，这还算困难？办法都是人想出来的！"

这"一棒一捧"有了效果，康泰一甩胳膊："好，我答应你，就算是去借太上老君的炼丹炉，我也给你做齐了！"

老张急得直跺脚，末了还是没拦住。

三娃一拍桌子："好，既然掌柜的这么爽快，索性我也爽快一把，价格我不要任何折扣，就按你们的零售价走，但是我有一个要求，到时间要是交不了货，这违约金就得按这进货的总价。"

老张赶紧挤到前面来："这位老板，这药有药效，行有行规，到什么时候也没有见过跟进货价一样的违约金啊。"

三娃反击道："怎么？那您见过要十万包藿香正气散，一点价都不砍的吗？我看是这位老先生对你们康寿堂没有信心啊！"

老张争辩不过，又转向康泰："小少爷，虽然开价很合理，可这事情确实难度很大，而且太过仓促，要不我们跟老爷商量一下？"

三娃无奈地摇了摇头，从怀里掏出一张一万两的银票拍在桌子上："这就是我们的诚意！"

老张拿起银票上下看了一下，又从怀里掏出放大镜仔细看了一番，嘴里小声地说了两个字："真的！"

三娃开始执行敲山震虎的策略，佯装生气，站了起来："这买卖讲究的就是一买一卖，银票在这，有凭有据，也有章可循，这还有什么顾虑的吗？这前怕狼，后怕虎，生意可不是这么做的！不瞒您说，来的时候我可打听好了，咱们济南府还有一个松寿堂，我敢保证，只要我一进他们家门，他能把我当财神爷供起来！"

听到松寿堂，康泰像被针刺了一下，一挥手："不用找我爷爷了，这个事我做主了，赶紧拿纸立据！"

电话局里，三娃冲了进来。

"快，祁州药材批发市场，就按这个打，快！"三娃把号递给电话员。

电话员拨号，三娃摘下眼镜，焦急地等着。

话务员的声音很清澈："您好，祁州药材批发市场，找高年高先生。"

话务员把电话递给三娃，三娃急着说："高少爷，收，对，现在就收！"

高年放下电话，后面就冲过来十几个人，高年从包里掏出大把的银票，喊道："兄弟们，现在就看你们的了，我在畅通货站等着，有多少要多少，收得多的，我大大有赏！"

人群"呼啦"散了出去……

下午，老张慌里慌张地撞开了康泰的房门，气喘吁吁地说："小少爷，火上房，火上房了……"

康泰训道："慌什么慌，上什么房？一会松田的人就来签合同了，让人家看见成什么体统！"

老张哭丧着脸说："小少爷，这回怕是真有麻烦了！"

康泰渐知事情的严重性，机警地问道："到底怎么了？"

"您看看这电报。"老张把手里的电报递给康泰，"今早，南边的客商一走，我就给祁州药行发了电报，让他们准备好配料。可他们说今早一个陌生人把祁州药材市场的藿香买了个底朝天，价都不带讲的，这藿香正气散要是没了藿香可就分文不值了，咱这锅饭算是烂到锅里了。"

康泰惊得站了起来："什么？能有这么巧？"

老张也觉得蹊跷："对啊，按往年这祁州药市见了咱康寿堂才算是真正地开了市，可今年咱这刚要进货，货就没了！"

康泰原地转了一圈，反思几日所为，猜测道："难不成是利民纱厂乔正峰干的？"

老张一惊，点了点头："小少爷，昨天他刚刚放了狠话，难道真是他？能有这么快？"

康泰叹了一口气，有些后悔："赔了这笔违约金，咱就再没有余钱跟日本人合作了，他有这么厉害？"康泰故作镇定，又坐下，"老张，你现在就去一趟利民纱厂，问问是不是他搞的鬼？"

老张有些为难："小少爷，您晾了人家一上午，怕是这疙瘩已经系上了！再说，这火是冲着您烧的，只怕我去了不管用吧！"

康泰一跺脚："让你去你就去，兴许还不是他干的！"看着老张没动地方，康泰一瞪眼，"还愣着干什么？"

看康泰要发火，老张只好跑了出去。

这时，又一个伙计跑进来："少爷，日本人来了！"

康泰没动地方，眼神呆滞地看着前方说："你告诉他，我不在！"伙计听命往外走，又被康泰喊住："等会，你告诉他，明天我会主动找他的！"

利民纱厂办公室里，老张恭恭敬敬地站在正峰对面。

正峰说："老张，你站着干什么啊？我能跟你们家小少爷一样？请坐！"他冲着外面喊："三娃，三娃，上茶，上最好的茶！"

老张有些拘谨，还是站着。三娃走进来，老张一愣，端详一番，用手一指，结巴着说："你，你，你不是跟我们签合同的南方老板吗？"

三娃笑了笑："幸会，老张！"然后把茶放到桌子上，又走了出去。

老张叹了一口气，脑袋立刻耷拉下来："乔老板，我哪还敢喝您的茶啊，一个回合下来，我们药铺连水都快喝不上了！"

正峰笑着来到老张身边，拉他坐下来："老张，至于吗？"

老张摇了摇头："乔老板，来的时候我还不确定是您，现在全明白了，一晚上，五万块违约金没了，您说至于吗？"

正峰说："你们康寿堂想进纺织行业，五万大洋还能看在眼里？昨天在你们药铺待了一上午，就觉得这藿香正气散是个很紧俏的东西，刚一动手，没想到还碍着你们康寿堂的事了！"

老张哀求道："哎哟，乔老板，您就别拿我们开玩笑了，我们错了还不行吗？"

正峰又笑了一下说："老张，昨天的事情你也看见了，不是我正峰故意使坏，是你们家小少爷太不把别人放在眼里。都说你们康寿堂百年济世，难道就是这个样子？"正峰又坐下，"老张，你是康寿堂三世的总管，这样的小少爷可得好好管理，要不然这康寿堂就得败在他手里面。我也听说康老爷是远近闻名的大善人，怎么养出这么一个不分长幼的孙子来？他没时间管，我乔正峰就替他管一管！"

老张赶紧低头认错："是，是，是！乔老板，您说得都对，您就高抬贵手，放过我们一次吧！"

正峰继续说："老张，这不是你认错的事，我知道你是个好人，按理不应该为难你，那我就给你一个面子，你告诉你们家小少爷，他的这五万违约金不是没有缓，今天下午三点之前他必须给我个说法，就在这里，他要是不来，来的可就是你们家康老爷了！"

"好，行，这不难，这不难！"老张飞一样地又跑了出去。

康泰房间正墙上挂着他留学法国的照片，几十个人里面就他一个中国人，因为身材矮小，不怎么显眼，但是精气神还在。下缀"1925年元月同学留念"。

照片下面是张桌子，桌子上面有杯茶，康泰端起那杯茶，还没喝又放下，然后在桌子的外侧来回踱步，显得心神不安。

老张从外面跑进来："小少爷，这回全弄清楚了，整件事就是乔老板做的，他前脚找人订了货，后脚就把祁州的藿香收完了！"

"欺人太甚！"康泰举起那茶杯就想往地下摔，看到有些惊慌失措的老张，又缓缓地把杯子放下，把这口怒气压在胸口。

老张说："小少爷，您先别生气，乔老板说了，您下午三点之前给他个说法，事情还有缓，我看乔老板也没有当真，就是赌气，您过去道个歉就行了！"

康泰没说话，仍然在屋子里转圈。

老张有些等不及了："小少爷，昨天咱晾了人家一上午，现如今道个歉也说得过去！"

康泰一抬手制止道："没那么简单，道了歉就是服了软，这以后济南的纺织买卖谁说了算？我堂堂康家小少爷给一个小放牛的道歉，这以后要是真传了出去，我还能抬得起头？不去，不能去，我就不信还有过不去的火焰山。最近的药材市场还有哪儿？"

老张想了想："那就得去河南禹城，可是来回就得五天，货是进来了，可是药做不够啊！"

"那去其他的药房买，贵点咱也认了。"

"哎呀，我说少爷啊，整个济南府就数咱药铺最大，也最全，其他家加起来能凑个一万包算是顶了天啦。那松寿堂看着咱有难，能卖给咱，他恨不得咱一骨碌身就没气了呢！再说霍香已经被乔老板收完了，就算是他们想帮咱，也是有心无力啊。小少爷啊，您就服个软吧，这可是五万块的违约金啊，咱康寿堂多年的积蓄啊，这钱要是没有了，别说纺织行业咱干不了了，就这药铺经营都会遇到问题。小少爷，这乔老板断定我们没有跟老爷说这件事，他说您要是不来，来的就是我们家老爷了！"

康泰眉毛瞬间立了起来："小人！他竟然拿爷爷吓唬我！你容我想想办法。噢，对了，明天是济南商会的日子，我一定要把他这种行为揭发出来，我就不信他手还能捂得住天！"

第十四章　康寿堂出局

济南商会里挂着横幅，"五卅惨案悼念总结会"。各行业的老板看到后都纷纷点头示意。任万里还没到，所有人都小声议论着。

刘阔海和蔡茂盛坐在了一起，刘阔海从袖口里掏出一把金色匕首，手柄上歪七八扭地刻着几个日本字："你看看这个！"

蔡茂盛拿在手里，看了一眼，又快速地放到刘阔海手边，小声地提示："快放起来，日本货，不吉利！"

刘阔海一摇头："怕啥？我就是让你看看，饱饱眼福，好是好，可是我不要，回去我就垫猪圈！"

蔡茂盛掏出一根洋烟卷，点上："你舍得？"

"哼！"刘阔海有些得意地说："买它就是为了垫猪圈的，别看现在铮明瓦亮的，这上面不知道流了咱中国人多少血呢。我是钱不凑手，要是凑手，我连他娘的日本天皇的军刀也买来，也他娘的垫猪圈！"

蔡茂盛轻声笑了一下，随手也给刘阔海弄了根烟卷，又指了指坐在最边上的康泰："你这里骂得挺欢，人家那里跟日本人合作得也挺欢，给自己找气生！"

刘阔海瞥了康泰一眼："有他后悔的那一天！"

蔡茂盛把现场看了一圈说："荣老板没来？"

刘阔海说："人家跟咱境界不一样，咱们在这里开会，人家已经在上海了，据说正在安抚那些受伤的学生和工人呢！"

刘阔海点点头，露出嫉妒和赞赏的眼神："哎，活该人家生意做得好！"

任万里从外面进来，双目明朗，清风拂面。中式对襟绸短袄配上黑色长开衩的"跨马裙"，显得十分得体。头发向后梳去，发丝均匀有形，更显得精气神十足。看着任万里进来，所有人都不再说话，会场静了下来。

任万里坐在位置上说："大家都应该知道了，今天我们是针对于五卅惨案的议题。虽然五卅惨案起于上海，但是我们济南感同身受啊，打死十三人，重伤数十人，逮捕一百五十余人，这又是一笔血债。希望我们济南工商界齐心协力，荣辱与共。对于这次惨案中遇难的中国人——"任万里站起来，"我们济南商界要向他们集体默哀！"说着他率先低下了头。

所有人都跟着站起来，默哀三分钟。

默哀结束，大家伙都坐下。造纸厂的刘厂长说："任会长，五卅惨案就是一面镜子，上海的今天或许就是我们济南的明天，我们还是要防着点！"

任万里点了点头："你说得很对。我们今天不仅要默哀逝者，也要防患于未然。在某些行业，日本人已经渗入进我们济南的血脉，胶济铁路现在的输出量有所增加，我们一定要齐心协力控制好物价！严防奇货可居，操纵市场！"

粮站的张老板说："任会长，您放心，我们粮站就是咱们济南府的后防，小米、大米、麸皮米，我们一应具有，只要是下游不涨价，我们粮站绝不涨一毫一分。"

蔡茂盛跟着附和："对，我们纺厂也是，无论是细纱、粗纱，还是棉麻布匹，一律都是市场价。"

会上的气氛很好，众人都踊跃发言。

松寿堂的唐伟站起来说："我们松寿堂也是如此，无论是哪种药，只要是从松寿堂出去的，都是加量不加价！"

康泰站起来，有些傲慢地说："虎骨换成猫骨自然是加量不加价！"

唐伟急了，扯着嗓子喊："谁换谁是王八蛋！"

任万里看着眼前的年轻人很陌生，问："这位后生是？"

林伯站出来说："这是康寿堂康柏亭的孙子康泰，也是康寿堂的现任掌舵人！"

康泰拱手施礼说："任伯伯，您好！我初入商界，以后还请任伯伯和各位业界精英多多提携！"

任万里点了点头说："那是当然。"

康泰继续说："任伯伯，我们康寿堂作为商会的一员，正好有一事相求，您是咱们济南商界的主事人，如果商会成员受了欺负怎么办？"

"还有这事？但说无妨……"

康泰大声地说道："有人给我们康寿堂挖坑使坏！"

任万里问："是谁？"

康泰开始告状："利民纱厂的乔正峰，他一方面从我这里订货，一方面又抢走了我做药的原材料，没有原材料，我就完不成任务，我就要赔掉大量的违约金，这明摆着是设计陷害于我。任会长，您得替我们康寿堂做主！"

唐伟把茶杯用力地墩在桌子上："康家小少爷，您这样说就有点过分了，明眼人都知道你跟日本人要合作建纺织厂。"他指着横幅说，"你也不看看我们今天会议的内容是什么？五卅惨案！虽然是英国人打死我们的人，但是跟日本人是脱不了干系的。你不分敌友，又不顾团结，利民纱厂整你也算是为民除害，是不是？大家伙儿……"

"对，对！"其他人纷纷点头，表示支持。

康泰表情并无慌乱，开始发表自己的所见所学："各位都是商界前辈，我康泰无心冒犯。可既然我们是从商的，就要有商业的规则。我跟大家一样，对日本人并没有任何好感，可无论是在哪个国家，哪个阶段，民族偏见是不利于商业发展的！"

刘阔海也听不下去了："康家小少爷，我们都是粗人，你说的这些我们不懂，可有一点大家都能看明白，你留学归来，这首先要做的就是把康寿堂发扬光大，可偏偏要进纺织业的门，要跟我们抢饭吃，哼！乔正峰这个人我不熟悉，但是他的做法我是支持的，也算是帮你了，总不能把钱便宜了日本人吧。"蔡茂盛赶紧拉住他，示意坐山观虎斗。

见现场打起了口水仗，任万里伸出双手制止："诸位，诸位！纵观世界商业史，盲目排外确实不利于商业的发展。鉴于现在是中日关系关键时期，我们还是要慎重对待，但争吵绝不是我们的目的。"

现场略静了一些，唐伟说道："任会长，不是我们计较，康家小少爷全部都是一面之词，至于这背后的事情谁又知道？再说，人家要了你的货，也肯定签了字据，这有凭有据，咱们能怎么管？总不能矢口否认吧？"

康泰不服气："做生意就应该光明磊落，这设计下套的事情我可是干不出来！"

任万里点了点头说："好，康少爷，你先坐下！今天我们是针对五卅惨案做的总结会，等今天的会议结束，我会过问一下这件事！"

"好，谢谢任伯伯！"

接着商会又进入到下一个议程。

共荣商社，松田在客厅里来回踱步，他边走边思考着自己的处境，"虽然自己的一只脚已经踏进济南，但并没有站稳。昨天，康泰的爽约是为什么？"想到这些，他心里七上八下的，墙上的闹钟突然响了起来，他抬头观看，已经十点了。

此时，山口从外面进来，表情很急迫："社长，我们的人看到康泰从家里出来，还去参加了今天济南商界的商会。"

"噢?"松田转过身子,"这么说康泰说了谎,他昨天根本就没有出去。"

"是的。社长!"

松田自言自语:"我们的合作是不是已经有了变化?"

山口说:"那天晚上您跟康泰说了很多,他也答应了,最后走的时候还说自己有了跟我们合作的胸怀和眼光,难道都是骗人的?"

松田失望地说:"对于中国人来说,醉酒后的豪言壮语是不能信的。"松田越说越觉得事情严重,"你马上多派人手,查一查到底出了什么事情?济南是我们以后发展的重点,也是我们在胶州湾大展宏图的关键,我们不能在这个时刻功亏一篑!"

"是!"山口又快步跑了出去。

商会会议结束,商会成员陆续散去,会场里只剩下林伯和任万里。

任万里说:"林伯,商会这么重要的日子,怎么没有把乔正峰请过来?"

林伯解释:"老爷,是这样,这乔老板刚来我们济南府半年,平日里又少有来往,所以……"

"所以你就没有通知他,荒唐!"任万里生了气,站起来,"这日本人从上海转至青岛,然后渐渐转入济南,各行各业都吃了他们不少亏,就连咱们的面粉生意都难逃其害,这些事情你都是知道的,能在这种情况下跟日本人抗衡,就是让人敬重的商人!你看,康家要跟日本人合作,而乔正峰又收拾了康家,这等于是掐住了日本人的七寸,不但是抗,而且还抗赢了,这就不是一般人。自从日本人占了东北三省,山河破碎,黎民涂炭,难道你还想这些在咱们济南重演一次吗?"

看到任万里少有地生气,林伯自知有错,低下了头说:"老爷,您还记得前几年陈昊贤先生来济南找人的事情吗?"

任万里回想了一下:"记得,找他的表妹。"

　　林伯说："现如今，陈先生的表妹就是乔老板的小舅子媳妇，而乔老板也正是当年在凤凰楼拦住韩府生的那个人。"

　　任万里惊得站了起来，像是解开了一道心中难题："噢？这就算是对上号了，一个人敢跟韩府生对抗，我说咱们济南府怎么可能有这种人物，当年我就觉得这么个人不一般！"他从座位上走出来，"见，这个人我必须要见，而且是越快越好，你快去安排吧……"

　　林伯不敢懈怠，赶紧跑了出去。

　　乔家，高凤正在擀饺子皮，素雅帮着包饺子，饺子排得七扭八歪。高凤递过毛巾说："行啦，别包了，擦擦手。你包的这些一下锅就得散了架，连馄饨都算不上，坐在凳子上跟我说说话就行啦！"

　　素雅坐了下来，手搭在围裙上，皱了皱眉头说："姐，我是在为姐夫担心呢，这回跟姐夫见面的可是济南商会的会长，据说是为了康寿堂的事。"

　　高凤看了她一眼说："那又怎么样？兴他康寿堂狗眼看人低，就不兴你姐夫给他上眼药？"

　　素雅不置可否："不愧是两口子，说话都一个语气！我承认您说得有道理，可这济南毕竟是人家的地盘，我听说这个任万里家里光厨子就七八个，擀皮的擀皮，做馅的做馅，出门还带着保镖，可不是好惹的主！"

　　高凤笑了一下："七八个厨子怎么了？咱也请得起，只是你姐夫吃不惯，即便是吃惯了，他也看不惯，还七八个厨子，就算是有俩，他也能骂走一个！行啦，我知道你担心什么，你放心吧，别看你姐夫平时脾气大，可到大事上一点都不糊涂，这康寿堂的小少爷做事情没有轻重，你姐夫教训教训他也没有错！"

　　素雅还是有些担心："可这一下就是五万块大洋，难怪人家咬着不放，我姐夫真够厉害的！"

高凤反问："你以为你姐夫真能要这五万块啊？"

"怎么？他说了不要？"

高凤停下手里的活说："这我倒是没有问，但是我断定他不能要。你也别问我为什么，就是感觉。"

大门口响起了车笛声……正峰正在跟任府的司机道别。高年走了过来，看着汽车眼睛放光，满是羡慕，正峰点着头说："嗯，这玩意不错，睡一觉就能到家，等过阵子咱也买一辆！"

"这好，到时候我给你当司机！"

"怎么？你这二股东也要甩手？"

高年含蓄地笑笑："不是甩手，是不甩不行，这上下都是你操持，我都插不上手，再说我也干不明白，我看开车这活挺好，以后我就给你当司机。"

正峰笑了，开始往回走，高年在后面跟着，边走边问："姐夫，怎么样？这任会长气度不凡吧？"

正峰应付着："想知道？"

"想知道！"

此时，二人已经来到正堂，正峰说："先给我倒杯水，任府哪里都好，就是这水不好喝，叫什么拿？什么啡？"

高年笑笑："拿铁咖啡。"

"噢，对，就是这个名，拿铁咖啡，难道这玩意是拿铁块冲出来的？还说是从国外弄过来的，就没喝过这么苦的东西！"

"哈哈！"高年笑了，"姐夫，拿铁要是能用铁块冲出来，咱车间里有的是铁，这根本就不是一个东西。拿铁是根据意大利文音译过来的，是一种花式咖啡，在上海的时候我喝过，味道还是不错的。任府不知道您口味重，糖少了自然是喝不惯。"说着端了杯水过来。

正峰端着水，似在回味："昨天济南府开了商会，会上康泰可是好好参了我一本啊，任会长也当场说要过问此事，可自始至终他却只字不提。这任会长我是第一次见，这套路可是不一般！"

"那他叫你去是什么意思？"

"非要跟我下棋。"

高年不解："下棋？他就没提这五万块违约金的事？"

"这几年，日本人在济南没少兴风作浪，这五万块大洋本来是康泰要给日本人的，我截了就是为民除害，他能说什么？他要是说了，算我看错了他，我转身就走。什么狗屁商会，帮着日本人欺负中国人！"

高年点着头："既然人家没提就说明人家知道利害。那这下棋他下过你了吗？"

正峰喝了一大口水："我就没有见过你这么笨的，我去人家下棋，我还能赢他？前两局打和，最后一局，我故意输了个子，不过这任会长的棋下得真好，跟我师父有一拼，我的路子野，他只是不适应，再多下几局，我还未必能沾得了光！"

高年坐在椅子上，显得很困扰："姐夫，任万里把你请到府上，又是咖啡，又是下棋的，可是正事一点都没谈，那康家小少爷这个事到底怎么办啊？"

"怎么办？"正峰沉思了一下："任会长虽然只字未提，但面子我得给足了。这样，你告诉康泰，明天上午让他来见我，我再给他最后一次机会！"

高年站起来，很无奈地摊开双手："得，说来说去我还是没有听明白。"

高凤从厨房里出来："他是你姐夫，这事都在肠子里绕着呢，捋出哪段你就听哪段。"

高年问："姐，我姐夫刚才说的话你听懂了？"

高凤说："我们女人懂什么？就图个安生，老爷们在外面让人欺负了，咱一起扛；打了胜仗，就得奖。刚才听素雅说任府光厨子就有七八个，听着就让人羡慕，要不今天咱也改善一下？"

看到高凤征求自己的意见，正峰说道："行，全听你的！"

高年不停地摇头："啧啧啧！姐，这还是我认识的你吗？孩子，男人，锅台，哎，结婚这些年都变了一个人！"

高凤没有搭理高年，冲着院子外面喊："张妈，你再去割二斤肉，买条鱼，今天晚上盛席！"

康寿堂，康泰房间，老张来报："小少爷，利民纱厂来话了，说任会长找他谈了话，他要明天上午见你一面。"

康泰面露喜色，站起来说："你看，问题迎刃而解。我早就说过阴谋诡计是成不了大事的。有了任会长出面，明天的事情自然好谈了，我不但要让乔正峰把字据给咱，我还得让他给咱主动认错！"

康泰的眼神里透露出一股扬眉吐气的雄心。

第二天早上，正峰正在车间里忙活，三娃跑过来："当家的，康家小少爷来了。"

正峰从机器上面跳下来，拍拍双手喊："秤杆，秤杆……"

秤杆跑过来："掌柜的。"

正峰说："康家小少爷来了，就按咱们商量好的办，记住，下手轻点。"

"好嘞！"秤杆吩咐伙计，"去，把小少爷带到车间来。"

正峰带着三娃从后门离开。

康泰被伙计带到车间，可车间却空无一人。康泰有些纳闷，正要问伙计，回头一看，伙计也没了身影。

康泰慌了神，喊道："哎，人呢？乔老板……"

等康泰原地转了几圈后，秤杆带着五六个人从侧门冲了过来，质问道："你是干嘛的？"

康泰说道:"我找你们乔老板,刚才是你们的人把我带过来的。"

"我呸!厂子有规定,外人根本就进不来车间,你还说有人带你来的,是谁?你指出来。"

康泰环顾四周,没有找到那伙计。

秤杆继续说:"找不到人就是没有人,我看你是来偷东西的,给我绑了!"

三个壮汉冲了上来,反架住了康泰的胳膊。

康泰感到一阵疼痛:"哎呀,哎呀……你们干什么?你们这群强盗!"

秤杆像没听见一样:"走,带这贼去见掌柜的。"

正峰坐在沙发上,拇指轻轻地敲击着茶几,康泰被两个人押着站在对面,三娃和秤杆坐在旁边的椅子上。

正峰抬眼皮看了康泰一眼:"康家小少爷,服了吗?"

康泰一甩膀子,挣脱开两个工人的束缚,正峰一摆手,工人们退下去了。

康泰恶狠狠地看着正峰:"亏你做这么大的生意,没想到你是个阴险毒辣,睚眦必报之人!"

正峰冷笑一下:"睚眦必报?要是仅仅为了上次的事,我都懒得搭理你。"

康泰质问:"那你是为什么?"

"为什么?好,今天我乔正峰就跟你掰扯掰扯。我问你,跟你合作的是什么人?"

康泰有些傲慢地说:"日本人。"

"你就这么放心跟日本人合作吗?"

康泰高傲地回答:"当然,国际贸易,商之必然,说这些你也不懂。"

正峰冷眼看着他:"哼,是,你说的这些大雅之词我确实不懂,可大俗之人我却看得明白。我问你,这松田的底细你查过没有?他在上海、青岛的所作所为你知道不知道?"

康泰脑袋一撇,不说话,显然是不太清楚。

"好，你不说，那我就告诉你，松田在上海和青岛最擅长的就是兼并和垄断。你别以为他真的是在诚心跟你合作，那只是借你这只鸡下个蛋而已，利用你们康寿堂的名声迅速地建立渠道，等市场稳定以后就会大肆降价，整个济南府的纺织业都将被他击垮，我们这些厂家也就会被收入麾下，到时候你们那个厂算什么？甩手扔了都不赔账，你还合计着你有百分之六十的股份，屁！你就是松田占领济南市场的炮灰。"

康泰惊得抬起头来问："这些你怎么知道的？"

"我怎么知道的？我一晚上能让你赔五万块大洋，你说我应不应该知道？其实我一直有一件事也想不明白，就是这松田为何不去跟那些老牌纺厂合作，偏偏找到你们康寿堂，昨天晚上我才弄明白，他是不是也要了你们康寿堂的份子？"

正峰说中要害，康泰的语气也软了一些："就算是吧。"

正峰眼睛一瞪，开始骂："糊涂蛋！你个败家子，中药乃国之瑰宝，虽然日本人也吃中药，可是打根上都是从咱们老祖宗那传出去的，给他们吃了药，养好了身体，然后再来打咱们中国人，你这是什么？你这叫引狼入室，卖国求荣！亏你还是留学生呢，辛丑条约你忘了？八国联军进北京你也忘了？你就是个大傻子！"

康泰好像是被骂醒了："我……"

正峰继续骂："我要不是看在你们康家在济南济世这么多年，康柏亭老爷子在济南府深得民心的份上，我能踹死你，气死我了！"

康泰的嚣张气焰已被压制住，他低着头："乔老板，日本人觊觎我们康家的祖业，这一点我确实没有想到，可您跟我们康寿堂玩仙人跳，也太过分了吧！"

正峰蹭地站起来："我要是不玩仙人跳，现在你已经跟松田签合同了，你知道后果是什么吗？他会迅速降价，然后借助康寿堂的十六个分堂迅速挤压济南的市场。松田在上海的实力你根本不清楚，我们是撑不了多久的，不仅我们会受到灭顶之灾，你们康寿堂也会成为众矢之的。那个时候，松田会花钱继续购买康寿堂的份子，有朝一日，康寿堂就会是日本人的，你也必定沦落街头。"

听正峰这么一分析，康泰最后的防线彻底被击垮掉，他问："您说的都是真的？"

"真的？这是日本人的常用伎俩。东三省这么用，上海这么用，青岛这么用，济南也是如此！枉你在国外留过学，西洋书你看了不少，可学以致用的本事是一点没学会。"

高年也说道："康泰，我姐夫说得对，日本人合作不是为了共赢，只是为了占有。"

正峰走到康泰跟前，康泰有些不敢直视。正峰说："康泰，我念你是留学生，国家也需要你这样的人才，我劝你，千万不要走错路，人这一生能把一件事干好就不错了！"说着他把桌上的合同递了过来，"这是我们两家的合同，物归原主，从今天开始，咱们两家的账务一笔勾销！"

"我，我……"康泰惊得说不出话来。

"我什么我，赶紧拿着，别等我改了主意。实话告诉你，这五万块大洋我就压根没想要，可我要是不要，你就醒不了。"

康泰被惊得目瞪口呆，他拿着字据颤颤发抖："难道我真的错了？"

"错了就是错了，只要能改，我还把你当中国人的好子孙。"

这会儿，康泰彻底被骂醒了，他"扑通"一声，跪在了正峰面前："乔大哥，我真的错了。先是不分长幼把您拒之门外，后是眼光短浅，急功近利。乔大哥，您放心，以后我再也不跟日本人合作了，要打要罚您随便。"康泰一副慷慨的样子。

正峰点着头把康泰搀起来，语重心长地说："康泰，虽说我骂了你，但我也确实羡慕你，不仅到外面见了世面，祖上还能留下这么大一份家业，福气啊。你要好好把祖业发扬光大，别辱没了祖上积累下来的清誉。"

康泰站起来："知道了，乔大哥！"

正峰说："祁州定的货还在祁州仓库，那些贩子也不容易，你看能用多少就要多少，剩下的就退回去，违约金也要给够了，来回也就损失千把大洋。还有，你回头也要好好谢谢任会长，他为这事也是费了心的，他跟我下了三盘棋，一盘棋拿走我一万多块，哈哈！"正峰被自己逗笑了，"秤杆，一会在顺丰楼订桌饭，这伙人一个也别少，我要彻底改改这康家小少爷的臭脾气！"

秤杆扯着嗓子："好，行，我专拣硬菜给康少爷上。康少爷，刚才对不住了，掌柜的说，不对你狠一点，你就醒不了。"

康泰在后面摸着头傻笑着……

共荣商社，松田焦虑地站在门口，他望向大门，等待着山口的消息。山口从外面进来，表情很颓废，松田渐知事情并不顺利，他闭上双眼，稳了稳神，再睁开，此时山口已来到跟前："社长，跟康泰的合作彻底失败了。"

松田笔直的脊背骤然弯曲了下来，像是受了什么打击，眼神空洞地看着院子里的一个地方，问道："什么原因？"

山口说："据说乔正峰在康寿堂进了一大批货，后来又买断了其中的一味药材，现在康寿堂按时交不了货，要付一大笔的违约金，康寿堂的人说他们已经不敢再跟我们合作了。"

松田怔在那里，片刻，他渐渐缓了过来："怎么又是乔正峰？"他感叹完，转身看着墙上的地图，上面被自己标出来的上海、济南、青岛三个重点区域开始变得模糊起来，往日的一切都展现在眼前，他自言自语道："这几年的关键节点都离不开这个叫乔正峰的人，他究竟是个什么样的人？山东收棉，是他把我们的人赶回了上海，也是他出了老鼠的计策让我们损失惨重，还有在我们即将踏进济南的时候又被他阻止。"松田越来越想不明白，"一个放牛出身，既不是商贾后代，也没有经过正统教育的人竟然可以屡次让我们惨败？"想到这里，他突然觉得心口隐隐作痛，身体晃一下，险些摔倒。他手支在桌子上，举起茶杯，狠狠地摔在地上，大声骂道："八嘎！"

山口吓得不敢说话。

天阴沉下来，细雨缓缓落下。

松田摘下门口共荣商社的牌子，用手拂去落在上面的雨点，仔细端详，然后抬头看天，雨点又落到他的脸上。

山口从屋里跑过来："松田先生，电话我已经打完了，真让您猜对了，乔正峰一直不接我们电话，顺诚纺厂和第一纺厂都没有跟我们合作的计划，不仅如此，他们还说如果我们进入济南，他们会一起抵制我们。"

松田长出一口气，然后缓了缓说："回上海的车什么时候开？"

"一个小时以后。"

松田微微地点了点头，把牌子递给了山口，山口接过牌子又跑进院子里。

松田喟然长叹："济南啊……怎么就偏偏出了一个乔正峰。"然后无奈地摇摇头，带着一份无法解读的凄凉。

一会儿，山口提着箱子出来了，他为松田撑开伞，松田摇摇头，把伞推开。

一声闷雷撕裂了松田的思绪，松田主动把伞接过来，雨中急步而驰。

门口处，四个艺伎排成一排恭送，看着他们离开的背影，没有表情。曾在院墙练棍的两个孩子正抱着她们的大腿哭泣。

雨停了，任府。任万里站在石榴树旁，他从上面摘下一片破败的叶子递给旁边的老张，老张有六十岁，是专业的园丁，他轻盈而熟练地接过叶子，然后又在旁边的一棵小石榴树下面挖了个坑，把那片叶子埋进去说："老爷，以石榴树的叶子给养小石榴树，这棵小树已经长高了一截了。"

任万里投来满足的目光，他看着那棵小树，自言自语道："落红本是无情物，化作春泥更护花。"

老张不懂诗，也体会不到任万里此刻爱国的心境，只是欠着身子笑着。

天澈从外面进来："爸爸，好消息，日本人已经离开济南了！"

任万里看着天澈，点点头："有正峰挡着，日本人离开济南是迟早的事情。"

"爸爸，上海的朋友说这个松田相当有来头，谁成想仅仅接了乔正峰一招，就败下阵来，有些言过其实啊。我想他以后不敢贸然地来我们济南了！"

任万里摇摇头："这一点还很难说，东北三省就是例子，日本人进了退，退了进，已经反反复复很多次了。松田是个商人，商人重利，如果有好的机会他还是会回来的。即便下次不是他，也可能是别的日本人。"

天澈继续说："还有，乔正峰已经跟康泰和好了，不仅如此，乔正峰也把五万块大洋还了回去。"

任万里颇有些惊讶："噢？全还了？"

"是的，爸爸。这件事我也想不通，利民纺织并不算大，五万块大洋对于他们来说也不算少，他竟然能不看在眼里。爸爸，这样不认财的人我没有见过！"

任万里点着头："天澈，以后你要跟正峰好好学习，这个人不仅胆识过人，还很有谋略。昨天我们邀请他到府上做客，除了想结交他之外，多少还有替康寿堂说话的意思，可康泰跟日本人合作违反原则，我自然是不好提，可我没提也并不代表我不想提，处在我这个位置上，很多事情是说不清楚的。我想正峰多多少少是体会到了我这层用意，这个人情我们还是要还一些的。你明天通知车站的物流公司，凡是利民纱厂发往外埠的货物一律打八折。"

"我知道了。"

高满山的院子里，他正在跟王知山下棋。

王知山说："济南的事情你也知道了吧？正峰这场防御战打得漂亮，让我想起一个人来。"

"谁？"

"戚继光！"王知山顿了顿继续说，"上联是，戚继光抗倭。"

王知山不再说话，他看着高满山，高满山心领神会，稍微思考了一下说："下联是，乔正峰抵寇！"

二人说完哈哈大笑起来。

笑完，高满山落下一子，有些悲观地说："正峰是愈来愈有长进了，可高年却无一点建树，心思全用在了一些无用之地。他来信说高凤每天就是围着锅台转，变了一个人。你说女人嫁了人，不干这些干什么？能学柳如是到处抛头露面吗？荒谬！"

王知山说："高年虽然有些牢骚，但并不是没有道理。慈禧也是女人，却管理了一个大清朝，我看这说明不了什么。"

"可你猜高凤来信说什么？她说高年放着二股东不想干，想给正峰开车，这说不过去吧。自从去了济南，一点追求都没有了。"

王知山笑了起来："我看这也不算什么，二股东也好，开车也罢，在正峰身边，互相有个照应。再说高年能放下自己的身段说明他心胸豁达，不图名利，这个境界实际很高啊！"

高满山琢磨了一下曾经不图名利的贤人（孔夫子、韩愈之流），再考虑了一下高年的现状，对比之下更有了意见："哼，境界两个字对他来说还太遥远，要是没有正峰在前面冲锋陷阵，我看真的就要去开车了，兴许开车人家也不要。说到底还是托了正峰的福气！"

王知山也认可地点了点头。

高太太忙着沏茶，只听着前半段，她端着茶壶过来，插话道：

"别说是现在没买车，即便以后买了，也得是高年开。你把厂子给他干，他也干不好，车那玩意金贵，护好了也是一大贡献！"

面对高太太突如其来的发言，二人有些接不住，面面相觑，接着是哈哈大笑。

高太太快速地斟上茶："其实刚才说的都是玩笑，即便是高年想当这司机，正峰也不愿意。他这个人极其重情重义，像这样的事情是万万干不出来的。凤儿来信说了很多次了，让咱们多去趟梁家给他二狗叔上坟，尤其要打听一下他兄弟小伍的消息，说小伍一直是正峰的一块心病。这光景过得也快，你说这都多少年的事了，他还记着。即便是他记着，人家小伍也能记着？"说完，希望渺茫地摇摇头。

第十五章　乱世破局

1931 年，10 月，历时七个月的中原大战终于结束了。这场以蒋介石、阎锡山、冯玉祥、李宗仁等在山东、河南等省发起的一场新军阀混战，是中国近代史上规模最大、耗时最长的军阀混战。蒋介石一路攻城略地，势如破竹，老牌军阀冯玉祥一败涂地，蒋介石的亲信韩复榘当上了山东省政府主席。

日子虽然在不停地往前奔，可老百姓的光景已大不如前，泥坯的墙头坏了洞，榆木的大门没了底，老百姓们都在穷困潦倒的生死线上辗转反复。

曾经远近闻名的梁家也已光景惨淡。

阳光透过晨雾洒在梁家的这片宅子上，像往常一样，温和中带着湿润。梁老爷穿着带补丁的绣缎夹袄坐在木头椅子上，瘦弱的身体显得有些单薄，双眼目视前方，许久才会眨一下，脸上的皱纹挤在了一起，看不出任何表情。

院子里，平添颇多老气的王妈进进出出，忙里忙外。

梁少爷拿着一把大刀从外面进来，他已然不见了曾经的样子，平头，大眼，也很虎实，上身穿着丽云轩的黑色绸缎褂子，阳光下闪闪发光，像是有什么喜事："王妈，从今起，这把刀就给你了！"

王妈接过刀，吓得直打哆嗦："少爷，您这是干啥？我做错啥了吗？"

梁少爷说："王妈，你记住了，从今天起，小少爷我就再不用刀了！"伸出右手，比划出个"八"字，"我改用盒子了！"

王妈眼睛一转，渐知少爷不是冲自己，这才放了心，一听少爷提到了盒子，又吓了一哆嗦："小少爷，这可不敢，太太在的时候初一十五地烧香，就是盼望着您有个好，这东西可是吃人的老虎！"

梁少爷没搭理她，转身蹲在梁老爷旁边："爹！爹！爹！"一声比一声大，树上的鸟都被吓得飞走了。

梁老爷像是没听见，不闻也不问，直愣愣地看着前方，重复着刚才的表情。

梁少爷长出一口气，有些无奈："爹，您也别装听不见，我真要给您说件正事。现在也不打仗了，军队上也正需要人，镇上的李司令想让我去他那儿当个大队长，我说不行，我还有个亲爹要照顾呢，可他就说我行，说这个缺非我莫属。国民政府的大官说了，伺候爹妈是尽孝，保卫国家也是尽孝。我琢磨着多少也是个机会，索性就试一试，您做的是地主，我做的是管地主的，咱爷俩就全给占全了。"梁少爷有些累了，索性就坐到了地上："可是李司令又告诉我，这万家村王财主家的儿子也想当这个大队长，而且还偷偷地给了他十块大洋，他娘的，他是地主，咱也是，咱比他差在哪儿？要是论到咱家有牛群的时候，他就是摊牛粪！"

梁老爷虽然已经折腾不起来了，但依然是个官迷，他看着儿子："一定要压过他去。"他伸出手，指了一下院子里的大槐树，梁少爷顿时明白什么意思了："得，爹，末了，您还是我亲爹，您说您好着的时候把钱藏得这一点，那一块的干吗？知道的明白您是防贼，不知道的还以为您是在防我呢，竟瞎耽误工夫！"

梁少爷起身来到槐树下面，用手在上面摸了摸，发现一个小树洞，从里面掏出一包东西，打开，整整二十块大洋，梁少爷拿出一块："反面，当不上；正面，当得上！"一扬手，大洋空中翻滚几圈，落在地上，反面，骂道："娘的，这玩意向来不准！"骂完，一转身，原路走了出去。

村头的井已经成了枯井，枯井旁边的小路也变窄了很多。小路上有一个人影徐徐前进，步子很慢，像是在找什么。没错，这人便是正峰，他在寻找小伍过去的影子。

他来到梁家外面，看到梁家的房子老旧了许多，破洞的院墙已经用小石块堵了起来，石面上溢出水光，冷湿滑腻。他透着石缝往里面看，看到一个消瘦的梁老爷坐在椅子上，微闭双眼，没有精神。显然，岁月并没有偏爱曾经富甲一方的梁老爷，战争也无情地带走了梁家曾经的盛况。正峰无奈地摇摇头，于眉宇之间激起悲凉与哀凄的波纹。

正峰再循着记忆往前看，当初的牛棚还在，只是更加破败不堪。

"哥，我冷，我怕……东家的狗老是咬我……哥，哥，那个老王八蛋又骂咱俩呢……哥，我给你磕头，你永远是我亲哥……"想着想着，不由得笑了，笑过之后，脸上竟然留下凄楚的眼泪，记忆敲开了灵魂的大门，一股脑地全涌了出来。正峰抬头望望天，再看看眼前的情景，已然物是人非。他双手擦去眼泪，开始扶着墙往前走，一个趔趄差点摔倒，顺势坐在墙边的石头上继续回忆，继续流泪。

秤杆本想开车带他进村，正峰没同意，他怕万一小伍见了他不敢认，他也怕村里有人把他认出来，不让走，所以他让秤杆在村口等着。

秤杆倚在车头处，观察着这里的一举一动。

"你们干什么？干什么？我是来找人的……"

一阵女人的叫喊声打断了正峰的思绪，他站起身子向声音传来的方向走去……

一处破旧的老宅子，木头门已经少了半边，剩下这一半也快腐掉，四个大男人围成半圆，把一个姑娘堵在角落，动手动脚。

正峰从后面制止："住手！"

四个人转过身来瞪着正峰，领头的凑上前来，这人有三十多岁，留着一寸长的胡子，光头，斜着眼："哎哟，嗑瓜子嗑出个臭虫——又蹦出一个仁（人）来！"

那姑娘看着正峰，惊讶地喊道："乔老板，救我！"

正峰一愣，乍一下子想不起来："这位姑娘，我们认识？"

领头打断了他们，喊道："天王老子来了也不管用！"

正峰笑了笑："兄弟，这光天化日之下，四个大老爷们欺负一个姑娘，不妥吧？"

领头的挑衅地问："不妥？什么是不妥？能当饭吃吗？"

正峰从袖子里掏出五块大洋放到他手心里："不就是要这个吗？"

领头的一惊，把大洋在手里掂了掂："一出手就是五块？"转身冲着身后的兄弟："兄弟们，你们说这些够吗？"

一个个子比较矮的黑小伙，往前一伸脖子，长吸一口气，还有点结巴："不，不，不够！"

领头的又转过脸来说："听见了吗？我兄弟说了，不够！"

正峰一下子把脸沉了下来，开口骂道："我告诉你们，我不是拿不出更多的钱，也不是有钱没处花，这五块大洋是让你们置办些家把什好好过日子，顺便把你们裤裆里这玩意好好管一管。别等我翻脸，这身后就是梁家，梁家少爷要是来收拾你们，可就没有这么客气了！"

领头的一下子害怕了，语气变软："您认识梁少爷？"

正峰一瞪眼："梁少爷？我还认识他老子呢。"

四个人更怕了，领头的率先说："那够了，五块够够的，您要是不愿意，我还能返您一个。"说着，领头的又捏起一块大洋悬在空中。

正峰大声呵斥："滚！"

话音刚落，四个人一溜烟地都跑了。

这姑娘表情并无慌乱，她拍拍身上的土来到正峰跟前，眼神清澈地问："乔老板，不记得我了？

正峰这次仔细地打量着眼前的姑娘，她看上去有二十多岁，虽然只画了淡妆，依然美貌超俗，上身穿了一件米黄色的英式长衫，下身是粉色长裙，一副贵族气势，整体来看与眼前的这个断壁残垣的景色反差极大。"您是？"

"十年前，凤凰楼，您跟韩府生赌命，我也在现场！"

正峰想起来了，大吃一惊："您是格格？"

姑娘微微含胸点头："那秀英。"

正峰很激动："好！好！格格姑娘，没想到我们在这里见面了。您这种穿戴出现在这里实在是太危险了，您一个女人怎么会来这种地方！"

"有个朋友托我来找个人。"

正峰好奇地问："您也找人，找谁？"

格格想了一下："嗯……"，又摇摇头，"算了，这个地方我都跑了很多次了，估计人早就没了，只是不甘心，就当是去去心病吧，不提了。乔老板，前些年，您一夜之间赶走了日本人，威震济南府，能遇见您实在是荣幸！您怎么也会在这里？您好像也是来找人的？"

"我呀？"正峰也想了想，眼里挂着泪珠，"小孩没娘——说来话长，一时半会也说不清楚，我也不提了，这么多年过去了，很多事怕是再也回不去了！"

格格微微笑了起来，很甜美。

这个时候一辆车开了过来，从上面跑下来一个伙计，急出一脸汗："格格，您可吓死我们了，一眨眼您就不见了。穷乡僻壤的，这是没出什么事，要是出了什么事，我可怎么跟伍爷交代啊。"

秀英笑了一下，向正峰告别："谢谢乔老板救了我，来日定当重谢。"转身上车走了。

正峰看着格格离开，渐渐地垂下眉毛，接着又进入到曾经的回忆中去。

第二天早晨，三娃起床，环顾四周没人，有些不高兴，随便穿了件衣服便下床洗漱。

丽萍从外面扭扭哒哒地回来，一屁股坐在椅子上。丽萍是芙蓉镇王财主家的千金，嫁给三娃后，生了两个孩子，一男一女，但身材并没有变化，人也很新潮，额头新做的卷刘海，随着动作上下摆动，很有特点，江南刺绣旗袍裹在身上更显气质。

丽萍说："旧货市场的李老三让你今天过去一趟，他说要给你把昨天卖办公家具的钱结了。济南这么多旧货市场，非得卖给他李老三？还让咱过去结账，架子真不小。我把他给呛了，我让他亲自把钱送过来！"

三娃看了她一眼，没理她，挽起袖子洗脸。

丽萍主动递过一条毛巾，三娃有些不耐烦地接了过来说："我知道了！以后厂子的事你少管，也别去厂子里瞎转悠了，上上下下都忙着赶工呢，还得伺候你，茶要喝清淡的，饭要吃小灶的，屁股坐的椅子还要用抹布擦一遍。嫂子不比你金贵？嫂子去厂子里就没这些毛病，吃的喝的用的都跟我们一样，掌柜的这是没在，要在肯定又骂你！"

丽萍又坐回到刚才的椅子上，一脸不高兴，开始反击："我去转也不是为我自己，掌柜的这一走，这利民纱厂可就是你说了算了，甭管做主的时间长短，总算是做了回主，看着这么多人都找自己老爷们扣戳子，心里可得劲了。我小时候就喜欢我爹给那些欠我们家钱的人摁手印，到你这更厉害了，这也算是给我们家争了光！"丽萍顿了一下，又开始挖苦："你为什么不让我去？我不去能看见你要威风啊。看着你平时在掌柜的面前的样子，都觉得你就是个下人！"

三娃感觉话头不对，一瞪眼："丽萍，我可告诉你，这刚刚不打仗了，利民纺织也刚刚安稳下来，厂子的事情不许你插手，也不许你在背后议论什么。我跟掌柜的从小一起长大，亲如兄弟，我希望你跟我一样，也别打什么小算盘！"

丽萍反驳："哎哟，说都不能说啊？怎么说我原来也是芙蓉镇有头有脸的千金吧，难道你娶我就是为了让我给你生孩子的？哼！"说着把头扭到另一侧。

三娃把毛巾搭在架子上："别管你爹是不是财主，也不考虑你们家的祖业有多大，当初掌柜的同意我娶你，就是看好你的老实本分，家里人也能跟老掌柜的有个照应，你在济南也能好好地伺候我，如果你连这点都变了，掌柜的那里就说不过去。掌柜的早就说过，女人不能参政，我也认同，你要好好记住这一点！"

丽萍继续发泄不满："什么都是掌柜的说得对！"

三娃把毛巾递给丽萍："你有本事就对着掌柜的说这句话！"

丽萍把毛巾往桌子上一扔，撅着嘴，有些畏惧："我可不敢！"

三娃笑了笑道："知道说不敢，还算你识相！还有，掌柜的今天就回来了，我就当你是没睡醒才发了些牢骚，要是有什么话传到掌柜的耳朵里，我可救不了你。"

丽萍愣了一下，惊讶地问："掌柜的回来了？我……我说什么了？"

三娃没有理他，披上衣服，有些得意地走了出去。

丽萍生气，又不敢发作，看三娃没了影子，压住声音："难道他还能让你休了我不成？"

正峰的办公室焕然一新。椅子、办公桌，以及文件柜都是从上海运过来的"海派家具"（民国时期上海制造的红木家具，即海派家具）。其不用上漆，只经打蜡抛光后所显示的亮丽色彩就显得办公室上档次。办公桌上放着一台包着金边的电话，格外亮眼。

正峰从外面回来，怔在门口。

高年跑过来："姐夫，知道你念旧，那些老式的东西跟了你很多年了，有感情，可是咱们利民纱厂不是从前了，规模大了，人也多了，您在咱们济南府也是有身份的人了，那些东西太掉价，我都觉得寒碜。我上次去了一趟蔡茂盛的办公室，那办公室布置得就像皇宫一样，什么新式的玩意都有，咱不说比他的强，但也得是那么回事吧。"

正峰头一歪："不行，别扯那些没用的，生意好不好跟这些装扮没关系，蔡茂盛在济南干纱厂二十多年了，还是那个奶奶样，我要是他，能一头撞死。赶紧的，都换回来，我这才走了几天啊，知道的是对我好，不知道的还以为你们要造反呢！"

三娃凑过来："我早说掌柜的不能同意，这不是捣乱嘛，我这就去旧货摊上再给要回来。"三娃跑了出去。

高年无奈："得，您哥俩一个样，都是老古董。"

正峰抓起桌子上的新手摇电话，在耳朵上比量了一下，点点头。

"这个电话比原来那个好看，就留下吧，原先那个扎耳朵。"

这时，门房老张从外面进来，手里拿着一小盒东西说："掌柜的，一个姑娘给您送来的。"

高年挨着门近，一把就夺了过来："好的，老张，你下去吧！"

正峰也有些纳闷："姑娘？"

高年看了盒子上的纸条后大吃一惊，失声喊出："格格？是凤凰楼的格格给你送的！"高年继续往下看，边看边念："谢谢乔老板舍身相救！"

正峰这才回想起在梁家救人的事情："噢，对！是有这么一档子事！"

高年已经把盒子打开，发现有个信封，高年拿着信，看了两眼，琢磨不透，索性递给正峰说："姐夫，按理说，这凤凰楼我去得比你多，格格为什么不给我写信？你是不是在外面有什么事瞒着我姐啊？我怕我姐的位置不保啊！"

正峰眼睛一瞪："你胡说什么？没个正经，小心我抽你！"他把信甩给高年，"念！"

高年拿起信，佯装不情愿地瞅了瞅，然后又放在鼻子尖上闻了闻，很享受地说："只待清风来，闻得女人香。我念就我念！"高年撕开信封念道："敬启乔正峰恩人，两日前于梁家村，幸得恩人相救，免于受难，感激涕零。时光荏苒，六年前，凤凰楼，您一人智斗韩府生，义薄云天，至今记忆犹新，这次又承蒙您相救，更是感慨万千。得知您归来，特派人送去救命钱财，还请收下！因为琐事缠身，不能亲自上门，敬请原谅！小妹乃山东人士，因为战争四起，男人落难，为活命，只好在凤凰楼安身立命，乔老板若不嫌弃，择日光临，我定当厚恩相报！小妹那秀英跪拜！"

高年感慨道："原来这格格叫那秀英啊。姐夫，您可真有一套，不知道有多少人都上赶着跟她攀亲戚，这都成你小妹了，这是怎么回事？"

正峰淡淡地说："她去梁家找人，被几个无赖给缠住了，我给她解的围。"

"嘿嘿！"高年傻笑了一下："姐夫，回家我可得让我姐好好夸夸你，这常人见了这格格都是走不动步，恨不得多献点殷勤，你可好，把人家给救了，愣是想不起来，这可不是一般的定力！"

正峰骂道："滚，滚，滚一边去！咱俩想的根本不是一回事！"

高年继续说："姐夫，这格格在济南府可是个吃得开的人物，水陆两行的人都知道她，有了这层关系，咱可得好好利用一下，要不然，改日我们一块去一趟，加深一下感情！"

正峰制止："得，就此打住！凤凰楼那是什么地方？多干净的水到那都得脏了，我看还是算了吧！"

高年解释："姐夫，您不知道，这格格虽是凤凰楼头牌，可是人家跟别人不一样，只卖艺不卖身。我原来也觉得这事不靠谱，这臭水里还能养金鱼？可是一打听才知道，这格格原来是有男人的，据说男人曾是湘军总司令赵恒锡的部下，还是个大官，后来因为反对赵恒锡杀害农工领袖的事情被抓了起来。这军队里面的关系深不可测，好多人都传她男人实际上是老蒋的人，保不齐一出来又是个大官，所以没有人能动，也不敢动她，就怕以后挨枪子。这凤凰楼天天人满为患，大人物也有的是，我就没见到有人敢动她一手指头。"

正峰冷笑一下："哼，这些说法都是哄小孩子的，男人被抓了，干点什么不行？非要在窑子里待着？还卖艺不卖身，鬼话连篇！"

高年解释："姐夫，这男人被抓了，前前后后的打点总得需要钱吧？一个女人干什么能挣到那么多钱？"

正峰若有所悟："你这么说还算有点道理！这么说他男人也是个为国为民的汉子？"

"这我不知道。"高年又从信封里掏出一张银票："姐夫，这还有一百块的银票。"

正峰接过银票看了一下说："我救她只用了五块大洋！"

"姐夫，你看，你错怪人家格格了吧，你用五块大洋救了人家，人家却还你一百！"

正峰点了点头："看来我是错怪人家了。"正峰想了想，"高年，这多出来的钱你得给送回去，让她救她男人。另外，你再送一些咱们厂的产品，我不应该这样想人家，就算是给她赔礼道歉了。"

车间里，工人们都在忙活，正峰穿着工作服进来，刘二跟了过来，嘻嘻哈哈地说："掌柜的，您回来啦？"

正峰见了刘二也高兴："刘二，这么高兴，有喜事？"

刘二又往前凑了几步："掌柜的，没啥喜事，就是您回来了，我高兴！没您在，没意思，有您在，有意思，嘿嘿……"

正峰脸一板："怎么听着这么腻歪呢，非得骂你两句你才舒服？"

凤凰楼下，一辆马车停在那里，高年站在旁边。

妈妈从里面迎出来："哎呀，高少爷，您这是干什么啊？无缘无故的还送东西。"

高年笑着说："妈妈，你别误会，这是我姐夫送给格格的！"

老鸨媚着双眼说："怎么？您姐夫也看上我们家格格了？"

高年紧着摆手："妈妈，这你可多想了，我姐夫没有任何想法，就是单纯地送！"

妈妈不信："哎呀，还有这好事？"她拿起几匹坯布看看，笑得合不拢嘴："您姐夫可真是大方，我在布铺从来没有见过这么好的货色！"她又冲着门里喊："老李，快派几个人来，把东西都搬进去！"

一众人跑了出来。

妈妈问高年："高少爷，实话告诉您，每天给格格送礼的人有很多，可都是有所图，可像您姐夫这样，人都没来过，就送东西的，这是头一个。想当年，您姐夫在这里跟韩爷拼命，那我可是真的看在了眼里，当时我就说，您姐夫以后一定是个人物，您看看现在，人家还真是发达了！"

高年笑着问："格格呢？"

"噢，格格正在上堂呢，估计还得等一会儿！高少爷，请进！"

高年一步迈了进去。

妈妈房间，她正在整理那些高年送过来的坯布，一匹一匹地分开，喜笑颜开。

堂会散场，格格找到她问："妈妈，我听说利民纱厂来人了？"

妈妈看着她："掌柜的没来，高少爷来了，可是等到中途又走了，这是高少爷给你的！"她把银票给了格格。

格格漫不经心地接过银票，并没有看上面的具体数字，失望的表情浮现在她脸上。

妈妈把脸凑过来，指着那些坏布："秀英，这些坏布也是乔掌柜送给你的，可是你也用不了这么多。妈妈最近新招了一些姐妹，眼看就要到了，我就当见面礼给大家分了，你可别怪妈妈，妈妈经营这么大的凤凰楼不容易，你要知道，妈妈始终还是最疼你的！"

格格并不在意，她点点头往外走。

妈妈又追了出来说："秀英，你等会儿！秀英，妈妈是过来人，乔掌柜没来，你跟丢了魂一样，我能看出来你已经动了心了。你给我说实话，济南府这么多的大官你都没上过心，这一个开厂子的你就动心了？难道你不想你那伍哥了？"

格格申辩道："妈妈，你别问了，你也别乱猜，我对乔掌柜的想法跟伍哥的不一样。乔掌柜给我的感觉就像亲人一样，哎呀，算了，不跟你说了！"说着转身离开。

妈妈在后面跟着："你别蒙我，都是男人，还能想得不一样？"

格格转过身来，不耐烦地说："让我说清楚也行，不过刚才乔掌柜的那些东西都得送到我屋里去！"

妈妈感觉自己的财产像是要丢了一样，身子往后一撤："你看，跟我还急了，还跟妈妈谈条件，算了，你不说，我也不问了！"

妈妈暂告妥协，格格独自走上楼去。

高年住的是一座灰色二层小楼，带个小院，门前是两列海棠花，娇艳诱人。院子里有一条鹅卵石铺成的甬道直通门口，甬道两旁种着吉祥草，郁葱葱。院子角落有一棵椿树，麻雀在树杈上筑了巢。另一只麻雀飞来，落在枝头四处张望，巢穴的主人露出脑袋，叽喳一番，"入侵者"展翅飞走。

一个小报童跑到门口，熟练地将报纸折入报箱，然后踮着脚在报箱的最上面抠出一文钱，笑着揣进怀里，然后规规矩矩地在门前磕了个头，再向下一家跑去。下一家也是大户大院，小报童把报纸放进报箱，伸手在顶上摸了摸，空空如也，显得有些失望。

房间里是新式装饰，南城琉璃厂刚出的瓷器，近郊百货店上等的家具，错落有致，充满朝气。高年跟素雅住一楼，两个孩子住在二楼。

素雅正在整理餐具，王妈端着牛奶从外面进来："太太，这小报童真是机灵，一天一个头，一个头一毛钱，都连续磕了两个月了。别家也都是大门大户的，也没见他们给钱，咱要是有一天不给都成了心事了！"

素雅坐在沙发上，温婉地笑笑说："这没什么，都是穷人家的孩子，咱少点没事，别饿着他们，正是长身体的时候。"

王妈理解不了素雅的大爱，她把牛奶放到桌子上，刚要说点什么，抬头看素雅的表情不是很好，就放弃了。

高年从卧室出来，喊道："素雅……"

素雅没有回应，王妈感觉气氛尴尬，自觉地退了出去。

高年自知问题出在什么地方，皱皱眉头走过来解释："素雅，我昨天去凤凰楼的事情已经给你解释清楚了，是因为姐夫救了格格，人家想见的人是姐夫，姐夫不去，只有我去了。"

素雅故作委屈地说："人家是格格，这身份没几个能压得住的，格格我也是见过，就她那身段在眼前一晃，有几个男人不动心？姐夫仁义忠厚，宁折不弯，他去我放心，你去我不放心！"

高年解释道："是，我承认我以前经常去这凤凰楼，可也不是贪图享乐，我是要联系这来来往往的客商。姐夫说了，生产是爹，外销是娘，少一样都不行，这些外来的客商哪些不想消遣消遣，我有什么错！"

素雅说："我对姐夫有意见！"

高年继续辩解："你还有意见？自从咱们生意好了以后，姐夫就给咱买了这座二层小楼，而且还换了全套的新家具。每次我去姐的老宅院，我都过意不去。你要是有意见就当面提，只要你不怕他骂你！"素雅不说话，还是撅着嘴，高年看到素雅是真生气了，坐了下来，搂住她的肩膀劝道："行啦，别想多了，对于凤凰楼的格格我想不想不重要，关键是做了吗？我又没做，而你却在做，用你的眼光不断地猜疑我。"

素雅很委屈地看着高年："还得怪我？"

高年苦笑着化解尴尬："我其实也没有怪你，这么说吧，像格格这样的女人只能欣赏，聊聊天，说说话足矣！就像咱爹屋子里放酒的那个唐代瓷瓶，打远一看真漂亮，往上翻都能出去几百年，可是走近了，拿到手里面，跟一般的家把什又没什么区别，习惯了谁还在乎它是什么年代的，能装东西就行了。再说，你还真是高看我了，我一个纱厂的二股东不算什么，每天讨好格格的人大有人在，就好比顺诚纺织的蔡茂盛，他早就放话了，要拿半个厂子换格格，这是多大的家产，不还是没戏嘛。我也早跟你说过，格格是有男人的，而且还是抗日救国的英雄，场面上都称伍爷。"

素雅情绪缓和了很多："这么说我是真误会你了？"

高年借势站起来，挺胸昂头："误会，天大的误会！"

素雅委屈的眼泪掉了下来，她把高年的手攥在手心，很深情地说："隔壁李老板要娶二房，他的太太要自杀，前天我还劝了一天；昨天又听说造纸厂的刘老板也要再娶，他太太都喝药了。你别怪我，我只是怕失去你！"说完，更加深情地看着高年。

高年感受到了素雅对自己的强烈的爱，当即表态："素雅，你当初看上我，还能在我最落魄的时候跟了我，这就是我上辈子积的德。在办喜事的时候，我也当着我爹的面说要一辈子对你好，但凡发生这种事，对你我就是不仁不义，对咱爹娘就是不忠不孝。我高年不是那不忠不孝，不仁不义的人！"高年的情绪已被调动到最高点，自然地想到了正峰，不由得冒出一身冷汗，站起来说：“别的不说，光姐夫这关就过不了，他能把我脑袋拧下来当灯泡踩！”

素雅看高年较了真，赶紧圆场：“你看，说着玩呢，怎么还急眼了！”低下头，脸上窃喜。

顺诚纺织，蔡茂盛正坐在老板椅上，瞪着眼前的一个中年人。这个中年人个子很高，穿着长大褂，弯着腰，像是做错了事情。

蔡茂盛以训斥的口气说：“王老四，张家染厂都攻了半年了，丝毫没有进展，我没有怪你吧？张老爷子的脾气我知道，宁折不弯，花些力气也情有可原。可怎么就让乔正峰给攻下来了，他才来济南几天啊？他娘的，我都丢不起那人！”

王老四哭丧着脸解释：“掌柜的，这乔正峰会下棋，张老爷子也好这口，正好让他投其所好！”王老四别着头，“可是我不会！”

“少他娘的马后炮！恒通商行也是你的吧，老板是个娘们，不会下棋吧，可现在也快成了利民纱厂的了，说到底是你太菜！”他指着王老四，“你回去好好反省，真要是干不来，我立马换帅！”

王老四哑口无言，低着头走了出去。

蔡茂盛把烟掐灭，瞅着旁边沙发上的账房老李说：“我看还是把王老四撤了，光他娘的会花钱，不会挣钱！”

账房老李，八字胡，人很瘦，但是很精神，他恭敬地站起来，以劝导的口气说道：“掌柜的，我看这事可以再等等，王老四的表哥在青帮还有些位置，每年多少都能省点租子，这层关系不能破。再说，济南府干纱厂的多少都受到了利民纱厂的影响，这利民纱厂的人很有手段，也不知道为什么，他们的货并不便宜，可人们就是喜欢！”

蔡茂盛越来越觉得有危机感，他长出一口气：“老李，我现在被乔正峰搞得觉都睡不着，最近他正在拉拢潍坊的聚合染厂。”

370

管家惊讶地问："掌柜的，聚合染厂不是您表叔开的吗？"

"当然是了！也不知道他用了什么招数，我表叔见了我就骂，说什么市场人员态度不好，我们的货质量也不好，让我跟乔正峰学。他娘的，乔正峰给我表叔下毒了？要不是有表亲的关系，聚合染厂早把咱的货踢出来了。哎呀，这利民纱厂啊……在他还没有成大气候之前，我们必须有所改变，而且越快越好，我恨不得明天就把乔正峰给挤死，你快想想有什么好的办法？"

老李开始站在掌柜的立场上分析："掌柜的，您说得对，不过想控制住利民纱厂还是有些难度。第一，他本来就是从乡下来的，这乡下是粗纱，细纱的大市场，我们基本没什么优势；第二，自从上次乔正峰赶走松田以后，跟咱们商会会长任万里的关系也进了一大步，这胶东方面所有的染厂都买他的面子，荣家染厂本来就是他的铁杆，所以这坯布的销量也不在我们之下；第三，我们是老厂子，设备更新得慢，他们上设备比我们上得晚，自然也要先进一些，所以质量上我们还是差一些。"

蔡茂盛伸手制止，跑到纸篓那里吐了口痰，擦了嘴说："老李，差点没让你给我噎死。从销售上看，我们并不比他差多少，怎么到你嘴里就什么都不是了？就拿四方染厂和太平染厂来说，都是咱们胶东地界上数得着的染厂了吧，我一句话，他们利民纱厂的一只苍蝇都飞不过去！"

老李往前进了一步，声音也压低了一些："蔡老板，您说得很对，这正是我要说的，您的资源和人脉正是我们最大的优势。"

蔡茂盛看着老李："你是什么意思？"

老李继续说："掌柜的，我的意思是我们要想办法克服设备陈旧、生产规模小的短板，然后借助您资源和人脉的优势跟乔正峰比一比高下。"

蔡茂盛不屑一顾："哼，你想得容易，哪一样不需要白花花的银子，这等于没说。"

"掌柜的，我有一个不用花银子的办法。"

蔡茂盛来了精神："你有什么办法？快说说。"

"掌柜的，我们的主要市场在染厂，第一纺厂的市场在印花厂和乡下，只要咱们两家能联手起来，这济南可就是咱们的天下了，我保证这乔正峰撑不了一年就该滚蛋了！"

蔡茂盛疑惑地问："你的意思是跟第一纺厂刘阔海合作？"

老李往前弓了一下身子："不是合作，是合并。上个月我去上海催账，发现小厂合成大厂是个趋势，不仅可以发挥规模效应，还可以优势互补。上海欠咱钱的两家布行，本来都快倒闭了，后来这两家合成了一家，叫一店、二店，外人一看就觉得有实力，客户也多了起来，愣是扭亏为盈。"

蔡茂盛眼珠转了一下："这倒是个法子啊。"他站起来走了一圈，"不妥，不妥！咱要是跟刘阔海合并的话，这刘阔海能同意？即便是同意了，这以后谁说了算？"

账房老李笑了笑："自然是您说了算，无论从人脉、资源，还是实力上来讲，您都高过刘老板一头；另外一点您是知道的，刘老板最近刚刚纳了个小的，还是个大学生，两人正腻乎着呢，生意上的事情已经暗淡了很多。"

"咳咳咳……"蔡茂盛假装咳嗽制止，然后冲着屏风方向挑了下眉毛。

老李体会意思，身子下意识地往后退了两步，重新整理语言说："我的意思是说，刘老板已年过半百，并且膝下无儿，身体也愈发差了，正是需要时间休养身体的时候，他只要跟咱合了伙，操心少，钱还不少拿，我想说明白了利弊，他会同意的。"

蔡茂盛点了点头，眼神里全是对胜利的渴望："嗯，行！这个事情没准能成，我琢磨琢磨就去找他！老李，这事要是真成了，我记你一大功！"

这时，屏风后面传来一声异响。

蔡茂盛点点头，示意话题已经谈完。老李欠着身，适时地退了出去。

蔡茂盛松了松脖子上的领口，冲着屏风后面喊："行啦，出来吧！"

这时，一个穿着十分洋气的姑娘从屏风后面出来，她有二十一二岁，身上穿着米黄色制服裤，粉红色夹克衫，烫发披肩，娇小性感，手里面捧着半杯法国葡萄酒，舞动身姿，撒娇地说："蔡老板，我可不是有意听的哦！"

蔡茂盛一把手把她拽到自己的怀里："听见就听见，正合我意，等我干大了，把你们凤凰楼都买下来！"

小姑娘一撇嘴："您买下来我信，您肯定是在惦记格格姑娘吧？"

蔡茂盛问："怎么了？不行吗？"

小姑娘抿了一口葡萄酒："您还是珍惜眼前人吧，我听说她男人要放出来了。"说着在蔡茂盛的额头上亲了一口。

蔡茂盛被撩得欲火中烧："别提她了，我现在就要你。"一伸手把姑娘抱在怀里……

第一纺厂，刘阔海正在备受煎熬。一大碗补药在桌子上冒着热气，散发着刺鼻的味道。刘阔海皱着眉头对着展柜的方向抱怨："要是身体老了我也认，我才四十五岁，木器厂的王老板也四十五岁，人家都娶了四房了，据说现在还生龙活虎着呢，人跟人的差距能有这么大？"他继续给自己找借口，"我看多数是生意上的事情给闹的。自从这利民纱厂在济南府站稳了脚跟，我都没睡过一个好觉。咱走快了，他也快；咱慢一点，他就超过咱，真是一天不如一天啊！"说着竟惆怅起来。

穆翠芳虽是刚刚毕业的大学生，穿着制服裤，米白色衬衣束在里面，身材玲珑剔透，也很有气质，她从展柜后面出来劝道："老爷，我看是您心事太重，生意上的事再大，也没有自己的身体重要。咱现在的钱也够用，只要不往里赔，几辈子也花不清。"穆翠芳用勺子盛了一点药放进嘴里，感觉温度正合适，"老爷，可以喝了！"

刘阔海指着那碗药问："这还是昨天的那服药吗？我看就别喝了，根本不管用。"

穆翠芳看刘阔海不想喝，说道："老爷，换了，这服药是康寿堂的主堂亲自给抓的。主堂说了，连喝七服，保证大有好转。"

刘阔海突然有些担心，压低了声音问："抓药的时候没有说是我喝吧？"

穆翠芳往前站了一步，小声说："老爷，我知道这事不光彩，我让伙计去抓的，就说他二叔要喝。"

刘阔海深深地点了点头，像是下了很大的决心："行，会办事，这康寿堂的药靠谱！"一抬碗全喝了下去。

穆翠芳赶紧拿来漱口水，刘阔海漱了三次才算完事。

管家敲门。

"进来！"刘阔海的脸迅速地板了下来。

管家站在门口的位置说："老板，顺诚纺织的蔡老板来了。"

刘阔海迅速站了起来："请进，请进！"

"他来啦，那我先回避一下。"穆翠芳说着转身就往外走。

刘阔海拦住她："不用，你是我明媒正娶过来的，以后别人见了你得叫刘夫人，怕什么？就在这儿！"

穆翠芳感觉身份得到了肯定，满足地笑了笑，站在刘阔海的后面迎接。

蔡茂盛提着一盒点心进来："祝贺刘老板和刘夫人新婚快乐，这是一点心意，请笑纳！"说完，眼神在穆翠芳身上转了一圈。

刘阔海赶紧回应："蔡老板您真是太客气了，来就来了，还让您破费。"

"谢谢蔡老板！"穆翠芳把点心接了过去，迅速逃离蔡茂盛的眼神。

蔡茂盛坐在沙发上，掏出一支烟准备点上，刘阔海一把给推了回去，顺手递上一支："抽我的，上海的大金鸡，坐轮船过来的，有劲！"

"行，抽抽这大上海的烟！"

管家端来了茶，穆翠芳帮着倒上，然后跟着管家一块退下。

蔡茂盛说："刘老板，新婚宴尔，不打扰吧？"

刘阔海客气地说："蔡老板，您见外了，像我们这些做生意的，家和生意都搅和在一起了，哪还能分得清楚啊。再说了，现在身子骨不比从前了，腻活不起来了。"

蔡茂盛笑了起来："您这还算不错的，最起码还能腻活，我最近一点这方面的心思都没有。"

刘阔也点上一支烟说："噢？怎么了？"

"哎！"蔡茂盛叹了一口气，"刘兄，你们厂最近的销售怎么样？"

刘阔海眉头一皱："老婆子的脸——一年不如一年啊，今年我拢了拢账，销售额比去年少了整整三分之一，他娘的，再少就得赔钱了！"

"我们顺诚纺织也是，不但销量低了，价格也下来了。这些天我一直琢磨这事，您知道咱少的这些跑哪去了吗？"

刘阔海直了直身子，显得很重视："跑哪去了？"

"利民纱厂！"

刘阔海有些疑惑："乔正峰确实抢了咱生意，能都去他那儿了？"

蔡茂盛把烟掐灭在烟灰缸里："我私下查过了，他的工人比咱多，出货量也比咱大，不去他那儿还能去那里了？济南府还有谁能跟咱分庭抗礼？你说他刚来的时候，既没有背景，也没有人脉，想靠运气摸一把好牌，这不做梦吗？原本我以为这利民纱厂就是个屎壳郎推到了石头上——碰一鼻子灰，也就没有把他放在眼里，没成想，这才过了几年，愣是在济南府推出个金疙瘩来！"

刘阔海抽了口烟道："细想一下也有道理，我早就说过这个乔正峰不是一般人，从作坊干到纱厂，再在咱们济南落地生根，掐着手指头数一数，整个济南府没几个。"

"事是这么个事，他有两下子我也承认，可是咱不能由着这小放牛的在济南兴风作浪啊，这里毕竟是咱们的地盘，要是再这么轻视他，咱锅里的饭可是吃一口少一口了。"

刘阔海不停地点头认可："对！你说得有道理。那能咋办？日本人不比咱厉害，还不是让他一招就给弄走了。"

蔡茂盛摇了摇头说："我看日本人的本事被夸大了，这个日本人比我想得要软骨头，再者说自从这日本人占了东三省，一路南下，遍地开花，这济南府对于人家来说可有可无，也犯不上跟乔正峰斗来斗去的。可咱们不一样，根就在这，不夸张地说，打开窗户一闻，就知道这济南明天的天下不下雨。"

这时，管家惊慌地跑进来："掌柜的！出事了！出大事了！"

刘阔海惊得站起来："出什么事了？"

"李大笨，他——他胳膊被机器给吃了！"

"这还得了！"刘阔海说着就往外跑。

蔡茂盛赶紧拽住他说："刘老板，先别急！管家，这事你听我的，你把工人送到城西的西医院，那里处理得快！前些天，我家的工人胳膊也被咬下去了，我有经验。你去吧，十块大洋就够了！"

刘阔海说："这不好吧？"

蔡茂盛摇摇头："没什么好不好，胳膊掉了你也接不上。"他伸出一只手来，"你去就得五十块了。"

刘阔海连忙点头："好，好！就听蔡老板的，你去吧！"

管家又慌张地跑了出去。

刘阔海哭丧着脸："哎呀，我那些设备早就该换了，一开动，嘎达嘎达地乱响，这会儿终于出事了，你说这叫什么事？"

蔡茂盛劝道："老刘，其实工人折条胳膊断条腿根本不算什么事，差就差在咱们现在的经营不好，这些事显得更晦气。要想解决这些问题，就必须找到根源。"

"那能有什么办法？"刘阔海一脸愁相。

蔡茂盛看刘阔海陷入沉思，感觉时机已到，试探着说："我倒是有个主意，可以解咱们两家之危。"

"什么主意？你说说。"

"咱们两家合起来怎么样？"

刘阔海有些糊涂："合？怎么合？"

蔡茂盛解释说："两厂合一厂，咱们规模大了，产量就大了，就能往下压价格。然后就是市场的问题了，我有染厂和外埠的资源，你有印花厂和本埠的资源，咱们优势互补，资源共享。无论粗纱还是细纱，咱们碾压式地铺遍济南的大街小巷，坯布我们供遍各大染厂、印花厂，不给乔正峰任何空子可钻。我敢保证，用不了几年，咱们山东省的同行业就得甘拜下风！"蔡茂盛说完还不住地点头，认可自己刚刚说出来的宏伟蓝图。

刘阔海站起来，来回踱步："蔡老板，你的设想倒是不错，我们俩加起来，乔正峰自然是甘拜下风。可是我这个厂都干了将近二十年了，突然……"

蔡茂盛知道刘阔海的顾虑，劝道："刘兄，你别误会我的意思，咱两家是合，不是吞。现在不是兴股份制嘛，咱们就可以试试嘛，按实际入资定股份，厂子的设备、库存、原材料等都可以算出具体的价格，公开透明；等咱们合在一起以后，不仅名字要改，对外的一切都要改，老板不叫老板，叫总经理，棉纱厂也不叫棉纱厂，叫棉纺公司！"

刘阔海没有回答，踱着步，还在琢磨。

蔡茂盛继续说："刘兄，合是为了做得更好。想想咱做生意是为了啥？说白了，还不是为了挣钱，既然大家的目标是一致的，就不要在乎什么形式。眼前，利民纱厂就挡住了咱的财神爷，无论怎么样都是咱的敌人，必须干掉他！"蔡茂盛看刘阔海还在犹豫，轻轻地拍了拍刘阔海的手背，"刘兄，中原大战刚刚不打了，百废待兴，这可是名副其实的大乱世啊，我们要想活下来，就必须挤死他乔正峰。"

刘阔海点点头,很慎重地说:"蔡老板,你说得很对,这个提议也很不错,但是事出突然,容我好好琢磨一下。"

顺诚纺厂门口,蔡茂盛走出来,李管家已经叫好了车。

李管家迎上去问:"掌柜的,谈得怎么样?"

蔡茂盛说:"该说的我都说了,就等老刘回话吧。"说完回头看着刘阔海的办公室。

李管家问:"掌柜的,是不是还有事没办完?"

蔡茂盛摇摇头,眼中掠过一抹春色:"哎呀,老刘新娶的这小娘们还真不错,看举止谈吐,还真是个大学生。"

李管家说:"掌柜的,这并不是什么稀奇事,以您的能力,也弄个大学生,这不是什么难事。"

蔡茂盛赶紧摇摇手:"还是算了,家里面已经有三个了,天天乱成一锅粥,再招进来一个,不是什么好事。"说着上了黄包车。

李管家问:"掌柜的,去哪?"

"济南宾馆。听刘妈妈说最近来了新人,我去过过眼!"

李管家来到车头,递给车夫钱,然后交代一番,黄包车冲了出去。

晚上,刘宅。刘阔海躺在床上抽烟,那烟一直燃着,他却很少往嘴里放,他眉头皱着,像是有心事。穆翠芳趴在他的胸口上,显得很温情。

穆翠芳说:"老爷,两厂合一厂不是什么坏事,我看这事能办。"

刘阔海把烟碾灭:"能办?可咱的规模没他的大,合起来也就只能当老二。"

"老二怎么了?今天打仗,明天打仗的,这谁受得了?再说即便是不打仗了，今天土地局，明天税务局，哪个局的来你不得伺候啊，多给钱还不算完，还得连吃带喝得供奉着；要是两家合在一起，这一摊子事都是他蔡茂盛管，还赚个舒心呢。你说这人图个什么？"穆翠芳轻轻拍了拍刘阔海的肩膀，"说到底，身体没了，什么都没了。"

刘阔海摸着穆翠芳的手说："你说得很对，身体没了，什么都没了，有一句诗怎么说来着？闲是闲非……"

"老爷，是这么念的。"穆翠芳边说边翘起兰花指比划，"闲是闲非休要管，渴饮清泉闷煮茶。"

"对，对，就是这句，不愧是大学生。"刘阔海长出一口气，像是下了很大决心，"行呀，老子也算是彻底活明白了，咱也追求一下精神生活。要合就赶紧合，但是我们也不能这么随便地就答应了。你明天一早就联系一下你学法律的同学，让他们给咱出出主意，能多争取点儿，就多争取点儿。"

"行！"穆翠芳看刘阔海放下心事，抱得更紧了，嘤嘤地说："老爷，您的这种拿得起，放得下的心态真是让人着迷。"

刘阔海满意地笑着，然后微微点头，像是对自己决策的又一种肯定，说："今天李大笨的胳膊没了，据说都差点流血流死，以后这掉血少肉的事也少膈应咱。"

穆翠芳有点害怕，她抱得更紧了："老爷，这事不能再说了，不吉利！"

"好，不说，不说！"刘阔海搂住她，"你这小鸟依人的样子撩得我浑身冒火。"

穆翠芳羞红了脸，半推半就得说："老爷，先忍忍吧，以后机会有的是，康寿堂的药才吃了一服，别前功尽弃。"

刘阔海刚被撩起来的浴火又被悉数浇灭，他把胳膊放了下来……

早上，一辆黄包车停在济南宾馆门口，门童是个小孩模样，灰色的褂子穿在身上像个马褂。这酒店学的是西方的样子，却是中式的里子。旁边是一个卖油条的摊贩，抬眼看着从中出来的各色女人。

蔡茂盛从里面出来，看起来有些精神萎靡，但头油很亮，派头还在。身后跟着个女人，左右扭跨，像风中的树枝招摇过市。

姑娘上了黄包车，转身一个飞吻，蔡茂盛接不住这西式的问候，只好红着脸附和着点点头。

管家结完账从里面出来："掌柜的，怎么第二天就让她回去了？"

蔡茂盛不耐烦地说："这娘们擅长旱地拔葱，多待一天我也受不了。"看着黄包车慢慢远去，"这玩意还是少他妈沾，要不然以后也得跟刘阔海一样，天天喝汤药。"他此时看到管家也站在那，问："还有事？"

管家反应过来："哦，大太太说您三天没回家了，让您今天晚上回去。"

蔡茂盛双手扶着腰，不耐烦地点了点头。

管家又从袖子里掏出一张请帖递过去："掌柜的，还有一件事，恒通百货开张，这是请帖。"

蔡茂盛接过请帖："什么时候？"

"今天，一会就开。"

恒通百货虽是新店，可掌柜的却是这个行当的老人了。铺门不大，可装潢得很阔绰，两边的门框是新做的，而且新上的红漆，更衬得喜气。门两边挂着两挂小红鞭炮，两个伙计开始点，接着伙计往两边一躲，鞭炮也噼哩叭啦地响了起来。等鞭炮响完，门外来祝贺的人开始往里进，两个伙计笑脸相迎。

蔡茂盛走在最后，刚走几步，便有人拉住了他的胳膊，他回头一看，正是李掌柜，他有四十多岁，身材很瘦，脸大眼小，更显得奸猾。

"蔡老板，您能亲自来捧场，实在是荣幸之至！"

蔡茂盛笑着说道："李老板，恭喜恭喜！"说着从袖子里掏出一小管银圆递过去。

李老板接过银圆，连声感谢："谢谢蔡老板捧场！"

蔡茂盛看着他暗示道："老李，咱们两家合作了八年了。在济南府，每次给你发的货都是最好的，价格也是最低的，这已经是你的第四家店了，有些事，该停的就得停了！"

李老板是个聪明人，他弓着身子说："蔡老板，您放心，即便是您不跟我说，我也拿定主意了，以后再也不会用利民纱厂的货了。不瞒您说，店铺开业，我都没请他！"

"噢？"蔡茂盛多少有些惊讶，"你没请，他也没来？"

"嘿嘿！"李老板狡猾地笑笑，"我也不知道谁把信传到他们耳朵里了，他也派人来了，礼也送了，我也收了！"随之透漏出一种轻嘲的语气，"哼，跟您的出手比起来，我都没脸说。蔡掌柜的，您放心，即便是收了他家的礼，我也不用他家的东西！"

蔡茂盛看着他，又从袖子里掏出一小管银圆："说话算话！"

李老板见钱眼开，迅速伸手接过银圆，然后开始表忠心："我李某人吐口唾沫是个钉，坚决不用！"

蔡茂盛满意地点点头："那就好！"

"蔡老板，今天中午我在聚福楼摆宴，欢迎光临，请进，到店里看看！"他开始把蔡茂盛往店铺里引。管家老李跑了过来，他凑到蔡茂盛的耳边说："掌柜的，刘阔海同意纱厂合并的事情了。"

蔡茂盛一惊："真的？"

管家一本正经地说："就在刚刚，刘阔海的管家亲自来说的。"

蔡茂盛信心满满地点点头："好！"他又转向李老板，"老李，看来今天真是个好日子，也合着你多发一份财。我告诉你，不出十天，我们的货还会降价，你就等着收钱吧！"

"那好！那好！"

蔡茂盛表情亢奋地问："我问你，今天来的人可有同行？"

"有，都是这个行业的人，多少都来捧场。"

"行，你私下地告诉他们，十天以后我们家的货会统统降价，让他们都少卖利民纱厂的货，甚至是拒绝，做好以后重重有赏，你快去通知吧！"

"好嘞！"老李快速地钻进店铺。

蔡茂盛跟管家疾步往回走，他突然停下脚步吩咐道："老李，兵贵神速，咱们俩得分头办事，我去工商局找刘所长问一下相关事宜，你去找一下报社和电台，给他们两天时间，一定要让他们把我们顺诚纺厂与第一纺厂合并的事情高调地播出去！"

管家问："掌柜的，怎么这么急？"

蔡茂盛激动地说："不急不行！我们跟刘阔海没有签合同，他上午能说同意，下午就能说不同意，只要这广播播出去，他说什么都晚了！"

"噢，我明白了。"管家又问："董事长，这报社、电台好找，可需要播到什么时候呢？"

蔡茂盛想了一下："你就让他们播，我不说停，就一直播！"

管家合计了一下成本，眉头皱起来："董事长，我上次打听过，宣传这东西可贵着呢，相当于吃块水豆腐花的龙肉钱。"

蔡茂盛瞪了他一眼："老李，你能管家是好事，可也得会管，有些钱得省，可有些钱就必须得花！"看管家跟不上自己的思路，蔡茂盛越说越烦："哎呀！这里面的道道你根本不懂，有机会我再给你讲，现在就按我说的办！你要知道咱们翻身的时候到了，我们要以最快的速度压制住利民纱厂的发展。"

"好！"管家点头回应，二人匆匆散开。

两天后，正峰坐在原先的太师椅上享受失而复得的快感，高年从外面跑进来，手里头拿着报纸："姐夫，蔡茂盛和刘阔海搞出事情来了！"他拿着报纸念，"标题就四个字，'强强联合'！"

正峰一惊："联合？"

高年继续念："副标题是这样写的，'第一顺诚要联合，实业强国任在肩'！"高年脖子一梗，"废话太多，其实就一句话，他们两家要合在一起了！"

正峰吸了一口凉气："这可不妙，顺诚纺织重点是各大染厂，第一纺厂是印花厂，二者不合作倒也无所谓，可一旦连到一起，客户这堵墙就捂得严严实实的。他们还说了什么？"

高年继续念："众所周知，顺诚纺织和第一纺厂分别是胶东纱厂工业的状元和榜眼，我们两家的纺织产品也几乎占据了济南府的全部市场！"

"什么？"正峰气得站了起来。

高年吓了一跳："姐夫，是他这么写的，不是我念的！"

正峰一挥手，大声命令道："接着念！"

"但是居安思危是每个实业家都应该有的战略眼光。济南是华北最大的棉花交易市场，当前也正值国内纱厂工业迅速发展时期，老天眷顾，赐天时地利于一地，顺诚纺织与第一纺厂合并在一起，既是顺应天时，也是责无旁贷。两家合并是以规模促效益，以团结求发展，合并以后，蔡茂盛任总经理，刘阔海任副总经理。届时，无论粗纱、细纱还是原白坯布，一律优惠出售，希望……"高年也急了，"他娘的，这不是睁着眼说瞎话吗？姐夫，他们这是安的什么心？"

正峰咬着牙骂道："一个巫婆，一个鬼，没一个好东西！同样的价格竞争不过咱，不在自己的内功上下功夫，竟整些歪门邪道！"

"我看也是，我说昨天约他们喝茶，谁也没回信呢，原来是铁了心地要挤兑咱啊！姐夫，那这事咱还管不管？"

"他们联合咱不管，咱也管不着，可是联合起来挤兑咱，咱就得管。他俩这火气也忒大了，让乔爷先给他泄泄火再说！"

高年赶紧凑过来："姐夫，你想出办法来了？"

正峰问："上次跟康泰聊天，他不是说刘阔海每天都在他那里抓药嘛。"

高年想了一下说："对，他说过，说刘阔海最近娶了小老婆，家伙事不怎么管用了，一个劲地喝补药。"

"行，你让康泰替我给他抓一服药，让他泻泻火！"

高年想了想，笑了："姐夫，下药泻火这招有点损吧？再说也治标不治本，就是出出气！"

正峰说："治本的招不还没想出来嘛，先出出气再说！"

这时，三娃从外面进来，看着高年往外走，打招呼："出去？"

"嗯，给人下药去。"

三娃一惊，忙问："下什么药？"

高年顿了一下，将报纸塞到三娃的手里说："这事不光彩，干完了再告诉你。"说着一脚迈了出去。

三娃也没追问，看了一眼报纸说："掌柜的，我也正为这事来的。荣氏染厂今天刚刚订了五百件坯布，让咱下午就发货，他一会儿就派人送钱来。"

正峰又是一惊："荣家没看到报纸？这蔡茂盛降价的事他不知道？"

三娃说："我也这么问他的，荣家说让咱定价就行。咱们跟荣氏染厂合作这么久了，一直很愉快，这荣老板的为人自然也是没得说，可眼下蔡茂盛闹得正欢，又是联合，又是降价的，咱这价格就不好定了，按现在的价格出货，怕老主顾心里有意见，降价吧，就不挣钱，甚至还得赔钱！"

正峰站起来，看着窗外，想了一下说："你一会告诉荣老板，先不用放款，等咱办了蔡茂盛，再算账不迟。"

"这样行，既不得罪主家，也不耽误发货。"三娃没走，继续说："掌柜的，还有一件事得您解决。城东棉行的刘老板一大早就在咱们厂门口溜达，想进又不进来，我觉得他有事，就主动把他拽进来了。不过这人太老实，我问了好多遍他才说实话，说要做咱们的棉花供应商。"

"老刘棉行？"

"自从那胖子不干了以后，想做咱们供应商的棉行共有三家，老刘就是其中一家，但是当时看他的年龄偏长，棉行的盘子也不够大，所以就没有选。后来人家给蔡茂盛供了货，今天主动要做我们的供货商，我也想不通。"

"潘记棉行的货到了吗？"

三娃显得很失望："我都催了三遍了，还没呢。我估摸着是看着蔡茂盛给的价格高，一股脑地全卖给他们了，咱这边他又不想得罪，还拖着咱呢！"

正峰有些琢磨不透："有点意思啊，一个是偷偷摸摸地往外走，一个是削尖了脑袋往里进，我得见见这个老刘，赶紧把人家请过来吧！"

老刘有四十多岁，寸头，偏胖，坐在沙发上，很规矩，看起来很憨厚。

正峰主动给倒了一杯茶问："老刘，我们家出的价格低，你还要做我们的供应商？"

老刘很实诚地说："做生意都有个山高水低的时候，我不图挣大钱，能保本就行。"

正峰更加糊涂，继续问："老刘，我只是不明白你为什么这样做？"

老刘这才说实话："上次日本人来济南的时候就找过我谈供货的事情，给我的价格也很合适，但是我拒绝了。后来我主动提议给蔡茂盛原价供货，让蔡茂盛降低价格赶走日本人，可他说日本人针对的是您，一点力也没出，我对他很失望。这次，他跟刘阔海联手针对您，我觉得这事很不地道！"

正峰设身处地地替老刘想了一下说："老刘，您这是自断财路啊！"

老刘憨厚地笑了一下说："要不我这买卖一直也没有做大呢！"他顿了一下继续说："这做买卖自然是图挣钱，可挣钱也得顺心，蔡茂盛那一套我看不惯！"说着低下了头，还有些气愤。

正峰把茶杯端起来，喝了一小口，正视着老刘："老刘，你说实话，还有其他原因吗？"

老刘思考了一下，像是下了很大的决心，眼睛一瞪："行，我就索性全说了。蔡茂盛有个小舅子，借着蔡茂盛的影响力，在乡下开赌场、妓院、大烟馆，害了不少人，我也看不惯，但是为了糊口我也没有办法，才给他供货。我知道，原先是潘记棉行给您供货，我插不进来，可前几天我听说潘记为了多挣钱偷偷地给蔡茂盛供了货，这让我很气愤！我想好了，即便是蔡茂盛要我的货，我也不发了，大不了不干了！"说完他看看正峰，感觉自己有些没底，"乔老板，您要是觉得我这样做也不地道，我现在就走！"说着起身要往外走。

正峰赶紧把他拉住，点了点头说："老刘啊，这回我全明白了！"正峰轻轻地拍了拍老刘的手说，"您这老实人做买卖不易啊，既要有原则，还要有饭吃！老刘，现在蔡茂盛开的什么价？"

"四十五一担。"

"你有多少存货？"

"五百多担。"

正峰拍了一下桌子："行，老刘，你记住了，从此以后，你就是我们利民纱厂的供货商，这些货也都是我们利民纱厂的！以后潘记的货我们一担也不会再要！"

老刘很高兴，激动地说："好，好！"

正峰继续说："老刘，眼前货得先在你那存着，我如果按现在的价格要货，对你不公平，如果加价要货，就是中了蔡茂盛的计策，我们会越来越被动。等我琢磨琢磨，想个招，我让他后悔药都没地方吃去！"

"好，我都给您存着！"老刘坚定地说。

正峰把老刘送出来，并没有回去，而是往正街走。街上报童不停地出售报纸，口号中还会时不时地出现顺诚纺织和第一纺厂合并的消息，这让正峰的心思愈发沉重。不知走了多久，他来到恒通百货门口，那里两个伙计正在装车。伙计很机灵，认出了正峰，跑过来打招呼："乔老板，早上好！"

正峰客气地点点头："好！"

伙计说："乔老板，您来得正好，这一车货是您家的，我就不给您送了。"

正峰一愣，他快速走到近前，看着上面的货问："怎么？我们家的货不好？"

伙计尴尬地笑笑："不是，这是掌柜的吩咐的。"

正峰往店里面看："李老板人呢？"

"乔老板，掌柜的去新店了。"

正峰不信，抬脚就要进去，伙计赶紧说："乔老板，实话告诉您，进去您也找不到人！"

店里面的无线电不停地播送着一条消息，正是顺诚纺织和第一纺厂合并的报道，这伙计冲另外一个伙计使了个眼色，那伙计蹿进铺子里，随之，无线电台也没了声音，伙计尴尬地笑着。正峰点点头，顿知其中意思，问道："是不是蔡茂盛搞的鬼？"

伙计赔着笑："乔老板，按说我们已经合作好几年了，您的货也确实不错，不应该这样对您，可是没有办法，我们只是听差的。再说，您也听到了，从早上到现在，每隔半个小时就会播放一次顺诚纺织和第一纺厂合并的事，又是促销，又是降价的。乔老板，依我看，您还是把货拉回去吧，顺诚纺织正在风头上，您也避避。"

正峰内心一阵隐痛："小兄弟，这做生意不能只看眼前的利益，也不能做得太绝。今天货要是退了，想再要可就难了！"

伙计愈发为难："乔老板，我们确实做不了主。"

正峰点点头，眼神中有一股无法名状的愤怒："好！货我自己拉回去，不过你得替我办件事，给你们掌柜的带四个字，'后会有期'！"说完，正峰甩腿上车，扬长而去。

那伙计也觉得惋惜，在后面不停地摇头。

李老板从店里面跨出来，伙计说："老板，乔老板要我给您带四个字。"

李老板骂道："滚！"

伙计不敢再作声，跑进了屋里。

李老板自言自语道："乔正峰，你别怪我，要怪就怪你太死性！"

蔡茂盛和刘阔海已经搬到了一个办公室里。蔡茂盛关掉收音机，情不自禁的哈哈大笑起来。刘阔海半躺在椅子上，表情很痛苦，管家把湿手巾搭在他的额头上，候在旁边。

刘阔海有气无力地说："你说也邪了，广告播了两天，我拉了两天，肠子都快卷出来了，康寿堂的主堂还说我的病症比以前好多了，这叫什么事啊？"

蔡茂盛笑了笑说："要我看不是什么坏事，泻火就是排毒。"

刘阔海赶紧制止："行啦，到此为止吧，我可不想再拉了。"

蔡茂盛看到报道没人响应，转脸问管家："老李，你觉得这报道怎么样？"

管家笑了笑说："还是记者好使，这词用得也好，顺应天时，实业强国，绝！只是这占据济南全部市场的说法是不是说得有些言过其实？"

蔡茂盛一摆手："这没什么，报纸、广播就有这么个好处，只要你说了，老百姓就信，老百姓的立场是需要引导的，要想产品卖得好，就得不停地引导他们。我想，不信的也就乔正峰一个人吧！刚才恒通百货已经来信，说让乔正峰亲自把货拉了回去，哈哈，我估计这会儿能把他给气死！"

刘阔海此时也来了些精神，往上抽抽身子说："退货这事倒是没什么可说的，外人也看不出什么名堂。只是这次的宣传口号确实有些大，任万里和乔正峰是好朋友，他要是听到咱们这么夸自己，贬低别人，这不太好吧？别说是任万里了，我都不知道咱们两厂一合并能搞出这么大的名堂。"

蔡茂盛抽了一口烟，再次摆手："无妨，无妨！商场竞技，历来是虚虚实实，尔虞我诈。数据真假不重要，关键是看结果，我们合并了，更强大了，这就是结果。任万里虽说是会长，但毕竟也是个商人，商人追名逐利是本性，到哪也是这个理，他是不会管的！"

办公室里，高年在沙发上看着报纸。三娃有些着急，在屋里转圈。

高年放下报纸："三娃，你能不能别晃来晃去的？一条新闻，我都来回看了三遍了，还没看明白。"

三娃停了下来："高少爷，自从顺诚纺织跟第一纺厂合并的消息一传出，咱家的销量是直线下降，机器都停了一半了。原来的商行、布铺、杂货店都少进或不进咱的货了，恒通百货索性把咱的货都退了，还是让掌柜的亲自拉回来的，这叫什么事啊？掌柜的把货卸完了，一句话没说就又出去了，不知道心里憋了多大的委屈。还有城西的百货公司，昨天晚上十点钟下的询价单，今天早上六点就要咱们把价格报上去，十点的时候我们已经睡觉，六点的时候我们还没起床，他们这选的是什么点儿？这不明摆着故意给咱设卡子吗？真是急死我了。"说着又原地转圈。

街上，正峰已经脱去工作服，穿上了紫云纱的马褂，一副成功人士的样子，他左顾右盼地想着对策。

李家百货店映入眼帘。店铺不大，但是装扮得很新潮。门楣上的牌子包着黑边，上面金字突起，门两边镂着一副对联："麻纱布匹应时应季，帛绣绸缎衬手称心"，门槛前铺着半米长红毯，一个伙计在旁边拉生意，见人就上前打招呼。

正峰刚走进布铺，一个伙计就迎了过来："老板，要什么？送人还是自己用？"

正峰说："自己用，做被里。"

伙计笑着说："那就用顺诚纺织的坯布，厚实耐用而且价格也合适！"

正峰眉头皱了一下："利民牌的有吗？"

"有！"伙计犹豫了一下，"不过利民牌的还是没有这顺诚纺织的合适。忘了告诉您，这顺诚纺织跟第一纺厂合成一家了，为了庆祝，价格优惠了不少。"

正峰面色沉重了一些："我怎么听说利民牌的质量要好一些？"

伙计一挑眉毛："老板，如果您要图高质量的话，您就用这样的。"伙计从柜子下面拿出一件坯布放在正峰面前，"正宗上海高速机织的布，据说能织这种布的机器整个中国就三台，这是三天前刚到的货，济南府就咱一家有货，只是价格高一些，一般人来了，我都不往外拿。"

正峰抻出一块布，在手中搓了搓，又在上面摸了摸，点了点头："嗯，是好布！"

伙计笑了笑："老板，您是买家，按理说您要什么样的，我们就应该给您什么样的，都是一样挣钱。可是我们这行讲究回头客，这利民牌的您就别买了。"

"噢？为什么？"

"我做伙计快十年了，布市有个窍门，'要么好，要么坏，最后一个就是怪'，这利民纱厂织的布不好不坏也不怪，这三点一样都没沾。"

正峰被逗笑了："噢？不好不坏也不怪，这坏了的布也能卖？"

伙计说："便宜卖啊，只要价格便宜，什么样的布都能卖出去。老话说得好，'不上也不下，肯定搞不大'，利民牌的货就有这么个意思。往下有顺诚纺织的打底，往上有上海高速机织的布压场，中间必受夹板气，这路还能长得了？"

正峰觉得伙计说得有道理，继续问："那您这种高速机织的布卖得怎么样？"

伙计很认真地说："货好价高，自然卖的就少一些。一看您就是成功人士，就得用这最好的。"

正峰继续问："那价格差多少？"

伙计回答："一件布差十五块，可是物有所值。您看咱们济南本埠的坯布，用手一摸，一层的小疙瘩。送去染厂，还可以烫一下再上色，可做成被里褥面就更麻烦了，明面上看不见，可贴身的东西，舒不舒服自己知道。去年这时候，一个日本的商人来推销坯布，打开一看是真漂亮，又平又软，价格还低，可是正赶上咱们抵制日货，一跺脚把人给轰走了，心里还埋怨咱们本埠的纱厂怎么就织不出这么好的布来。直到上海的高速机织的布一来，我心里才算是踏实了，跟我看到的日本布差不多。"这个时候伙计向后看了看，声音又压低了一些说："我们老板烦日本人，总说是因为他们买走了咱们济南最好的棉花才织成的好布。可这几年，本埠的纱厂也用了好棉花，成色好的坯布照样鼓捣不出来，说到底还是机器不行。"

正峰瞪着伙计不说话。

伙计有些害怕："老板，我说多了？"

正峰突然又笑了起来，眉间激动地跳动着："兄弟，你别害怕，你没说多，也说得对，就是机器不行。"说完从兜里掏出两块大洋放到伙计手里，"这是给你的。"说完就往外走。

伙计吃了一惊，一脸茫然，赶紧追着问："老板，您这是什么意思？布还没有给您截呢。"

正峰大声地笑了出来："布我有的是！"然后头也不回地走了。

伙计愣在那里。

　　办公室里，高年劝着三娃："三娃，急也没有用。资金人家比咱多，根基也比咱的厚，济南不容咱，咱就往河北发货，兴许咱忍一忍就过去了。"

　　三娃有些不屑地说："我十岁的时候就跟掌柜的在一起了，那个时候芙蓉镇共有十六家作坊，利民纱厂连前十都进不了！自从掌柜的管了事，一年走两家，两年走四家，最后就剩下城东和城西的两家了。要不是离得远，也早走了。走的这些家里，哪一个不比咱强，最后还不都被掌柜的收拾得蔫了秧子。"

　　正峰回来了，进门就说："做了这么多年买卖，没想到被一个布行的伙计给上了一课！"

　　高年一瞪眼，站了起来："嘿！还反了他了，哪家布行的伙计？还敢给你上课，我去收拾他！"

　　正峰喝了一口茶："还收拾他？等这事办成了，咱仁还得好好谢谢人家！"

　　三娃凑过来："掌柜的，看来是好事，您快说说。"

　　正峰点了点头，表情也轻松了一些："我琢磨着咱们得把设备换了。"

　　高年吃了一惊："换设备？姐夫，这可不是小事，干咱们这行的，客商是咱活着的血液，设备是咱活动的筋骨，这设备一换，就是伤筋动骨了！伤筋动骨一百天，那说的是人，咱要想缓过来可不是一百天的事了！"

　　正峰说："你现在还担心什么筋，什么骨，活命要紧！你想想，在芙蓉镇的时候，咱们靠的是什么？说白了，一个字'勤'，勤不富也饱，懒不死也饿，人没到，声先到；见了人，就得笑。想想那个时候，真累啊……为了给街坊们送货，一年我能穿坏十几双鞋啊！"正峰长出了一口气，接着说，"后来咱们到了济南府，虽然起步艰难，但是也熬过来了，靠的是什么？是"藏"。我记得刚来的时候，怕竞争对手挤兑咱，开业的时候，炮仗都没有放，等咱们在济南站稳脚跟了，市场也变了，不仅是咱们本埠的布竞争激烈，青岛、上海，还有日本的纺织品都搅到一块了，要想在这种环境下生存下去，靠什么？是"质量"！咱们做实业的，图挣钱不假，但也不能眼里只有钱。老百姓也不傻，第一次买了你的货，兴许是眼里进了沙子，没看清；可下一次就是用心看你了，到那个时候，你想起都起不来了。上海高速机织的布我看了，质量是真好！与蔡茂盛斗来斗去的，无非还是那些老套路，真他娘的耽误时间。我们不妨借这次机会缩小甚至追上与上海纺纱业的差距，这一步早晚得走。"

高年似乎被说动了，点了点头说："姐夫，我觉得你说得对，我们迟早得发展。可是咱家现有的设备怎么处理？加起来真金白银二十多万块啊！"

三娃面带愁容："是啊，掌柜的，即便是能卖掉的话，这价格也是大打折扣，再加上进新设备，这一反一正，哎呀，我怕咱们账上的压力比较大啊。"三娃借机上了一杯茶："掌柜的，是不是货被恒通百货退回来，您正在气头上，要不再寻思寻思？"

正峰手一扬："你少提他，我根本没把那王八蛋放在眼里。"正峰坐了下来，接着刚才的话题问，"三娃，假设你是生意人，如果把这些设备卖给你，你能出多少钱？"

三娃想了想，食指弯了个勾："九万，顶多出九万！"

正峰淡淡一笑："好，如果我把这设备卖到十五万，那这新设备敢不敢换？"

高年惊得站了起来："姐夫，我知道，您一直把咱家的这些设备当宝贝疙瘩保养着，虽说不是新的，可是机器一点毛病都没有。但是这卖设备跟卖产品可是两回事，人家看的不是你维护得有多好，保养得有多新，这算的是折旧。"

"这些我知道。"正峰站起来说，"瞎爷爷活着的时候爱说《岳飞传》，里面有一段非常精彩，就是青龙山八百精兵破十万金兵那场仗。乍一听有点玄乎，难道是岳家军个个都能以一敌百？往下听才知道是岳将军计谋玩得好。

咱的设备是值不了十五万，可也得分怎么玩，你要是会玩，还能玩成，兴许还不止十五万。"

三娃掏出手绢来擦汗："掌柜的，十万我都能乐死，还十五万？掌柜的，您这东一计，西一计的，赶上心情好还能弄个连环计，可这买家又不是猪。"

正峰拿定主意："是猪不是猪，咱得圈起来养养看。你俩也别劝了，我已经拿定主意了。三娃，明天你就去一趟上海，订上一千件高速机织的布，然后以上海布商的名义分别向济南各大布铺、百货店放货。然后再给济南的各大染厂报一下价格，一天报两遍。记住，价格要翻一倍。"

高年很惊讶："姐夫，这上海布的价格本来就高，还要再翻上一倍，这还怎么卖货啊？"

正峰有些急："不卖就对了！告诉伙计们，谁能不卖货我重重有赏，谁要是低价卖了，我跟他没完！"

"姐夫……"高年要说话。

"你先别打断我！这下面的事需要你去办！等铺完货以后，你负责找报社，就说我们利民纱厂要卖掉原先的设备，然后用换来的钱买高速机！"正峰摸着下巴想了一下，"蔡茂盛有喝茶的习惯，报纸一出来就让报童在茶馆门口喊，好戏就算是开场了！"

高年实在忍不住了："姐夫！你让我说句话，我都快被憋死了！咱囤了上海布，价格标得死高，还把换高速机的事宣传出去，这不是搬起石头砸自己的脚吗？"

正峰笑笑说："我现在就告诉你为什么！你想想，第一和顺诚都是老牌纱厂，设备老化很严重，前几天的报纸你也看了，刘阔海的工人掉了一条胳膊，差点没死在医院里。蔡茂盛的机器也没少吃人肉，他们两厂合一厂，这换设备是他们的首要大事。咱们的设备比他的新，价格还是二手价，他能不动心？咱把高速布的价格抬得这么高，市面上肯定卖不动！蔡茂盛也必定以为咱是自寻死路。他低价买了咱的设备，算是帮咱凑够了买高速机的钱，这又等于把咱往死路上推一把，这样一举两得的好事他能不干？"

高年跟三娃两个人似乎同时茅塞顿开，互相看着。三娃说："掌柜的，经您这么一分析，还真有门！"

"有门？哼！他娘的，蔡茂盛要是不赔着笑脸请咱下馆子，都算我输！"

高年说："姐夫，我也全明白了，这招要是弄成了，不仅能高价卖掉咱的设备，还能为咱以后的高速布造势。可是，姐夫，如果高速布卖得不好怎么办？"

正峰说："我就不信，别人能卖，咱就不行！济南不行就沿着胶济铁路直接卖到潍县、青岛，他们要是不认，咱就坐船发到上海、无锡，再不行，直接运到东北关东军的大营里，那些日本人用得起，这好东西还能砸手里？只要咱的设备一出手，咱囤的这些布的价格立马落下来。市面上，高速布一件比咱的才高十五块钱，咱就按成本价卖，一件也就是差八块钱，等老百姓用得舒服了，咱再把价格提上来，到那时候你们就瞧好吧！"

第十六章　群雄并起

晚上，一列火车缓缓驶入东北境内，浓烟滚滚。车体上写着"东北军专供"的字样。

那列车缓缓地驶入站台，一队早就准备好的日本兵冲了上去，列车上的人被吓得纷纷逃离。

列车长是个中年男人，看到列车被日本人占领，车上的货物也被日本兵扣押，他仓促地跑进候车大厅的电话室，大声地喊着："快接上海陈家，上海陈家……"

早上，陈昊贤来到办公室，发现老吴正在门口等他，神情焦急。老吴主动打开门，陈昊贤走了进去，他像往常一样，把西装挂在衣架上，然后回头看着老吴，眼角多出了一些皱纹，更显得成熟了。

陈昊贤问："老吴，发生了什么事情？"说着，淡定地拿出烟斗。

老吴匆忙地给陈昊贤倒了一杯茶，皱着眉头说："董事长，这一大早的我也不想跟您添堵，可是没有办法。"

陈昊贤开始划洋火："行啦，人都来了，你说吧。"

老吴开始说："董事长，昨天夜里两点收到消息，日本人扣了我们发给东北军的货。"

"什么？"陈昊贤一惊，火苗也跟着升起，又被陈昊贤迅速甩灭。他把烟斗放到一边说：“怎么会出这种事情？”随着一摆手，“没事的，这是张主席亲自要的货。”说着又拿起烟斗。

老吴很心急地说：“董事长，我也是跟他们这么说的，可是日本人的态度很强硬，根本不听我们解释。”

陈昊贤开始重视：“张主席的货他们也敢劫？再说这趟专列是我们事先打点好的啊？”

老吴苦着脸：“董事长，自从日本人进入东北，国民政府已经出让了很多权益，土地、实业，这路权最为严重，日本人想通过铁路劫下我们的货物并不困难。”

陈昊贤有些生气：“还反了他们了。你马上致电张主席，让他想办法解决！”

老吴说：“董事长，我刚刚打过电话了，根本就找不到张主席本人，据说在协和医院住院。我还打听了东北的朋友，他们说日本法西斯势力决意冲破华盛顿体系对日本的束缚，趁蒋介石大规模‘剿共’之际，夺取东北，以摆脱他们国内的经济困境。当然这只是谣传，日本人也极力否认，可是最近东北军与关东军的气氛确实很紧张，各种摩擦事件频出，他让我们暂时不要蹚这浑水。”

陈昊贤点点头说：“嗯，东北这个地方是得谨慎，以前是俄国的，现在又成了日本的……这明明是中国的地盘，被他们换来换去的。”说着又原地转了一圈，停住脚步，“日本人还真能打？虽说东北军步步退让，可东北军也确实兵强马壮，他们不得掂量一下？”

老吴说：“董事长，据说‘中村事件’让日本关东军有了借口，十七号他们要在南满铁路驻军及铁道守备队举行军事演习，这擦枪走火的事情还很难说。”

陈昊贤举手制止：“行啦，军事上的事情我们不讨论，你要想尽各种办法,务必把货要回来。如果真要打起来,即便是烧了也不能落在日本人的手里,要不然是要出大事情的。然后你再告诉市场科,所有去东北收棉的人全部撤回来,从咱们这里进货的东北商贩也一律是钱到发货,汇票不行,必须是现金,哦,也不行,只要金条,我们不能成为这冤大头!"

此时,陈昊贤心烦意乱,把烟斗扔在桌子上,已完全没有了抽烟的念头。

松田在共荣商社的院子里教两个小孩练剑,他手持竹剑,举向空中,横劈下来,一侧身,又踹了一脚出去……动作刚劲纯熟。两个孩子并排站在他身后,跟着模仿他的身形动作。

山口从屋里出来,来到松田身边说:"社长,东北来电,陈家纱厂发给张学良的货已经被我们关东军全数扣下。"

"好!"松田一喜,笑着将竹剑放到一边,接着,一个侍女跑过来,又把竹剑拿起,摆好姿势,带着两个孩子练习,动作依然纯熟刚劲。

松田走到花坛旁边说:"马上联系军方给我们发货。"接着一摆手,"哦,不!"又顿了一下,"先不要往回发,找个仓库放一下,让我想想如何处置!"

山口说:"社长,这批货是新上任的树村将军帮我们扣的,但是并没有形成契约。我听说这人办事独断专行,他会如数地返还给我们吗?"

松田说:"树村将军是我父亲的好友,在日本的时候,数次到我家做客,这个面子他是会给的。更何况我们是事先给他打过招呼的。"

山口眉头皱着,低头不语。

松田察觉,问道:"山口君,你有什么看法?"

山口抬起头问:"社长,目前关东军在东北急需物资,为何不把这些货送给军方?以便我们在国内获得更大的支持。"

松田来到花前,摘掉一片干掉的叶子,顺手扔在花坛里说:"山口君,您的想法非常好,但并不是最好。世界范围内刚刚发生了经济危机,我们国家的经济也陷入极端困境，政治走向也不容乐观。我听说军界正在蓄意制造并发动的一场大规模的侵华战争，但是政界的意见并不统一，在这敏感时期，我们不能明确地靠拢任何一方，这样不利于我们在国内获得更加有利的税收政策。另外，他们的战场在东北，离我们很远，即便是我们把货全部给了军方，直接受益也是不可能的，我们虽然是商人，可却在中国经商，我们代表的是整个大和民族。你一定要知道，商业版图的扩张不亚于军事上的扩张，我们要学会争取自己的话语权。"

山口眉头舒展开来，点点头："社长，我明白了。"

松田问："济南市场有什么进展？"

山口说："中原大战以后，济南的市场很乱。"

"利民纱厂受到影响了吗？"

"据我所知他们一直稳定地往前发展。"

松田心头抹过一丝隐痛，轻声说道："乔正峰，乔正峰，这个让我心痛了五年的乔正峰！山口君，你感受到了吗？军事上的侵略可以很快地得到你想要的东西，但是会受到猛烈的反扑，这种损失是巨大的。唯有经济上的操纵才能更好地获取利益，这种方式很稳固，但是需要的时间很长。以我国的军力要想渗透到华北，恐怕还要很久。我们不能再等了，是时候重新进入济南市场了。"

山口的表情有些担忧："社长，您说得很有道理，可是关东军对于纺织品的消耗量很大，我们的货源并不充足。"

松田点了点头，转身看向大门方向："你这一点说得很及时，我们需要改变策略。"他转身看着面前天皇的照片，思考了一下说："我们不能完全地依靠自己，我们需要合作伙伴"，说着转过脸来，"陈家纱厂！这样，你马上联系树村将军，要一张陈家被扣货物的照片，然后送给报社，就说陈家纱厂背地里支持我们关东军，我们先要让陈昊贤在上海纺织界，乃至中国纺织界出尽洋相！"

山口问："社长，这样做是不是会加深我们之间的矛盾？陈昊贤还会跟我们合作吗？"

松田摇了摇头："这一点不用担心，陈昊贤这个人我很了解，虽然他很有骨气，但是他也很好面子。在背地里帮助日本人，这足以让他颜面尽失，想要换回清白的唯一办法就是把货要回来，在上海也只有我才能帮他，他会主动来求我们的！"

山口明白了松田的用意，深深地鞠了一躬，向屋里走去。松田又回去教孩子们练剑了。

办公室里，正峰拿着税务局送来的单子："上海的货刚发出去，税务局就给盯上了，这济南刚走了一个'三不知'的狗肉大将军张宗昌，又来了个韩复榘。这冯玉祥跟老蒋斗来斗去，这税怎么还越交越多？"

高年站起来解释："姐夫，这还用说，这前方吃紧，后方紧吃，明白人都知道这紧的是老百姓，吃的也是老百姓。仗一打完，原先吃老百姓的也都打光了，还不赶紧吃点？要不然以后拿什么打？"

正峰瞅着高年不眨眼。

高年浑身不自在："怎么了，姐夫，我说得不对？"

正峰点了点头："你刚才说的那一套很有道理，我看这个山东省主席，你比韩复榘更合适。我得重新地认识你一下了，啊？高主席，啊，哈哈！"

高年有些不好意思，但还是顺势过了一把主席的瘾，他昂首挺胸，把声音也伪装得更加浑厚说："嗯，这个提议不错，说明你很有眼光，我看以后利民纱厂的税可以统统免掉……"说到这里竟然被自己装腔作势的做派给逗笑了，正峰也跟着笑。高年收住笑，回归正常，一本正经地说："姐夫，您可是第一次这么夸我！"

"怎么，你还不乐意？要不我当！"

高年点了点头："嗯，我看行，这当官得分人。当初我爹让我学文化就是想让我当官，我十岁的时候就给我讲一些李白、孟浩然等一些古代才子刻苦读书的故事，但是每次都讲到一半就不说了。长大了才发现我爸之所以不说是因为他们的结局都不太好，与其说他们怀才不遇，不如说他们就不适合当官，从他们的诗里就听得出来。比如杜牧就有一首诗：'落魄江湖载酒行，楚腰纤细掌中轻，十年一觉扬州梦，赢得青楼薄幸名！'这是什么意思？不就是青楼文化吗？无论他在文学上面的造诣怎样，但是政纪上我是不认可的。后来我爹也后悔了，说我玩心太重，责任心还差，要是当了官肯定比韩复榘还韩复榘呢。你不一样，虽然书读得少，可是心里有东西，这管厂子和当官管人是一样的，只要用心，老百姓就喜欢你。当然你也有缺点，就是脾气急，可这也是好处，见到那些贪官污吏就稀里哗啦全给咔嚓了！"

"哈哈哈……"正峰大笑，低头又看到税务单，眉头又皱了起来，"你说得怪热闹的，可眼前的不是那么回事。你说咱一年拼死拼活的才能挣多少钱，这一张纸就给弄去这么多，这不生孩子没屁眼吗？早知道这样，当初就应该把厂子开到青岛，听说那里北洋政府不敢收，外国的又收不着，真他娘的气死我了！"

高年也跟着警觉起来，他拿起单子："我总觉得这事没那么简单，这税务局的人来得也太快了！"

这时，三娃从上海回来了，两人赶忙接着。正峰帮着把他的包卸下来，高年忙着倒茶。

正峰问："三娃，累吗？"

三娃说："不累！就是有点饿。上海那地方哪里都好，就是碗有点小，根本吃不饱！"

他们笑了。

正峰说："好，今天晚上咱下馆子！说说，事办得顺利吗？"

三娃说："顺利，一千件货明天就到，布铺、百货店我都打了招呼，叫的价越高越好！"

正峰点头赞许："好！高年，按咱们的计划，你也抓紧时间联系一下报社。"

高年把茶端过来："知道了，姐夫，我下午就去。"

三娃喝了口茶问道："掌柜的，刚才进门的时候，我看到政府的人来了，是不是又来打牙祭了？"

高年把税务单递给他说："你看看！"

三娃接过单子，惊了一下："这么多？"

高年说："谁说不是呢。咱们来济南府这么多年了，就今年最多，还他娘的多出好几倍！有些费都不知道是干什么的，稀里糊涂地就给咱要走了！"

三娃像是想起了什么事，有些心事重重地说："掌柜的，我觉得这事很蹊跷，是不是跟韩府生有关！"

"韩府生？这怎么说？"

三娃说："掌柜的，有件事我一直没跟你说，是关于黑爷的！"

正峰有些急："黑爷那边怎么了？你快说！"

三娃说："这次的中原大战，黑爷受了伤，原先拉起来的队伍也全都打散了，兄弟也没有剩下几个，估计没有翻身的希望了，他们准备去东北讨生活。"三娃看看正峰的脸色沉了下来，赶紧为自己开脱，"掌柜的，不是我不想告诉你，是黑爷不让我告诉你。"

正峰彻底急了，一个快步走到三娃面前："三娃，你糊涂！当初在凤凰楼要不是黑爷的面子，咱几个就得撂到那里，这可是过命的交情啊！黑爷不让你告诉我是怕我分心，可你不告诉我是让我堵心啊！"

三娃下意识地往后退了两步："掌柜的，您骂得对，我也是怕您跟着着急。"

正峰长出了一口气说："你的意思是韩府生也知道黑爷的队伍散了，咱没有后台了，他这才从中捣了鬼？"

三娃点了点头："还有一件事，前几天，咱们车间的赵老四和他的两个徒弟让一个叫韩老六的人给打了，说是韩府生新收的六弟。"

高年问："他们凭什么打人？"

三娃说："说什么赵老四从他家门口路过，把砖给踩坏了，要十块大洋做补偿，这明显就是故意找茬。"

正峰怒火再次腾起："三娃啊三娃！你怎么才告诉我？你可真沉得住气！"正峰一屁股坐到旁边的椅子上，"气死我了！"

三娃赶紧解释："掌柜的，我是怕您脾气急，真的跟韩府生干起来，他手里有真家伙，我担心吃亏。"

正峰气得呼呼直喘："高年，无论你通过什么渠道，先买二十杆长枪来！"

高年吓了一跳："姐夫，您要动真格的？"

正峰说："你上次是不是说过上海有一个叫杜月笙的黑社会老大嘛，人家也是一点一点干起来的，咱就不行？"

高年赶紧扶着正峰的胳膊劝道："姐夫，您要是一开始就进了黑帮，兴许比杜月笙混得还好，可咱现在毕竟是做买卖的，都有家室，厂子里还有这么多跟咱混饭吃的兄弟，切记别意气用事！"

正峰瞪大了眼珠子："他娘的，一个刮地皮的贼羔子，还怕了他了，六年前就该办了他！"

高年继续劝："姐夫，不是怕，咱要是怕，他还难为咱干什么？是忍。来的时候我爹可是说过的，万事就一个'忍'字！"

高年把高满山搬了出来，正峰点了点头，情绪也缓和下来："三娃，黑爷不是要去东北吗，这路上用钱的地方多，再说那边也不太平，一会儿你找人给黑爷送一千块大洋，要是不够，差多少，咱给多少！顺便给赵老四他们每人二十块，跟着咱不容易，不能亏待了兄弟们，让他们好好养伤！"正峰转头看向窗外："咱爹说得对，凡事不能太冲动。长枪先别买了，不过这事也不能就这么算了，你给韩老六捎个信，说我要见他！"

三娃担心地问："掌柜的，你见他做什么？"

正峰咬着牙："哼！要论讹人，我是他祖宗！"

韩老六，四方脸，中分头，嘴上少颗门牙，一股邪劲。

办公室里，高年、三娃都在。韩老六穿着一身练功服，斜坐在沙发上，雄视着众人。他身边还跟着个随从，年龄不大，像个小孩。

正峰坐在太师椅上，上下打量着他。

韩老六说："乔老板，你算是想明白了，做生意的千万别硬挺着，一定要懂得'和气生财'四个字。"

正峰从座位上站起来问："六爷，韩爷就没有带什么话过来？"

韩老六斜眼看着正峰："我大哥说了，你明白该怎么做。"

正峰笑笑："六爷，人真是你打的？"

"我打的，怎么了？"

"那您下手也太重了，我们的人可都一星期下不来床了！"

"哼！这我还打轻了呢，你出门打听打听，只要是我韩老六办的人，一个月之内就没有能下地的。行啦，不跟你们废话了。"他把手一伸，"拿货吧！"

正峰佯装糊涂："拿什么货？"

韩老六脑袋一瞥："嗨，你以为我来干嘛的啊，钱啊！"

"多少？"

"多少？五千块，镚子不能少！"

高年气得走过来质问："韩老六，不是十块大洋吗？怎么转眼又变成五千了？"

韩老六瞪着高年："吆！又蹦出个人来！行，今天六爷就让你明白明白，一块砖十块，赵老四踩坏了五百块，正好五千块！"

高年说："韩老六，你太欺负人了吧？"

韩老六冷笑着："乔掌柜，你们家到底谁说了算？你要是说了不算，我可涨价了！"他吩咐那个随从："你再去查查，赵老四踩坏的是五百块砖，还是一条街？"

那随从应声便跑了出去。

高年怒了："你这是无赖！"

"哼！无赖？能他娘的跟你耍无赖还算是看得起你，我就不跟你废话了，乔掌柜，拿钱吧！"

"哈哈哈……"正峰被逗笑了，"六爷，你这买卖可比我的强多了，这价格还能这么涨？好，六爷，钱我有，现在就能给你，可条子你得给我。"

韩老六有些懵："条子？什么条子？"

正峰笑了一下，插科打诨道："税务局收税都要开单子，五千块这么大的数额能连个条都没有？那你们这些刮地皮的也太不正规了！"

听到被寒碜，韩老六眼睛一瞪，用手摸着自己的脸，发着狠说："老子的这张脸就是条子，赶紧给钱，一了百了，要是等我那兄弟回来了，一切都晚了！"

正峰又笑了一下："六爷别生气，您没有条，我给您准备了。三娃，把条子拿来。"

韩老六一脸得意。

这时，三娃拿过一张条给韩老六递了过去："六爷，这是我们厂被你打的人的医药费，还有后期的营养费，加在一起总共五十块大洋。"

韩老六一惊，把条子甩了出去："你们他娘的是什么意思？是你们欠我钱，还管老子要起钱来了？"

正峰一改和气做派，横眉怒气，喊道："韩老六，钱要是这么好挣，我早他妈的改行了。实话跟你说，往东两百米就是家砖厂，那五百块砖下午就给你送过去。工人的营养费我也可以不要，但有一点，你怎么打的我的人，我得怎么打回来！"

韩老六也急了，猛地站起来，瞪着大眼："妈了个巴子的，你他妈的敢！"

话音未落，秤杆带着三个人就冲了进来。

韩老六继续叫嚣："他妈的，今天是碰到不想活的了！"

正峰来到他跟前，冷笑着道："韩老六，还横呢？你还送我'和气生财'四个字，老子做生意这么多年还用你个刮地皮的教？今天就让你见识一下，什么叫横！秤杆，给我打！"

韩老六指着正峰的鼻子骂："你这是作死！"

他的手还没来得及放下，秤杆一个冲天炮把韩老六怼在地上，然后一巴掌呼到他脸上。

"哎呀，你还真敢打啊！"

"今天就打你了！"又是一巴掌。

韩老六害了怕，声音也不那么硬气了："乔老板，你们可别胡来，钱可以商量，再说赵老四是挨打了，可不是我亲自打的，是我带的人打的。"

正峰没叫停，秤杆一拳又打在他脸上。

韩老六捂着脸，哀求着："乔老板，我出医药费还不行吗？可我来得急，确实没带钱啊。乔老板，有事好商量，好商量……哎哟，轻点，疼死我了……"

正峰点点头，秤杆收手，韩老六嘴角出了血，眼都肿了。

正峰走到他跟前，把条子上的钱数划掉，递给他说："韩老六，回去告诉韩府生，咱们两家之间的账清了！"

韩老六爬起来，狼狈地跑了出去。

济南贯通货站是韩府生的买卖。货站很奇怪，院子很大，却没有什么货物，里面的车辆也很少。大门的正上方横挂着牌子，字迹斑驳，货站二字还算清楚。两边还贴着一副对联，"水陆两行处处为家，东西两向站站到达"。

一阵风吹来，几片废纸划过货站上空，更显得凄凉。

一辆马车从东边过来，囤着货物。车夫有四十多岁，有些秃头，手里拿着长鞭；另一侧还有一个人，头戴瓜皮帽，身穿灰色长衫，还戴着眼镜，像个管事的。

车夫拽了拽缰绳，停下说："管家，前面就是贯通货站了，咱是不是绕一下？"

管家往前看了看，有些焦急："这货很急，没时间了，我看前面也没什么人，咱就赶快点，等到他门口的时候，一定别抬头，有人喊也别抬头，冲过去就回家吃肉，冲不过去就回家喝汤！"

"唉！"车夫叹了一口气，发牢骚，"马见了这地方都害怕。"说完，在马屁股上拍了一下，快速前行。

车刚到货站门口，一个人影便从门里蹿了出来。那人挡在了车前头，车夫勒马停车。

这个人叫韩老五，是韩府生新收的第五个兄弟。他穿着马褂，敞着怀，手里拿着烟枪，斜着眼看着他们："李四眼，走过了吧？"韩老五拍了拍货物，"虽然货不多，但是我不嫌弃，我去找人卸车！"

李管家赶紧拦住这人："五爷，五爷，这些货要发到北面石家庄，你们货栈走的是东西线，不对路子！"

韩老五骂道："什么她娘的路子不路子的，没有到石家庄的线，我还不能到青岛给你转？"

李管家低声解释："五爷，再拉到青岛去，那不是绕远了吗？"

韩老五指着李管家："我开货站这么多年，你他娘的还有我懂？绕远也是我们绕，跟你有什么关系？"

李管家不敢正眼看他，微低着头反驳："那不是花钱多嘛。"

韩老五有些急，指着管家的鼻子骂："李四眼啊，李四眼！亏得我跟你们家老爷关系不错，也一直觉得你这个人可交，所以才一个月收你们十块钱的份子，你要是这么不会算账，从下个月开始，每月三十，少一块我就给你们家上上色！"

李管家害了怕，看看车夫，又看看韩老五，迅速转换立场："嘿嘿！五爷，您骂得对，我们确实差点走错了。"他转头对着车夫喊道："记住了，以后带着眼出来，到这个地方就得停！"

车夫背了锅，满脸怨气地往院子里赶车，管家后面跟着，小声地自言自语："这回怕是连汤都喝不上喽……"

韩老五在后面一阵得意。

又一辆车从东面赶来，棉布盖在上面，看不出什么货物。车夫看到韩老五，一用力，将车拽进了旁边的胡同。

韩老五边追边骂："你他娘的给我回来！"

韩老五骂得越凶，车夫跑得越急，但跑不快，韩老五拼命追赶，跑到了车前头，喘着大气："你他娘的也走差啦？这他娘的什么东西，捂得这么严实！"

车夫吓得不敢说话。

韩老五猛地用力，把车上面的棉被掀开，一阵恶臭扑鼻而来，韩老五捏着鼻子问："这到底是什么玩意？"

车夫也捂着鼻子说："刚淘的大粪。"

韩老五怒火中烧，捂着鼻子骂："大粪你他娘的跑什么？"

车夫哭丧着脸说："怕臭着您！"

韩老五狠狠地踹了车夫屁股一脚："去你娘的，快滚！"

车夫跑了，韩老五往回走，正碰上跑过来的韩老六。韩老六衣衫褴褛，满脸是包，嘴角的血迹还在，走起路来也是歪歪斜斜的。韩老五迎上去问："老六，这是怎么搞的？"

韩老六顾不上回答，急着问："大哥在吗？"

"在，在里面呢。"

韩老六往院子里面跑。

韩老五在后面追着问："老六，你到底怎么了？"

韩老六已经完全沉浸在自己的世界，脑子里不断地重复一句话："我要宰了他，今天我要宰了他……"

客厅里，聚了一圈人。韩老六坐在椅子上捂着脸，不敢抬头。韩老二怒视着他，想骂他不争气，又不忍心。

韩老二说："老六，不是我说你，你怎么就一个人去了？这不明摆着栽跟头吗？"

韩老六哭丧着脸："四哥，是他叫我去的，我以为这小子服了软，就想痛痛快快地把钱拿回来，也能让大哥跟各位兄弟高兴高兴，没成想这姓乔的这么横，他还管我要钱！"

韩老五手中握着盒子枪："大哥，你让我带着老六再去一趟，多带些人，还反了他了，我能左右开弓给他二百个大嘴巴子！"

韩府生压住怒火问："税务局的人去了吗？"

韩老二说："大哥，去了，王局长亲自去的，他说乔正峰也很配合，刚才王局长已经派人把属于咱的那部分钱送过来了。"

韩府生纳闷："那乔正峰怎么还这么狂？难道黑三没出事？"

韩老六说："大哥，黑三那边我亲自去打听的，他身边就还仨兄弟，其中两个还是残废，要不然我也不能明目张胆地打赵老四啊！"

韩老二从座位上站起来："这黑三也倒了，眼药也上了，还他娘的这么不识抬举，真是他妈的生瓜蛋子！大哥，六年前，这小子就捡了一条命，仗着黑三给他撑腰，这几年比他娘的任万里还横。咱去别人家收租子，别人还供养着咱，去他家，他直接放狗咬。大哥，该跟他算算账了！"

韩老六咬着牙道："大哥，拿主意吧，我恨不得现在就宰了他！"

韩府生拿定了主意，命令道"老六，你去通知老三和老四，晚上在凤凰楼集合，咱们商量一下怎么办了这王八蛋！"

晚上，凤凰楼里灯火辉煌。

街面上两个妓女叉腰翘臀地招揽着过往的男人，看到韩老五他们过来，转身就往回跑。

韩老五上前抓住一个妓女的胳膊："你他娘的跑什么？"

妓女想说实话又不敢，唯唯诺诺地说："五爷，我忘了还有个客人没接待呢？我给您找四姐。"

韩老五手抓得更紧了："去他娘的四姐，一听名就知道是个老家雀，老子不喜欢！"

妓女继续坚持："五爷，我真的还有客人。"

韩老五眼睛一瞪："他娘的，跟谁不是一腔沟子汗。"说着，从兜里掏出两块大洋放到妓女手里，"你放心，今天的钱一分也少不了，这是补上次的。"

妓女见钱，眉开眼笑："五爷，只要有这个，今天晚上就算是韩复榘来了我也不伺候。"妓女挽着韩老五的胳膊往里走，小声地说："五爷，柜上刚来的新药，'金枪不倒'……"

韩老五凑到妓女的耳边说："不用药，我也倒不了。"

格格住在二楼，是个套间，客厅很大，布置得也很规矩。正对门的位置挂着一副《清明上河图》，仔细观察并非真品，其大小为真品的五分之四，但是画工逼真，惟妙惟肖，于细节处不下于张择端的手笔，据说是济南神笔小圣手所画，亦是贵重。

画两侧有一副对联，也从侧面反映了此图的历史渊源，"六朝古都河南开封，神州名巷济南凤凰"。左侧是一组沙发，沙发前有一组西式茶几，茶几上放着瓷壶、瓷杯，一个丫鬟在轻轻地擦拭。

往里走就是卧房，相比之下很简单，没有多余的东西。闺床比较显眼，红色床帘被挽束在床梆上，伴着摇曳的烛光形成半圆倒映在床上，床头上有一个木制吊坠，是一组鸳鸯，鸳鸯温婉动人，像是在诉说家常。闺床外侧是一个书桌，格格正在翻看曹雪芹的《红楼梦》，动情之处，食指轻轻拭去眼角的泪水，欢愉之时，也抿嘴微笑。

妈妈从外面进来，穿了一身新式旗袍，肩上披着红色披肩，站在门口白了丫鬟一眼，丫鬟挽手而立："妈妈。"

妈妈挥挥手没说话，她快步来到格格后面，轻声地说："秀英，韩爷点了你的号。"

格格抬起头，手轻轻地按在书册上，像是很失望："妈妈，我今天有些不舒服，还是回了吧。"

妈妈不以为然："秀英啊，又在看《红楼梦》啊，每次看完就得多愁善感好几天，又在想你那吃牢饭的伍爷了吧？唉，这些年你已经受得够多了。"

格格合上《红楼梦》，像是有些生气："妈妈，我在凤凰楼待了八年了，要不是我那吃牢饭的男人是军人，恐怕我早就洗不干净了，我要是不干净了，这价格自然也就下来了，您那里的份子钱也就少多了，您不该这样说他！"

妈妈听完不悦，但也没有说话，把头扭到一边。

格格继续说："妈妈，当初您的人惹了赵司令，咱们凤凰楼差点被人家一把火给烧了，是我找到伍哥的首长去给您说的情，这事才算过去，您认吧？"

妈妈表情好了些："我认！"

"当初伍哥被抓，我也被人陷害到这里，这是我的命，我认！可伍哥的

411

老首长亲自给你来过信，说伍哥一定会从监狱里光明正大地走出来，让您好好待我，这您也认吧！"

妈妈渐渐垂下了头："我也认！"

"妈妈，这些年只要韩爷点了我，我一次没落，说句不好听的，我给足了他面子，这次就不能听我一次吗？"

妈妈恢复了原先的态度，往前走了几步，扶着格格的肩膀，有些为难地说："秀英，要是个过路商人或者新上任的小官，不去也就罢了，可是韩爷连警卫团的团长都敬他三分，咱哪里惹得起。是，他们都是粗人，诗词歌赋一窍不通，琴棋书画更是天方夜谭，可是人家腰上的盒子枪是真家伙啊，据说城西的欲仙阁就是被他烧的。当然，欲仙阁肯定是比不上咱，可你也得多体谅一下妈妈啊，多一事不如少一事。"

格格若有所思地望向前方，像是对未来的一种展望，自言自语道："妈妈，我给您说句实话，再有一个月伍哥就出来了，这种日子我过够了……"

格格的声音很小，妈妈没听清，问："秀英，你说什么？"

格格摇摇头，把展望收回来，轻声地说："没说什么，妈妈，容我准备一下，一会儿就来。"

韩府生和兄弟们围桌而坐，几个妓女陪在身边。韩老六满脸是包，尴尬在旁。

妈妈从外面进来，喜笑颜开："韩爷，您稍等一下，格格马上就到！"妈妈瞅了瞅几个妓女，"韩爷，今天这几个还满意吧？"

韩府生点了点头说："嗯，满意，就是觉得少点花样。"

"花样？"妈妈立直了说："那还请韩爷提示。"

韩府生说："少俩洋妞！前些日子我去了青岛崂山的一个会所，那里有几个外国妞，金发碧眼，大长腿，腰扭屁股晃，眼睛一眨能眨出半斤福寿膏来，那叫一个过瘾！"

老鸨子给韩府生倒上茶，插科打诨道："韩爷，肉还是自己锅里的香，您要是真喜欢洋马子，我也找人给您淘换两个来，并不是什么难事。"

韩府生摇了摇头："就一点不好，舌头捋不直，不会说中国话，教了一晚上，就走的时候学会两个字，'再见'。"

"哈哈哈……"大家伙都笑了起来。

韩老五问："妈妈，我刚才路过格格门口，看到格格屋里挂着一幅图，叫什么《清明上坟图》，这是什么意思？家里死人了？"

老鸨赶紧掏出手绢捂住了嘴，强忍着没笑出声。其他的几个妓女也都掩面强忍。

韩府生骂道："老五，你他娘的别给我丢人，什么清明上坟图，那是清明上河图，是北宋张……"韩府生也忘了，手一挥，"算了，告诉你你也不知道！"

老鸨见缝插针："还是韩爷见多识广。"

韩老五一撇嘴，一只脚踩在凳子上："你们都笑什么？我说得不对？甭管是上河还是上哪，到了清明节，都得上坟去！"

韩老五的曲解正好圆了自己的无知，妓女拍手叫好："五爷说得也好。"韩老五搂过一个使劲亲了一口。

格格从外面走进来，挽着手，微低头，温柔地说："韩爷好！"

韩府生抱拳回敬："谢谢格格姑娘赏脸！"

韩老四说："难怪我大哥连洋娘们都不稀罕，就这音，听完都快飘起来了。"

格格又低下头："韩爷，今天要听什么曲子？"

韩府生喝了一口酒："今晚，我们哥几个要商量着办一个人，你说什么曲子好？"

格格想了一下，轻声说道："《十面埋伏》如何？"

韩府生用力拍了一下桌子："好，就《十面埋伏》。"

格格点头，小步慢走来到传音阁坐下。丫鬟送上了琵琶，拉下门帘，格格指尖轻拂琴弦，琴声渐起。

老三问："大哥，听说你要办了乔正峰。"

韩府生点点头："办！一定办，不办他不能服众，你看老六被他打的！"

老三看着满脸淤青的老六问道："老六，你没说你是青帮六当家的？"

老六一脸苦相道："三哥，我说了，我全他娘的说了，他一开始还叫我六爷呢，可转眼工夫就翻了脸，乔正峰这小子根本不把咱青帮放在眼里。"

老三独自斟满一杯酒，开始低头沉思。

老二说："大哥，黑爷都倒了，乔正峰也算个人？让我带几个兄弟，枪口对着他脑袋，我不信他娘的敢不给！"

格格虽在弹奏，心思却没完全在上面，听到他们说要办乔正峰，不由一惊，因此把声音放小，侧耳倾听。

韩府生说："不但要给，还得多给，六年来没给过一个子，说出去都他娘的丢人！"

老四是个大高个，坐着都比别人站着高，他说道："大哥，在济南商界，这乔正峰可是出了名的硬骨头，谁都不怕。前年他的手下往外埠放货，中途被土匪绑了票，乔正峰去要人，可带的钱不够，土匪当场就要撕票，后来土匪让了步，让乔正峰留下一个手指头，乔正峰二话不说，举刀就向自己的手指头砍去。都说商人眼里只有钱，哪见过为了兄弟连命都不要的主啊，刀片子都到手跟前了，被土匪给接住了，末了，不但钱没要，还派了几个人给护送回来了。"

老二眼睛一瞪："他硬，就把他娘们给绑了！"

老四又说："那也没戏，别看是个娘们，骨子里也是个硬茬子。记得乔正峰刚来济南的时候，税务局的张胡子提着箱子去收税，一下就把乔正峰给气病了，他娘们看到自己男人受了气，当时就拿起菜刀要把张胡子给剁了，这种护男人的娘们咱济南府也不好找到第二个。"

老五抻出一个鸡腿，咬了一口："大哥，他一家子还能耐了，回头我一把火把利民纱厂烧了！"

韩府生骂道："就你他娘的猪脑子，烧完了管谁要钱去？你这个吃货！"

韩府生低头喝酒，老五也不再说话。

老二把怀里的妓女推开，显得很重视："老三，你想个办法，这里面就你主意多，快说说你是怎么想的！"

老三说道："大哥，这乔正峰的秉性是有些硬，当然肯定是硬不过咱。可咱们要是硬来的话，我怕他自己一把火把厂子烧了，咱就什么也捞不着了。我最近听说这利民纱厂要换高速机织布，这机器可是大件，没个十万二十万的可拿不下来。买设备肯定得走货运，这正是咱的强项，咱能不能把这设备给截了，他要是玩硬的咱回手就把他崩了，然后就把机器卖了，咱也不赔；如果他软了，咱就把这六年的份子双倍要回来，顺便再给他定下规矩，来个细水长流。你看这样行不行？"

韩府生听完，双眼放光。

老二也说道："大哥，我看三弟这办法行！"

韩府生点点头，赞赏道："还是老三脑子活，就这么办！"

夜已深，多数人都留在了凤凰楼，不能留下来的也留下了银子。二更天，最后一盏灯熄灭了，凤凰楼恢复了安静。

一只野猫出来觅食，不知被什么惊扰，一纵身，消失不见。

凤凰楼里闪出个人影，正是格格姑娘。另一个人正在门口等着她。她把一包东西递给这个人："小诚子，回头把这个当了，当的钱交给黄司令，让他再想想办法，务必提前几天把伍哥弄出来！"

那个人说："格格姑娘，这可是您最后的嫁妆了。再说，再有一个月，伍爷就放出来了，黄司令连庆功酒都准备好了，何必急于一时呢？"

格格摇了摇头："不行，最多不能超过半个月，我要救个人。"

早上，正阳街口，一个报童大声地喊着："卖报，卖报！利民纱厂改用高速机织布了，布又细又软……"

报童举着报纸来到茶馆门口继续喊："卖报，卖报！利民纱厂改用高速机织布了，布又细又软……"

这时，一个声音从后面传来："小孩，来一份儿报纸！"

报童回头看到是一个老板模样的人，一阵窃喜，快步跑到跟前，立正，站好，双手递上报纸："老板好！"

这人正是蔡茂盛，他递给小孩一文钱，报童送上报纸，但并没走，又笑着说："老板，吃好，喝好，生意更好！"

蔡茂盛看报童直说吉祥话，瞪着他问："怎么，嫌少？"

报童笑笑："老板，祝您生意兴隆，财源广进！"

报童还是不走，蔡茂盛有些意外，上下打量了一下问："嘿，你小子嘴倒挺甜，我那正好有个看电闸的差，想干吗？"

"想！"

"说，你叫什么名字？"

报童大声回答："乔正峰！"

蔡茂盛差点吓一跳："什么？乔正峰？你也叫乔正峰？"他连忙摆手，"不行，不行，这名字太膈应人，你得改个名字！"

报童一脸懵懂："我不敢，名是我爹给起的！"

蔡茂盛这会儿掏出一块大洋放到桌边："别管是谁给起的，你得改，改成——"蔡茂盛想了想，"改成乔疯子，这块大洋就是你的了！"

报童看着银圆，馋得咽了一大口唾沫，稚嫩地说："成，我以后就叫乔疯子！"

"好，我重问你一遍，你叫什么名字？大声点！"

报童攒足了力气喊道："我叫乔疯子！"

蔡茂盛高兴了，张嘴笑着："行啦，你都疯了我就不能要你了，我怕你膈应死我，但这钱是你的了！"

报童笑着捡起钱，深鞠一躬："谢老板！"一转身跑了出去。

蔡茂盛有些得意："哼，我还以为叫这个名字的都是硬骨头呢！"

蔡茂盛一边翻开报纸，一边抽烟，他翻到利民纱厂更换高速机的信息，细看下去眉头愈发紧皱，右手用力把烟捻灭："还真他娘的杠上了！"

正阳百货店就在茶馆隔壁，虽然不大，但陆陆续续的有人进出，蔡茂盛走了进去。

柜台伙计很客气："老板，要点什么？"

蔡茂盛点了点头："高速机纺的纱、织的布有没有？"

伙计眼睛一亮："有。"说着从后面搬出一件布，"粗纱八块，坯布一百八一件。"

蔡茂盛吃了一惊，用手拽了拽粗纱，又抻了抻坯布，暗自称赞："纱是好纱，布也确实是好布，可怎么这么贵？"

伙计头一梗："谁说不是呢！布是不错，可价格太离谱了。送货的老板说成本太高，这都是赔钱卖，可老百姓谁能用得起？官太太来了都买不起。"

二人正说着，从旁边过来一个中年妇女："这布一百八一件？"

伙计说："嗯，一百八一件。"

妇女撇着嘴说："这布是金子做的？想钱想疯了吧？你家有没有顺诚纺织的布？"

"有！"

"你给我量八尺。这布也不差，用着舒服，价格还实在。"

蔡茂盛心中有了数，庆幸地点了点头，笑着离开了。

妇女从店里拿着坯布出来，刚才那个报童迎面跑过来，喊道："娘！"

妇女高兴地拽起他的胳膊道："走，儿子，找高老板领赏去！"

办公室里，蔡茂盛打着电话："李兄，高速布的事你听说了吗？噢，听说了。嗯，对，你说得对，价格太高，根本没人要，好，你放心，我不做，我肯定不做，好，就这么着，改日一定登门拜访！"

刘阔海有些不舒服，他用手绢包住嘴，吐了一口痰，手绢一合，又揣进了怀里。

蔡茂盛放下电话，兴奋地笑着："哈哈，布铺、百货店我去了，各大染厂的电话我也打了，高速机织的布价格太高，根本就卖不出去，这乔正峰就是打着灯笼上厕所——找屎（死）。刘兄，咱俩得合计合计让他把这件事做实了，到那个时候他可不是咱们给挤死的，他是生生被自己坑死的，哈哈……"

刘阔海点了点头："做买卖讲究量入为出，买了设备是要占大量资金的，到时候货再卖不出去，那现金流就断了，这可是大忌啊。"

蔡茂盛高兴地笑了起来，走到桌台，倒了两杯红酒，给刘阔海递了一杯："我琢磨出一个主意，我觉得可行！"

刘阔海眼睛一亮，没来得及喝就放下酒杯问："什么主意？快说说！"

蔡茂盛说："我寻思着咱把他的设备买了。"

"买他的设备？"

"对，咱们厂的设备太老了，一开机嘎哒嘎哒地乱响。你那边设备吃过人肉，我这边的也没断过荤腥，这些设备早晚得换。利民纱厂的设备比咱的新，价格还低，这事完全可以考虑。"

刘阔海多少有些顾虑，站起来说："哎哟，咱们两家现在是竞争对手，生意上还较着劲呢，咱买他的设备多少有些说不过去吧？"

蔡茂盛摆摆手："老刘，生意场上不能顾虑太多。单纯地讲，我们就是为了换设备，至于买谁的，都一样。咱们淘汰的设备可以卖到乡下，再低价买乔正峰的设备，这一反一正并不赔账。最重要的一点是，乔正峰拿了咱的钱，也能早点上高速机，他用高速机就是死路一条。"

刘阔海眉头依然皱着："这乔正峰历来是走一步看三步的主，咱一合并他就换设备，还大张旗鼓地嚷嚷，我还是觉得这事赶得太寸了，这乔正峰沾上毛比猴都精，这里面会不会有什么阴谋啊？要不咱再等等。"

蔡茂盛笑了笑："老刘，忘了他把你气得牙根痒痒的时候了？这设备晚换一天，这乔正峰就多蹦跶一天，咱俩的好日子就少一天。想想八年前他刚来的时候……他能比作坊大多少？再看看现在……"蔡茂盛轻轻地拍了几下刘阔海的手背，很有感触地说："刘兄啊，这做生意，切忌心慈手软，这害要早除啊！"

刘阔海被说动了，点点头："那行，反正咱也不亏，现在你是董事长，都听你的。"

早上，高年进了办公室，看上去很高兴。正峰正在和三娃下棋。

高年走到他们跟前说："姐夫，有好事。"

三娃直起腰："对我来说，这辈子能赢掌柜的一局就是天大的好事！"

高年摇了摇头说："我看这个希望渺茫！即便是你赢了也算不上天大的好事，这个比你那个好。"

正峰抬起头问："蔡胖子那边上钩了？"

高年说："姐夫，还真让您猜着了，这报纸才宣传了几天，蔡茂盛就让人捎了话，说对咱的设备感兴趣，我把清单跟那边一报，对方报价十二万，我没有表态。"

三娃吃了一惊:"它能出这么多?"

正峰摇了摇头:"咱们费了这么大劲,布了这么大一局,十二万不够,不能低于十五万。"

高年感觉有点高,劝道:"姐夫,按理说这十二万已经很高了,你要一直咬着十五万,蔡茂盛再不上套,咱这局不是白布了吗?"

三娃也怕失去机会:"掌柜的,我觉得高少爷说得有道理,上次我说的九万可是按市场行情走的,这十二万确实不低了,换套全新的也就二十万,为了省那五万,买套旧的?这蔡茂盛又不是傻子,能把这现成的银子往外扔?"

正峰站起来,笑了笑说:"你们压根就没有看透,他冲的不是咱的设备,是咱这人。再说三万也是钱,能从九万涨到十二万,就能从十二万涨到十五万,如果他不想涨了,不能说咱的设备值不了这么多钱,只能说是咱下的药量不够。这样,你告诉他,如果十五万他不买,咱就再等等,顺便把布价也降下来跟他竞争。"

高年有些顾虑:"姐夫,这蔡茂盛又不是三岁小孩子,这样吓唬他行吗?"

正峰继续说:"蔡茂盛不比你算计得多,他那套设备虽说比咱的老旧,可是在乡下那些土财主眼里就是好东西,兴许还能卖个高价,在咱这他又省了五万,里外他一点儿都不赔。最重要的是他还能加速灭掉咱这个竞争对手。"正峰长出一口气,意味深长地说:"商场较量最避讳的是夹杂个人感情,这些感情当中恨字当先,恨往往会让人失去理智。这蔡茂盛啊……哈哈,他就是太恨我了,他要是犹豫了,我兴许还往上涨钱!"

高年纳过闷来:"姐夫,你说得对,他确实恨你。我想起一个事,跟您同名的那个小报童告诉我,蔡茂盛多给他一块大洋让他改名字,改成乔疯子,你说他得有多恨你啊,哈哈……"

正峰听了很高兴，边琢磨，边念叨："乔疯子？这名好，乔疯子，乔疯子，我乔正峰就是要把这些不守规矩的人全变成疯子。"

这时电话铃响起，高年顺手接起电话："别着急，一句没听清，什么？"高年脸色突变："你说的是真的？"手一松，电话掉到了桌子上。他情绪非常低落地说："姐夫，日本驻东北的关东军发动了事变，炮轰了东北三省，黑爷，黑爷……他被炸死了……"

"什么？"正峰脸色蜡黄，怔在那里。

"姐夫？"高年过来扶着他，正峰缓了一会，问道："什么时候的事？"

"昨天晚上。"

正峰头上的青筋都鼓了起来，眼睛木讷地望着前方，其中充满泪水："黑爷哪是去投奔朋友啊，他是杀日本人去了！"

高年苦笑着说："呵呵，'力求稳慎，万方容忍，不予与之反抗'，这是张学良原话，都是他娘的不抵抗政策造成的。"

正峰缓慢地走到窗前，眼泪也流了下来，仰天长叹："张学良啊张学良，我操你祖宗，偌大一个东北就挡不住这小日本……"说着又问道，"今天是什么日子？"

高年说："民国二十年，也就是 1931 年 9 月 18 日。"

车间里，蔡茂盛正在审视自己的机器设备，他边走边看，工人们跟他打招呼，他并不回应。

管家从外面跑过来说："董事长，乡下李老财来话了，咱这些设备他最多给四万。"

蔡茂盛问："不能再多了？"

"他说多一分他也不出了。"

"你跟他说，他要是不买，我们就把设备卖给他的死对头刘老黑，到时候后悔药他都没地买！"

管家一副很痛苦的表情："说了，我全都说了，可他根本不当回事，他说他知道刘黑子有多大家底，撑破天他能出到三万五，果然刘黑子就出三万五。董事长，这个李老财太精，我看八成是吓唬不住了。"

蔡茂盛想了想，多少有些失望："好吧！四万就四万，四万也不少。"他又问道，"乔正峰那面的价格压下来了吗？"

管家无奈地摇摇头："唉！这个更不好谈，他说十五万，少一分他就不卖了，跟李老财是一个德行！"

蔡茂盛有些惊奇："咬得这么死？"

"不仅如此，他还说咱要是不买，他兴许还涨钱。"管家无奈地双手一摊，"哪有这样卖东西的啊，咱没见过这套路啊，他还给咱限制了期限，就两天，咱要是不买，他就不卖了，再生产出来的货全部降价顶咱。您说，这不是明摆着逼着咱买吗？没见过这样做生意的！"管家显得很是无奈。

蔡茂盛皱着眉头向外走，背有些驼，显得心事重重，他在门口停住脚步问："老李，你说这笔买卖咱做不做？"

管家停下，细细分析道："董事长，咱十五万买了他的设备，乡下这边咱又卖了四万，一折算，咱才花了十一万的现钱，比新设备整整省了九万块，按理说这买卖还算合适。可乔正峰这人不念情面，一分不让，搞不好还能不降反升，让人太不舒服！"

蔡茂盛很为难地点点头："我也觉得不舒服，可咱是做生意的，得算长远的账。这几年利民纱厂从中搅局，咱的营业额下降了不少，损失的何止几万块大洋啊，想想这些，一肚子气发不出来。只要他乔正峰买了高速机，他就离死不远了。如果咱错过了这个机会，不就相当于刚刚给他架好了蒸锅，柴也添了，也点着了，可一泡尿又被咱自己给浇灭了！"蔡茂盛把视野转向远处，眼神中又透漏出一股雄心，渐渐地也拿定了主意："既然我们不赔钱，我看就能做，成大事不拘小节，我们要把乔正峰尽快的赶出济南！"

管家也激动起来："董事长，您说得对，是得为了长远打算！"

蔡茂盛拍板："好，就这么定了！你通知刘总经理，让他找专业的律师行拟合同，然后再通知乔正峰，让他尽快地把设备准备好。"

九一八事变的报纸铺在陈昊贤的办公桌上，再往下看又是一个触目惊心的标题："陈家纱厂暗助关东军侵华，昔日爱国实业惊变卖国大贼！"标题旁边是关东军披着陈家纱厂坯布的图片。

陈昊贤站在旁边，双手压在上面支撑着身体，表情颓废。老吴在对面站着，低着头。

陈昊贤用手指在上面敲了几下，痛心地说："这回我们陈家真的就成卖国贼了！"

老吴赶紧劝道："董事长，这些都是胡扯，日本人太坏了。"

陈昊贤淡淡地问了一句："今天出货情况怎么样？"

老吴说："董事长，周边的染厂有几家退了货，无锡、南京那边还没有接到退货的消息。"

"老百姓呢？"

"老百姓也……"老吴顿了一下，为难之情溢于言表，"放心，董事长，我想只要我们稍加解释，应该是不会有人信的！"

"行了，你不要说了！"陈昊贤继续敲击着报纸，悲痛地说："没人信？信的人少了都不行！杞人忧天，要不然要报社干什么？"

老吴赶紧说："董事长，我已经找过报社了，把情况跟他们说了，他们说只要我们把货要回来，就能挽回我们的名誉。"

陈昊贤有些激动："现在日本人正在打东三省，我怎么能把货要回来？我们的货刚刚被扣就上了报纸，查，一定要给我查清楚是谁搞的鬼！"

老吴赶紧说："董事长,我已经安排人了,正在查!那退回来的货怎么办?"

陈昊贤长出了一口气:"直接入库,如数退钱。但是你一定要告诉他们,我们陈家纱厂不是卖国贼!"陈昊贤转身倚在桌子上,看着窗外,无力地挥了挥手:"你出去吧,让我自己想想办法。"

老吴没动地方:"董事长,我倒是有一个主意,只是……"

陈昊贤赶紧转过身来:"行啦,都到这个时候了,你还怕什么,你快说!"

老吴这才说:"董事长,您可以去找一下松田,他是日本人,他应该有办法。"说着老吴本能地往后退了一步,生怕激怒了陈昊贤。

"找他?"陈昊贤猛地瞪着老吴,看到老吴已做好了防御姿势,陈昊贤也随着软了下来。

老吴大着胆子说:"董事长,目前来看没有别的办法了。"

陈昊贤想想当前的形势,叹了一口气,小声地说:"行了,我知道了。"

老吴小心地问道:"董事长,您要去见松田吗?"

陈昊贤坐到了椅子上,惆怅而悲壮望着老吴,缓缓地说:"张主席指不上,我还能有别的办法吗?你去安排时间吧。货丢了事小,可我们陈家的脸面是一定不能丢的!"

九一八事变以后,中国土地的上空是阴冷、悲怆的,东北那片土地的战火燃起了中国人民的家国情怀。是的,无论何地,只要是有日本人参与的事情,一切都显得很紧张。

上海日租界的共荣商社里,松田和陈昊贤相对而坐,气氛低沉。侍女上了茶,顺势跪在旁边,双手搭在大腿上,陈昊贤客气地点了点头。

松田说:"陈先生,我们已经很多年没有坐在一起了。"

陈昊贤默默地点了点头说:"是的,松田先生,您找过我很多次,我没有来,这杯茶当赔罪了。"

陈昊贤一饮而尽，松田也默默的笑了笑，跟着喝了。

松田把一盘天妇罗推到陈昊贤跟前："陈先生，这是我们日本的油炸天妇罗，非常正宗！"

陈昊贤面显沉重地说："记得上一次吃是在沈阳的一个料理馆，香茶、美女令人回味，而如今已充满血腥的味道了，还是不吃了，好东西还是用来回忆吧！"陈昊贤将油炸天妇罗推至桌子中间。

松田也配合着没有坚持，手一挥，侍女把天妇罗撤下，又一个侍女给陈昊贤倒了一杯茶。

松田为了缓解紧张而又尴尬的气氛，说："陈先生，我们都是生意人，战争与我们无关。"

这时，一个稚嫩的声音从窗外传来："九一八惨案要牢记……牢记历史，为国争光……"紧接着是一声哨响，随后是一阵急促的奔跑声："站住、站住……"急促的脚步停下，大喊："再跑就开枪了！"听着像是个日本巡警。接着就是"砰"的一声，一个重重的声音倒地，"哗……"人群散开，惊恐混乱的各种声音传播开来。

二人都停顿了一下，面色尴尬——他们都明白外面出了人命。

陈昊贤举起那杯茶，一口喝完，压制着自己内心的不满情绪。

松田又给他满上一杯，直入主题问道："陈先生，您能来见我，我很高兴！我已经看了报纸，您是不是想问你们被关东军扣押的那批货？"

陈昊贤也进入正题："松田先生，我很赞同您刚才的话，战争和生意无关。我们那批货市值二十万块，目前扣押在关东军的大营里面。您是日本在中国非常出色的商人，在国内也有很强的影响力，能否帮着在你们的长官面前美言几句？"

松田说道："二十万？报纸上说是十五万！"

陈昊贤叹了一口气："如今是战乱时期，除去各种打点、花销，一路走，一路涨，等到了东北，我可是真金白银花了二十万呀！当然，二十万对于我们陈家来说也算不了什么，无非就是多一口少一口的问题。可是现在国内抗日热情高涨，货被关东军扣押的事情一夜之间传遍上海商界，所有人都在看我们陈家笑话，还在传我们陈家在长三角挣了钱，暗地里却赞助日本人，长此下去，我们陈家的信誉是要受影响的，我们陈家的脸面也会因为这二十万块丢得干干净净的，我是不会允许这样的事情出现的。我今天过来，就是要证明一点，不要和不敢要是两回事情，我们陈家不但要要，而且还一定要要回来，您今天如果不帮我们，我还会继续想别的办法。"

松田又给陈昊贤添了些茶："陈先生，您是我在上海非常敬重的实业家，虽然我们已经很久没联系了，但我依然认为我们是非常好的朋友。当我看到报纸的时候，我很惊讶，也第一时间就问过了关东军，他们说您的货是给张学良的，属于战略物资，所以……"

陈昊贤有些急："所以，他们决定扣下来，穿上我们中国人织的布再打中国人！"

松田坐着鞠躬，面有愧色："陈先生，对不起，我非常不希望这样的事情发生。可是从我祖父开始就在中国经商，如今跟军界的瓜葛已经很少了，现在联系上的都是些小人物，您的疑问我回答不了。"

陈昊贤苦笑了一下，把茶杯一撂："松田先生，你们日本商人在中国挣了钱，然后装进了你们的国库，你们国家又用这些钱造了枪和炮，然后用来侵略我们，从这个角度来说商人远比军人更有价值。"

松田继续低着头："即便是如此，我恐怕仍然无能为力。在日本，能命令军方的只有天皇。"

陈昊贤叹了口气，站起来，慢慢地走到窗户旁边，看着窗外，很有感慨："记得我第一次跟你们松田家族有来往的时候是十岁，樱花盛开，落英缤纷，女人跳着舞，男人喝着酒，孩子们闹成一片，您的父亲给我送了份甜点，我因此对他很有好感。临走的时候，他很认真地跟我父亲说两国要永远友好下去，没想到，刚刚过了二十多年，你们就翻了脸。"

松田也走了过来，表情也有些惆怅："陈先生，谢谢您还记得这些往事，可是军事上的事情是我们这些商人无法想象的。金钱与枪炮的作用一样，我也是最近才知道的。这个世界上从来就不缺乏战争，牺牲自然也难免，我想既然已经发生了，至于因果我们就别再追究了，至少现在的上海是安全的，希望我们的友谊不要受到伤害。"松田再次低头致歉。

陈昊贤转过身子，继续努力："松田先生，虽然我们是竞争对手，但也是有些交情的，当真就没有办法了吗？"

"这个？"松田原地踱步，并不看他，像是很为难。

陈昊贤从怀里掏出一张五万元的银票，双手托着递过去："松田先生，这是我的一些心意，请您收下。"

松田并没有看上面的数字，直接推回去说道："陈先生，请您收回去，我们之间的友谊是无法用金钱来衡量的。"

陈昊贤有些心急："松田先生，我到底要如何做，您才能帮我们陈家度过这场危机？陈家纺厂不能毁在我的手里。"

松田并没有急于回答陈昊贤的问题，而是从袖子里掏出一张纸递了过去："陈先生，您看看这个。"

"高速机采购单，济南……"陈昊贤轻声念出，吃了一惊，看着松田，充满疑问："您这是什么意思？"

松田说："这是我从德国的一个朋友那里得到的，机器的要求是目前最先进的高速织布机，而且在某些零部件上的要求比我们的都高，最重要的是采购机器的人您也认识。"

陈昊贤问："是谁？"

松田说："济南利民纱厂的掌柜乔正峰。"

陈昊贤把纸又递给了松田，表情很差，不耐烦地骂道："又是这个小赤佬。"

松田表情严肃："济南是华北最重要的市场，许多开创性的企业都是在济南开始的，在济南，利民纱厂的发展是超乎想象的，高速机的引进将会给他带来更大的发展，而在国内真能有这设备的只有你和我，也就意味着乔正峰是我们未来共同的敌人。三年前我在济南跟他交过手，可惜……"松田没有继续解释过去，话锋一转，"在济南任何一家上高速机我都不会担心，唯独是他，他不像一般的商人。"

陈昊贤鄙视地笑了笑，不以为然："松田先生，我对这个乔正峰还是比较了解的，就是个小放牛的出身，放牛放多了，还放出了名堂，不过都是些小名堂，您不用担心的。"

松田说："陈先生，你们之间的过节我也有所耳闻。您的表妹嫁给了高家少爷，而乔正峰正是高家少爷的亲姐夫，我想这样的关系会让您失去理智的判断。"

陈昊贤异常警觉了起来，问道："松田先生，我现在都怀疑您是不是一个真正的商人，怎么对我的家事这么清楚？"

松田说："正是因为我是一名商人，所以我知道什么叫'知己知彼，百战不殆'，想必陈先生也知道我的一切吧。"

陈昊贤笑笑没有说话，算是默认。

松田反问道："陈先生，难道您不想进入华北市场吗？"

"这？"陈昊贤虽早有打算，但并不想让松田看透自己的意图，迅速改变话题，"松田先生，我这次来是想解决我们被关东军扣押的这批货的问题，至于其他的问题就先放一放吧。"

松田当即说道："不，陈先生，这两件事其实是一件事情。陈先生，华北市场是一个巨大的市场，由于水平的限制并不能完全自给自足。青岛、天津、济南等地已经开始有了大的动作，逐渐就能与上海、无锡等地分庭抗礼，我们不能再等了。可如果想进入，乔正峰就是首要的敌人。现在物资吃紧，从日本运来的麻纱坯布也多数发往东北，我一个人的力量不够，需要陈先生鼎力相助。"

陈昊贤是聪明人，听出松田的言外之意："您的意思是说我们合作进入济南市场，然后您帮助我们要回被关东军扣押的货。"

松田笑了："是的，陈先生，只要我们合作了，我们就是生意上的伙伴，我们日本人一向善待伙伴，这件事情我会尽全力帮忙的。"

陈昊贤看着松田，眼中又闪现一丝曙光……

王知山院里，刘妈把一箱一袋的东西从屋里往院子里搬，并排着放好，王知山依次打扫上面的灰尘。

刘妈停下歇息说："老爷，怎么咱们中国人总是吃败仗？二愣子说日本人又矮又短，咱们中国人还多，他还打得过咱？"

"呵呵呵……"王知山被逗笑了，笑完停下，很有深意地说："国与国之间的较量不能看个子大小，甚至不能看人数的多少。当年八国联军进北京的时候，他们八国加起来也就是两万人，还不是轻而易举地把北京城拿下了！总之，人民太穷，国家太弱，吃败仗也是必然。"说完，继续干活，突然觉得有些不对劲，"当然也有其他原因！"

刘妈继续问："那还有啥原因？"

"比如这张学良的刚愎，什么'不准抵抗，不准动，把枪放到库房里，躺着生，挺着死，大家成仁，为国牺牲'，这是什么逻辑，北大营 8000 名守军被只有 300 人左右的日军击溃。他张某人就是个糊涂蛋，枉死了张作霖，逆子误国！还有这蒋介石……"王知山突然停下，"算了，政治你也不懂，说了也没用，净生些闲气！车联系好了吗？去济南可就一趟车，中午之前就得发走！"

刘妈挽着手说："老爷，这次捐赠的动静很大，咱们镇上治安所的王二不就负责捐赠这个事嘛，他们还说准备好了大车随时发往济南，要不然咱直接给他就是了。"

"哼！"王知山很不屑地说："给他？送去的是一车，到了济南就不知道剩下什么了，不能给他！"

刘妈问："老爷，他有这么坏？"

王知山回忆说："王二应该是两年前当的差吧，看着他家太穷，我还帮他说了好话，那个时候人又干又瘦，看起来也厚道，你看看现在什么样子？"

刘妈点了点头说："嗯，是胖了很多。"

王知山接着说："你看他们家原先住的是什么房子？一进一出的庄户院，穷得什么都没有，小偷进去了都没地方下手。你再看看现在住的什么？整个芙蓉镇，他能排上前十，这还说明不了问题？别看他职位小，可这油水太大啦，人胖了不要紧，这心要是也跟着胖了，这人就废了。"

刘妈点点头问："老爷，您这么一说，国民政府的人也太黑了。对了，镇政府大堂里挂着蒋介石的照片，按理说他是最大的官，他怎么就那么瘦？"

王知山更是气愤："他瘦就对了，东三省都丢了，他还敢胖？唉，国家罹难，还是老百姓支撑着，可也分怎么支撑，给了王二那就是羊入虎口，还是寄给正峰吧，让他看着处理。还有，高老爷那边也准备了一些东西，寄的时候别忘了给捎上。"

"好！"

共荣商社，松田正伏案学习中国的《山海经》。

山口走到案前说："社长，陈昊贤来了电话，问那批货怎么样了？"

松田把眼睛摘下来说："好了！火候差不多了。山口君，你通知一下报社，就说陈家支持日本军方的消息可以不用宣传了，然后致电军机部要货。"

山口说："社长，现在就要货？要不要再抻一抻……"

松田摇摇头："二十万对于陈家来说确实不算什么，可华北市场的价值对于我们帝国来说却相当于一座金矿。现在，我们国内财政一直处于紧缩的状态，我们太需要钱了，所以我们要让我们的合作伙伴看到立竿见影的效果。"

陈府是一栋三层别墅，棱角分明，典型的中式结构，院子很大，草坪上绿草如茵。阳光透过窗户暖暖地照进大厅，大厅被映成了金色，这是一片让人眼前一亮的颜色，一天的精神振奋也由此而来，一个围着围裙的丫鬟正擦拭桌面。

电话铃响起，丫鬟接起电话："陈夫人在，请您稍等，任会长。"

陈夫人穿着色调柔和、剪裁合体的旗袍，打扮得很是整洁，头发往后梳，在脑后挽成一个髻，俊美的脸庞宛如雕像，只是鬓发有些斑白，眼角处也有一些皱纹。她拿起电话："万里啊，又让您惦记了。"

任万里说："嫂子，身体还好？"

陈夫人笑着说："托您的福，一切都好。"

任万里问："嫂子，我托亲戚从东北给您送的两棵千年人参收到了吗？"

陈夫人顿了一下，言语中透漏出一些悲伤："收到了，九一八事变之前就收到了，只是我听说您的亲戚回到东北后就被日本人炸死了。"

电话那边是良久的沉默。

陈夫人劝道："万里啊，请节哀！他的家人我也派人送了钱，在战争面前我们也只能这样了。"

这才缓缓地听到任万里的声音："谢谢嫂子，这笔账我会算到日本人头上。"任万里又恢复到正常情绪，"嫂子，明年五月初八是我师傅的忌日，我想设筵席祭祀。人老了，就这么点念想，师兄不在了，您方便的话就带着昊贤来一趟，权当是散散心。"

想起这些故人，陈夫人突然有些惆怅，默默地点头："好，也该去了，明年我们一定去。"

陈夫人缓缓地放下电话，眼神凝滞，想起了已经过世的老公陈孝廉。

陈昊贤从外面进来，老吴从后面跟着，手里提着一盒点心。

陈昊贤说："妈妈，这是寿祥斋刚出锅的梅花糕，知道您口重，我特意让他们多放了一些盐。"

陈夫人满意地点了点头，管家把点心放到桌子上。

陈昊贤笑了一下，恭敬地说："妈妈，有个好消息告诉您，我们被关东军扣住的货有希望了！"

陈夫人吃了一惊："你找了什么关系？日本人能松口？"

陈昊贤回答："妈妈，我找了松田，他说只要我跟他合作进入华北市场，就……"

陈夫人伸手制止："别说了。"说着站起身子凝视着陈昊贤，"昊贤，你真的要这样做吗？"

陈夫人鲜有生气，这句话足以让陈昊贤退后三尺，不敢回嘴。陈夫人来到书架旁，拿出一幅字，字是四尺三开，有些发黄，但是很整齐，慢慢铺开，上面赫然写着"防倭"二字，字形有些歪扭，可是力道仍在，落款"庚子六月　陈旭东"。陈夫人往后站了一步说："你看看这上面写的什么？"

陈昊贤走过去，乖乖地念道："防倭！"

陈夫人长出一口气说："这是你爷爷临死的时候写的，那是1900年，正好是八国联军进北京的时候，日本人出兵最多，作战也最生狠，北京的亲戚们全都死在了他们的手里，所以从那个时候开始我们就慢慢地跟日本人撇清了关系，这些事情你都是知道的。"陈夫人很深情地盯着那幅字，"本来你爸爸是想把这两个字挂在中堂，可我觉得戾气太重，就拦下了，现在想想我真是错了。现如今，东北三省皆沦陷，这不是偶然。正如你爷爷对日本人的评价，'弱则卑伏，强则盗贼，倭性不改，侵略不止'！"

陈昊贤嗫嚅地解释："妈妈，您说的这些我理解，可外面都传着我们二十万的货支持了日本关东军，让我们陈家在上海乃至全中国丢尽了脸面！"

陈夫人也有些生气："昊贤，我们陈家纵横商界五十年，难道能被几句流言蜚语打倒？笑话！如果真是这样，倒了也罢！面对这种情况解决的方法有很多嘛，可以捐钱捐物，也可以找商会李会长表明态度，报纸一宣传，这些流言就不攻自破。我们是商人，面子固然重要，可家与国你要分得清楚，列强来犯，团结就是面子，如果你跟松田合作了，或许你得到了面子，但你将会失去一个中国人的气节！还有，华北市场当然可以进，但你要分怎么进。你完全可以从济南入手，刚才你任伯伯还给我来电话，让我们过去一趟呢，他是济南的会长，资源人脉尤为丰富，还用得上跟日本人合作？从原来的八国联军进北京，再到现在的九一八事变，还能信他们吗？"

陈昊贤小声地说："我知道错了，妈妈。"

陈夫人满意地点了点头："你爸爸走得早，陈家这么早就交到你手里也委屈你了。好了，我累了，有些事情我不想再多说，你也应该知道怎么办。"

陈夫人态度鲜明，柔中带刚的气势让陈昊贤吃不消。他从客厅里出来，掏出手绢擦了擦汗，像是渡了个难关，问："老吴，我妈妈情绪好像很差。"

老吴凑过来说："少爷，前几天，济南任会长派人从东北送来了两棵千年人参，夫人很高兴，可是送货的小伙子回到东北就被日本人炸死了，夫人很愧疚。"

陈昊贤点了点头，像是在下决心："晓得了，但愿我们上海能一直好好的，陈家不能在我手里衰败了。"

老吴凑过来问："少爷，我是不是要给日本人回个话？"

陈昊贤说："不用了，货我要，合作也要。"

老吴吃了一惊："夫人不是说去济南找任会长吗？"

陈昊贤略显不悦："找任伯伯做什么？任伯伯是商会会长，官商脉络自然是无可厚非，可越是位高权重，就越不应该打扰人家。再说，我们陈家灭掉一个乔正峰还不是分分钟的事情！"

老吴还是有些犹豫："可是日本人……"

陈昊贤有些急："老吴，你是看着我长大的，我怎么想的你还不知道？我是假意跟日本人合作，先把乔正峰灭掉，然后回头我再把日本人吃掉，我妈妈知道结果后会理解我的。我妈妈信佛，打打杀杀的事情我不想跟她说太多。噢，还有，回头你找人把我爷爷写的'防倭'两个字挂在中堂，这足以证明我的决心，我妈妈心里也会舒服一些。"

联合纺厂办公室里，蔡茂盛高兴地擦着桌子，刘阔海抽着烟，透过窗户看着院子里的工人出出进进地抬设备。

刘阔海感慨："利民纱厂的设备还没有到，咱这钱就分毫不差地打过去了，看着设备进了门，我这颗悬着的心终于算是落了地。"

蔡茂盛停下："刘兄，刘总经理！您就把心放到肚子里，这设备就一直在利民纱厂的车间里放着呢，它还能自己跑了？再说我早就派人盯好了。即便是有什么差错，咱立马见报，说乔正峰诈骗，老百姓会不支持咱？商会能不支持咱？末了不仅设备是咱的，这乔疯子还得打自己一个响亮的耳光！"

刘阔海点了点头："还是你想得周到。"

蔡茂盛有些沾沾自喜，拿过茶壶沏茶："这乔正峰就好比这茶壶里头煮饺子，我不但要收拾他，我还让他说不出来。我也早就合计了，就算是设备不够新我也要参他一本。不过，这乔疯子倒是挺爱惜东西的，这设备保护得跟新的一样，一开机，基本上没什么噪音，没给我留下这个机会。"蔡茂盛又显得很失望。

刘阔海对乔正峰还是有一丝忌惮，没有说话。

蔡茂盛点着一根烟，靠在桌子上，有些得意地问："刘兄，你猜我昨天办了个什么事？"

刘阔海好奇："什么事？"

蔡茂盛把烟吐向空中："昨天任府的少爷来了，说什么商会组织咱们为东北过来的难民捐款，前前后后说得老惨了，我心一软就没忍住。你猜我捐了多少？"

刘阔海想了想："一千？"

蔡茂盛头一摇，伸出三个手指头："三百。"

"三百？少点吧？他毕竟是任万里的儿子。"

蔡茂盛不以为然："少？一点都不少，任万里要是亲自来了，我顶多出五百，咱是工业家又不是慈善家，不捐也挑不出什么毛病。再说现如今钱紧，一块大洋能买一箩筐馒头，三百块还少，要是换成窝头，够那些难民吃一阵子的了。"

刘阔海问："那利民纱厂捐了多少？"

蔡茂盛一反常态："咱不跟别人比，就跟自己比，捐了三百，咱兜里就少了三百。我想了，三百出去还不算完，等乔疯子的高速机到了，新布也出来了，就让上次那个记者再把咱捐款这件事好好地渲染一番，具体数额不要提，就提功德，提救死扶伤的功德，借着这个机会把乔疯子彻底比下去，咱让他人财两空！"

早上，天气晴朗，街上人很多。

利民纱厂的门房由一位五十多岁的老者守着，他原来是一个和尚，三年前来化缘，正峰看着人面善就留了下来，现在头发长了出来，也蓄起了胡子，只是背有些驼，守在左侧，看到正峰走过来，笑着打招呼："掌柜的，早！"

正峰笑着点了点头："早！"说完，径直地走了过去。走了十几米，他转身又走了回来，像是有心事："老刘，中午有时间吗？"

门房客气地回答："掌柜的，中午正好换班，有事您尽管吩咐。"

正峰点了点头说："老刘，日本人在东北这一闹，很多人逃难来到咱济南了，我想让你到菜市场买十筐红薯送给火车站的难民。"说着掏出十块大洋放到门房的手里。

门房收住大洋，很有感触："掌柜的，您心眼真好，三年前您就是这么收留的我，现如今……"说着，眼睛竟然泛起热泪。

正峰摆手制止："哎，提那些干吗，你跟他们不一样，你虽然也是遭了难，可咱俩见了面，那叫缘分。"正峰叹了一口气，"九一八事变以后，大批的难民涌入关内，那些原本从关内走的，现在回来了还有个去处，可那些直接从东北过来的连个住的地方都没有。"说着又一摆手，"他娘的这事不能寻思，想多了心里难受！"

门房跟着担心，骂道："这缺德的小日本净欺负咱中国人！"

正峰继续说："哎！甭管谁欺负谁，最后还是老百姓遭殃。听说咱济南的难民还算少的，青岛的港口都满了，咱这做买卖的不能眼里只有钱。记住了，红薯捡大个的买，大人小孩都饿不着，老弱病残还要多给！"

门房点头："放心吧，掌柜的。"

正说着，一辆黑色汽车开过来，停在门口，从车上下来一个人，穿着天蓝色的西装，白色衬衫，油头锃亮，还戴着法国上流社会的卡地亚手表，精气神十足。这人正是任府的公子任天澈。

天澈打招呼："乔大哥，这么巧。"

正峰笑着走过去："你小子就是会说话，在家门口见到我还叫巧？"

天澈坏笑了一下，比画着自己的衣服："乔大哥，我这身西装怎么样？上海最优秀的裁缝给做的，昨天刚到，你比我爸爸还新潮，您先给过过眼！"

正峰上下打量了一下，点点头："嗯，任家大公子就是不一样，器宇不凡，你这是故意馋我啊，要不你也给我整一身？"

天澈赶忙摇了摇头："不行，乔大哥，您是工业家，要的是不怒自威的气质，这耍帅弄宝的一套与您的形象不符，还是长袍马褂比较合适您。"

正峰说："我看也是，就你那一身连个裆都没有，看着都别扭，倒是省布了。你来找我什么事？"

天澈才反应过来："哎呀，差点把正事给忘了。我今天去火车站给难民发粮，有一对母子点名要找你，我觉得可能是你们家亲戚，就把她们带过来了。"天澈把后门打开，从上面走下来一个妇女，看起来有四十多岁，头发有些乱，脸上也有些伤，早晨的光线还不太强，朦胧迷离地照在她栖栖遑遑的脸上，显得孤苦而苍凉。她后面还跟着一个十二三岁的孩子，用手捂着大腿上的窟窿，低着头，不敢看人。

正峰看了半天没有认出来，上前问："大姐，我就是乔正峰，您是？"

大姐有气无力地说："乔老爷，我原来住在黑家寨，我老爷们儿叫黑三。"

"嫂子？"正峰惊得都喊了出来："哎呀，大嫂，你们还活着？您是怎么过来的？"正峰激动得眼泪都掉了下来，上前搀着大姐的胳膊："走，嫂子，咱们快进屋，外面冷，嫂子快进来！"

办公室里，气氛活跃。

高年给母子俩沏了茶："嫂子，您喝点茶暖和暖和。"

嫂子站起身子，挽手致谢。

正峰这才问："嫂子，信上说你们到了东北就安顿了下来，怎么就惹到了日本人？"

嫂子眉头一阵悲伤："到了东北以后，我们确实安顿了下来，可是黑爷还带着他的五六个残疾的兄弟。您给的那些钱倒是够活一阵子的，但是黑爷说不能老麻烦您，所以就到矿上找了份工，日本人一打仗就把煤矿给占了，还老欺负中国人，他看不下去就跟日本人打了起来，差点把一个日本人给打死，日本人就借机开除了这一伙人，等他们刚刚离开煤矿的时候，一颗炮弹就炸了下来。"

正峰忍着怒气，悲痛地闭上双眼，好一会才缓过劲来："嫂子，黑爷的尸首呢？"

嫂子摇了摇头，显得很失望，眼泪也掉了下来："尸首都炸烂了，也分不清谁是谁了。"

正峰劝道："嫂子，这个仇我记下了，可您也别难过了，人死不能复生，您到我这里就算是到家了。"正峰又看了看孩子，"嫂子，看这孩子也有十几岁了吧，叫什么名字？"

嫂子说："噢，十二岁，他爸活着的时候没起大名，他爸一直希望这孩子能跟他一样，所以一直是大王大王地叫着。"

"大王？"正峰感觉不妥，摇了摇手："叫这个名字不行，凡事讲究正进正出，现如今这世道乱，大王大王地叫着太招摇，也容易生是非。再说这孩子到了上学的年龄了，需要个大名。"

高年说："姐夫，我看这孩子生得俊俏，他爸爸又是个打日本鬼子的英雄，黑爷姓程，不如叫他程俊英吧。"

嫂子看看孩子，孩子低着头没什么意见。

正峰摇摇头说："这名字太秀气，黑爷一生性子刚烈，我怕他在地底下有意见。"

天澈也发表看法："乔大哥，我倒是有个好主意，这孩子挺乖巧，而且还是黑爷的后人，不如认你当干爹，这名字也好起了，你们家那俩，一个是念忠，一个是念仁，这个就叫念义，程念义，还随他爸的姓，你看怎么样？"

正峰眼前一亮："行啊，念义，这个主意好。大嫂，您觉得怎么样？"

事发突然，嫂子有些懵，但也觉得没什么不妥，但多少心里面有些顾忌："这倒是个好事，名字也中听，可是家里弟妹能同意吗？"

正峰说："指定同意，前些日子还跟我商量再要一个呢，我看她身体不好就没有同意，现在白得了一个大儿子，她高兴还来不及呢。"

嫂子也放下顾虑："那敢情好。儿子，赶紧拜见干爹。"

念义听从命令，双膝跪下："干爹，干儿程念义给您磕头了！"

"哎，快起来了，儿子你记住了。你虽然认了我当干爹，可你姓程，你爹是个打日本鬼子的英雄。以后每逢清明寒食要给你亲爹磕头上香。"正峰把他扶起来，冲着门口喊："三娃……"

三娃从外面跑进来，正峰介绍："记住了，从今以后这是你三娃叔，想学算盘就跟着他学。"又指着高年和天澈，"这俩是高年叔叔和天澈叔叔，他们的就别学了，净天天气我！"

念义被逗笑了。

天澈把自己的卡地亚手表摘了下来："嫂子，意见是我提的，而且又收了个侄子，自然要表示一下，这个您收着。"

嫂子赶紧把表往回推："他叔，这可太贵重了，念义不能收。"

正峰打着圆场："嫂子，您就收着吧，您还不知道，这是咱济南府第一少爷，就这样的表，能有一抽屉！"

嫂子这才接了过去："谢谢他叔。"

三娃刚进来有些懵："掌柜的这是？"

正峰说："三娃，晚上吃饭的时候再给你细说，现在你先带他们娘俩打扮打扮，换一身行头，回家再告诉你嫂子，做两大桌子菜，今天整席。"

"哎，好。"三娃带着他们娘俩走了出去。

忙完这一出，正峰也长长地出了一口气，气氛又恢复到应有的样子。

高年看着他们的背影开着玩笑："姐夫，这九一八才刚刚开始没多久，您就收了一个干儿，据说这是日本人蓄意在中国东北制造并发动一场侵华战争，后面的路还长着呢，按你这个收法，估计都能开一个学校啦！"

正峰一瞪眼："就你没正经，小心黑爷出来抽你！"

高年也知玩笑不妥，看看房顶，念念有词，握拳祈祷。

随后，天澈叹了口气："九一八，九一八，按咱们中国的数字谐音就是'就要发'的意思。这回好了，日本人打了东三省，煤、钢、铁全让他们占了，日本人他妈的发了！"两手一拍，"这跟谁说理去！"

正峰跟着插科打诨："咱也发了，难民大发了！哎，万里哥就没有在商会组织什么活动，救济一下难民？"

天澈说："组织了，我今早上刚把集来的救灾品发完了。"

正峰纳闷："我怎么不知道有这事？"

天澈眉毛一皱："别提了，我爹给我三天时间，让我筹款一万块赈灾，我就挨个地上门求爷爷，结果嘴皮子磨没了才找到八千块。咱什么时候这么求过人，我一着急，剩下的两千块索性自己出了，您这我也就没来。"

高年问："蔡茂盛出多少？"

天澈嘴一撇，伸出三个手指头："三百。"

正峰有些生气，指着天澈的鼻子："你啊，就是墨水喝多了，做事情畏首畏尾，不该去的你找挨踢。我敢保证这蔡茂盛虽说是捐了三百，他能在别人面前吹出三千的样子，你就不该去；该来的你倒不来了，你怕我什么？怕我没钱？剩下的两千块我出了！"

天澈吃了一惊："乔大哥，您真出了？"

正峰瞪着眼："你要是吃喝嫖赌，一分钱我也不给你，可是赈灾救人的事我能出！"

天澈拱手称赞："乔大哥，要是中国的工业家都跟您一样，咱们中国算是有救了，我一定要让报纸连报三天，您就是咱济南工商界的楷模，让其他人也看看。"

正峰赶紧制止住："得！得！得！报纸你也别给我报，你也别给我戴高帽，我是行善积德，不是歌功颂德，说到底钱是从老百姓手里挣的，吃水不忘挖井人，两千不多。我最近正在跟蔡茂盛较着劲呢，账上也不富裕，要多了我还真没有！"

"行，全听您的，不报就不报！"天澈接着茬问，"我听说你们厂的那些老设备高价卖给蔡茂盛了？"

高年把话接了过去："任少爷，不仅卖了高价，天福楼八凉八热，上好的女儿红，请我们好好吃了一顿。"

天澈充满羡慕，感叹道："哎呀，乔大哥厉害！怪不得我爹说整个济南府论做生意的就你最行。"

正峰一抬手："别听你爸的，万里哥那是挖苦我，嘶——我怎么觉得越说越不是个味啊，按理说我管你爸得叫叔，可他偏让我叫他哥，我管他叫哥，你管我也叫哥，这叫什么辈分啊！"

天澈不以为然："乔大哥，我爸爸就那样，见着他喜欢的人，倒贴都行，咱各论各的。"

正峰突然想起高速机的事来："对了，我们的新设备到哪了？"

天澈说："现在估摸着到上海了，后天下午三点应该就到这儿了。"

正峰很满足地点了点头，幻想着用上新设备的场景。

晚上九点，宴席结束，各回各家，嫂子带着念义也回去了。

正峰进了屋，高兴得竟然自言自语道："高兴！"说着坐在椅子上。

高凤端来一杯茶："高兴啦？自从黑爷死了，就没见过你有笑模样儿，他娘俩一来，你终于又回来了，一晚上嘴就没闲着！"说着翘起了嘴，一副高兴又撒娇的样子。

正峰还停留在喜悦之中，端起茶品了一下："他娘，我可提醒你，这娘俩来投奔咱了，咱可不能亏了人家，尤其是念义这孩子，这么小就没了爹，咱得对他比咱自己的孩子还要好。我打小没爹没娘，这滋味不是人受的。"说着又有些伤感。

高凤笑了笑："你就放心吧，我都安排好了。我让刘妈给他做了三套衣服，只要是一过季，我就给他换新的。学校我也联系好了，跟咱那俩一个学校，可是他起步低，只能上低年级，幸好在一起，还有个照应。至于嫂子这块，不急，我先带她在济南转转，熟悉一下环境。"

正峰满意地点了点头："你说咱收干儿子这么大的事情是不是得跟家里人说一下？"

高凤看了他一眼，有点警告的意思："亏你还想得起来，咱们离家也不算远，你想想你都多久没回家了？"

回想过往，正峰愧疚地点了点头，感慨道："原来放牛的时候，总想有个家。现在是有家了，却又回不了，你说做回人怎么这么难？他娘，我是真想家了。后天新设备就到了，等咱新货出来，咱就回老家多待上几天。"

第十七章　兄弟重逢

利民纱厂的门口热闹非凡。红色地毯铺向门外，灯笼高挂衬托着喜气，两边还挂满鞭炮。为了迎接新设备的到来，一切都准备就绪。

正峰翘首以待，略显焦急："这都去了两个时辰了，按理说该回来了。"

三娃开玩笑说："掌柜的，兴许是高少爷故意不给报社饭吃，从城南绕的，他绕着一圈连报纸钱都省了。"

正峰摇摇头："他可没有这么会过日子。不行，三娃，我觉得心里不舒坦，给货场打个电话问问情况！"

"好，掌柜的！"

话音刚落，一个伙计上气不接下气地从路口处跑来，脸上还有伤。伙计跑到跟前，差点哭出来："掌柜的，出事了，韩府生把咱家的设备给截走了，高少爷和伙计们也都被他们绑了，韩府生说要让你亲自去要人，带足了钱！"

正峰脸色铁青，问伙计："他们打你了？"

伙计忍着痛："没有，我自己摔的。"

正峰青筋暴起："韩府生啊，韩府生！你是连血带肉都得要啊，没想到你来这么一手！秤杆，让兄弟们抄家伙，今天说什么我也办了这个王八蛋！"说着就往贯通货站跑。

伙房里，刘妈正帮着摘菜。张大厨冲了进来，抄起菜刀就往外走。

刘妈把他拦住："老张，你这是干什么？"

老张急着说："韩府生把高少爷和设备给劫了，我要跟着掌柜的去贯通货站拼命！"说着冲出门去。

"坏了！"刘妈大惊失色，穿着围裙就往家跑……

三娃怕出人命，拉住正峰劝道："掌柜的，我知道这事窝囊，可这明显是个圈套啊！"

正峰彻底急了："三娃，他就是个血窟窿我也得往里钻，兄弟们都在那儿扣着呢！"他一把把三娃推到了一边。

秤杆带领工人们一哄而上，斧头、扳手、铁棍等家把什儿拿在手中，跟在正峰后面。

三娃怕出大事，找了一个伙计："你快去通知一下任会长，就说要出大事情了！"说完也跟了过去，边跑边念叨："我的娘啊，这是要翻天了呀！"

家中，高凤正在院里浇花，刘妈气喘吁吁地跑过来，等跑到跟前已经累得直不起腰来，大口地喘着粗气。

高凤问她："刘妈，你怎么跑回来了？今天厂子里来设备，不是让你过去帮忙做饭吗？"

刘妈也慢慢地缓了过来："太太，出大事了，高少爷让韩府生给绑了，就在贯通货栈。老爷已经带人过去了。"

高凤惊得坐到了旁边的椅子上，直愣愣地看着前方："怎么又惹着他了？"说着她猛地站起来，"不行，这些人杀人不眨眼，走，咱也去！"

"不行，太太，咱不能空手去。"说着冲进屋里，不一会就拿着菜刀冲了出来。

高凤问："刘妈，你这是干什么？快放回去！"

刘妈握紧菜刀："太太，要是真打起来，咱不能吃亏！"

高凤想了想："对，你说得对，这帮土匪有枪，咱拿刀，不过分！"

二人也冲出院子。

任府，任万里正在客厅喝茶，林伯慌张地跑了进来："老爷，乔老板家的一个伙计来了，说有急事！"

任万里立马警觉："赶紧让他进来。"

话音未落，伙计就自己跑了进来："任老爷，出大事了，我们家的设备被韩府生给截了，我们掌柜的正带着人要跟他玩命呢！"

"什么？"任万里惊慌失措："林伯，快，派车！"任万里赶紧披上外套就往外走，边走边说："这韩府生真不知道轻重，早知如此，早就应该办了他！"车已经停在门口，任万里嘱咐林伯："马上通知刘所长，速来贯通货站支援！"

林伯有些为难："老爷，韩府生跟刘所长向来关系很好，我怕……"

任万里刚刚上车的一条腿又抽了回来："关系好也是面上的，我任万里的面子他还能不给？顺便再给王天来军长打电话，你告诉他，我任某人必定重谢，让他一定帮忙！"

这时，天澈也从屋里冲了出来，一纵身钻进了任万里的车里。

车子开动，任万里训斥："你跟着凑什么热闹？"

天澈说："爸，乔大哥是我哥，我岂有不去之理？我倒是要看看这个韩府生还能不把咱任家放在眼里！"

车子在路上奔驰……

林伯动作迅速，回到大厅就拨出了所长电话："刘大更所长吗？我是任府的管家。货栈出了大事，估计要出人命，需要您派人来一趟，噢，贯通货栈，什么？您不在城区？刘所长，辛苦，辛苦，我家老爷正在处理此事，往后不会亏待您的，好的，尽快！"

林伯放下电话，骂道："畜生！不在城区还能接电话？"骂完，又按着电话本拨出了王天来军长的电话："您好，我找王天来军长……"

派出所，刘大更所长放下电话，显得很为难。

一个手下过来问："所长，出事了？"

刘大更一拍桌子："这他娘的韩府生竟给我惹事，怎么跟任万里杠上了！走，列队！"

手下问："去哪？"

"贯通货站！"

手下一激灵："贯通货站？所长，这韩爷昨天不是给咱打过招呼了吗，让咱不要管这事。"

刘大更有些急："昨天说了不管，那是昨天的事，我说今天不管了吗？"刘大更也觉得自己的逻辑有些问题，回过味来，"大不了我们把钱退了，这任万里咱可真惹不起，他是商会会长，济南商界全归他管，远的不说，就说咱们兄弟们的开销全靠他们这些做生意的支撑着。据说他在政界也非常吃得开，上次开会，就坐在韩复榘的旁边，我看那架势一点不输给韩复榘，要真是给得罪了，我这顶帽子早晚得他妈的摘了！"

手下不动地方，哭丧着脸："所长，钱退不了了，昨天兄弟们都扔在凤凰楼了。"

刘大更指着手下骂："你他娘的也有点出息！"刘大更转了一圈，想出个主意，"这样，离货站两公里的地方，你找个机会放两枪，也算是咱给韩老三报了信了。赶紧，叫兄弟们列队出发！"

贯通货站，韩府生已经摆好了场子，新设备在空场里放着，盖着红布，韩府生坐在椅子上喝茶，雄视着手下的兄弟们，高年被他的几个兄弟们押着在后面。

韩府生说："高少爷，你说这乔正峰敢不敢来？噢，我忘了你的嘴还堵着呢。"手一抬，手下人把纱布取了出来。

高年昂着头说："韩爷，你先把我放了，我姐夫脾气急，我怕他看见我被绑着会跟你玩命！"

韩府生眼睛一瞪："他敢？我剐了他！"

"韩爷，打我认识我姐夫开始，就没有见过他不敢办的事情。"

"行，小子，今天爷爷就让你见识见识！再给我堵上！"手下又把纱布塞到了高年的嘴里。

韩老六耳朵尖："大哥，我听到动静了，看来人来了。"

众喽啰摩拳擦掌，跃跃欲试。

正峰带人快速前行，任万里的车突然挡住了他们的去路。

任万里从车上下来，把正峰拦住。

正峰说："万里哥，您怎么来了？"

任万里说："正峰，你的事我都听说了，切忌动怒！你从纺匠熬到今天不容易，小不忍则乱大谋啊！咱是经商的，他是从匪的，自古商匪两条路，咱不能按他的路子走，明摆着吃亏的事不能干，你的命可比他的值钱。你放心，王天来军长那边我派人去了电话，相信过不了多长时间，我就能让这韩府生缴械投降；高少爷出一点事情，我让他韩府生十倍偿还！"

正峰压着怒火："万里哥，我不能等了，这畜生太欺负人了。您说这里面被押着的兄弟们哪一个没有妻儿老小，我怎么对得住他们的家人？高凤要知道高年被人给绑了，这心都能疼碎了！万里哥，有些事能躲，可有些事不能躲，今天我要是不进去，那就是一个不忠不义的小人，这些年我乔正峰也就白混了。万里哥，您放心，我虽然脾气暴躁，但是不鲁莽，我乔正峰一个人先进去，如果不成，你们再进！"

任万里看到没劝住，也下了决心："要不这样，我陪你一块进去，我量他韩府生也不敢把我怎么样！"

正峰拦道："万里哥，您不能进，济南商界不能没有您。再说，万一我有个什么事，我一家老小，还有我这帮兄弟们就全得靠您了。"说着自己一个人往货站里面走。任万里停下脚步，回看路口，希望救兵早点儿到来。

三娃跟秤杆趁任万里没注意也紧跟了上去，伴在正峰左右。

正峰瞪了他们一眼："你们俩怎么跟来了？"

秤杆说："掌柜的，别的忙帮不上，万一这韩府生急了眼，我们还能给您挡挡枪子儿。"

正峰说道："别胡说！"

三娃紧了紧衣领说："掌柜的，六年前，凤凰楼，就是咱三个对的韩府生，今天还是咱仨！"

三个人都是一副无畏生死的姿态。

门外，其他工人也跃跃欲试，任万里拦着他们："众兄弟，听我说，乔老板这个人重情重义，你们跟进去，伤着谁都会激发矛盾，眼下这情况什么事都有可能发生。"

一个工人说："任会长，掌柜的才三个人，肯定吃亏。掌柜的平时带我们不薄，您就让我们进去吧！"

任万里说："兄弟们，都听我说，他们三个进去，以弱对强反而没事……"任万里不停地安抚着工人的情绪。

韩府生看着正峰带着两个人进来，一股高高在上的姿态，手里的盒子枪在空中摇晃。

韩老六从后面说："大哥，这姓乔的真硬，就带了两个人来。"

韩老三不以为然，蔑视着正峰三人，气氛已经剑拔弩张到顶点。

正在这个时候，两列当兵的从外面跑进厂子，护在正峰周围，天澈愣住了：

"爸爸，这是你叫的人？"

任万里摇了摇头："我是让林伯给王天来军长打了电话，可是不能这么快，看看他们的样子，是外边过来的兵。走，过去看看！"

韩府生看着当兵的进来，吓得一哆嗦，身子往后一退，被后面的人接住，赶紧掏出手绢擦汗，哆嗦着跟老二说："老二，这小子不就是个放牛的出身吗？怎么还有军界的背景？"

韩老二说："大哥，六年前咱就查过他，错不了。"

韩老六被吓破了胆，擦了擦眼睛："大哥，还有撸子呢！"

任万里跟过来拍着正峰的肩膀，暗示现在的形势有缓，正峰压着怒火看着眼前的形势。

一辆军车在后面驶了进来，警卫员把门打开，格格先下来，紧接着一位军官从车里出来。

韩老三长出了一口气，拍拍胸脯："没事，估计是格格有货要发。"哈着腰跑到跟前，"格格姑娘，打个电话我亲自上门去取货就行了，何必这么劳师动众的呢？"

格格瞥了他一眼，没理他，径直地向正峰走来，脸上绽放出久违的笑容，军官在后面跟着。韩老二纳闷："大哥，这格格怎么不搭理咱？"

韩府生又出了一脑门子汗，右手贴上额头："这他娘的是烧错香了？"

格格走到正峰跟前，转身对着后面的军官说："伍哥，这就是救过我命的乔老板。"

伍爷立正，敬礼，自报家门："伍思峰！"

韩老六拽了拽韩府生的胳膊："大哥，没事，这当官的连他娘的名字都不知道，估计是冲着他来的。"

"伍思峰？"正峰盯着他的眼睛，直觉地感到似曾相识。他愣了一下，时间又回到了梁家的牛棚里。

他与小伍相依而睡，正峰睡不着，问小伍："小伍，一直都叫你小名，你大名是什么？"

小伍挠挠头："我没有大名。"

"人都有大名。"

"我爸我妈只叫我小伍。"

正峰缓过神来，缓慢地伸出手跟他握在一起："您好！乔正峰！"

二人合手的那一刹那，似乎都被震了一下。这种感觉很熟悉，是那么的熟悉，曾经有过。伍爷的脸色变得凝重起来，他细细地看着正峰脸上的每一个细节，眼角处已微微震动，他轻声问道："乔老板可曾改过名字？"

正峰也有这种感觉，他甚至像是听到了小伍的呼唤，但是他不敢去触碰，他轻轻地点了点头说："原名'乔峰'。"

伍爷心里咯噔一下，眼里急速饱含了热泪。他强忍着眼泪问："梁家？"

正峰的眼泪流了下来："梁家！"

伍爷的眼泪已经花了脸，颤抖着说："梁家放牛！"

"梁家放牛！我还有个兄弟，叫小伍！"

小伍已经哽咽得快说不出话来了："对，小伍也已经有名字了，伍——思——峰，思念我的乔峰大哥啊。"话音落完，伍爷笔直的身躯再也坚持不住，硬汉的军人形象瞬间崩塌，"扑通"一声跪在地上，双手抱住正峰的大腿，哭得像个委屈的孩子："哥，我是小伍，我是你兄弟小伍啊，你不该改名啊，我找得你好苦啊……"

正峰瞬间也不能自拔，哭得稀里哗啦，他双手抱住小伍："小伍啊，哥不对，哥不是东西，哥真的不是东西，我应该能认出你来，我早就应该能认出你来啊……"他捧着小伍的脸，"来，让哥看看，让哥看看，看看我兄弟还好吗？这些年都干啥去了？吃得好吗？喝得好吗？哥想你啊！"

小伍已经哭得说不出话来："哥……"他直接趴进了正峰的怀里，又是一阵痛哭……

这一幕把现场的所有人都惊呆了，格格姑娘、三娃、秤杆等一众人在后面跟着哭，也是稀里哗啦。

门口处，高凤趴在刘妈的肩膀上，早已泣不成声……

刘妈一只手扶着太太，另一只手不停地抹泪，菜刀在眼前摇晃……

韩府生一屁股坐到了地上，眼望前方，空洞无光："这回算是真栽了！"

任府，庭院里刚洒过水，地面吸收水渍形成无规则图案，更显得清凉。佣人们进进出出，园艺工人修理着茶花，司机擦着车……

客厅里，任万里看着书，轻饮一口茶，慢慢咽下。

天澈从二楼下来，手里面拎着一个礼盒，他来到任万里跟前说："爸，一会我把这个送给小伍哥当见面礼行吗？"

任万里点了点头，答道："嗯！"

这时，任夫人从侧门进来，头发高高地向后挽起，露出光洁饱满的额头，发际线呈完美的圆形，看起来优雅得体又不失温婉，柔声说："天澈啊，我得嘱咐你，万事不能毛躁，上午的事可把我吓了一跳。你这毛头毛脑地跟韩府生斗，你除了胆子有优势，还有什么？"

任夫人虽有责怪的意思，可语气里充满了慈爱，天澈并不害怕，解释道："娘，乔大哥是我朋友，他遭了难，我要是连面都不出，这算什么啊？"

任夫人脸色一沉："我也很敬佩乔正峰这个人，可有你爸这个商会会长出面还不行？他韩府生胆子再大也得礼让三分，我不想你参与到他们大人之间的恩怨当中去！"

天澈不以为然："娘，我都安全回来了，这不是挺好的嘛。您没见乔大哥的兄弟小伍，是个当兵的，还是个团长，英姿飒爽，一身正气，看做派，这以后不知道是个什么样的大官，咱做生意用得着，这个朋友我也交定了！"

任夫人的说教并没有起到效果，任万里有些生气，又听到天澈接触小伍的目的并不单纯，迅速黑了脸，他放下书说道："天澈，你从十三岁就到了咱们任家的柜台，一待就是两年，后来为了历练你，我去哪儿尽量带着你。你看一下，爸爸何时跟真正的朋友之间有这些利益瓜葛。庄子说：'君子之交淡如水'，与人相处，追求的就是一个淡字，这是一种心境。你要记住，如果你抱着攀龙附贵、互相利用的心理去交朋友，你就永远交不到真正的朋友！天澈，以后要想在这商场待下去，你一定要记住"朋友无用"这四个字！"

任万里的理论已经上升到哲学高度，天澈一时理解不了，不知道说些什么，一时有些茫然。

任万里站起来说："朋友无用即为'朋友无功利之用'，我为什么跟你乔大哥的关系非常好？自从我们相识以来，他有求过我办什么事吗？完全没有，这种品质我非常欣赏，反而是我经常心甘情愿地要去帮助他，这才是真正的朋友。抛弃这些大道理，到底什么才是朋友？就是那种能长到你心里面，想扣都扣不下来的那种。我也知道，为了周旋生意，这些年你身边也多了一些形形色色的人，我之所以之前没拦着你，是因为我觉得你应该清楚如何交朋友，现在看来我错了。天澈，你如果还是抱着这种想法去接触正峰和他的兄弟小伍的话，一会儿的聚会你还是不要去了！"

天澈明白了任万里的语意，很惭愧地低下了头，已呈现出认错姿态。

这时，林伯进来："老爷，一切都准备好了！"

任夫人拿过一件大衣给任万里披上说："看得出来你今天很高兴，跟正峰在一起喝酒我也很放心，但是有一点，别喝得昏天黑地的。"

任万里点了点头往外走，天澈站在原地，不敢动。

任夫人又赶紧追了过来，挽住任万里的胳膊，小声地说："老爷，我知道这些年你对天澈用心良苦，对他的历练也很多。如今孩子已成人，这龙都已经画好了，还差点一下眼睛吗？"

任万里看着太太，觉得很有道理。

任夫人又很有深意地补了一句："他会明白的。"

任夫人的耳旁风一吹，任万里气也消得差不多了，在夫人的手上轻轻地拍了拍说："告诉他，让他去了不要太张扬。"

第二天早晨，乔家的门外，两个当兵的手握长枪站在两侧，呈保卫姿势。路人偷偷地把目光投射过来，侦查一番，又迅速地把目光收了回去，谨慎前行。

街上卖烟的老李胆子比较大，也是个热心肠，他站在门口往里看，当兵的没有赶他，他胆子又大了一些，又向前走了几步，确定里面没什么情况，这才放心地离开。

房间里，正峰和小伍相向睡着，腿互相搭着。

中堂的门开着，高凤跟秀英坐在八仙桌的两边。

刘妈拎了两包中药进来："太太，药买回来了。"

秀英问："嫂子，身体不舒服吗？"

高凤说："昨天晚上这兄弟俩一喝酒就哭，喝上一口酒就能哭上一阵子，这一晚上眼角就没有干过，喝大了，也哭大了，大夫说这样伤身体，我让刘妈弄了点药回来，给他们补补。"

她又对刘妈说："刘妈，你现在去把药熬了吧，等他们醒了就得喝上。"

刘妈拿着药退下。

电话铃响了……

高凤拿起电话："你姐夫还没醒，小伍也没醒，你先别挂，你得给办件事，一会你到酒坊买点解酒药给任府送过去，昨天晚上任家父子喝得有些多，咱不能让人家跟咱一块高兴了，却自己受罪去。"

高年说："姐，人家堂堂济南的首富还能没有解酒药？"

高凤改成批评语气："他有归他有，你送归你送，你送了人家可以不吃，

453

可是这情谊人家留下了。"

高年恍然大悟:"姐,我怎么就没想到啊,这事办得挺漂亮!姐夫醒了一定得夸你!"

高凤笑着撂下电话。

一个士兵又来到门口,站好,敬礼:"报告!请问夫人,团长醒了吗?"

秀英赶紧起身向卧房走去,中途又被高凤拦下。

高凤问门外的士兵:"小兄弟,什么事啊?"

士兵回答:"噢,济南所长问补给的事情。"

高凤点了点头:"那这件事情不是什么棘手的事。再说,别说你这二十个兵,就是再来十倍我们也供得起,你先下去吧,让你们团长再睡会儿。"

"是。"士兵退下。

秀英看着高凤,眼神清澈:"还是嫂子想得周到!"

高凤笑了笑解释道:"我可不是怕他俩睡不够,也不是显摆咱有钱,我是怕这个大头兵挨骂!你想,他哥俩这么多年没见,好不容易在一起,被这大头兵吵醒了,以你哥这驴脾气,这大头兵还能有好?"

秀英一捂嘴,笑了……

看到秀英笑起来如此温婉,高凤又有些担心:"秀英,小伍的脾气也够倔的,跟他哥才像呢,可是这宁折不弯的性子容易呛火。以前你们不在一起,倒也没什么,现在一块生活了,就得有点技巧,他脾气犟的时候就让一下,你不是会唱戏吗,给他哼个小曲兴许就解决了;还有他如果在外面受气了,要学会替他出头,虽然帮不上多大的忙,但是他心里暖和。其实这越硬的男人心思越软,也越知道疼人,每次只要我不高兴了,你哥铁在我耳边絮叨呢,问是这不舒服还是那不舒服啊,我都感觉不是原来那个人了,呵呵……"高凤笑着拉秀英坐下,把她的手放在手心,抚摸了几下,眼泪又掉了下来。

秀英有些慌张地问:"嫂子,我哪里做错了,您怎么还哭上了?"

高凤擦去眼泪："哎呀，年龄大了，这眼泪也不值钱了，我这是高兴的。小伍是你哥的一块心病，每天早晚地惦记着，有的时候做梦都能喊出名字来，啥灵丹妙药都治不了。原来我们隔壁家养了一头牛，邻居说要把牛卖了，可你哥就是不让，愣是拿钱伺候着，直到牛老死了，这事才算了了。你问他为什么，他说只要是看到这头牛，就能想起小伍来。现在小伍全须全尾地回来了，还有你，大清朝的格格，活生生的就在眼前，觉得跟做梦一样。让嫂子想不到的是你能这么死心塌地地等着小伍，一等就是八年，咱们女人能有几个八年啊，嫂子心疼你啊……"

秀英也很伤感地说："嫂子，清朝没落以后，我们家的宅院被烧了，家人也全都死了，剩下我一个人四处流浪，在旅顺的时候是伍哥救了我的命。您说得真对，伍哥虽然脾气硬，可也真疼人，自从我跟了他就从来没有后悔过。在凤凰楼这八年，虽然见过各种各样的达官显贵，可没有一个人能比得了伍哥。现在伍哥回来了，又有了哥和嫂子，我打心里高兴，这以后我也算是有家了！"说着眼泪也掉下来了。

高凤越听越心疼，帮着秀英擦去眼泪，一本正经地说："妹子，我得提醒你，小伍的脾气太硬，你太柔，以后两口子过日子难免吃亏，那时候一定要告诉我，我训他！咱一个大清朝的格格，整个济南府的红人，又会唱戏又会拉曲的，要找什么样的男人找不着，跟了他就是他的福分，一点气也不能受着！"

秀英有些害羞地低下了头。

高凤继续说："别不好意思说，他要是问谁教你的，你就说是我教的，我看他还能把我怎么着？他哥我都收拾得了！"

秀英又被高凤逗笑了："嫂子，您可真逗！"

高凤也笑了："妹子，做生意、打仗的事咱干不了，可咱女人干的活他们也不行，比如这生孩子，呵呵呵……"两个人都笑了起来。

这时，刘妈从外面走了进来："太太，王裁缝来电话，说布料准备好了。"

"那行，咱现在就过去。"

秀英问："嫂子，去做什么？"

高凤说："突然间有了弟妹，我这个当嫂子的就得表示表示，给你做几套好衣服。"

秀英指了指卧房："那他们俩？"

高凤说："别管他们了，咱们做些咱们老娘们儿的事。你放心，只要一睁眼，你哥肯定就把小伍拉到厂子里去了，咱们早被忘到脚后跟了！"二人说着笑着往外走去。

中午，利民纱厂车间里正在试新机器，热闹非凡，正峰跟小伍站在车间门口诉说家常，一个警卫员持枪站在他们身后。

正峰拍了拍警卫员的肩膀说："看到这个小兄弟成天地这么保护着你，我就知道你过的什么日子了。小伍，这当兵打仗是刀尖舔血，能不能留下来帮哥？"

小伍想了一下说："哥，我是一名军人，军人就应该保家卫国。如今东北接连沦陷，我们不能袖手旁观！"

正峰渐知小伍意念坚定，无奈地点了点头："要是东北军都跟你一样，怕是也沦陷不了！"

提到这些民族大事，小伍也有些伤感："哥，现在战况混乱，广东国民政府借事变向南京频频发动政治攻势，一度要蒋委员长亲自率师北进，与倭寇决战，军权与党权的争夺愈演愈烈。东北的土地接连被日本人践踏，目前已经失去一半了，张学良在东北丢尽了中国人的脸面！不过您放心，我现在跟的是张自忠师长，他是一位能打仗的将领。"

正峰点了点头："甭管他是什么师长，打日本人就行。我来济南后办的第一个人就是日本人，后来也有过几次交手，他们确实跟我们不一样。这个民族太毒了，不能养虎为患！"正峰长出一口气，"既然你选择了这条路，哥不拦你，但是你得知道这打仗不能硬来。昨天我跟韩府生对着干是因为我知道他贪财，银子铺路，钱作马，搞得再热闹，最后还落在钱上。当时事情发生得太急，我来不及想对策，可事后一定想办法办了他！可是你们当兵的不一样，子弹出了膛，可就不长眼了，打起来多留点心眼，哥可不能没有你！"

小伍的眼睛湿润了，很悲壮地说："哥，现如今不能陪你了，如果有来世，小伍愿意鞍前马后！"

正峰转身扶着小伍的肩膀，眼泪也在眼眶里打转："小伍，只要你能平平安安的，来世哥给你鞍前马后。还有一件事你得答应哥，等忙完这几天，你跟哥回一趟老家，给瞎子爷爷和二狗叔上上坟！"

小伍很惊讶地问："二狗叔他？"

正峰沉重地点了点头："二狗叔没福，你走后两年，他就病死了，我也是后来知道的。他在梁家无亲无故，我把他的坟迁到了芙蓉镇，跟瞎爷爷做个伴。"说着，眼泪掉了下来，"当年要不是他……"哽咽了一下继续说，"我说逢年过节的时候要给他去磕头，可这几年我一个头也没有磕上……"情到深处，郁结在一起，正峰直觉得心口隐隐作痛，也就停了下来。

说到这些往事，小伍的眼泪也掉了下来。

正峰把眼泪擦掉继续说："还得见见我师傅和师娘，没有他们，你也见不着你哥啦！"

小伍点头，显得很沉重："嗯！"

这时，秤杆从后边跑过来，手里拿着纱布，很兴奋地说："掌柜的，出货了，您看这质量就是不一样！"

正峰把坯布拿在手里顺了顺，信心大增，往车间里走，边走边下达命令："好，你通知三娃，马上发货到各个铺面，然后给各大染厂、印花厂打电话，让他们看样品，然后价格全调到成本价。咱收网的时候到了！"

凤凰楼，正台上一票人正在唱《空城计》，正唱到精彩处。

诸葛亮：哎，好一个胆大的马谡呀，临行之时，山人怎样吩咐与你，叫你靠山近水，安营扎寨。怎么你不听我言，偏偏在山顶扎寨？只恐街亭难保！

（报子上）

报子：启禀丞相，马谡失守街亭。

诸葛亮：再探！

报子：得令。

（报子下）

诸葛亮：如何？果然把街亭失守了，马谡失守街亭，乃是我诸葛亮之罪也。

（报子上）

报子：司马懿带兵复夺西城。

诸葛亮：再探！

报子：得令。

（报子下）

诸葛亮：果然，司马带兵复夺西城！哎，想先帝在白帝城托孤之时，言道，马谡言过其实，终无大用。悔不听先帝之言，错用马谡，失守街亭，我是悔之晚矣！

（报子上）

报子：司马懿大兵离西城还有四十余里。

诸葛亮：再探！

报子：得令。

（报子下）

诸葛亮：哎，司马懿的大兵，他来得好快呀！哽，他来得好快呀！人道司马用兵如神，今日一见，是令人可服，令人可敬。哎呀，且住，说什么令人可服，令人可敬？想这西城的兵将，俱被山人调遣在外，司马懿大兵到此，难道叫我军束手就擒……

台上，各角色眼中光华流转，语调抑扬顿挫，轻启朱唇唱着"咿咿呀呀"，随着剧情，台下叫好连连。

刘阔海从外面跑进凤凰楼，满头大汗。一个伙计冲到跟前："老板，几位？"

刘阔海四处观瞧，没理人，伙计再次鞠躬："老板，您几位？"

刘阔海有些急："找人，联合纺厂董事长蔡茂盛！"

伙计像是没听清，往前探着身子问："找谁？"

刘阔海顺手掏出一块大洋放到伙计手里。

伙计笑着一弯身："老板，蔡老板在二楼雅间，龙井一壶伺候……"

刘阔海顾不得那么多，径直地冲上楼去。

蔡茂盛在二楼闭着眼听戏，两根手指跟着节奏在桌子上轻敲着，悠然自得。

刘阔海冲到跟前，上气不接下气地说："哎呀，我的老天爷啊！蔡大哥，蔡老板！蔡董事长！出大事了！各大布厂和染厂都收到了利民纱厂新机器织的坯布了，一件布的价格才比咱的贵十块钱，现在都抢着订货呢。"

蔡茂盛一惊，猛地立直了身子："不可能，咱们不是都打听过吗，价格差一倍还多呢！"

刘阔海撇着嘴，一副无辜的样子："谁说不是呢，可是货就是这么卖的啊！"

蔡茂盛着急起身，推着刘阔海往外走，嘴里念念叨叨："这怎么可能啊？"

正阳布铺，人很多，都嚷嚷着要新布，伙计根本忙不开，蔡茂盛往前挤了多次都没有挤进去。他从门外喊："伙计，伙计，怎么价格降了这么多？不应该啊！"

"伙计，凭什么降这么多？"

伙计根本听不到他叫喊。

旁边的一位大姐瞪着他："怎么？降价了还不好？真是的！"

刘阔海失去了耐心，焦急地说："走，回去给染厂打电话！"

办公室里，蔡茂盛一脑门子汗，听着刘阔海打电话。

刘阔海拿着电话说："王老板，下批订单是不是最近该下了？什么？噢，你用了高速布，原来是这样啊，好，没关系，没关系。"刘阔海放下电话，双手无力地支撑着，突然又像是有了转机，再次拨出另一个电话，"李老板在吗？我是联合纺厂刘阔海，啊？李老板不在，那您知道他去哪了吗？噢，好，知道了，他也去进货了……"这会儿刘阔海算是彻底失去了信心，瘫坐在椅子上，眼神呆滞地望着前方，"哎，这回是真完了，利民纱厂的货全线降价了！"

刘阔海无力地坐在椅子上。

蔡茂盛悔不当初："我算是明白了，这从头到尾都是乔正峰的圈套，他先把布价提上去，让咱误以为他是找死，然后高价把二手设备卖给咱，等新货一出来就立马把价格降下来！哎呀，都怨我，都怨我啊！我怎么就没有听你的缓一缓呢，你从一开始就告诉我这小纺匠不能惹，也不好惹，可我就是不信！你说，我闲着没事跟他竞争干什么，咱手里的这些钱还不够咱吃八辈子的啊！"蔡茂盛叹了一口气，痛恨自己的过失。

刘阔海意味深长地说："老蔡啊，现在说什么都晚了，咱们的货都发出去了，按目前的形势，过不了多久就有退货的，咱的钱可是全压在货上了，这乔正峰要是一直这么下去，我怕咱们坚持不了多久啊。"

蔡茂盛突然想到一个主意："这样，你先让税务局的王局长去查一查乔正峰，随便找点事，给咱腾出几天时间想想办法！"

刘阔海摇了摇头，面露难色："找是可以找，恐怕也是无济于事啊。昨天乔正峰就在贯通货站办了韩府生，不但任万里出了面，据说还有一个当团长的亲弟弟，这挎着双枪的兵蛋子就占他家半个院子，这王胖子敢惹？巴结还来不及呢，我看是指不上了。"

"总不能等死吧，咳咳咳……"蔡茂盛气得咳嗽起来，显得无所适从。

刘阔海倒了一杯茶，放到蔡茂盛手边："我倒是有个办法。"

蔡茂盛吮了一口茶，压制住咳嗽："什么办法？刘兄，你快说！"

刘阔海说："咱们去找乔正峰，让他把价格涨上去，中间给咱留点空间，中等收入以上的人买他的，穷人买咱的，这样既能让他多赚点，咱也不至于饿死。"

蔡茂盛想想自己曾经的做法，没有信心："这次的事是咱挤兑他在先，而且我还让恒通百货羞辱了他，这疙瘩应该是系死了啊！他要是能原谅我，这得需要多大的心胸啊……"

刘阔海把头转过去，若有所思，缓缓地说："有这样心胸的人很少，但是肯定有。至于乔正峰有没有，恐怕得您亲自出马了。"

早上，三娃带着蔡茂盛来到办公室，正峰正在算账，没有抬头。

三娃进屋汇报："掌柜的，联合纺厂的蔡老板来了。"

正峰这才抬头看，站起身子拱手道："蔡老板，欢迎，我乔疯子恭候多时。"

蔡茂盛惊了一下，一脸愧疚："哎呀，乔兄，您可别再提了，您要是乔疯子，那我就是蔡傻子，蔡大傻子！"说完掏出手绢擦汗。

正峰抬手让蔡茂盛坐下说："蔡老板，您可不傻，报纸上都说了，您是实业救国的工业家，也是咱们济南纱厂界的状元。"

蔡茂盛又出了一头汗，擦去："乔兄，都是一些简单的商业手段而已，不值一提，这次来……"

正峰伸手制止："蔡老板，您不用说我也知道您是来干什么的，可是事没有您这么干的，您跟刘老板合在一起是好事，可您在报纸上说的那些就不太地道了吧！即便是宣传了也无妨，可你们为什么把价格降到那么低，总得给我们留口饭吃吧？念完经就打和尚，一般人可没有这么办事的！"正峰奚落完，喝了一口茶，等待蔡茂盛的回复。

看正峰都明白了，蔡茂盛索性不再绕圈子："乔兄，我们错了，一开始就不该那么挤兑您，要不然您也不能用这杀招。"

正峰不屑："杀招？蔡老板，您错了，对付您的方式有很多，我只选择了最弱的一招。如果一开始我没有把所有的机器都卖给您，我留一台，好布、坏布我都织，两条腿走比您那一条腿要强吧，好布我价格提高一些，坏布我价格落得比你们还低，恐怕你们比现在还惨。"

蔡茂盛大惊："哎呀，乔兄啊，您幸亏没用这招，要不然我都不知道是怎么死的。"蔡茂盛已幡然醒悟不是对手，感叹道："乔兄啊，这回我真是服了，这次能不能给我们条生路？刘老板为了这事儿老病都犯了。"

正峰继续说："蔡老板，咱做的这生意，靠的就是咱这产品的质量和咱多年积累下来的信誉，不能为了钱什么事都干。刘老板幸亏是犯了老病，这老病还有老药治，这要是得了'钱'的病，恐怕连药引子都没有了。"

蔡茂盛跟着附和："乔兄说得对，这做生意不能只认钱。"

正峰发泄得差不多了，问道："蔡老板，您是不是想让我把价格提上去？"

蔡茂盛连连点头："对，对，我们花了高价钱买了您的设备，再加上最近上了大批的棉花，目前已经没有能力再去买新设备了。只要您把价格上调一部分，这样你们占中高端市场，我们价格低，走低端市场，这样您能多挣些钱，我们也有口饭吃。"看着正峰没说话，蔡茂盛继续说："您放心，明天我就给您登报纸，大力宣传您才是真正的实业家，也是咱们济南工商界的楷模！"

正峰伸手制止："这就免了，蔡老板，我向来不注重名誉，也没必要给自己找麻烦。"正峰长叹一口气，站了起来："行了，蔡老板，都是同行，我也不难为您了，就按您的意思，明天我把价格上提一成！"

蔡茂盛很吃惊："真的？"

正峰点了点头，意味深长地说："蔡老板，我布了这么一个局，不是想跟您争一个输赢，我只是想告诉您，在济南这块地上我们是竞争对手不假，可是放在全中国来说我们就是一体的。只要济南有我们两家在，外省的货就进不来，也不敢进来，所以不要总是想着灭了谁，我们要互相帮衬着，否则必然是亲者痛，仇者快！"说着从桌子上拿出一张纸递过去，"蔡老板，您看看这是什么？"

蔡茂盛接过报纸，看了两眼："松田在青岛的销售数据。"

"对，这是我让青岛的朋友搜集的，仅仅几年的时间，他们的销售额翻了三番，这很惊人啊。您知道这意味着什么吗？"

蔡茂盛一时跟不上正峰的思路："这……"

"这意味着日本人很快就会在济南复制他们在青岛的成功。蔡老板，您希望这样的事情出现吗？"

"当然不希望。"

"对，我也不希望。您记住，我们都在济南，我们是一个整体，我们是朋友，不是敌人，而我们真正的敌人是日本人！"他举着纸，这些就是例子。

蔡茂盛不停地点着头："乔老板，今天我算是受教了。"

……

三娃把蔡茂盛送走了。

高年有些顾虑："姐夫，这件事就这样过去了？"

正峰点了点头："还想怎样？直接让联合纺厂干黄了？这做事情不能太绝。你要知道，如果联合纺厂没了，天津、青岛、上海的纱厂就会乘虚而入，那个时候市场会更乱，咱布的这个局就成了给咱自己挖的坑了。你想看到这个样子吗？"

高年摇了摇头："不想。可是我们把价格提高了，这销量指定要受影响了。"

三娃从外面风风火火地进来，正好听见："高少爷，你就放心吧，掌柜的早就派人在无锡那边联系好了百货店，那边的经济比咱这好，各店铺对咱们的货也很认可，现在是有多少要多少。"

高年很惊讶："吆，姐夫，您还留了这一手！"他过去给满上茶。

正峰正要喝茶，三娃说道："掌柜的，怕是您这口茶又喝不下去了。有人来给您添堵了。"

"谁？"

"蔡茂盛刚走，恒通百货的李老板又来了，现在在外面等着呢。"

正峰有些不解，问道："他来干什么？"

"他说让您救救他的太太，肚子疼了一周了，眼看着人就要疼死了。"

正峰很纳闷："咱是开纱厂的，又不是开药铺的，咱能救得了他太太？"

"掌柜的，咱是不会开药，可康泰会开啊。上次知道您被李老板消遣了以后，他就说要给您出气，这不，也赶着李老板有这一劫，估计在康寿堂遭了闭门羹。"

正峰脸色一板："这个康泰啊，糊涂，李老板罪过再大也大不过人命！咱风风雨雨这么多年，这都不算个事！可人要是没了，说什么都晚了，搞不好还能砸了康寿堂的招牌。人我也不见了，你赶紧告诉康泰抓药救人，快去！"

三娃跑了出去。

联合纺厂的办公室里，刘阔海坐在椅子上抽着闷烟，唏嘘不已。

管家过来把一满杯凉茶倒掉，又倒上一杯新茶说："刘总经理，您就喝口吧。"

刘阔海摇了摇头，又嘬了一口烟。管家无奈，摇摇头走了出去。

蔡茂盛从外面进来，刘阔海赶紧迎过去："蔡兄，事情怎么样？"

蔡茂盛目视前方，表情沉重，缓缓地说："这一巴掌可是狠狠地打在了咱的脸上。"

刘阔海一惊，瞪大眼睛问："怎么？他还打你了？"

蔡茂盛摇着头："哎，他要是打我就好了。去的时候我想到了他挤兑我的各种方式，可没成想人家非但没挤兑我，还同意把价格上调一成，还说以后要跟咱做朋友，你说人家这是什么人性？这人跟人真不能比，他越是这样，我越觉得心里不是个滋味。"

刘阔海这才松了一口气，转身把茶喝掉："咱们厂这回算是有救了，咱们以后再也不折腾了。"

蔡茂盛又苦笑了一下说："这回我算是真服了，原来你劝过我跟他搞好关系，我看他是个小纺匠出身就懒得搭理他，可千算万算，就差老天爷这一算啊，没想到他有这么大的本事，咱看中这条街的时候，人家就想到了济南的市场；等咱想到济南市场的时候，人家做到了华北；等咱也做到了华北，人家已经想到了全国，这哪是一星半点的差距啊……原来说是这小纺匠的运气好，现在看来是咱的眼光太短浅，咱跟乔正峰根本就不是一路货。"

晚上，恒通百货的李老板带着夫人来到正峰的办公室，此时已经完全没有了往日的气势，显得很恭敬："乔老板，我们夫妇俩是来谢谢您的，谢谢您不计前嫌，救了我夫人一命。"

正峰已跟蔡茂盛和解，心中已没有了怒气："老李，你也别谢我，救人是康寿堂的本分，我并没有做什么。"

三娃上了茶，二人并没有动地方，显得有些拘束。李夫人有四十多岁，没有画妆，但看起来很大方："乔老板，我这次得了要命的病，松寿堂的药吃了几天都不管用，康寿堂一服就好了，您确实救了我的命。乔老板，您别跟我们家计较以前的事情了，他就是穷怕了，一时做了错事。"

李老板低着头附和："是，是，是！"

正峰点点头："嫂子，您是通情达理的人，我也相信老李是一时被钱迷了心窍。想当初我们利民纱厂刚来济南的时候，你们也是进了我们的货，要是没有你们的支持，我们利民纱厂或许也发展不到现在。绕回去，我还要感谢你们。"

看到正峰给自己找台阶，李老板更加不好意思："乔老板，说到这些我更加惭愧，那个时候我还使劲地压你们的价格，现在想想，实在是不应该。乔老板，这次我又错了！"

正峰善意地笑了笑："李老板，老话说，一等人捧人，二等人挤人，三等人踩人，我们是商人，都是因为互相帮衬才走到了现在。老李，我们来济南已经很多年了，按理说我们早应该是朋友了，老是记着谁对谁错也是对感情的一种伤害。"李老板不停地点头表示认可。

此事告一段段落，正峰交代三娃："三娃，一会你带着李老板去一下仓库，看看咱们的新货，如果有需要，一律按这个价。"说着，在纸上写了一个价格。三娃探过头看，很惊讶："掌柜的，九折？这样咱可不挣钱啊。"

正峰指着那张纸："就按这个价。"

李老板接过报价单，有些慌："乔老板，这……"

正峰站起来："老李，你别误会，我给你这个价不是让你便宜卖货挤别人，也不是让你多进我们的货，少进联合纺厂的。我听说了，你家旁边开了一家新的百货店，据说里面有日本商人的股份，你们两家少不了竞争，这些省下来的钱有利于你跟他们周旋。"正峰扶着他的肩膀，"老李，这些天日本人一直在打我们的东北三省，看看车站的难民就知道他们在东北做了些什么。虽说东北离我们很遥远，可我们都是中国人，我们不能内讧。你记住，我们是朋友，我们有共同敌人，就是日本人，所以你就别再客气了。"

李老板深深地点了点头，此时，他已经被正峰的气度所折服，从办公室里出来的时候，脸上挂着泪……

上午，天气晴朗，秀英与小伍坐在大明湖南面的遐园里，遐园内曲桥流水，幽径回廊，假山亭台，十分雅致。身后垂柳垂下来的枝叶对他俩形成包围之势，衬着绿意，更显得温暖。小伍握着秀英的手，搭在自己的大腿上，浓情蜜意。此时的大明湖畔也显得特别顺眼。

裹着阵阵凉意的风不停歇地吹着，警卫员拿着一件风衣上来，小伍接过来给秀英披上，警卫员又退到路口处。

秀英额头上的一绺秀发落到眼前，小伍帮着轻轻拂去。

秀英把投向远处的目光收了回来，仔细地看着小伍。她的嘴角微微一翘，笑容里藏着的幸福无以言表。

一切仿佛都跟做梦一样……秀英现在很知足。

亭柱上留有清代才子刘凤诰留下的名句，秀英轻声地念道："'四面荷花三面柳，一城山色半城湖'，这句子真好，我在济南待了八年，这地方也来过，就没有发现它的好。现在你在我身边，突然感觉到了这诗的温暖。"秀英转身，深情地看着小伍："伍哥，这温暖来之不易！"

小伍握着秀英的手："秀英，我有些话要对你说。"

秀英脸上又多出了一些愁容："伍哥，我就知道你有事要说，这些年的温暖只存在于你给我的信里，如今变为现实，却感觉即将流逝。"

"我……"

小伍刚开口便被秀英的双指压住嘴唇："伍哥，还是别说了，我们两个人安安静静地待一会儿吧，等回家了再说也不迟，也别让乔大哥觉得我们有什么事瞒着他们。"

小伍笑了笑，双手搭在秀英的肩上说："你放心，这里就是乔大哥让我带你来的。他说你等了我八年，受了很多苦，让我给你单独磕个头赔罪！"说着就要跪下。秀英赶紧把他搀住说："伍哥，你这是干嘛？当初你被抓，是因为你反对内战，不想中国人打中国人，就冲这点，无论你关多久我都等你。

这八年来我是天天想你，也盼你回来，你现在回来了我就已经很满足了！"说着又拉着小伍坐下，"乔大哥就是心细。以前总是听你说他是粗中有细，我还有些不相信，现在我信了。"说着把头倚在小伍的胸前。

小伍很知足地点了点头说："秀英，以后有哥和嫂子照顾着你，我就放心了。"

小伍的这番话打破了这得之不易的情境，秀英直起头，看着小伍："伍哥，你是要走吗？你被迫坐了八年牢，难道还要去打仗吗？"

小伍深深地点了点头说："秀英，我是你男人，首先就是要对你坦诚，有些话还是要说出来。秀英，我坐了八年的牢，可也正是这八年的牢狱让我活了下来。我曾经出生入死的兄弟们都在战争中死去了，我脑子里面全是他们。以前是中国人打中国人，我宁愿坐牢也不打，可现在是中国人打日本人，我一定要去！"

秀英不自觉地苦笑了一下："我听说日本人仅仅用了一天就进了沈阳，东北军都没有反抗，想必去了也是不会打起来的。"

小伍气得站了起来："不反抗是因为张学良无能，他不配做一名军人！"骂着，又坐下，声音压低了一些，"打仗的事你不懂，即便是现在不打也不代表以后不打。日本人进东北，张学良当时没有放一枪，就是不想挑起战端，东北是他们张家的地盘，任何的战火都有可能让他们多年的积累付之一炬。当然，现在说这些也没用了，日本人长驱直入，地盘一点点流失，我估计张学良肠子都他娘的悔青了！"

秀英看小伍去意已决，依偎在小伍的肩头，低声请求："伍哥，你去我不拦你，但这次你就带着我走吧！"

小伍看了秀英一眼，顺势把秀英紧紧地搂在怀里："前方战事吃紧，家眷都是往外跑，哪还有往里走的。再说我们这些人要守在长城沿线，以防日本人进入关内。日本人是豺狼性子，肯定不会轻易放弃。无论过去还是现在，非我族类，其心必异，这里必有一战，到那时根本顾不过来。"

秀英问："那你准备什么时候走？"

小伍说："回到芙蓉镇给瞎爷爷和二狗叔磕了头，然后见了家人们就走。"

此刻，秀英眼泪掉了下来，刚刚燃起的温暖，在泪痕上一点一点地流逝："你可要回来，我可不想学孟姜女，到长城上去哭你。"

小伍在秀英的肩头拍了几下，笑着说："秀英，以后凤凰楼再也不用回去了，你就踏实地跟着哥和嫂子，等我们打走了日本人，我就回来跟着哥学做生意，做生意不行，我就给他开车，或者当保镖也行，总之，咱们再也不分开了……"

小伍转脸看着远方，山坡上一棵苍柏在风中摇曳，它的枝干不停地挺起又弯下，像极了现在风雨飘摇的中国，一丝忧郁萦绕他的眉头之上……

凤凰楼的妈妈坐在门口的凳子上，伙计给她倒了一杯茶，她反而瞪了伙计一眼，眼神中透出一股怒火。伙计识趣地站到一边，不敢说话。

管家从楼上下来，妈妈站起身子命令："老刘，赶紧叫车，咱们要人去！"

老刘一愣，问道："妈妈，去哪？要谁啊？"

妈妈眼睛一瞪，加大音量："还能要谁？去乔府，要格格啊！"

"唉吆喂！"管家咧开嘴凑到跟前说："妈妈呀，这韩府生都被她男人给弄进去了，您还敢去要人？"

妈妈有些急："那怎么办？明天的刘团长，后天的张司令都预订好了啊，人家还专门把琴给送来了，我钱都收了，这人要是没了，哪一个能交差？我们不找他男人要，咱找乔正峰要，他是做生意的，得要脸。不给人，咱就在他家门口住下。"

老刘还是那个表情继续说："我的亲妈妈啊，这乔府您也敢去？您天天在店里，不知道这外面的事。这乔老板可是咱们济南商界的能人，跟咱们济南商会会长任万里都称兄道弟的。原来人家跟格格没关系，可以不管，可现在格格是人家的弟媳妇，人家能不管？人家不来找咱麻烦就不错了。放下他不说，格格她男人咱也惹不起，那是从战场上下来的，一瞪眼就是个血葫芦，什么没见过？济南谁敢动？刘团长、张司令虽然也是当官的，可都是闲官，见了这血葫芦，一样不行。妈妈，我看还是算了吧！"

听老刘这样描述，妈妈也感到了困难，急得又坐下，左右都没有办法，直喘粗气。

这时，一个伙计从外面跑进来，手里拿着一个小箱子说："妈妈，给您，这是格格送来的。"

妈妈赶紧把盒子接过来看，轻轻地打开，最上面是一张纸条，妈妈展开，上面写着一行字："妈妈，就当这是我的赎金吧，珍重！秀英 。"

纸条下面是一层金银珠宝，妈妈两眼放光，拾起一只镯子戴在手腕上，又捡起一条金项链往脖子上戴，嘴里说着："不愧是大清朝的格格，就是懂礼数，竟送些好东西，你看这镯子，这品相真好看，这准是当年宫里的贡品，呵呵呵……"

老刘弯着腰问："妈妈，那我们还去要人吗？"

妈妈定了定神，把盒子合上，抱在怀里："你们记住了，从此以后，凤凰楼再也没有格格这个招牌了！"说完，扭着屁股往二楼走去。

老刘追着问："那刘团长、张司令那边怎么交代？"

老妈子转过身子说："就说让她那血葫芦男人给抢走了。记住，咱不能蹚这浑水！"

济南监狱里，一间牢房的天窗开着，一束阳光从外面射进来。韩府生和众兄弟们围坐在光下面，颓废潦倒。

韩府生扶着牢门大喊："我大哥要见刘所长！"

狱警过来，斜着眼看着韩府生说："行啦，韩爷，现在你的话不好使了！"

韩老二抓起一把稻草向狱警砸去："你他娘的说什么呢？"

狱警一瞪眼，伸手就要掏警棍，被韩府生拦住，他掏出两块大洋送过去："小兄弟，您多担待，手下兄弟不懂事，麻烦再通知一下刘所长吧，我有要事交代！"

狱警把大洋在手里掂了掂，显得很无奈："韩爷，我这一上午都通知了八遍了！得，我再去一次！"

正说着，门开了，刘所长走了进来，狱警打了招呼后退了出去。

韩府生拽着刘所长的手，颤抖着说："兄弟，麻烦您去告诉乔正峰，噢不对，是乔大爷，让他把我和我的这些兄弟都放了吧，我保证以后利民纱厂的份子是一文不收。噢，对了，我更不能亏待了您，只要我能出去，这贯通货站以后就是您家开的。"

刘所长撇着嘴没有说话。

韩府生继续央求："要不这样，我再给乔正峰让一步，我不但不收份子钱，我逢年过节还给他上礼，行吗？"

刘所长摇了摇头："韩爷，实话给您说吧，您就别费劲了，我打听了，乔正峰的兄弟虽是个团长，可不是咱济南的兵，所以等人走了你就可以出来了。可是呢，外面的天挺好，偏偏有块云彩飘到了你头上，这件事惊动了上面的一个姓王的军长，特意打电话过来，要严办你这件事，现在小弟也是束手无策了。"

韩府生吓坏了："军长，那是多大的官？"

刘所长说："这么说吧，手底下的家伙，你们贯通货站都放不下！"

韩府生听完，吓得一屁股瘫坐在地上，怔在那里……

芙蓉镇外有一块空地，空地上自然形成了一个小型市场，旨在服务于进镇、出镇的来往行人。路口是几个卖菜的庄户人，菜色也很鲜艳，问的人很多。一个要饭的披头散发地倚靠在旁边的柳树上，周边的人群对他指指点点，他不以为然。

正峰的车路过此处，人群都把目光投过来，羡慕之余图个新奇。要饭的眼神好使，闻声看去，是两辆车，后面还跟着一些当兵的，他一个箭步冲了上去，跪在了车前面，只低着头，一言不发。

秤杆停住车，正峰跟小伍从车上下来，走到跟前。

要饭的才说："老板，行行好，赏口饭吃吧。"他头依然低着，垂下来的头发遮住了他的脸，看不清模样。

正峰看看小伍，有些同情，伸手掏出一块大洋，刚要递过去，一个大妈走过来拦住说："这位老板，看得出来您是好人，可是好人帮了坏人，您也就成了坏人了。"

正峰觉得蹊跷问："大妈，他是坏人？"

这时，陆陆续续地又过来一些人，其中一个留胡子的大汉说："这位老板，您不知道，眼前的这位姓梁，原来是往北三十里梁家的公子，远近闻名的大财主，他们家兴盛的时候，据说树里面都能长出大洋来。前些日子来我们这当了治安队长，可上任没多久就迷上了福寿膏，有贼不抓，有恶不报，没多长时间，不但抽没了万贯家财，据说还把自己的亲爹给气死了。梁家败了，可这败家子还活着，不过他命也够硬的，据说这有瘾的人断了那玩意以后没有能活下来的，他倒是活了下来，不过已经没有人样了。"

又一个中年男人说："人家心眼还挺多，见了这铁家伙也知道金贵，上来就截车。"

众人哈哈大笑……

要饭的低头不语，任凭路人奚落挖苦，揭露罪行。

正峰的心头为之一震，他蹲下来，把他脸前的头发拨开，端详一下，已然认不出来了。他禁不住地问："你是梁小宝？"

要饭的抬起头看着正峰跟小伍，嘴角一撇，应付地笑了一下，又把头低下了，显然他也没有认出他们来。

正峰继续问："你爹是梁红燊，梁老爷，二十年前养过牛？"

要饭的又配合着点点头："养过。"然后又低下头。

正峰长出一口气，站了起来，把小伍拉到一边问："小伍，你们军队上还缺人吗？"

小伍有些不情愿："哥，您不会是要把他塞到我们队伍里吧？您可别忘了，你当初差点被他给踢死。"

正峰转身问那说话的大汉："这位老乡，我想问一下，他在当保安队长的时候，除了不作为以外，有没有欺男霸女，杀人放火？"

大汉想了想，摇了摇头："伤天害理的事没听说，再说抽上那东西哪有精神干别的啊。"

正峰点了点头，又跟小伍说："小伍，我是差点被他害死，我也恨过他，可我们也确实因为梁家赏了口饭吃，所以才活了下来，这么算，人家对咱有恩啊，咱看他有难又不救，这跟他有什么区别？"

小伍点了点头，一挥手，两个兵把梁小宝拽起来，小声地说："你小子有福了，当兵以后就饿不死了。"

这时，不知从哪个地方又蹿出七八个要饭的，把车子围住，七嘴八舌地求着："老板，你们行行好，也赏我口饭吃吧……"

"老板，我能干活，也愿意当兵。"

"老板，我比他强，我不抽大烟。"

这些要饭的很激动，当兵的在前面阻拦着。

小伍无奈地看着正峰："哥，编制有限，真塞不下了。"

正峰点点头，从怀里掏出一小兜大洋。

小伍问:"哥,您这是做什么?"

正峰显得很沉重:"如今这世道太乱,穷人太多,见到穷人就救,咱也救不起,眼前的就尽尽心吧!"说着把大洋塞到秤杆手里,"给大家分分吧!"

秤杆把大洋举过头顶,跑到另一侧的空地上,人群也跟着扑了上去……

王宅,厨房里王太太和高太太正在包饺子,刘妈在旁边擀皮。

刘妈突然停下来说:"太太,我得出去一下,让刘家粮店再送袋子面来。"

王太太看看面盆说:"这些面够了。"

刘妈说:"太太,乔掌柜每次发电报都说让咱家一天三顿都吃白面,我也答应得好好的。可是,昨天老爷把白面都分给邻居们了,要是让乔掌柜看见家里没了白面,估计又得冲我来。"

"他还能吃了你?没事,我给你顶着!"

刘妈犹豫了一下说:"不行,太太,我还是不敢。掌柜的疼您,他表面没事,事后肯定饶不了我。掌柜的说不能断了白面就不能断了白面。再说掌柜的这么久没回来了,我可不能先把他的火点着了。"

王太太被逗笑了:"好,那你去吧!"

"哎!"刘妈摘下围裙跑了出去。

中堂,王知山和高老爷正在聊天。

牛四从外面进来。这人在政府当差,专管后勤,是个胖子,绸制的裤褂,胶底鞋,头上戴着帽子,但是帽子有些小,显得人有些奸猾。

牛四拱手客气道:"王老爷,高老爷,都在啊。"说着从怀里掏出单据递过来,"这是二位为承德前线捐款的单据,你们收好。"

王知山扫了一眼道:"嗯,物资都准备好了?"

"好了,捐物的我就直接打包,捐钱的我也换成了大米和被褥,明天就能运到承德前线。"

高满山问："牛四，我听说我们捐的物资有相当一部分都进了你们的腰包，可有这样的事？"

牛四脑袋一梗："谁说的？那是放屁，这可是给前线浴血奋战的战士的。"

牛四虽然义正辞严，可脑门上却冒了一层汗。

高满山点点头："那就好，切不可发国难财！"

牛四擦了擦汗说："不能，不能，那样的事坏良心。"他继续问道，"二位老爷，听说今天乔掌柜回来？"

"嗯，一会就回。"

牛四说："这可真是大喜事。我还听说乔掌柜在济南发达了，二位老爷能否帮我在乔掌柜面前美言几句，让乔掌柜也捐点？"牛四殷切地看着二位，眼神中充满无限的希望。

王知山脸迅速沉了下来："牛四，我和高老爷一人已经捐了一百块，这已经不少了啊。正峰生意是做得不错，可他在济南已经捐了。"

牛四继续说："王老爷，上面说了，有国才有家，济南是家，芙蓉镇也是家。象征性地捐点也算是为芙蓉镇出分力，您说是吧？"

牛四把问题上升了一个层面，王知山竟然不知说什么好。

高满山板着脸说："捐也可以，可是正峰这人太正直，他捐了多少钱就要看到多少钱的东西。这样，今天中午你就在这里吃饭，吃完饭让正峰去你那里看看，顺便也看看我们捐款买来的物资。"

牛四脸上红绿相间，很尴尬地说："乔掌柜刚回来就去我那里不好吧？"

王知山连忙摆手："没什么不好，没准他看到别人捐的物资少，他还能多捐点。"说着往外走，"我这就吩咐下去，中午多准备一副碗筷，吃完饭一块去！"

牛四赶紧拽住王知山："王老爷，不能吃，不能吃！嘿嘿，王老爷，我那里堆满了物资，都没有下脚的地，还是不去了。"

"不去？那正峰还捐不捐了？"

"不捐，不捐了。有你们两个的就够了，国家有难，八方支援，不能紧着你们家折腾。"牛四又擦了擦汗，"二位老爷，我先回去了，告辞！"说着快速地走出门去。

"蛀虫！"王知山看着牛四的背影小声地骂着。

高满山也摇摇头："老话说，'穷生奸计，富长良心'，牛四穷的时候看着还忠厚，可富了以后却显得更好猾了，他全是反着来的。"

王知山说："一场战争不仅需要前面的将士们浴血奋战，这后援至关重要。您看看，中饱私囊，贪污成风，我敢保证咱们捐的款有一半都进了他的腰包，这像什么样子，唉！"王知山长叹一口气，然后摆摆手，"捐款这事可不能让正峰知道，以他的脾气还真能把牛四扒了皮。回来一趟不容易，别自己找气生。"

"嗯！"高满山点点头，然后看看怀表，"看时间，正峰也快到了。"

临近中午，正峰一行人来到西山坟场，这里是他精心挑选过的。罗瞎子和李二狗的坟头挨着，处于中间的位置，坟头上很干净，显然是经常打理，坟台上还有新鲜的水果和食物。

正峰下了车，一个老者就走了过来，他很谦恭地说："乔掌柜，您来了。"

正峰点点头："老李，辛苦你了。"

老李有七十多岁，头发花白，面相有些僵硬，但是很有礼貌："乔掌柜，不辛苦，平时除了我管理外，王老爷和王太太也会过来帮着整理，他们说怕您回来的时候看着揪心。"

正峰又点了点头，心情也更加沉重。他冲三娃使了个眼色，三娃心领神会，从袖子里掏出两块大洋递过去。老李接过来，没有多说话，深鞠一躬，退到了后面。

正峰拖着沉重的步子走到近前，将脸贴在罗瞎子的墓碑上，就像小时候依偎在他怀里一样，往事浮上心头，眼泪开始往下流，轻声询问："罗爷爷，您还好吗？"

小伍在旁边，眼泪也滚下来。

秤杆端上来一些祭品，又弄了颇多的烧纸摆放在坟头前。正峰依次把烧纸点燃后来到两个坟头中间。

高凤和秀英也走过来，分别站在自己男人的旁边，她们纷纷跪下，正峰泪珠翻滚："瞎子爷爷，二狗叔，正峰来看你们了。我这一年只怀念两天，一天是爷爷的忌日，一天是二狗叔的忌日，可多数情况我却来不了，你们别怪罪我。你们救了我的命，却没有跟我享福，我，我……"正峰哽咽难言，他忍了忍情绪，接着说："二狗叔，您年轻，在下面要陪着罗爷爷多说话，他眼睛看不见，您要多让着他，等我也下去了，我一定鞍前马后地伺候你们。"说到这，他已经泣不成声，哭得像个找不到家的小孩子。

高凤两眼泛红，忍住泪水把手绢递过去。正峰接过手绢把眼泪擦去："瞎子爷爷，二狗叔，还有一件大喜事告诉你们，你们看我把谁带来了？我把我的兄弟小伍带来了，我终于找到已经失散二十多年的兄弟了，你们都看看吧……"

正峰哭得撕心裂肺，众人皆因他们兄弟间的真情实意而感动落泪。三娃、秤杆等人也都跪下。此时小伍也已经哭成了泪人，带着哭腔说："瞎子爷爷，二狗叔，我有罪，我早就该来，请你们原谅我，今天小伍给你们磕头赔罪了。"

他们四人并排着磕头，头磕在地上，眼泪也落在地上……

老李远远站在后面，此景之下，原本僵硬的脸上少有地抽搐了一下。

一些父老乡亲知道正峰回来，都在王宅门口翘首以待。

正峰的车停了，正峰跟高凤先下车，孩子们后下，众人都围了上去，都是吉祥话。

"乔老板，发财！"

"乔老板，发大财！"

正峰拱手应付着："都发财，都发财！"然后对着秤杆说，"秤杆，把咱带回来的东西跟大家伙分一分！"

人群把秤杆围了起来……

小伍跟秀英从车上下来。人们看到还有当兵的，手里还拿着枪，都吓了一跳。

一个中年男人说："这怎么还有个拿枪的？不会是犯了什么事吧？"

他媳妇提着礼品说："别胡说！要是犯了事，乔掌柜还能回来？"

"这倒也是！"

他媳妇故意把礼品提到他眼前："你看看，乔掌柜每次回来咱都能跟着沾光，就跟过年一样，以后你得多盼着乔掌柜好。"

那男人一个劲地点头。

人群后面站着个要饭的，他破衣烂衫地站在那里，既没有说话，也没有领东西，只是低着头。正峰来到他跟前说："毛驴。"

要饭的抬起头来："乔大哥。"

正峰说："毛驴，从你十岁的时候就在这门口守着我，只要是咱家还在，就饿不着你。你现在都二十了吧？还准备继续要饭？"

毛驴嗫嚅地说："乔大哥，我也没有手艺啊。"

"毛驴，别看我在济南，可我这心里也一直挂念着你。"正峰按着他的肩膀，"兄弟，按说咱俩算是半个同行。当年我从东家跑出来，也差点要了饭。这行是来得简单，可这不是营生。我就不信，你凭两只手就挣不来饭吃？我刚去济南的那一年，生意还很艰难，可现在咱的买卖干好了，这次我回济南，你可愿意跟着我？"

"乔大哥，我愿意！"毛驴的眼泪掉了下来。

"好！去管三娃要钱，收拾一下自己，这次跟我一块走。"

毛驴跪下就磕头……

正峰一行人踏进了院子，王知山、高满山等人正往外迎。

院子里，正峰带领家人一起跪下说："师傅，师娘，岳父，岳母，这一走就是多半年，我们给你们磕头了！"

他们赶紧过来搀，王太太说："不过年不过节的，磕哪门子头啊，回来就好，回来就好！"

高太太左手搀着高凤，右手拽着高年，说："就是，你们俩好就行，磕头就免了。"

终究还是没拦住，在正峰的带领下，他们连磕仨头。

王太太来到念义跟前问："这可是念义？"

念义喊道："太师娘。"

"哎！孩，苦命的孩儿，快起来！"王太太攥着念义的小手就要掉眼泪。

王知山也来到跟前："行啦，不能哭，这是好事，说明正峰的香火旺盛！"

王太太收住眼泪："对，好事，天大的好事！"

正峰站起来说："师傅，师娘，你们猜这次我把谁带回来了？"

"谁呀？"

这时，小伍从人群中走了进来，后面还跟着警卫兵。

王太太先是好奇，然后是害怕，小声地说："正峰，这咋是个军老爷？你是不是惹了人家了？"然后下意识地站到了正峰的前面，脸色吓得蜡黄，想要保护他。

小伍"扑通"一声跪在他们跟前，眼泪顺着脸就流了下来："师傅，师娘，我是小伍。"

王太太很惊讶，摇晃着身子往跟前走："小伍？你就是正峰日思夜想的兄弟小伍？"

"嗯，我就是小伍。"

王太太颤抖着声音问："找到了？"

"嗯，找到了。"

王太太那布满皱纹的眼角像是绽开了一口清泉，眼泪扑簌而下。她拽着小伍的手："来，让师娘瞅瞅，让师娘好好瞅瞅……"

小伍把脸凑过来："师娘，您看看，好好看看，小伍回来了。"

"小伍啊，你可终于回来了，这些年可把你哥给想死了。"

王知山眼泪也流了下来……

秀英也走了过来。王太太看着她，被秀英的美貌惊了一下，问道："这位姑娘是？"

小伍说："师娘，这是家妻。"

秀英说道："师娘好！"

王太太赶紧握着秀英的手："真好，真俊，就跟天上的仙女一样。"

高凤笑着过来："师娘，这不仅是你的徒媳妇，如果大清朝还在，这可是名副其实的格格。"

"格格？"王太太一惊，退后三步，双手在衣服上不停地擦拭。高满山错愕万分，他看着王知山，惊讶得不知如何是好，似乎大清朝又卷土重归，问道："凤儿，可不能胡说，这姑娘当真是格格？"

高凤点点头："嗯。"

高满山一激动，抖袖子就要跪下，高年一把托住了他："爹，您这是干什么？现在民国了！不兴这一套了！"高满山这才恍然大悟，心有余悸，额头上沁出一层冷汗。

秀英来到近前："师傅，师娘，叔，婶子，那秀英给您行礼了。"双手一挽，呈行礼状。

高满山点着头，嘴里惊得自言自语："是宫里的规矩……是宫里的……"

高太太过来，瞪了高满山一眼："格格成了咱侄媳妇，要是回到大清朝，你是不是该升官了？"

高满山回归现实，嘴角露出一丝微笑，众人也都跟着笑了起来。

孩子们在院子里玩，邻居们在门口张望。

屋里面，王太太问："小伍，你当了兵？"

小伍回答："嗯，当兵了。"

"苦吗？累吗？危险吗？"

小伍刚要张嘴回答，她一抬手又给拦住了："行了，你也别说了，其实师娘都明白，说多了，师娘揪心！"说着，蹒跚着身子进了屋，不一会儿便出来，手里拿着一个护身符递给了小伍："小伍，这个是我绣的，本来是给正峰用的，我听说济南那地方不太平，可你比他更危险，你先用着，正峰的我再绣。"

小伍有些迟疑："师娘，这……"

高满山插话道："小伍，你就收了吧，刀尖舔血，平安为大，正峰从商你从军，相比之下他要安全得多。"

王太太流着泪说："对，亲家老爷说得对，平安为大。"接着把眼泪擦掉继续说："当初收下正峰的时候是一个人，可慢慢地我就知道实际上是两个人。每逢八月十五团圆的时候，他都会在院子里瞅天上的月亮，一瞅就是两个小时，他一直念着你的名字，后来我也明白了你们之间的情义。你跟正峰亲如兄弟，谁先用都行，婶子盼着你们都平平安安的！"

街上，刘妈带着粮店的伙计往家赶，刘妈看到门口的车，惊在那里："坏了，紧赶慢赶，还是落后了！"她擦了擦额头上的汗后加快脚步，"生子，你慢点，等等我！"

生子腿脚快，扛着面进了屋："乔掌柜地回来了，给您问好。王太太，面来了。"

"好！"正峰点点头，让伙计带到旁屋，他揭开瓮盖，看到里面已经见了底，脸板了下来。

生子走了，正峰从旁屋出来，他瞪着已原地待命的刘妈："刘妈，我嘱咐过你，家里要一天三顿都吃白面，这瓮里怎么是空的？"

刘妈许久没回，正峰眼神中又多了些分量，刘妈往后退了一步说："掌柜的，不是没吃面，是刚被老爷送出去了。"

"往哪送？"

正峰的眼神又多了一丝威严，刘妈竟然吓得不知道怎么回答，支支吾吾地僵在那里。

王知山笑着说："都说家贫望邻富，咱家的日子越过越好，可是这些穷乡亲们却越来越差了，所以每次布铺那边送了面，我就给邻居们分点，所以这瓮里面老是不见东西。"

正峰点点头，语气恢复如初："刘妈，我只是问你，你怕我干什么？面又不是你吃的。"

王太太也笑着打圆场："就是，你怕他干什么，正峰十二岁就来到咱家了，你可是看着他长大的，怎么年龄越大越抽抽了。"

刘妈赶紧给自己圆场："太太，我可不是怕，自从掌柜的去了济南，家里就很少有人这么瞪我了，刚才掌柜的突然一瞪眼，我有点慌。"

众人哈哈地笑了起来。

正峰笑完说："刘妈，这些年我确实没少瞪你，是我不对。来的时候我已经想好了，咱西山的十五亩地一直空着，以后就给你们家用吧，不用交租子。"

刘妈有些受宠若惊："真的？"

"你要是不愿意我就收回来。"

刘妈彻底高兴起来：“掌柜的，我愿意！”

众人再笑。

笑完，正峰回到正题说：“师傅，您刚才说得对，咱不能忘了乡亲们，这样，以后我再让面铺多送一倍的面。”

王太太拦着说：“这送得已经够多了，要是再多些，咱家都能开粮店了，您这心可真够大的。”

高凤笑了："师娘，您真说到了点子上了，他这心就是够大的。小时候给东家放牛的时候差点被东家的儿子给整死，刚才来的路上看到东家的儿子要了饭，心一软，又把人家给救了，这都多少年过去了，人家对他的坏是一点儿没记着，您说这心大不大？”

大家都笑了起来。

王太太笑着站起来说：“心大好，心大是福！心不但大，而且里面装的都是些善和孝一样的好东西，你说他能混不好？要不他在济南我也不放心啊，呵呵呵……”说着搂着秀英和高凤的手，转头和高太太说：“亲家母，走，咱们女人到屋里说点知心话去。他们男人说的东西咱不懂，稍微动点情，咱还得跟着掉泪，年龄大了受不了这个！”

说着几个女人一同进了里屋，拉起了家常。

晚上，院子里灯火通明，念仁、念义、念忠在院子里玩耍，王知山坐在他们的对面，正峰、小伍和高凤站在后面。

王知山骨子里有很深的家国情怀，看到家事圆满，难免又想到了国事，问道：“小伍，都说这东北军实行的是不抵抗政策，这老蒋难道是昏了头？一百五十万平方公里的土地拱手相让，这事怎么能干得出来？”

小伍说：“师傅，不抵抗政策是张学良直接下的命令。”

王知山有些激动：“那蒋介石也是默认了的，毕竟他们是一派。都说日本兵强马壮，武器精良，可日本军也就是区区几万人而已，可是东北军有多少？四十万！就算是四十万头猪也能拱出条出路来吧。你看看报纸，现在都打到哪了，按这个速度很快就会打到锦州，如果再不抵抗，日本人突破了锦州就直接打入关内了。前些日子我们还往承德那边捐了物资，以备不时之需，唉，真是琢磨不透啊。"

小伍低着头说："师傅，有些事我也想不明白。"

王知山长长地叹了一口气说："别说你，我又何尝想得明白？想不明白就不要想，想了也是白想。看看史书上的戚继光，再学学唐朝的刘仁轨，哪个不是响当当的抗日将军，再看看他们……唉……"说着，显得无比失望。

小伍没有话说，大家都被带到了沉重的气氛当中，显然王知山并未尽兴，念道："国破山河在，城春草木深。感时花溅泪，恨别鸟惊心……"念着念着又停下，似乎觉得个人的牢骚解决不了什么问题，"国家要强大，教育为本。高凤，这三个孩子的学习怎么样？"

高凤说："噢，念仁的学习最好，念忠比较贪玩，学习差一些。念义上学晚，但是这孩子聪明，老师一教就会。"

王知山满意地点了点头。

正峰给孩子们下命令："你们都过来。"

三个孩子依次站在他们面前，正峰想让王知山高兴一下，说："今天太师傅要考考你们，你们一人说一副祝福太师傅的对联，这个显学问。"

念仁第一个举手："我先说，上联是'一帆风顺吉星到'，下联是'万事如意福临门'！"

大家一齐鼓掌……

高宅院子里，高满山看着天空，若有所思。高年从背后走过来叫了声："爸！"

高满山点点头，轻轻地"嗯"了一声。

高年似乎有些愧疚："爸，我想给您单独磕个头。"

高满山很惊奇地看着高年："下午不是磕了吗？"

高年低下头，乖乖地说："爸，下午是大家一块磕的，不算数！小的时候不听话，经常气您，大了以后也没有给您省过心，直到跟了姐夫，您才算有顺心的日子过。现在我也是为人父母了，也体会到了您的不容易了，所以……"

高满山突然觉得高年变成熟了，很欣慰地点点头："咱们高家也算是三起三落，如今你有这样的体会，我就很满意了。"

"爸，您越是这样说，我越想给您磕一个。"

高满山没表态，高年走到高满山面前，跪下就连磕了三个头。高满山是过来人，能体会到高年此时的心理状态，微微地点着头："高年，人到中年才能真正地体会到上有老、下有小的真实状态。还好为父身体硬朗，你以后要把精力放在孩子的教育上，就不要为为父多操心了。"

高年站起来说："爸，等过几天您也跟我们去济南吧，家里的生意有老张看着，也出不了什么差错，以后咱们一家人好好地在一起，我不想再分开了。"

高满山笑了笑说："算了吧，人老了就不愿动弹了，在家里有王掌柜陪我下棋，我很知足！咱们高家祖先是从这里走的，如今又回到了故乡，这很圆满。"高满山再看看天，很有感慨地说："家乡的月亮就是圆啊！"

这时候，若豪和若轩从房间里跑了出来，一边一个，抱住了高满山的胳膊。

若轩撒娇地说："爷爷，爷爷，我也要看月亮。"

若豪抬头看天，也跟着说："家乡的月亮是我见过的最漂亮的月亮。"

高满山扶着两个孩子的头："孩子们，家乡的月亮确实漂亮，可漂亮的月亮不只是天上才有。"

若轩嘟着嘴："爷爷，哪里还有呢？"

高满山笑着说："书上。"

"书上？"

高满山蹲下来，搂住他们说："有一首诗的名字叫《月》，'魄依钩样小，扇逐汉机团，细影将圆质，人间几处看'……你们知道他的意思吗……"

看着高满山跟孩子们聊得这么开心，高年很知足地笑了。

早上，王宅餐桌上，人们纷纷落座，可始终不见小伍的影子。

正峰问道："小伍呢？"

秤杆说："我去叫。"

秀英站起来把秤杆拦住，轻声地说："秤杆兄弟，你别去了。"说着从袖子里掏出一封信递给了正峰："哥，这是小伍留给您的。"

正峰赶紧打开信，上面写着："哥，请原谅小伍的不辞而别，也代我向师父、师娘，还有叔和婶子告别。昨天师傅对国家的一番言论让我感慨万千，他老人家都有这种觉悟，何况是我！我是一名军人，我就要守在前线，这是我的职责。你我兄弟二人一分开就是二十多年，刚团聚就又分开，实在不忍，此生能再见到哥哥，我再无憾事！您放心，以后打仗我听您的，留着心眼，省得您骂我。哥，我突然离开，您不要怪秀英，她是想拦我的，可是拧不过我，我这辈子最对不起的人就是秀英，我也想带着她走，可是这次的命令是去锦州布防，中途坎坷太多，我不能带着秀英去冒险，我就把秀英托付给您和嫂子照顾了。万一我……噢，没有万一，我带着师娘给我的护身符呢，子弹见了我就得绕着走。您也要照顾好自己，哥，珍重！小伍泣拜！"

正峰看完已经泪流满面，猛站起来吩咐秤杆："秤杆，快开车，赶紧追。"

秀英也哭着说："哥，追不上了，小伍是大半夜走的。"

正峰痛心地扶着桌子："他为什么不跟我当面道别？"

秀英哽咽着说："哥，他说他怕你哭，怕你伤心，他怕他走不了了……"她说着把一个盒子递了过去，"哥，这是小伍给您留下的，让您日后防身用。"说完倒在高凤的怀里大哭了起来。

正峰轻轻地打开盒子，里面是一把崭新的盒子枪。正峰轻轻地在上面抚摸了一下，眼泪掉在了枪上。他合上盖子，晃着身子来到院子里，双手抱拳跪在地上，冲着小伍去的方向哭喊道："小伍兄弟，一路保重！"

微风见长，小伍的车在路上快速行驶，车轮轧起的尘土飞出两条白线，像是长长的相思。

小伍的车停了下来。

警卫员说："团长，已经出去三十公里了，恐怕追不上来了。"

小伍这才下车，跪在地上，嘴里发出一个长长的声音："哥——保重……"脸上是两道长长的泪痕。

汽车再次发动，转眼间，路上已经空无一人。

第十八章　临危受命

早上，陈昊贤拿着账单走进会议室，会议桌上的销售精英们都站起来问候："董事长好！"

陈昊贤伸手示意："都坐下。"陈昊贤坐到座位上，清了一下嗓子，"这是我们上个月的销售报表，实话讲我很高兴，数据说明我们陈家纱厂并没有受到东三省动荡的太多影响。咱们的死对头永安纱厂的数据我已经派人调查过了，被我们落下了一大截，这说明我们陈家纱厂已经是上海最强的了，当然在长江三角洲也是最强的。下一步我们陈家纱厂就要做到全国最强，从此以后，纱厂大亨的帽子就要戴在咱们的头上了。"陈昊贤雄视了一下大家，"当然这些成果要归功于在座的各位。"说着带头鼓掌。

众人也跟着鼓掌，群情激昂。

陈昊贤继续说："还有另外一个好消息，无锡的太平纱厂和长源纱厂已经给我打了电话，说要把厂子打包卖给我们，他们出价是三十五万，我抻了抻，最后出价十五万，他们也同意了。"

本埠的刘经理有些顾虑："董事长，无锡的这两个厂子我去过，都是老牌厂子，位置偏僻，设备陈旧，纺出来的纱支也很一般，贸然接手会不会……"

陈昊贤解释说："我们是做实业的，又不是看风水的，位置偏僻代表不了任何问题。再说纱支差又怎么样？中国这么大，老百姓也有的是，只要价格够便宜，肉是不会烂到锅里的。"

刘经理继续说："董事长，无锡地界不太平，据说济南利民牌到了无锡以后，仗着质量好，然后又搞促销，当地的纱厂都被搞得一团糟。都说这个乔正峰不好惹，我们去了会不会……"

陈昊贤脸色一变："你先不要说这个人，一会我会专门提到他。"

管家抬头看了看刘经理，替他捏把汗。

刘经理领会意思，低下了头。

陈昊贤继续说："收购工厂的事情我已经定了，现在只是告诉你们结果，不是来跟你们商量的。但是你们必须要搞清楚玉宁纱厂和长源纱厂的失败并不是取决于他们的位置不好或纱支太差，而是在于他们的销售市场定位出现了很大的错误。如果他们一开始就在江西、四川等地开发了市场，那么他们抗风险的能力就会变强，遇到这么点小小的波折，努努力也就过去了。"说着，陈昊贤的脸上又洋溢出一股自豪，"十五万一个厂，连设备带人力，这就是白菜价格啊。老王，你是从东北市场退下来的，开发市场的经验也很丰富，以后这两个厂子的销售就交给你搞，怎么样？"

老王惊得抬头看看其他同仁，他们都低着头不发表意见。

陈昊贤有些不耐烦："老王，你不要管他们，说说你自己的看法。"

老王说："董事长，我在东北市场二十多年了，进入无锡开发市场自然是没有问题。可是当我们接受玉宁和长源纱厂以后，我们要面临的不仅仅是销售问题，还有工人的管理、生产等问题。南方人和北方人的性格不一样，我弄起来是不是有点……"

陈昊贤打断他："这些你不用担心，我已经跟玉宁的刘厂长谈好了，让他做你的副手，等你这边完全熟悉了再走，你看怎么样？"

老王这才放了心，点了点头："好，董事长，既然您信任我，那我就去。"

陈昊贤翻了一页笔记本："好，那我们就谈一谈下一件事情，天津和济南的市场问题。华北市场是我们一直想进入的市场，却一直也没有动。可我们不动，不代表别人也不动，济南利民纱厂就把手伸到了我们的后院无锡，而且还搞得一团糟，这种事情我们是不能容忍的。我想了想，我们得给他来个以其人之道还治其人之身，直接把手伸向他的大本营——济南，给他点颜色看看。不仅如此，如果有希望的话我们也要进入天津市场，总而言之，华北地区我们陈家是要有一席之地的。"

陈昊贤用期望的眼神瞅着大家，管家上了一杯茶，又坐到了旁边。

公司销售元老张经理，年龄最大，也比较谨慎："董事长，我有一点意见。"

"你说。"

张经理说："董事长，天津跟上海无论在工业发展还是地理位置上都有很多相似的地方。咱们上海有大佬杜月笙，可天津有袁世凯的三儿子袁文会，据说他小舅子就是开纱厂的，帮会当道，对于我们这些做实业投资的可没有任何的好处。即便是我们资本开路，我怕也有些勉为其难，天津的关税保护就是一大障碍，所以我建议去济南。"

陈昊贤站起来考虑，原地转了个圈，双手拍在桌子上："好，先去济南。刘经理，你老家是山东的，对当地也熟悉，济南交给你怎么样？"

刘经理是个瘦子，听到自己的名字，嘴角吸了口凉气："董事长，济南也不是好去的，那边利民纱厂的乔正峰确实不是个省油的灯，每年进到济南的纱厂有很多，可就没有一个命长的。咱们如果进入济南的话，第一个敌人就是乔正峰，他可不是一个善茬。"

陈昊贤一拍桌子，眼睛一瞪："老刘，你什么意思？仗还没有打你就认输了？"

刘经理有点害怕，赶紧解释道："董事长，我不是这个意思，我只是说……"

陈昊贤还在气头上，抬手打断了他："老刘，你别解释了。我们陈家风风雨雨这么多年，什么样的人物没见过，区区一个乔正峰，还能反了他？实话告诉你，我这次就是针对的利民纱厂，我们第一个就要挤掉他，任何挡住我们道路的人，我们都要一口口把他吃掉，骨头都不剩。大家可能不晓得我为什么敢这样说，我给大家交个实底，我们陈家跟济南商会任会长是世交，我父亲跟任会长是亲师兄弟的关系，他乔正峰就算是真有两把刷子，我们挤掉他也不会费吹灰之力的。当然，阵痛肯定是会有的，但是我们陈家经得起，而在座的各位就会见证这一切。"

接着就又响起了一阵掌声……经久的掌声庆祝着陈昊贤描绘的宏伟蓝图。

共荣商社，松田站在二楼向外观瞧街上各色人物。一个洋保安正路过此地，抬头看着他，然后把手里的烟扔在地上，用脚碾灭，显得很不屑，这让他感觉到了屈辱。上海很大，可他的地位却很低，甚至可以用渺小来形容，松田的内心陡然愤怒起来。

山口从外面进来说："社长，陈昊贤已经来信，他们已经做好了进入济南的部署，让咱也把货准备好。"

松田还没有从刚才的情绪中走出来："嗯，这些你去安排吧。还有一件重要的事情，你找一下英租界警察署，无论付出多大的代价，都要把这趟街的巡警弄过来，让他给我们共荣商社看门。"

山口不解，随后听到那个巡警在楼下吹哨子的声音，山口过去看着巡警的背影，仍无法参透其中缘由，问道："社长，这是为什么？"

松田雄视着窗外："我们国家虽然很小，但并不弱，如今我们在东北三省的作为足以说明这些。我们日本商人在中国市场拓展很多年了，可以说我们的能力是其他国家不可比的，我们应该得到应有的尊重。"

"好的！"山口并没有走，继续说："社长，陈昊贤那边还问了他们被关东军扣的货怎么样了？"

松田把刚才杂乱的心情收了收，问道："军机部发货了吗？"

"已经发货，目前正在回来的途中。"

松田点点头说："好，你告诉他，只要他的货到了济南，这些货我们自然会给他。有一点需要注意，陈昊贤的耳目众多，只要货物进港，他就会前来要货，这不是我想要的。你记住，货先不要进港，在海上停两天。"

"好的！"

松田转过身子说："既然我们与济南已经开战，那就尽快订去济南的车票。我们跟陈家合力进攻济南，以我们两家的实力，我想乔正峰不会有任何的反击能力，我要在这场战役中看到乔正峰是如何向我们臣服的。"

任府的院墙正在整修，负责维修的工头有四十多岁，肤色有些黑，看起来很憨厚。此时正在整平墙面，看见天澈的车停在门口，他把瓦刀一扔，噔噔地跑到跟前："少爷回来了。"

天澈从车上下来，像是有急事，匆匆忙忙地点了一下头。

工头没动地方，又说了句："少爷，我们今天上午就能完工，林伯不在家，这工钱？"

天澈停下脚步问："多少？"

工头小声地说："少爷，十个大洋。"工头不敢抬头，多少有些心里发虚，"少爷，按说这工钱不该朝您要，可是家里的老娘生了重病急需钱，所以……"

天澈从怀里掏出一摞大洋递给工头，转身离开。

工头数了数，又喊住天澈："少爷，多了一块！"

天澈头也没有回地说："多出来的是给老人家治病的钱！"

工头感动万分，扑通跪在地上："少爷，谢谢您，我替俺娘给您磕个头！"

客厅里，任万里正在看书。

天澈进门就说："爸爸，昊贤哥从上海运过来大批的纱支和坯布，据我所知这些货三天之内就会遍布我们济南的大街小巷。您是咱们济南的商会会长，纺织业又是济南重要的经济支撑，昊贤哥应该跟您打声招呼的，他这样做很容易扰乱我们济南的市场。"

任万里放下书："还有这样的事？"

"是啊，整整一列车的货。这次昊贤哥来势汹汹，济南的市场怕是难有平静了！爸爸，要不您出面阻止一下吧！"

任万里有些犹豫："这不好吧？"

"爸爸，您是济南商会会长，市场要是乱了，怕是没有办法跟大家伙交代啊！"

任万里站起来想了想，然后很无奈地摇了摇头："难道咱能不让他进来？他上次来的时候就有进军华北的这个意思，我为什么没有阻拦？是因为商场竞争历来就是群雄逐鹿，强的战胜弱的，好的替代坏的，无数的事例说明闭关锁国那一套更不适合经济的发展，所以竞争并不是坏事，只是没有想到会这么快。"

天澈倒了一杯茶："爸爸，您说的这些我明白，在国外读书的时候，这是我研究的课题之一。昊贤哥的货物并不比我们济南的好多少，也不会从技术层面帮助我们物竞天择。这完全就是经济上的竞争、掠夺和占有，这种行为不会为我们带来发展的，只会让我们更加困难。爸爸，昊贤哥的这些货明摆着是冲着乔大哥来的，乔大哥是我们济南府鲜有责任感的工业家，也是您的好朋友，您真希望看到他俩打起来啊？"说着，他把电话拾了起来，"爸爸，这事您得管！"

任万里走过来，天澈把电话递给他说："我看到昊贤哥的货里面还有不少日本人的货，您也得问一下这是怎么回事！"

"还有日本人的货？"

天澈说："对，大概有三分之一，我看了单据，也是从陈家发出来的，这事真蹊跷。还有，我查了一下货物的归属，正是上次要在济南建厂的共荣牌，前些年他的低价棉无法进入济南的市场，在济南建厂的计划也失败了，他又把他们加工的成品甩到济南来，真的是死性不改！"

"看来这事并不简单。"任万里又放下电话，开始在客厅里走来走去，"无论是军事还是经济，济南所处的位置很关键，日本人觊觎济南是毋庸置疑的。最让我想不通的是昊贤这孩子，难道他真的跟日本人合作了？"

"我也是这么想的，一千公里以外的东三省马上就要被他们占没了，可在关内的这些日本商人仍然穿着和服来侵蚀我们的经济，在这种时候，昊贤哥还跟他们日本人合作！哼，要真是这样，算我看错他了！"天澈的语气带着怨气和些许的愤怒。

天澈的抱怨并没有打扰到任万里的思路，他重新思考了当前的局势说道："我看电话还是先别打了，如果有日本人参与，就不是一个电话能解决得了的。这样，你现在马上给正峰打个电话，告诉他实情，得到他的意见后，我们再做其他安排，免得弄巧成拙。"

利民纱厂门口，正峰穿着马褂站在那里，几个零散的客商正在取货，表情严肃。

正峰问门房："老张，你有没有觉得哪里不对劲？"

老张往前看去："是有些不对劲，眼下这乡下的布铺老板们好像都胖了。"

正峰差点笑出来："老张，你就没有发现今天上货的人比往日的少？"

老张一脸错愕，再次投眼望去："嘿嘿，还真少了。"

这时，三娃从厂里跑来，说："掌柜的，任少爷来了电话，说有急事。"

二人向办公室走去。

另一个门房走到老张跟前，看着正峰的背影，表情很无奈："哎呀，知道为啥咱是看门的了吧？"

老张问："为啥？"

"人少都看不出来，脑袋就少这一窍！"

办公室里，正峰拿起电话："天澈啊，什么？从上海发过来的，你查查都是什么牌子，共荣商社？是松田，他又来了，嗯，嗯，我知道了，您告诉万里哥，不要因为这件事而影响你们之间的交情，尽管按时放货。再说，是疖子就得鼓头，前些日子我把货发到了无锡，那里是陈昊贤的地盘，我估摸着早晚有这一战，只是没有想到松田也会参与进来，也没想到会这么快。"

正峰放下电话。

三娃问："掌柜的，出什么事了？"

正峰来不及描述，吩咐道："三娃，马上通知车间停工，然后你派所有的人去布铺和染厂收账，甭管用什么办法，收回来钱就行，记住了只要大洋不要汇票。还有，马上通知老蔡过来，算了，我还是自己去吧！"说着快步走出。

天澈这边放下电话说："爸爸，乔大哥说让您不要为难，尽管按时放货。"

任万里深深地点了点头："这点你要向正峰学习，遇到难题时先考虑的是别人的感受。"接着，他又开始担忧起来，"可是这种快攻对于济南纺织业的影响是巨大的。"任万里又转了两圈，也想到了主意，立马吩咐道："天澈，如果只是昊贤的货，我可以听正峰的，甩手不管，让他俩去竞争，可日本人参与进来了，我们必须要有所表示。这样，你把货压一天，给正峰留点缓冲的时间。"

天澈还是很不放心："爸爸，无论货被咱压多少天，最终还是会遍布济南的，陈家势大，钱多，那乔大哥会赢吗？"

这个问题比较难，任万里想了想："论财力，利民纱厂自然是比不上陈家，可是陈家纱厂战线太长，能用在济南的资金也有限，不见得有多大的优势；如果论能力的话，昊贤跟正峰各有不同，昊贤自幼出身豪门，对底层的生活历练不足，所以他擅长的是守业，创业就容易导致失败，最主要的是他会从骨子里看不起正峰的出身，对对手审视不足，正是他致命的弱点。而正峰不同，能从一个放牛娃走到今天，其中历经的苦难是常人无法理解的。正是因为一次又一次的困难才有了今天的成就，他更适合创业。最重要的一点是昊贤跟日本人在合作，这一点会让他失去很多民心，失道寡助，所以这一战昊贤堪忧啊！"

天澈叹了一口气："据我所知，陈家已经有三十年没有跟日本人合作了，这次昊贤违背祖训，那伯母那边能交代吗？"

任万里沉默了一会说："我会找个合适的机会告诉她的。"

联合纺厂的办公室里气氛紧张，正峰看着窗外不说话，刘阔海坐在椅子上抽闷烟，蔡茂盛正在打电话询问情况："好，好，我知道了。"蔡茂盛缓缓地放下电话，很失望地说："济南的大小百货店、布铺、染厂目前都收到了上海陈家的报价，价格差太多，都把咱的货给停了！"

刘阔海有些急："那咱们就跟各家店的老板解释清楚，价格这么低肯定是在纱支上做了手脚，这产品进了市场就得砸自己的牌子！"

"哼！"蔡茂盛冷笑了一下，"当今社会，咱面子不值钱，纱支少又不是他们用。"蔡茂盛越说越气，故而把愤怒转到陈昊贤头上，"你说这日本人用的是舶来纱，价格自然会低一些，可这陈家用的本埠纱啊，价格搞低了，他就不怕赔？"

刘阔海敲了敲烟灰："陈家在上海是首屈一指的大户，赔个几十万块倒也动不了筋骨，只是如果他一直这样搞下去，我们耗不起啊，生产出来的货卖不出去，在仓库里搁着就是废品，没有钱，公司怎么运转？乔老板，您是咱们纺织界的主心骨，您帮着拿拿主意吧！"

正峰回过身来，点点头："老蔡，老刘，你们可想好了，这回都能听我的？"

蔡茂盛说："乔老板，您这是寒碜我呢，我原先是有不地道的地方，可我现在已经改好了，何况我们现在是一条线上的蚂蚱，您说什么我就听什么。"

正峰点了点头："好，第一赶紧停工，要不然生产多少，就赔多少。"

蔡茂盛马上命令管家："通知车间，赶紧停工！"

管家摸不清正峰的路数，有些惊讶地问："那工人怎么办？"

蔡茂盛手一挥："就地解散，回家等通知。"

正峰打断说："不能解散。我跟日本人打过交道，狠招太多！你只要把人散出去，他会立即想办法把人用起来，到时候他的货都不用降价，只要让咱三个月招不到工人，咱就得玩完。"

蔡茂盛有些不情愿："不干活，我还得养着他们？"

正峰有些不高兴："蔡老弟，咱们都是做实业的，看来你始终没有搞清楚老板和工人之间的关系。机器是工人们修的，纱也是他们纺的，没有他们，咱们能干什么？咱就是动动脑子，跑跑关系，说到底，不是咱们养着他们，是他们养着咱。你要知道，人没了，可就什么都没了。"

蔡茂盛醒悟过来："对，对，不能没有他们，不能没有他们，咱们做实业的也要有个人样，不能自己赚了钱，却让工人们跟着受穷。"他指挥管家："你告诉他们，咱们停工后照样开工资，要让他们知道咱是有实力的，要让他们铁了心地跟着咱。"说完，额头上的汗也流了下来。

"好！"管家领命出去。

这时，三娃"噔噔"地跑进来，秤杆在后面跟着。

正峰看到两人的表情便知道是出了事，问道："三娃，又出什么事了？"

刘阔海也惊得站了起来。

三娃说："掌柜的，无锡那边刚刚来了电话，说陈昊贤在无锡全线降价促销，咱的货一下子全卖不动了。"

正峰鼓起腮帮子，眼看前方，旁若无人："看样子，陈昊贤这次是吃定咱们了。"

早上，从上海发过来的这趟装载着颠覆济南纺织经济的列车，就像一座提前打造好的墓碑伫立在那里。露水打湿了车皮，冷湿滑腻，映着晨光，散发着阵阵寒气。

陈家纱厂的刘经理早就站在了那里。他看看手表，七点五十五，他环顾一下四周，一些人开始从四面八方走来。八点整，这些人已经整齐地站在了他的面前。

刘经理右边是他新聘的管家，姓陈，五十多岁，背有些驼，戴着瓜皮帽，看上去很厚道。他数了一遍人头后来到刘经理的跟前说："刘经理，昨天定的是四十五人，今天来了四十人。"

刘经理问道："少五人，他们干什么去了？"

老陈往上推了推眼镜说："噢，两个呕吐的，两个拉稀的。"

"什么？这么巧？又吐又拉，正好还是两头的毛病。那还剩一个呢？"

老陈的表情变得更为难了一些："这最后一个说有日本人的货，他不想干。"

刘经理眼睛一瞪："什么？他娘的，他倒挺有骨气，有日本人的货他就不干，国民政府都不管，他想管，荒唐！"刘经理一甩袖子，"他娘的，他们不想干，老子也不求他们，合着他们没这财命！"他转过身子，雄视着这剩下的四十人说："你们都是我从济南乃至周县找过来的销售精英，昨天的时候说好了，无论想什么办法，或赊或让，或低价，我们大家要齐心协力，动用我们所有的资源和手段，要让我们的货迅速占领济南的市场。大家有没有信心？"

人群中有五六个人，稀稀拉拉地举起手，小声地喊道："有！"其他人面面相觑，有的还笑了起来。刘经理很不满意，他加大音量："大家放心，我们陈家纱厂是不会亏待大家的。我们陈总说了，凡能快速推销出产品的都有一个点的回扣，多劳多得，保证大家都能发家致富。大家有没有信心？"

大家见了实惠，眼睛铮亮，纷纷高举双手，大声喊道："有信心！"

刘经理这才满意地点点头，喊道："好，我们开门放货！"

话声一落，车厢门陆续打开，众人蜂拥而上……

荣家染厂新盖了办公楼，两层灰色洋楼矗立院中，像是清朝的宫殿一般大气，办公楼下面的两辆汽车更显得气派。

办公室里，荣升坐在椅子上，瞅着桌上的坯布发呆，偶尔抽一口烟，然后很久才吐出来，像是在作一个艰难的决定。

管家走过来说："掌柜的，上海陈家纱厂的刘经理在外面都等了两个小时了，我们是不是要把他叫进来？"

荣升没有表明态度，问了另一个问题："老王，说实话，他们的坯布不错，价格也很公道，可是我不想要。这件事你是怎么看的？"

"听这位刘经理介绍，他们不但是价格低，还可以赊账。"管家抬眼看看荣升的表情并不乐观，觉得应该适可而止，继而总结道："总之像这样力度的促销我从来没有见过，确实很让人动心。"

"赊账不算什么，最后还是要还，对于我们来说没有什么用处。"

"荣老板，可是这样对于下面的一些小的作坊和染厂确实有好处，他们可以低价大规模赊货，然后染成低价布冲击市场，这样对我们的冲击是很大的。"

荣升深知这里面的利害，长出一口气："这些利害我清楚，只是局势太过复杂，一方面是陈昊贤，一方面是利民纱厂，哦，还有日本人。我只是想知道如果你是董事长，你会怎么选择。"

管家想了想，有些犹豫："呃，掌柜的，我不敢说。"

荣升有些急："哎呀，老王，不是什么天大的事情，你尽管说。"荣升顺势把烟捻灭。

管家这才说："掌柜的，恕我直言，我知道这些年咱们染厂一直用着利民纱厂的货，而且您跟乔老板的关系一直不错，可您毕竟是做生意的，做生意讲究的就是降本求利。两家的价格差了一成，长此下去可是个不小的数目，虽说是朋友相交，但是也不能放着现成的银子不要吧。另外，我听刘经理说济南其他的染厂、印花厂多数都已经从他那里订了货，如果真是这样，市场上的成布肯定会降价，里外我们是要吃亏的，所以您还是慎重地考虑一下吧。"

荣升站起来，开始在办公室里不停地踱步思考，一直不说话。

管家看到荣老板很纠结，上前劝道："荣老板，这件事情其实很简单，我们染厂这么多人要吃饭，同样的原材料我们用价格低的这也是应得应分。乔老板也是做实业的，即便是我们用了上海的货，我想他也会体谅我们的。"

管家的话并没有打动荣升，半晌，荣升停住脚步，摇了摇头："我觉得这上海的布咱不能用，最起码现在不能用。我跟乔老板的私交确实很好，可我也不会完全因为感情把我们荣家带入危险的境地。"

管家看到荣升还很理智，所以胆子也就大了些，进一步试探："荣老板，这是为什么呢？"

荣升摇摇头："单从经济上论，我们济南的工业发展正在上升期，从棉花落地到纱厂，再到印染，我们自成一体，各环节不出济南，这正是我们的优势。上海比咱们这里先进，如果他们的坯布过来，必然会搞乱我们的市场，但凡纱厂界出了事，我们就会失去了自己本身的优势，那以后就得被他们牵着鼻子走，这种情况坚决不能出现。更何况，乔老板的为人我非常佩服，在他困难的时候，我弃友而走——枉为人啊！"

听完荣升的言论，管家也上升到荣升考虑问题的高度，觉得很有道理，有些语塞："这……"

荣升拿定主意："这样，上海的坯布我们先不用，你把那个刘经理也请走，然后你亲自去一趟利民纱厂，让正峰不要着急，告诉他，这不是他一个人的战斗，我们荣家染厂会坚决支持他！"

高家院中的梧桐树上多了只能说话的鹦鹉，圆圆的脑袋不停地翻动摇转，抗议着牢笼的束缚。两只透亮的黑眼睛眨闭之间学习着周围的新鲜事物，倔强、聪明！也正因如此，高满山对它特别宠爱。

树下，高老爷端着食盘喂食。

鹦鹉说了两个字："饱了！"

高满山一瞪眼，假装收回食盘说："小骗子，我还没喂你就饱了？"

鹦鹉又回了两个字："再见。"

高满山被逗笑了："嘿！都知道撵人了。"

高太太正在往院子里洒水，边洒边牢骚："这都是高年家那俩孩子给教的，都快成精了，你一句它一句的，还不落下风，赶着心情好，还能多回两句，还得胜你一筹。"

鹦鹉好像看到了女主人生气，脖子往回一缩，原地站住脚步。

高满山笑着逗鹦鹉："别怕，别怕，有我呢，吃吃……"他又把食盘递了过去。

这时，铺上的管家从外面跑进来："老爷，老爷……"

高满山转过头来："出什么事了？"

管家把一轴白纱和一块坯布递给了高满山说："老爷，您看看这个。"

高满山用手捧了捧白纱，又看了看坯布问道："这货的成色可不错，说说这是怎么回事？"

管家说："老爷，刚才有个货贩子，进咱家的门就想放货，我本来是要撵他走的，可一看货色还真不错，我一打听价，吓了一跳，比咱的价格还低一成，而且他还说芙蓉镇以及周边镇所有的布铺、染坊、百货店，他们都要放货。要真是这样的话，可不是什么好事！"

高满山继续问："那货的来路搞明白了吗？"

管家介绍说："货贩子说是日本货，叫什么'共荣'牌。甭管它什么来路，价格比咱的低，这不是逼着咱降价吗？"

高满山赶紧摇了摇手："降价这条路行不通。咱这价格本来定得就不高，再说，拼来拼去的结果就是两败俱伤。"高满山停顿了一下又说，"当年康熙爷不止一次地说过日本人，'最是反复无常，不知世上有恩谊……故尔，不得对其有稍许好颜色'。八国联军进北京这才过了三十年，被他们抢走了那么多宝贝，现在他们又杀回来了。"

管家皱着眉头说："老爷，康熙爷现在说了不算了，这回得咱自己想招了。"

高满山皱着眉头："上次日本人来咱这收棉花，是正峰把他们赶走的，可这回正峰不在啊。"说着，高满山慌张地往外走。

管家在后面追着问道："老爷，您这是干什么去？"

高满山停下来说："我寻思这事不小，乡下都来日本货了，城里的日子估计也不好过。我去跟王掌柜商量一下，你现在就给正峰打个电报，问问他的意见！"

"好！"

二人兵分两路，各自跑了出去。

济南共荣商社焕然一新，牌子又重新挂在了门口，上面还插上了日本国旗。气温下降，侍女们进进出出，将院子里的扶桑花往屋里转移。尽管忙碌，但久违的笑容又回到脸上，因为她们的主人回来了。

松田穿着灰色日本和服站在窗口，眼神笃定，对未来的济南市场充满信心。

山口从外面进来："社长，这几天我们的货卖得很好，济南的各染厂都从我们这里订了货，利民纱厂和联合纺厂也全部停产了。"

一切如松田所料，他很满足地点了点头："很好，这只是个开始。噢，我们刚刚收购青岛的工厂，正好是需要人的时候。我想了，青岛的工人我们先不招，利民纱厂和联合纺厂不是停产了吗，我们要把他们的工人全部挖空，运到青岛，到时候他们想开工都开不起来了。"松田脸上洋溢出一股得意、阴险的笑容，"这就叫'釜底抽薪'。"

山口表情有些为难，上前一步说："社长，他们虽然停了工，但是工人的工资照开，这一点我也比较奇怪。社长，这个乔正峰果然路数不一样，虽然表面上看起来脾气很大，可对工人们是出奇地好，但凡是碰到难事，他都会亲力亲为，所以工人们也都没有离开的打算。"

松田心头一沉，问："他对工人真的这样吗？"

山口低下头默认。

松田不禁地说："中国还有这样的实业家？"他又继续问道，"联合纺厂的工人也是这样对待吗？"

山口说："我打听了，原来不是这样的，可现在他们都听乔正峰的，所以没有人愿意离开。"

松田的眉头紧了一下，眉宇间涌起一股愁容："中国之所以缺少大的实业，就是因为想自己的太多，考虑别人的太少。能处处为工人着想的人，这是管理界的大成。我曾经听说乔正峰逢年过节发给工人的份子钱都是其他工厂的数倍，我原以为他就是做做样子，现在看来是我错了。这个人对自己好，但是对别人更好，也难怪联合纺厂这么短的时间已经对乔正峰俯首称臣了。"他转身对着墙上的一幅浮世绘，上面画着一只刺猬正缩成一个球，抵抗身边的猎人，不禁感叹："乔正峰现在就像这只刺猬，有危险的时候立马缩成一个球，可这个时候也许就是猎人最危险的时候，一不留神就会被刺给扎到。他们虽然停了工，实际却并没有损失多少，只不过是一点工资罢了，这一点我确实大意了。命令青岛全面招人，尽早地开工生产！"

山口又从兜里掏出一张报纸递过去："社长，利民纱厂登了报，乔正峰说咱们的价格太低，很可能是我们的纱支不够。还说，咱们亏本销售，不会持续太长时间，这里面肯定有不可告人的阴谋，让老百姓擦亮眼睛。"说着，狡黠地笑了一下，"我觉得乔正峰就像个妇人一样在发牢骚，他这样说是不会解决任何问题，反而会给我们打广告。这是无能的表现。"

松田转身接过报纸，表情严肃地质问："这是上午的报纸？"

松田直直地瞅着山口等待答案，眼神中传递出一种可怕的信息。

山口有些害怕，弓下身："我以为他们只是苟延残喘发泄而已，所以就没有第一时间拿给您。"

松田警告他："山口君，请你以后不要犯这么低级的错误，乔正峰这个人的任何一个小动作都要及时向我汇报。我早就说过，这个人跟别的人不一样，要想在华北立住脚，就先要拿下他。"松田匆匆地把报纸扫了一遍，"他这是在稳定人心。你马上通知陈昊贤三天之内再把从上海到济南的整趟列车装满，我们不能让乔正峰有翻身的机会。还有，你现在要提前联系报社，还是刚才这家报社，只要是上海的货一到，马上大肆宣传，我们要让乔正峰在所有的济南老百姓面前食言。"

山口很警惕地说："社长，我们跟陈昊贤合作是不是要小心一点。我已经调查了，陈昊贤把我们的货发到了乡下，他们的货却留在了济南布铺、百货店和各大染厂，如果还让他们发这么多货过来，这济南日后怕是难有我们的立足之地啊！"

松田诡异地笑了一下说："山口君，你有没有发现在中国有一个现象很有意思，贫与富之间的差距很大，大到我们无法想象。从富变穷很容易，可从穷变富却难于登天。你想想，陈昊贤是继承家业，温室里的花朵虽然娇艳，可也只是在温室里而已；而乔正峰是卑民翻身，他不仅是从穷变到富，而且也做到了强，这中间差的不仅仅是出身啊，还有这么多年的历练！"说完，松田又把头转向窗外，"只要乔正峰能俯首称臣，我宁愿我们的敌人是陈昊贤。"

山口领会精神，深鞠一躬："社长，我明白了，我现在就去办。"

办公室里，陈昊贤看着电报笑了起来。接着，他放下电报走到空地上，他要重新理一下思路，确定松田的用意。

老吴端进来一杯茶问道："总经理，要发货吗？"

陈昊贤说："发，为什么不发？利民纱厂已经停工，我们已经收到了显著的成效，即便是松田不让我们发，我也会源源不断地把货发过去。可我就是搞不明白松田明知道我把他的货放到了乡下，他却只字不提，他难道就没有顾虑吗？关东军扣咱们的货已经发回来了，济南市场他又不是主力，他到底在想些什么？"他皱着眉头，在屋内踱步。

老吴把茶壶放到陈昊贤跟前："总经理，日本人做事情一向诡秘奇怪，我们还是小心为好。"

陈昊贤点了点头："晓得了。好在这次是我们控制货源，发货的人也是我们的，我想出不了什么大乱子的。还有这个乔正峰，报纸上说的那些话用意何在？他说我们进入济南市场是雷声大，雨点小，兔子尾巴长不了，他这样说有意义吗？"

老吴说："他应该是在发牢骚吧。"

陈昊贤摇摇头说："我想没有那么简单。"

看到陈昊贤很重视正峰，老吴有些好奇地问："总经理，您不是一直看不上这个乔正峰吗？"

陈昊贤突然抬高了嗓音："我是看不上他，他一个小放牛的凭什么能跟我讨价还价的？可是刘经理再三跟我说这个小纺匠难对付，还给我举了好多例子，我听了一下，多少还是有些手段的。你想想这次，我们的货刚到济南，他就立马收紧，一点反抗的意思都没有，这是不正常的。我爸爸在的时候说过，商场竞技，不要以貌取人，我不能犯这个错误，所以还是谨慎一点好！"

老吴也点了点头："总经理，无锡那边的市场情况想必乔正峰已经知道了，他在这个时候没跟咱硬拼倒也是个明智的选择。济南可是他的大本营，如果也是这样的话，那就有些愚蠢了，这不是要把济南市场拱手相让吗？"

陈昊贤笑了一下，把茶喝掉，头上的一绺头发挡住额头，像是炫耀着胜利："这倒也是，他不收紧还能怎么样？他的价格能比我们的低吗？他那些家底都不够他赔的。"说着，陈昊贤又把那一绺头发挑到了头上。

"只是……"老吴话说了一半，停顿了一下。

陈昊贤回到座位上，把茶杯放下："老吴，有什么话你就说，不要怕说错什么。我爸爸在的时候你就是管家，大大小小的事情都是你来操持，您的意见还是很有分量的。"

老吴很欣慰，说道："总经理，我有一个顾虑，咱的货价格是低，如果正峰把咱的货全吃掉怎么办？"

陈昊贤再次笑了一下："这一点我早就想到了。让他吃，等他吃完了，我们再降价，让他吃多少，赔多少，如果他还继续吃，那就撑死他，反正济南府我们是志在必得。"

"那我这就去发货？"

"发！这次我要发两列火车，直接压垮他。"

联合纺厂的办公室里，刘阔海坐在椅子上长吁短叹。他坐累了，换了个姿势继续长吁短叹。管家倒了杯茶，小心地递到他手边。

蔡茂盛从外面走进来，管家说："董事长好！"说着又倒茶。

蔡茂盛拦住管家说："老李，茶先别倒了，咱换个地方喝。十点，你把公司能管事的都叫上，凤凰楼，小凤仙的堂会。"

管家很惊讶："董事长，能管事的都去吗？"

"对，都去！"

"好，我现在就去通知。"管家高兴地退了出去。

刘阔海没动地方，表情很颓废地说："老蔡，如今形势这么严峻，咱们还去听戏，这不好吧？"

蔡茂盛说："怎么？你不相信乔老板能收拾了这陈昊贤和日本人？"

刘阔海说："这上海的陈家纱厂是相当有钱，再加上这日本的松田，如虎添翼啊！百货店、布铺、染厂都是他们的低价货，我还真怕乔老板对付不了他们啊！要不戏咱就别听了，咱们去一趟利民纱厂问问，我这心里很急啊！"

蔡茂盛笑了笑，撩着袖子坐了下来："你以为我不急？我也急，昨天晚上我都一宿没睡，天一亮我就给乔老板去了电话，他就说了六个字，'他下棋，咱喝茶'，总结起来就一个字，'玩'！"

刘阔海很惊奇："他真是这么说的？"

蔡茂盛很认真地回答："千真万确，而且特意嘱咐咱带着人到凤凰楼喝茶，声势越大越好。我问他有什么用意，他笑而不语。"说着，一摆手，"这个乔正峰啊，咱也别去琢磨，琢磨也琢磨不明白，总之他能笑出来就是有办法。"蔡茂盛站了起来，"上次咱挤兑他，人家三下五除二就把咱俩收拾了，就凭这点，咱们也得相信他。走吧！"

刘阔海这才缓缓的站了起来，也有了底气，二人前后出了办公室。

荣升正在车间里看工人们下料，工人们也很有眼力，干得都很起劲，工头站在中间的台子上喊："二号机，下硫酸。三号机……"

荣升满意地点了点头。

　　管家从外面进来，表情不怎么好看，好像是受了挫，他来到荣升跟前说："荣老板，您交代的事我没有办好。"

　　荣升一愣："怎么了，正峰还能不同意？"

　　管家无奈地点了一下头："荣老板，真让您猜着了，他说您要是真想支持他，就不要顾忌着彼此的情面，咱厂子需要多少货就要多少陈昊贤的货。"

　　荣升有些不相信，站直了身子："他真是这样说的吗？"

　　管家的表情很无奈："对啊，我也觉得纳闷，我去的时候觉得乔老板都能被您的决定感动哭了，可没想到他竟然是这种态度。"

　　荣升想抽烟，刚掏出来，一看在车间里，又放了回去："现在是大兵压境啊，难道他是破罐子破摔？"

　　管家摇摇头说："不像啊，他说得很轻松，他说日本人有张良计，他有过墙梯，他还跟管家下象棋呢。噢，对了，我临走的时候，他还反复强调，他叫你赶紧要，越多越好，而且只要日本货，说这对他有用。"

　　"嘶——"荣升问，"你不是说日本货都下了乡吗？"

　　"是下乡了啊，济南府的都是陈昊贤的货，我也不知道乔老板是怎么想的。"

　　荣升摇摇手，笑了："行啦，咱也别猜了，即便是猜，咱也猜不到，正峰一向路数诡异，一件事不转三个圈根本就跟不上！行，既然他说了，就按他说的办，你绕过陈家的刘经理，直接找日本人要货，而且还要多要！"

　　飘雨的早上……

　　火车站，几声汽笛尖叫，两列装满纱货和坯布的列车从上海方向驶来。

　　天澈已经在站台上等候很久了，一个伙计站在左侧给他打着伞。列车稳稳地停下，一个二十多岁的列车员从上面下来，很熟练地检查着车上的货物情况。天澈一把把伞推开，跑过去一同查看车厢，雨水落到他的脸上，他顾不得擦。等每节车厢都检查完了，天澈才发现父亲已经站在了他的身后。

天澈拍拍袖子上的灰尘说："爸爸，您看看，昊贤哥又发来两列车的货，他这次真的是下了血本了。看来拿不下济南，他是誓不罢休啊！"

任万里心头揪了一下问："那日本人的货呢？"

昊贤指了指后面："还是占四分之一，后面的几个车厢是日本货。我看了一下发货单，跟上次一样，都是发往乡下的。"

任万里看看天，雨点在脸前滑落，天澈冲着伙计使了个眼色，伙计把伞移到任万里的头上。任万里继续说："我没想到事情发展得这么快，一下子又运过来这么多的货，别说是放在济南，就算是放到天津，那天也是要变的！这些货正峰知道吗？"

天澈回答："知道，昨天我就告诉他了，可他却说上海发多少，咱就接多少，别耽误咱挣钱。你说这都什么时候了，他还有心思给咱逗闷子！乔大哥他们厂子已经停工了，联合纺厂也跟着停了，可工人们他们都还养着。"天澈摇摇头，"我真是琢磨不透他。我问他是怎么想的，他说他早就埋了雷等着昊贤哥呢，我也没看到雷在哪儿！爸爸，我青岛的朋友说他那里有好几家纺织厂、染厂就是被日本人用这种方式挤黄的，现在又轮到济南纱厂了，爸爸，我现在越来越担心乔大哥了。"

任万里很镇定地问："正峰不是说已经埋好雷了吗？"

"雷是埋好了，可要是没炸怎么办？爸爸，上次咱们把陈家的货压了一天，这次还要继续压一天吗？"

任万里眼望前方，看着两个向他们走来的日本女人，有一种无奈的预感："这次恐怕是压不住了。"

天澈也看向那个方向。两个穿着和服，化着浓妆的日本女人已来到跟前，先是鞠了一躬，然后递给天澈一张单子，操着一口非常刺耳的日式汉语问："请问，我们的货到了吗？"

天澈看了一眼单子，又瞟了一眼日本女人，冷冷地说："到了，你们现在是要提货吗？"

"是的，我们需要尽快提货，希望您能尽快地办一下出站手续，我们的人已经在外面了。"说完，她们鞠了一躬后笑着离开了。

两个日本女人的言谈举止让天澈很是不解："爸爸，单看外表，无论如何都想象不到她们竟是杀害我们中国同胞的杀人犯。面对发她们的债主，她们怎么还笑得出来？"

任万里也长出一口气："这就是日本人的厉害之处，杀人的时候可以凶残狠毒，求人的时候又可以卑躬屈膝，这种角色上的转换让人望而生畏啊！这几天我特意关注了一下日本在我国的经济策略，我想这次日本商人进入到我们济南来并没有表面上那么简单。从以往的事件来看，他们是不喜欢做第二的。"说完，转身看到站台牌子上的"济南"二字，叹口气，"济南啊，济南，绝不允许成为第二个东北！天澈，一会儿你给正峰去电话，要人给人，要钱给钱，就说我等着他的捷报！"

晚上，明月当空，万籁俱寂。高年家的二楼卧室里面一片温馨祥和，若轩与若豪正在写作业，高年在一旁辅导。

素雅把刚刚熨完的西装拿进屋子，挂在衣架上说："衣服熨好了，明天就穿这件吧。"说着又倒了一杯茶放到高年的手边。

高年还穿着睡衣，说："噢，明天不去了，厂子不都停工了嘛，姐夫让我也休息几天。"说着，低头看孩子做作业。

若轩正在做一道历史题，轻轻地念出了声音："《马关条约》是跟什么人签订的？"她又小声地念出了答案，"日本人。"若轩正要写，高年制止说："别写日本人，你写强盗！"

若轩用她稚嫩的声音更正道："爸爸，是日本人。"

高年说：“你听爸爸的，就是强盗，爸爸保证不会错，你们老师也会明白的。如果老师给你判错了，爸爸就去找他。辛丑条约，马关条约，八国联军进北京，还有侵占东三省，他们不是强盗是什么？”高年说得情绪激昂。

两个孩子懵懂地瞅着高年，这是一个跟往常不一样的爸爸。

素雅过来把高年拉到床边,笑着批评：“你就这样教孩子？这还能教好？”

高年给自己辩解：“素雅，不是我说得粗鲁，是有些事必须让孩子们提前知道，日本人不仅对咱们进行军事侵略，经济上的侵略也很猖狂。这次发到咱们济南的货就有三成是日本货，国仇家恨都让咱赶上了！素雅，我此时想起了抗日英雄吉鸿昌的就义诗，我给你念念。”说着仰起头来，挺拔身姿，一副诗人做派，“‘恨不抗日死，留作今日羞；国破尚如此，我何惜此头’。素雅，这诗里面的感情是很难用文字来表达的，‘强盗’二字我都说轻了。再说我这样教孩子是有依据的，姐夫上次就是这样教念忠、念孝的，老师不但没有判错，还夸孩子脑子活。”

两个孩子捂着嘴偷笑。

素雅也笑了起来：“也就是姐夫敢这么干，你是越来越像他了。”

高年也很知足地点了点头，他拉着素雅坐到床上：“你这话说得对，像姐夫没什么不好，直到遇到姐夫，我才知道自己有几分几两，后来他跟我姐结了婚，我也才懂得了这男人应该怎么对女人。现在想想在上海的时候，我就是个纨绔子弟，你看上了我，还跟了我，不离不弃，顾家育人，这是对我最大的认可，所以我要好好地对你。”说着把素雅的手握在手心爱惜。

素雅不知不觉地羞红了脸，微低下头，感觉很幸福，一侧身，头靠在了高年的怀里问：“这次的事情我也听姐说了。你跟我说实话，这次表哥这么做是不是冲着我来的？”

高年心中也很迷惑：“我也是这样跟姐夫说的，姐夫说陈昊贤的野心太大，只是搂草打兔子地顺手带着你，让咱们不要有心理负担。素雅，虽然陈昊贤对你爸、你妈都不错，但是不至于花费这么大的商业代价，我想姐夫分析得有道理。"

素雅表情也轻松了一些："那你说，如果这次陈家输了，我爸还会原谅我们吗？"

高年继续说："素雅，这些年为了缓和跟家里的矛盾，我们一直在努力，写出去的信没有回音，寄出去的东西也原路返回，我们也回去了两次，连大门都进不去。这些大家伙也都看到了眼里。可归根结底，这中间差着的这一环就是陈家的面子。咱爸常说的一句话，'国弱无外交'，其实用在人身上也一样。原来我混得太弱，你爸自然不喜欢我，现在咱们混好了，这相当于让你爸没了面子，可你爸掉的这面子，就得有人给他拾起来，咱们主动认错他又不收，唯独是陈家打败咱们利民纱厂才算是要回了面子，这有些难。"

素雅感觉希望渺茫，显得有些失落。

高年赶紧劝道："素雅，咱爸还说过一句话，'孝在于时辰'，意思是说孝顺老人不是在他好的时候，而是要看他们不好的时候在不在身边。你爸那边我一直派人打听着消息，他们二老的身体都很好，这是最大的福分，等真正需要我们的时候，我们尽心尽力就是了。"

素雅的精神好了很多："要不我看你还是去工厂吧，你不是说还有日本人参与嘛，都说他们厉害，你多替姐夫分担点。"

高年顺势站起来，显得很无奈："哎呀，素雅，你就别操心了，我倒是想分担，可姐夫就是不给我这个机会，我在教儿子做作业，他在教三娃下棋，他比我还自在呢。日本人是厉害，但也得看他遇到的是什么人，遇到慈禧那样的就得不停地割地赔款，可遇到姐夫这样的就够他喝一壶的。"

素雅不解："为啥？慈禧不比姐夫官大？"

高年笑了一下说："问题的关键就在这儿。慈禧她官太大了，总觉得天下都是他的，遇到问题总是怕自己位置不保，所以做事情瞻前顾后，左宗棠的枪口都上满子弹了，还是被她拦了回来；可姐夫不一样，从一无所有到现在，穷过也富过，无论是什么境遇，手脚都能放得开，子弹没了就动刀子，刀子不行了就用拳头，大不了再从头开始，慈禧差的就是这重头来过的勇气。别提她了，我都替这老娘们丢人。"

这时，若轩把头扭了过来问："爸爸，妈妈，我到底写日本人还是强盗啊？"

素雅笑了笑说："听你爸的。"

共荣商社窗台上的一盆扶桑花正开得旺盛，窗户向外开着，雨水从房檐上流下来，滴在窗户上。松田正站在窗边，溅起的雨花落到他的眼镜上。他想起了在家乡时樱花盛开，雨花四溅，青梅煮酒，抚琴煮茶的场景，一时间难以自拔，忘我地享受着。

山口从外面进来，脚步声打断了他的思绪。松田把眼镜摘下来，用袖口擦了擦，又重新戴上。

山口把一份单据递给松田说："社长，这是荣家染厂派人送来的订单。"

松田看着荣升给他下的订单，再看看对面站着的山口，又低头扫了一遍订单。松田点点头，很肯定地说："这是个好兆头。"

山口问："社长，荣家染厂的供货商一直是利民纱厂，在这个节骨眼上跟我们合作，而且量这么大，会不会有什么问题？"

松田把单子放到桌子上，走到空地上说："无论这里面有什么阴谋，这对我们来说都是一个绝佳的机会，你知道为什么吗？"

山口不明白，摇了摇头说："不知道。"

松田说："荣家染厂是济南最大的染厂，老板荣升在济南的印染界相当有影响力，不在乎他这次进我们多少货，只要我们之间有了合作，这中间透露的机会太多了，只要时机成熟，我们可以用他作为突破口来攻破各大染厂，这种说服力是很有分量的。当然我们也可以在报纸上大肆宣传我们共荣商社与荣家染厂的合作，借此巩固我们在济南乃至华北的地位。"

山口说："还是社长想得长远，我感到很惭愧。如果我们接下这批订单的话，是不是要通知一下陈先生发货？"

松田摇了摇头说："不用，这次我们从青岛直接发货。"

山口愣了一下，有些顾虑："如果我们私自发货，会不会影响我们与陈先生的关系？"

松田笑了一下，笑脸映射到山口的眼镜片上，显得很阴险："陈先生那边已经不需要我们考虑了，整整两列车的货已经在济南车站了，这足以证明他占领济南的野心和决心。盛况之下，不拘小节，此时的他应该在畅想着美好的未来，这种事情他是不会看在眼里的。乔正峰那边有什么情况？"

山口说："厂子一直是关闭状态，里面也没有看到有任何动工的迹象，从里面进出的工人也是有说有笑的，好像没受什么影响。"

松田反问："他们还能笑得出来？"

山口也很疑惑，语气也加强了一些："不仅如此，我还听说乔正峰整天跟管家下棋，昨天蔡茂盛带着公司的管理人员都去凤凰楼听曲，很热闹。这真让人看不懂，难道他有什么阴谋？"

松田摇着头说："匪夷所思啊——"利民纱厂的异常行为让松田更加警醒，他额头上的青筋骤起，"看来事情并非像我们想的那样，我不能再这么等下去了。这样，你马上给乔正峰去个电话，就说我要拜访他，如果他同意，时间越快越好。"

山口有些吃惊："社长，您不是要挤掉乔正峰吗，这个时候去见……"

松田转身看向窗外，眼神中投射出一种无奈的神情："昨天我收到了内阁的电话，这已经是第三次催我回日本了。我们国家军队的扩建太快了，他们需要我回去为军队效力，我想他们不会再给我太多时间了。我们在上海、青岛，乃至济南的布局已经形成，如果我回去了，也就意味着我们家族在中国的一切努力将会付诸东流，这是我不愿意看到的。所以，在我离开之前，我必须找到合适的负责人。乔正峰虽然很高傲，但也确实很适合。这次见面我不但要戳穿他的任何幻想，我还要向他摊牌，再给他最后一次机会，要么跟我们合作，要么回家继续当他的小纺匠。"

办公室里，正峰正在跟三娃下棋。

电话铃响了，三娃去接电话："您好，利民纱厂，噢，您好，山口先生，这？好的，我一会给您回电话。"三娃放下电话走过来，"掌柜的，松田要见你。"

"他要见我？"正峰站起来，琢磨一下，"三娃，你说我是见还是不见呢？"

三娃说："这次的对策咱们都安排好了，炮架子都支起来了，松田就等着挨揍了，还是不见了吧。"

正峰逐渐理清了思路，摇了摇头："虽然咱的炮架子都支起来了，可是这炮弹要是真过去，整个华北华东就算是乱了套了，未来的事情真不好说，咱也未必能保全自己。《孙子兵法》上说，'不战而屈人之兵才是上策'，我看咱得见，我要看看松田兜里到底揣着什么老鼠屎。"

下午，松田来到利民纱厂，他定在院中，观察了一下厂子的情况，并没有发现任何端倪。

正峰早就严阵以待。

松田一个人走上楼，定在门口，看到正峰后很惊讶。如今正峰的派头跟上次已完全不同，举止之间已经有了成功实业家的气质。

松田在门口鞠了一躬："乔老板。"

正峰拱手还礼，声如洪钟："松田先生，请坐！"

三娃上了茶，又及时退下，轻轻地关上了房门。

松田率先说："乔老板，非常抱歉，来济南有几日了，才来拜访您。"

正峰笑了笑，直奔主题："松田，您也别客气，您来了几天，是否来拜访我并不重要，重要的是您大兵压境，搞得我很难堪啊！"

松田佯装糊涂："乔老板，您是说我们往济南发货这件事吧！请乔老板多包涵，我们的货多发往了济南乡镇百货店、布铺、染厂，济南府的货都是上海陈家纱厂的货。"

"是谁的货不重要，你们把货分别发往什么地方也不重要，重要的是我的销路全部被你们封死了，总得给留条活路吧？现在我是无柴生火，无米下锅啊！松田先生，不管您今天来的用意是什么，这种受制于人的滋味很难受啊。中国有句老话，'卧榻之侧，岂容他人鼾睡'，你们不但要睡，还要床都是您的，这未免欺人太甚了！"

松田说："乔老板，五年前我们交过手，那次我输得很难堪，那种滋味也很难受，不过我并没有因此记恨您，反而更加关注您。我一直认为乔先生是我在中国见过为数不多的有能力的实业家，坦白讲我虽然很佩服您的能力，也很欣赏您的为人，可是商场上讲的是规则，您只要换个方式，柴和米都会有，床也会很舒服的。"说完，松田用很期待的眼神看着正峰。

正峰眉毛一挑，问道："噢？那您的意思是你们还可以把货撤回去？即便是您同意，陈昊贤能同意？"

松田微微点头："抱歉，乔老板，跟陈先生联手进入济南也并不是我的本意，可在中国，除了您再也找不到比陈家纱厂更合适的合作伙伴。"

正峰点了点头，更加证明了自己的猜想："我明白了，因为我不跟你合作，所以你就要跟陈昊贤合作挤死我。松田啊，果然让我猜对了，无论陈昊贤往济南发多少货，都是炮灰，这后面的那个人肯定是你，以前是，现在也是，至于以后……也会是你，可怜这个陈昊贤啊……"说着摇摇头，"我是真不敢跟您合作啊，您心眼太多，我也怕当炮灰，呵呵呵……"正峰喝了口茶，看着松田，谈笑风生间激流暗涌。

松田再次申辩："乔老板，您一定不要误会，我跟陈昊贤的合作是点到为止，如果您同意跟我们合作的话，我们之间会有实质的内容。告诉您一个好消息，近日，我们共荣商社刚刚收购了青岛的两家纱厂，合起来比你们厂子还要大，如果由乔老板管理的话，实属荣幸。"

正峰刚想端起茶杯，听到这个信息后又把手缩了回来，质问道："松田，你是在警告我吗？青岛离济南很近，走铁路也就是六个小时，如果我不同意跟你合作，你的货就可以从青岛直接发到济南。你们的税率低，舶来纱也很便宜，借着这两样优势，成本自然也就低，只要是你的货进到济南，我们就很难卖得动，你耗也能耗死我，真绝啊！"正峰看到松田面不改色，眼神中迸射出得意的表情，索性站了起来说："不过我劝你一句，甭管你在青岛收购了几家纱厂，你们本国收不收你的税，济南你还是别来了，以前进不来，现在也不行！"

正峰的回答出乎松田的预料，他板下脸："乔老板，这是您给我的答案吗？乔老板，本来今天我是可以不来的，但是我不想失去一位最合适的合作伙伴，任何事情都是可以商量的。"

正峰深吸了一口气，再吐出来，神色伤感："商量就意味着妥协。我知道你们日本人的商量手段很高明，可我们中国人的妥协也太多了，整个东三省就是被你们商量没的！"

松田再劝："乔老板，您刚才提到了东三省，您以为是我们谈判的能力很强吗？您错了。对于战争来说，武器的精良起到关键性的作用，东北军的装备就是他们的硬伤。而对于我们做实业的来说，价格就是我们永远绕不过去的硬伤，我们国家很注重出口，补助的力度也非常大，这是大势所趋！青岛的两个厂子经营得不比您差，不还是让我们收购了吗？"

正峰显得很无奈，目光却坚定地看着松田说："我对他们很失望！"

松田再次用警告的语气说："乔老板，真的没商量吗？整整两列车的货已经在济南火车站了，一个电话过去，将会铺遍整个济南府。您就不怕您的利民纱厂一夜之间毁于一旦吗？你不觉得您的决定有些愚蠢吗？"

正峰冷冷地笑了一下说："愚蠢？好，我现在就让你看看什么是愚蠢！"说着正峰从办公桌上拿了一份文件递给了松田，"你看看，我给你准备了什么？"

松田看了一遍，神色紧张地看着正峰："这是什么意思？"

正峰说："这些是上海周边所有染厂的电话，只要你再敢放货，我的电话立马过去，我敢保证货根本就下不了地就又被发回了上海。不过你放心，我告诉他们了，只允许买日本货，陈昊贤的七成还要留在济南。"

松田有点蒙，忙问："为什么只买我们的货？"

正峰又拿出一份文件递过去："你再看看这是什么？"

松田再一看，心头忽地一惊："这是青岛的染厂、布铺和百货店的电话。"

正峰笑着坐到沙发上说："对，我也会给他们一一打电话，陈家纱厂的货也就是看了看济南的景，一半天就去了青岛。你不是在那边收购了两个厂子吗，听说人都招好了，可你的货就是卖不成，只要你敢卖就是赔钱卖，还跑得了你？"

松田额头渗出了豆粒大的汗珠，惊得站了起来，紧张地问："你是用陈家纱厂的货冲击我们，再用我们的货冲击陈家纱厂，我和陈昊贤本来是合作伙伴，却让你变成了竞争对手。"说完又无力地坐回到沙发上，两眼呆滞："我分析得对吗？乔老板。"

"你知道你错在哪吗？"

"请乔老板明示。"

"松田，我听说你们日本商人在印度战胜了英国，几乎独霸了印度的市场，好像就是用的这个办法。你们先跟本地纱厂合作击垮其他纱厂，然后再把跟你合作的纱厂吃掉。哈哈，松田，这招在中国不管用。你错就错在跟陈家合作。如果只是你们日本人的货发到济南，我是不会拿它去挤陈昊贤的，因为我们都是中国人。可偏偏你们合在了一起，狗皮膏药贴在狼身上，这味可是太大了。"

松田似乎恍然大悟，点点头："原来是这样。"

正峰仍带着一股狠劲说："松田啊，我也就是蝎子蛰蜈蚣——以毒攻毒，我是真不想这么干，我也真不愿告诉你我的下一步该怎么干。你今天要是不来的话，我这个电话早就打出去了，估计这会儿济南火车站招待所的客房都爆满了，货只要发出去，想回来可就真难了。"

松田仍在恍惚之中，他慢慢平息了一下心情："乔老板，来的时候我设想了很多你的对抗方案，我甚至想到你会吃掉我们的货，可是我料到盘子太大你根本吃不下，所以我以朋友的身份过来警告你。"说着松田微低下头，内心检讨着自己，"我是实在没有想到您会用这种办法对付我们，您不费一枪一弹，却搞得我跟陈家纱厂两败俱伤，我要回去重新考虑一下是否还有发货的必要。"说着站起来，深鞠一躬，"谢谢乔老板直言相告。"

正峰也站了起来，把他拦住："松田，你别回去考虑了，你现在唯一的胜算是陈家纱厂占大头，你的货并不多，损失也不会大，可关键不在这里，索性我把我所有的计划都告诉你。"转身又从桌子上拿出一张纸递给松田："这上面是天津漕帮十几个班头的名单，他们现在就住在济南宾馆，只要你一放货，他们马上就来人，你们的货可就是横冲直撞地进了天津。天津是袁家的地盘，你们的货贸然地冲击了天津的市场，这种代价你们必须付。据我所知袁家的人都是急脾气，惹急了，天津的货会一路高歌进上海，哼，这期间我不用花一分钱，而你们日本人在上海的大本营就彻底玩完了！"

松田低着头，像个做错事的孩子："对，对，对，这样我们与华北的平衡就会被打破，这对我们后期的计划影响很大。"松田彻底被镇住了，最后的一丝底气也没有了："乔老板，您还是不要这样做的好，我马上就给陈昊贤去电话，取消我们之间的联盟关系，货也全部原路返回。"

松田往外走，正峰送着，刚走出门口，松田突然转身，深鞠一躬："再次谢谢乔老板。"松田落魄地走了。

济南宾馆是地道的中式建筑，飞檐斗拱结构，总共三层，透过窗户可以看到几个伙计正在打扫客房。那伙计打开窗户刚准备擦，便看到楼下有个卖烟的小女孩，他喊道："卖烟的，门口禁止经商，到别处去卖！"

这小女孩挠挠头，显得很不情愿，刚想走，从门里出来一天津人，这人穿着马褂，捆着绑腿，还操着浓重的天津口音，对楼上的伙计喊道："伙计，尼呢介是干嘛？这算嘛事？有嘛大不了的？"说着就来到小女孩跟前，只听有人喊："姐姐，来包烟！"

小女孩听这人喊自己姐姐，吓了一跳，手拿着烟，却不知道怎么办，眼里还带着恐惧："叔叔，我……"

这时，楼上的伙计也跑了下来："这位客官，您第一次来我们这里，我们这里跟你们那不一样，见着女的不能都叫姐姐，得按年龄分，您这样叫容易把小孩吓着。"

天津人哈哈一笑破解了尴尬："嘿，介受得了吗！"

伙计亲自给拿了一包，顺便垫付了烟钱："客官，您收好，钱我在房费里给您扣了。"他又转身对小女孩说，"行啦，去别的地方吧。"

天津人把烟打开，抽了一支，感叹道："这烟倍儿好抽！"

小女孩被他的口音逗笑了，一抽脖子，恭恭敬敬地鞠了一躬后离开了。那天津的客人也进了店。

这时，两辆黄包车停在门口，松田和山口从上面下来，那伙计赶紧迎上去，客气地问："两位客官是要住店？"

山口点点头："是的，还有客房吗？"

伙计说道："对不起了，二位客官，今天店满了。"

"满了？"

伙计答道："也不知道为什么，最近店里来了一批天津人，都住满了。"

松田警惕地问道："天津人？都是漕帮的吗？"

"对，都是漕帮的。"

山口接着问："那你知道他们是来做什么的吗？"

伙计脑子很快，他看了看二人的表情，眼珠转了一下说道："嘿嘿，这……我好像是记不太清了。"

山口掏出一块大洋递给他，伙计收住大洋，笑着说道："二位大爷，他们具体做什么我不知道，但是总往火车站跑，您看刚才进屋的那位就是刚从火车站回来，好像是盯着什么东西。"

松田点点头："知道了。"表情很沉重。

伙计也很识趣地退到屋里，山口凑到松田跟前："社长，看来乔正峰并没有诈我们，果然天津漕帮的人已经等着呢。"

松田也点了点头说道："看来这些都是真的。不能再犹豫了，我们决不能跟天津开战，你赶紧给陈昊贤打电话，我们的货要原路退回。"

松田、山口二人坐车离去。秤杆从里面走出来，看着他们离开的背影算是放了心。那个天津人也跑了过来："介俩王八羔子估计是要跑。"

伙计说道："嗯，一听说你是漕帮的，脸都绿了。"

"好！"秤杆从怀里掏出一兜大洋递给那人，"兄弟，跟哥几个说一下，这次就麻烦你们白跑一趟了。"

那人接过大洋说："这日本人的灾就算免了？"

秤杆说："不仅是他的灾，整个华北的灾都免了。"

正峰和高年二人相视而坐，却不说话，显得很静。秤杆从外面跑进来，气喘吁吁地说："掌柜的，真让你猜准了，松田直接去了济南宾馆，咱布的局他也信了，这会儿正急着往上海退货呢！"

正峰猛地站起来，神采飞扬："好！济南之危已解！"

高年很兴奋地说："姐夫，这雷可是真炸响了，我是真没想到这陈昊贤连一招也没有接住。"

正峰笑着走过来："高年，你准备怎么谢我？"

"谢你？"高年有些懵，"姐夫，这里面还有我的事？"

正峰拍了拍他的肩膀，"说你傻，你是真傻。素雅为什么回不了家？就是陈昊贤从中作梗，他一直想压垮你，然后把素雅带回去，可这次吃了败仗，他还有什么话说？作为中国商人竟然跟日本人一块挤兑中国商人，单凭这一点就不可原谅。我让荣老板进了大批的低价货，这个雷我留给陈昊贤，他要是再硬，我就发到无锡市场，堆在他们的大门口卖，哼，你就等着他亲自来给咱赔罪吧。"

高年恍然大悟……

火车站货仓内，天澈正在查看单据，一个伙计拿着单子过来说："少爷，这是上海陈家发过来的电报，他们要把所有的货再发回上海。"

天澈惊得站起来，他仔细看着单子，然后哈哈大笑："哈哈，乔大哥啊，乔大哥，您这是用了什么招啊？我真是服了你了！"

站台处，火车一声鸣笛，列车员将旗放下，列车又原路返回。松田站在那里观看，那火车启动的速度很慢，他心中五味杂陈，就像是被人割了一刀，伤口在慢慢滴血。天气有些凉，他裹了裹风衣，黯然神伤……

第二天一早，天澈的汽车已停在了利民纱厂的门口，鸣着笛。正峰高兴地往门口赶，笑容满面，高年在后面跟着，也是春风得意。

天澈在车旁边候着，老远就喊："恭喜，乔大哥，济南大捷！"

正峰笑着停住脚步问："万里哥呢？"

天澈说："他啊，大明湖畔，摆好了棋盘，叫好了美酒，就等着你这位大能人呢！"

正峰弓身上车，上到一半又抽回来，笑着说："万里哥亲自给我摆酒，这规格挺高啊，我怎么感觉我就是省政府大员呢？"

天澈往下顺着说："乔大哥，大员跟你没法比，您现在是腿上绑铜锣——走一路响一路啊。您是没从政，您要是从了政，还有他韩复榘什么事？"

正峰指着天澈："你啊……哈哈……"笑着上了车。

高年也跟了上去，汽车发动，驶出街面。

天澈说："乔大哥，您这场防御战打得确实漂亮，一战惊动全国，您猜怎么着？原来城东面粉厂的刘大胖子，还有北郊的财主李隆基都想开纱厂，昨天派人送过话来，说要先问问你让不让他们活，让活他们才敢干，哈哈哈……不仅如此，我听说报社都准备报道您呢，那标题都写绝了，叫'小纺匠大胜日本经济侵略狂'。"

高年点着头："嗯，这标题好，这日本人是够狂的，来谈判的时候，像只狮子，眼睛都长到天上了。姐夫这服药刚下完，他就完了，差点给咱跪下。"

"哈哈哈……"三人大笑。

天澈很好奇地问："乔大哥，你怎么想出这么个招来对付他们的？这也太绝了。"

正峰虽然赢了，但想起来还是有些心有余悸："这松田跟陈家的实力都不可小觑，随便抻出一个来都够我喝一壶的，可坏事就坏在他们各怀鬼胎，这松田想利用陈昊贤，这陈昊贤也想坑松田。我师傅从小就跟我说，这抱团的买卖要是窝里斗，肯定干不长久。上等人，人捧人；二等人，人挤人；三等人，人踩人。他们就犯了大忌讳，互相踩，没好！"

天澈点点头说："他俩斗来斗去，结果都让你给坑了，真是螳螂捕蝉，黄雀在后啊。"

正峰眼一瞪："谁是黄雀？你个小兔崽子净败坏我名声。"

趁着正峰高兴，天澈不害怕，竖直了脖子说："乔大哥，您的名声现在我可是败坏不了了，您的事迹别说在济南，就连上海的一些商界朋友都知道了，我有几个同学都来电话说要目睹您的风采。您想想，松田是什么人，在上海让那么多的纱厂都吃了他的亏，现在正赶上日本人占了东三省，国人心里都憋着一口气呢。您横空出世大挫他锐气，真是扬眉吐气啊，这就是壮举，中国商界的壮举。这陈昊贤更不是善类，这么多年在商界叱咤风云，呼风唤雨的，谁也想不到他们俩一同栽到了你的手里，这样的名声我能动得了？噢，对了，我爸已经给陈府去了电话，您就等着陈昊贤来给您负荆请罪吧。"

正峰问："他能来？"

天澈说："这可是跟日本人合作打中国人，他敢不来？"

正峰点了点头。天澈笑着继续说："乔大哥，我再给您透个小道消息，下个月就要开商会了，我爸说要推荐您做副会长。"

正峰赶紧制止："得，你快别说了，别看我做生意行，但是做会长不行。"

天澈说："乔大哥，你不想当可以，可这个理由有点牵强啊。"

正峰想了想说："我说的话牵强，那我就给你念首诗，估计你就明白了，罗爷爷教给我的。"正峰作思考状，"应该是这么说的，'当官不为民做主，不如回家卖红薯。红薯你都不会卖，如何能为民做主。'"

"哈哈哈……"车内一阵大笑。

高年先止住笑声劝道："姐夫，您现在先别推辞，好多事情想起来跟做起来不一样。罗爷爷说得很好，可他是江湖中人，淡泊名利，兴许江湖中人的话不适合你，我给你换一个人。"高年也作冥思状，"这是一个名人，他是这样说的，叫'甭管干不干，揽下咱再看，要真是不能干，丢了算！'"

　　高年刚念完，天澈已经笑得上不来气了："高少爷，这句话是哪位名人说的？"

　　高年扭了扭脖子，一副很积极向上的神态："据说他姓高，啊，哈哈哈……"

　　又是一阵大笑……

第十九章　塘沽协议

陈家纱厂，王珊珊来到办公室，老吴正在锁门。

珊珊问："老吴，大白天的锁门干什么？昊贤呢？"

老吴立于一旁，恭敬地说："陈太太，董事长在办公室，他说想静一静，告诉我任何人都不要打扰他。"

珊珊眉头一皱，忙问："发生什么事情了？"

"这……呃……"

珊珊有些急："你快说！"

老吴不敢保留，一五一十地道来……

办公室里，陈昊贤正对着窗外发呆，继而又坐回到位置上，看着桌子上的单据，脸上写满心事。珊珊从外面推门进来，快速地走向陈昊贤，边走边说："要我说，这不算什么大事，货退回来就退回来，一来一回只搭了路费，对咱们来说没什么影响。"

陈昊贤抬起头，失落地看着珊珊："你都知道了？"

珊珊倒了一杯茶递过去，转到他身后，右手搭在他肩上说："纸是永远包不住火的，只是这次松田的做法倒是很意外，他竟然对你说了实话。如果他只是撤回他自己的货，把咱的货留在济南，那后果真是不堪设想啊！"

陈昊贤把珊珊的手推开说："哼，你不要错看了松田，乔正峰本来是要拿咱的货冲击他的青岛市场的，也就是说，咱的货比他的货还要重要。从松田给我打电话的语气就能听得出来，他很害怕。"

珊珊若有所思地点了点头："早就听说过这个乔正峰不简单，只是没想到这么厉害，他竟然能想到这种办法巧妙地化解了我们和松田的联手围攻，也难怪高年能心甘情愿地跟着他。"

听珊珊称赞正峰，陈昊贤本能地很排斥："你不要再提这个人了，要不是他从中搞事情，高年早就垮了，素雅也早该回来了。"陈昊贤感觉自己有些失态，又开始责备自己，"这些年舅舅、舅妈为了保住咱们陈家的面子，一直坚持让我打败乔正峰后再让素雅自己主动回来，没想到事情搞成这个样子。对方一弹未发，我方兵败如山倒，这是我愧对舅舅、舅妈的地方。"

珊珊看到陈昊贤很自责，轻轻地摸着他的肩膀说："你放心，这件事我会跟舅舅他们解释清楚的。当务之急，咱们赶紧把货运回来吧，正好也跟松田划清界限，再瞒着妈妈就要出事情了。"

陈昊贤长叹了一口气说："只怕也已经晚了，任伯伯已经把事情的原委告诉了妈妈，妈妈很生气，让我火速滚回去见她。"

珊珊的脸色吓得铁青……

陈府，陈昊贤把车停在门口，没有人出来迎接，再看看院子里，连个人影都没有，瞬间传递出一种紧张和压抑的气氛。陈昊贤和珊珊一前一后进了客厅，客厅里并没有人，陈昊贤不敢出声，看着卧室的方向，呆呆地站在一旁等着，面色沉重，珊珊挽住他的胳膊作为支持。

丫鬟从外面进来说："少爷，夫人在祠堂等您。"说完，挽手立于一旁。

陈昊贤一惊，转眼看看珊珊，惊慌的眼神中透露出自己接下来的处境。

陈家祠堂在宅子的后面，两边椿树环绕，中间一座石制香炉，青烟飘起，像一座小型寺院。

祠堂里面光线暗淡，供桌上，陈家过世先人的牌位依次排开，陈夫人站在一侧，手中的佛珠依次转动，微闭双眼，气如寒雪。"吱"的一声，王妈把门打开，一束光线从外面射进来，光柱下尘埃乱舞。陈昊贤从外面进来，走得很慢，不敢正眼看陈夫人，珊珊在后面跟着。

陈昊贤走到跟前停下，小声地叫了一声："妈妈！"

陈夫人慢慢睁开双眼，眼中带有一股冷光。她把目光转向牌位说："你任伯伯已经给我打过电话了，事情的前后我也都知道了，他也给你说了好多好话。"

陈昊贤想赶紧认错："妈妈，我……"

陈夫人脸色突变，厉声呵斥道："跪下！陈家几十年的清誉差点就败在你的手里！"

"扑通"一声，陈昊贤当即跪在牌位前，珊珊随着跪在旁边。陈太太没有说让他们跪到何时，转身走了出去，眼神依然冰冷。

祠堂外面是一座小亭子，亭口是一条鹅卵石铺成的甬道，通向前面的小溪，小溪旁边有两棵柳树，上面鸟儿追逐嬉戏。陈夫人站在亭子下面，看着前方，不知在想些什么。微风吹来，额前头发浮动，她抬头看看天，知道已经过去了很久。

丫鬟走过来说："夫人，已经半个时辰了。"

陈太太点点头："好吧，你把他们叫过来吧。"

"是！"丫鬟向祠堂跑去。

陈昊贤从祠堂里面乖乖地走了过来，满脸歉意，轻声地说："妈妈，我已经给列祖列宗认过错了。"

陈夫人微微地点了点头，沿着甬道，慢步向前。珊珊上前来搀着她，很歉意地打招呼："妈妈！"

陈夫人微微地点点头，并没有拒绝珊珊的示好，像是已经原谅了他们的过失，说道："昊贤，找个时间给正峰去个电话，真诚地道个歉吧。"

陈昊贤一愣，表情有些委屈地说："妈妈，我们陈家吃了他的亏，在业界丢尽了人，还要给他道歉？"

陈夫人继续说："这次竞争中，济南的荣家进了大批的日本货，而这些货就是正峰给我们的无锡市场准备的，难道我们能吃得消？"

"这？"陈昊贤没料到这一点，有些震惊，一时无语，低头跟着往前走。

陈夫人没理他，瞅瞅珊珊："珊珊，说一下你的意思。"

"妈妈，如果姓乔的拿日本货冲咱，咱就收了他的货，有多少收多少。"

陈太太冷冷地说："人家就能让你收？人家如果限量销售呢？就是在价格上压制你。"

珊珊有点接不住："这？"

"这什么？说白了，你们还是道行不够。"

珊珊也没有了办法，只好暂时认输："妈妈，我承认这个乔正峰是有两下子，我们跟日本人合作也不对，可我们进入济南市场没有错吧。"

陈夫人停下脚步，看着他俩，有些失望地说："这次你任伯伯说得很清楚，如果正峰不是看在他的面子，咱们的货现在已经流入到天津市场，天津的袁文会能善罢甘休？恐怕纺织史上一场空前的争斗在所难免了。"

陈昊贤不以为然："妈妈，以我们纱厂现在的能力进入华北市场是迟早的事情，只是现在没有做好进入天津的准备，乔正峰就是钻了这个空子。"

陈夫人瞥了陈昊贤一眼，警告说："你别忘了你身后还有日本人。这次你们虽然是表面上的合作，实际上是两条心，即便是你们赢了乔正峰，你们知道结果会是怎么样吗？这次进入济南我们是七成主力，自然消耗也最大，松田会借机集中所有力量来反扑我们，他们的价格是有优势的。想想真是惊心动魄啊，他先借着咱的手把乔正峰打败，然后再反扑咱们陈家，到那个时候，我们全线溃败，上海的市场都难保，松田这是一举两得啊，这一点也是正峰托你任伯伯告诉我的，这个乔正峰……不简单啊。你们俩都是商人世家，很多事情都只看到了表面，难道你们就没有看出这第二层意思吗？"说着摇摇头往前走，"你们吃了败仗是自己能力不够，可人家救了咱，就得有所表示。"

听到妈妈这么解释，陈昊贤和珊珊面面相觑，二人赶紧追上去。

陈昊贤问："妈妈，您的意思是乔正峰早就猜出了这一点？"

珊珊也恍然大悟，跟着过来说："妈妈，也就是说幸亏我们没有赢，输了反而是件好事。"说着，内心涌起一股莫名惊慌，然后是庆幸，像是躲过一劫。

陈夫人没有直接回答他们的问题，继续延续着刚才的看法说："昊贤，你哪一点都好，唯独有一点，太好强！当然，这也不完全怪你，这一点跟你父亲年轻的时候很像。你父亲二十岁就读完了《春秋》《史记》，还有《中庸》，中外的名人传记他基本上都读完了，你随便说一段故事，他都能够说出这个人是谁，还有他的出身、背景和各种大事件。如果说这只是表面功夫，再说说他的阅历，他干过瓦匠、园艺工人、街头艺人、药房伙计等等十几个行当，哪一行都是出类拔萃，鹤立鸡群。最令人叹为观止的就是象棋，在大上海一度没有对手。"陈夫人冷冷一笑，接着说："可就在他三十岁的时候竟然输给了一个当街要饭的！从此以后，你爸就再也没有碰过棋盘，'人不可貌相'五个字他也带进了棺材里。这乔正峰就有这个意思，出身卑微，却不露真相，看着不像个生意人，却是最好的生意人。你要知道，这样的人离你很远，可你却能看得真真的；可有些人就在你面前，就跟隔着千里一样，啥都看不清楚，松田就是这个样子。你现在应该悔悟了吧。"

昊贤一时间很难从角色中转换过来，没有底气地说："妈妈，能不能给我些时间考虑一下？"

陈夫人说："你还要拖？要我说这就已经很晚了，你早就应该拜访这个乔正峰了。你还记得四年前松田囤货居奇的事情吗？"

"记得。"

陈夫人说："当时松田在全国收棉，风生水起，可唯独在山东济南没收到一包棉花，而这正是乔正峰的杰作。这么大的一个阴谋，我们上海这么多纱厂都没有看出来，可偏偏这个乔正峰一下就看出了问题，你要知道当时他就是镇上的一个小纺织匠而已。再到后来的老鼠事件，依然是乔正峰所为。"陈夫人深吸了一口气，语重心长地说，"昊贤，这种市场警惕性和谋略可不是一般的生意人能有的啊！"陈夫人指了一下陈昊贤，"你就没有！"

陈昊贤惭愧地低下了头。

陈夫人继续往前走，边走边说："昊贤，这件事不能再拖了，为母已经拿定了主意，过些天就是清明节了，我们一起去祭奠你太师傅，借这个机会你亲自去道歉吧。"陈夫人下了一个陈昊贤无法拒绝的命令。

清明节这一天，正峰起得很早。

房间里，高凤帮着正峰整理衣领，说道："任老爷说陈夫人这次来主要是见你，你得明白，人家说的是客气话。其实是祭祀第一，你排第二，所以这穿衣服要素。不仅如此，那种场合，也得主意分寸，切忌笑笑呵呵，没个正经。"

正峰点点头说："我知道了。"说完，坐在了椅子上，若有所思。

整理完，高凤把一兜东西递给了高年："这些烧纸你拿着，今天是正日子，咱不能去给别人磕头，却忘了自己家的人。"高凤回头看着正峰，"你姐夫这辈子最放不下的就是罗爷爷，瞎了一辈子，还走得挺早，正好趁这个机会，冲着他老人家坟头的方向也拜拜。还有二狗叔，他救了你姐夫一条命。"

高年冲着高凤挤了一下眼睛："姐，你就别说这些了，要不然姐夫又该睹物思人了。"

再看正峰，他正坐在椅子上发愣，似乎又回到了小时候。街面上，他用棍子牵着瞎爷爷，瞎爷爷说：孩儿，走累了就歇歇，爷爷怀里还有半块饼，吃了能顶一阵子；说书场，几个混混打他们，瞎爷爷把他压在身子下面说，孩儿，别怕，打打就过去了。正峰问，爷爷，疼吗？爷爷说，疼啥，美着呢，这不比关二爷刮骨疗伤受的罪轻多了；雨中，瞎爷爷背着他去看病，一路上不知道摔了多少跟头，最后那一跟头下去就起不来了，他躺在正峰的怀里说，孩儿，爷爷怕是只能陪你到这了，以后的路全在咱说过的书里头。说完就晕了过去。

正峰回到现实，他缓缓地站起来，长叹了一口气，像是对曾经回忆的一种释怀。他拍了拍高凤的肩膀，是对她记着瞎爷爷的一种肯定，然后表情沉重地往外走去。

高凤使劲推了一下高年，高年快步跟了上去。

任万里带着陈家众人来到师傅坟址，四周环绕翠谷和清冽溪水，景境幽雅，这是一块风水宝地。

墓前，纸钱香火焚，两边是一副挽联："世代仁医救死扶伤驾鹤去，晚清志士心存天下乘风回。"

陈夫人撩衣拂袖与任万里前面祭拜，其他众人跟随拜礼。三叩之后，陈夫人擦去眼角缅怀的泪水，任万里把她搀了起来。

陈夫人说："万里，十几年了才来，您心里不要记恨我。"

任万里说："嫂子，您言重了，我师哥走得早，您自己照顾这个家已然很不容易，这次能来，我相信师傅九泉之下是会高兴的。"

陈夫人点了点头问："万里，师傅是医圣世家，数代以来都是善心仁术，恩德遍于江湖朝野，可你师哥临终也没告诉我师傅是怎么死的。"

任万里表情很沉重地说："师傅当年跟谭嗣同交好，戊戌变法失败后，清政府抓了他，又偷偷地杀了他，我师傅去找清政府理论，结果也跟着走了。为免株连，我们一直守口如瓶，现在大清亡了，这些也就不是秘密了，您不要怪师哥。"

任夫人也跟过来说："是啊，嫂子，师傅一共有三个徒弟，这里面最有前途的就是师哥，当然他也做得最好。可那个年代，上有武将祸国，下有文人乱政，生意做起来真是步履维艰啊。师哥从济南转到上海，苦于周旋，积劳成疾，最终撒手人寰，只是苦了你们。"任夫人看看后面的昊贤，眼中充满同情的眼泪。

"国运如此啊……"陈夫人看着墓碑上的一句谭嗣同的诗，念道："我自横刀向天笑，去留肝胆两昆仑……当时的上海各方混战，政府也是重军轻商，你师哥当时的处境也并没有比这句诗好多少。"说罢，流下了眼泪。

哭罢，陈夫人又无奈地笑了笑，像是对往事的一种释怀，问："对了，万里，您不是说要把乔正峰介绍给我认识吗？您一会儿带我们去吧。"

任万里笑着说："咱们也不用去了，他已经来了，就在外面候着呢。"

陈夫人突然变得很慌张："他等我们？这不好吧，上次他帮了我们陈家，理应是我们去拜访他。"

陈昊贤惭愧地低下了头，像是自责："伯父，我太笨了。"

任万里笑了笑说："昊贤，不是你太笨了，而是你这个对手太不一般了。他的厉害之处不在于输赢，就拿这件事情来说，他不但要打败你，还要让你惦记着他，甚至还要有愧疚，这可不是一般的权衡之术啊。嫂子，这个人出身卑微，却气度不凡，无论从经历上，还是为人上都跟师哥很像。"

陈夫人更慌了："那更不能让人家候着了。我们陈家风雨五十年，却被他秋风扫落叶一般斩于马下，这跟头栽得刻骨铭心！"

任夫人笑着说："嫂子，这个人你不了解，此人幼时受苦，宅心仁厚，受不了别人对他的一点点好，您是长辈，他候着你，这也是他最喜欢的方式。您要是去拜访了他，怕是会终生感念嫂子躬身拜访，这对他来说是一份巨大的压力。"

陈夫人更是来了兴趣，眼神中充满期盼之色："噢？还有这样的人？"

任万里吩咐："林伯，快把正峰叫过来吧。"

林伯听从命令，快步退了下去。

台阶上，正峰快速跑到跟前，双手抱拳，深鞠一躬："伯母，小侄来晚了，请您多多包涵。"

陈夫人笑着迎上去，握着他的双手，以长者的姿态端详着正峰，透漏出一股善意："贤侄，上次的事情我们陈家没有做好，应该包涵的是你。"

正峰赶紧说："伯母，您这样说，实在让小侄惭愧啊。"

陈夫人摇摇头："贤侄，济南一战，心惊胆战啊，该惭愧的也是我们。"山上峭壁流下来的泉水叮咚作响，陈夫人看向那口泉，"高山流水觅知音，在纺织行业，无论是对内，还是对外，你可是像俞伯牙一样弹了一首好琴啊！"说着，手一抬，老吴从后面拿出一个锦盒，他把里面的一幅字展开，"衣被天下"四个字，字体刚劲、隽永。陈夫人把它拿在手中，表情也很沉重地说："正峰，这是我先生生前所写，目的是教育后人勤勉奋进，将纺织业发扬光大。它已经在我们家的柜子里默默地待了三十年了，现在我把它送给你。"陈夫人将画悬于半空中。

"衣被天下"四个字在阳光下闪闪发光。

正峰震惊，赶紧拱手说："伯母，这个礼物太贵重了，更何况它是伯父留下来的遗物，我是万万不能收的。"

陈夫人颔首，微微一笑，就说了三个字："收了吧！"

任万里在后面说："正峰，依我看，你就收了吧。你戳穿了松田的阴谋，华北华东免于一战，'衣被天下'这四个字，你受得起。"

任夫人说："就是，正峰别辜负了嫂子的一番心意。"

众人劝说之下，正峰感觉盛情难却。他将双手在衣服上蹭了蹭，郑重地把字接了过去，然后慢慢地卷起，轻轻地放入锦盒，递给了三娃。

陈夫人笑着说道："正峰，万里经常提到你，说你忠孝仁义兼得。既然是这样，我也就卖一下我的老脸，求你一件事。"

正峰赶紧应答："伯母，有事您尽管吩咐。"

陈夫人说："我儿陈昊贤目前是陈家纱厂的总经理，年龄比你小几岁，做事情有些欠考虑，你要帮我的就是原谅他一次。"

正峰一愣，陈夫人的请求出乎他的意料。

陈昊贤站在后面，陈夫人瞪了他一眼，陈昊贤很不自在，低着头来到正峰跟前："乔大哥，上次的事情是我错了，请您原谅。"说完深鞠一躬。

珊珊也走上前来说："乔大哥，其实前些天昊贤就想给您认错的，可是……"

正峰摆手制止："弟妹，您别说了，我这个人心软，您这一说，我心里不是个滋味，就好像我做错事了一样。生意上的事情我看得不重，以后我们就不要再提了，可有一件事必须由你们才能解决。"

陈夫人说："你是说素雅的事情？"

正峰点点头说："伯母，您说得对。我乔正峰从小无父无母，最想做的事情就是能叫声爹，叫声娘。看着素雅有亲爹、亲娘却叫不到，我很难受，人我都带来了。"说完，冲着三娃一点头，三娃冲下台阶。

陈昊贤很抱歉地说："乔大哥，素雅的事情都是我的错。"

陈夫人瞥了陈昊贤一眼："确实是你的错，一错就是十几年，幸好还有机会改。"说着冲老吴使了个眼色，老吴往车子跑去。

高年领着素雅，带着两个孩子向这边走过来。这条路很短，却显得很长。素雅的爸爸从车上下来，却并不往前走，只是靠在车上不抬头，一口接一口地抽烟。素雅的妈妈拽了一下没拽动，想自己冲在前面，又不敢。失望、心痛的泪水瞬间流了下来。

高年给两个孩子说："孩子们，快叫，姥爷，姥姥。"

"姥爷，姥姥……"

素雅的爸爸万万没有想到会在这里见到自己的两个外孙，这分别十年的痛苦，和死要面子的倔强瞬间被这两个稚嫩的声音击垮了，抬起头，拽着老伴往前冲："哎……"

他们把孩子搂在怀里……

烟斗掉在地上……

眼泪掉在烟斗上……

十几年的隔阂随着溅起的烟火消失不见！

高年跟素雅也跑了过去，他们跪在地上，一家人抱在了一起。

深秋，夜幕降临，四周都安静了下来，偶尔能听到几声狗叫声。正峰回来得晚，高凤跟刘妈忙活着端饭。

正峰看到有鱼，高兴地点点头："刘妈，你这做鱼的手艺太棒了，找时间你得教给我。"

刘妈笑了笑说："老爷，这做饭是个功夫活，您是生意人，心思不能用在这上面。"

正峰说："噢，就学炖鱼一样还不行？"

高凤走过来说："一样也不行。你在家里炖鱼，那厂子咋办？工人们吃什么？"

正峰插科打诨："那就让刘妈当掌柜的，我在家里做饭炖鱼。"

刘妈挽手乐了："老爷，我还没干够呢，您就别抢我饭碗了，我再给您盛碗汤去。"说着刘妈退下。

高凤看着正峰吃得差不多了，就坐了下来，有些心事重重地说："有一件事我得给你说，大嫂给我说了多少遍了。"

正峰放下筷子问："什么事？"

高凤提醒："说了你不准急眼。"

正峰放下筷子："我又不是阎王，急什么眼，你赶紧说。"

高凤这才放心地说："大嫂说，这几年她天天在家里待着，白吃白住的也不是个事，她想去厂子里上份工。"

"上工？不行！"说着正峰站了起来，"这做人有四个字必须记住，叫'知恩图报'。黑爷救过咱的命，人家把孤儿寡母托付给咱，咱就得好生地侍候着，只要有咱一口吃的就不能饿着人家。老话都讲滴水之恩当涌泉相报，何况人家是救过咱命的人，你万万不能答应她的要求。"

高凤有些为难："我也是这么想的，可是嫂子总是问我，我担心她哪天绷不住再去问你。女人的心思都很敏感，你说话直，别哪句话不对再伤着人家。"

正峰想了一下说："那就给她一个答复，你就说缺个副厂长，只有这一个职位。"

高凤表情有些为难，她挽着手想了一下说："这倒是个办法，嫂子干不了副厂长，她听了也肯定不去，不过这样好吗？"

"有什么不好的，无论如何咱不能辜负了黑爷的托付。我估摸着大嫂就是待出来的毛病，你没事的时候就带着秀英、素雅、大嫂出去玩，实在不行就跟荣太太搭伙，她去的地方多，这样她也就不瞎想了，总之不能让嫂子进厂。"说着，正峰站了起来，看着墙上瞎爷爷的画像，"我这辈子欠着的人情怕是都还不上了。"说着眼睛已经湿润。

高凤问："又想瞎爷爷了？"

正峰很感慨："如果他老人家还活着该有多好啊！还能跟着我享几天福。我要是忙的话，就让念忠他们带着他，把济南府转个遍，他要是嫌小，咱去大上海转。他活着的时候喜欢水，咱坐船过去。"说到这里，话锋一转，"咱们一大家子在一起！"接着眼泪淌了下来。

高凤走过来，瞅着正峰，眼神里充满母性的慈爱："行啦，还有一件事我还没有告诉你，不过是件喜事，让你高兴高兴。"

正峰擦干眼泪，笑容重现："什么喜事，你快说，你想急死我啊，一会哭一会笑的。"

高凤抿嘴笑了："你听好了，秀英还有几天就要生了。"

"真的？这么快。"正峰说着拍了一下自己的脑袋，"我怎么连这事都给忘了，没弄错吧？"

高凤笑着说："日子都算好了，差不了。你放心，接生婆、奶妈、衣服，一切都准备好了，你就准备抱大侄子吧！"

正峰高兴地抱拳向正南行礼："好事，好事，我兄弟有后了！明天一早你就给小伍去信，噢，算啦，还是让高年弄吧，他写字那两下子比我强。"

承德方向，轰鸣的战火声咆哮着雨中的战地医院。

四个护士和一名士兵抬着一名胸部贯通伤的伤员往病房里赶。从后面又冲出一位胳膊受伤的军官大喊："我们团的重伤员呢？赶紧动手术，要不然他们就没命了。要快！"接着，人就没了影子。

病房里有两个护士听到有人对她们发号施令，并不舒服。其中一个说："这个人是谁？怎么这么横，不知道这里是医院？"

另一个护士示意她小声点："这可是个人物，听说打仗可有招了，经常把小日本鬼子打得没脾气，每天不知道有多少大官打电话来问他的情况。"

第一个护士气也消了很多："噢，是这样，怪不得人家常说，'有脾气的人都有本事'。"

另一位护士缠了一下绷带说："只要能打仗，有点脾气算什么。看着这么多伤员，真希望这样的官多一些。"

一个头部受伤的士兵听到她们的交谈，挣扎着抬起头，轻声地说："您说的是我们团长！"说着又躺下，笑了，满脸血渍下的面容平生出一种感动和希望，"护士，您赶快把我治好，我还要跟着我们团长上前线，跟着他打小日本鬼子，过瘾！"

护士快速走了过去……

雨越下越大，雷声开始轰隆隆地响彻大地，一道道赤链蛇般的闪电在承德方向肆意地释放。小伍站在外面，看着远处的炮火，感慨良多。雨水不断地沿着帽檐、肩章淌下来，他的军装早就湿透了，但仍然一动不动。警卫员过来拿伞给他挡上，他一把推开，雨水再次打在他的脸上。

警卫员说："伍团长，进屋吧，这里凉。"

小伍很悲壮地说："日军的铁甲车进入了榆关后就再也没有停下，山海关沦陷，热河全境沦陷。日军不费一枪一弹轻取承德，十万东北军不战而退，东北军元老、热河省政府主席汤玉麟弃地逃走，奇耻大辱！"

警卫员劝道："团长，您就别生气了，好在张学良已经引咎辞职了。"

小伍继续发泄："他辞职顶个屁用，长城沿线仍接连失守，平津危急！"说着往外走："我要回到战场！"

警卫员拦住他，劝道："团长，您不能满脑子都是打仗，您的伤还没有好。"

小伍刚想回两句，又一位士兵从外面跑了过来："团长，家里来信了。"

小伍停住脚步，看到是正峰的信，"我哥？"非常激动，他快速地撕开信："小伍吾弟，分开数月，哥很想你，也会经常梦到你，梦到你小时候怕狗。梦醒了，知道自己想多了，你现在都拿着枪突突日本人了，还能怕狗？可小日本比狗厉害，不但阴险，爪子也硬实，近日听说汤玉麟弃城而逃，让人看尽了笑话，国民政府内忧外患，想想净是担心。还好，有你嫂子晨昏叩首，求你平平安安的，我也算是松了一口气。上次跟任会长聊天，他说可以采取夜战的方式攻击日本，这样可以灭掉他们飞机轰炸的优势，我觉得是个好办法。可天澈又说，一战的时候日本人就已经很注重夜战，水平很高，我想，长城沿线地属山脉，在山地里的夜战，日本人还能撑得住？哥是商人，不懂军事，就不多参加意见了。总之，打仗忌讳硬碰硬，千万要学会动脑子。最后告诉你一件大喜事，下个月秀英就要生了，她很想你，你要是有时间就回来一趟，要是回不来，也回个信，让我们知道你平平安安。行啦，就写到这吧，务必平安，高年代笔。"

小伍眼睛湿润了："我他娘的也有今天，也要当爹了。"说着把眼泪擦干，"可惜，家国难两全。嘎子，你去回封信，就说小伍很好，但是回不去，家里的事，一切都由我哥来办。"说着低下了头，很悲痛。

警卫员看着不忍："团长，要不趁着养伤的这些天您就回去一趟吧？"

这时，又一名士兵跑过来，立正，敬礼说："报告团长，师长来电，日本人快要突破喜峰口防线，问您能否镇守古城。"

小伍立马站直了身子说："你告诉师长，伍思峰誓死镇守古城！"

乔家院里，二楼连续传出秀英的喊叫声和一群女人的声音，也分不清是谁："使劲，深呼吸，素雅，把她手攥住了……不行，再吸一口气……秀英，再用力，对，就这么整……"

正峰在院里来回转，神情焦急，抬眼看着二楼，大声问："怎么了，还生不出来？"

高凤从二楼端着盆下来，看着正峰，又气又笑："你一个大老爷们，跟着瞎着什么急啊？"

正峰辩解："不是，这怎么还没生出来？"

高凤说："秀英是格格命，胯小，从小也没受过苦，这孩子娘胎里的时候养得又好，不好生。"说着，又吩咐刘妈："刘妈，再端盆热水来。"

正峰又抬头看着二楼，皱着眉头："这也太费劲了。"

刘妈把热水递给高凤，高凤看了一眼正峰，没说什么，又往二楼跑去。

高年在中堂看报纸，听到外面的动静也来到正峰身边，他瞅瞅二楼说道：

"姐夫，又不是我姐生孩子，你老瞅着二楼不合适。再说，这生孩子是女人的事，咱也帮不上忙，你也就是干着急，着急也没用。"

看着高年事不关己的态度，正峰又急又躁，当即骂道："滚！"骂完，又抬脸瞅着二楼，想想不对劲，"哎呀！"转头往别的地方看。

高年看到正峰生气了，很识趣地又坐回到椅子上，看着正峰无所适从，偷笑了一下，又重新看起了报纸。突然一则关于松田的报道映入眼帘，他惊得跑向正峰："姐夫，青岛，松田的消息。"他来到正峰跟前说，"姐夫，因为日本人打到了长城，所以激起民愤，以青岛共荣纱厂为首的日资企业都受到了各方的抵制。"

正峰接过报纸，瞄了一眼说："这是好事！"说着又把报纸塞给他，"这会顾不了这帮王八蛋，少拿松田恶心我。"

话音刚落，二楼一声大叫，紧跟着是孩子哇哇的哭声……

"生啦？"正峰就地蹿起来，"生的什么？"

高凤推门出来，满头大汗，扶着扶梯说："生下来了！是个小子！"说完又钻进了房间。

"哈哈哈……"正峰大喜，高兴得摩拳擦掌，"哈哈，小子，是个小子，我兄弟有后了，太好了。高年，赶紧写信，告诉小伍，是个小子，让他赶紧滚回来，给孩子起名！"

高年也很高兴，可是还控制得住，看着正峰说："姐夫，我看你是高兴糊涂了。孩他爹不正在守长城吗，哪顾得了这个。再说，小伍上次来信不是说了嘛，一切由你说了算。"

"对，对，对！我都忙糊涂了，我说了算。那起什么名字？"正峰开始在来回踱步，心里盘算着，"你也帮我想想。"

高年琢磨了一下说："姐夫，你看，念忠，念仁，念义，这中间再加一个孝字，如果叫念孝的话，这忠孝仁义可就凑齐了，也是个男孩名。"

正峰眼前一亮，点点头："嗯，叫念孝，伍念孝！好，这个名字好，就叫伍念孝。"

高年又撇了一下嘴，显得有些失望："可这个名字不好听。"

正峰眼睛一瞪："那什么名字好听？张学良这个名字挺好听，千古罪人！汤玉麟这个名字也不错，这个王八蛋！临阵叛逃，简直枉为人。要不是他们，小伍也不会在前线玩命了。定了，就叫伍念孝，听着痛快。"

"行，姐夫，全听您的。"

"好，告诉刘妈，晚上包饺子炖鱼，咱们一块庆祝一下。"

高年瘪着脑袋，一副嫌弃模样："姐夫，怎么净挑你喜欢吃的做啊。再说，这排场也小了点吧。"

正峰兴奋地点着头，"嗯，是小了点。这样，你一会去通知万里哥还有荣老板，告诉他们，咱晚上摆大席！"

青岛共荣纱厂，办公室里一派日式的装饰风格，松田正在跟山口商量事情。

山口很担忧地说："社长，都让您猜对了。目前我们在青岛的各项事务都受到了不同程度的阻碍。今天我去了码头，他们对我们日本商船很有意见，也不愿意把大仓库留给我们。"

松田点了点头说："我们的军队打到了长城，他们还有抵触情绪。不过，中国人的记性一般不会太好，相信过不了多长时间就可以给我们用了，这你不用太担心。"

山口还是有顾虑："他们的态度很坚决。"

松田笑了："山口君，我这样说是有根据的。你可以回忆一下，自从我们攻打中国东北以来，我们出货的总量有没有减少？"

山口想了一下说："总体来看并没有。"

松田点点头，接着得意地笑了："山口君，我研究过出货的数据，我发现，只是在一些事件节点上我们的出货量会减少，可是事件一过，我们稍微一降价，我们的出货量就会迅速起来，这说明什么问题？中国人虽然憎恶我们，但是并不憎恶金钱，因为战争所引起的民族仇恨并不会阻挡住利益的驱使，他们的团结也是短暂的。"

山口的脸上有了一丝笑容："社长，我明白怎么做了。"山口继续汇报，"还有件事情很奇怪，自从我们的产品进入市场以后，前进纱厂和腾达纱厂主动把价格拉了下来，他们的速度非常快，这样对我们以后的竞争很不利。"

松田说："这也没有关系。青岛不同于内陆，这里的物流很发达，即便是我们把价格降到最低，也无法达到立竿见影的效果。前进纱厂和腾达纱厂的老板虽然都是不错的实业家，可是论手段和魄力还比乔正峰差了一些，虽然他们现在都很主动，可我们占领青岛市场是早晚的事情。我们目前最主要的任务就是把产量做上来。你要知道，我们现在还有三分之一的机器没开机，这几天又招了多少人？"

山口低下头："只有三十人。其实来报名的人很多，但有一部分上了年纪，所以我没有接收。"

松田瞪着山口，目光如炬："山口君，必须加紧招工，年龄大不算什么，他还有儿子，儿子还有老婆，老婆还有弟弟……你应该知道中国人是最多的，这项资源是取之不尽的。"松田长吸一口气，"山口君，我们日资企业面临的困难比较多，尤其在这种时候，决不能因为人数的限制从而影响我们企业的进度，你要学会把资源利用最大化。"

山口惭愧地低下头："是，社长，您说得对，我知道怎么做了。"

这时，厂子门口的猎狗突然叫起来，很凶。松田透过窗户看过去，工人们吓得绕着走。他又说道："门口的猎狗也要弄走，我们不能让工人们觉得咱是在防着他们。这一点我们要向乔正峰学习，即便是在全厂停工的情况下，还可以养着自己的工人，这不是一般人可以做到的。我听说，乔正峰和陈昊贤的关系突飞猛进，这对我们非常不利。"

山口提议说："社长，济南也不是铜墙铁壁，要不然我们把第一批货低价发到济南周边的染厂，我们让他日夜寝食不安。"

松田摇摇头说："这种小聪明还是不要使了。乔正峰这个人很精明，我们暂时不要招惹他。"

"好的，社长。"

松田绕到办公桌的电话旁边，看看手表，指针指向十点五十分附近。他又慢慢地把手放下，自言自语道："时间快到了。"

山口不明白问："社长，您是指？"

正在这时，电话铃声响起，松田迅速地拿起电话，很激动地问："签了？"可是电话那边的声音并没有延续他的激动，反而是愤怒，教训道，"八嘎，这种事情以后再说。"电话那边没了声音，他失望地放下电话，又看了看手表，指针已经快到了十一点。

松田缓和了一下自己的情绪，眼中透出一股雄心说："我正在等一个很重要的电话，从某种角度来讲这通电话能够决定我们以后在华北的作为。"

山口没听明白，刚想问，叮零……电话铃声再次响起。

松田一步迈过去，拿起电话，瞬间变得激动万分，笑着说："青木君，这真的是个好消息，万分鼓舞人心的好消息，谢谢！"松田冲着电话弯腰致谢。他告诉山口，"就在刚刚，中国已经妥协，跟我们签订了《塘沽协定》，同时划绥东、察北、冀东为日军自由出入地区。看来我们离拿下平津已经不远了。"

山口听完也很高兴，突然又忧虑起来说："社长，我们的军队直接进入平津不是更好？"

松田摇了摇头说："我们的军队目前并没有做好这方面的准备，战线拉得太长，我们需要休整的时间。如果贸然攻击有可能会败，甚至连东北都会守不住，目前这是最好的选择。"松田看向窗外，开始畅想："天津的纱厂工业非常发达，同乔正峰那一战就是因为我们在天津没有基础才吃了亏。现在有了军方的支持，如虎添翼！甚至可以试着着手天津市场的布局，过不了几年，我要让乔正峰俯首称臣！"

第二十章　波云诡谲

1936 年，10 月末。

陈府，一辆黑色轿车停在门口，司机打开门，陈昊贤从上面下来，他站稳脚步，审视着妈妈的房间。今天，他穿了一件灰色风衣，头发也比以前长了，顺手掏出一支烟，点上，瞬间有了一种成熟男人独有的沧桑。

珊珊从后面过来说："最近妈有些咳嗽，还是别抽了。"

陈昊贤看了看珊珊，轻轻地点了点头，把烟扔在地上，用脚捻灭。他抬手扶着珊珊的肩膀，意味深长地说："珊珊，如今我们的处境还是不要跟妈妈说了。"

珊珊点了点头说："嗯，知道了。"

司机从车上拿下两盒点心递给珊珊，二人向院子走去。

陈夫人正在客厅里念佛，她手持佛珠，闭目聚神，神采与前几年并无差异。这时，珊珊挽着陈昊贤的胳膊一起进来："妈妈。"

陈夫人点了点头，把手中的佛珠放到桌子上问："无锡退的货都要回来了？"

陈昊贤一愣，与珊珊面面相觑，问道："妈妈，这件事您是怎么知道的？"

陈夫人冲着丫鬟使了个眼色，丫鬟领会意思，上前接过珊珊手中的点心，退了下去。

陈夫人指了一下旁边的沙发说："都坐下吧。我们陈家跟无锡的大江染厂也是世代的交情，这次他们的老掌柜亲自给我打了电话，告诉我松田给的价格太低，他如果继续用咱家的货就得关门歇业，让我们不要介意，等市场价格恢复了，立刻就会用咱们的。南京、无锡是咱们的重点区域，既然大江染厂都退货了，其他的就更不用说了，这些事情你们就不要再瞒我了。"

陈昊贤这才说："妈妈，都退回来了，货都放在了仓库。"

陈夫人点了点头，也坐了下来说："那你准备怎么处理？"

陈昊贤说："妈妈，自从上次跟松田决裂以后，松田就处处针对我们，这几年的账务几乎是平进平出。这次松田把价格降得太低，我们要卖就会赔得更多，而且以后再想涨起来就会很困难。"说完，他手不自觉地又把烟掏了出来，珊珊在旁边推了他一下，他顿时明白，又把烟揣进了兜里。

珊珊说："妈妈，我倒是有个主意。"

陈夫人说："你说说看。"

珊珊说："既然怎么样都是赔钱，我们不如把货发到青岛，松田想在上海周边打压我们，我们就去他那里搅和，我们没好日子过，也不能让她舒服了。据说他那边的两个厂子产量很大，我就不信他不怕。"

陈夫人摇了摇头说："青岛还有些我们同行，那样的话我们陈家挤的不仅是松田，还有我们自己的同胞，这样我们里外都不好做人，还是想其他办法吧。"陈夫人稍微等了一下，看两人都不发言，又问道："济南那边的情况怎么样？"

陈昊贤说："噢，乔大哥已经打过两遍电话了，让我把货发给他，他说能帮我们处理掉，我正在考虑。"

陈夫人有些忐忑地问："这几年，松田在华北市场的主要目标就是他，他能处理得了吗？"

陈昊贤倒了杯茶过来："妈妈，这几年，日本人在华北的动静确实很大，可济南的力度并不大，我也没有想通为什么。"

陈夫人想了想说："看来这个松田是从心底忌惮正峰啊，可他当真能处理得了吗？"

珊珊说："妈妈，乔大哥既然让我们发，咱们就发吧。如果我们上海这边对松田示了弱，松田就会抽出更多的精力对付他，他帮我们处理货也未免是一件坏事。"

陈夫人点了点头："嗯，正峰这个人脑子太快，得好好琢磨，很多事情等做完了，还要寻思一下，即便是这样也未必能明白。但无论如何，你得告诉正峰，如果处理得不顺利，我们陈家再收回来，我们不能让他背这个风险。"

"知道了，妈妈。"说着，陈昊贤又站了起来，有些忧心忡忡地说："妈妈，明天您就不要出门了。"

陈夫人瞅着陈昊贤，目光坚定，知道有什么事情要发生。

陈昊贤表情暗淡地说道："明天一早，日本驻沪海军陆战队要在沪东举行大规模军事演习……"

陈夫人走到窗口，看着外面的天，眼神中透出丝丝凄凉，淡淡地说："停下的生产线就不要再开了，现在的上海风雨飘摇……"

高年蓄起了胡子，人也更显得成熟了。他外面套着一款黑色风衣，里面是背带裤，他拿着一张汇款单从外面进来。正峰穿着黑色圆领长袍，显得人有些瘦，他正拿着放大镜看线上刚下来的坯布，看着高年进来，停下了手上的活。

高年说："姐夫，青岛前进纱厂的李有林打过来四十万，说要入咱们厂子的股。钱到了，我还没入账。"

正峰很吃惊地问："咋了？青岛他不待了？"

高年把汇款单放到桌子上："眼下，松田很猖狂。天津市场被他搅得一团糟，这青岛就更别说了，这才几年的工夫，腾达纱厂已经被他直接干趴了。

这李有林倒是生挺了几年，估计也快干不下去了。"说着给自己倒茶。

正峰有些不解："有这么快？上个月不是还咬得很死吗？"

高年把茶喝完说："这也得看咬谁。现在的松田已经不是曾经的松田了，自从日本军进入华北以后，要求国民政府签各种条约，不签就军事演习，这飞机大炮的一闹哄，咱就得吃亏，这日本商人也跟着受益。现在松田是越来越有底气了。李有林说松田搞来了一群日本当兵的，天天举着枪在前进纱厂门口转悠。原先，价格降一些买家就能来，现在，即便是进了门，也没人敢出来。这做生意求的是财，玩命的事谁还干。"

正峰拿起汇款单看了一下，又放下说："不行，这钱还是退回去吧，上次我就随口一说，没想到他还当真了。"

高年赶紧往后退两步："别，姐夫，要退还是您自己去退吧，刚才电话里我稍微一犹豫，李有林差点跟我急了。不过这李有林倒是挺信着您，说你是纺织界的奇才，让您尽管用这钱，股份您也随便给，反正是不想在青岛干了。其实，他做得也没错，这钱放在哪儿都比放在松田眼么前好。"

正峰想想跟松田的一些过往，有些想不通："你说这松田怎么说也算是个成功的商人，怎么越来越不入流了？"

高年也很气愤地说："这不入流的不止他一个，上次我去青岛办差，找不到地方，问了个拉洋车的，支支吾吾半天没说出来，谁承想，一个日本人告诉了我地方，这他娘的青岛都快成他们的了。更可恨的是我当时没有纳过闷来，还上赶着谢谢人家呢，我他娘的这不是犯贱吗？姐夫，我还听说这松田不仅收购纱厂，染厂都开始收了，纱厂、印染一锅烩，你说气人不气人？"

正峰好像没有听到高年的话，低头沉思，良久，他抬起头来说："高年，你回头告诉李有林，就说这青岛确实不能待了，不过，临走前也不能便宜了这个松田。他不是想要前进纱厂吗，就给他，但也分怎么给。你让有林再顶几天，我想想招，临走也得骗他几片子肉下来。"

高年走到正峰跟前劝说:"姐夫,我知道您主意多,我看这次就算了,这日本人都端着枪在门口守着呢,还能想出什么办法?别到最后,办法没想出来,李有林再吃了亏,您这不是往自己身上招虱子吗?"

正峰瞪着高年:"办法我现在就有,就是觉得不够狠。"正峰缓了一口气,继续说:"青岛是什么地方?前面是海,后面是山,那可是风水宝地,就是因为我们国家太软弱,才被日本人占了这么多年。松田也正是看中了这一点儿,才派人在门口守着,他真敢明目张胆地开枪?你别忘了他们那些怂兵还没打到青岛来呢!行啦,你也别劝我了,就照我说的做!"

高年只好同意,点着头说:"好!我一会就给他打电话,把你的意思告诉他。"

这时三娃从外面进来,手里拿着物流单说:"掌柜的,陈家的货已经到了,不过数不对,好像只发过来一半。"

正峰站了起来:"只发了一半?那剩下的一半怎么弄?他能卖得出去?"正峰很忧心地说:"昊贤怎么还看不明白,这些年松田先是在青岛稳住脚跟,然后是拿下天津,这相当于堵上了咱们东边和北边的两扇大门。等上海吃了败仗,立马就会到济南,所以这上海不能输,上海一输,咱们全盘皆输。你马上告诉他,剩下的也发过来,看眼前的形势,这松田迟早要打到济南来,到时候,想卖就都卖不动了。"说着,又觉得不妥,"算了吧,咱先去看看货,回来,我亲自给他打电话。"

晚上,秀英正在楼上收拾东西,只听门被叩了一下,紧接着,念忠、念仁、念义从外面排着队进来,他们站成一排,念义在最后把门堵上。

秀英猜测是他们惹了祸,坐了下来问:"说,几个小祖宗又闯什么祸了?"

念忠刚要说,只听院子里高凤喊道:"你们三个小兔崽子就别下来,下来我揍死你们!"

"扑哧！"秀英没忍住笑了。

念忠低着头说："伍婶，看来今晚又得住您这里了。"

秀英收住笑容，很严肃的说："睡可以，但是得把我昨天教给你们的东西都背一遍……"

几个孩子都很用心地点点头。

晚上正峰回来，高凤已经把酒菜准备好。

正峰端起酒来喝了一口问："念孝呢？"

高凤指了指里屋说："在里屋睡着呢。"

正峰进了里屋，看着睡得正香的大侄子，笑着："让我亲一下我的大侄子。"亲完，放肆地笑着，"跟小伍真像！"

高凤进屋把正峰拽了起来："你刚喝了酒，明天他娘闻到孩子一身酒味，我可解释不清楚。"

正峰也反应过来，一个劲地擦嘴："对，对，对……喝酒了。"擦完嘴，想起了自己的三个孩子，问："咱那仨呢？"

高凤有些气愤地说："不好好上课，让老师告到家里来了，现在正在他婶子那里躲清静呢！"

正峰听完，表情变得严肃起来，接着又笑了："这事有点意思，咱那三在他婶子家，念孝在咱家。要不咱跟秀英商量一下，换换，让那仨熊孩子跟着秀英，让念孝跟着咱，我看念孝比那仨兔崽子强。"

高凤撇嘴笑了一下："你以为我舍不得啊，我可豁得出去。念孝这孩子只要一睁眼，就一点儿也离不开我，呵呵，我也离不开他。"说着，开始倒茶，接着说，"自从秀英住进了咱家，就跟他们亲妈似的，一有事就往那里跑，知道秀英能护着他们。"

正峰假装很气愤地说："他们以为跑他婶子那里就改朝换代了，等他们回来我收拾他们！"

高凤怕正峰真出手，又开始拦着："别动不动就凶孩子，你这不收拾都怕你怕得不行，你要是真收拾了，这孩子的胆全没了，还是跟着秀英吧。这秀英也确实有办法，她说老大虽然捣蛋，但是有责任感，她就让老大带着老二和老三，结果，我真省心不少；她说老二稳当，就教他学写字，结果，现在写的字人见人夸；变化最大的就得数这三丫头，记性好，也文静，秀英就教她念诗，什么李白、杜甫、李清照啊，好多我都念不出名字，结果，现在全学校没有对手，呵呵……"高凤幸福地笑着。

正峰越听越高兴，又喝了一杯酒说："秀英可是格格出身，琴棋书画什么不懂？论才华，在咱们济南府可没几个能赶得上，这是咱这几个孩子的福分。"

高凤也说："这可是，可是人也不能太拔尖了。前些日子，学校的校长来了，知道秀英有本事，想让她去学校当老师，还带了不少东西，秀英倒是没什么意见，可我背地里给辞了。小伍在外面打仗，我们已经够提心吊胆的了，这秀英再经常抛头露面的，万一有个什么闪失，可怎么交代？"

正峰也觉得高凤说得有道理，点了点头："嗯，你做得对！再说现在讲究的是新式教育，让她去当老师相当于让小凤仙唱台子戏，根本不对岔口。还是待着吧，把这几个孩子培养成人才也是大功一件。"

高凤点着头认可，坐下来："其实我也有私心，没事的时候，让秀英也给我弹弹琴，手指头一动，那音就出来了，可好听了。我还愿意听她讲那宫里的故事，那里的女人们斗来斗去的，比那戏文还精彩。还有那太监……"高凤突然停止，"算了，不说了，都是些花哨事，省得你分心。"

正峰不以为然："分什么心，平时我不说，不是我不懂，是因为我不想说。就拿这太监来讲，我随口就能想出个事儿。前些日子去乡下卖货的时候，有一家地主，看门的是个太监。这个人有个毛病，进门的人都得给他讲个笑话，可能是一辈子没沾过女人的原因，还要荤的，要不然不让进。我实在是没招了，就给他讲了一个。"

高凤来了兴趣："你讲的什么，快说说。"

正峰喝了一盅说："我说有一个大臣想见皇上，在宫门外被一个人给拦住了，这个人……然后我就不说话了。这个管家看我说了一半，没头没尾，当时就急了，问我下面呢？下面呢？我说：下面没了，哈哈哈……"

高凤看到正峰大笑，不明白什么意思："笑什么啊？"

"他问我，下面呢？我说，没了……"

高凤顿悟，也捂着嘴跟着笑了起来，笑完："你这么损人家，人家就没有揍你？"

"揍我？他一个看门的挡住了主子这么大的一单生意，我没让他没饭吃就不错了。"

"人家秀英讲的有意思多了，当时听了虽然没你的笑，但是回头还得想，想着想着就还想听。"

正峰说："哎呀，你这光在家听故事也不行。前几天，任太太说想去青岛玩几天，要不你们也跟着去，正好散散心。看眼下这形势，怕是没几天好日子了，能玩就赶紧玩玩吧。"

高凤说："我可不去，任夫人的排场大，出门要带两个保姆，还有几个护卫，倒是安全，可总觉得不自在。再说，任家生意遍天下，到地方接待的人也很有身份，总觉得跟着沾光。上次去潍坊，临走的时候人家送了两车大萝卜，任太太倒是大方，一出手就分给咱一车，吃得这几个孩子一见到萝卜就想吐，到现在还有一些在地窖里放着呢。"突然，高凤停了下来，凑到正峰身边，"你刚才说没几天好日子了？这以后还真能打？"

正峰微微地点点头说："这个谁也说不清，原先也不是没打过。我从小就是个放牛的，谁想到我能混到现在这样。既然有我这样的，就有从大老板混成小放牛的。师傅常说'反复无常'就是'命'。人有命，国家也有命，堪忧啊……"说着又喝了一盅。

　　前进纱厂的门口偶尔会过去几个手拿长枪的日本兵。铁栅栏门被关得严严的，两个门卫在门口守着，但眼神里裹着畏惧。办公室里，李有林看着门口的位置，心中不断地腾起怒火。李有林今年四十多岁，肤色很白，脸上的麻坑映着外面射进来的光，更显得威严。他肩膀很宽，也显得很有派头，但是表情却显得十分忧虑，手里拿着一支燃烧着的香烟，却顾不得抽。

　　管家有五十多岁，人很瘦，但很有精神，他在后面擦拭办公桌，几次抬头想提醒李有林，但都忍住了。等他擦完办公桌，看看时间已经是九点整，这才慢步走过来："李老板，松田昨天已经打来两次电话了，问您今天是否要去见他？"

　　李有林把目光从远处撤回来，很无奈地转过身子说道："见自然是要见，可现在去见比他娘的从咱兜里抢钱还憋屈。你看看这些兵，转来转去，这都几个月了，就跟门神一样。这松田啊，哪是个商人啊，整个一下三滥！"

　　管家也很气愤，但更多的是害怕，委婉地劝道："李老板，老话说得好，胳膊拧不过大腿。整个东北都是日本兵，我们一个厂子还能怎么样？咱可是手无寸铁的商人。"管家低下头，表情变得更加为难，"李老板，松田的语气不像是和谈，更像是命令。"

　　李有林怒火中烧地大声骂道："他……他就是端着枪的强盗！"

　　管家见势下意识地往后退了两步，还是低着头。

　　李有林不想在这件事上纠缠，他压住心中的怒火问道："乔大哥来电话了吗？"

　　"噢，还没有，我也一直在等。"管家并不了解正峰，还是有些顾虑地说，"李老板，虽然听说这个人很厉害，可他真的能替咱挽回损失吗？跟您的这些年，多多少少见过商业上的一些人物，可是能从日本人兜里挣钱的，当真没有见过。"正说着，电话铃响起，管家快速走了过去，拾起电话："您好，对，好的乔老板，您稍等。"电话正是正峰打来的。还没等管家传话，李有林一个箭步冲了过去，他接过电话："乔大哥，是您吗？可把您的电话等来了，我都听您的，反正青岛我是不想待了，给了钱我就走。"电话那头是正峰的描述，李有林不停地配合点头，"好，好，可这样松田能上套吗？行，我试试。乔大哥，咱们济南见。"

他放下电话吩咐道："老张，东风来了！"他凑到管家耳边说了一番，"老张，就按我说的去安排吧，等你安排完了马上告诉我，我去会一会这个下三滥！"

管家跑了出去。

共荣商社里，松田正在洗漱，他端详着自己的穿戴，上下打量。山口进来汇报："社长，前进纱厂的李老板来了。"

松田看着镜子里面的山口问："他还是咬着三十万吗？"

"是的，社长。"

松田很不屑地说："哼！看来他还没有认清眼前的形式。高于十五万，我一个子也不会给他。"

"社长，这个李有林很难对付，他说如果低于三十万，他就会把厂子卖给别人。"

松田笑了笑："卖给别人？我们再买回来，也是十五万。"

山口低着头，看似正在组织语言，松田也突然有了一丝不祥的预感，问道："你觉得他不卖给我们还能卖给谁？"

"卖给乔正峰怎么办？"

"卖给他？"松田吃了一惊，开始在屋里开始踱步，"他敢来？青岛现在是我们日本人说了算，他要是来，我们就能一把火把他厂子烧了。你放心，

555

他是不敢来的。"

"社长，我们还是防着点好。"

"嗯！"松田往上提了提衣领："有请。"

客厅里，虽然是在松田的地盘，李有林气势上却不输他。侍女把茶杯摆上，正要倒茶，李有林一抬手，侍女退了下去。

松田亲自给李有林倒了茶说："李老板，我们是很多年的朋友了，不必拘谨。"

李有林笑了笑说："抱歉，最近胃不舒服。"

松田问道："噢？胃不舒服，是不是最近工作太操劳了，没有按时吃饭？"

李有林说："如果每天都有一帮人拿着枪守在你家门口，你还能吃得下饭去？"

松田被李有林中国式的狡猾逗笑了："李老板，恐怕您误会我们了。你们那趟街上有一家是我们日本的商店，最近发生了偷盗事件，我们的兵只是在维持治安而已。"

李有林嘴角露出一丝笑容，像是对松田谎言的嘲讽。

松田继续说："请李老板不要误解，我们只是在帮你们国民政府做事情。如果李老板有情绪的话，我现在就把人撤回来。"松田冲着外面喊，"山口君。"

山口走过来："社长。"

松田说："山口君，请联系一下小泉将军，请求他把部署在前进路的兵力撤回来。你告诉他，他的这种做法伤害到了我的朋友。"

"嗨！"山口往外走。

"不用了！"李有林伸手制止住说，"松田先生，即便是把人撤回来，我想，您也是不会给我们出路的。"

松田说："李老板，请您无论如何都要相信我们是正常的商人，即便是有了冲突，我们也会通过商业的手段解决。不瞒您说，如果李老板今天不来的话，我们会把价格降到八十一件，届时，恐怕李老板的事业也是很难维持的。"

李有林冷笑了一下说："既然我们已经没有了任何出路，那咱们就说一下您收购的价格吧，松田先生。"

两人进入到了正题，松田很满意，他喝了一口茶说："在我心里面，李老板是青岛商界难得的人才，经营企业也十分有章法，所以我不想因为价格而破坏了我们之间的情谊，所以我想出十五万。"

"十五万？"李有林再次冷笑了一下，心想果然跟正峰说得差不多，日本人办事往往会把话说得很满，可是钱却给得很少，"松田先生，我们厂的情况您一定很了解，各方面都很成熟，您一接手就可以实现盈利，我的底价是二十五万。"

松田看起来有些不悦："青岛大大小小的纺厂都被我们收购了，给您的价格我出得是最高，如果您还是觉得不满意的话，那您就等着八十元一件的坯布上市吧。"

李有林没有退缩，直盯着松田说："松田先生，您要是真的给我十五万，您是真不让我活啊，看来我只有搬迁了。"

"搬迁？"松田笑了笑说，"我想李老板还是放弃这个想法吧，往西有济南的利民纱厂，往南有上海的陈家，这些地方恐怕没有您的位置。"

"哈哈哈……"李有林突然爽朗地笑了起来。

松田很吃惊，他只是想到李有林狼狈的样子，并没有想到他会有这种举动。

李有林说："不瞒松田先生，如果我们的价格谈不拢，我会把厂子搬到高密，高密既出了您的控制，又可以沿着胶济铁路辐射青岛，最主要的是这里挨着乡下近，虽然物流成本高一些，但是人工低，届时还可以跟松田先生在市场上相遇。"

松田很紧张地问："李老板真的是这样想的吗？"

李有林感觉时机已到，站起身子说："言尽于此，告辞！"

松田想去拦，刚要站起来，但是又忍住了，缓缓地恢复到原来的状态。他紧紧地盯着李有林的背影，脸色蜡黄。山口走过来，等候命令。

松田说："高密？在青岛市场上，我们不能允许有任何品牌可以与我们分庭抗礼。你派人跟着他，我倒要看看这是不是真的。"

李有林上了车，车子疾驰而去。半路上，他通过后视镜看到有两个日本人在跟着他，他提了提衣领，嘴角露出得意的笑容。

高密一个废弃的工厂，洋灰的门垛子已经少了一半，南墙也倒了一片，但整体构造还在。院内杂草很多，有几个妇女正在除草。门口处有几个专业的工人正在粉刷白漆，以待开工。李有林下了车，在司机的陪同下向那里款款走去，其中一人便乐呵呵地上前打招呼："李老板，您好，终于把您盼来了。"说话的这人中等个头，挺胖，显得很憨厚。

李有林也笑着点头，就像是熟人见面。这胖子一伸手把他们往院子里面引："李总，这家工厂很适合你们，我带你们进去转转。"

"走，转转！"三个人进了院子，这胖子仍然笑着，但是话题已经转变过来。他探过头，压低了声音说："李老板，乔老板已经给我吩咐好了，我一定帮您把戏给演足了。"

李有林笑着往前看，但眼睛的余光扫着这胖子，问："你认识我？"

这胖子憨厚地笑笑："李老板，您的身形、穿戴，乔老板都跟我描述了，就凭您这一口地道的青岛话，我也认不错。"

李有林解除了疑惑，很认可地点点头，仍然假装着考察工厂的样子说："辛苦了！"

"不辛苦！乔老板吩咐了，演戏要演全套，这除草的妇女和外面的粉刷匠都是昨天请的，让人家一看就知道不是今天才开始干的。您放心，指定让日本人看不出名堂来。"

李有林更有了信心，开始更加投入地装腔作势起来。

远处的两个日本人看着李有林考察得津津有味，也算是有了底，二人交换完意见后开始往回走。

下午，松田坐在办公椅上，神态肃然。他一直盯着办公桌上的电话，那电话就是不响。松田试着拿起来放到耳边听一听，又觉得没什么问题，继而又放下。侍女端来一杯茶，他不耐烦地摆摆手，侍女又把茶盘端了回去。

山口拿着电报进来："社长，李有林果然去了高密，那里比较偏僻，电话线坏了，我们的人发来了电报。"

"李有林果真要在高密开工厂？"说着松田把电报接过来。

山口回答道："看目前的形势是这样的。"

松田办公桌上有一张草图，上面画着松田与正峰、陈昊贤和李有林的关系，草图的两侧是青岛周边重要的城市以及各部门政要人员，看得出来，松田是想下一盘大棋。松田看完电报，表情也愈发沉重起来，他又在纸的最下面写下"高密"两个字，然后从座位上站起来："这是我没有想到的，他是在用高密的市场要挟我。"

山口不以为然地说："社长，我看这没什么。高密虽然紧邻青岛，但受地理位置和物流的限制，对工业并不是很重视，即便是李有林把厂子搬过去也不会有什么大的作为，他已经失去了原有的市场，也就是苟延残喘罢了。"

松田摇摇头："不，如果是别人确实是没有什么，可这人是李有林，他在纺织行业的经验很丰富，也很有头脑，我们在青岛的这几年，他是跟我们对抗的主要力量，这说明他并不怕我们。这次如果我们没有动用军方的力量，我想他是不会妥协的，所以，从商业上来说，我们决不能在我们的周边再埋下这样一个隐患，这样乔正峰就多了一个制约我们的手段，日后我们占领胶州湾的时候就会多一层顾虑。高密离我们太近，又脱离了我们的实际控制，这对我们来说很棘手。"

山口领会到松田的顾虑，点点头："难道我们真的要出二十五万吗？算算他们工厂的价值，二十五万倒也是不多，可如果我们出了二十五万，李有林还在高密开厂子怎么办？"

松田看着山口，眼神里透着日本式的警惕："不是没有这种可能。你给他打电话，就说我同意他说的二十五万，但有一点，他要彻底地退出纺织界。"

山口提醒道："社长，中国人一向很狡猾，即便李有林答应了我们，也很难保证日后一定不与我们为敌。"

松田点点头："你先去给他打电话吧，至于如何杜绝这种事情发生，我会想办法的。"

第二天上午，十点多，正峰坐在椅子上看报纸，一则上海工厂打死人的报道吸引了他，他边看边咂么嘴，表示对事情的不满。

有人敲门，正峰低声应道："进来。"

三娃高兴地来到办公室："掌柜的，松田上钩了，同意二十五万买下前进纱厂。"

"哈哈！好！"正峰说着高兴地站起来。他把报纸递过去："你看看这些，日本工厂竟然大白天的打死中国工人，我越想越气。他娘的，这口气终于出来了。"他在原地转了一圈道，"你赶紧把高密周胖子的赏钱给结了，另外我们再送他十亩地。"

三娃说："掌柜的，您可能忘了，小伍的长官确实在高密送了咱四十亩地，其实也不止四十亩，实际面积得有五十亩。可咱的工人里面就有好几个是高密的，而且混得都不好，你看着人家可怜，左送十亩，右赠十亩，现在已经送完了。要是再送，只能咱自己买了。"

"那就买，再买十亩送给周胖子，眼下地更加稳妥。咱得让人家知道，跟咱利民纱厂做事，就亏不了！"

三娃点头："行，这是好事，我现在就去办。这周胖子嘴快，估计整个高密都能给你嚷动了。"

正峰摇摇头："这不行，原来嘴快可以，这次千万得管住了，有林的钱还没收回来，别让松田察觉到什么。"

"对，对，我让他什么都别说，闷声发大财就行了。"

第二天上午，李有林如约而至。办公室里，二人畅谈着。他旁边是一个大的行李箱，看得出来他已经做好了离开青岛的准备。他从箱子里面掏出一沓银票，推到正峰跟前说："乔大哥，这是我的全部家当，这以后就都入到利民纱厂的股吧，份子随便给，我李有林没二话。"

正峰拿起银票，看了看，又笑了，把银票推了回去："有林，这钱你先收回去，咱刚从这行出来，就别再进去了。现在世道也不好，国民政府没有话语权，日本人又盯得很紧，咱们夹在中间很难做。再者说，我收了你的钱，就得给你挣钱。"正峰拍了拍有林的手背，意味深长地说："我的压力很大。"

李有林又把银票推了回来说："乔大哥，您也别有压力，挣了我高兴，赔了我也不埋怨您。"

这时，三娃进来冲茶，正峰拿着银票问他："三娃，有林要把这些钱入了咱们的股，你看收还是不收？"

三娃微微一笑说："当家的，这事我可做不了主，银票您要是给了我，我立马就入账，要还是在您的手里头说明这事还有回旋的余地。"

李有林听出了三娃的弦外之音，嗓门突然提高："嘿，三娃，你这话里话外也是嫌这钱扎手啊。"

正峰赶紧把话接过来说："有林，你别难为他了，主要是他比你更了解我，也了解我们厂子的实际情况。" 正峰又把银票推了过去。

"好吧，我再考虑考虑。"有林看到正峰一再推辞，也只好作罢，把银票放进兜里。可随后又掏出另一张银票放在正峰面前，小心地笑着："乔大哥，这个您得收着，要不是您的主意，我也挣不了十万块，这五万是您的。"

正峰一瞪眼，眉毛也立了起来："有林，你这是寒碜我！"

李有林当即吓了一跳。听说过正峰脾气大，但是从来没有见过，看见正峰瞪眼，多少心里有些胆寒，拿着银票往回抽。

正峰又笑了："这就对了。我师傅常说，买卖好做，可伙计难当。别因为这些钱坏了咱们兄弟间的感情。"

李有林还想继续坚持："乔大哥，现在是乱世，钱放在您那比放在任何地方我都放心。"

正峰说："有林，你听我的，钱先别往外投了，国民政府要打仗，飞机大炮从哪出，用什么买？还是从我们这些做实业的手里出。这日本人也要打仗，他们那个尿壶大的国家哪里来的那么多钱，还不是从咱中国人手里面弄的。所以，这正反都是夹板子，实业以后怕是没有出路了。你听我的，先在济南置一处大宅子，好好地享受一下生活，然后把剩下的钱全换成黄金，埋起来。这盛世的古董，乱世的黄金，这话一点都没错，到什么时候都吃得开。"

李有林从来没有想过这个问题，经正峰这么一指点，还真有点动心，问道："置办一处宅子，享受生活？"

正峰点了点头："对，有林，你想想，人这一辈子图啥？挣了钱，花不了，跟没挣一个样。忙了一辈子，结果也没享了福。这一点我们得跟刘阔海学习一下。当初他跟蔡茂盛合并的时候，占股比较少，我们还都说他傻，你再看看现在，这蔡茂盛是当了一把手，可什么都得一手抓，结果，人都老了有十岁；

你再看看刘阔海，主动当了二把手，不争不抢，操心的事情也跟着少多了，反而年轻了不少。有林，这一反一正可都是学问啊！"

有林有点被说动了，点了点头，把银票又放进兜子里："我看行。"

正峰高兴地点头："这就对了！你好不容易来了，也让我高兴高兴，说说松田跟你谈合同时的表情。"

李有林笑了："哈哈哈，乔大哥，您不提我也要跟您说。这松田一开始就是咬住十五万，喝着茶，畅想着他的未来。他以为我会束手就范，可当他听说我要把厂子搬到高密以后，当时脸就绿了，他也怕我用低价布冲他。我走了以后，按您的计划，带几个人到高密转了一圈，他晚上就派人送来了合同，哈哈哈……"

正峰很高兴，喝了一大口茶说："嗯，解气！他知道咱是商人，拿钱有办法，可拿枪却没有办法，所以派军队守着你家大门口，拿着长枪吓唬人，算个什么东西。我原本想咬住三十万，可怕把松田玩急了，就松了这口。"

"乔大哥，这十万就够够的了，那个厂子没黑没白地干两年，也就挣十万。"

正峰微微地点了点头，合计着以后的打算，提示说："有林，松田不是一般人，也很多疑，估摸着这会儿已经明白怎么回事了。切记，这青岛以后是不能再去了。"

李有林神经紧张了一下，身子往后一抽，有些为难："哎呀，老二还在青岛呢？"

"老二？你什么时候又进的老二？"

"这不是……"

没等李有林解释，正峰就伸手制止了："行啦，你也别说了，我也不想听。你赶紧把老二弄回来，这日本人很坏，也狠，再晚了不知道要出些什么事了。"

李有林也跟着紧张起来："好，我现在就去！"他把箱子放到正峰跟前，

"乔大哥，我的这些家当先存在您这里，等回来咱们再好好聚。"

李有林着急忙慌地走了，正峰多少有一些担心。

晚上，乔宅屋门被风叩了一下，正峰应声而起。他披上衣服，坐在床边，但是又不知道自己为什么会坐起来。

高凤被他吵醒，问道："你怎么了？"

正峰摇摇头："不知道，就是睡不踏实，我总觉得要出事。哎呀，我盘算一圈也没有找到哪有毛病，唉，年龄越大，胆子还越来越小了……"

高凤看他依然心事重重，问道："今天的事有麻烦吗？"

正峰说："没有，都顺利地办完了。"

"那明天的事你现在能管？"

"明天的事还没有发生……"正峰突然明白了高凤此话的用意，"嗯，你说得有道理。"点点头，又慢慢地躺了下去。凉凉的月光透过窗户照在半张床上，正峰渐睡渐沉。

李有林在青岛住的是一栋临海的二层小楼，红砖青瓦，显得很雅致，院子里长着青藤，隔着窗户可以看到潮起潮落。浪花层层地向岸边拍击而来，像极了中国目前的状态，它前进得很慢，可是倒退得却很快。海边上一列英国士兵列队前行，像是在向眼前的这片大海宣示着自己的主权。七八只海鸥在空中盘旋一会儿，落在了他们走后的脚印上，企图在他们留下的痕迹上寻找到自己的食物。

二太太很新潮，穿着旗袍，新做的卷发在后面盘着，她挺着大肚子坐在沙发上，端着一杯咖啡细细地品着，看着对面正在柜子里找东西的李有林。

李有林从柜子里掏出一个小箱子，打开看到里面满满的金银首饰，欣慰地点了点头说："你也收拾一下东西，我们今晚就得离开。"

"什么？离开？"二太太显得很惊讶，没带好气地说，"你去了一趟济南就要离开，是不是又是乔正峰那个土包子给你说的。我就纳闷了，没卖厂子之前，你也是咱们青岛商界有头有脸的人物，即便是卖了，别人也得高看着咱，你怎么能听那个土包子的？"

李有林劝道："静怡，乔大哥是咱们胶东商界难得的奇才，这人你没见，你见了就不敢这样说了。他要是来青岛，要见他的人能排成队，咱们商会会长朱宇辰都是要亲自接待的，你不要一口一个土包子。"

二太太气不过，竟撒起泼来："哎哟，你竟然护着一个外人，我说他怎么了？我还听说了，他就是一个放牛的出身。"

李有林来到二太太跟前，用训斥的口气说："静怡，从你进门的那天起，我就告诉你不要跟其他家的太太们打麻将，要多读书，要不连基本的道理都不懂！这看人不能看出身，咱们家是做生意几十年了，可我爷爷那时还是个卖泥人的呢。再说你爹，虽然现在是个买办，可如果不是大使馆的官拉肚子，你爹拼了命地把人家送到医院，现在也还是个拉洋车的。出身能说明什么问题？要是没有当初的历练，也没有现在的辉煌，你懂什么？"

听李有林这么说挖苦自己，二太太想反抗，可是又找不到理由，"你！"她气得把头甩向一边。

李有林不想跟她吵，慢慢地说："静怡，你以后不要这样说话，这跟你的身份不符。就拿这次来说，如果不是乔大哥出主意，咱们就不能多挣这十万块。"

二太太说："哼！松田又不是傻子，多挣十万块是咱的厂子值这么多钱，跟他有什么关系。"

李有林说："咱俩挤破脑袋都想不出这么好的主意。"他边收拾东西边说，"可这钱也不是白挣的。富贵险中求，这次我们多挣了松田十万块，他们是不会善罢甘休的。乔大哥跟日本人打过交道，他们不但坏，也狠，你可别忘了，松田派兵拿着枪守着咱厂子的事情。"

二太太也想了起来，胆子也小了很多，站起来，走到李有林身边，从后面抱住了他的腰，又流露出女人应该有的温柔，嗲嗲地说："有林，能不走吗？你说我不懂事，我也认；你说我读书少，以后我就多看书。可是济南那个地方那么土，能有什么？青岛这个地方什么都有。再说，我现在快要生了，适应起来，真的很难！"

看着二太太这么求他，李有林也是心有不忍，他转身看着二太太微微隆起的肚子说："正因为快要生了，咱才必须要走，咱先过去避一阵子，你要是想回来，等孩子生了，风头过了再回来。"二太太看李有林去意已决，表情也落寞下来，但是仍未松手："有林，你能在青岛创下这片天地不容易，当真舍得放弃吗？"

想想过往，李有林也深有感触，但眼下形势只能继续劝导，"静怡，这创业确实不容易，咱也遭了大罪，可谁说这守业就容易，反而更难！你记住了，咱能发家，上天就已经很眷顾我们了，如果再这么坚持下去，我们的结果不一定会好。青岛虽好，可并不踏实！静怡，当年我爹走的时候说过四个字'适可而止'，现在看来，他是有先见之明的。"

二太太已经没有坚持下去的任何手段了，撇着嘴问道："那她呢？"

"谁？"

"老大！"

"我提前给她们娘俩订了票，估计已经在济南的路上了。"看二太太还是不松手，李有林笑了笑说，"这次我想在济南置一处大宅子，环境不比这里差。你不回去也行，省得一见面就吵，烦得慌。"

李有林这一激果然有了效果，二太太快速松开手，反击道："她想得美，她是娘俩，我也是娘俩，就算是受苦我也认了，置了宅子也不全是她的。"

李有林笑了，拍着二太太的肩膀劝说："行啦，当下离开青岛是首要大事，其他一切都需从长计议。快去收拾东西吧，那些新潮的，占地方，又不值钱的东西就不要带了，咱们以后再置办。"

二太太已无他法，转身而去……

夜色很深，也很静，二人都穿上了风衣，李有林在前面提着两个大箱子，二太太拎着手包在后面跟着。墙根处突然闪出一道火光，紧接着是一声枪响，二人原地静止。二太太吓得魂飞魄散，紧紧地拽着李有林的胳膊："有林，这是枪响吗？"

话音刚落，"扑通"一声，李有林倒在了血泊之中……二太太双目圆睁，魂不附体……

早上，正峰来到办公室，精神仍显得有些匮乏，感觉好像是少了些东西。他环顾四周，发觉没有变化，落座在椅子上，隐隐约约地有些不安。

这时，三娃带了一个人从外面进来说："当家的，这位是城南的李员外，宅子我看了，不错！"

正峰赶紧站起来，让李员外坐下："您好，李员外，请坐。"

"哎，谢谢乔老板。"李员外坐在沙发上，稍微有些拘谨。

正峰问："李员外，既然宅子不错，那您还有其他什么要求吗？"

"乔老板，这是三进三出的大宅子，在济南府也没有几座，这里面的装饰都是上乘的料子，您给三千块大洋有些低了。"

"那您开个价。"

李员外心中合计一下说："最低三千五百块大洋。"

正峰点点头："行，就按三千五百块。只不过我有一个小小的要求，您得在宅子的四周种上几十棵樟树。不瞒您说，我的朋友叫有林，房子没有树林子不吉利。"

李员外很痛快地回答："成，这没有问题，回去我就种，捡大棵的种。"

正峰点点头："好，那咱就这么定了。三娃，你一会先付一半定金给李员外，等全部修整好再把余款付了。"

正说着，高年从外面跑进来，惊慌地说："姐夫，有林大哥出事了。"

"什么？"正峰惊得站起来，"快说出什么事了。"

高年悲痛地说："有林大哥昨天晚上被人开枪打死了。"

正峰一屁股坐到了椅子上，眼神木讷地看着前方，半天没有说话。

高年也不敢问，过了一会，正峰才缓缓地问："查出是谁干的吗？"

高年说："没有见到凶手，当地政府也都推脱责任，估计是松田派人干的。"

正峰的眼泪掉了下来，有些悔恨地说："怎么会发生这样的事？是我让他回去的……"

三娃凑上前来劝道："掌柜的，您不要责怪自己。二太太在青岛，有林大哥迟早都要回去的，只是这个松田太狠了。"

正峰眼里射出凶光："你给松田打电话，就说我要见他，我要亲口问问他。"

三娃有些为难："掌柜的，这……掌柜的，松田已经不是从前的松田了，他现在和那些端着枪正侵略我们的日本兵没有任何区别，何况他在青岛，您要是去见他的话怕是对我们不利。掌柜的，依我看，还是先把有林大哥的后事办完了再从长计议吧。这笔账我们先给松田记下。"

正峰认为三娃说得有道理，点点头站起来。他手扶着沙发，背弯着，缓缓地问："有林的后事准备怎么办？"

"大太太说，他们在青岛的朋友没有人敢帮忙，想让您帮着办。"

正峰点了点头："好，我给办，你订最早的车票吧。"

看着所有人都很悲痛，李员外很小心地问道："乔老板，既然买房的人都没了，宅子还要吗？"

正峰轻轻地抬起手，沉重地说："要！虽然有林走了，济南也是他的家，想他了，我还能去看看。"

"哎！"三娃带着李员外走了出去。

正峰看着窗外的天空，回忆着昨日还健在的有林，陷入到无尽的悲痛和悔恨之中……

青岛，李有林的院子里面设置了灵堂，进出的人不多，显得很冷清。大太太、二太太还有个八岁的孩子跪在棺材前面守灵。

正峰带着一行人进了院里，直奔有林的灵柩，扶着棺材大哭："有林兄弟，哥来晚了，哥对不住你啊，没想到前几日一别就成永别啊，你可心疼死我了啊……"

正峰这一哭，旁人无不感动涕零……

高年两眼通红，他拉着正峰的胳膊说："姐夫，您先别哭了，一会还有很多事等着您拿主意呢。"

正峰擦了一把眼泪说："高年，我现在心里很乱，一会儿有什么事你帮着照应着。"

这时，大太太带着孩子过来就给正峰磕头，正峰赶紧揽住她，眼睛通红："弟妹，节哀啊。"

"乔大哥，有林是日本人杀的，您可要给我们报仇啊……"

孩子也哭着喊："大伯，我参常说起您，说您是他学习的榜样，您一定要给我爸爸报仇！"说完，扑通一声跪倒在地上。

"好孩子，好孩子，快起来，你爸爸是好样的，他的这笔账我记下了。"正峰赶紧把孩子扶起来，又转向大太太，"弟妹，有林兄弟生前托我在济南置办了一处宅子，等手续办完了，我派人接你们娘俩过去。"

大太太听说置办了宅子，多少有些慌，捏着手指，微低着头："乔老板，

569

有林走得突然，我手头上……"

正峰抬起手来打断她的话说："弟妹，您不要担心钱的问题，有林兄弟生前都有安排。"

二太太站在旁边，低着头，不问世事。

正峰把有林的包递给了大太太说："弟妹，这是有林活着的时候放我那的，这些钱够你们娘俩以后的生活了，您收好了。济南这边不要有顾虑，一切有我。"

大太太颤抖着双手接过来，感激之情溢于言表。二太太一看有宅子，又有钱，眼睛冒光，上前一步问："是不是卖厂子的那笔款子？"

正峰看到二太太就气不打一处来，没拿正眼看她，质问道："你是老二吧？"

二太太也没好气地回答："什么老二，我是有林正经八百娶过门的媳妇。"

正峰顿时火了："你还正经八百？要不是因为你赖在青岛不走，有林也回不来，那就死不了，你还想什么款子。现在有林死了，家里就一个女主人。秤杆，找两个人把她给我请出去。"

"你们干什么？"二太太没见过这阵势，吓得魂不附体，声音都变了。

大太太是知书达理之人，一看事情要闹大，有些紧张。看到老二从来没有这么老实过，心也软了下来，赶紧拦住说："乔大哥，还是算了吧，她跟有林毕竟是夫妻一场，还有了有林的骨肉，还是让她在这待着吧。"

正峰这么一吓唬，二太太被吓坏了，也被震住了，眼神中又充满了一丝无辜，很委屈地说："乔大哥，您别赶我走，我错了还不行吗？"她又转向大太太，"姐姐，我知道错了。"

看二太太服了软，正峰这才放心，把她晾在那儿，带着众兄弟来到灵柩跟前，哭诉行礼。二太太老老实实地跟着大太太回到原来的位置上。

零零散散的吊丧人员前来，正峰帮着打理。

门口报号的喊道："原纱厂会计李会有前来吊丧！"

这个人有五十多岁，进门就哭："哎呀，我的好厂长啊，怎么这么着就走了呀……"

正峰派秤杆上前扶着。

"纱厂安保，刘大个子前来吊丧！"

这个人个子很大，也很壮实，走起路来虎虎生风。正峰让三娃接过手里的祭品，拱手谢礼。

"原青岛振华纱厂厂长马走运前来吊丧！"

这人头大脸宽，是个福相，一进门就死死地握住了正峰的手，眼泪也掉了下来："乔兄，青岛的同行都不敢插手，可您特意从济南过来，仁义啊！"

正峰客气地回复："谢谢马老板前来捧场，这份情谊我乔正峰记下了！"

马老板四十多岁，哭丧着脸说："这松田也太狠了，昨天杀了有林，今天下午就得逼着我签合同。我那个厂子经营了十年了，他只给十万，松田还让我不要学有林，心猿意马，既想安全，又想多要银子。"说着眼角发红，"唉，这是什么世道，十万也得卖啊，不过仔细想想，是有林兄弟救了我一命啊！"说完，哭着向棺材走去。

报号的又喊道："上海陈昊贤先生前来吊丧！"

正峰等人一起迎上去，陈昊贤带着两个外国人进来，看见正峰，悲痛着介绍说："乔大哥，现在这里是日本人的地盘，我担心他们闹事，带来两个朋友，这位是我的英国朋友布鲁士先生，这位是德国朋友卢克先生。日本人跟中国人很横，却不敢得罪英国人和德国人，无论如何他是会忌惮一些的。等你回去的时候，也让他俩陪着，等安全到达济南后再让他们回上海。"

正峰说不了外语，笑着向老外拱手还礼，转脸跟昊贤说："好，还是你想得周到。"

陈昊贤又把正峰拉到一边说："乔大哥，上午忙完了，你就得赶紧走，剩下的事我来处理。刚才来的时候，在附近我看到了一些日本兵，他们手里都有长枪，我估计是松田的人。"

正峰很气愤地说："这青天白日的我还能怕他不成？"

陈昊贤说："乔大哥，不是怕，是不值当。你给有林出主意，用高密作饵，钓了松田整整十万块；可现在，松田如果用有林兄的丧事作饵，钓到你，我们就真的输大了。"

正峰看着陈昊贤，变得更加悲怆起来："有林兄死的时候，这一局我们就已经输了。"

两人正说着，外面报号的喊道："日本共荣商社松田先生前来吊丧！"

松田的名字一报，所有的人都被震了一下，马老板大惊失色地跑过来："怎么他也来了？"

正峰怒火中烧，喊道："秤杆，给我拦住了，这里日本人一律不能进！"

秤杆带着两个人就往外走，陈昊贤赶紧把秤杆拦下，劝着说："乔大哥，这万万不可，青岛现在可是虎狼之地，就算是咱再有理，也得低着头，我们不能没有你。再说，今天可是有林的丧事，也是正日子，别因为松田的出现把这事搅黄了。"

高年也从旁边劝说："姐夫，昊贤说得有道理，别搅了有林大哥升天。这里是青岛，咱人生地不熟的，别因小失大。"

陈昊贤继续说："乔大哥，有林兄的事是天命，可现在的抉择却是人祸。您跟松田不是第一次交手，也绝不是最后一次，现在我们不能再出错了，所以务必谨小慎微。"

正峰觉得他们说得有道理，长出一口气，算是忍住了，但是无法完全平息愤怒，眼睛里全是怒火。

陈昊贤告诉秤杆："秤杆，乔大哥在气头上，这里的事我临时做主。现在去告诉大太太她们，无论如何不要闹事，人在屋檐下不得不低头，办完有林的丧事为大。不，一会儿你就在她们那里守着，切记，不要出什么乱子，有林的账早晚能算清了，但不是现在。孤儿寡母的活下来才是希望。"

秤杆快速向大太太的方向跑去，陈昊贤继续安抚着正峰的情绪。

松田从外面进来，表情洋溢着得意。他后面跟着三个人，一个是山口，另一个也是年轻的日本人，最后一个是中国商人，四十多岁，个子不高，抹着头油，捯饬得很精致。松田看到正峰，直奔而来，正峰想回避，陈昊贤跟高年死死地拉着他的胳膊。

松田看到正峰，眼神中有一丝惊讶，快速地走到跟前，深鞠一躬："没想到乔老板您也在。"他又转向陈昊贤，"陈老板也在。"

陈昊贤笑着点点头，没说话。正峰却是异常冰冷的表情，陈昊贤偷拽了一下他的袖子，正峰忍住怒火，拱手冰冷地说道："嗯，幸会！"

松田表情变化很快，转脸眼泪掉了下来："我们是故友重逢，本应高兴，只可惜万事不遂人愿，我们再也不能跟李老板相聚了。"说着，掩面向灵柩走去。

灵柩跟前，松田拱着身哭诉：

"商界英才，英年早逝，

闻此消息，痛断肝肠。

从此商界，日月无光，

有林兄弟，一路走好！"

松田哭诉得声泪俱下，如若亲人一般……

哭完，拂袖擦去脸上热泪，跟家人行礼。大太太、二太太看着松田发狠，松田自识没趣，自己行完礼向正峰走来。

松田说："乔老板，最近我刚收购了李老板的工厂，李老板很守信用，我敬佩他的人品，所以我出的价格很高，我们也约好了要把酒言欢，可惜他却遭不幸……在这关口上请乔老板不要误会我们，我们所做的一切都是正常的商业行为，您也不要觉得我是惺惺作态，我此行发自至诚。不瞒您说，我来中国这么多年，这是我参加的第一个中国人的葬礼。"

正峰长出一口气说："我一定会查出来是谁干的。"

松田直视着正峰："李老板此生有乔老板这样重义气的朋友，足矣！如果有需要我的地方，请您尽管开口，我一定鼎力相助。"说完，一低头，"在这悲痛时刻，我就先告辞了，请乔老板有时间一定要到我商社抚琴喝茶，告辞！"松田转身，正好看到站在旁边，低着头的马老板，问："马老板也在啊？"

马老板很客气地点头附和："在，在！"

松田问："那下午我们的合同……"

马老板不情愿地迎合："签，一定签。"

松田笑了一下："马老板跟李老板一样，都是诚实守信的商人。"说完，慢慢地向外走，眼神里露出鹰视狼顾之色。

松田走后，正峰问马老板："马老板，山口我认识，那两个人是干什么的？"

马老板说："有一个是中国人，叫刘忠全，这个人在青岛的纺织界很有影响力，为人处世也颇有一套，只是脚跟子软，先跟过纱厂大亨曹洪，后来嫌弃挣得少，又跟了商会会长，至于怎么跟了松田我就不知道了。这个人玲珑八面，做事情常常不按套路出牌，行业里的朋友对他多少有些忌惮。如今他又跟了松田，松田不在青岛的时候，这两个厂子就由他来管，真是如虎添翼啊！乔老板，以后可得小心着这个人啊！那个年轻的叫小河正川，是个日本小孩，据说是松田安插在刘忠全身边的眼线，具体干过什么不是太清楚。"

"嗯，知道了！"正峰点了点头。

松田回到商社，驻足在院子里问山口和刘忠全："你们看到今天乔正峰看我们的眼神了吗？充满了愤怒！"

山口说："社长，不是愤怒，是害怕，我看到的只有恐惧。我想李有林的死对他们触动很大。"

松田又问："刘桑，你怎么看？"

刘忠全低着头说："社长，我跟山口君一样，看到的是害怕，不是愤怒。"

松田笑着摇头："不，不，不，你们看得并不仔细，其他人是恐惧，唯有乔正峰却是愤怒。中国的商人多数是干大事而惜身，见小利而忘命，可是乔正峰这个人完全不一样，既不惜身，也不忘命，如果不是旁边的人拦着他，他就会像一只狮子，早就扑上来了！哈哈哈，他终于还是愤怒了，但是他并没有认识到自己的现状，很快，我也要让他变得恐惧起来。山口君，你通知国内，半个月之内，我要三十万件坯布、四十万件粗纱、细纱抵运中国。"

山口吃了一惊："社长，您是要跟乔正峰开战吗？"

松田说："不是乔正峰，是中国的整个华东。"

"社长，我们刚刚拿下了前进纱厂，他们也都在气头上，这个时候我们再跟他们开战，是不是会加大我们之间的仇恨？"

松田冷冷地笑了笑说："山口君，中国的工业很落后，但是却很顽强，只要有一点点的希望他们就会拼命地生长，我们必须一鼓作气，彻底打消他们反抗的气焰。上午刚刚得到消息，我们军方已经开始了对晋绥区域的控制，这是一个绝佳的时机，我们的商业版图要伴随着炮火的洗礼继续向前推进。我不仅要在半个月之内筹到三十万件坯布，而且价格只卖到七十五一件。我要彻底摧毁中国商人的斗志，彻底控制中国的纺织工业！"

山口说："社长，七十五一件已经是我们的成本价了，一点钱都不挣，是不是违背了我们商社盈利的本意。"

松田摆摆手："做生意看的是长远，注重短期利益的人是永远干不出名堂的。因为咱们国家的税率低，再加上政府的扶持，我们的成本可以降到七十五一件，可中国的工业环境太差，税率高以外，坏损率也大，如果降到七十五，就得一件赔上五块钱。我们这么大批货发过来，谁敢跟咱去拼。我敢保证，不出一个月，中国的大街小巷都是咱们日本纱货。"

山口很担心地问："社长，您说过中国的商人都是轻恩惠，重小利之人，您这么低的价格，中国商人肯定会蜂拥而至，怕是三十万件都不够。"

松田冷冷地笑了一下："不止三十万件，除了在青岛本埠生产的货以外，我要源源不断地把货运过来。中国的商人擅长投机，肯定会有一些商人，甚至是乔正峰买断我们的布，然后再高价抛售到市场上，不过没有关系，他们买得越多，我们在华东市场的占有率就越大，长此以往，他们就会被耗死。"松田喝了一口茶，眼神中充满期望，"你明天就把我们的数量、价格全部放出去，我们要与所有的染厂、布铺、百货店连签一年的独家供货协定。我倒要看看乔正峰还有什么办法！"

"独家协议？这个办法好，社长果然是深谋远虑。"山口刚说完又开始担忧起来："社长，如果量这么大，肯定会占用我们大量的资金。青岛市场的投入已经占用了我们大量的资金了，按公司的资金储备，恐怕我们需要向银行贷款了。"

松田说："这个没有问题，以我们松田家族在中国的信誉，英国的渣打银行是会相信我们的，英纳森也不止一次地跟我提过借款的事情。"

"社长，我听说英纳森这人非常圆滑，一向注重利益，而后才是人情。我们是不是向法兰西银行借一些，他们的人也来过几次了，只是您一直没在。"

松田摇摇手："不用了，一来渣打的利息要低一些，二来我们大日本帝国和英国曾是同盟关系，虽然只是简单的借款事务，但是我们必须要眼光长远。法国对华贸易不够兴盛，只是进口生丝到里昂，法租界内屈指可数的几家法国商行就可以说明这些。法兰西这个民族太安逸了，他们太注重生活品质，短短的十几年他们把霞飞路打造成为上海最浪漫的一条商业街，这样的民族对我们的军事是没有任何好处的。"

"好的。"

松田又开始畅想未来："我们现在已经占领了青岛的市场，只要货一到，一半发到济南，一半发到上海，天津就交给军方收拾吧。到那个时候，整个中国的纺织界都得对我们俯首称臣！"他说完，情绪还在高昂的位置，可刘忠全一言不发，他收住语势对山口说："山口君，你先下去，我跟刘桑有话要说。"

"嗨！"山口退下。

此刻，只剩下刘忠全一人，他抬头看看松田，看他正在看自己，眼神里带着一种无法解读的表情，心里多少有些发毛，他挪动了一下身子缓解内心的紧张。

松田指着旁边的茶桌说："刘桑，请！"

二人坐下，侍女上了茶后也匆匆退去。松田说："刘桑，我们曾经是陌路人，后来成了朋友，现在是伙伴，这说明我们之间是很有缘分的。既然我们已经走到了一起，还请您不要有所保留。刘桑，您的能力我是非常了解的，商会会长之所以不重用您，完全是他没有意识到您的才华，您不说话，并不表明没有想法。请问，刘桑，您对我刚才说的有什么看法吗？"

刘忠全看到松田亲自点将自己，很恭敬地说："松田社长，您的宏图大志确实让我折服。不过，中国的人口基数太大，对于纺织品的需求也会很大，大规模地铺货虽然可以迅速地占有市场，却也会造成很大的成本损耗，而成本损耗的多少与竞争对手抗衡的时间成正比，而抗衡时间往往与竞争对手的商业品质有关。据我所知乔正峰并不是很容易屈服的。"

松田细想了一下刘忠全的分析，认可地点点头："这么说，刘桑已经有其他办法了？"

刘忠全说道："与此相比，我确实有一个比较折中的办法。"

"噢？"松田来了兴趣说，"快说说。"

"中国有句古话，叫'擒贼先擒王'。社长意在征服济南，实际上是要摧毁利民纱厂，因为利民纱厂是济南乃至胶东的龙头。如果拿下利民纱厂，其他的也就没什么大的阻碍了。"

松田听完摆摆手："刘桑，不瞒您说，这些年我数次邀请乔正峰跟我们合作，而且我已经做到了最大的让步，结果都是扫兴而归，所以我们还是放下这不切实际的幻想吧。"

刘忠全笑了笑："社长，您可能误会我的意思了，我不是想跟乔正峰合作，我是想收购利民纱厂。"

"收购？"

刘忠全说："是的，社长，高价收购。如果乔正峰能够同意，我们不仅可以控制济南，还可以省掉一大笔费用。"

刘忠全的提议很大胆，也很有建设性，松田从来没有想过。"这？"松田站起来，来回走了几步，接着又是摇摇头说："刘桑，你的提议非常好，可乔正峰这个人我很了解，很有能力，也很难被说服。更何况他对我们日本商人有着偏见，这次收购前进纱厂的事情在前，我看收购利民纱厂太难了。"

刘忠全说："社长，以前没有被说服，是因为他还有生存的办法；如今我们大兵压境，他即使是孙悟空，也取不下能救他命的猴毛来。社长，他对日本商人有偏见，可他对钱没有偏见，就像今天的事情一样，即便是我们站到了他的面前，他也无能为力，说到底，他就是个商人，权衡利弊的道理他应该是会明白的。"

松田似乎被说动了，点了点头说："这样当然最好，既控制了成本，又达到了目的。"

"社长，我会先把我们大兵压境的消息散发出去，先在思想上击垮他，然后再去谈，我想他会屈服的。"

松田渐渐拿定主意："好！如果刘桑能说服他把利民纱厂卖给我们，必然是大功一件，我想我们的合作可以永久地持续下去。"

刘忠全看到表现自己的机会来了："社长，承蒙您看中，刘某人定当竭尽全力，不负厚望。"

松田很高兴，举起茶杯："好，喝茶！"

济南，正峰带着李有林媳妇和孩子来到新买的宅子。正值黄昏，夕阳的余光洒向这里，宅子前后虽然已种满了樟树，但却显得生机全无。

正峰把房契递给有林媳妇："弟妹，这个宅子以后就是你的了。"

有林媳妇眼泪纵横："谢谢乔大哥，这让我……说什么好……"她掩面哭泣。

正峰默默地点点头，又看着这座宅子，感慨万千地说道："有林兄弟，这个宅子我给你留下了。"说完，一行热泪流了下来。

翌日早上，正峰吃完饭来到厂子里，工人们陆续地进厂，一个要饭打扮的人站在门口，像是在等什么人。门房老张正在打扫院子，看到是个生人，也没太在意。

正峰从远处过来，低着头，心里头合计着事情。工人们给他打招呼，他只是应付式地点点头。等他走到厂门口，陌生人一下子跪在了他的面前，正峰吃了一惊。

陌生人哭诉着："老板，您行行好，我是从东北逃难过来的，虽然人到了济南，可兜里的钱也花光了。昨天我爹饿死了，到现在还没有棺材入葬。"这人声泪俱下。

老张看到这个场景，赶紧跑到跟前，训斥道："你是干吗的？要是死了人就来要棺材，我们生意还做不做了，赶紧走！"说着就要赶人。

正峰摆了摆手制止说："算了，看样子也是可怜人。"说着从怀里掏出两块大洋递了过去。

这人接过大洋，刚要往怀里装，只觉得手腕一痛，被三娃牢牢地抓住："上个月，你爹不是已经死了一次了吗？怎么又死了一次？掌柜的，这是个骗子！"

"我我我……"要饭的吓得说不出话来。

正峰听完，怒火中烧，抬手一个巴掌抡了下去，手到了这人脸边，又停下，他忍住怒火："我他娘的合计着怎么整日本人，你他娘的合计着怎么整我！兄弟，东北人被日本占了，这是国仇；你背井离乡来到济南，这是家恨。这巴掌我真想打下去，可我怕把你打坏了，让日本人笑话！"

老张举起扫帚就拍了过去："掌柜的，我不怕被人笑话！"这陌生人动作很麻利，站起来就跑了，老张扑了个空，嘴里骂道："当家的，您说谁能拿自己亲爹开玩笑，还真有！"

正峰望着那人跑的方向，一脸惆怅："行啦，老张，也别打了，都是穷闹的。"

正峰转身往院子里走，三娃在后面跟着说："掌柜的，您这是怎么了？要按往常，这样的小混混你闻味就知道是真的假的，是不是因为松田要往济南发货的事烦心呢？"

正峰停下脚步，轻叹一声，看着三娃："据我所知，日本人已经给我们准备了三十多万大件纱货，这么大批货要是真运过来，后果不堪设想。"

三娃将信将疑地说："掌柜的，这松田会不会是散布假消息，他能发这么大的量？"

正峰从怀里掏出一张纸，递给三娃说："这是日本人的报价单，现在很多染厂、布铺、百货店都在等着他的货。日本人虽然很狡猾，但是很重信誉，这种搬起石头砸自己脚的事情他们是不会做的。"

三娃看着报价单，甚是惊讶："七十五一件坯布，纱价也是咱的五分之四，这样的价格也太低了，这松田就不怕赔？掌柜的，实在不行，咱先把机器停了，得想个办法！"

天阴沉着，正峰看看天，心思又沉重了一些："他们赔了，他们背后的帝国给他兜着，真他娘的气人。明天刘忠全会过来，我想他就是替松田来传话的。"正峰轻叹一声，又问道："荣老板的订单做完了吗？"

三娃说："才做了一半。"

正峰点点头："行啦，先给他发一半吧，咱们目前的价格比松田贵十块，荣老板自然没什么，可他的管家是个好把式，别嘴上不说，心里别扭。"

三娃说："掌柜的，没事！上次荣老板就硬挺着不要日本货的。"

"我心里别扭！"

"那好吧，我一会儿就告诉车间，把荣家的订单停了。"三娃想替正峰分忧，却又不知从何说起，只能一点一点地引出自己的想法："掌柜的，上次松田和陈家联手，不也没有过了一招吗？这次就没有办法了吗？要不我们跟天津联手？"

"《塘沽协议》签定以后，日本兵已然进了平津，现在的天津市场乱得一团糟，已经对松田没有实际意义上的威胁了。上海的陈家貌似坚挺，可周边市场已经被松田逐一瓦解，自保尚可，却很难与之抗衡，如果这批货一到，我们所受到的冲击也是巨大的。昊贤已经来了电话，说这次不想再扛下去了。三娃，一会你告诉大家，以后我们厂每天出的前一百件货都按七十四一件，其他的价格跟现在的保持一样，同时你要让松田也知道这个消息，兴许还能给我们争取一点时间，让我再想想办法。"

三娃点了点头说："当家的，这样倒是能吓住松田。"

正峰冷笑了一下说："这也就是小把戏，无非就是拖一拖他跟染厂、布铺谈判的进程，松田会有办法的。奈何松田这次的量太大了，三十万件坯布是华东地区小半年的消耗量，如果一件不剩地放到市场上，他松田不仅可以控制纺织界，甚至可以控制印染业，这几年我们的民族工业就白发展了。"

正峰长出一口气，眼神里投射出莫名的惆怅，多少有些无奈的意思，"现在的日本人在中国的影响已经不比从前了！"

三娃也开始担忧起来："如果真是这样的话，那真的是场灾难。要不要把行业里面的人都联合起来，一起抗敌。"

正峰摇了摇头说："昨天晚上电话已经打到了家里，天津的袁文会，无锡的刘元昌都急了，松田这么一闹腾，谁都扛不住。"

三娃随之叹了一口气，精神也颓废了一些。

"行啦，这人还没死呢，咱就先别着急哭了。我给你派个差事，我估摸着松田货一到，第一站就会发到济南，这样，你派人到火车站盯着，只要货一到，立马回来告诉我。"

"好！我现在就去安排。"

三娃走了，正峰慢慢地坐到了台阶上，陷入沉思之中。

第二天上午，刘忠全来到利民纱厂，他西装革履，头戴一顶卡宾帽，显得很有气势。办公室里，他很恭敬地坐在正峰的对面。

正峰很客气地说："刘兄这次来，是不是有话要传？"

刘忠全笑了笑说："早就听说乔老板为人爽快，果然是开门见山。是这样，松田先生想收购利民纱厂，特意让我来问问乔老板的意见。"

旁边的高年气得一拍桌子，站了起来："痴人说梦！"

三娃端着茶盘过来，听见此话，脚步也停了下来。他把茶盘放到一边，虎视眈眈地看着刘忠全，眼里尽是怒火，像是对着战场上的敌人。

正峰却显得很镇定，他抬手制止，示意他们别冲动，三娃又很不情愿地把茶送了过来。正峰说道："收购我们？呵呵，刘兄跟松田的时间短，有些事情您并不知道。十年前，松田就求过我合伙，我当时考虑他是个外国和尚，念不了中国的经，现在看来，我是错了，他很会念经，可却是个歪嘴的和尚，收购这一套都从青岛转到济南来了。"

看形势紧张，刘忠全又收了收语气，赔着笑说："乔老板，您别介意，来的时候松田先生就说了，您是商业奇才，很多事情都瞒不住您，要我把事情都如实相告。是这样，我们共荣商社预计会从日本发三十万大件货过来，想必您也听说了这个消息，届时我们会把其中的十五万件投到济南乃至周边的市场。您跟我们社长是朋友，所以很不希望这样的竞争出现，这才想出收购贵厂的办法，请您理解。"

正峰喝了口茶，眼睛盯着刘忠全："当真要发到济南？"

刘忠全点了点头说："不错，货已经在日本港口了，况且我们的人正在跟济南周边的染厂、布铺、百货店签定长期供货协议，这一点您是没有必要怀疑的。"

正峰眉心一紧，问道："三娃，如果济南所有的染厂、布铺、百货店全用日本的货，这十五万大件能用多长时间？"

三娃稍微合计了一下说："加上现在市面上的存量，估计有多半年。"

正峰点了点头："你们发这么多货过来，价格肯定比我们的低，也就是说我们半年之内就卖不动货了？"

刘忠全笑了："呵呵，乔老板，时间不是问题，只要是效果好，我们的货就会源源不断地发过来。关键是，您还能撑到半年以后吗？"

正峰又问："松田赔得起？"

刘忠全说："乔老板，正因为如此，我们才要收购您的工厂，这样既减少了我们的损失，同时我们也可以给您更丰厚的回报。乔老板，您是商人，商人图利是千年不变的准则，现在这种情况下，您不会选择与我们对抗吧？"

这时，窗外突然刮起一阵大风，半扇窗户被吹得吱吱作响，三娃赶紧上前把这半扇窗户关好。刘忠全的观察能力很强，他借此说道："乔老板，我们的三十万大件已经兵临城下，就像这场大风一样，即便是关上了窗，已然是大势所趋。乔老板，真是山雨欲来风满楼啊，您还是不要犹豫了。"

"呵呵！"正峰冷笑着站了起来，在房间里转了两圈说："刘兄果然是能言善辩。我听说刘兄也是山东人？"

刘忠全说："是的，老家是山东菏泽。"

正峰问："这些年，你在青岛混得还不错，怎么混来混去就跟了松田了？"

刘忠全说："松田先生给我的待遇更加丰厚。"

正峰依然态度很好地问："咱俩年龄差不多，你可能比我还大上几岁，你知道我为什么能从一个小纺匠干到现在这么大吗？"

刘忠全稍微有些蒙，他一时摸不准正峰的套路，犹豫了一下说："因为乔老板是商界奇才……"

正峰抬手打断他说："刘兄，你不要再奉承我了，这招我一出生就会。"正峰脸色突变，横眉冷对，继续说，"我告诉你我为什么会越做越大，就是因为我够倔。我有三不做，第一，不能做的事情不做；第二，不该做的事情不做；第三，不愿做的事情不做！刘兄，日本人狼子野心，破我领土，践我山河，对国对己我都没有选择，我是不能，不该，也不愿！我乔正峰一身光明磊落，绝不会妥协于日本人，我也劝你早日悬崖勒马。三娃送客！"

刘忠全被正峰急转直下的态度吓了一跳，正在犹豫的时候，三娃已经来到跟前："请！"

刘忠全站起来说："乔老板，我之所以亲自过来，是因为我不想让您玩火自焚。不瞒您说，上海的陈家目前已经着手停工的事宜，陈昊贤清楚，无论如何他是无法与我们对抗的。乔老板，您现在还可以改变主意，我们都是中国人，我肯定会说服松田先生出高价的。"

正峰冷笑了一下："哼，我看你真是和尚庙里借梳子——进错了门。你还是中国人？高年，他是中国人吗？"

高年不屑地撇了一下嘴说："按理说是中国人，可他现在给日本人做事。"

接着又摇摇头。

正峰又问："那他是日本人？"

高年接着摇头，又咂么了一下嘴巴说："也不是，他还会说中国话。"

正峰看着刘忠全，显得很惋惜："刘兄，你看你，混了这么多年，没成日本人，连中国人也不像了。"

刘忠全气得指着正峰，却说不出话来："你们……"

"哈哈哈！"正峰大笑着说："你回去告诉松田，别说是三十万大件，就算是五十万，让他尽管放马过来，我正峰铁臂钢牙等着他！"

刘忠全被气坏了："我现在就通知日本人立马发货！"说完，哼了一声，一甩袖子走了。

等刘忠全没影了，高年说："姐夫，这个刘忠全太猖狂了，狗仗人势！"

正峰说："他只是松田的棋子而已。高年，你一会儿去一趟荣老板那儿，问问松田的人有没有找过他。如果提到供货协议的事，你把协议样本拿回来，我看看！"

这时，三娃送人回来了："当家的，刚才要不是您拦着，我能揍他。什么玩意，在有林哥葬礼上我就看他不顺眼了。"

正峰说："三娃，我以后再帮你出气，你现在去办另一件事，去找一下天澈，让他留意一下从日本到青岛的商船，如果有松田的货，第一时间告诉我。"

"好！"两个人一先一后地出去了。正峰坐了下来，他面无表情地看着前方，意识到跟日本人的决战时刻已经开始了。

下午，天色黯淡了些，已是深秋，寒气十足。利民纱厂的门房里聚集了一堆人，他们都是周边的客商。门房里生着炉火，他们烤着火，秤杆给他们倒了茶，他们却摇着头，表情显得很沉重。东镇的陈老板买卖做得最好，在客商里面也有些威望，可这人脾气有些急，问道："秤杆兄弟，以往乔老板待见我们啊，怎么这次就不见我们了呢？"

另一个客商也说道："对啊，我们都等了半个小时了，虽说这屋里也暖和，可我们心里冷啊，眼瞅着就要没饭吃了。兄弟，麻烦再问一下，我们得见到乔老板啊！"

秤杆说道："各位老板，日本人上午前脚刚走，你们就来了。日本人低价冲咱们，这事太突然了。我们掌柜的就算是如来佛也得掐指算算吧。依我看你们先回去，让我们掌柜的好好想想办法，等想出主意来，我第一时间告诉你们。"

陈老板说："不成，我们既然来了，就得等到有结果再走，这货是进还是不进。不进就得饿死，可进了就得被骂死，我们不想卖日本人的货，但我们也不能被饿死。乔老板是我们的主心骨，我们都听他的……"

办公室里，老刘沏好了茶，可正峰并没喝，他看着窗外的门房问："老刘，来了多少人？"

老刘说："大概得有十几口子。"

"这么多人？"

"谁说不是呢，这日本人下手太快，大家一听到消息就全乱了套了。又想活命，又不想卖日本人的东西，看得出来，都是有骨气的中国人，可这年头，骨气不能当饭吃啊！"

正峰点点头说："是啊。老刘，我现在心里很乱，他们要是都进来非得乱了套。这样，这里面谁的买卖最大？"

"老陈，陈家百货店的生意一直不错。"

"行，你就把他叫过来吧，让他当个代表，我跟他谈谈。然后你在山东宾馆订几间房间，他们想留下来的就留下来。"

陈老板从外面进来，他主动地把帽子摘掉："乔老板，可终于见到您了，见不到您，心里没主心骨。"

"老陈，您快坐，你们别怪我，我心里很乱，就咱哥俩好好唠唠。"

"行，乔老板，家有千口，主事一人，我们都听您的。"

"好，老陈，难得你们这么信任我，您就跟我好好说说大家伙是怎么想的？"

"这次日本人的力度很大，按理说我们进了日本的货，我们也不赔钱，甚至还能多挣钱，可是大家都知道，这日本人的钱不好挣，他是先降价后涨价，到时候，还是得死。再说我们都是中国人，日本人占了东三省，现在的兵都到了承德了，他们的所作所为大家都看在了眼里，说什么这货也不能进他的。"

正峰拍了拍老陈的肩膀："老陈，好样的！"接着，他来到空场中，"老陈，现如今，我们国家正在承受着日本人军事和经济上的双重打击，要想反击，就必须付出更大的努力和代价。"

"乔老板，都知道您是能人，对付日本人有一套，略施小计就能把日本人弄走了。您就说让我们怎么办，也别让我们睡不着觉了。"

正峰摇摇头："老陈，这次确实跟往常不一样，日本人正在举全国之力对付我们，我们只是个商人而已，相比之下我们太渺小了。"

老陈问："这些年我们也遇到过很多困难，不都挺过来了吗，这次就真的没有办法了吗？"

三娃说："陈老板，这次确实不同以往，我跟了掌柜的几十年了，从来没见他这么为难过。"

陈老板轻叹一声说："您说，我们这些人也不会什么手艺，如果真不干买卖了，还能干什么啊？"

正峰说："陈老板，现在还没到干不下去的时候，您给我点时间，让我再想想办法。还有，您一会告诉大家伙儿，我会把给你们的货放到成本价，具体是多少一会儿三娃给你们列个单子，你们也降降价，赶紧把手里的库存处理出去。即便是日本人来了，也不能让你们跟着赔钱。"

陈老板很感动："乔老板，这不太好吧，您给我们的价格已经很低了。"

"行了，老陈，就这么定了。"

老陈站起来："行，我明白了，乔老板，做生意这么多年，能跟您一起共事，我感到很荣幸。您放心，遇到困难了，我也不是只会抱怨诉苦，我一会儿就去联系一下所有同行，共同商量一下有没有克敌之法，如果能有好点子，我第一时间来通知您。"

陈老板走了，正峰说："三娃，咱也不能闲着，咱也得发动周边的人一块想办法。你马上给师傅发一份电报，看他有什么办法。还有，你约一下任会长和荣老板，我要跟他们商量一下，这场仗我们一定要胜。"

一辆黑色轿车停在陈府的门前，陈昊贤从驾驶位置下来，他帮珊珊打开车门，但是表情看起来很颓废。

长工帮着把院门打开，铁门下面铁柱摩擦底座的声音再次响起，显然没有了往日的生机，像是对整个中国商界的一首哀歌。

陈夫人站在窗口，发际线迎着射进来的光，显得有些疲惫。丫鬟从外面进来说："夫人，少爷和少奶奶来了。"

陈夫人点了点头说："让他们进来吧。"

昊贤跟珊珊从外面进来，表情沉重："妈妈！"

陈夫人点了点头说："事情都办完了？"

昊贤说："办完了，厂子已经关了三分之一，剩下的三分之二每天也只能上六个小时工。"说完，昊贤掏出一支烟点上，这次珊珊没有阻止。

看着昊贤状态不好，陈夫人试着劝说："昊贤，做大事切忌患得患失，有些困难只是暂时的。这次日本人的动作很大，可我们也不能完全坐以待毙，我们除了保护自己之外，也要学会联合同行业的人共同抗敌。正峰就很有主意，也经常有一些奇思妙想，你跟他联系过吗？"

昊贤回答："妈妈，已经联系了，乔大哥说他也正在想办法。"昊贤又往前进了一步，"妈妈，这次风波不仅是纺织界，但凡有日本人参与的商业行为都受到了前所未有的冲击，他们的这场攻势简直比战争还要残酷。我的一些商界的朋友目前都做了最坏的打算，有很多已经把钱换成了金子，也有的换成了英镑，准备出国避一下。妈妈，我打听了，虽然国外现在也很乱，但是至少比国内好很多，要不我们也把厂子关了，出国吧。"昊贤感觉自己说出了退意，自知理亏，低下了头。

　　昊贤的想法着实地刺激了一下陈夫人，也让她意识到问题的严重性。她瞪着昊贤说："昊贤，你是陈家的三代单传，也是陈家纱厂的负责人，无论说什么话，做什么决定都要慎重。我们跟日本人打交道的时间很长，你爸爸跟你的爷爷都曾跟日本人周旋过，可都未曾说过放弃，这可是我们三代的基业啊……难道你怕了？"

　　既然话已经说开，昊贤也索性把心中所想都说出来："妈妈，不是我们想退，是不得不退。我爸爸和爷爷那个时候，最起码政府还有话语权，即便是有了战争，进展也是非常缓慢，再加上消息相对闭塞，商业生存的空间相对较大。可是现在呢，日本人的飞机从东北飞过来也就是几个小时，这种情况是原先不能比的。商业上的壁垒是远远阻止不了枪炮攻击的，更何况我们的政府……"昊贤摇摇头，"妈妈，我也想保住我们家的产业，可是我得先让咱们活命。妈妈，我们还是退了吧。"

　　陈夫人有些急了，手掌拍击着桌面："可是现在还没有打起来呢！"

　　陈昊贤走到窗边，看着外面荒凉的景色说："妈妈，昔日的盛况已经不复存在了，如今的上海只不过是未来的东三省而已。"

　　陈夫人也渐渐回到了现实，轻叹一声问道："真的没有别的办法了吗？"

　　珊珊走到陈夫人跟前，用手挽着她的胳膊说："妈妈，松田的货后天就入港了，他提前就发布了价格，现在上海及其周边的染厂都停了产，等着他们的货。我们即便是继续坚持，也是拿钱续命。东北的战事又非常敏感，这种朝不保夕的感觉简直是折磨人。"

陈夫人继续问："那我们就不能联合所有的企业，拿出所有的财力共同抗敌？"

昊贤说："妈妈，这个办法我们也想了，日本企业的背后是整个帝国在支撑，而我们只是……一旦发生经济上的较量，跟他们比起来，我们的财力只是杯水车薪，实在是太渺小了。"

陈夫人不禁感叹："在我们中国的地盘上被日本人逼得要去外国，这像什么样子！"陈夫人转脸对着先生的牌位，感叹道："如果你在天有灵，就把日本人赶出中国吧！"

共荣商社里面莺歌燕舞，热闹非凡。

松田笑着举起酒杯，眼睛微闭着，跟着琴声扭动着身体；山口在门口守着，时不时地与侍女挑逗，刘忠全则站在门边，小心地看着眼前的一切。

山口走过来，指了指旁边的茶几，很恭敬地说："刘先生，请！松田社长给您留了座位。"

刘忠全看了看旁边的茶几，面色沉重，似乎没有心情。他侧目看了一下正在饮酒的松田，然后小心翼翼地问道："山口君，这次没有把事情办好，松田先生？"

山口笑了一下说："刘先生，您想多了，我们社长心胸很宽阔，即使您没有把事情办好，他也不会怪罪您，这是社长与你们支那商人不同的地方。"

"支那商人"这个词比较敏感，刘忠全听到脸色突然一变，但也在可控的范围之内。山口看着刘忠全脸色有些不对，也瞬间改口，"哦，不对，是中国商人。"然后低头向刘忠全表示抱歉。

刘忠全脸色才好了一些，点了点头，山口也很知趣地去了另一边。

松田把目光投向刘忠全,他指着跟前的茶几,然后冲刘忠全挥了挥手:"刘桑,来,到这里来。"

刘忠全此时显得更加谨慎,夹着身子来到跟前:"松田先生,您还是怪罪我吧,乔正峰没有同意我们的收购计划是我的责任。"

松田使劲地摇着头说:"刘桑,你知道我今天为什么这么高兴吗?"

刘忠全一愣,紧接着低下头说:"不知道。"

松田问:"刘桑,你认为这次我们跟乔正峰的竞争会赢吗?"

刘忠全立刻说:"实力悬殊,毋庸置疑,我们一定会顺利地拿下济南府,然后是整个华北。"

松田接着问:"如果刘桑是乔正峰的话,你会怎么办?"

刘忠全说:"老话说,'识时务者为俊杰',我会突破一切阻力跟松田先生合作。"

松田嘴唇聚拢着盯着刘忠全,然后瞬间打开,轻轻地拍了拍刘忠全的肩膀:"刘桑,我希望在中国的竞争对手都会像你一样,审时度势,会识时务。可我更喜欢乔正峰这样的竞争对手,他让我感受到了商业竞争的乐趣。与真正的对手抗争,摧毁他的战斗意志比任何战胜他的方式都要让我高兴。现在我们已经箭在弦上,我看他怎么跟我战斗,哈哈哈……"说完,举着酒杯,被几个艺伎簇拥着向自己的位置走去。

刘忠全这才放了心,顺势跪在茶几旁边,两个艺伎扑过来,几人融入到声色犬马之中。

半晌,松田双手轻叩两声,房间里瞬间静了下来,松田微闭着双眼,嘴唇上的少许酒水依稀可见。他手指轻轻敲击着桌子,半醉之下唱起了日本用来庆祝的歌曲:《君之代》(现已是日本国歌)。

大概意思是:

  "我皇御统传千代，

  一直传到八千代，

  直到小石变巨岩，

  直到巨岩长青苔，

  皇祚连绵兮久长，

  万世不变兮悠长，

  小石凝结成岩兮，

  更岩生绿苔之祥，

  ……"

  下午，三娃从办公室出来，轻轻地合上门，他用袖子擦了一下额头上的汗，准备下楼。高年正好上楼，三娃把他拦住说："没什么大事就别进去了，掌柜的正着急呢。"

  高年惊慌地问："姐夫怎么了？你惹他了？"

  三娃说："不是跟我着急，是跟他自己着急。松田这一招挺狠的，任会长、荣老板、陈家都没有好主意，所有人都被闷到这了。"

  高年点了点头说："姐夫是心里绷着劲呢，可惜咱俩都帮不上他的忙。"说完，无奈地摇摇头，从兜里掏出一张电报说："这不，姐夫昨天给师傅去了电报，师傅也没有好的办法，还劝咱干不了回老家呢。"高年想往里走，刚迈出一条腿，又退了回来，问道："我进去合适，还是不进去合适？"

  三娃说："掌柜的坚持了这么多年了，突然劝他回老家，我怕他会更急。"

  高年紧着点头："嗯嗯，你说得对，我还是从门缝送进去吧，省得他踹我。"高年蹲下，将电报顺着底缝推了进去，喊道："姐夫，师傅的电报。"他侧耳倾听，没有声音，然后站起来，轻轻地拍了拍手上的灰尘，如释重负，"行啦，我的任务算是完成了。说实话这些年我也确实干累了，无论是接着干，

592

还是回老家，我都没意见。"

正说着，突然听到正峰在屋子里面哈哈大笑。二人惊慌失措，赶紧破门而入，正看到正峰举着电报，如获至宝："我已经想到了御敌之法，这次我要让松田彻底地滚出中国。"

高年很激动："姐夫，这是真的吗？"说着主动给正峰倒水。

"师傅这份电报来得太及时了。"他用手举起电报文，激动地说："我想了好几招，可这个才是最重要的一招。"他刚想解释为什么，又主动打住，"哎，算了，这些都不重要。三娃，你马上告诉昊贤，说我想到办法了，前两天我听说他要带着全家迁到英国，他不能撂挑子，他们陈家一撤，一万多人就得没饭吃，挨饿的滋味太难受了，无论如何都要坚持！这样，你先给陈夫人打，昊贤想撤都撤不了了。"

"好！"三娃出去了。

正峰继续说："高年，你给小伍发电报，说我有急事找他，让他务必给我打电话。"

"好！"高年也出去了。

陈府的大门被几十个老老少少的工人围住了。领头的工头扒着门上的护栏，哭丧着脸喊："陈夫人，您告诉少爷一声，咱开工吧，要不然全厂几千人全都得挨饿啊……"

院子里很静，没有人进出，陈夫人透过窗户看着这一切，看起来很不安。

陈昊贤的车停在门口。工人们立马围了上去问："董事长，咱们什么时候开工啊？"

陈昊贤从车上下来，显得有些不耐烦："大家伙，别着急，不是给你们说了嘛，等躲过这次风波，咱就开工。大家伙让一下，把车开进去。"

司机按了喇叭，府上的伙计把大门开开，车开了进去，陈昊贤也跟了进去。

工人们继续追问："董事长，风波什么时候过去啊？"

陈昊贤再也没有回答，从车上提了两个黑色箱子就冲上楼去。

丫鬟正在给陈夫人冲茶，看到陈昊贤进来，喊了声："少爷。"匆匆退去。

陈昊贤把箱子放到桌子上，走到陈夫人身边说："妈妈，您已经看了很久了吧？"陈夫人转脸看着陈昊贤："昊贤，真的要这样吗？"

陈昊贤没有回答，低下了头。

陈夫人指着箱子问："这是什么？"

陈昊贤说："妈妈，这是我兑来的两箱黄金，您先把它放起来，兴许咱很快就能用得上！"

陈夫人看着昊贤问："当真要放弃陈家的基业吗？"

陈昊贤把茶递给陈夫人说："妈妈，松田的货已经在路上了，指日就可以到达上海，我们没有退路了。再说，工人们现在是守着咱们的门口，过几天就会守在政府的门口。自从上次大罢工以来，政府对这样的事件很敏感，到时候肯定会强制我们开工的。妈妈，我们家承受不了这些损失。"

陈夫人说："难道政府宁愿让我们开工，也不能限制日本人的倾销行为吗？"

陈昊贤说："妈妈，松田已经跟很多的染厂和布铺都签订了独家协议，这里面双方都有很高的违约金，政府已经无从下手。"

陈夫人闭上双眼，显得很失望，然后慢慢地睁开眼，问："难道正峰这次就真的没有办法了？"

陈昊贤点了点头："我想是的。"

正在这时，电话响起。

陈昊贤接起电话："您好，我是陈昊贤，嗯，是的……那太好了，这几天，我的心都快被松田给堵死了……好的，高年，既然这样我会重新考虑的。"陈昊贤兴奋地放下电话，脸上露出一丝喜色，对陈夫人说："妈妈，好消息，济南来电，乔大哥已经想出对付松田的办法了。"

陈夫人很欣慰地点了点头，看向窗外，感慨地说："真是说曹操曹操就到。不得不说，正峰真是个商业奇才。"

三天后，火车站货场，利民纱厂的伙计从站台上跳下来，快速往站外跑。一个穿着日本和服的女人从对面走来，旁边跟着一个魁梧的日本武士。那武士横眉冷目，一脸横样。伙计跑得太慌，一个趔趄正好撞到了日本女人的肩膀，那女人痛叫了一声便捂住了肩膀，伙计吓得呆站一旁。

日本武士眼睛一瞪，骂向伙计："八嘎！"说着抬手就要上前打人。

日本女人赶紧拽着武士的胳膊，冲他微微地点点头，暗示这里是济南，并不是东三省。这日本武士收住攻势，整理了一下胸前的衣服，又恶狠狠地瞪了伙计一眼，扬长而去。

秤杆赶到跟前，看着日本武士的背影，恶狠狠地骂道："这他娘的济南还不是你的呢，就牛上了！"转脸问伙计："货到了？"

伙计回道："到了，都到了。"

"有多少？"

"要多少有多少，根本数不清，整个货场都是他们的货，我可从来没有见过这么多的货啊！"

秤杆开始往厂子的方向飞奔……

晚上，刚下过小雨，路上冷湿滑腻，路灯陈旧发黄，更显得周围寂静阴森。货站口的楼里有三个站员百无聊赖地聊着天。突然电话铃声响起，站员的头头接起电话，顿时变得惊慌失措，推开门就往外跑，电话悬在空中，发出刺刺啦啦的声音。另外两个站员在后面歪歪斜斜地跟着，三双胶皮鞋在路上飞奔。

站台上，整整齐齐地站着三列士兵，他们手持长枪，面向前方，威武庄严。

　　站员越上站台，一阵风吹来，站员头头的帽子被吹到了地上，他匆匆忙忙地捡起来，险些摔了跟头。他很狼狈地跑到士兵跟前，小声地问："爷爷们，你们是哪个部分的？"

　　后面的两个站员也跑了过来，由于跑得太急，未看清阵势，扯着嗓子质问："对，你们是哪个部分的？"

　　话音刚落，站员头头狠狠地踢了一脚："少放屁！这他妈有枪！"这两个站员才看清形势，瞬间老实下来，纷纷躲在头头身后。

　　这站员头头见形势不好，冲着其中一人挤挤眼，说道："快，快去给长官倒茶，倒好茶！"言下之意是快去报信。

　　听命的站员也很灵活，领会意思后赶忙说："好，好，我去给长官倒茶。"这站员刚转身就被两个士兵控制起来。

　　站员头头没见过这种架势，更加害怕了，声音又小了很多："爷爷们，给你们说实话，这些货都是日本人的，我们站长亲自过问的，你们守着它干什么？"

　　这时，人群中传来洪亮的声音："守的就是日本人的货。"话音一落，一个穿着军官服的军人从后面走来，帽檐压得很低，有股不怒自威的气势。这人来到队伍中间，微微地抬起头，露出冷峻的眼神，士兵们敬礼喊道："伍团长！"

　　此人正是小伍，他点了点头，士兵们把手落了下来。小伍走到站员跟前，盯着他们看，站员心里直发毛，头头哆嗦着问："长官，你们这是要抢？"

　　小伍没回答他，命令道："给我绑起来！"

　　"官爷！"头头吓得瞪大眼睛，"您随意绑人可是犯法的！"

　　小伍嘴角露出一丝微笑，随之，过来几个士兵把他们绑了起来，然后用纱布堵住了嘴，尽管他们挣扎，也无济于事。小伍跟他们说："三位兄弟，委屈一下，我不会伤害你们，我之所以会抢日本人的货，是因为我是中国人。

到了该放你们的时候，我自然会把你们放了。如果日本人问起来，就说到承德战场上见！"他说完，转身给这些士兵发号施令："兄弟们，这些是日本人的货，只要这些货进入济南市场，会有更多的老百姓被饿死。虽然这里没有刺刀和鲜血，可却比战场更加血腥。兄弟们，凌晨两点以后，我的视野之内不要见到一件日本货。"

众士兵齐声喊道："是！"这声音在火车站长久回荡。

伴着月色，几十名前线的战士打扫着这个没有鲜血却很血腥的战场……

聚丰斋二楼的包间里，正峰和小伍相对而坐，屋里的灯被掌柜的调得很亮，正峰盯着小伍刚毅的面孔，感觉小伍又成熟了很多，暗自欣慰。他深知小伍的这种成熟是军人在经历各种生死磨难后历练出来的，想到这些，他又很害怕，把目光转移到桌子上分散自己的注意力。

小伍穿着军装，帽子放在一边。掌柜的端菜过来，很恭敬地说："乔老板，有什么需要的您吱声。"

正峰点了点头说："刘老板，您先下去吧，让我跟我兄弟好好说句话。"

"好！"刘老板退出去，关上门，吩咐一个伙计在门口守着："你可看好了，没有乔老板言语，谁都不能进这屋子。"

伙计懒散地站在那里，有些发牢骚地说："掌柜的，这都凌晨了，都快困死了。"

掌柜的瞪着他："你以为我愿意啊？乔老板是咱的老主顾，更别说旁边还一个当官的，腰里面都别着盒子炮，哪个咱惹得起？都得当玉皇大帝供着。"

伙计也没了办法，不情愿地站于一旁。

房间里，正峰从怀里掏出一个相框说："小伍，这是念孝的相片，你收好了。"

小伍很激动地接过相片，眼泪在眼眶里打转。他用手轻轻地擦拭着表面，然后深情地在念孝的脸上吻了一下，一切感情都融入在这深情一吻之中。

正峰说："这孩子脾气也硬，前几天感冒，我找了西医，一针扎下去，一声不吭，有个军人后代的样子。"

小伍说："哥，念孝从出生到现在，我这个当父亲的……"

正峰拦住他说："小伍，你说这些做什么？"

小伍咽下自己的心里话，只是总结式地说道："哥，家里一切都靠你了。"说着，把相片揣到自己的怀里。

正峰点点头问道："小伍，咱们言归正传，前线战事这么紧，你出来不会犯纪律吧？"

小伍说："没事，师长听说是纺织品，又正值深秋，前线的紧俏货，就特批了我几天的时间。"

正峰点点头："好，九一八事变后，日本帝国主义侵占了东北三省、热河省，控制了冀东二十二县，内蒙古东部各盟旗也随之沦陷。继而日寇又向西部各盟旗伸出侵略的魔爪，在他们的扩张版图上，这一战不可避免。"

"是啊，今年春天，日本帝国主义指使伪蒙军侵占中国察北六县，同时，日本侵略军派遣大量日军军官担任伪军部队的训练和作战指挥，补给伪军大批军需品。令蒙奸德穆楚克栋鲁普部驻嘉卜寺，李守信部驻张北、庙滩，伪蒙军穆克登宝部驻百灵庙（今内蒙古达尔罕茂明安联合旗），另以伪蒙骑兵五千余人驻多伦、沽源、平定堡地区，伺机向绥远（旧省名，在今内蒙古自治区乌兰察布盟及其以西地区）发动进攻。目前我奉命镇守百灵庙，寸土不让！"

正峰看看表，感觉时间紧迫："打仗的事哥不懂，务必保重好自己。今天晚上务必把这些货弄出城区，越远越好，你能做到吗？"

小五点点头："能！"

正峰放下酒杯说："好，只要是货出了城，我们至少还有半年的好日子，我们手下的这几千工人还能有饭吃，整个华东的纺织界也将会躲过一劫。我替济南纺织界，乃至整个华东谢谢你！"说完，举起了酒杯。

小伍有些犹豫："哥……"

"不是我单独谢你，我是代表大家伙谢你！"

小伍这才端起酒杯，跟正峰一饮而尽。

小伍放下酒杯要说话："哥……"

话刚出口，就被正峰打断："小伍，你先别说了，你赶紧吃，吃饱了就得赶紧走。你听哥说，小伍，你顾的是整个国家，我顾的是一个小家，但是你放心，我会把这个小家照顾好，秀英和念义也都很好，他们都盼着你早点回来，不过今天晚上不能让你们见面了，时间太紧了。"正峰独自喝了一杯酒，表情有些哀伤，"你这一走，我估摸着松田很快就会知道是我干的，我也算是跟松田彻底结下了梁子。前些日子他刚刚派人打死了李有林，如果我有这么一天……老家的长辈们你就代我尽孝吧。师傅今年有些咳嗽，你记着时常弄些好药过去。师娘的腿有些疼，你记着要经常从东北弄些虎骨过来，管用！我岳父岳母身体还好，也有高年在，你帮衬着他就行了。"此情此景，多少有些悲壮的意思，正峰肚子喝了一杯酒说："还有一件事，我师父和岳父好下棋，你也得学下棋，陪他们二老好好乐乐，免得他们老想我。"

正峰的话有些托孤的意思，字字扎在小伍的心上，他有些受不了，放下筷子，猛地站了起来："哥，你说什么呢？松田他敢？我现在就派人去宰了他。"说着就要往外走，正峰赶紧把他拦住："小伍，这不是办法，日本人正愁没有治咱的把柄，你这一弄，反而帮了他们，别坏了大事。"正峰又拉着他坐下说："这些事哥会处理的，再说这里是济南，不是青岛，他想给我放枪也不是那么容易。你赶紧吃饭，听我把刚才的话说完，如果我万一真有这么一天，你无论当多大的官也得回来把咱这个小家管好，你知道吗？"

小伍看着正峰殷切的眼神，眼泪在眼眶里打转，想说话，正峰抬手制止：

"哥说的是万一，如果有那一天，你也别心疼哥，哥从一个放牛的混到现在，有师傅师娘，有你，有你嫂子，还有这么一大家子人惦记，哥很知足。另外，这次你回去，哥给你带了些钱，钱不多，可买个师长够了。不过，你得答应哥，这钱不能用来买官。军队上军法太严，各股势力交错，万一你哪天得罪了人，这是用来保命的。你记住了，回去以后找个地方埋起来，埋得深一些。"正峰在小伍手背上拍了拍，暗示他一定重视："你一定要记住，这是保命的钱！"

"哥？"小伍的眼泪成串地流了下来。

正峰继续说："咱们俩分开的时间太长了，哥不能再失去你了。"说完，捂住含泪的双眼。

小伍"扑通"一声跪在地上："哥……"他把头磕在地上，像个小孩一样痛哭起来。

第二天早上，晨露打湿地面，像是刚修整过。晨阳初升，一点一点地照射过来，地面上的露水也一点一点被蚕食。今日的济南火车站与往常并无不同，唯独没有站兵巡逻，亭子里面空空如也，那个电话还在原地摇摆。

一辆黄包车飞驰而来，刘忠全坐在上面喊："快，快！"

站门口，车夫停住，刘忠全跳下车，往里飞奔。他身后跟着一个伙计，伙计跑得慢，喘着粗气说："老爷，我一早就看过了，货都没了，老爷……"刘忠全已经消失在前面的人群中。

站里，两个巡查员正在巡视，看到一人跑过来，想把他拦下，可是刘忠全此时已经疯了似的跑向货站。他选中一辆车查看，没有货。他又选中另一辆，还是没有。他精神似乎受到重创，双手发抖，大声问道："我们的货呢？"

巡查员是个新面孔，根本没有在意刘忠全的控诉。他拿着货物表，漫不经心地问："从哪里来的货？"

刘忠全气得脸色蜡黄："从青岛发过来的，八大车皮共荣商社的纱货。"他伸手比画出个八字，"八大车皮，怎么就不见了？你们是吃什么干饭的？"

巡查员白了他一眼，然后慢慢翻阅列车表，查了一遍说："先生，昨天没有从青岛发过来的货。"

"什么？"刘忠全晃了两晃，险些没有摔倒："我昨天都打过电话了，我们也派了人来，货物已经进站，你赶紧给我找。我告诉你，这些货是日本人的，日本人已经打到了承德，没准明天枪口就能对准济南，要真是丢了，让你人头搬家，不，让你全家人头都搬家！"

接站员意识到问题的严重性，战战兢兢地说："大爷，我是真不知道，我是今天新来的。"

刘忠全脑袋一嗡，瘫坐在地上说："完了，全完了……"

上海共荣商社，樱花树下，松田用军刀在树上乱砍一气，嘴里不停地骂着："混蛋！凭空消失，刘忠全就是个废物！"

松田从没有像此刻这么愤怒过，山口恭敬地低着头，大气也不敢出。松田看山口不说话，意识到自己的情绪有些失控，平息了一下问："你也派人查过了？"

山口说道："是的，社长，济南站的货物进出记录我都派人查过了，确实是凭空消失，刘桑没有说谎。"

"社长，我们在济南除了乔正峰没有其他的对手，我想这件事也许是他所为。"

松田被气得浑身发抖，他把军刀插在地上，撑着自己摇摇欲坠的身体："报警察局，报警察局！就说乔正峰偷了我们的货，揭露他的强盗罪行！"

山口低着头："社长，已经报了，可当地的警察局说我们才是强盗，抢了他们的东三省。"

"什么？"松田又被气得身子一趔趄，他稳住重心继续发泄："去报社登报，登报！就说乔正峰是个小偷，要让乔正峰颜面扫地！"

松田瞪着山口，山口显得有些胆怯，接着又把头低下说："已经去了报社，他们说乔正峰是当地有影响力的实业家，咱们的人根本连门都没能进去。"

"八嘎！那就以租界的名义出面，报告上海警察局，让他们去找济南警察局交涉，让他们务必帮咱这个忙，把咱们的损失找回来！"

"社长，上海和济南属于不同的管辖区，我想这个办法希望更加渺茫。"

松田再也控制不住，他举刀劈向一个花坛，那花坛应声碎裂。松田还呈半蹲姿势，大声地骂道："耻辱，耻辱！这是我们大日本帝国的耻辱！"

山口吓得退了一步，紧低着头，一言不发。

片刻，松田也知事已至此，无能为力。他缓缓地站起来，语气也缓和了一些，问道："刘忠全呢？"

山口说："刘桑知道自己办错了事，在青岛等候发落。"

松田很痛心地说："这是我的失误，我的失误！我不应该相信一个中国人，这样的人对帝国没有一点的帮助。你让他不要再回来了，不仅如此，也要让他付出代价，他在青岛的全部家当都要用来弥补我们的损失。"

山口说："社长，刘桑现在管理着青岛的三个厂子，而且他在青岛的关系根深蒂固，咱们贸然地这么做会不会……"

松田摇着头，咆哮道："青岛还是中国的青岛吗？1914年就已经是我们的了！我会打电话给宪兵队的，让他们亲自去做。"

山口说："那以后青岛的三个工厂谁来负责呢？"

"都让小河来管吧，他是东京管理学院毕业，又在市场上历练了半年多，完全可以胜任。"

"好的。"

松田又问："剩下的货已经发来上海了吗？"

山口说："发来了，货物已经到港，就存放在仓库，周边的百货店、布铺还有一些染厂都已经过来要货了，只要您一声命令，上海的大街小巷都会被我们的货所淹没。"

松田摇摇手说："不，先不要放货了，你告诉这些小老板们，我们要延迟发货，这一半货我还要留给乔正峰。"

山口很惊讶："社长，还要发往济南？"

"对，我们不能收下这份耻辱，无论如何我都要把乔正峰压垮在济南。"松田手指着地面，像是下了无比大的决心。

山口很担忧地说："社长，乔正峰这个人诡计太多，他已经吃了我们这么大一批货，更何况我们与商家都签订了独家供货协议，发货期限是一个月，如果我们不能按期供货，我们会损失巨额的违约金，这样做是不是太冒险了？"

松田已恢复理智，摇摇头说："我们大日本帝国在中国的所作所为哪一项不是冒险？我们国家很小，而中国就像是一头雄狮一样站在那里，我们却要以蚂蚁之力征服这头雄狮，这本身就是冒险。我们的军队也就百余万，而中国的军队却有五百万之多，以少胜多，这依然是冒险。军事如此，商业亦是如此，规规矩矩是做不成任何事情的。山口君，我们的货之所以会突然消失，主要是我们错估了乔正峰和任万里的这层关系，我们在铁路上的所有事情都逃不过任万里的眼睛。铁路不行，我们就用水路，水路不通，我们就用旱路。你可以联系一下青岛最大的物流公司，就算是用马车我也要把剩下的货发到济南，总之我必须让乔正峰彻底失去战斗力，这个人太危险了。等济南的商家付了款以后，马上安排新货发给其他商家，按时间算应该是来得及的。"

"我知道了！"

"还有，你务必查清楚这批货被乔正峰弄到了哪里，这么一大批货不可能凭空消失。在济南，只有任家可以装得下这么多货，他家的物流仓库你都查了吗？"

山口说："全部查过了，没有一点货物的踪迹。我怀疑去了军方？"

松田说："军方？"

山口说："乔正峰有一个弟弟是中国军队的一个团长，据说现在在百灵庙一带活动。他如果动用了军方的力量，是可以做到让这么多货物凭空消失的。"

"百灵庙？那里刚刚跟我大日本帝国签署了晋绥协议，目前形势很紧张。我军现在是谁在负责？"

"田中佐藤将军。"

松田用力将刀插在地上，双手握着刀柄，屏鼻长吸："你马上致电田中佐藤将军，让他们务必帮我们找到货物，即便是找不到，也要让他们找到这个人，我要让他付出无数倍的代价！"

过了一会儿，山口从屋里跑出来。松田还在那樱花树下，只是由站改坐，脸色比刚才更差了。

山口说："社长……"山口看松田表情很差，欲言又止，似乎有难言之隐。

松田说："山口君，发生了什么？"

山口这才说："田中将军耻笑我们为了一批货物而劳师动众，他好像不太重视。"

松田气地站了起来："混蛋，田中佐藤这个狂傲自大的家伙，他是不是还活在明治维新以前，现在已经不一样了，我们商人已经不再是下等人了。在中国，我们见过很多其他国家的贵族，他们都有很好的素质，唯独我们大日本帝国的贵族盛凌人，这一点，回国以后，我是要告诉首相的。"说到这里，他又摇了摇手否定了自己的说法，"不，跟他们讲道理是讲不通的，我们应该强硬起来。1894 年，中日黄海开战，如果不是我们家族捐出了大半的财富，哪有枪炮支持他占领大连和旅顺，也就没有他们的今天。你告诉他，在我们大日本帝国，无论是军人，还是商人，价值都是一样的，都是天照大神的子孙。如果他还是这种态度的话，我会到军事法庭去告他。"

"是，社长。"山口这次是跑着去的。

中午，秤杆从外面跑进办公室，正峰忽地站起来："怎么样了？"

秤杆说："日本人又来了，里里外外又查了一遍。"

"然后呢？"

"我看他们急匆匆地又赶回上海去了。"

高年也站起来："他们准是扑了个空，哈哈！真他娘的解气！"

"秤杆，你再去干三件事，共荣商社应该还有人留下来打探情况，你密切关注，如果有人嘴不严，你就大嘴巴子伺候，有什么事儿咱担着。第二件，你去告诉一下天澈，松田的人肯定第一个会去他们的货站打听情况，你让他严加防范，能拖半天是半天。"正峰算了算时间继续说，"第三，你再派人守住通往河北的隘口，六个小时内不见日本人，这货就算是安全了，咱们大事可成。"

"好，我现在就去。"秤杆夺门而出。

高年问道："姐夫，那上海陈家那边怎么办？松田的另一半货物不是要发到上海吗？"

正峰摇了摇头说："不会了，松田这个人我很了解，他是不会轻易接受这样的结果的。这次主要攻击对象是咱，虽然丢了一半的货，他仍有可能会把剩下的一半货拿来冲击咱们？总之上海安全了。"

高年不停地点头："姐夫，松田丢了这么多货，无论他还冲不冲咱，这一仗咱已经赢了。"

正峰点点头，然后转身看向窗外说："有林，我也算是给你报仇了。"

高年把办公桌上的东西收起来说："姐夫，家里人都很担心，师傅跟我爹两个人轮番地给咱发电报询问结果，呵呵，我看他们比咱还急，我得赶紧给他们回个话，让他们跟着高兴高兴。"

"好，你去吧。"

　　傍晚，高家中堂的书桌上，高太太研着磨，旁边放着毛笔架，架上有四支羊毫。高满山擅长书法，所以架上均是各种型号的羊毫。此时高满山正在屋里踱步，虽然年事已高，但是精神矍铄。他放下拐杖，拿起一支中等型号的羊毫笔，挥挥洒洒地写下四个字"人生无常"。写完退后一步，左右观看。

　　高太太看了这四个字，多有不解，皱着眉头问道："老爷，你写这些干什么？正峰打了胜仗就该写点吉利的，无常，无常，多不吉利！"

　　高满山摇了摇头说："你别误会，这不是我要写，这是正峰给我出的题。这个田边生的日本商人跟正峰叫板，从上海弄来了八车皮大件，说要沿着青济铁路一路高歌进济南。这么大的数量，你以为正峰一开始就有办法？不，也没有，可就是因为王老掌柜给他发了封电报才让他想出了主意。"

　　高太太有些哭笑不得："哎，你直接问王老当家的不就行了。"

　　高满山笑了起来："我倒是真问了，他也不知道，他只是给正峰发了份电报，电报是这样写的，'广厦万千，夜眠七尺；良田千顷，日仅三餐。勿怪己，勿忧天，日商横行，国家太弱，人生且无常，况生意乎？'然后还有一些劝他回家的白话文。我想来想去，也想不明白正峰的灵感来自于哪。"

　　"正峰脑子太快，一眨巴眼儿就能出一堆主意，你还是别琢磨了。"高太太虽在劝导，自己却下意识地猜测起字面的意思来，猛地一紧张，脱口而出："无常？正峰不是要杀了这个田边生的日本人吧？"

　　高满山看了高太太一眼，有些生气："你胡说什么？商场竞技不是打打杀杀，虽说现在中国和日本正在开战，但也仅限于军事上，商业上还是不能出人命的，他能不懂这个道理？要不然他也不能走到今天，你就别瞎琢磨了。"

高太太发牢骚地说："杀个日本人还论什么忌讳。"

高满山的倔脾气上来了，反击说："即便是你说的对，那也不可能是杀了他，杀了他，货还在，什么问题都解决不了。"

看着高满山要生气，高太太赶紧过来安抚情绪，附和着说："行，行，只要这四个字不是写咱自己，你说得都对。"说完去倒茶。

高满山像是胜了一筹，满意地点了点头，摸着胡须，继续思考。

上海陈昊贤的办公室里，他正通着济南铁路局局长的电话："张局长，您说的可是真的？日本人的货一夜之间全部没有了？"

张局长说："对啊，一夜之间全没了。日本人都跑来八遍了，我看都快急疯了。刚才政府都派人来电话了，我看这事大了。"

"这是谁干的？张局长您当真不知道是谁干的？这可真是救了我们陈家啊！张局长，您可要给我查一下是谁做的，我要当面重谢。"

"陈董事长，我是从上海调过来的，在上海的时候您也经常照顾我们，但凡我知道的一定告诉你。不过这件事太蹊跷，只是听说是一群当兵的干的。哎，这事我也不能管，也不敢管，还是说到这里吧。"

"好了，知道了。"陈昊贤轻轻地放下电话，屁股刚挨到椅子，又猛地站起来，笑道："哈哈，我晓得是谁干的了！"说着，又拨出另一通电话。

此时，正峰办公室里正喝着茶，高年进来说："姐夫，给家里的电报我是这样说的，'八车大货，凭空消失，倭寇被算，姐夫神通，大捷！'哈哈，姐夫，我写得还行吧？"

正峰瞪了他一眼，满脸嫌弃地说："好赖你也是名门之后，你看看你用的这些词，有失水准。"

高年解释道："姐夫，八车皮的货不翼而飞，整个火车站、派出所全部统一口径'凭空消失'，这简直就是神仙才能干出的事儿，我这样写算是委婉的。还有，小伍也来电话了，他的上司说被你的爱国之心感动，还说要亲自谢你。"

正峰摆摆手："人家在前面浴血奋战，我们这些不算什么。咱们这些商人跟那些为了祖国抛头颅、洒热血的军人比起来渺小多了。您告诉小伍的上司，只要还有用得到我乔正峰的地方，我定义不容辞。"

高年说："姐夫，小伍给我打电话的时候，炮声轰隆，感觉炮弹就在他的身边落下，中间还断了一次线，可把我吓坏了。你说，都是娘生爹养的，人家凭啥就拼了命地跟日本人干，想想这些，心里真不是滋味。"

正峰默默点点头，表情很沉重。高年赶紧岔开话题说："姐夫，咱干了这么大的一件事儿，不能说，连庆祝一下都不行。刚才陈昊贤打来电话问是不是你干的，我没说实话！"

"你没告诉他？"

"没有！"

"陈家跟咱不是外人，瞒着他不好。"

高年也意识到自己办的事不妥，赶紧起身说："要不我再打电话告诉他实情。"

正峰摇了摇头："行啦，陈昊贤这个人很聪明，即使你不说实话他也能猜得出来，他肯定还会来电话问，你赔个不是就是了。对外我们要保持低调，对内我们还是要庆祝一下。这么着，今天晚上，你在聚丰斋订上两桌子，叫上任会长一家子、蔡茂盛、刘阔海，顺便把荣老板，还有那帮老娘们都叫上，咱们一起高兴高兴。"

高年又犹豫了起来说："姐夫，要不吃饭这个事就算了，我也就是发发牢骚。日本人的货让咱偷偷地送给了军方，也不是什么太光彩的事，咱还是忍忍吧！"

正峰眼睛一瞪："不光彩？这事你得看怎么论。这几十年日本人祸祸咱的还少？从甲午中日到侵占东三省，跟他们比起来，这八车皮的货算什么？"正峰说得很痛心，抬手喝了一杯茶，接着说，"你啊，说到底还是个少爷羔子。看在眼里的事你记着了，这没看见的国仇家恨，你是一概记不住。"

"姐夫，您现在是济南商界的名人，多少要注意影响，我是怕有的人别有用心。"

正峰摇摇头说："这事虽然是我做的，可是军方已经参与进来，是没有人敢说什么的。再说这个事只是内部庆祝一下，没事的。"

高年也放下了包袱："行，那我就去安排。"

晚上，聚丰斋二楼清场，一个伙计守在二楼的楼梯口出处喊道："二楼客满，一楼就座！"

这二楼有六个大间，正峰等人占了一个，高凤等女人们在隔壁，其他四间都空着。

女间，任太太在上首，高凤坐在对面，其他人依次是秀英、素雅、大嫂、三娃媳妇，还有李有林的大太太，她在高凤的右手边。

任太太说："弟妹，今天是李太太跟咱这帮第一次吃饭，咱得让她吃好。"

高凤说："是啊，以后就在济南长住了，原先的那一页也算翻过去了，有什么不顺心的就找咱这一伙子。"说着，给她夹了一筷子菜，"妹子，别拘着，吃菜！"

李太太有些拘谨，但很和气，头微低："谢谢嫂子。"

三娃媳妇问道："李家嫂子，听说你们家里还有个老二？"

高凤制止说："三娃家，问这些干啥，那跟咱不是一路人。"说完，又往李太太的碗里夹了菜，"妹子，赶紧吃！咱这一群老娘们在一起，就是瞎聊，问多了你也别介意。"

李太太颔首笑了一下说："其实也没啥，办完了有林的丧事，分了一笔钱就走了。"

高凤说："还真像说书里说的，夫妻本是同林鸟，大难临头各自飞。"

素雅把话接过来说："姐，你这说得也不对，我姐夫也没少给你惹祸，你怎么也不飞啊？"

"我？"高凤想了一下，举起筷子往素雅跟前比画，笑着说，"我揍你我，没大没小的。"

众人笑了起来。

任太太说："想想都是日本人惹的祸，要是没有他们，有林兄弟也走不了，小伍也不能连家都回不上就又走了。秀英，说说，想小伍了吗？"

秀英的脸被羞红了说："没想。"

"没想？"素雅不信，"我看是别人没想。"

众人又笑了。

素雅接着说："既然大家都这么恨日本人，不如我们都去参加妇女护国会吧？"

高凤说："我可不去，你姐夫早说过'女人不能参政'，我怕他踹我。"高凤指着素雅，"你也不能去啊，估计你姐夫都听到了，这会儿正要过来踹你呢。"

素雅被吓得一激灵："不会吧？"说完，眼直瞅着门口防备着。

大家又笑了起来。

男间，正峰坐在主陪位置，右手边是任万里，左手边是荣升，任万里的旁边是三娃，三娃旁边是一个空位。高年坐在副陪的位置，左面是天澈，右面是秤杆，秤杆旁边是三娃，几个人边吃边聊，边说边笑。

天澈问："乔大哥，您这招釜底抽薪真是用绝了，不仅解了济南之急，还解了华东之急。"

正峰笑了笑说："要说这事还得感谢我师傅。我把济南的境遇告诉他，他给我写了首诗劝我心态平和，而且还告诉我人生无常的道理。我一琢磨，人生都无常，何况这些纱货的命运，所以我才想起这么一个釜底抽薪的主意。下午高年给他发份电报，他听后回了两个字'义举'，哈哈，没给他老人家丢人！"

任万里点点头说："这话得分谁说，也得分谁去听。《周易·系辞上》说'引而伸之，触类而长之，天下之能事毕矣也'，这就是触类旁通的道理。天澈，你乔大哥的这个本领，你可要好好学。"

天澈笑着说："爸，我一定好好学。"天澈放下筷子说，"乔大哥，青岛来信说松田把刘忠全踢出去了，没收了他家的房产，掏光了他的钱财，现在很落魄，听着真解气。"

正峰也放下筷子说："哼，按说这刘忠全也有两下子，可他学谁不好，偏学吕布，一开始跟老曹，后来跟了商会会长，最后竟然跟了日本人，三姓家奴，有这个下场纯属活该。"

任万里点点头说："正峰，你还不太了解他，他的身世跟你有一拼，七岁走街串巷卖糖球，十岁的时候认了师傅学修鞋，直到有一天一个做纱厂的土老板去修鞋，看这孩子机灵才把他收了，这才算进了行。我跟他吃过一次饭，他说就是穷怕了。正峰，虽然出身跟你差不多，可唯独有一点不一样，他没有瞎子爷爷教他做人，听说他那个修鞋的师傅，因为偷东西被关进去了。想想这些，也不全赖他。"

正峰犹豫了一下说："这么说，他还有救？"

任万里说："这不好说，但也看谁救。"

正峰点点头："既然我跟他还算有缘，三娃，回头你替我给他送一千块大洋，告诉他好好做人。"

"行！"三娃应着。

任万里举起酒杯说："正峰，就凭你这做人方式和心胸，我们大家应该敬你一个。"

说完，大家一同举杯把酒喝了。

荣升说："正峰，我可听说了，你要通过这次机会把松田带进深渊，我们可是越看越糊涂了。"

正峰看着高年，半开玩笑地说："高年，这一伙子就你嘴长。"

高年赶紧解释："姐夫，我是真想不通，又不敢问你，只好让荣老板帮咱分析分析。"

正峰说："荣老板，我是这样想的，这次松田丢了一半的货，可还剩下一半，无论他是留在上海，还是继续冲咱，咱以后都没好日子过。军事上，人家一路高歌已经打到了咱家门口，商业上咱们再落了下风，这以后就太难了。所以，我想趁着这次机会把松田彻底地压死。我确实给松田挖了这个坑，而且不止是挖坑，我还给他埋了雷，还是连环雷。不过，这东西跟打仗一样，什么时候点得分时机，而百灵庙这场仗就是咱点雷的时机，不管输赢，等小伍打完了仗就点。我估摸着这一两天就打完了，到时候您就知道我怎么对付松田这老小子了。"

任万里点头说道："好好，今天我们就不问你埋的什么雷了，我们只要听这响，你要好好给我炸这帮日本孙子。"

正在此时，门外突然传来日本人的声音，还有店里伙计哀求的声音。

所有人都很警惕，正峰站了起来。任万里伸手制止说："正峰，你刚刚把松田的货给截了，别出头，你先坐下。"

秤杆站起来说："我去看看。"

正峰点了点头表示认可，秤杆抽身走了出去。

楼梯口处，店内伙计正哀求着两个日本武士："两位大爷，二楼满了，您就在一楼吧。"

前面的日本武士很凶，怒目圆睁："我们就要在二楼，你让他们统统滚到一楼。"

伙计说："大爷，这几位都是我们济南的大人物，您还是……"

话没说完，只见日本武士抽出了军刀，喊道："八嘎！"

伙计吓得赶紧跪下："大爷饶命……"

"哈哈哈……"日本武士得意地笑着往前走。

秤杆把他们拦下。日本武士继续刚才的威吓，拿着军刀："八嘎！"

秤杆一甩手从腰里掏出一把盒子枪，指着他们："去你娘的八嘎。"

两个日本武士顿时惊慌失措。

秤杆骂道："滚！"

两个日本武士落荒而逃。

秤杆回到房间，把枪放到桌子上说："两个日本武士闹事，我给轰走了，还是这玩意儿好使。"

高年把枪拿了起来说："这把枪是正宗的毛瑟军用手枪，只可惜是个假的。"他把脸转向正峰："姐夫，我让木匠老王做了十把假枪，虽然外形能以假乱真，可是实心的，要不咱弄些真的吧？"

正峰皱着眉头琢磨了一下说："万里哥，我看行。"

任万里点了点头说："目前国军跟日军正在晋绥边境开战，我们打赢了，兴许能太平一段时间，要是输了，怕是没什么好日子了。我看可以准备些。"

天澈说："爸爸，这事交给我。梁山的谭五爷跟我交过底，他有军火的渠道，我能办好。"

任万里点了点头。

正峰独自喝了一杯酒，骂道："这他娘的是个什么世道，打输了不安心，打赢了也不安心。"

高年说："姐夫，不光是咱们跟日本人热闹，就连欧洲大陆都是一团乱糟糟的。希特勒要统治整个欧洲，所到之处，战火连天。"

正峰很不屑地说："哼，我要是见了'拉稀还乐'（希特勒），我能大嘴巴抽他。你们说打仗有什么好？咱们中国几千年的历史，向来不缺战争，朝代年号换了，皇帝和大臣也换了，可唯独一点不变，遭殃的永远是老百姓。"

天澈点着头说："乔大哥说得对，无论是中日之战还是欧洲战争，都是当政者得到权倾天下的利益，真正遭罪的却是千千万万的老百姓。"

正峰说："行啦，咱不提战争了，这个话题太沉重，咱几个好不容易聚在一起，说点儿别的。"正峰指了一下那把空椅子，"万里哥，这把椅子是我特意给有林兄弟留的，要不咱大家伙一起敬他一杯。"

"好！"

众人一同将酒杯举向空中……

翌日早上，天色深寒，深灰的大地上，一团团烈焰般的战火覆盖在百灵庙一带，上空的灰色硝烟像是一把大伞要把这个地方吞噬。伴着战火声，满身征尘的小伍在战壕里穿越，警卫员在后面跟着。

上一轮的攻击刚刚停止，一个新兵正在拍打新军装上面的尘土。

小伍在他的帽檐上拍了一下："兔崽子，打仗要专注，枪子可不长眼。"

"团长！"新兵要站起来给小伍敬礼，又被小伍按着肩膀压了下去："小子，你记住了，只要是这仗打赢了，以后新衣服有的是。"

"是，谢谢伍团长。"

警卫员开始鼓舞士气，大声喊道："兄弟们，团长说了，这仗要是打赢了，以后顿顿猪肉炖粉条子，连吃三天。"

士兵们听着有肉吃，一个个笑逐颜开。

小伍在警卫员的帽檐上敲了一下，训道："你小子怎么这么抠，五天！连吃五天！"

警卫员又喊道："兄弟们，我说错了，团长说是五天！"

"好……打死这帮狗娘养的！"众士兵士气高涨。

这时，一个四川口音传来："好是好，可要累死老子了。"

小伍循着声音看去，这人脸上抹着锅底灰，已经面目全非，腰里还别着一把菜刀，小伍说："赵老六，你他娘的一个伙夫来凑什么热闹？"

赵老六被拆穿，主动扇了自己一嘴巴，然后很无辜地摸了摸全部伪装的脸说："团长，这样你也看得出来？"

"整个部队就你他娘的一个四川厨子，就你敢冲着我喊老子，快回去！"小伍这一下命令，赵老六旁边的那个士兵竟主动往后退，小伍喊道："还有你，张大头，你不好好给老子养马，跑这里来干什么？"

张大头直起身子，脸上沾的全是土，似乎还带着一些怨气："团长，兄弟们虽然跟了你时间不长，可就是稀罕你，你给俺老娘看了病，给俺爹建了坟，俺就认着你。团长，这次日本鬼子火力很大，要是都出了事，我给谁养马去？团长，如果真出了事，我到下边给你养马。"

赵老六也跟着说："团长，我下去给你当厨子。"

小伍听了这话心里酸溜溜的，但他不能哭，必须把士兵的气势提上去，骂道："你们他娘的少咒老子死，嘿嘿！"他又笑了，"兄弟们，知道刚才我伍思峰干什么去了吗？"

士兵们还没有从刚才的气氛中解脱出来，有些尴尬，小伍轻轻地用膝盖顶了一下警卫员，警卫员很机灵，知道团长要下药引子，清了清嗓子问："团长，你刚才干什么去了？"

小伍笑笑："嘿嘿，我刚才啊，学了一次孙悟空，下了一趟地府，跟阎王爷谈了点事，说让咱们这帮兄弟们都好好地活着！"

一个十六七岁模样的小兵蛋子被吸引住了，问："团长，我听爷爷说阎王贪着呢，你跟他谈条件，他得要东西，咱这阵地上除了子弹就是炸弹，人家能稀罕？"

小伍瞪着他："就你小子懂得多，可咱也不是吃素的，阎王这点爱好咱能不知道？哼，兄弟们都知道我在济南府有个开工厂的大哥，你们身上的新军装就是他给咱的。来的时候我大哥早就把钱给带足了，用对了地方，都能买个阎王当当，可是咱舍不得兄弟们，在花名册上划了你们的名字就又上来了。"

士兵们都被逗乐了，瞬间放松了很多。那个士兵又问："团长，阎王真同意了？"

"老子钱都用了，他能不同意？'有钱能使鬼推磨'这句话就是这么来的。阎王兄弟说了，咱还可以多杀鬼子，用他的命抵咱的命，多杀一个，就多抵一次，你们说这买卖值不值？见了日本鬼子杀不杀？"

"杀，杀……"士兵们被鼓舞得摩拳擦掌，似乎立马就要冲上去，跟鬼子决斗。小伍看到效果不错，很满意地笑了笑。

又一个士兵有些意犹未尽地问道："团长，那阎王长得啥样？"

小伍被问住了，他开始转变策略："那小子长得太丑，等打完了仗，我好好跟你们说，这会儿咱得先把日本鬼子送到阎王那去。"他转身用望远镜看着前方，日本人的阵地显得渺小不堪，他又开始喊话："兄弟们，钱我花了，名字我也划了，一会儿都给我好好打。都看好了，小鬼子离咱就三百多米，要是他们冲上来，咱就用手榴弹招呼，再近了就扔辣椒面，今天正好是顺风，辣死这帮狗娘养的。到了跟前，咱就肉搏，记住了就朝他要命的地方打，咱得让这帮日本鬼子死前都断子绝孙，省得到了阎王那儿继续祸祸咱。兄弟们，轻伤不下火线，这回就是要让他们知道咱中国军人的肉是铁打的。"小伍又拿着望远镜向两边看去，"这仗打得真解气，东边和西边的鬼子都开始往后退了，现在就差咱前面的这些鬼子了，看来百灵庙就是咱军的福地。"

警卫员皱着眉头说："团长，这真够奇怪的，两边的小鬼子都往后退，就咱跟前的不退，刚才打咱的火力一点没减少，甚至还越来越猛。"

小伍狡猾地笑了笑："谁让老子刚吃了他们一大批货呢。"

话音刚落，新一轮的攻击开始了，数颗炮弹同时飞了过来，这片阵地顿时硝烟弥漫，血肉横飞。等浓烟散去，已找不到一个完整的人。

那个望远镜已滚落在尸体上！

碎掉的镜片半截埋在了土里！

阵地上冒着烟……接着又是一阵炮火的洗礼。

第二十一章　国运将至

　　早上，正峰的办公室里，无线电不停地播送着一条消息："本台最新消息，国民党绥远省主席兼35军军长傅作义将军采用奇袭制胜、先发制人的方法，命令骑兵第2师师长孙长胜、第211旅旅长孙兰峰为前敌正副总指挥，向百灵庙发起全面进攻，激战至24日上午，晋绥军将敌军歼灭大半。日本特务机关长盛岛角芳、顾问烟谷草以及伪蒙第7师师长穆克登宝最后狼狈逃窜，晋绥军胜利收复百灵庙，取得了百灵庙大捷。这是中国军队自1933年长城抗战以来取得的又一次胜利。此次战役震惊中外，全国军民无不扬眉吐气、欢欣鼓舞，极大地兴奋了中国人民的抗战热情。"

　　正峰不停地点头，很愉悦地说："这场仗打得好，打击了日本侵略者不断蚕食绥远的嚣张气焰，振奋了中国军队的抗日士气，傅作义是位有能力的将军！"

　　三娃也高兴地说："是啊，掌柜的，自从日本人占领了东三省，咱们吃的败仗太多了，这一仗彻底维护了我们中国人的尊严！"

　　正峰笑了："哈哈，仗打胜了，我估摸着小伍也有时间回来了，你提前安排一下。"

　　正在此时，高年从外面跑进来，脸色蜡黄，他手扶着门框，险些没有摔倒，高年已经失声："姐夫，出大事了！"

　　正峰意识到是大事："出什么事了？"

高年哭着说："小伍，小伍……"高年嘴哆嗦着，"小伍他被炸死啦，姐夫……"说完，腿一软，跪倒在地上，眼泪噼里啪啦地掉了下来。

"什么？小伍？"正峰猛地一震，眼神呆滞地僵在那里，他觉得一身的力气骤然消失，用尽最后的力气想说话，可只见嘴唇不停地抖动，就是发不出声音。

三娃赶紧过来安抚，还没到跟前，正峰只觉得天旋地转，头重脚轻，身子一歪，向后面轰然倒去。

高年也扑了过来，他跪在正峰跟前，跟三娃一起喊道："姐夫！掌柜的，掌柜的！快给医院打电话！姐夫……"

家里面，高凤正在做饭，念忠哭着跑进来："娘，小伍叔被炸死了。"

高凤猛惊得怔在那里，然后猛地一巴掌打在念忠的肩膀上："别胡说八道，你怎么能知道这事的？"

念忠哭着说："我上学路上碰到了舅舅，他让我告诉你的。"

高凤脱下围裙就往外跑，边跑边说："儿啊，这事太大，不能告诉你伍婶，快，跟娘去厂子里，咱得守着你爹，你伍叔要真是走了，你爸爸知道了，当时就能吐了血……"

百灵庙战役的失败打破了松田在华北市场的预想，这让他勃然大怒，他把桌子上的茶杯摔在地上，在电话中大骂道："八嘎！帝国的脸都让你们丢尽了！"电话那头是一个大佐，显得有些害怕，"松田阁下，您不要生气，虽然这次我们失败了，可是您交代的那个人我们找到了，我们还加大了那边的火力，动了您货的人好像已经被我们炸死了。"

松田的怒气消了一些："确定炸死了？"

"是的，他的防区已经被我们夷为平地！"

松田点点头，语气也有些缓和："红南大佐，你记住，我个人的恩怨不应该凌驾于帝国之上，百灵庙的失败永远是我们帝国的耻辱，蠢货！"说完，挂掉了电话。

山口从外面跑进来："社长，胜败乃是兵家常事，您不要太在乎这件事了。"

松田慢慢摇着头，眼里透出些许无奈："山口君，百灵庙的失败意味着我们的扩张受到了阻挠，中国人以后会更加有信心，更别说这是偌大一个国家。"

山口说："社长，军事上的事情我们是无能为力的。社长，有件好消息要告诉您，我们在济南的人来了电报，说乔正峰无故病倒，好像很严重。"

"病倒？"松田开始很惊讶，后来想了一下说道："我想是因为他知道了他弟弟被炸死的消息。"松田突然笑了，"哈哈，山口君，这是个天大的好消息，也是个绝佳的机会，我们要利用这个机会一雪前耻。青岛到济南的物流公司联系了吗？"

"联系了，我们的货太多，他们需要两天的时间准备人手。"

"好，好！再有两天……"松田看向窗外天空，眼中投射出无比雄心，狠狠地说："我要让乔正峰永远躺在病床之上！我们就给他们两天的时间，过不了几天，我们要重新杀回济南，我们的货要统统地遍布济南的大街小巷！"

王宅院里，王知山跟高满山在院子里边看棋盘，边聊天。

王知山说："你说，眼看着生意被那个在田边上生的日本人搅得做到头了，又被正峰给扳回来了。"说着，摸着自己的心口，"我这心啊也一揪一揪的不踏实。"

"啪"的一声，王知山被吃掉一子。

高满山也苦笑着说："只要这日本鬼子走不了，咱就踏实不下来。晋绥区一带现在正干着呢，如果这道防线国民政府再防不住，口子一开，日本兵长驱直入，津平危急。"

"唉……"想到国家处境，高满山长叹一声

正说着，伙计跑进来："老爷，济南来报，小伍哥在百灵庙战死了！"

王知山扶着棋盘，慢慢地站起来："什么？"说着，身体开始晃动，往后踉跄几步，险些摔在地上。

高满山赶紧过来扶着，很心痛地说："这是怎么搞的？一个指甲盖大的国家居然能这么欺负咱们！"

王知山再问伙计："小伍真的被炸死了？"

伙计点着头表示确认。

王知山痛苦地摇头说："当兵，当兵，这当的是什么兵？人死了，可国家依然没有希望！"说着一屁股又坐到椅子上，老泪扑簌簌滚下，哽咽着说，"这是要把正峰给疼死啊！"说着，把目光转向高满山，悲壮地说："亲家啊，我们以后再也不要下棋了，赢来赢去，我们也赢不了这国破山河！"

高老爷子也老泪纵横，摇着头："不下了，再也不下了。"

正峰的病房里灯火通明，人头攒动。高凤握着正峰的手，眼泪不停地往下流，其他人都在旁边围了一圈，或沉默，或哭泣，总之气氛凝滞。

高凤试着问："他爹，人都在呢，你能睁眼看看吗？"

正峰的手突然一用力，高凤牢牢地攥着他："他爹，你都听见了？"

正峰嘴唇轻微地抖动着，像是有什么话要说。高凤说："他爹，你想说什么？"她把耳朵贴到正峰的嘴边，不住地点头。

高年问："姐，姐夫说的什么？"

高凤直起身子，还没说话，眼泪已经流了下来："他说，他要去阎王那把小伍要回来。"

一众人顿时都湿了眼眶，再看正峰，又昏迷了过去。

三娃眼圈发红，猛地往外走，高凤把他叫住："三娃，你干什么去？"

三娃站在那里，眼泪吧嗒吧嗒地往下掉："伍哥被日本人打死了，掌柜的也被害成这样，我跟日本人势不两立！前些日子，掌柜的让我们买了枪，我带上人，见日本人就杀，我要给掌柜的报仇！"

高凤苦口婆心地劝道："三娃，小伍走了，掌柜的晕了，你还嫌事闹得不够大？你从小就跟着掌柜的，情如兄弟，你要是再出了什么事，你还让他怎么活！"

经高凤这么一说，三娃又回归了理智，抹着眼泪，哽咽着说："我就是咽不下这口气！"

高凤说："你们都给我稳住了，谁都不能出事，我也算是给他爹有个交代。"

这时，秀英双眼通红地从外面进来，高凤赶紧走过去，搀着她："弟妹，小伍的事你都知道了？"

秀英点点头："嫂子，这么大的事……"说到这里已然是泣不成声地趴到了高凤的肩头上。

过了一会，秀英停下哭泣，看着正峰面色苍白，说："嫂子，小伍是个军人，每天都在枪林弹雨中生活。上次他走的时候给我提过醒，说如果有一天他牺牲了，让我不要哭，让我越难受，就越要忍着，不要给大家伙添乱。"此时，秀英的眼泪就含在眼眶里，她强忍着说："小伍还说，如果有一天他真的回不来了，就把自己的尸首埋在厂子里，他要跟乔大哥在一起，他要给哥看着大门。我把那些话都嚼碎了，咽到了肚子里，可还是成真的了。"秀英抹了一下眼睛，"嫂子，小伍这样也算是为国尽忠了，可乔大哥心疼得一口气没上来就晕了过去，这才真让人心疼。"说完眼泪继续往下流。

高凤攥着秀英的手说："好弟妹，你是好样的，你是伍家的好媳妇，你想哭就哭出来吧，别忍着了，你这样真是要疼死嫂子啊！"

秀英扑到高凤的身上，眼泪仍在可控的范围之内："嫂子，小伍是我男人，也是一名军人，他脾气硬了一辈子，他说的话我得听。我不哭，也不能哭，我不能给大家添麻烦。"她用力地咬着嘴唇，强忍着泪水。

高凤点点头，眼睛望着漆黑的窗外，显得很悲壮："对，咱不哭，咱都不哭，咱不能让小伍在那边跟着担心。"

素雅过来把秀英扶到旁边的椅子上，继续安抚她的情绪。

高年过来问："姐，伍哥人已经走了，后事怎么办？"

高凤看看大家，再看看躺着的正峰说："工厂那边跟日本人还斗着，这边小伍又出了事，现在掌柜的也昏过去了，可咱们这个家不能就这么乱了，你们把眼泪都给我擦干净了。都说女人不能主事，我今天就破破这个规矩，现在开始我说了算，咱们要让外面的人看看，乔正峰的身边没有一个孬种。"高凤把眼泪抹掉，"高年，百灵庙已经打赢了。你地界熟，一会回家收拾一下，连夜到小伍战斗过的地方，一定要找到小伍的尸首。要是真的找不到，你就抓一把黄土回来，咱不能让他心寒，咱要让小伍知道，家里人都惦记着他。他是抗日救国的英雄，我们不仅要给他大办，还要给他树碑立传！"

说到这里，秀英再也控制不住了："伍哥，你瞑目吧……"此时她像个孩子一样呜呜地哭了起来……

病房外的深夜寂静且寒冷，弯月挂于星空，照得地上影影绰绰。秤杆急迫地向这边跑来，他快速地跑上二楼，冲进病房："嫂子，错了，错了，伍哥，伍哥没死……"

这个消息石破天惊，"什么？"高凤惊得站起来，那一刹，她怔在那里。

秀英跟着了魔似的冲过来，扶着秤杆的胳膊："秤杆兄弟，你没骗我，小伍活了？"

秤杆哭笑不得，赶紧解释说："真的，伍哥根本就没有死，那颗弹确实炸了，他的防区也确实被炸平了，可他的警卫员把伍哥压在了下面，他们收拾战场的时候，发现了伍哥，发现他只炸折了一条腿，现在腿接上了，人也没事了，伍哥刚来了电话报平安。"

秀英高兴地往外飞奔，嘴里念叨："我要去给伍哥打电话。"

高凤缓过劲来，来到秤杆跟前："秤杆，小伍真的没死？"

秤杆说："真的，真的没死。"

这一下，高凤也托不住了，刚刚激起的那股劲也泄了出来，人瘫坐在椅子上，喜悦的眼泪夺眶而出，长出一口气说："这天终于又变回来了。"

三娃赶紧过来认错："嫂子，都怪我，我只是听说炸了，都炸死了……我应该核实清楚的！"

高凤把眼泪擦掉，狠狠在三娃的肩头拍了一下："你呀——你们掌柜的啥都不怕，唯独怕小伍出事，这次差点被你给吓死，等他醒了看怎么收拾你！"

大家伙也都跟着笑了。高凤坐到病床边上，脸上也有了笑模样，他把正峰的手握在手里，很深情地说道："当家的，你听好了啊，小伍没死，你快点把这口气吐出来吧，大家伙都等着你呢。"

"掌柜的，伍哥没死。"

"乔大哥，小伍真的没死。"

呼唤声纷纷而来……

上海陈府，陈夫人正在客厅里跪着求福禳灾，对面是一尊佛祖石像。她手持佛珠，闭目祈祷："人生无常终难料，富贵长短注定中，佛佑华夏苍生，佛佑我侄正峰度过此劫，身康体健，终得平安……"

这时，昊贤跟珊珊从外面进来了，昊贤走到跟前去搀陈夫人："妈妈，好了，起来吧，消息有误，小伍并没有战死。"

陈夫人借力缓慢站起来，问："果真没有死？"

昊贤说："妈妈，我派人去前线打听了，炸弹确实是炸了，可是警卫员扑到了小伍的身上，救了小伍一命，我想乔大哥知道这个消息后身体会逐渐好起来的！"

陈夫人嘴角微微一撇，露出了难得一见的笑容，她转身对着佛像，双手合十，深鞠一躬，念道，"谢谢佛祖保佑！"陈夫人转过脸来问昊贤："警卫员的家属问候过了吗？"

昊贤说："妈妈，我们已经查到了他老家的地址，我们的人已经过去了。"

陈夫人很满意，点着头说："好！"

珊珊挽着陈夫人坐到沙发上说："妈妈，为了乔大哥的事，您都祈祷了一天了，难道您就这么看重乔大哥吗？"

陈夫人淡淡地说："珊珊，你要知道，这次跟松田一斗，表面上看正峰是救了自己，实际上也是救了咱们陈家。如果没有正峰的孤注一掷，松田的另一半货就会铺天盖地而来，到那时，我们陈家几十年的基业将会顷刻间毁于一旦。"

丫鬟端来了茶，陈昊贤帮着倒上说："妈妈，您说得对，如果没有乔大哥跟日本人周旋，我们家确实很被动。您放心，我已经按乔大哥的意思，开了一半的生产线，把一些老员工陆陆续续地也请了回来。乔大哥说得很对，我们做实业的不能老想着自己，老百姓更不容易。《新华日报》主编也曾说过，工业是国家的脊梁，我们发挥作用的时候到了。"说到这里，陈昊贤主动地低下头，显得很自责："妈妈，以前是我不对，还没到最后关头就想把厂子关了。"

看到陈昊贤反思自己，陈夫人竟欣慰地笑了，她深情地看着昊贤："昊贤，你如今心系工人，说明你成熟了，我很欣慰。咱们陈家经商五十年，从来就没有无缘无故地扔下过一个工人。当年闹罢工的时候，咱们的厂子被拆了，所有的工人都没有饭吃了，你爸爸硬着头皮，以三倍的利息借的款子让工人们吃上了饭，自此以后，工人们也没日没夜地干，咱们陈家的企业才得以保全。后来，上海闹瘟疫，厂子被政府限制开工，工人们也陆续染上了瘟疫，就是在这种情况下，你爸爸带着药挨家挨户地跑，才挽救住了所有人的生命。后来，瘟疫解除，工人们都安全地回来了，可你爸却大病一场，险些丢了性命。老吴就是你爸救的，他最清楚。当初上海开工厂的很多。可为何咱们陈家几经风雨，屹立不倒，这就是福报。"说到这里，陈夫人看着昊贤，"昊贤，如今乱世，又轮到你了。"

听到妈妈陈述先人往事，昊贤很感动，眼角莫名地开始湿润："妈妈。您放心，不到最后关头，我绝对不会放弃！"

陈夫人问："那你以后准备怎么办？"

陈昊贤说："我准备把我们的生产线陆续地全开了，已经走的工人们也都请回来，然后再逐渐收回我们已经关掉的市场，您看这样行吗？妈妈？"

陈夫人微笑着说："荣儿，你现在办事情越来越沉稳了。一会儿你把上次兑换好的两箱黄金也拿回去吧，山高水低的用得上。"

陈昊贤应道："好的，妈妈，最近国民政府在晋绥一带打了胜仗，我想给他们捐一些，毕竟，国家强大了，我们才能太平。可以吗？妈妈？"

陈夫人欣慰地点点头，算是认可。陈夫人冲着门外喊道："月华！"

丫鬟进了门来，立于门口！

陈夫人吩咐："把东西拿来！"

"是！"丫鬟转身出去，不一会，双手拖着一件黑色秀边贴身棉袄进来。

陈夫人接过来，用手按了按，脸上露出些许满意的笑容，他把棉袄递给昊贤说："昊贤，这是刚给你做好的，年龄大了，手也生了，不知道合适不合适。"

昊贤接过棉袄，眼泪顺着脸颊流了下来："妈妈……"

陈夫人说："咱们陈家虽然事业做得大，可是人寿却很短，你爷爷三十八岁寿终，你爸爸五十二岁寿终，如今昊贤我儿，心系人民，实属不易，奈何国家太弱，还需要你不畏艰难，奋勇向前，希望你在如今风雨飘摇的中国一定要照顾好自己。"说完，对着佛像再次双手合十，"天佑中华，天佑我儿。"说罢，陈夫人含着心痛离开。

看着心怀大家大国的母亲对自己的期望，又看到她日渐瘦弱的身躯，昊贤情感一时难以抒发，扑通跪在地上，热泪纵横地喊出："妈……"珊珊也紧跟着跪下，热泪喷涌而出。

两天后的早上，正峰醒来。他慢慢地睁开双眼，抿了抿干瘪的嘴唇，小伍的事情也慢慢回忆起来。他把自己的手从被窝里面伸出来，使劲攥着高凤的手，眼泪又成行地流下来，嘴里发出浑厚且悲伤的声音："小伍，小伍，你可把哥的心给摘走了，你可心疼死哥了……"

房间里站了一圈人，高凤，高年，三娃，素雅，秀英，大嫂还有蔡茂盛和刘阔海，他们看到正峰醒了，都围了上来。

高凤将正峰的头慢慢地抬起来，然后放在自己的大腿上说："他爹，别哭了，也别念了，都怪三娃，有什么事也不说清楚。你也是，事还没听出个四五六来呢，人就晕了。"

三娃紧跟着解释："掌柜的，都怪我，我也是太着急，只是听说炸了，人都没了，所以……"

正峰慢慢地有了点精神问："小伍没死？"

大嫂把药递过来，高凤边喂边说："死什么死？你们兄弟俩一条命，小伍就算是死，也得经过你允许。不过也受了点伤，腿折了，现在接上了。"

正峰的这口气才缓了上来，身体也觉得轻松了许多，问道："秀英呢？"

秀英走到跟前，眼含热泪："哥，我在这儿。"

正峰问道："秀英，小伍是你男人，你不要骗我，小伍真的没死吗？"

秀英笑着，眼泪也跟着掉了下来："哥，都没有骗您，小伍真的没死。"

正峰点了点头，看着正上方，眼神中充满了生机，继续说："秀英，我做了一个很长很长的梦，梦见我们中国人把日本人赶出去了，我们一家人也高高兴兴地活到了一起，可是唯独差小伍一个人。瞎爷爷问我是不是想小伍了，我说是，瞎爷爷说我要是想他，他就帮我去找，一转眼，瞎爷爷也不见了，我就找啊找，找啊找，后来我就醒了。秀英，一会你给瞎爷爷上炷香，是他老人家在天上保护咱们呢。"

"嗯！"

这时，天澈从外面进来，后面跟着一名大夫，他看到正峰醒了，很高兴："乔大哥，您整整昏了两天，可把大家伙急死了。这是我爹从青岛找的最好的神医，您让他看看。"

这大夫坐在床上就给正峰号脉。正峰看天澈表情焦急，问道："是不是还有其他的事？"

天澈点点头："是！"他刚想继续往下说，觉得胳膊被拽了一下，回头一看是高年，高年摇摇头，他也停了下来说，"乔大哥，都是些小事，您不用操心了，身体为大。"

正峰咳了几下说："说！"

天澈看看高凤，高凤点点头表示同意，天澈才说："乔大哥，真让您猜准了，松田根本就没有被吓住，他准备把剩下的货都发到济南，继续冲咱。为了保证货物的安全，这次不走铁路，走旱路，我也是刚得到的消息。"

正峰问："他们什么时候出发？"

"估计就这两三天。"

正峰又猛咳了几下，高凤用手绢帮他擦了擦嘴说道："他爹，不急，慢慢说。"

正峰点点头，然后有气无力地继续说："三娃，你马上给小伍打个电话，让他把松田的货物拍成照片，记住，货上一定要挂上条幅，上面要写着"感谢大东亚共荣商社松田社长鼎力相助"的字样，然后把照片连夜送到上海。

到了上海以后，你联系一下当地的所有报社，要头版，就说在百灵庙这场战斗中，松田帮了我们很多，他是我们中国军人最好的朋友。无论花多少钱，一定要让这份报纸遍布上海的大街小巷，我要让松田后院起火，最好是他们的军事法庭能把他法办了。"

"好的，我知道了。"三娃跑了出去。

天澈连着点头："乔大哥，这就是你给他埋的雷吧，这雷要是炸响了，可够他松田喝一壶的。"

正峰努力地笑了笑："这还不够，还有一个雷，但这个事只有你能办。天澈，松田在青岛急速扩张耗费了大量的资金，这次他大费周章地冲咱们，他根本就周转不开。我提前打听好了，他们从渣打银行借了巨款。你去一趟渣打银行，把三娃弄好的报纸给他们看，让他们知道松田犯了叛国罪，让银行上门索要贷款。松田账上根本就没有钱，你就让渣打银行把松田在租借仓库的货扣下来，然后咱们按市场价八折收下来，我想松田现在的货应该够还贷款的。我要让松田的手里没钱也没货。"

天澈不禁感叹："乔大哥，这一招真是妙啊。可是……"天澈犹豫了一下，"可英国佬非常精明，如果他们不信怎么办？"

正峰说："天澈，正是因为英国佬非常精明，所以当他们看到松田帮助我们中国人的报纸后，第一件事就是自保，他们是不可能冒这个风险的。还有，英国人非常高傲，万一他们不同意扣松田的货，你就把日本商人在印度跟他们英国人抢市场的事说出来，把英国人架到炉子上烤，让他颜面尽失，我就不信他能扛得住。天澈，你放心。即便是英国人能抗住，他也必定会找松田告密，松田已经被咱们吃了一回货了，如同惊弓之鸟，货也就发不出来了。天澈，如果一切都很顺利的话，等货到手以后，你就把他们发给小伍，天已经很冷了，不能让前线的兄弟们受苦，穿暖了才能更好地打日本人，打跑了日本人咱们中国人才能有好日子过。"

天澈说："我知道了，乔大哥，您放心吧，就算是头拱地，我也要把渣打银行说动了。"天澈也跑了出去。

蔡茂盛和刘阔海二人来到前面，蔡茂盛说："乔老板啊，您真是大仁大义啊，这场仗也算我们兄弟俩一份。"

正峰冲他们笑笑，刚想说话，直觉得眼圈发黑，眼睛一闭，又晕了过去。

众人大惊，又都围了上来，喊着叫着："他爹！乔老板！姐夫！他爹……"

大夫过来按脉，摆了摆手说："行了，没事，这是累的，我看过这么多病人，没见过在这种时候还这么多心事的。"

高凤把正峰的手捂在自己脸上，心里面不停地刺痛，眼泪也滚了下来，然后轻声地说道："他爹，咱好的时候你站着下命令，现在倒下了，咱就躺着排兵布阵。三娃和天澈这些年来历练了很多，肯定能把事情办好，你就好好睡吧，啊，听话，你就踏实地睡一觉吧！"说完，掩面哭泣起来。

渣打银行位于上海北门街上。兑换外国币券，吸收存款，发放贷款是它的主要业务。

渣打银行的负责人叫英纳森，是个中年人，个子很高，也很有气势，虽然留着全脸胡子，却没有丝毫蛮猛之气，反而多了一些成熟男人的味道。他听说济南商会会长的儿子要拜见他，自然是很高兴。

会客厅里，天澈坐在沙发上，英纳森坐在对面，很客气地说："我跟任会长在青岛见过一次面，那是一次青岛的经济会议，任会长的气质让我折服。"

天澈笑笑，谦逊地说："家父也提起过您，说您是我辈学习的榜样。"

英纳森点点头，然后伸出大拇指："任公子果然是将门虎子。"然后直奔主题，"任公子，听说您是来跟我谈一笔生意的。"

"是的，英纳森先生，这是一笔关于日本人的生意。"天澈从包里掏出报纸，然后递给了英纳森："英纳森先生，您看看这是什么？"

英纳森漫不经心地接过报纸，当他看到标题的时候，被震了一下："这是什么时候的事情？"

天澈说："今天最新的报纸。"

"松田帮助中国军队？这太令人匪夷所思了。"英纳森随即摇摇头，"不，这不是真的，日本人是不可能帮助中国人的，松田更不可能，这是你们中国人的小把戏。"

天澈笑笑："英纳森先生，您果然很聪明，可是别人都没有您聪明。从现在开始到今天中午，这份报纸会遍布上海的大街小巷，这可是叛国罪，他们的帝国都会处理他。英纳森先生，您应该比我清楚，他的钱都是从您这里借的，您觉得他借您的钱还能还得清吗？"

英纳森一愣："您是什么意思？"

"英纳森先生，这就是我们要谈的生意，您可以请英租界的人把他二号仓库的货全部没收，然后我按市场价的八折回收，这样或许可以补上您的亏空。"

英纳森紧着摇头："不不不，任公子，恕我直言，松田先生的借款期限是三个月，我想他是有能力凑足贷款的。"

天澈笑着摇头说："英纳森先生，也恕我直言，您想得太简单了。松田这次主要的进攻对象是济南，八大车皮货物在济南火车站凭空消失的消息您肯定是知道的吧，如果松田的货再次进入济南，我们会如法炮制。到那时，松田就真的什么都没有了，别说是三个月，就是三年，您这边也是听听响。只不过，我们是商人，归根结底要先从商业的角度上解决问题。"

听了天澈的这番话，英纳森态度有所转变，他原地想了想，脸上露出些许为难的表情："任公子，我们的情况跟您想的不太一样，我们已经跟松田签订了合同。"

天澈笑笑："英纳森先生，我想您比我更加清楚，松田是以大日本帝国商人的名义借的款。"天澈指着桌子上的报纸，"可他却是中国军人的好朋友，这可是叛国罪，毫不客气地说，这是捏造身份，这样的借款算是欺诈！"

天澈的解释似乎给英纳森打开了一条思路，英纳森坐了下来，他端起一杯红酒，看着里面的波纹，思考这里面的利害。

天澈继续说："英纳森先生，我知道您的顾虑，可这件事情不仅关系到我们中国的经济，跟贵国经济也有很大的关系。"

英纳森很感兴趣："噢？跟我国经济也有关系，那您说说看。"

天澈开始介绍："1894年到1937年，这40余年的时间里，日英棉纺织工业的实力从英盛日起到英消日长再到英衰日兴，发生了翻天覆地的变化。日本逐渐由英国的好顾客变成英国最强劲的对手，日本的棉工业生产也由自给困难发展到能够在海外市场上与英国进行博弈。尤其是日本在中印棉业市场上所取得的"优异成绩"更是令人瞠目。第一次世界大战以后，英国在印度棉业市场的独霸地位逐渐遭遇来自日本的挑战，贵国与日本在印度棉业市场展开了一场没有硝烟的战争。19世纪中叶贵国已经独霸印度市场，可由于你们忙于争夺欧洲霸权，你们的盟友日本一步一步地吞噬你们在印度的市场份额，也就是在去年，你们败了。几十年的时间里，日本的出口量增加了62倍。日本人用中国棉、印度棉，甚至是用印度棉与美棉混合，制造出成色不减，成本却减少很多的货品跟你们进行竞争，九一八事变以后，中国全国发起排斥日货运动，迫使日本的棉业加大了对中国以外市场的棉货输出，他们甚至采取急速倾销的方式向印度扩张，这里面最大的受害者就是贵国。英纳森先生，我们每个人都应该热爱自己的国家，在这方面，我们两国的战线是一致的。"

英纳森猛地站起来："行了，任公子，你不要说了，我知道该怎么做了。"

上海共荣商社的办公室里，松田很肃静地看着墙上的钟表，那秒针滴答滴答地响着，衬得屋里特别的寂静。他内心却不平静，希望物流公司早点把货发往济南，也早点挽回他在济南丢失的颜面。

山口从门外跑进来，神色慌张，他手里拿着报纸："社长，不好了。渣打银行的英纳森带着英国巡捕房的人把我们二号仓库的货全给查收了！"

"什么？"松田猛地从座位上站起来，异常震惊地问道，"英纳森为什么要这样做？"

山口把报纸递给松田："社长，英纳森说让您看看这个。"

松田把报纸接过去，映入眼帘的正是共荣牌纺织品，而旁边站着一些笑呵呵的中国士兵，货物上面是一条横幅，上面写着标语"感谢大东亚共荣商社松田先生的鼎力相助"！松田看完，猛地一惊，他破声骂道："八嘎！这是栽赃！"

山口说："社长，二号仓库是英租界的地盘，我们的人都被抓了，英纳森还说如果我们中午还不上钱，就会用我们这些货来抵债。"

松田气得后槽牙咯咯直响："英纳森？他这是要干什么？今天离我们的贷款的期限还有很长的时间。"

"社长，英纳森说他贷给我们巨款是因为我们是日本人，现在我们背地里帮助中国人，相当于隐瞒了自己的身份，这属于骗贷，所以他有权收回贷款。"

"八嘎！这是我们除掉乔正峰的最后资本，我要去见他。走，现在就去。"
二人急忙奔出商社。

渣打银行会客厅里，陆陆续续进来一些外国客商，都很有序地办理着自己的业务。松田则焦急地坐在椅子上等候，山口在旁边站着。

英纳森的助手约翰来到跟前，很客气地说："抱歉，松田先生，我们经理并不在银行。"

松田慌忙地站起来，眼神里透出巨大的渴望："约翰先生，拜托，一定要让我见到英纳森先生。我保证，我欠贵行的款子一定会在期限之内还上。"

"抱歉，松田社长。英纳森先生出去的时候已经交代了，他说，他和您是朋友，可实在搞不懂您为什么要背地里帮助中国人，这很容易让您进入军事法庭，这对他来说是一个极大的冒险。英纳森经理也不想把事情做得太绝，他说可以把期限延迟到明天下午五点，这是他能给您最大的帮助了。抱歉！"说完，约翰也走了。

松田闭上双眼，屏鼻长吸，压制着心中极其强烈的怒火。

山口问："社长，如果英纳森不放货，我们接下来的运营会非常被动，我们账上的流动资金已经不多了。"

松田睁开眼，眼神中透出一种无可诉说的悲壮，缓缓地说："告诉物流公司，暂停济南发货。"

夜幕时分，霓虹初亮，上海的街道又如同往日一样开始了躁动。街上一辆日本军车在人群之中穿梭前行。车上坐着一名军官和三个士兵，这名日本军官正看着那份关于松田的报纸，表情格外沉重。

共荣商社里，松田双手按在办公桌上，想想最近发生的这几件事情，大声骂道："乔正峰真是太阴毒了。"骂完，他从墙上把军刀抽出来，然后高举到空中，大声喊着，"八嘎……"等这声气力泄完，踉踉跄跄，险些没有摔倒，他左手扶着桌子，喘着粗气，竟哭了起来，"全完了！呜呜……全完了，不，不行，我们不能就这样放弃。走，我们还要去找英纳森，我要让他看看现在的中国是什么样子。我还要告诉他，这里虽然现在还是中国，可以后会是我们大日本帝国的。我们才是他最终的朋友。"他快步往外走，还没到门口，迎面走来了四个日本军人，为首的正是车上的长官山藤中佐，他腰挂军刀，面相威严，他带的人挡住了松田的去路，山藤中佐厉声道："松田阁下，请留步！"

松田问道："请问山藤中佐有何事？"

山藤没说话，将报纸拍在他手上："你看看这个？"

松田看了一眼报纸，赶紧解释道："山藤中佐，这是诬陷！十日前，我们为了占领济南的市场，向济南输送了大量的本土货物，没想到中国商人竟偷偷地抢走了我们的货，还送到了阵地前线，诬陷我跟他们是同伙。山藤中佐，他们的目的就是把我送到军事法庭法办，这正是中国商人的狡诈之处。"

山藤说："松田阁下，百灵庙的失守让军方很恼火，这件事情对我们军方的士气影响很大，我们需要找到此次战斗失败的原因，希望您能配合我们接受调查。"

松田感觉解释无效，继续质问道："山藤中佐，军人的责任是奋勇杀敌，保家卫国，而你却在质问一个本国的商人，难道你们想让我为你们的失败担责吗？"

山藤冲两边的人点了点头，两名士兵上前架住了松田的胳膊，松田挣扎着大骂道："八嘎，这是栽赃，我要上军事法庭告你。"尽管松田大声抗议，仍被这几人架着离开，他们来到门口，松田大吼一声，"山藤中佐，请放开我，我有话要说。"

山藤中佐点点头，算是默认。松田转过身子，冲山口说道："山口君，你过来。"

山口快速来到松田跟前，原地鞠躬："社长！"

松田感觉山口被吓得有些魂不守舍，大声命令说："山口君，你看着我。"

山口抬起头看着松田，眼神里多少有些茫然和不自信，渐渐地开始躲避松田的眼神，松田又大声喊道："山口君，你看着我。"

山口吓得一激灵，立直了身子，直盯着松田。松田这才满意地点了点头说："对，就是这样，我要的就是这种眼神。山口君，我们是天照大神的子孙，我希望在你的眼神里看到的都是太阳和希望。自从我们商社进入中国的那一天，遇到过很多的困难，可我们从来没有放弃过！"松田说完，冲着山口鞠了一躬，"山口君，我这一去，可长可短，共荣商社的一切都仰仗你了。"

三天后，上海共荣纱厂分厂的门口聚集了很多工人，他们想冲进去，却被几个日本兵拦在门外。

其中一个带头的工头喊道："兄弟们，干活的时候不拿咱当人看，活干完了，还不给工钱，这是人干的事吗？"

工友们群情激奋："不是，他们不是人，让他们滚回日本去！"

小河正川负责全局，他命令老丁去控制局面。老丁是工厂的会计，身材瘦弱，气色却很好，他戴着瓜皮帽来到众人前，因为没见过这阵势，多少心里有些发怵，用中等音量喊道："大家伙，别闹了，这里是租界，不是自己家，闹急了得进监狱。"

那工头根本就没把他当回事，指着他喊："大家伙都看见了吗？这个人是中国人，据说他老子还在邓世昌的致远号上待过，那是抗日的英雄，你看看他，竟然当起了日本人的狗，你的良心是不是被狗吃了？"

其他人纷纷喊道："你祖宗的脸都被你丢尽了！"

"他对不起祖宗，他是日本人的狗！"

"狗汉奸！"

老丁被气得两腿发抖，喊道："你们别欺人太甚，这里是，是有法制的，谁要是出了事，我可管不了。"

工头根本不理会老丁，又指着小河正川说："大家知道这位是谁吗？叫小河正川，是真正的日本人。松田已经被抓了，现在他是厂子里管事的。本以为他能给咱发工钱，可他做得更差，竟然把我们都赶了出来，当初他们收购咱们厂子的时候，说得多好，说让我们的生活更好，你看现在，连饭都吃不上了。兄弟们，日本人不仅是侵略者，还是出尔反尔的小人，他们根本靠不住，我们要把他们赶出中国！"

工人们又喊道："小日本，滚出中国！"

"小日本，滚回你们自己的国家！"

"还我们工钱！"

……

小河正川板着脸来到工头跟前，凑到工头耳边小声地说："支那人，号叫只能证明你是个懦夫。"这声音小到只有他们二人能听到。

工头被激怒："你说什么？"

小河正川继续操着那口不太流利的中国话小声的说："我就是不给你们工钱，你敢打我吗？懦夫！"

工头被激得失去理智，抬起胳膊："你才是懦夫，我他妈的打就打！"那一掌从高空抢过来，只听"啪"的一声，重重地打在小河的脸上，接着又是"啪"的一声，工头的胸口被子弹射穿，一股鲜血喷射出来，人重重地倒在地上，鲜血染红了工厂门口的地面。

小河手里的枪还冒着烟……

工人们乱了，都开始往前冲，老丁赶紧喊道："大家伙，别闹，一切都好说，这是他先打的小河先生，小河先生这是正当防卫，正当防卫……"

不远处，几个记者接连按下了相机的快门键，小河正川枪杀中国劳工的消息也不胫而走，很快也传到了济南。

利民纱厂办公室里，正峰已经明显好转，气色也好了很多，他看着小河杀人的报道，非常痛心地说："日本人都敢明目张胆地杀人了吗？这难道真的不是我们的国家了吗？"

高年说："姐夫，自从松田被抓，共荣商社就是一团乱麻，这个小河正川一声枪响，工人讨薪就变成了正当防卫的法律纠纷，他不但杀了人，还拖延了时间，真是一举两得啊。"

三娃说："我听说是小河正川先激怒的工头，最后还说是什么正当防卫，这明显就是个陷阱。"

高年说："关键是小河正川才十八岁啊，真是一个狠角色。"

"日本人真的是让人匪夷所思啊。"正峰正感慨着，电话响起来了，高年接起电话："你说什么？真的放了？"高年脸色沉下来，"嗯，好！我知道了。"他放下电话说，"姐夫，松田已经被放出来了。"

正峰转身看着窗外，神色稳定："现在的松田既没有货，也没有钱，我想他该滚蛋了。"

傅作义绥远抗战的胜利，点燃了东北军民的抗日热情。在东北军中，"援绥抗日，收复失地"成为全体将士的共同心声。张学良在11月27日向蒋介石递交了《援绥请缨抗敌书》，随后又两次向正在西安的蒋介石哭谏，请求援绥抗日，均遭到拒绝。12月12日，张学良、杨虎城决定对蒋介石实施"兵谏"，逼蒋答应"停止内战，一致抗日"的条件，遂发生了震惊中外的"西安事变"。

上海共荣商社，松田正把自己关在房间里，门口站着两个艺伎，一言不发，此时的共荣商社无比寂静。

山口轻轻地把门打开，径直地走向松田。松田正坐在榻榻米上，后背贴着窗，显得很颓废。此时，他竟抽起了烟，那是一只自制的烟斗，镶着金边，上面刻着"共荣"两个字。松田看看这两个字，然后失望地抬起头来，猛抽一口，再吐出来，眼神中透出一种无法解读的情感，似愤怒，又似悲哀。曾经无限辉煌的共荣商社此时已经黯然无光。

已是黄昏，更显得恐怖阴森。

松田淡淡地问道："山口君，我们账上还有多少钱？"

山口说："社长,我们的账上已经……"山口顿了一下,"社长,我们还是把青岛的两个厂子全部卖了吧,我们已经无法恢复到原来的样子了。"

松田猛地收缩身体,将双臂狠狠地砸在桌子上,桌子散架了,洒洒了一地。松田缓缓地低下头,一动不动,那姿势像极了一个年迈将逝的老人。山口猜不透松田目前的心理状态,更加不敢说话,此时房间里死一般的沉静。

门外车笛声响起,山滕中佐从车上下来,他面色平静,手里面拿着一个盖有"机密"二字的密函,他的目的不得而知。

共荣商社里的灯昏昏暗暗地亮了起来,山口跑出去迎接,两人交谈一番后,山口又跑到松田跟前说:"社长,山藤中佐来了。"

松田有些萎靡地说:"他来干什么?"他抽了一口烟,脑中浮现出一些山藤在监狱里折磨自己的狰狞面孔,"他把我折磨得还不够吗?"

山口说:"他说有一个好消息告诉您,您见吗?"

"好消息?"松田想了想,"好吧,你把他叫进来吧。"他站起身子,艺伎冲进来帮他整理衣服。

山藤进来了,看到屋子里面烟雾缭绕,用手扇扇风说:"松田社长,您不会还没有从这件事里走出来吧?"

"呵呵!"松田冷笑了一下说:"山藤中佐,百灵庙战役的失败,军方竟然想把责任推在一名深爱着自己国家的商人身上,你不觉得这样的事情很可笑吗?"

山藤原地立正,深鞠一躬道:"松田先生,我这次来就是专门为这件事情给您道歉的。"说完,将手里的一份密函递了过去,"松田阁下,您看看这个。"

松田一愣,他看着那密函面无表情地说:"如果这是对我的控诉就不用看了。"

山藤笑笑:"松田阁下,请相信我,这是帝国给予您最公正的对待。您在经济上的作为有目共睹,以您的家族对中国的了解,帝国需要您在军事上为帝国伟业发挥更大的才能。虽然您被调查，可这也是帝国对您最后的审查。这是您的密函，军方让您即刻回国接受新的任命，等您再次踏入中国这片土地的时候，你将任第十六师团参谋长。"

"参谋长？"松田惊了一下，快速打开密函，从商人到军人的反差让他异常惊讶。他双手按在桌子上，眼神里迸射出更大的雄心。

"社长。"山口叫了一声，松田像是没有听见。山口又叫了一声："社长！"松田这才听到，他站直了身子说道："帝国利益高于一切，松田责无旁贷！"

山藤说："松田阁下，希望这些可以弥补我们在华北的过失。"

"山藤中佐，帝国明察是非，是我太狭隘了。"松田很兴奋，他想了想问，"中佐，我军现在可有十六师团的编制？"

山藤摇摇头："还没有。"

松田问："那我军是在扩建？"

山藤说："可以这么说。中国的西安事变是我们没有想到的，如果蒋介石同意停止内战，一致对外的话，帝国必须重新认识中国，以往的对华策略也要随之修改。松田阁下，您的使命重大。"

松田闻到了战争的气息，问道："山藤中佐，如果没有猜错的话，我们是在为全面侵华做准备吗？具体什么时间？我等这一天已经很久了。"

山藤笑着拍了拍松田的肩膀，意味深长地说："松田阁下，希望您早日恢复往日神勇，一切都才刚刚开始，以后整个中国都会是我们大日本帝国的。"

松田仰天大笑，"不错，中佐说得对，以后中国都会是我们的。"

山藤说："松田阁下，回国的船已经给您准备好，就停在黄浦江上。"

松田犹豫了一下说："山藤中佐，我有一事相求。"

山藤说："请说。"

松田说："能否给我四天的时间，我还有一些事情需要处理。"

山藤问："很重要的事吗？"

"是的，一件必须要了断的事情。"

山藤点了点头："好吧，我再给您拖延四天的时间。"

山口把山藤送走了，然后回来问："社长，目前我们的工厂已经停顿，政府、工会、工人们都在找我们的麻烦，还是早走的好。"

松田摇摇头："不，这件事必须解决。"

山口问："社长，是不是因为乔正峰？"

松田认真地点了点头："虽然我在中国的商人身份已死，但我想在离开中国以前，要以商人的身份再跟他见上最后一面。我们松田家族无法接受这种耻辱，我要让乔正峰付出巨大的代价。"

山口说："社长，从商界进入到军界，您会拥有更多的权力，我们迟早会回来的。"

松田并没有理会山口的提议，转脸看向窗外："想想在中国经商的这些年，我们得到了很多，可唯独在乔正峰身上没有沾到一点儿便宜，反而吃了大亏。这个人不仅是商业上的奇才，即便是在战争中，这样的人也是难得一见的对手。我们大日本帝国之所以能占领四万万人口的中国，就是因为这样的人太少了。我也不想在我回来的时候，在中国多一个强大的对手。"

山口问："您是说乔正峰以后会进入军界？"

松田说："不，我只是打个比方，以他的秉性，就算是进了军界那也是一个了不起的人才。我要在临走之前消灭他。"

山口觉得并不乐观："社长，恕我直言，济南并不在我们的势力范围当中，如果要消灭他，就必须让他离开济南，我想难度很大。"

松田点点头："你说得很对，必须让他离开济南。"松田站了起来，"乔正峰虽然是商业奇才，但也会有弱点，你让我想想。"他离开桌子，快速地在屋内踱了几步，猛地停下，眼里迸射出一道灵光问："李有林这个人你还记得吗？"

"记得，原前进纱厂的厂长，可是他已经死了。"

"可他的丧礼正是乔正峰冒着生命危险给办的，这足以证明他们之间的关系非同一般。"松田又回到桌子旁，"如果我没记错的话，李有林还有个二老婆，当时还怀了身孕，李有林死后就留在了青岛，这期间她还找我们闹过事。哈哈，山口君，我们报仇的机会来了，你马上买两张去青岛的船票，我要去青岛。"

青岛下起了雪，有些急，雪花一簇一簇地落下来。衬着漫天飞雪，两个日本武士打扮的人急匆匆地踏进了英租界，在这条洁白无瑕的雪路上留下了两串乌黑的脚印。

李有林的丧事办完以后，生活的落差让二太太不能适应，她会经常埋怨李有林为何走得这么早。但是小生命越来越大，她也渐渐地有了母爱，这种负面情绪也逐渐地远离了他。后来她们的花销也越来越大，她就卖了别墅，在英租界租了一家商铺，上下总共两间，只是住宿，并不经营。

雪越下越大，二太太坐在床边，看着窗外的雪。她穿着一身碎花旗袍，头上没有任何装饰，脸上也没有化妆，曾经的婀娜妖娆已全然不见，现在看来只觉得素净，也增加了一些贤淑气质。透过她瘦削的背影，映在这雪天皑皑之中，显得有些伤感。

孩子在床上静静地睡着，佣人进来给孩子喂奶，二太太说："小花，这几年这是第一次下雪吧？"

丫鬟说："是的，太太，这里很少下雪。"

丫鬟说着话，有些走神，手一抖奶水洒了一点，丫鬟赶紧擦拭。二太太并没有怪她，说："小花，别人家的佣人一个月一块半，咱家不是什么大户，一个月给你一块，实在是委屈你了。"

丫鬟赶紧说："太太，不少。一点都不少，我们村出来的人很多，虽然他们挣得多些，可是太太们脾气都不好，经常挨骂；您虽然给得少，可是人好，也疼俺，您吃什么，我就吃什么，俺愿意照顾您和小少爷。"

二太太说："小花，你也是运气不好，要是老爷还活着就好了，你也能多挣点。"

丫鬟笑笑："太太，我听说了，老爷曾是咱青岛有头有脸的人。"

二太太问："你听谁说的？"

丫鬟说："街坊们都在传，说老爷人长得帅，也很疼您，说您曾经是真正的阔太太。"

二太太沮丧地笑笑："小花，我以前就是太在意和别人攀比了，不懂得珍惜我和老爷之间的情分，直到老爷走了，我才……"二太太眼泪掉了下来，她赶紧擦去，继续说："其实别人怎么活不重要，自己觉得幸福就可以了。我以前就是太傻了，人只有自己经历了以后才知道什么是苦，什么是甜。"

丫鬟说："太太，您说得对，前几天东头裁缝铺的李太太跳河了，没过头七，她男人就又娶了一个。她活着的时候可穿的是咱们这里最好的衣服，打扮得也是咱这里最新潮的，咋看都让人羡慕死，谁成想是这个下场。"

二太太笑了，来到丫鬟身边，把奶瓶接过去："行啦，我知道了，以后出去少打听事儿，你去休息一会吧，我喂吧。"

丫鬟出去了，二太太坐到床边，看看日益长大的孩子，脸上满是幸福："孩子，让你受苦了，你爸爸走得早，你可不能怪他，都是妈妈的错。"说着，眼泪又掉了下来。

这时，只听"轰"的一声，门被撞开了，接着是丫鬟的喊叫声："你们干什么！太太，有人，是坏人，啊……"丫鬟没了声音，接着是蹭蹭的上楼声。二太太被吓坏了，她把孩子抱在怀里，想往外跑，发现这两个人已经站在了门口处，他们冲过来就抢孩子。二太太死死地抱住了孩子："你们干什么？别抢我孩子！"奈何力气相差悬殊，孩子被抢了过去，二太太上前去抢，"你们干什么，还我儿子。"她被来人一脚踹开，二太太站起来再次拼了命地去抢孩子，"还我儿子！"对方又一掌打在她脖子上，二太太随即晕了过去，人事不省。

两个人急匆匆地下了楼，在来路上又多了两列乌黑的脚印。

窗外，雪花静静地飘着……

正峰办公室里，天澈拿着松田发过来的电报，念道："正峰仁兄，我在中国的朋友不多，可您是我最敬重的一位。您是中国难得的商业奇才。'圣人向明而治'，这句话虽然出自中国的《易经》，可却为我们所用，意思是圣人治理天下要向着光明。我们大日本帝国就是要日照东方，甚至是整个世界。目前我们已经占领了东北三省，希望乔老板能审时度势，让我们成为真正的朋友。正峰仁兄，我于四日后离开中国，走之前有两件事想告知您。第一件是希望乔老板能前来青岛港相送，以解相思之苦；第二件事，我深知正峰仁兄是极其重情义之人，李有林的二太太已顺利产子，看二太太抚养困难，我暂时代管，等您来时，也将孩子一同送交与您。"

天澈停下，看看正峰说："接下来是一首律诗。"

高凤把热好的药端了过来，正峰端在手里说："念！"

天澈念道：

"积水不可极，安知沧海东。

九州何处远，万里若乘空。

向国唯看日，归帆但信风。

鳌身映天黑，鱼眼射波红。

乡树扶桑外，主人孤岛中。

别离方异域，音信若为通。"

正峰说："什么乱七八糟的。"

高年解释说："姐夫，这首诗我小时候读过，这是唐朝诗人王维写给日本使者晁衡的诗。大唐时期，晁衡作为日本人的使者前来求学，学成后，他又出任唐王朝的秘书监等职，同大诗人李白、王维等都有着深厚的交情。后来，晁衡又以唐朝使者的身份，随同日本第十一次遣唐使团乘坐大船返回日本，王维就写了这首送行诗给他。哼，这个松田真是无耻，竟然自比晁衡，晁衡是中日友好的桥梁，而他却是十足的吸血鬼。"

正峰一气之下将药碗扔在桌子上，药洒了一片，随之是一阵咳嗽。高凤赶紧捶着背，劝道："还这么大气性。"

三娃骂道："松田怎么这么无耻，他竟然劫持了有林大哥的孩子。"

天澈很担忧地说："乔大哥，这松田是拿孩子要挟你，让你去青岛送他，这明显是个阴谋。"

高年把电报接过去，看了一遍说："姐夫，天澈说得对，我看松田是要下死手，他是拿孩子的命换你的命。姐夫，孩子去了日本，我们可以再找回来，可是你若是去了……"高年觉得不吉利，没有继续往下说。

高凤瞪了高年一眼："这么多的大风大浪都过来了，还能在末了栽了跟头。他爹，松田知道你重情重义，他这是在套你，咱不跟他一般见识啊。"

正峰站起来说道："这是松田对我最后的宣战，我们之间也该有个了断了。你们以为我不去青岛，这件事情就会结束吗？他去了日本就不会再回来？"他走到窗边，看着外面的景色沉思，他猛地转过身来说，"中国之所以会被人欺负，就是因为我们太软弱了。这里是咱们中国人的地盘，孩子必须得要回来，这可是有林兄弟的骨肉。"

高年问："姐夫，您当真要去？"

正峰没有急于回答，而是对着大家伙问："你们知道我在想什么吗？我想罗爷爷了，我想到他教我识字的事了。他教我的第一个字就是个'人'字，虽说是一撇一捺，可写起来却没那么简单。写正了就是个站直了的人，可要是写歪了就是个残废了。这日本人为何能一直骑在咱脖子上拉屎？就是因为他们是站着的，咱是坐着的。日本人侵占东三省，张学良一个屁都没放，热河的汤玉麟还没见着日本人的面就跑了。松田挟持了有林的孩子，叫嚣着要见我，我要是连面都不见，跟他们有什么区别？我连瞎爷爷教我的这个'人'字都对不起。"

高凤被吓得脸色蜡黄："他爹，罗爷爷说得对，人字好写不好当，可成一回人不容易，咱要好好地活着，咱不去跟日本人拼命，咱的命比日本人金贵。"

正峰双手扶着高凤的肩膀说："他娘，你就别劝我了，我主意已定，你放心，我即便是去，也不是去送命，我只是去要回有林兄弟的孩子和咱们中国人的尊严。"他说完，在纸上写了一些东西，递给天澈说，"兄弟，这是我托万里哥办的两件事，务必帮我办好，我能不能安全回来就得看它了。"

高凤不停地抹眼泪，她是既害怕又担心……

乔宅，正峰在院里寻思着跟松田见面的事情。高凤端过茶来，她准备好好地跟他说说话。这时，一个小伙子来送报纸，看到正峰坐在院子里面，慌张地把报纸放到报箱上就跑了，高凤把报纸取了过来。

正峰好奇地问："这小伙子是谁？怎么这么面熟？"

高凤笑了一下说："面熟就对了，这不是咱隔壁王大嫂家的老二吗？"

正峰很惊讶："哎呀，都这么大了。"

高凤说："不是人家长得快，是你把时间过没了，光看到人家身上有肉，就看不见自己也长着膘呢，你看看咱家念忠都多大了，都上中学了。"高凤从里屋拿了一面镜子出来，递给正峰，"你再看看你自己！"

正峰把镜子举在面前，他细细地看着自己，鬓角生出了许多白发，脸上的皱纹也多了很多。他无奈地点了点头："唉，老了。"镜子迟迟没有放下。

高凤也有些感伤，说道："原来我爹也说过这样的话，当时小，不明白，现在知道了，这人只要是选择了做生意，就选择了东跑西颠，南计北算，自然留给家的时间就少了，紧紧张张的，时间过得也快，可等回过神来，自己也老了。"

经高凤这一说，正峰这才注意到眼前的高凤，岁月并没有太偏爱高凤，满头的秀发已经没有了原来的光泽，眼角的皱纹也多了很多。正峰摇摇头，刹那间感受到了高凤这些年的付出，他扶着高凤的肩膀："这辈子，我欠你和这个家的怕是还不清了，我跪下给你磕个头吧。"说着就要跪下。

高凤赶紧拦住说："你这是干什么？我不是嫌弃你做生意，要不然咱家的日子也没有这样的光景，我也不是嫌你南计北算，我是告诉你，别算来算去把自己算没了。这次松田激你去青岛，你明知道是圈套你还要去，三娃他们都劝不住你，我也不想阻拦你。我们脑子里只是想的这个小家的生和死，可你不一样，你想的是整个民族的尊严和气节，这些我们体会不全，可是我得告诉你，你永远是我男人，无论你什么时候去，你得带着我，我给你操的心还没有操够。"说着，眼泪哗哗地掉了下来。

正峰的眼泪也在眼眶里打转，他帮高凤抹去眼泪，刚要劝她，高凤一转身，冲回屋里。看着高凤此时的背影，正峰的心里五味杂陈。

任府，任万里正穿着工人的衣服在除草，旁边站着一个小伙子，小伙子很年轻，表情有些胆怯地说："老爷，除草的活您就让我干吧。"

任万里没回头，说道："你干，你会干？你除得太干净。"

小伙子摸不着头脑问："老爷，这草除干净了还有错吗？"

"当然，你要是除得太干净了，明年就没有草长了。这里没有草了，我干什么去？"

小伙子很懵懂地看着任万里，任万里笑了笑："呵呵呵，你太小了，说这些你也不懂。你爷爷现在怎么样了？"

小伙子乖乖地回答："噢，我爷爷现在很好，您每个月给他两块大洋，除了买药，还能剩下一些，现在他的哮喘好多了。"

任万里满意地点了点头："你爷爷哪都好，唯独一点，太能忍，身体不舒服也不说，最后小病拖成了大病。"

小伙子听着主家夸自己的爷爷，很高兴地问道："老爷，我爷爷服侍您的时候也是跟您一样除草吗？"

"呵呵呵，你爷爷在的时候可不仅这些，他没事还往这花坛下面放草籽呢。"

"那我以后也往里面放草籽。"

任万里这才回过头来，也比以前老了几分。自从把家里的产业交给了天澈，他也算是退了下来，可是人也变得絮叨了。

"别！"任万里赶紧制止，"凡事得适可而止，你太小，手里没数，草籽放多了，就抢了花的养分，花就不长了。"

天澈的车冲进院子，他从车上蹿下来，抄捷径跑到任万里身边。伙计连忙弯下腰打招呼："少爷好！"

天澈点点头，挥了挥手，示意伙计退下，伙计领会意思，冲着任万里鞠了一躬，快速退下。

任万里知道出了事情，问道："出了什么事情？"

天澈说："爸爸，你在这里忙着除草，这松田也没闲着，他正忙着要除乔大哥呢。"

任万里也很重视起来："你快说，到底是怎么回事？"

天澈继续说："松田已经被放了出来。松田来报说，他要回日本，让乔大哥去青岛送他，最可恶的是，他还挟持了李有林二太太的遗腹子，乔大哥若不去，他就带着孩子去日本，给他当儿子。你说这是人干的事吗？这不明摆着是个圈套吗？"

任万里想了想说："松田知道正峰注重情义，所以用了这一招，这孩子的来路搞清楚了吗？是二太太生的吗？"

天澈说："已经确认过了，确实是有林大哥的孩子。"

任万里眉宇间顿时一股愁容："这可难为正峰了！松田是想鱼死网破，他想用孩子的命换他的命。"

天澈干着急："我也是这样说的，可乔大哥根本不听。他说，他去不仅是想要回孩子，还要守住中国人的气节，他不会因为日本人的威胁而退缩。"天澈急得拍了一下大腿，"乔大哥真是的，这《三国演义》《隋唐演义》《孙子兵法》他都能倒着说，可他就明知道是鸿门宴，还答应了，你说急人不？"

任万里赶紧脱下围裙说："正峰的脾气就是太硬了！对于我们中国人来说，气节固然重要，但也得分时候。他是个商人，更要讲究策略。总之，不能去送死，走，你送我过去！"

天澈把那张纸递过去："爸爸，您别去了，他知道你要去，提前就把你拦下了，这是乔大哥让我给你的，他说这些对他有用。"

任万里打开那纸，看完后说："你乔大哥让我们找青帮的人暗中保护他，还让咱找些记者安排在青岛港口。"任万里想了想正峰的用意说，"他想通过记者的照相机来堵住松田的子弹，他这是在赌啊，他是在用舆论和松田的人性去赌。"

天澈继续说："爸爸，自从乔大哥办了韩府生以后，多少犯了江湖忌讳，我担心他们青帮背后使阴招。"

任万里点点头："这有可能。"

天澈问："那怎么办？要不派咱府上的人？"

任万里摇着头往外走："这也不行，这次对的是日本人，咱府上的人没见过这场面，怕是顶不上。我去找韩主席，对，就找韩主席，让他派最厉害的特务，无论花多大的代价，务必要保住我这位兄弟。"

二人急匆匆上了车，一声笛响，车子疾驰而去……

第二天早上，正峰穿衣起床，他突然感觉家里非常安静，他快速穿衣下床，嘴里喊着："他娘，念忠……"整个宅子无人回应。他感到异常不安，找遍了所有房间，也没有找到一个人。他快速地来到厂子里，高年、三娃也都不在，他喊了两嗓子，也没有人回应，那种不祥的预感越来越强。他正想往外走，秤杆端着茶进来，他着急的问道："秤杆，人呢？怎么都不在？"

秤杆没有回答他，把茶放下说："掌柜的，喝茶。"

正峰瞪大眼睛，着急地问："喝什么喝？我问你人呢？"

秤杆递给正峰一封信说："掌柜的，这是太太让我给您的。"

正峰赶紧把信打开看，上面写着："姐夫，这是我代我姐，以及全家大小写给您的。姐夫，我们是这样想的，百灵庙战役中，日本也刚刚战败，中国的抗日情绪正在高涨，在这种敏感时期，日方肯定会严格克制自己的行为。咱们十几口子一块去，松田若是把咱们都杀了，就会成为一次历史事件，他不敢！再说，松田是个商人，得失利弊他会考虑得很清楚，这种损害国家利益的赔本买卖他也是不会干的，所以，我们都去是对你的一种保护，这样做反而更安全。您若一个人去，这是松田最喜欢的方式，您的处境就极其危险了。姐夫，自从咱们来到济南府，发生了太多的事情了，以往都是您保护着大家，这次也让我们做点事儿吧。我姐不能没有您，孩子不能没有父亲，我不能没有姐夫，小伍不能没有大哥，三娃也不能没有掌柜的，我们大家都不能没有您。姐夫，我们已经起程了，还有，秤杆非要来，我把他给骂了，家里不能没有主事的，您帮我安慰一下他。我姐在橱柜里给您留了饭，别饿着，我们青岛见。"

乔峰看完，两行热泪滚下来。他把信纸拍在桌子上："他们走了多久了？"

秤杆说："这会已经在火车上了。"

正峰瞅着秤杆，一句话不说，秤杆心里多少有些发毛，赶紧认错："掌柜的，您别怪我没拦着，这是嫂子拿的主意。高少爷说如果我告诉您，就要把我发配到芙蓉镇，我不想离开您。"

正峰急得在屋里直转圈，他拿起电话，电话却没声。他问道："这是怎么了？"

秤杆说："掌柜的，太太怕您找人把火车停下来，她把电话线切了。"

"胡闹！"正峰又原地转了一圈，"这些招能对付得了我？你安排车，我们去一趟任府，无论如何也要把这趟车停下来。"

秤杆不动地方说："掌柜的，您还是别费劲了，太太都交代了，他说即便您是把车停了，他们走着也要走到青岛。"

正峰长出一口气，自言自语道："我知道你们疼我,这又是何必呢？"说完，一行热泪流了下来。

秤杆有些手足无措，想去劝，又不知道说些什么，表情很为难："掌柜的……"

正峰缓了一会儿，情绪也稳定下来，他指了指旁边的座位说："行啦，秤杆，你不用为难了，这事不怪你，陪我坐会儿吧。"

秤杆说道："不能坐，干活的不能跟掌柜的平起平坐。"

正峰一瞪眼："你个兔崽子，咱们在一起这么多年，我什么时候把你当成干活的了，快坐下。"

秤杆这才坐下，说道："掌柜的，您就别去青岛送松田了，您要是不去，太太他们肯定就都回来了。要去也行，我去，我把大家伙都换回来。"

正峰说："你去？你认识松田，松田能认识你？"

秤杆脑袋一撇，不再说话。

正峰给秤杆倒了一杯茶说："秤杆，你跟我也快二十年了吧，从芙蓉镇到这济南府咱们就没有分开过，你比我跟你嫂子在一起的时间都长。这些年我一直喝你给我泡的茶，今天你也喝喝我泡的茶。"

秤杆根本没有心思，正峰越是这样，他越是着急："掌柜的，松田是害你呢，在这种时候您就算是给我喝长生不老药，我也喝不下去。当家的，有林大哥就是死在这松田手里的，这松田忒狠，咱不去行吗？您现在改变主意还来得及。"

正峰放下茶杯，静静地看着秤杆，问道："秤杆，这些年你见我怕过谁？"

秤杆低头稍微想了一下说："这些年咱们确实碰到不少厉害角色，有土匪，有恶霸，还有当官的，您也确实没怕过，可这些都是中国人，这次却是日本人。"

正峰冷笑了一下："日本人怎么了？他们头上长两颗脑袋？他们就不是爹生娘养的？"

秤杆被正峰问得答不上话来，干着急。正峰继续说："秤杆，你有没有想过，如果百灵庙战役失败了会有什么后果？北平、天津就会沦陷，日本人的铁蹄也会踏进济南，以日本人的做派，我们将再也没有好日子过。还好我们赢了，可是又能赢多久？这些天，高年说了很多关于日本人的事，以他们的秉性是不会善罢甘休的。东三省丢了，这是国仇；黑爷被日本人炸死，有林被日本人枪杀，小伍的腿也被他们炸断了，这是家恨。国仇家恨我不能不报！"

秤杆没话说了，正峰站起来，拍着他的肩膀说："秤杆，你记住了，这日本人也是人，你要是硬气了，他也胆儿颤。"说完，独自向外走去。

晚上，火车站里人很少，甚至显得有些冷清。秤杆提着箱子送正峰。后面有一些乔装打扮的人陆续地跟着，正峰回头看了看，继续往前走。

进站口，正峰停了下来，他从怀里掏出一包东西递给秤杆说："秤杆，这些东西是咱们家的宅子的地契，还有厂子的所有账务，所有的钱我都换成了银票，你收好了。"

秤杆瞪大眼睛问："掌柜的，您这是干什么？"

正峰说："我们要是回不来,这些就都留给你了。"

秤杆一把推了回去："掌柜的,我不要。昨晚上我给观音菩萨跪了一宿,她老人家能保护你们全都安全回来。"

正峰笑笑："傻兄弟,这只是万一。你记住了,如果我们真的回不来,你就搬到宅子里面住,厂子你也接着干,干黄了,哥哥不怪你。但是有一点,家里的老人你得帮我照顾好,小伍是个军人,军人首先要考虑国家,中日之间的较量不知道要到什么时候,这个小家就只能靠你了。"

秤杆红着眼圈说："掌柜的,宅子我不住,厂子我也不干,你们要是回不来,我把它们都卖了,全部买成枪,我要去打日本人,替你们报仇!"

正峰摇摇头："秤杆,记住了,千万别学我,你这人太实在,又不够狠,太容易吃亏,这个小家是哥最后的念想,你可一定要替哥守住了。"

秤杆的眼泪滚下来:"掌柜的,您常说'赔本的买卖咱不干',这次您也不能食言,你们可一定要回来。"

正峰笑着指了指后面说:"秤杆,你看看,这后面都是保护我的人,松田要杀了我,没那么容易。"他在秤杆的肩膀上拍了拍,"好兄弟。"说完扬长而去。

此时,秤杆已经泣不成声……

火车缓缓地开动,站台上的人如同时光一样匆匆向后闪去,正峰望向窗外,似乎家人的身影就显现在那里,他嘴里很感叹地说道:"你们啊……"

办公室里,陈昊贤拨出了正峰的电话。

接电话的是秤杆:"您是?"

"我是上海陈家,陈昊贤。"

"噢,陈老板。"

"乔大哥呢?"他不容秤杆辩说,继续宣泄,"出了这么大的事情,乔大哥怎么也不跟我说一声？要不是天澈告诉我，我还被蒙在鼓里呢！"

陈昊贤停下，秤杆才得以说话："陈老板，我们掌柜的已经坐上去青岛的火车了。"

"什么？嫂子没有把乔大哥拦下吗？"

"我们太太也去了，全家都去了。"

"什么？乔大哥这是搞的什么名堂？"说着，额头上渗出豆大的汗珠，"他们走了多久了？务必把他们都给我拦下，我有天大的事情要说。"

"陈老板，火车都开了三个小时了，怕是拦不下了。"

陈昊贤很激动，大声训斥："你们糊涂啊……"

秤杆也哭丧着脸说："陈老板，我们也都劝我们掌柜的，可他就是不听，我说替他去，他也不让，我们也没有办法。噢，还有，这次任会长派了人暗中保护我们掌柜的，还有……"秤杆话还没有说完，电话就已经挂断。秤杆经的事少，被陈昊贤这么一骂，眼泪也掉了下来，哭着说："我说替你去，你也不让去，你还让我在厂里待着。"秤杆用袖子擦掉脸上的眼泪，接着新的眼泪又淌了下来，"你要是出了事，厂子这么多人怎么办？要是日本人欺负你了，我第一个去跟他们拼命！"

秤杆正哭着，荣升冲了进来，焦急地问："秤杆，正峰呢？"

秤杆还带着哭腔："荣老板，你来了。"

荣升越来越急："别客套了，正峰呢？"

"他已经坐火车去青岛了。"

荣升一拍大腿："哎呀，这可是九死一生啊，难道他不知道现在的青岛已经不是我们中国的青岛了吗？要不是晚上跟韩主席一块吃饭，我都不知道这事。"说完，荣升就往外走。秤杆拦住他："荣老板，您去做什么？"

荣升急迫地说："我开车去青岛。"

"荣老板，已经晚了。"

荣升悲痛地摇着头："不晚！活，我要见到我兄弟的人；死，我也要替我兄弟收尸！"

陈昊贤放下电话，眼神木然地看着前方，没有一丝生气，豆大的汗珠也淌了下来。

珊珊坐在对面的沙发上，很着急地问："乔大哥怎么样？"

昊贤很失望地说："已经去青岛了，全家都去了。"

"全都去了？"珊珊有些急，站起来，把包提到胸前说："昊贤，乔大哥这样做太危险了，要不咱也去？"

陈昊贤失望地摇了摇头："最早的船也是明天，怕是已经来不及了。"

珊珊急得在屋子里来回走动："乔大哥这也太冒险了，他是咱们纺织界的主心骨，要是出个什么事……"珊珊不敢再往下想。

陈昊贤再次拨出了一个电话，语气很急："是陈社长吗？我是陈昊贤，是这样的，我有一位商界的朋友明天要在青岛港见一位日本的商人，可是我们担心他的安全，您能不能安排几位记者朋友跟着，最好还有国外的记者朋友，越多越好，这样日本人就不敢乱来，我陈某人必有重谢。什么？青岛没有分社，那您有没有青岛的同行，麻烦您通知一声，多高的代价我都愿意付。"陈昊贤越说越激动，额头上的汗珠不停地流，声音也有些发抖，"陈社长，我的这位朋友是商界难得的奇才，为我们商界做出了极大的贡献，我们不能失去他，这是我们民族的希望，请您务必要帮我这个忙，噢，好，好，好，万分感激！"

陈昊贤缓缓地放下电话，眼神中又露出一丝希望。珊珊问："昊贤，这样能行吗？"

陈昊贤缓缓的说："眼下我们能做的只有这些了。"

陈夫人独自一人坐在沙发上，想想最近发生的这些事情，心中比较郁结，

脸色也有些难看

这时，陈昊贤从外面进来了，陈夫人的脸色也好了许多。她站起来，期许地看着昊贤："拦下了？"

陈昊贤低下头："对不起，妈妈，还是晚了一步。"

陈夫人又回到刚才的表情，甚至更差。她带着不解的语气问："正峰明知道是个圈套，此去为何？"

陈昊贤说："中国人的骨气。"

陈夫人转头看着昊贤，意味深长地问："若此去不回呢？"

陈昊贤内心一阵慌乱，不知如何作答。

"若此去不回，便永不再回！中国纺织界也少了一位真正的奇才。"说完，陈夫人缓慢地向卧房走去。

陈昊贤把在妈妈面前假装的坚强也卸了下来，险些站立不住，一只手扶着桌子，脑中闪现出各种画面，悲怆地说道："我的乔大哥哎……"

早上，青岛火车站，下车的人很多，穿过人群，高凤他们都围在出站口。风很大，高凤裹了裹念义的衣服，期盼地看着前方。他们看到正峰出来，都迎上去打招呼。正峰瞪着高凤，质问："这么大的主意是你拿的？"

高凤说："行啦，别忙着骂人，你看看那里都是谁？"高凤指着旁边的坐凳上。正峰望去，眼泪忽地流下来，师傅，师娘，岳父和岳母正坐在那里翘首以盼。正峰当时就扑过去，跪倒在地上："师父、师娘、岳父、岳母，你们怎么来了？"

王知山笑笑，把他搀起来："咱们是一家人，兴你往日本人枪口上撞，就不兴我们来凑凑热闹？"

"师父……"

王知山说："行啦，你也别劝了，我们是一家人，对日本人的战斗才刚刚开始，我们不能在这头上就输了，要去一起去！"

高满山义愤填膺地说："正峰，你不是说咱们中国人要有自己的骨气吗？我就不信他松田可以在我们中国的土地上，光明正大地把我们全杀了！"

高太太说："高凤说得很对，你一个人去更危险，我们大家一块去，松田反而会有所顾忌，这样更安全。"

正峰说："岳父，岳母，我这是在赌。"

高满山说："对，我们就是要赌，如果能赌回中国人的气节也值了。"

正峰搀着师娘的手："师娘，这大老远的，你怎么也来了，腿疼了吗？"

师娘笑着抚摸正峰的头，慈祥的眼中沾满了泪花："哎呀，好孩子，都什么时候了，还要跟人家玩命？快让师娘看看你。"她端详了一会，很幸福地说道："我们家孩子就这样好，命硬，每次跟人家玩命就没有输过，这次咱也得赢。自从你来到咱们家，我的心啊就一直是透亮的，心情好，病好得也快，腿也好多了。好孩子，来青岛跟松田争骨气，我们听你的，可我们陪着你去，你得听我们的，咱们一家人不能分开了。"

正峰已泪流满面……

这时，李有林的二太太走过来，跪在正峰跟前："乔大哥，都是我们家孩子闹的，让大家跟着冒风险，要不咱不要了。"说完，眼泪直往下流。

正峰认出她来，扶她起来："弟妹，孩子我们必须得带回来，有林兄弟死也瞑目。还有，这里面不止是孩子的事情，还有我和松田的一些恩怨，你就不要管了。"

二太太哭着说："乔大哥，我原来做得不好，您能原谅我吗？"

"弟妹，还说这些做什么，都过去了。"他看了一下二太太此时的打扮，蓬头垢面，衣衫褴褛，显然已经没有过去阔太太的傲气和娇气，多了一些持家女人的味道，难免有些自责，"弟妹，这些天我没有管过你，孩子出生我都没有在场，你受苦了，你不要生我气就好。"

二太太擦擦泪："不生气，乔大哥，都是我自己的错。"

正峰点点头："嗯，放心吧，一会儿我就把孩子要回来，让你们母子团聚。"

高凤走过来，挽着正峰的胳膊，眼中含着泪说："他爹，一家人在一起真好。"

正峰点点头，然后，一家人手挽着手，众志成城地向前走去。

起风了，正峰的眼泪落在风中……

海边，驶往日本的商船有频率地传出鸣笛声，陆陆续续地有日本人上船，船板上站着两列日本士兵——雄视着他们即将离开的青岛。

松田和山口站在岸边，他们看向入口的位置，旁边站着一个妇女，怀里抱着有林的孩子。

山口问："社长，乔正峰会来吗？"

松田也猜不透，没说话，表情很沉重地看向入口。

正峰一家人突然出现在进口的位置，山口很激动："社长，他来了！"

松田望去，暗自笑了笑，他将手抬起来，然后在空中晃了一晃，一支枪头从船舱里伸了出来。

山口看到正峰一行人，有些吃惊："社长，怎么来了这么多人？"

松田咬着牙，腮帮子上的肉抖动着："他们是在赌我杀他的决心。"

山口继续问："那我们是开枪还是不开？"

松田与正峰虽然相距二十米，但是二人的目光已开始了较量，这之间透着阵阵寒意。松田正在考虑的时候，正峰已来到他跟前，松田转换笑脸："感谢乔兄前来相送，乔夫人也来了。都说中国是礼仪之邦，果然如此。"

正峰说："松田，知道我为什么会来吗？"

松田说："因为你要拿回属于你的东西？"

"是的，我还要拿回所有属于我们中国人的东西！"

"哈哈哈……"松田笑着，"乔老板，你来我已经很意外了。看看这周边的景象，你还想跟我算账吗？"

正峰环顾四周，看到了已经进入战备状态的士兵，又看了看身边的家人们，笑着说："是啊，是算不清了，你们的铁蹄已经在中国的土地上肆虐，多少鲜血，多少生命，你们日本人欠我们的已经太多了。"

松田脸色沉下来，他看了看他身后的人说道："乔老板，你带了这么多人来，不觉得这样做很冒险吗？"

正峰说："松田，我知道这样做很冒险，可我就是要告诉你，这里是中国的地盘。"

"哈哈哈……"松田狂妄地笑着，他指了指后面说："中国的地盘，笑话！你回头看看这个青岛，还有你们中国的样子吗？"

正峰看看松田指的方向，出口处的护栏上飘着几面日本国旗，来往的人以日本人居多。正峰回过头说："松田，如果我没记错的话，在我们唐朝的时候，你们日本人是要跪着进来的。我们中国有句老话叫'三十年河东，三十年河西'，你放心，等不了多久，这些日本国旗还会回到它们该去的地方，只不过上面沾满了侵略者的鲜血和全世界对你们的指控。"

松田气得直瞪眼，他跺着脚说："乔老板，你醒醒吧，我们的炮火已经跨越了长城一带，如果到了平津，半个中国就是我们的了。"

正峰不想跟他继续纠缠下去："松田，战场上的事我不想和你讨论，今天我人也来了，你答应我的事也该解决了吧！"

"解决，当然得解决！"松田目露杀机，他伸手指向天空，那支枪口挪动位置，正对正峰的眉心。这时，从入口位置涌进来了四五个记者，忙着照相。

松田一愣："他们是干什么的？"

话音刚落，又闯进了几个外国记者，分别是英国、法国和德国的记者，山口赶紧跑过去阻拦。

正峰笑着说："噢，这么多记者，还有外国人，怕是我乔正峰明天就要全世界闻名了。"正峰指着松田，"当然，松田你也要全世界闻名了。"

山口跑了回来，小声地说："社长，有很多的国际记者，我们暂时无法驱逐。"

松田的脸色变得很难看，他不想把个人恩怨上升为国际事件。他摇了摇手，枪口收了回去。松田说："乔老板，我敬佩你的胆量和智慧，我们还是做朋友吧。我们国家是天照大神的子孙，我们的存在就如同太阳一样，即将照耀整个东方大地。"

乔峰使了个眼色，二太太上前去抢孩子，松田的人本想反抗，可看松田并未表态，手上一软，二太太把孩子抢了过来，抱在怀里亲热。松田看着船边的记者，脸色铁青。

正峰开始变得严肃起来："松田，我们做不了朋友，我怕，我怕你哪天也把我的孩子绑了去。我来就是要告诉你，中国亡不了，你们天照大神的太阳也照不进来！"

松田对于说服正峰已经失去了信心，可是记者太多，他根本就没办法下手。他脸色蜡黄，眼角气得抖动了几下，彻底被激怒了，高高挥起手臂："你看看现在的青岛吧，这就是中国的未来，君子不立于危墙之下，呵呵，我知道了，我现在是个商人，所以你不怕，也许等我再回来的时候你就不会这样对我说话了。"

正峰迅速捕捉到信息问："你是说下次来的时候你就不是这个身份了，是军人，是侵略者？"

松田略低着头，眼神中透着杀气："很抱歉！让你说中了。"

正峰出了一口气，点了点头说："松田，我也告诉你，无论下次你以什么身份来，我都会等着你。我没了，还有四个孩子，孩子没了，还有孙子，世世代代地等着你！"

松田满眼怒火，可又无处释放，双手比画着喊道："八嘎！你，还有所有的中国人都在痴人说梦！"

　　正峰咬着牙，瞪着松田，他真想上去咬住他的喉咙，让他的鲜血留在中国的这片土地上，可是他不能，他还有很多的事要做。他强忍住怒火道："松田，看来今天你是杀不了我了，我们就缘尽于此吧。不送！"

　　松田恶狠狠地瞪着正峰，一甩袖子，快速地往船上走去，那种被压制住的愤怒也随着他的背影慢慢离开。

　　看着商船渐渐离开，正峰心里的石头也算是落了地，一家人抱在了一起。

　　记者也都一窝蜂地冲了上来……

　　海上，松田扶着栏杆，眼神投向船尾划出的两条水浪，在中国的往事萦绕心间……

　　山口站在后面问道："社长，今天我们应该杀了他的。"

　　松田说："只要我们开了枪，整个中国，乃至全世界都会报道日本人光天化日之下枪杀中国商人的消息。我们刚刚停战，这个时候大家都太敏感了。"

　　"这个乔正峰还真是命大！"

　　两人正说着，身后传来一声枪响，随之天上的一只海鸥应声落入海中，船上的两个日本士兵手舞足蹈地笑着。

　　松田走过去，骂道："八嘎！"

　　两个日本士兵很害怕，立正站好，把头紧紧地低下。

　　松田骂道："你们记住，帝国的子弹是无数子民用生命换来的，不是用来打鸟的！你们是战士，不久的将来，你们的每一颗子弹都要留在身后的这个国家。"他把手指向对面这个看不清前途和命运的中国。

　　正峰带着家人往回走，迎着阳光，众人笑声清朗。

高凤裹了裹孩子的褪裸说:"妹妹是好样的,以后这孩子,咱们一起养。"

素雅按了一下孩子的脸蛋:"这孩子真可爱啊,以后咱们这个大家庭里又多了一口人了。"

孩子像是听明白了,张开嘴笑了……

念忠右手托着王知山,王知山右手牵着念义,念义右手拽着正峰,他用稚嫩的声音问道:"爸爸,日本人走了是不是就有好日子过了?"

正峰指了指旁边的一个人说:"孩子们,你们看,这个是不是日本人?"他又指了另一个,"那个也是日本人。孩子们,你们记好了,只有把所有的日本人都赶出中国,咱们才有好日子。"正峰说完,面色沉重。

七个月后,也就是1937年,7月7日,席卷中国大地最残忍的战斗打响了,卢沟桥事变开启了中国抗日战争的新篇章。

战争撕碎了中华民族所有的希望,刚刚兴起的民族工业在这战火中身陷囹圄。

期间曾出现过的众多杰出的工业家也随着炮火的洗礼记入到了中国历史当中。但是他们秉承的正直、勇敢、机智、忠孝、仁义……这些高贵品质一直感染着所有后人。